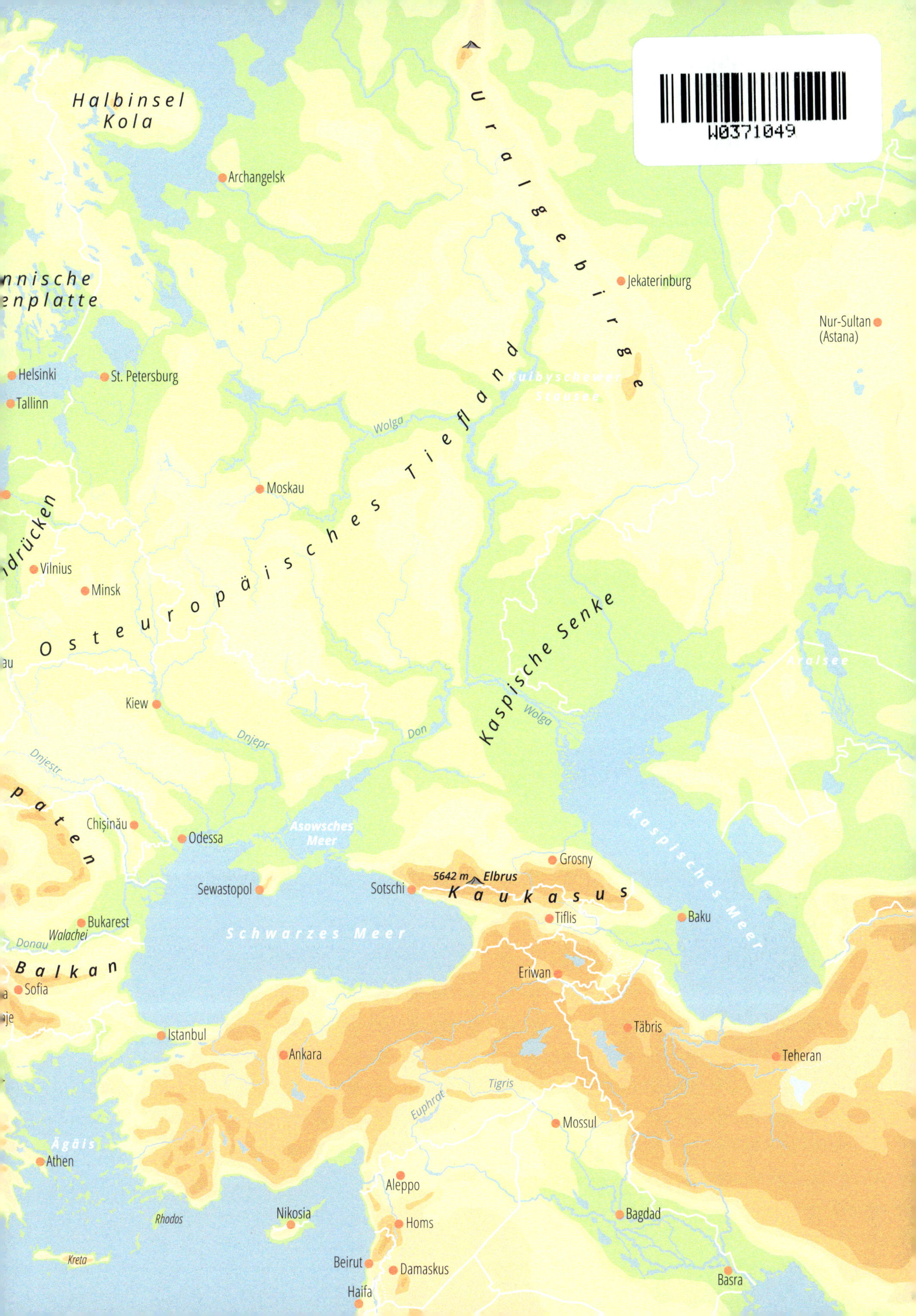
Halbinsel
Kola
Uralgebirge
Archangelsk
...nnische
...enplatte
Jekaterinburg
Nur-Sultan
(Astana)
Helsinki
St. Petersburg
Tallinn
Kuibyschewer
Stausee
Wolga
Osteuropäisches Tiefland
Moskau
...drücken
Vilnius
Minsk
Kaspische Senke
Aralsee
Kiew
Wolga
Dnjepr
Don
Dnjestr
...paten
Chişinău
Odessa
Asowsches
Meer
Kaspisches Meer
Grosny
5642 m Elbrus
Sewastopol
Sotschi
Kaukasus
Tiflis
Baku
Bukarest
Walachei
Donau
Schwarzes Meer
Balkan
Eriwan
Sofia
Istanbul
Täbris
Ankara
Teheran
Tigris
Euphrat
Mossul
Ägäis
Athen
Aleppo
Rhodos
Nikosia
Homs
Bagdad
Kreta
Beirut
Damaskus
Basra
Haifa

Gesellschaftslehre

Band 7/8

Gesellschaftslehre für die Gesamtschule und Sekundarschule

Bearbeitet von
Victoria Gänz
Robin Meis
Ricarda Schellen
Ayla Schrödter
Anetta Trojecka
Peter Verwohlt
Christin Vogler
Birgit Vogt

Nordrhein-Westfalen

C.C.BUCHNER

#Gesellschaftslehre – Nordrhein-Westfalen

Gesellschaftslehre für die Gesamtschule und Sekundarschule

Band 7/8

Bearbeitet von Victoria Gänz, Robin Meis, Ricarda Schellen, Ayla Schrödter
Anetta Trojecka, Peter Verwohlt, Christin Vogler und Birgit Vogt

Zu diesem Lehrwerk sind erhältlich:

- Digitales Lehrermaterial **click & teach** Einzellizenz, Bestell-Nr. 700571
- Digitales Lehrermaterial **click & teach** Box (Karte mit Freischaltcode), ISBN 978-3-661-70057-1
- **Differenzierungsheft** 7/8, Bestell-Nr. 70049, ISBN 978-3-661-70049-6

Weitere Materialien finden Sie unter www.ccbuchner.de.

Dieser Titel ist auch als digitale Ausgabe **click & study** unter www.ccbuchner.de erhältlich.

1. Auflage, 1. Druck 2022
Alle Drucke dieser Auflage sind, weil untereinander unverändert, nebeneinander benutzbar.

Dieses Werk folgt der reformierten Rechtschreibung und Zeichensetzung. Ausnahmen bilden Texte, bei denen künstlerische, philologische oder lizenzrechtliche Gründe einer Änderung entgegenstehen.

Die Mediencodes enthalten ausschließlich optionale Unterrichtsmaterialien. An keiner Stelle im Schülerbuch dürfen Eintragungen vorgenommen werden. Auf verschiedenen Seiten dieses Buches finden sich Verweise (Links) auf Internetadressen. Haftungshinweis: Trotz sorgfältiger inhaltlicher Kontrolle wird die Haftung für die Inhalte externer Seiten ausgeschlossen.

Redaktion: Christopher Saal
Layout, Satz und Illustrationen: Wildner + Designer GmbH, Fürth
Druck und Bindung: Firmengruppe Appl, aprinta Druck, Wemding

www.ccbuchner.de

ISBN 978-3-661-**70052**-6

Zur Arbeit mit dem Buch

1 Jedes Kapitel beginnt mit einer **Auftaktdoppelseite.**
Material und offene Aufgaben ermöglichen euch eine erste Annäherung an die Inhalte des neuen Kapitels. Dabei könnt ihr auch zeigen, was ihr schon über das Thema wisst. Außerdem hilft euch ein kleiner Einführungstext, einen Überblick zu bekommen. Über welches Wissen und Können ihr am Ende des Kapitels verfügt, könnt ihr ebenfalls nachlesen.

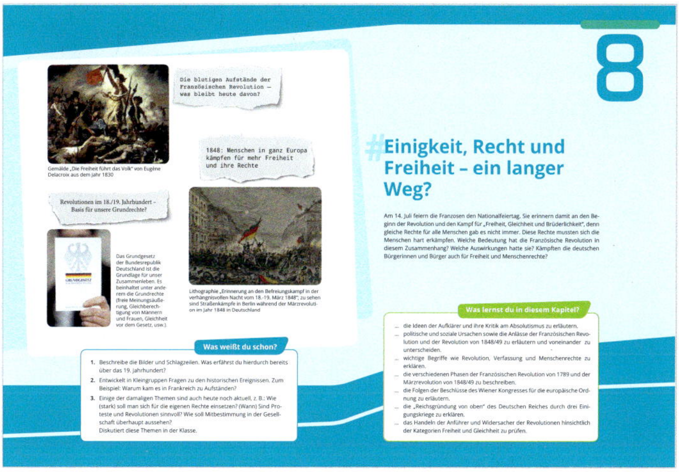

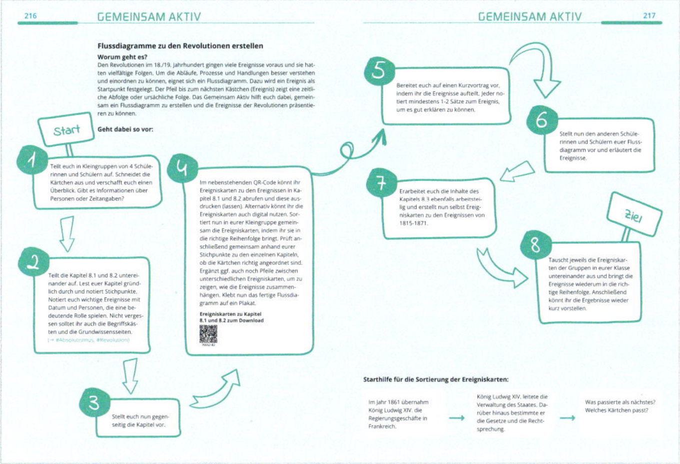

2 Die Doppelseite „**Gemeinsam aktiv**" ist ein alternativer Weg, euch das Kapitel zu erarbeiten. Dazu müsst ihr euch projektartig mit den Inhalten des Kapitels auseinandersetzen und abschließend ein Produkt dazu erstellen. Teamarbeit steht dabei immer im Vordergrund.

3 Aufgebaut sind die einzelnen Unterkapitel ganz einfach:
Das Thema wird in der Überschrift und wenige Zeilen darunter erläutert.
Die **Materialien** sind immer mit „M" gekennzeichnet und durchnummeriert.
Ausgewählte wichtige Begriffe eines Themas werden in blauen Begriffskästen als Grundbegriffe erklärt und mit einem # gekennzeichnet.
Natürlich lernen und arbeiten nicht alle gleich schnell. Deswegen gibt es in der Randspalte oft **Hilfen** (H) oder auch **Zusatzangebote** (F) zu den einzelnen Aufgaben.
Das Symbol ◌ zeigt an, dass es dieses Material oder diese Aufgabe auch in einer einfacheren Variante mit Hilfen gibt.

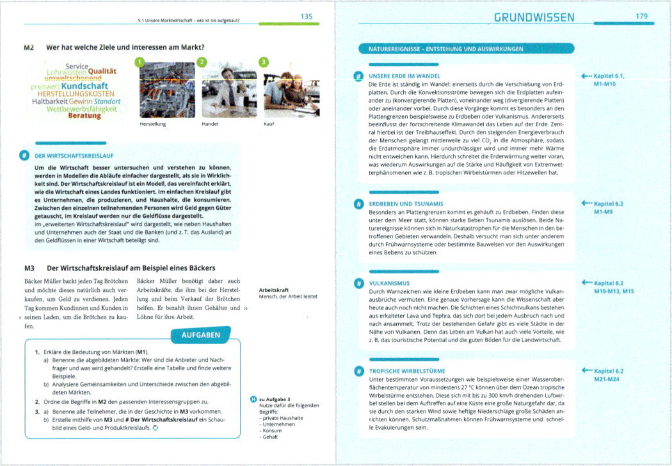

4 Ausgewählte wichtige Begriffe eines Themas werden in blauen Kästen als **Grundbegriffe** erklärt und mit einem # gekennzeichnet: Die Kernaussage findet ihr jeweils gleich zu Anfang, ergänzt um Details, Beispiele und Fachbegriffe.
Das ebenfalls blaue **Grundwissen** schließt ein Teilkapitel oder das gesamte Kapitel ab. Hier werden die wesentlichen Inhalte zusammengefasst. Ihr könnt zur Nacharbeit oder zur Vorbereitung einer mündlichen oder schriftlichen Prüfung das Wichtigste nachlesen.

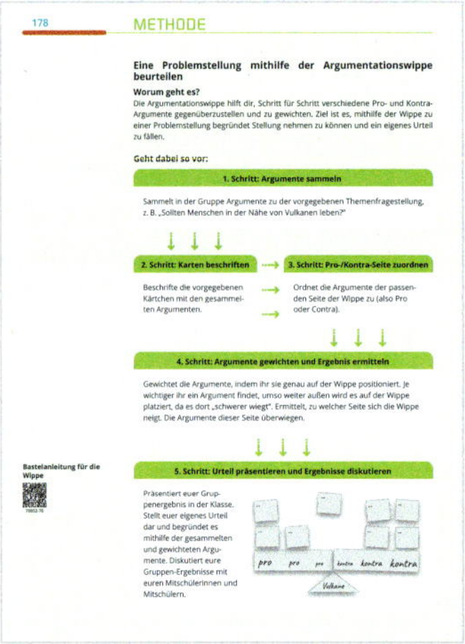

5 Im Fach Gesellschaftslehre sollt ihr nicht einfach Fakten auswendig lernen und wiedergeben. **Ihr sollt euch kritisch und selbstständig mit Problemstellungen auseinandersetzen.** Mithilfe der Methoden lernt ihr Schritt für Schritt, wie ihr strukturiert und selbstständig arbeitet.

6 Die Leitfiguren Lina und Emre kennt ihr noch aus dem ersten Band. Auch in diesem Band kommen sie in manchen Kapiteln wieder vor. Sie erleben Probleme und Fragestellungen mit euch oder stellen Fragen zu einzelnen Inhalten und helfen euch somit dabei, das jeweilige Thema besser zu verstehen.

7 Die Doppelseite **Kompetenzcheck** schließt ein Großkapitel ab. Hier könnt ihr euch selbst überprüfen und zeigen, ob ihr die erlernten Kompetenzen in einer konkreten Situation sinnvoll anwenden könnt.
Auf der linken unteren Seite des Kompetenzchecks findet ihr über einen QR-/Mediencode außerdem immer eine **digitale Übung** zum Kapitel in Form eines Multiple-Choice Quiz. Hiermit könnt ihr nochmal prüfen, ob ihr alle wichtigen Begriffe kennt und sie verstanden habt. Auf der rechten unteren Seite findet ihr außerdem eine **Tabelle zur Selbsteinschätzung**. Hierüber könnt ihr eure erworbenen Kompetenzen mithilfe der jeweiligen Buchseite nochmal überprüfen.

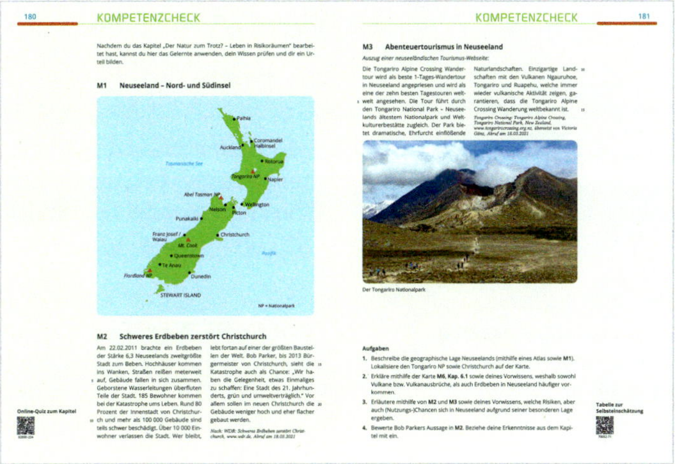

8 Zusätzlich zum Schulbuch **gibt es passgenaue Differenzierungsmaterialien**, die das Lernen in heterogenen Gruppen vereinfachen.
Das Symbol ◌ kennzeichnet im Buch, zu welchen Materialen oder Aufgaben ein Zusatzangebot zur Verfügung steht. Dies können sein:
- Texte in einfacher Sprache
- Strukturierungshilfen
- Formulierungshilfen zu Aufgaben
- Lesehilfen zu Karten und Statistiken
- und anderes mehr ...

Die Arbeitsblätter führen zum gleichen Ziel wie die Arbeit mit Materialien und Aufgaben im Schulbuch.
Mithilfe des **nebenstehenden QR- bzw. Mediencodes** oder im **Lehrermaterial click & teach** können die jeweiligen Materialien online eingesehen, heruntergeladen und ausgedruckt werden. Im **Differenzierungsheft** finden sich diese Materialien gebündelt in Druckform.

◌ **Differenzierungsmaterialien zum Schulbuch**
70052-03

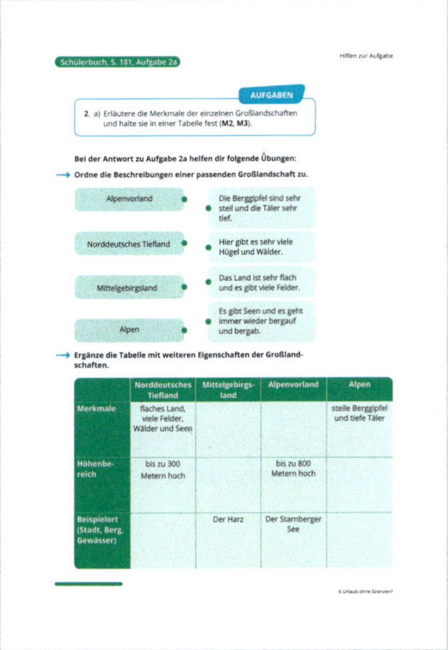
Schülerbuch, S. 181, Aufgabe 2a

Hilfen zur Aufgabe

AUFGABEN

2. a) Erläutere die Merkmale der einzelnen Großlandschaften und halte sie in einer Tabelle fest (**M2, M3**).

Bei der Antwort zu Aufgabe 2a helfen dir folgende Übungen:

→ **Ordne die Beschreibungen einer passenden Großlandschaft zu.**

Alpenvorland • • Die Berggipfel sind sehr steil und die Täler sehr tief.
Norddeutsches Tiefland • • Hier gibt es sehr viele Hügel und Wälder.
Mittelgebirgsland • • Das Land ist sehr flach und es gibt viele Felder.
Alpen • • Es gibt Seen und es geht immer wieder bergauf und bergab.

→ **Ergänze die Tabelle mit weiteren Eigenschaften der Großlandschaften.**

	Norddeutsches Tiefland	Mittelgebirgsland	Alpenvorland	Alpen
Merkmale	flaches Land, viele Felder, Wälder und Seen			steile Berggipfel und tiefe Täler
Höhenbereich	bis zu 300 Metern hoch		bis zu 800 Metern hoch	
Beispielort (Stadt, Berg, Gewässer)		Der Harz	Der Starnberger See	

6 Urlaub ohne Grenzen?

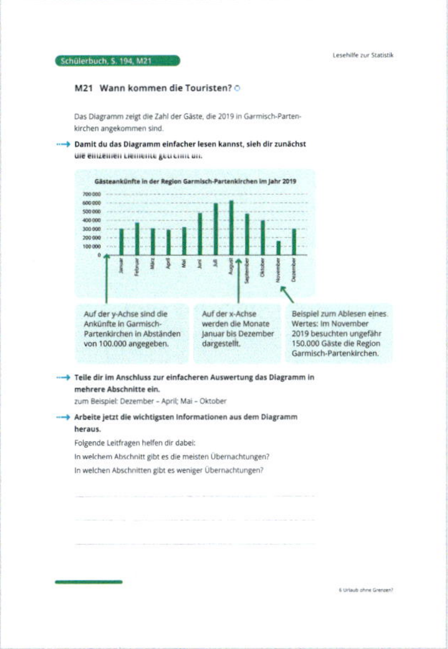
Schülerbuch, S. 194, M21

Lesehilfe zur Statistik

M21 Wann kommen die Touristen?

Das Diagramm zeigt die Zahl der Gäste, die 2019 in Garmisch-Partenkirchen angekommen sind.

→ **Damit du das Diagramm einfacher lesen kannst, sieh dir zunächst die einzelnen Elemente getrennt an.**

→ **Teile dir im Anschluss zur einfacheren Auswertung das Diagramm in mehrere Abschnitte ein.**
zum Beispiel: Dezember – April; Mai – Oktober

→ **Arbeite jetzt die wichtigsten Informationen aus dem Diagramm heraus.**
Folgende Leitfragen helfen dir dabei:
In welchem Abschnitt gibt es die meisten Übernachtungen?
In welchen Abschnitten gibt es weniger Übernachtungen?

6 Urlaub ohne Grenzen?

9 Allgemeine Hinweise

Alle Zusatzkapitel in #Gesellschaftslehre zum Download

70052-01

- Das Schulbuch bietet weitere Zusatzkapitel, die eine vertiefte Behandlung des jeweiligen Themenbereichs ermöglichen. Über den nebenstehenden QR-Code können **kostenfrei** alle Zusatzkapitel, sortiert nach Kapiteln und Fachgebieten, abgerufen werden. **Die Zusatzkapitel finden sich aber auch als QR-Code bei den jeweiligen dazugehörigen Unterkapiteln.**

Medienkompetenzen in #Gesellschaftslehre

70052-02

- Nordrhein-Westfalen hat einen sogenannten Medienkompetenzrahmen (MKR) erstellt. Das vorliegende Schulbuch setzt diesen Schritt für Schritt um. Das eigens entwickelte Icon zeigt euch an den entsprechenden Stellen im Schulbuch an, wo ihr Medienkompetenzen trainieren könnt. Der nebenstehende QR-Code listet alle Medienkompetenzen sortiert nach Seitenzahlen auf.

- Über QR-Codes könnt ihr in verschiedenen Kapiteln Erklärvideos, vertiefende Materialien, interaktive Übungen und Anwendungen direkt ansteuern.
  Diese können außerdem über die Eingabe der Mediencodes im Suchfeld auf www.ccbuchner.de aufgerufen werden.

- Als Ausdruck einer **geschlechtergerechten Sprache** werden im gesamten Schulbuch nach Möglichkeit Paarformulierungen wie Bürgerinnen und Bürger oder neutrale Formen wie „Lehrkraft“ gebraucht. Ausnahmen davon bilden zum Beispiel layouttechnische Gründe (Platzmangel), Fremdtexte oder die massive Beeinträchtigung **der Lesbarkeit**. Selbstverständlich sind auch in diesen Fällen Personen jeglichen Geschlechts gemeint.

- Materialien ohne Quellenangaben sind von den Autorinnen und Autoren verfasst.

- Das Methodenglossar am Ende des Buches bietet euch wichtige Methoden, um die Aufgaben besser bearbeiten zu können.

- Materialien ohne Quellenangaben sind von den Bearbeiterinnen und Bearbeitern verfasst.

- Sofern bei Materialien aus dem Internet kein Verfasserdatum ermittelt werden konnte, wird das „Abrufdatum“ genannt.

URLs aller verwendeten Materialien aus dem Internet

70052-04

- Die URLs/vollständigen Internetadressen aller verwendeten Materialien aus dem Internet könnt ihr über den nebenstehenden QR- und Mediencode einsehen.

- Die Zahlen unter den QR-Codes, z. B. 70052-04 sind Mediencodes, die direkt auf unserer Verlagshomepage (www.ccbuchner.de) in das Suchfeld eingetragen werden können und dort zu dem im QR-Code verlinkten Zusatzmaterial/Link führen.

Inhalt

Fächerschwerpunkte nach Kapitelfarben:

- Geschichte
- Politik
- Wirtschaft
- Geographie
- Geschichte und Geographie
- Politik und Geschichte
- Geographie, Politik und Wirtschaft

Service-Anhang

Übersicht: Gemeinsam aktiv

Übersicht: Methoden

Jerusalem – Sehnsuchtsort dreier Religionen: Blick auf die Altstadt mit Klagemauer und Felsendom auf dem Tempelberg

Kreuzritter, Buchmalerei aus dem 13. Jahrhundert

Martin Luther veröffentlicht seine 95 Thesen. Mit seinem Widerspruch gegen die Kirche begann 1517 die Reformation (Szene aus dem Film Luther).

Was weißt du schon?

1. Beschreibe die Bilder. Was haben die Orte, Personen und Ereignisse mit Glaube und Religion zu tun?
2. Was wisst ihr bereits über Glaube, Kulturen und Religionen im Mittelalter und der frühen Neuzeit und was wollt ihr noch wissen? Arbeitet zu zweit und formuliert Fragen, die ihr mit diesem Kapitel beantworten wollt.
3. Nach dem Bearbeiten des Kapitels: Beantwortet die Leitfragen mithilfe eures erworbenen Wissens.

1

#Glaube, Kultur und Religion in Mittelalter und früher Neuzeit

Du hast bereits erfahren, wie die Menschen im Mittelalter lebten – in Dörfern, Klöstern, Städten und Burgen. Du hast gelernt, wie Karl der Große dabei half, das Christentum zu verbreiten und zu beschützen. Im Investiturstreit gerieten weltliche und geistliche Macht schließlich in einen erbitterten Konflikt, der erst Jahrzehnte später gelöst werden konnte.
In diesem Kapitel machst du dich auf nach Mekka und Jerusalem, als Pilger oder Kreuzfahrer. Du lernst, wie sich Bischöfe und Papst zunehmend von den Menschen entfernten und Luthers Reformversuch zur Geburtsstunde einer neuen Glaubensrichtung wurde. Die sich daran anschließenden Konflikte führten zu einem dreißig Jahre andauernden Krieg, der unzählige Menschenleben forderte.
Doch nach dieser düsteren Zeit erstrahlte die Neuzeit umso heller. Die Menschen befreiten sich aus dem Würgegriff der Kirche und waren bereit für den nächsten Schritt auf dem Weg in die Moderne.

Was lernst du in diesem Kapitel?

... das Handeln von Menschen unterschiedlichen Glaubens unter anderem am Beispiel der Kreuzzüge zu beurteilen.
... die Reformation im Hinblick auf ihre Folgen für Kirche und Gesellschaft zu erläutern.
... die Ursachen und Folgen des Dreißigjährigen Krieges und des Westfälischen Friedens zu erklären.
... zu der Bedeutung von religiösen Motiven in gewaltsamen Auseinandersetzungen Stellung zu nehmen.

Blogbeiträge zu Religionen und Glaubenskonflikten erstellen MK

Worum geht es?

Blogs werden heute über eine Vielzahl von Themen geschrieben: Reiseblogs, Lifestyle Blogs oder auch Geschichts-Blogs, die geschichtliche Zusammenhänge und die Lebenswelt der Menschen von damals darstellen. Mithilfe der Blogbeiträge, die ihr in diesem Gemeinsam Aktiv erstellt, soll es für euch und die Leser möglich werden, sich in die Ereignisse und die Lebenswelt der Menschen von damals besser hineinzuversetzen.

Geht dabei so vor:

Start

1

Teilt euch in Kleingruppen zu je 3-4 Schülerinnen und Schülern auf. Gemeinsam gestaltet ihr Blogeinträge, die über Religionen und Glauben im Mittelalter und der frühen Neuzeit informieren sollen. Erarbeitet hierfür zuerst mithilfe der Aufgaben die Inhalte eines Teilkapitels, über das ihr Blogeinträge verfassen wollt: Kapitel 1.1 oder 1.2. Stellt in der Klasse sicher, dass je 2-3 Gruppen Kapitel 1.1 sowie Kapitel 1.2 erarbeiten.

2

Sucht euch eine passende Blog-Plattform aus, mit der ihr arbeiten wollt. Gut eignen sich hierfür freie Plattformen wie WordPress (siehe QR-Code). Egal, auf welcher Plattform ihr euren Blog erstellen wollt, beachtet dabei in jedem Fall die Datenschutzbestimmungen eurer Schule.

Link zur Blog-Plattform Wordpress.org

70052-05

3

Erstellt nun euren ersten Blogbeitrag. Der erste Beitrag soll allgemein über die Situation zu dieser Zeit und wichtige Ereignisse informieren. Bearbeitet hierzu je nach Wahl eures Kapitels die Aufgaben in (I) oder die Aufgaben in (II).

(I) Kapitel 1.1	(II) Kapitel 1.2
Stellt im ersten Blogbeitrag die Unterschiede und Gemeinsamkeiten der drei monotheistischen Religionen im Mittelalter und heute dar. Geht hierbei auch auf die Bedeutung Jerusalems und entstehende Konflikte ein (→ Kapitel 1.1, M1- M7). Ihr könnt eurem Blogbeitrag dabei z. B. Bildmaterial zu wichtigen Orten in Jerusalem oder Mekka oder auch eine Karte zur Ausbreitung der Religionen im Mittelalter hinzufügen.	Stellt im ersten Blogbeitrag dar, welche Glaubenskonflikte in der frühen Neuzeit aufkamen. Erklärt anhand von Bild- und Textmaterial den Ablasshandel, die Kritik daran und welche Neuerungen Luther auf den Weg brachte (→ Kapitel 1.2, #Ablasshandel, #Luther Rechtfertigungslehre, M1-M7).

4

Der zweite Blogbeitrag ermöglicht euch und den Lesern sich in die Menschen zu dieser Zeit besser hineinversetzen zu können. Wie sah das Leben aus ihrer Sicht aus? Welche Probleme bestanden?

(I) Kapitel 1.1	(II) Kapitel 1.2
Versetzt euch in die Lage einer mittelalterlichen Pilgergruppe, die sich im Jahr 1 000 zu einer Pilgerreise aufmacht (M8, M9). Verfasst einen Tagebucheintrag für euren Blog, der die einzelnen Stationen, Vorkommnisse und das Ziel der Pilgerreise veranschaulicht. Ihr könnt hierbei frei wählen, ob es sich um eine jüdische, muslimische oder christliche Pilgergruppe handelt. Nutzt den QR-Code, um erste Ideen für den Tagebucheintrag zu bekommen.	Versetzt euch in die Lage einer Person, die vom Ablasshandel betroffen ist und von den Problemen und Erlebnissen des Alltags zu dieser Zeit berichtet (M1-M5). Verfasst einen Tagebucheintrag für euren Blog aus der Sicht dieser Person. Nutzt den QR-Code, um erste Ideen für den Tagebucheintrag zu bekommen.

Starthilfe für die Tagebucheinträge

70052-06

5

In einem letzten Blogbeitrag geht es darum, bedeutende Konflikte aus unterschiedlichen Perspektiven zu analysieren und darzustellen. Analysiert hierzu die Quellen zu den Kreuzzügen (I, → Kapitel 1.1, M17-M18) bzw. dem Dreißigjährigen Krieg (II, → Kapitel 1.2, M10-M11) mithilfe der Methodenkarte (**Methode: Unterschiedliche Perspektiven in Quellen analysieren**). Stellt eure Ergebnisse digital in einem Schnittmengendiagramm dar und veröffentlicht dieses zusammen mit einer kurzen Beschreibung in eurem Blog.

6

Erstellt (z. B. digital auf Quizly.de) jeweils zwei Quizfragen zu einem Blogeintrag.

7

Präsentiert euch gegenseitig eure Blogs in der Klasse und beantwortet wechselseitig die Quizfragen.

1.1 Ein Gott, drei Religionen – Konflikt oder Frieden?

Jerusalem – Sehnsuchtsort der Religionen

Jerusalem ist ein besonderer Ort für alle monotheistischen Gläubigen. Heute betrachten sowohl Israel als auch der palästinensische Staat Jerusalem als Hauptstadt ihres Landes. Was macht diese Stadt so besonders und einmalig?

M1 Bedeutung Jerusalems

a) Jüdische Wurzeln

Klagemauer im November 2016

Tausend Jahre vor der Geburt Jesu machte König David das eroberte Jerusalem zur Hauptstadt seines Reiches. Im dort errichteten Tempel wurde auch die Bundeslade mit den Zehn Geboten aufbewahrt. Die beiden Steintafeln symbolisierten für die Juden die Anwesenheit Gottes. Als sich die Juden gegen die römische Besatzungsmacht auflehnten, kam es zum jüdischen Krieg, in dessen Folge der Tempel zerstört und viele Juden vertrieben wurden. Vom Tempel blieb nur ein Stück Mauer erhalten. An dieser sogenannten Klagemauer beten die Juden heute noch und stecken aufgeschriebene Wünsche in die Spalten zwischen den Steinen.

Monotheismus
(griech. Monos: allein, theos: Gott): Glaube an einen einzigen Gott

b) Christlicher Wallfahrtsort

Vermutlich um 325 n. Chr. wurden die Überreste des Grabes und der Kreuzigungsstätte Jesu in Jerusalem gefunden. Zehn Jahre später konnte an dieser Stelle die Grabeskirche eingeweiht werden. Sie war im Mittelalter ein Ziel für viele Pilger. Nach einer aufwändigen Renovierung wird die Kirche heute gemeinsam von orthodoxen und katholischen Christen genutzt. Insbesondere an Ostern gibt es einen exakten „Schichtplan", der die Gottesdienste der Gläubigen regelt.

Außenansicht der Grabeskirche mit zwei grauen Kuppeln

c) Heiliger Ort der Muslime

Felsendom und Minarett der Al-Aqsa Moschee (links) auf dem Tempelberg

Früher war die Gebetsrichtung der Muslime nach Jerusalem ausgerichtet. Vom Tempelberg aus stieg der Prophet Mohammed der Legende nach in den Himmel auf, wo er auf Allah traf. An dem Ort, an dem er seine Himmelsreise begann, steht heute der Felsendom mit seiner goldenen Kuppel. Die benachbarte Al-Aqsa-Moschee zählt zusammen mit den beiden großen Moscheen in Medina und Mekka zu den drei wichtigsten Moscheen im Islam. Am Jahrestag der Himmelsreise werden in der Moschee Predigten gehalten, religiöse Lieder gesungen und Abschnitte aus dem Koran verlesen.

M2 Jerusalem heute

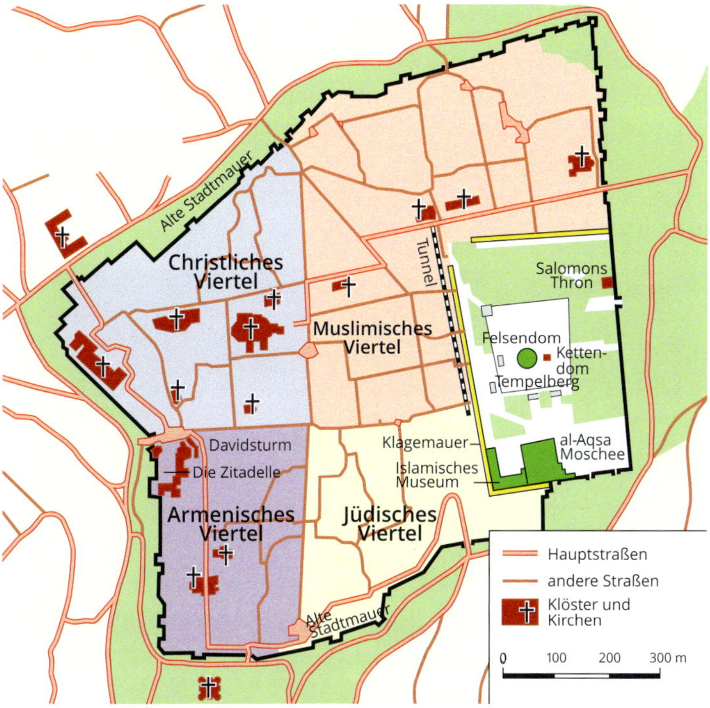

Mehr Informationen über die Religionen Judentum, Islam und Christentum zum Nachlesen

70052-07

Mehr Informationen über Jerusalem

70052-08

M3 Jerusalem und die drei monotheistischen Religionen

	Judentum	Christentum	Islam
Was in Jerusalem geschah			
Heiligtümer in der Stadt			
Bedeutung in der Vergangenheit			
Warum Jerusalem heute noch wichtig ist			

Bitte ins Heft!

AUFGABEN

1. Findet Euch in Gruppen zu dritt zusammen.
   a) Arbeitet heraus, wieso Jerusalem für die monotheistischen Weltreligionen früher wie heute wichtig ist. Übernehmt hierzu die Tabelle **M3** in euer Heft und vervollständigt sie mithilfe von **M1** und **M2**.
   b) Drei Religionen – eine heilige Stadt. Stellt mögliche Probleme dar, die das Zusammenleben erschwert haben und auch heute noch zu Konflikten führen können.
   c) Entwickelt anschließend mögliche Lösungen.
2. „Jerusalem – eine Stadt zwischen Konflikt und Hoffnung." Erkläre diese Aussage.

F Statt Tel Aviv wurde 1980 Jerusalem von Israel zur Hauptstadt ausgerufen. Bislang haben nur vier Länder die Verlegung der Hauptstadt anerkannt. Finde heraus, warum.

Juden und Christen im mittelalterlichen Europa – ein friedliches Zusammenleben?

Jesus war Jude. Die ersten Christen waren zuvor auch Juden. Nach der Zerstörung ihres Tempels und der Flucht aus ihrer Heimat lebten Juden bald überall in Europa. Welche Probleme traten beim Zusammenleben mit den christlichen Nachbarn auf?

M4 Darstellung jüdischer Menschen

Ausschnitt aus der Luzerner Weltchronik aus dem Jahr 1513; Jüdische Menschen wurden während des Mittelalters mit dem „Judenhut" gekennzeichnet.

M5 Als Handelspartner geduldet

Seit dem frühen Mittelalter lebten Juden auch in Städten im Rheinland. Als Minderheit standen sie unter dem Schutz des Königs und des Kaisers. Sie arbeiteten oft als Kaufleute und kamen im Unterschied zu ihren christlichen Nachbarn oftmals weit herum. Sie kauften und verkauften Waren aus fernen Ländern. Diese Luxusgüter waren bei wohlhabenden Stadtbewohnern und Adeligen sehr beliebt. Die Fernhändler selbst verdienten gut an diesen Geschäften und konnten nicht benötigtes Geld als Kredit an Mitbürger vergeben. Christen war es verboten für verliehenes Geld Zinsen zu nehmen, also überließen sie dieses für sie unattraktive Geschäftsfeld den Juden. Diese „mittelalterlichen Bankiers" wurden später wichtig auch für Fürsten und Könige, denen sie halfen, größere Bauvorhaben oder Kriege zu finanzieren.

M6 Als Bewohner ausgegrenzt und verfolgt

In einigen Städten (z. B. in Münster und Köln) lebten Christen und Juden in unmittelbarer Nachbarschaft. Aber das gefiel nicht allen. Juden feierten ihren Ruhetag, den Sabbat, am Samstag und nicht wie ihre Nachbarn sonntags. Auch jüdische Speisevorschriften trafen bei manchen Christen auf Unverständnis und Ablehnung. Immer häufiger unterstellte man Juden, schwere Verbrechen begangen zu haben. Als Sündenböcke machte man sie für viele Probleme verantwortlich: vergiftete Brunnen, verstorbene Kinder, Missernten.
Im Verlauf der Kreuzzugsbewegung und der Ausbreitung der Pest wuchs der Hass auf die Juden und mancherorts kam es zu Pogromen, brutalen Judenverfolgungen. Auf die Kennzeichnungspflicht (vgl. M4 und M7) folgte bald der Beschluss, dass sich Juden nur noch in eigenen Judenvierteln vor der Stadtmauer ansiedeln durften. Dort waren sie zahlreichen Gefahren ausgesetzt.

Pogrom
Gewaltsame Ausschreitung gegen eine gesellschaftliche oder religiöse Gruppe. Wörtlich: Unwetter, Verwüstung.

M7 Abgrenzung durch Kleidervorschriften

Die Kirche legt 1215 auf dem vierten Laterankonzil zur Kenntlichmachung der Juden fest:

In einigen Provinzen unterscheidet die Kleidung die Juden oder Muslime von den Christen, aber in anderen ist eine solche Regellosigkeit eingerissen, dass sie durch keine Unterscheidung kenntlich sind. Es kommt daher manchmal vor, dass irrtümlich Christen mit jüdischen oder muslimischen und Juden oder Muslime mit christlichen Frauen sich vermischen. Damit also den Ausschweifungen einer so abscheulichen Vermischung in Zukunft die Ausflucht des Irrtums abgeschnitten werde, bestimmen wir, dass Juden und Muslime beiderlei Geschlechts in jedem christlichen Land und zu jeder Zeit durch ihre Kleidung öffentlich sich von den anderen Leuten unterscheiden sollen […].

Höxter, Julius: Quellentexte zur jüdischen Geschichte und Literatur, Neuausgabe Wiesbaden 2009, S. 260 f. (vereinfacht).

Bericht über Pogrome gegen Juden als Hörfassung
70052-09

AUFGABEN

1. Beschreibe, wie Juden im Mittelalter von Christen dargestellt wurden (**M4**).
2. Quellen berichten von Hetzjagden und Morden an Juden. Arbeitet zu zweit und erläutert die Motive der Täter (**M5 und M6**).
3. Arbeite heraus, mit welchen Argumenten die Kirche 1215 beschlossen hat, Juden und Muslime zu kennzeichnen (**M7**).
4. Diskutiert aus heutiger Sicht die Beschlüsse der Kirche und das Denken der Menschen im Mittelalter über Juden. Sammelt Argumente gegen diese Sichtweisen.

H zu Aufgabe 1
Beachte dabei besonders die Kleidung.

F Was kannst du über die Bedeutung der Religion heute sowie Vorurteile und Konflikte zwischen Religionen in deinem Umfeld berichten?

Pilgern – über Stock und Stein zum Seelenheil?

Menschen pilgern heute oft, um sich eine Auszeit vom Alltag zu nehmen. Das klingt für uns vielleicht nach einem Urlaub der besonderen Art. Aber weshalb nahm man diese gefährliche und beschwerliche Reise im Mittelalter auf sich, in einer Zeit, als einfache Menschen Urlaub nicht kannten?

M8 Pilgern in Judentum, Islam und Christentum

a) Einmal im Leben nach Mekka

Jeder Muslim, der es sich finanziell leisten kann, soll einmal im Leben nach Mekka pilgern. Die Pilgerfahrt („Haddsch") beginnt und endet mit der siebenmaligen Umrundung der Kaaba, die in der Mitte der Großen Moschee von Mekka errichtet wurde. Gebete und eine Wanderung auf den östlich von Mekka gelegenen Berg Arafat gehören zum weiteren Pflichtprogramm. Wer von der Haddsch zurückkommt, wird von den Glaubensbrüdern besonders geehrt. Die Pilgerfahrt ist eine von fünf Säulen des Islam.

Kaaba
ein mit schwarzem Tuch überzogener Würfel in Mekka (13 x 12 x 11 m), an dem ein schwarzer Stein angebracht ist. Muslime glauben, dass die Kaaba von Adam, Abraham und seinem Sohn Ismael erbaut wurde.

An der Kaaba, dem wichtigsten Heiligtum des Islam, treffen jährlich innerhalb von fünf Tagen mehr als zwei Millionen muslimische Pilger ein.

b) Der Jakobsweg

Der Jakobsweg ist einer der bekanntesten Pilgerwege der Neuzeit. Schon im Mittelalter wanderten Pilger zum Grab des Apostels Jakobus in Santiago de Compostela. Seit den 80er Jahren des 20. Jahrhunderts hat der Weg einen Aufschwung erhalten, im Jahr 2016 pilgerten knapp 280.000 Menschen dorthin. Katholiken pilgern aber auch auf dem Franziskusweg nach Rom zum Petersdom.

Pilger in Santiago de Compostela, Spanien. An der Jakobsmuschel erkennt man, dass christliche Pilger auf dem Weg zum Grab des Apostels Jakobus in Santiago de Compostela sind.

c) Die Klagemauer

Wie du schon weißt, ist die Klagemauer ein wichtiger Ort für Juden. Da die Klagemauer die einzigen Überreste der ursprünglichen Tempel darstellt, pilgern dort viele Juden hin. Ansonsten ist das Pilgern im heutigen Judentum nicht mehr so gebräuchlich, wenngleich auch weiterhin Gräber bestimmter Propheten, Patriarchen oder Märtyrer besucht werden.

jüdische Orthodoxe und Pilger an der Klagemauer

M9 Unser Ziel ist Jerusalem

Aachen 1013: Bevor Arnulf und Henrike im Sommer zu ihrer Pilgerfahrt nach Jerusalem aufbrechen, verabschieden sie sich von ihrer Nichte Wiltrud.

Wiltrud: Ihr meint es wirklich ernst …

Arnulf: Ja, wir wollen in Jerusalem am Grab Jesu in der Grabeskirche um Vergebung bitten. Wer dorthin kommt und betet, dem werden alle Sünden vergeben.

Wiltrud: Wie funktioniert das?

Henrike: Heilige können ein gutes Wort für uns einlegen, sie sind Vermittler zwischen Gott und den Menschen. Deswegen besucht man ihre Gräber.

Wiltrud: … und geht so weit zu Fuß! Was nehmt ihr mit auf diese Reise?

Arnulf: Hut und Stab, einen ordentlichen Mantel, etwas Brot im Beutel.

Henrike: Geld oder Waffen haben wir sowieso nicht. Wir vertrauen darauf, dass uns die Menschen überall unterstützen, wo wir hinkommen, weil wir Pilger sind.

Wiltrud: Aber in Jerusalem herrschen die Muslime, habt ihr keine Angst vor denen?

Henrike: Nein. Die Muslime sind tolerant, für sie ist Jesus auch ein Prophet und deswegen lassen sie uns Pilger auch zu seinem Grab ziehen.

Wiltrud: Und wann darf ich euch zurückerwarten?

Henrike: Warte mal: 4 000 km von Tür zu Tür – wenn wir 20 km am Tag schaffen, sind wir in ungefähr 200 Tagen da, dann wieder zurück…

Henrike: … in anderthalb oder zwei Jahren – kommt drauf an!

Wiltrud: Ha! Dann lasst euch nicht aufhalten. Gott mit euch, ihr beiden!

Die vollständige Unterhaltung zum Lesen in verteilten Rollen gibt es hier

70052-10

AUFGABEN

1. a) Beschreibe die Bilder (**M8**).
   b) Sammelt im Plenum Vorwissen: Was wisst ihr bereits über das Pilgern? Welche Bedeutung hat es?
2. Findet euch in Gruppen zu dritt zusammen und arbeitet arbeitsteilig Bedeutung und Ziele des Pilgerns in Judentum, Islam und Christentum heraus (**M1**, **M8**, **M9**).
3. Erläutere, was sich Arnulf und Henrike von ihrer besonderen Reise nach Jerusalem versprechen (**M9**).
4. Erörtere, ob du dich selbst heutzutage – nur spärlich ausgerüstet – auf den Weg zu einem Pilgerziel machen würdest.
   a) Erstelle eine Liste der Dinge, die du in einem Rucksack mitnehmen würdest.
   b) Beurteile, ob du unterwegs von anderen Hilfe bekommen würdest.
5. Überall in Deutschland werden Pilgerwege gepflegt oder neu ausgeschildert. Informiere dich im Internet über Wege, die durch NRW verlaufen und erstelle eine Kartenskizze von Europa, die dich von deinem Wohnort nach Mekka, Santiago oder Jerusalem führt. MK

H zu Aufgabe 4a
Auf www.religionen-entdecken.de kannst du nach „Pilgern" suchen und bekommst eine gute erste Übersicht.

F Diskutiere die Frage, ob der Staat für die Herrichtung und Pflege von Pilgerwegen Geld ausgeben sollte.

Die Ausbreitung des Islam – Ursachen und Hintergründe

Ungefähr 5 Millionen Muslime leben in Deutschland, fast 2 Milliarden auf der Welt. Wie entstand die zweitgrößte Weltreligion?

M10 Mohammed beobachtet den Kampf

Altpersische Miniaturmalerei, um 1600; Muslime kämpfen in der Schlacht von Badr (624 n. Chr.). Ihr Anführer, der Prophet Mohammed, ist rechts oben betend dargestellt. Sein Gesicht ist verhüllt, denn im Islam gilt das Bilderverbot auch für den Propheten.

M11 Mohammed und die erste Gemeinde

Hidschra
bezeichnet die Auswanderung Mohammeds von Mekka nach Medina 622. Damit beginnt die islamische Zeitrechnung.

Mohammed wurde nach christlicher Zeitrechnung im Jahr 570 in der Stadt Mekka geboren. Er gehörte zu einem einflussreichen Stamm und heiratete die reiche Kaufmannswitwe Chadidja, mit der er viele Kinder bekam. Mohammed kritisierte die Hochnäsigkeit der Reichen im Umgang mit den Armen und lehnte es ab, viele verschiedene Götter anzubeten.

In einer Höhle am Berg Hira beauftragte ihn vermutlich um 610 der Erzengel Gabriel, als Prophet die Lehre von dem einen Gott seinen Mitmenschen vorzutragen. Weil er in Mekka nur wenige Menschen überzeugen konnte und von seinen Gegnern beschimpft und bedroht wurde, verließ er seine Heimatstadt. Er wanderte 622 mit 70 Getreuen nach Medina aus. Dort gründete er eine Gemeinde und wurde ihr Vorsteher. Seine Gemeinde beteiligte sich an einem Krieg gegen Mekka, wohin er nach seinem Sieg zurückkehren und seinen Glauben weiterverbreiten konnte.

Mit den „fünf Säulen des Islam" grenzte Mohammed die neue Glaubensrichtung von Judentum und Christentum ab. Er zerstörte die anderen Götterbilder und erklärte die Kaaba zum zentralen Heiligtum des Islam.

M12 Ausbreitung im Mittelmeerraum

Einige Stämme ließen sich nur mit Waffengewalt oder gar nicht vom neuen Glauben überzeugen. Juden und Christen gegenüber verhielt man sich aber rücksichtsvoll und gestattete ihnen, ihren Glauben gegen die Zahlung der Kopfsteuer Dschizya weiterhin auszuüben. Damit unterstanden sie auch dem Schutz des Kalifen – des Nachfolgers von Mohammed nach dessen Tod 632. Nach 120 Jahren kontrollierten die Muslime bereits große Teile des vorderen Orients, Nordafrika sowie die iberische Halbinsel (heutiges Spanien und Portugal). Damit grenzten sie unmittelbar an die christlichen Reiche an.

M13 Die fünf Säulen des Islam

Der Koran schreibt jedem Muslim folgende fünf Pflichten vor:

- Das Glaubensbekenntnis: „Ich bezeuge, dass es keine Gottheit außer Gott gibt und dass Mohammed der Gesandte Gottes ist."
- Die Pflichtgebete: Die täglichen Gebetszeiten sind die Stunde vor Sonnenaufgang, der Mittag, Nachmittag, nach Sonnenuntergang und bei Einbruch der Nacht.
- Das Almosengeben: eine genau geregelte Steuer, deren Erträge zu verwenden sind für Arme, Bedürftige, die steuereinziehenden Beamten und anderes mehr.
- Das Fasten: Während des Ramadan (9. Monat des islamischen Kalenders) darf von Morgengrauen bis Sonnenuntergang nicht gegessen, getrunken, geraucht und kein Geschlechtsverkehr gepflegt werden. Ausnahmen für Reisende, Schwangere, Kranke sind möglich.
- Die Pilgerfahrt nach Mekka (Haddsch).

Erklärvideo: Die zehn Gebote im Christentum

70052-11

AUFGABEN

1. Was weißt du schon über den Islam? Erstelle eine Mindmap und notiere deine Vorkenntnisse.
2. Erstelle einen tabellarischen Lebenslauf von Mohammed (**M10**-**M12**).
3. Erkläre, unter welchen Umständen der Islam entstanden ist. Welche Ziele hatte Mohammed und wie konnte er sie erreichen (**M11**, **M12**)?
4. Betrachte die Ausbreitung des Islam auf der Karte (**M16**) und vergleiche mit einer Atlaskarte, in welchen heutigen Ländern die Mehrheit der Bevölkerung muslimisch ist.
5. Vergleicht zu zweit die fünf Säulen des Islam mit den Zehn Geboten (**M13 und QR-Code**). Welche Gemeinsamkeiten und Unterschiede erkennt ihr?
6. Diskutiert in der Klasse das Vorgehen der Muslime im Hinblick auf Juden und Christen (**M11**, **M12**).

Mindmap
→ Methodenglossar

Gott will es?! Der Aufruf zur Eroberung Jerusalems

Kann Gott Krieg wollen? Oder verstecken sich vielmehr machthungrige Menschen mit ihren Problemen und Fehleinschätzungen hinter einem angeblichen Befehl des Allerhöchsten? Ist es richtig, für seinen Glauben in den Krieg zu ziehen?

M14 Hilferuf aus Konstantinopel

Investiturstreit
Investitur nennt man die Auswahl und Einsetzung eines Bischofs in sein Amt. Seit vielen Jahren entschieden die Könige darüber, denn Bischöfe und Äbte waren ihre zuverlässigsten Lehnsmänner. Die Päpste wollten über Bischöfe selbst entscheiden. Der Streit dauerte 45 Jahre an und wurde erst 1122 gelöst.

Mit der Ausbreitung der islamischen Herrschaft an die Grenzen der christlichen Reiche der Franken und Byzantiner wurden die Pilgerwege nach Jerusalem unsicher. Im 11. Jahrhundert häuften sich die Berichte von misshandelten christlichen Pilgern. Alexios I., der christlich-orthodoxe Kaiser aus Konstantinopel, sah seine Herrschaft ernsthaft bedroht und bat den Papst in Rom um Hilfe.

Holzschnitt, um 1480, Papst Urban II. ruft im Jahre 1095 auf der Kirchenversammlung zu Clermont zum ersten Kreuzzug auf.

M15 Der Aufruf des Papstes

Orthodoxe Christen
Nach der Spaltung des römischen Reichs in West- und Ostrom sah sich der Papst in Rom weiterhin als Oberhaupt aller Christen, auch derjenigen in Byzanz. Die Christen des byzantinischen Reiches bevorzugten aber einen eigenen Kirchenführer (Patriarchen) und sagten sich vom Papst los.

Der Papst verfügte selbst über keinerlei Militär und stritt mit den Kaisern und Königen über die Aufteilung der Macht (Investiturstreit). Somit wandte sich Papst Urban II. sicherheitshalber an die untergeordneten Fürsten, Grafen und Bischöfe. Auf einer Wiese im französischen Clermont berichtete er wortreich von ermordeten Pilgern und forderte die Rückeroberung Jerusalems von den Muslimen. Rund 300 Zuhörer unterbrachen seine Rede wiederholt mit den lateinischen Worten „Deus lo vult!" (Gott will es!). Nach der Predigt des Papstes in Clermont hefteten sich viele Gläubige ein Kreuz an die Kleidung und nahmen damit symbolisch wie Jesus das Kreuz auf sich. Mönche und Prediger versuchten überall in Europa weitere Mitstreiter für die Befreiung des Heiligen Landes zu finden. Allen Teilnehmern dieses „Kreuzzugs" nach Jerusalem sagte der Papst die Vergebung der Sünden zu. Mit der Aussicht auf Sündenerlass machten sich rund 90 000 Menschen in fünf großen Heeren auf den Weg. Mehr als 90 % waren einfache Menschen, ein Drittel war unbewaffnet. Unterwegs ermordeten sie um die 5 000 Juden bei spontanen Pogromen in jüdischen Siedlungen. Die Eroberung Jerusalems im Juni 1099 erlebten schließlich nur etwa 20 000 Kreuzfahrer.

M16 Der erste Kreuzzug (1095-1099)

Man konnte auf verschiedenen Wegen nach Jerusalem gelangen. Die Karte zeigt, wo sich die Kreuzfahrer 1096 versammelten und welche Routen ins Heilige Land sie auf sich nahmen.

M17 Berichte der Christen

Christliche Chronisten berichten zum Jahr 1099:

In die Stadt eingedrungen, verfolgten unsere Pilger die Sarazenen bis zum Tempel des Salomo, wo sie während des ganzen Tages den Unsrigen den wütendsten Kampf lieferten, sodass der ganze Tempel von ihrem Blut überrieselt war. Bald durcheilten die Kreuzfahrer die ganze Stadt und rafften Gold, Silber, Pferde und Maulesel an sich; sie plünderten die Häuser und Reichtümer. Dann, glücklich und vor Freude weinend, gingen die Unsrigen hin, um das Grab unseres Erlösers zu verehren. Am folgenden Tag erkletterten sie das Dach des Tempels, griffen die Sarazenen, Männer und Frauen, an, zogen das Schwert und schlugen ihnen die Köpfe ab. Einige stürzten sich von der Höhe des Tempels hinab. Niemand hat jemals von einem ähnlichen Blutbad unter dem heidnischen Volk gehört oder gesehen.

Gesta Francorum, zitiert nach: Ebert, Johannes / Barth, Reinhard. Die Chronik der Kreuzzüge, Gütersloh 2005, S. 68 (gekürzt und angepasst)

M18 Aus einem arabischen Geschichtsbuch

Der arabische Geschichtsschreiber Ibn al-Atir ist 39 Jahre alt, als Jerusalem fällt. Später berichtet er:

Die Franken wandten sich also gegen Jerusalem [...] und hielten es [...] mehr als vierzig Tage lang eingeschlossen. Sie errichteten zwei Türme, einen davon auf der Seite Zions. Aber die Muslime verbrannten ihn und töteten alle, die in ihm waren. Kaum hatten sie ihn verbrannt, als ein Bote mit einem Hilferuf kam: die Stadt sei von der anderen Seite her genommen. Die Franken nahmen sie [die Stadt] tatsächlich von der Nordseite, morgens am Freitag, dem 15. Juli 1099. Die Einwohner wurden ans Schwert geliefert, und die Franken blieben eine Woche in der Stadt, während sie die Einwohner mordeten. Eine Gruppe von diesen suchte Schutz in Davids Bethaus [und] verschanzte sich dort [...]. Nachdem die Franken ihnen das Leben zugesichert hatten, ergaben sie sich; die Franken hielten den Vertrag, und sie zogen des Nachts in Richtung Askalon und setzten sich dort fest. In der al-Aqsa Moschee dagegen töteten die Franken mehr als siebzigtausend Muslime, unter ihnen viele Imame, Religionsgelehrte, Fromme und Asketen, die ihr Land verlassen hatten, um in frommer Zurückgezogenheit an diesem heiligen Ort zu leben. Aus dem Felsendom raubten die Franken mehr als vierzig Silberleuchter [...], außerdem von den kleineren Leuchtern einhundertfünfzig silberne und mehr als zwanzig goldene, und andere unermessliche Beute.

Gabrieli, Francesco: Die Kreuzzüge aus arabischer Sicht, München 2. Auflage 1975, S.49 f. (vereinfacht), übersetzt von Barbara von Kaltenborn-Stachau und Lutz Richter-Bernburg

AUFGABEN

1. Beschreibe das Bild **M14**. Wie ist das Verhältnis zwischen Papst und Zuhörern dargestellt?
2. Mit welchen Argumenten ruft Papst Urban II. zum Kreuzzug auf? Erstelle eine Mindmap (**M15**).
3. Arbeitet zu zweit und wertet die Karte aus. (**M16**). Bestimmt hierbei,
   a) aus welchen Ländern die Kreuzzugsteilnehmer 1096 kamen,
   b) durch welche heutigen Länder sie ins Heilige Land zogen und
   c) welches heutige Gebiet sie nun für sich beanspruchten.
4. Über die Eroberung Jerusalems wird von Christen und Muslimen berichtet. Arbeitet zu zweit und entscheidet, wer welche Quelle bearbeitet (**M17**, **M18**).
   a) Führe für deinen Text eine Quellenanalyse wie beschrieben durch (**Methode: Unterschiedliche Perspektiven in Quellen analysieren**).
   b) Tauscht euch aus und haltet in einem Schnittmengendiagramm inhaltliche Übereinstimmungen und Unterschiede fest.
   c) Arbeitet gemeinsam heraus, an welchen Stellen der Quellen man die Perspektive des Autors und seine Intention im Hinblick auf seine Leserschaft besonders gut feststellen kann.

Mindmap
→ Methodenglossar

H **zu Aufgabe 3**
Nutzt hierzu auch einen Atlas mit einer Europakarte (politisch).

H **zu Aufgabe 4**
So sieht ein Schnittmengendiagramm aus:

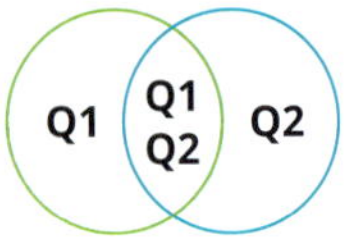

Unterschiedliche Perspektiven in Quellen analysieren

Worum geht es?

Historikerinnen und Historiker sind auf Quellen und Überreste aus vergangenen Zeiten angewiesen, um Erkenntnisse zu gewinnen und auszuwerten. Du hast in den vorigen Schuljahren bereits gelernt, wie man schriftliche Quellen analysiert. Wichtig ist dabei, immer im Auge zu behalten, wie der Verfasser zur berichteten Sache steht, für welche Leserschaft oder in wessen Auftrag er schreibt. Von der Eroberung Jerusalems liegen uns Berichte von muslimischen und christlichen Autoren vor, die sehr unterschiedlich sind. Wie man heute weiß, entspricht weder die eine noch die andere Quelle der Wahrheit. Mithilfe dieser Methode kannst du herausfinden, wie und warum die Eroberung Jerusalems von beiden Seiten so unterschiedlich dargestellt wurde.

Gehe dabei so vor:

1. Schritt: Führe eine Quellenanalyse durch

a) Lies den Text und mache Dir Notizen.
b) Untersuche den Text mithilfe von W-Fragen: Wer hat den Text geschrieben? Wann wurde der Text geschrieben? Wie lange liegt die berichtete Sache zurück? Um welche Art von Text handelt es sich?

2. Schritt: Kläre Perspektive, Adressaten und Intention

a) Informiere dich genauer über die Autorin / den Autor der Quelle.
b) Gab es einen speziellen Anlass für die Verfassung des Textes?
c) Für welche Leserschaft hat die Autorin / der Autor geschrieben?
d) Ist die Autorin / der Autor von jemandem beauftragt worden?
e) Mit welcher Absicht (Intention) berichtet die Autorin / der Autor über den Sachverhalt?

3. Schritt: Deute die Quelle und vergleiche sie mit einer anderen Quelle

a) Welche grundlegenden Unterschiede kannst du feststellen?
b) Kannst du die Unterschiede mit den Perspektiven der Autoren erklären?
c) In welchen Punkten stimmen die Berichte überein?
d) Erscheint dir eine der Quellen glaubwürdiger als die andere? Begründe deine Entscheidung.
e) Konntest du dich mit der vergleichenden Quellenanalyse der möglichen Wahrheit annähern? Benötigst du weitere Informationen, um zu einem abschließenden Urteil zu gelangen?

Alltagsbeispiel zum besseren Verständnis der Methode

70052-12

1.2 Ein christlicher Gott – zwei Konfessionen?

Wie entfernt sich die Kirche von den Gläubigen?

Heute verliert die Kirche immer mehr an Bedeutung. Im Mittelalter hingegen genoss sie das Vertrauen vieler Menschen, sie bestimmte ihren Alltag. Missbrauchte die Kirche das Vertrauen?

M1 Die ständige Drohung des Gerichts

Tympanon am Fürstenportal des Bamberger Doms (13.Jh.)

M2 Heiligenverehrung und Höllenangst

Der christliche Glaube hatte für die Menschen im Mittelalter eine hohe Bedeutung. Ihr Alltag war am Kalender, den Gesetzen und Vorgaben der Kirche ausgerichtet. Krankheit und Tod bestimmten das kurze Leben der Menschen. Die Hoffnung auf ein Leben nach dem Tod, aber auch die Angst vor dem Jüngsten Gericht, der „Reinigung" von Sünden im Fegefeuer oder der ewigen Hölle beschäftigten die Bevölkerung. Die kirchliche Lehre, ihre Heiligen und Priester zeigten den Menschen einen Weg auf. So erlangten sie große Macht über sie.

ABLASSHANDEL

Im Mittelalter schuf man mit dem Ablasshandel noch eine weitere Möglichkeit, dem Himmelreich nahe zu kommen. Der Handel mit dem Seelenheil war aber vor allem ein gutes Geschäft für die Kirche: Durch Zahlung eines Geldbetrags sollten die Strafen für begangene Sünden gekürzt oder erlassen werden.

Auch Verwandte oder Verstorbene sollte man mit einem Ablassbrief aus dem Fegefeuer und der Hölle herauskaufen können. Die Kirche erlaubte Mönchen und Bischöfen, diese Briefe an die Bevölkerung zu verkaufen. Mit dem Erlös sollte auch der Neubau des Petersdoms in Rom finanziert werden.

Reliquie
Gegenstand oder Überrest (Knochensplitter, Zahn) einer heiligen Person; Im Christentum war die Reliquienverehrung vor allem im Mittelalter weit verbreitet. Man versprach sich davon die Fürsprache des Heiligen. Reliquien wurden z. B. im Kirchenaltar verbaut.

M3 Missstände in der Kirche

Während der Großteil der Bevölkerung sich die letzten Münzen für eine Pilgerreise, eine Reliquie oder einen Ablassbrief vom Munde absparte, verprassten Teile der Amtskirche insbesondere in den italienischen Großstädten das Geld mit vollen Händen. Sie feierten große Feste, ließen sich die feinsten Speisen auftischen und vernachlässigten ihre eigenen Gebote. Kirchenfürsten kauften sich in wichtige Positionen ein, erfreuten sich an Geliebten und manipulierten sogar die Wahl zum Papst mithilfe von Schmiergeldern, Drohungen und Erpressung. Diese Vorkommnisse stießen auf große Kritik von Gläubigen und Geistlichen.

M4 Eine Ablasspredigt

Johann Tetzel sagte 1517:

Du Adliger, du Kaufmann, du Frau, du Braut, du Jüngling, du Greis! [...] Wisse, dass ein jeder, der gebeichtet, bereut und Geld in den Schrein getan hat, so viel ihm der Beichtvater geraten hat, eine volle Vergebung der Sünden haben wird. Habt ihr nicht die Stimmen eurer Verstorbenen gehört, die rufen: Erbarmt Euch, denn wir leiden unter harten Strafen und Foltern, von denen ihr uns durch eine geringe Gabe loskaufen könnt – und ihr wollt es nicht? [...] Ihr könnt nun Beichtzettel haben, durch deren Kraft ihr im Leben und in der Sterbestunde [...] Vergebung für [eure] Sünden habt.

Zitiert nach: Junghans, Helmar (Hg.): Die Reformation in Augenzeugenberichten, München 1980, S. 43 ff.

Konfession
Glaubensrichtung innerhalb einer Religion; Innerhalb des Christentums gibt es seit der Reformation die katholische, mehrere orthodoxe und die evangelische Glaubensrichtung.

AUFGABEN

1. Beschreibe die dargestellte Szene des Jüngsten Gerichts und stelle Vermutungen an, welche Wirkung sie auf die Menschen hatte (**M1**).
2. Auf dem Marktplatz: Willibrord erfährt von Adelheid, wie mit dem Geld in der Kirche umgegangen wird und welch ausschweifendes Leben die Kirchenfürsten führen. Beide sind sich unschlüssig, ob sie unter diesen Umständen einen Ablassbrief kaufen sollten. Verfasst zu zweit einen Dialog der beiden (**M2**, **M3**, **#Ablasshandel**).
3. Arbeite heraus, wie der Ablassprediger Tetzel die Menschen zum Kauf eines Ablasses überzeugen möchte (**M4**).
4. Beurteile das Handeln der Kirchenfürsten und begründe, warum sich die Menschen immer mehr von der Kirche abwendeten (**M1-M4**).
5. Diskutiert in der Klasse die Gründe, die heutzutage zu vermehrten Kirchenaustritten führen.

H zu Aufgabe 2
Berücksichtige dabei auch die Strapazen, die Pilger auf sich nehmen, wenn sie für ihr Seelenheil zu einem Apostelgrab reisen.

Martin Luther – ein Mönch stellt sich gegen den Papst

Der Wunsch, etwas grundsätzlich zu verändern, führt oft zu Unmut und Streit. Beziehungen zerbrechen und Ehen werden geschieden, weil sich die Partner entfremdet haben und nicht mehr miteinander leben wollen. Wie geht man mit Martin Luthers Vorschlägen um, die Kirche zu verändern? Ist eine Trennung noch zu verhindern?

M5 Der Ablasshandel – im Sinne Gottes?

Holzschnitte des Künstlers Lukas Cranach, einem Freund Martin Luthers;
Links: Christus hat alle Geldwechsler aus dem Tempel getrieben, das Geld ausgeschüttet und gesprochen: „Aus meines Vaters Haus sollt ihr kein Kaufhaus machen. Dein Geld sei mit Dir verdammt."
Rechts: Hier sitzt der Antichrist [Papst Leo X.], der Ablässe und Bischofsämter verkauft, der Kirchengesetze macht und sie für Geld wieder zerreißt und der gebietet, seiner Stimme mehr zu gehorchen als der Stimme Gottes.

M6 Kritik am Ablasshandel

„Sobald das Geld im Kasten klingt, die Seele aus dem Feuer springt.", hieß es so schön in Reimform. Doch regte sich sehr bald Kritik an dieser Form der kirchlichen Geldbeschaffung. Der in Thüringen geborene Mönch Martin Luther fasste den Unmut in 95 Thesen zusammen, die er in lateinischer Sprache an andere Professoren und Kirchenfürsten schrieb. Schon bald wurden sie ins Deutsche übersetzt, gedruckt und verbreitet. Der Legende nach heftete Luther sie auch an die Pforte der Schlosskirche in Wittenberg (siehe Auftaktseite). Historikerinnen und Historiker sehen darin den Beginn der Reformation. Zunächst beabsichtigte Luther nur eine innerkirchliche Kritik, dann entwickelte er ein neues Verständnis von Kirche und Glauben. Er meinte, dass die Gläubigen das Seelenheil allein durch Gottes Gnade, Glauben und Befolgung der biblischen Schrift erreichen könnten. Zur Erinnerung an dieses Ereignis feiern die evangelischen Christen alljährlich am 31. Oktober den Reformationstag.

LUTHERS RECHTFERTIGUNGSLEHRE

In Luthers Vorstellung haben sich die Menschen zwar an Gottes Gebote zu halten. Wer es aber nicht schaffte, den würde Gott nicht bestrafen, sondern ihn dennoch gnädig aufnehmen.
Um diese Gnade zu erlangen, müsse der Mensch nur bereit sein, an Gottes Zusagen zu glauben. Wichtigster Ausgangspunkt dafür sei die Frohe Botschaft, das Evangelium von Jesus Christus, das Gottes Willen ausdrücke. Für Luther ist Jesus Christus also der einzige Mittler zwischen Gott und den Menschen.

M7 „Ich stehe hier, ich kann nicht anders."

Diese Überlegungen erschütterten die Kirche, denn für ihre strengen Regeln und Drohungen gab es dann keinen Grund mehr. Die Kirche befürchtete ihre Machtposition zu verlieren. Luther sollte also seine Thesen widerrufen und zugeben, dass er Unrecht hatte. Der kirchentreue deutsche Kaiser Karl V. gab Luther die Gelegenheit dazu auf einem Reichstag in Worms. Doch Luther berief sich auf die Bibel und sein Gewissen und machte deutlich, dass er nicht nachgeben könne. So wurde Luther vom Kaiser für vogelfrei erklärt. Jeder konnte ihn fassen und umbringen, ohne dafür eine Strafe zu erhalten.
Der sächsische Landesfürst Friedrich der Weise ließ den flüchtenden Luther zum Schein überfallen und versteckte ihn auf der Wartburg. Aus der religiösen Auseinandersetzung war ein politischer Konflikt zwischen Fürsten und Kaiser geworden: Eine Entscheidung für Luther war eine Entscheidung gegen den Kaiser. Luthers Überzeugungen verbreiteten sich schnell und bald hatte er viele Anhänger und weitere Fürsten auf seiner Seite. Luther verbreitete in seinen Flugschriften die Aufforderung, dass alle die Bibel lesen sollten und dass mehr in Schulen und Bibliotheken investiert werden sollte. Er erreichte alle gesellschaftlichen Schichten, denn die die Erfindung des Buchdrucks ermöglichte es, schnell viele Kopien von Flugschriften in Umlauf zu bringen.

Zusatzkapitel: Die Bauernkriege
70052-13

Buchdruck
→ Kap. 3.1

AUFGABEN

1. a) Beschreibe die Bilder nacheinander und achte dabei besonders auf den Gesichtsausdruck und die Körperhaltung der Menschen (**M5**).
   b) Erkläre mithilfe der Bildunterschrift die Kritik der Bilder am Ablasshandel (**M5**).
2. Stelle dar, auf welche Art und Weise Luther seine Kritik auf den Weg bringt und wie er mit der Aufforderung zu widerrufen umgeht (**M6**, **M7**).
3. Begründe, wie Luther den Menschen die Last von den Schultern nimmt (**#Luthers Rechtfertigungslehre**).
4. Beschreibe, welche Folgen die Reformation für Kirche, Gesellschaft und die politischen Verhältnisse hatte (**M6**, **M7**).

F Flugschriften waren oft mehrseitig und enthielten viele Informationen. Erstellt zu zweit ein Flugblatt, dass die wesentlichen Forderungen Luthers auf einer Seite zusammenfasst (**M5-M7**, **#Luthers Rechtfertigungslehre**).
MK

Der Dreißigjährige Krieg – ein Religionskrieg?

Der Dreißigjährige Krieg war der grausamste Krieg seiner Zeit. In manchen Gegenden halbierte sich die Bevölkerung, die Grundversorgung der Menschen war nicht mehr gesichert. Die Quellen berichten von sinnloser Zerstörung ganzer Städte, Seuchen und immer wieder Hunger. Wie kam es zu diesem Krieg, der so lange dauerte, dass manche Menschen sich nicht mehr an Frieden erinnern konnten?

M8 Der Prager Fenstersturz – Auslöser des Kriegs

Der Prager Fenstersturz, Ausschnitt aus einem Kupferstich von Matthäus Merian dem Älteren

Voraussetzung für den Krieg war die Spaltung der christlichen Kirche nach der Reformation. In deren Folge mussten sich auch die Adligen und Fürsten entscheiden, ob sie katholisch bleiben oder sich dem Protestantismus anschließen wollten. Der Versuch des katholischen Kaisers Ferdinand II., den Einfluss der Protestanten im Königreich Böhmen (heutiges Tschechien) durch den Abriss einer evangelischen Kirche zu verringern, führte zu einer berühmten Protestaktion. In den Augen der Böhmen hatte Ferdinand II. mit seiner Maßnahme gegen den Augsburger Religionsfrieden verstoßen. Als Denkzettel dafür warfen protestantische Adelsvertreter drei seiner Beamten aus einem Fenster der Prager Burg. Sie stürzten 17 Meter tief in den Burggraben, aber überlebten. Der Kaiser führte daraufhin Krieg gegen die aufständischen Böhmen, den er auch schnell gewann. Allerdings hatten sich beide Konfliktparteien in der Zwischenzeit mit weiteren Fürsten ihrer Glaubensrichtung verbündet.

M9 Der Religionskrieg wird zur Machtfrage

Augsburger Religionsfrieden
1555 war vereinbart worden, dass der jeweilige Landesherr über die ausgeübte Religion in seinem Machtbereich entscheiden durfte. Die Untertanen mussten den entsprechenden Glauben annehmen.

So betraten die katholischen Bayern und die protestantischen Fürsten Norddeutschlands das Schlachtfeld. Wieder gewann die Katholische Liga gegen die Protestantische Union. Den Protestanten sprang nun aber noch der dänische König zu Hilfe, da er verhindern wollte, dass dem Reich doch noch ein süddeutsch-katholischer Stempel aufgedrückt werde. Gleichzeitig wollten die Niederlande ihre Unabhängigkeit von Spanien erreichen. Auf dem spanischen Thron saß mit Philipp II. auch ein König aus der Familie der Habsburger, also ein Verwandter Ferdinands. Auch dieser Krieg fand auf deutschem Boden statt. In der zweiten Kriegshälfte kämpften dann die protestantischen Schweden und das katholische Frankreich Seite an Seite gegen den Kaiser, dessen Schwäche und Kriegsmüdigkeit sie ausnutzen wollten. Es ging also nicht mehr nur um religiöse Belange, sondern um die Vorherrschaft in Europa.

M10 Magdeburg wird belagert

Aus dem Tagebuch des Söldners Peter Hagendorf:

1630. Nach 20 Wochen sind wir aufgebrochen nach Westfalen. Unser Quartier ist gewesen in Lippstadt, den Winter über sind wir darin gelegen. In diesem Land sind große, starke Leute, Manns- und Weibspersonen, und ein fruchtbares Land und viel Viehzucht. [...] In Lippstadt gibt es gutes altes Bier und auch böse Leute. Ich habe ihrer 7 verbrennen gesehen. Dabei ist auch ein schönes Mädelein gewesen von 18 Jahren, aber sie ist doch verbrannt worden. [...] 1631. Den 20. Mai haben wir mit Ernst angesetzt und gestürmt und auch erobert. Da bin ich mit stürmender Hand ohne allen Schaden in die Stadt gekommen. Aber in der Stadt, am Neustädter Tor bin ich 2 mal durch den Leib geschossen worden, das ist meine Beute gewesen. Nachher bin ich in das Lager geführt worden, verbunden, denn einmal bin ich durch den Bauch, vorne durchgeschossen worden, zum anderen durch beide Achseln.

Zitiert nach: Peters, Jan (Hg.) / Hagendorf, Peter: Tagebuch eines Söldners aus dem Dreißigjährigen Krieg, Göttingen 2012, S. 34 ff. (gekürzt)

M11 Die Plünderung Magdeburgs

Der damals zwölfjährige Johann Daniel Friese über das Jahr 1631:

Nicht lang darauf schlugen die kaiserlichen Soldaten an die Türen wie lebende Teufel. Sie drohten, Sie würden keine Seele am Leben lassen, wenn wir nicht aufmachen und sie hineinkämen. Die Mutter lief alsbald mit Schreien hinzu und wir Kinder alle um den Soldaten herum, baten und riefen, er solle doch nur den Vater leben lassen. Mein kleiner Bruder Christian, ein kleines Kind [...], sprach in seiner Angst zu dem Soldaten: Ach lass doch den Vater leben; ich will euch gern meinen Dreier geben, den ich am Sonntag bekomme. Diese Worte des einfältigen Kindes bewegten vielleicht des Soldaten Herz, sodass er sich alsbald änderte und statt eines grausamen ein freundliches Gemüt zu uns wendete. Als wir durch die Gassen gingen, sahen wir Tote liegen und mussten über die toten Körper laufen. Wir sahen einen Bauern aus einem Dachstuhl herunterstürzen, der mit heißem Wasser verbrannt war und gewaltig rauchte. Er lag in der Gasse, wälzte sich und schrie erbärmlich.

Söldner überfallen ein Dorf, Gemälde von Sebastian Vrancx (1537-1647). Der Maler zeigt eine Szene des Dreißigjährigen Krieges (1618-1648).

Zitiert nach: Pantle, Christian: Der Dreißigjährige Krieg, Berlin 2017, S. 82 ff. (gekürzt und angepasst)

M12 Endlich Frieden

Karte: Das Heilige Römische Reich nach dem Westfälischen Frieden

70052-14

Ab 1634 fanden erste Gespräche zur Beendigung des Krieges statt. Mitte 1648 war es dann soweit: Der Kaiser unterzeichnete einen Friedensvertrag mit Frankreich im katholischen Münster und mit Schweden im protestantischen Osnabrück. Wegen der Lage der beiden Städte in Westfalen ging der doppelte Friedensschluss als „Westfälischer Frieden" in die Geschichte ein. Aber was wurde vereinbart?

1. Der Augsburger Religionsfrieden wurde wiederhergestellt.
2. Die Schweiz und die Niederlande wurden unabhängig.
3. Der Kaiser verlor an Macht und musste sich fortan bei wichtigen Entscheidungen mit seinen Fürsten beraten. Diese gingen folglich gestärkt und als unabhängige Kleinstaaten aus dem Konflikt hervor.

Das Deutsche Reich war von nun an ein Flickenteppich. Aber es war gelungen, einen Frieden zu schaffen, der weitere Konflikte wegen der Religionszugehörigkeit verhinderte.

M13 Spürbare Folgen

Deutsches Kaiserreich
→ Kapitel 8.3

Industrialisierung
→ Kapitel 9.1

Die Bevölkerung in den deutschen Fürstentümern war nach dem Krieg nicht nur geschrumpft, sondern auch in ihrer Entwicklung stehen geblieben oder zurückgefallen. Während die europäischen Nachbarn mit Handelsrouten und Handelsstützpunkten die Grundlage für ihre späteren Kolonialreiche legten und sich innenpolitisch weiterentwickelten, beschäftigte die Deutschen ausschließlich der Krieg und der Wiederaufbau nach der Zerstörung. So verlor das Deutsche Reich an Einfluss und Macht in Europa. Womöglich sind auch die im Vergleich späte Gründung eines einigen Nationalstaates (im Jahr 1871) und die zeitlich verzögerte Industrialisierung die Folgen dieser dreißig Jahre andauernden Katastrophe.

Mindmap
→ Methodenglossar

F zu Aufgabe 2
Führt ergänzend eine Internetrecherche durch.

H zu Aufgabe 2
Nutzt hierzu die untenstehende Mindmap.

AUFGABEN

1. a) Beschreibe das Bild zum Prager Fenstersturz (**M8**).
   b) Erläutere mithilfe des Textes, weshalb der Prager Fenstersturz als Auslöser des Dreißigjährigen Krieges angesehen wird (**M8**).
2. Bildet Dreiergruppen und stellt die Ursachen und Folgen des Dreißigjährigen Kriegs mithilfe einer gemeinsamen Mindmap dar (**M9**, **M12**, **M13**).
3. Führt zu zweit eine Analyse der unterschiedlichen Perspektiven auf den Krieg anhand von **M10** und **M11** durch und stellt eure Ergebnisse in einem Schnittmengendiagramm gegenüber (**Methode: Unterschiedliche Perspektiven in Quellen analysieren**).
4. Diskutiert im Plenum die Kapitelfrage: „Der Dreißigjährige Krieg – ein Religionskrieg?" mithilfe eurer Mindmap.

1.3 Über den Tellerrand: Transkontinentale Beziehungen

Kilwa – eine Stadt in Ostafrika als Handels-Drehkreuz?

Schon im späten Mittelalter war Gold sehr bedeutend als Statussymbol für wohlhabende Menschen. Vor der Erschließung der süd- und mittelamerikanischen Goldvorkommen lieferten afrikanische Goldminen das begehrte Edelmetall. So entstand an günstiger Stelle in Ostafrika ein Umschlagplatz für Waren mehrerer Kontinente. Was unterschied Kilwa von einer europäischen Handelsmetropole?

M1 Die Stadt Kilwa in Ostafrika

M2 Handel bringt Wohlstand

Der marokkanische Gelehrte Ibn Battuta war erstaunt, als er 1331 nach Kilwa kam. Mit einer großen und prächtigen Handelsmetropole hatte er in Ostafrika nicht gerechnet. Die einstige Niederlassung muslimischer Siedler aus Persien war durch den Austausch mit afrikanischen Goldhändlern zu einem lebendigen Handelsstützpunkt geworden. Bald wurden auch Elfenbein und Edelhölzer aus dem afrikanischen Inland, arabisches Steingut, persische Keramik und chinesisches Porzellan dort gehandelt. Weitere Araber, Perser und Inder siedelten sich an und heirateten afrikanische Frauen. Die Kulturen vermischten sich, es herrschte eine tolerante, weltoffene Atmosphäre und die Menschen verdienten ihr Geld mit dem Austausch der Waren. Sultane, Könige und Emire beherrschten die Stadt. Auch die Europäer fragten immer mehr afrikanisches Gold nach und waren interessiert an den Waren aus Indien und China. Mit der Umsegelung der Südspitze Afrikas durch Vasco da Gama errichteten die Portugiesen schließlich eine eigene, direkte Handelsroute nach Asien.

Emir
Herrscher, Gouverneur

Sultan
hochrangiger Herrschertitel, auch religiöser Anführer

Zusatzkapitel: Weitere Entwicklung Kilwas
70052-15

M3 Holzschnitt von Lübeck um 1493

M4 Lübeck – Entwicklung zur Handelsmetropole

Während der Blütezeit von Kilwa entwickelte sich ein Fischerdorf an der deutschen Ostsee zu einer wichtigen Handelsmetropole. Lübeck, seit 1226 freie Reichsstadt und nur noch dem Kaiser unterstellt, nutzte seine verkehrsgünstige Lage am Meer und verkaufte zunächst vor allem Fisch in der Umgebung. Das Handelsnetz der Lübecker Kaufmannsfamilien erstreckte sich jedoch bald von Norwegen, Dänemark, Schweden und Finnland über das Baltikum bis nach Russland.

Koggen ermöglichten auch die Belieferung von Städten im Landesinneren. Von der Ostsee aus konnte man ohne Probleme die seichteren Flüsse hinauffahren und kam bis ins russische Nowgorod. Als die in der Mitte Osteuropas einfallenden Mongolen den Landhandel mit Indien und Persien erschwerten, halfen Lübecker Händler aus und brachten neben Fisch auch Salz und Gewürze bis nach Nowgorod. Von den entlegenen Orten brachten die Händler wiederum Waren mit nach Mitteleuropa, die es dort nicht gab und die sich mit hohen Gewinnen verkaufen ließen. Anfang des 16. Jahrhunderts verlor der Städtebund langsam an Bedeutung. Als Großhändler traten bald die Fugger in die Fußstapfen der Hanse, die jedoch im Hafen von Antwerpen in Belgien ihren zentralen Seehandelsstützpunkt errichteten.

Kogge
Schiff mit niedrigem Tiefgang

Die Hanse
Zum Schutz der Seehandelswege gegen Seeräuber schlossen sich viele Küstenstädte zu einem Städtebund, der Hanse zusammen. Dieser Städtebund machte es sich auch zur Aufgabe, den Handel stetig auszubauen.

Die Fugger
→ Kapitel 3.3

AUFGABEN

1. Beschreibe **M1** und **M3** und vergleiche das Stadtbild der beiden Handelsmetropolen.
2. Arbeitet zu zweit heraus, wie Kilwa in Ostafrika und Lübeck an der Ostsee bedeutende Handelsmetropolen wurden. Stellt eure Ergebnisse in einer Tabelle gegenüber (**M2**, **M4**).
3. Erklärt, wie der Handel Wohlstand nach Kilwa und Lübeck brachte (**M2**, **M4**).

GLAUBE UND RELIGION ZWISCHEN KONFLIKT UND FRIEDEN

KULTURKONTAKTE UND RELIGIONEN IM MITTELALTER

⟵ Kapitel 1.1, M1-M13

Nach dem Judentum und dem Christentum entstand mit dem Islam die dritte Weltreligion, deren Anhänger, die Muslime, auch an den einen Gott glauben. Durch die Ausbreitung des Islam kam es bald zur Begegnung mit Juden und Christen. An manchen Orten prägten Krieg und Konflikte dieses Aufeinandertreffen. An anderen Stellen lebte man bald auch in friedlicher Nachbarschaft zusammen, tauschte sich aus und profitierte vom Wissen der anderen.

KREUZZÜGE

⟵ Kapitel 1.1, M14-M18

Als mit den Seldschuken ein islamischer Stamm im Bereich der heutigen Türkei die friedliebenderen Stämme zurückdrängte, war der Pilgerweg nach Jerusalem nicht mehr frei zugänglich. Auch bedrohten die Seldschuken die Herrschaft des oströmischen Kaisers Alexios. I., der sich mit einem Hilfegesuch an den Papst in Rom wandte. Dieser rief im Jahr 1095 im französischen Clermont zu einem Krieg im Namen Gottes auf und versprach allen Teilnehmern einen Sündenerlass. Wer diesem Aufruf folgte, heftete sich als Zeichen der besonderen Mission ein Kreuz an Kleidung oder Rüstung. Die Kreuzfahrer eroberten im Juni 1099 die Heilige Stadt Jerusalem.

REFORMATION

⟵ Kapitel 1.2, M1-M7

Die Angst der Menschen vor Fegefeuer und Hölle und ihre Bereitschaft, alles für die Befreiung von ihren Sünden zu tun, dauerte auch bis ins ausgehende Spätmittelalter an. Die Opferbereitschaft der Menschen war groß. Teile der Amtskirche nutzten dies aus und versprachen den Menschen, sich von ihren Sünden auch freikaufen zu können. Mit den Einnahmen wurden Bauwerke und luxuriöse Feste in Rom finanziert. Martin Luther kritisierte diese Praxis als gottlose Geschäftemacherei. Nur Gott selbst könne den Menschen ihre Sünden vergeben. Die Idee, sich von den Fesseln der Kirche zu lösen, Gott aber treu zu bleiben, überzeugte viele Menschen und es kam zur Spaltung der Kirche.

DREISSIGJÄHRIGER KRIEG

⟵ Kapitel 1.2, M8-M13

Der Versuch, die Kirchenspaltung mit einer Gegenreformation rückgängig zu machen, führte in der Mitte Europas zu einem lang andauernden Krieg von 1618-1648. Viele europäische Großmächte waren in diesen Konflikt verwickelt. Der Wunsch des Kaisers, allen Ländern wieder den katholischen Glauben aufzuzwingen, scheiterte. Am Ende ging es nur noch um politischen Machtgewinn der beteiligten Staaten und Herrscher und der religiöse Anfangskonflikt trat in den Hintergrund.

Nachdem du das Kapitel „Glaube, Kultur und Religion in Mittelalter und früher Neuzeit" bearbeitet hast, kannst du hier das Gelernte anwenden, dein Wissen prüfen und dir ein Urteil bilden.

M1 So straft Gott im Fegefeuer

Holzschnitt aus dem 15. Jh. Nach kirchlicher Vorstellung wartete für jede der sieben Todsünden eine Strafe auf die Menschen.

M2 Der Volkskreuzzug

Guibert von Nogent berichtet aus dem Jahr 1095:

Es war eine solche Witterung, dass auch – neben der allgemein schlechten Ernte – bei den Reichen großer Mangel herrschte. Unzähligen Menschen kam der Gedanke einer sofortigen Auswanderung in den Sinn, verschiedene Besitztümer wurden zum Spottpreis hergegeben, damit man nicht verspätet den Weg in der Nachfolge Gottes antrete. Die meisten von denen, die der Aufbruchswille noch nicht erfasst hatte, lachten über das Verschleudern der Güter: Verarmt würden sie gehen und noch viel verarmter zurückkehren. Man konnte Erstaunliches sehen, eigentlich zum Scherzen geeignet: Manche einfachen Leute nämlich beschlugen ihre Rinder mit Hufeisen wie Pferde, packten ihre Besitztümer und Kinder in einen Karren und brachen auf.

von Nogent, Guibert: Gesta Dei per Francos, in: Recueil des historiens des croisades. Historiens occidentaux, Bd. 4, Paris 1879, S. 140 - 142, übersetzt von Cornelia Herbers-Rauhut (gekürzt und leicht angepasst)

Online-Quiz zum Kapitel

82000-219

M3 Luther spricht 1521 vor dem Kaiser

Historiengemälde von Anton von Werner, um 1877; Nachbildung; Eine Legende erzählt, Luther habe in Worms zu Karl V. gesagt: „Hier stehe ich, ich kann nicht anders, Gott helfe mir, Amen.“

Aufgaben

1. a) Beschreibe das Bild und erkläre, was es über die Religiosität der Christen im Mittelalter aussagt (**M1**).
b) Stelle dar, wie die Menschen hofften, dem Fegefeuer zu entgehen.

2. a) Lies die Quelle **M2** und stelle dar, warum sich die Menschen dem Kreuzzug anschlossen.
b) Vergleiche diese Motive mit dem Kreuzzugsaufruf von Urban II.
c) Beurteile, wie der Autor selbst zum Kreuzzugsgedanken stand.

3. a) Beschreibe, welche Atmosphäre das Bild von Anton von Werner vermittelt (**M3**), das Luther auf dem Reichstag in Worms (1521) zeigt.
b) Mit welchen Vorwürfen und Forderungen wird Luther konfrontiert?
c) Formuliere in eigenen Worten Luthers Antwort.

4. Die Stadtverordneten deiner Heimatstadt wollen den Wallenstein-Platz in der Innenstadt in „Platz des Westfälischen Friedens“ umbenennen und grundlegend umgestalten.
a) Eine Info-Tafel soll die Besucher über die Bedeutung des Friedensschlusses informieren. Entwickle dafür einen Text, der wie eine Twitter-Nachricht mit 280 Zeichen auskommt.
b) Erstelle einen Plan für die Umgestaltung des Platzes und lass deiner Kreativität dabei freien Lauf.

H zu Aufgabe 4b
Begründe, warum du welche Gestaltungselemente (Baum, Denkmal, Bank, Spielgerät, Bepflanzung, Grünflächen, o. ä.) verwenden würdest.

Tabelle zur Selbsteinschätzung

70052-16

Wo kommt unser Obst eigentlich her?

Was weißt du schon?

1. a) Benennt die verschiedenen Früchte.
b) Ordnet dann zu zweit die Früchte den Regionen zu, in denen sie normalerweise wachsen. Begründet eure Zuordnung.
c) Vergleicht eure Zuordnungen anschließend im Plenum.

2. Was wisst ihr bereits über das Klima, die Landschaft und Tierwelt in diesen Regionen? Sammelt erste Ideen in der Klasse.

2

#Leben und Wirtschaften in den Landschaftszonen der Erde

Obwohl es bei uns im Januar kalt und nass ist und auf den Feldern wenig wächst, kannst du trotzdem im Supermarkt Mangos oder Datteln kaufen. Das ist möglich, weil es vom Pol bis zum Äquator unterschiedliche Klima- und Landschaftszonen auf der Erde gibt, wo zur gleichen Zeit verschiedene Pflanzen wachsen können. Die Lebensmittel und andere Waren können mittlerweile außerdem weltweit transportiert werden. Es ist den Menschen im Laufe der Zeit gelungen, sich nahezu überall auf der Welt niederzulassen und Landwirtschaft zu betreiben. Doch nicht überall hat man die gleichen Bedingungen für den Anbau von Getreide, Gemüse und Obst. Welche Probleme und Hindernisse gibt es vor allem in den Landschaftszonen der Tropen und Subtropen und was kann man dagegen tun?

Was lernst du in diesem Kapitel?

... die Wetter- und Klimaelemente zu nennen und zu beschreiben.
... die Entstehung der Jahreszeiten und der Beleuchtungszonen zu erklären.
... Klima- und Landschaftszonen zu charakterisieren und zu unterscheiden.
... Klimadiagramme zu erstellen.
... zu erklären, wie Menschen natürliche Nutzungsgrenzen ihrer Lebensräume überwinden können.
... Probleme und Herausforderungen bei der landwirtschaftlichen Nutzung in den Subtropen und Tropen zu erläutern.
... die Nachhaltigkeit von Wirtschaftsweisen zu beurteilen.
... Lösungsansätze für mehr Nachhaltigkeit zu entwickeln.

Steckbriefe zu den Landschaftszonen erstellen

Worum geht es?

Unsere Erde ist ein sehr vielfältiger Planet, vom Nordpol zum Äquator sieht man große Unterschiede, was Klima und Landschaften angeht. In diesem Kapitel beschäftigt ihr euch vor allem mit den Subtropen und Tropen. Was ist typisch für diese Zonen? Welche Herausforderungen gibt es dort für die landwirtschaftliche Nutzung? Das sollt ihr herausfinden. In Kleingruppen recherchiert ihr im Buch und im Internet und erstellt Steckbriefe für die Zonen. Diese könnt ihr der Klasse dann in einem Galeriegang vorstellen.

Geht dabei so vor:

Start

1. Bildet Kleingruppen von 3-4 Schülerinnen und Schülern.

2. Informiert euch in euren Kleingruppen zunächst darüber, welche Klimaparameter es gibt und wie die Klima- und Landschaftszonen entstehen (→ Kapitel 2.1, M1-M13). Die jeweiligen Aufgaben auf den Seiten helfen euch dabei.

3. Entscheidet euch in eurer Gruppe für eine der Klima- bzw. Landschaftszonen: Tropen oder Subtropen. Beide Klimazonen müssen in der Klasse vergeben sein, pro Klimazone gibt es mindestens zwei Gruppen. Zusätzlich können weitere Gruppen noch die kalte und die gemäßigte Zone erarbeiten (siehe QR-Code).

Zusatzkapitel: Die kalte Zone
70052-17

Zusatzkapitel: Die gemäßigte Zone
70052-18

4

Recherchiert im Buch (→ Kapitel 2.2, M1-M21) und im Internet folgende Punkte in Bezug auf eure Klimazone:

- Lage der Klimazone: Nennt mehrere Länder, die dort liegen (Hilfe: Atlas und Internet).
- Klima der Zone: Wie sind die typischen Temperaturen, wie viel und welche Art von Niederschlag fällt dort?
- Tiere und Pflanzen: Welche Tiere und Pflanzen leben dort und wie können sie sich an das jeweilige Klima anpassen?
- Nutzung der Zone durch den Menschen: Wie wird dort Landwirtschaft betrieben? Was wird angebaut?
- Nachhaltigere Nutzung der Zone: Wie kann dort nachhaltiger, also für die Natur schonender, gewirtschaftet werden?

Mit eurem Buch könnt ihr diese Fragen schon ausführlich beantworten. Wenn ihr noch weitere Informationen benötigt, findet ihr mit dem QR-Code ein paar Internetseiten, die euch weiterhelfen können:

Webseiten zum Thema Klima- und Landschaftszonen

70052-19

5

Gestaltet einen Steckbrief zu eurer Zone im Format A0. Dieser wird später im Klassenraum aufgehängt. Überlegt, wer beim Steckbrief stehen bleiben und ihn den anderen Schülern erläutern wird. Für den Galeriegang selbst könnt ihr die Vorlage für einen Steckbrief im A4 Format ausdrucken (siehe QR-Code), um euch Notizen zu den Zonen der anderen Gruppen zu machen.

Vorlage für einen Steckbrief

70052-20

6

Da je zwei Gruppen eine Zone bearbeitet haben, kann man viele Informationen sammeln und miteinander vergleichen.
Eure Mitschülerinnen und Mitschüler füllen während des Rundgangs ihre leeren Steckbriefe für die Zonen aus, ein Mitglied der jeweiligen Gruppe bleibt beim eigenen Steckbrief stehen und stellt ihn vor. Damit diese Person auch alle Informationen zu den anderen Zonen bekommt, folgt anschließend nach dem Rundgang noch eine 2-minütige Phase, in der ihr innerhalb der Gruppe die Steckbriefe vergleichen könnt.

Methode: Präsentation in einem Galeriegang

70052-21

2.1 Klima- und Landschaftszonen der Erde – wie entstehen sie?

Unser Wetter – wodurch wird es bestimmt?

Beim Wetter ist nur eines sicher: Man weiß nie genau, wie es sich entwickelt. Das liegt unter anderem daran, dass es von vielen unterschiedlichen Faktoren bestimmt wird: vor allem durch die Wetter- und Klimaelemente.

M1 Eine Wettervorhersage für Deutschland

Am Freitag nimmt in der Westhälfte und im Süden die Wahrscheinlichkeit für zum Teil kräftige Schauer und Gewitter zu. Örtlich sind Unwetter mit Starkregen, Hagel und Sturmböen möglich. Im Osten [...] wird es mit Höchstwerten zwischen 28 und 36 Grad am wärmsten. [...] Der Wind weht schwach bis mäßig aus teils nördlichen, teils südlichen Richtungen.

Wetterkontor: Wetterbericht Deutschland, www.wetterkontor.de, 16.06.2021

M2 Die Wetterelemente im Überblick

Die Wetterelemente sind messbare und beobachtbare Faktoren, die das Wetter beeinflussen.

a) Die Temperatur
Wenn wir das Wetter als warm oder kalt wahrnehmen, ist das die gemessene Lufttemperatur. Sie ist abhängig von der Sonneneinstrahlung und wie stark sich Land und Wasser aufwärmen. Die Lufttemperatur wird immer im Schatten gemessen. Als Messinstrument wird das Thermometer verwendet und die Maßeinheit ist bei uns Grad Celsius (°C, z. B. „20 °C")

b) Luftdruck und Wind
Unsere Luft wiegt etwas, obwohl wir das nicht direkt wahrnehmen. Über uns lagern viele Luftschichten und diese üben durch ihr Gewicht einen Druck auf die Erdoberfläche aus: den Luftdruck. Der Luftdruck wird mit einem Barometer gemessen (Einheit: Hektopascal (hPa)). Große Druckgebilde im Wettersystem werden als Hoch- und Tiefdruckgebiete bezeichnet. Bei Hochdruckeinfluss haben wir meist schönes Wetter, bei Tiefdruck ist es eher wechselhaft. Der Luftdruck beeinflusst zu großen Teilen das Wetter: Druckunterschiede in höheren Luftschichten führen zu Ausgleichsströmungen, die wir als Wind wahrnehmen.

c) Wolken und Niederschlag
Wie entstehen Wolken? Bei hoher Sonneneinstrahlung auf z. B. einem See erwärmt sich das Wasser, die warme Luft über dem Wasser nimmt Wasserdampf auf und steigt nach oben. Auf dem Weg in höhere Luftschichten kühlt sie ab (mit zunehmender Höhe wird es kälter). Der Wasserdampf wird wieder zu Wassertröpfchen und es entstehen Wolken. Wenn sich viele Wassertröpfchen in dieser Wolke ansammeln kommen sie als Niederschlag wieder auf die Erdoberfläche zurück. Dabei kann er verschiedene Formen annehmen: flüssigen Niederschlag wie Regen oder festen Niederschlag wie Schnee, Graupel oder Hagel.

M3 Wie hängen die Wetterelemente zusammen?

Das Zusammenspiel der Wetterelemente bestimmt unser Wetter und Klima, deshalb hilft die Betrachtung eines Faktors nicht weiter. Ein typisches Wetterphänomen, das beispielsweise an der Nordsee auftritt ist der Seewind. Anhand dieses Wetterphänomens kannst du verstehen, wie die einzelnen Wetterelemente zusammenwirken.

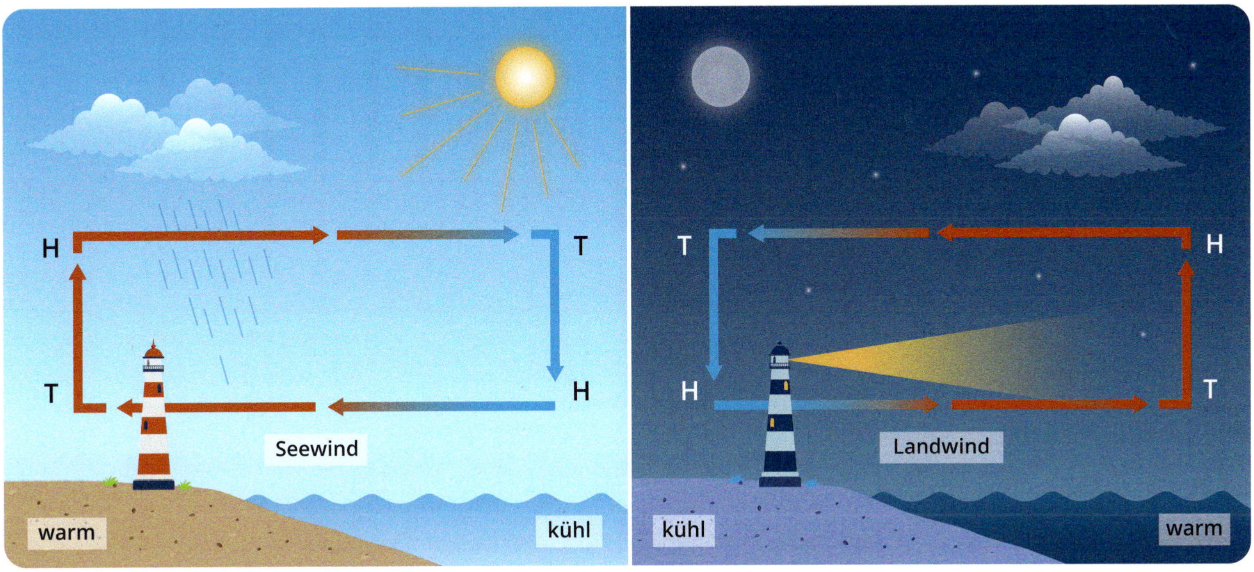

links: Situation am Tag: Die Sonnenstrahlung erwärmt die Erdoberfläche. Die Landflächen erwärmen sich deutlich schneller als die Wasserflächen. Die warme Luft steigt auf, da sie weniger dicht, also leichter ist. Es kommt zur Wolkenbildung (siehe M2c). Am Boden hinterlässt die Luft einen tiefen Luftdruck (T), da sie nach oben entwichen ist. Die Luft breitet sich in der Höhe aus, auch zum Meer hin. Über dem Meer kühlt sie wieder ab, ist dadurch schwerer und sinkt zur Meeresoberfläche hin ab. Da die Luftmassen hier nach unten drücken entsteht ein Hochdruckgebiet am Boden (H). Luftmassen fließen immer von einem Hoch zum Tief. So entsteht ein kühler Wind, der vom Meer zum Land weht, der sogenannte Seewind.
rechts: Bei Nacht kehrt sich das System um, da dann das Land viel schneller abkühlt als das Meer. Das Meer ist somit wärmer als das Land.

AUFGABEN

1. Arbeitet zu zweit mit dem Wetterbericht in **M1**. Beschreibt knapp anhand des Textes, welche Faktoren zum Wettergeschehen beitragen.
2. Arbeitet in Kleingruppen zusammen, um die Wetter- und Klimaelemente zu erforschen.
   a) Teilt euch in der Gruppe so auf, dass jedes Wetter-/Klimaelement von einem Teil der Gruppe bearbeitet wird (**M2**).
   b) Beschreibt jeweils ein Wetterelement und erklärt es euch gegenseitig.
   c) Erläutert gemeinsam die Funktionsweise des Seewinds anhand der Grafik (**M3**).
3. Begründet im Plenum anhand des Land-Seewinds wie die Wetterelemente zusammenwirken und „das Wetter gestalten" (**M3**).

H zu Aufgabe 2
Tipp:
- warme Luft steigt nach oben, kalte Luft fließt wie Wasser nach unten.
- Aufsteigende Luftmassen verursachen geringen Luftdruck am Boden (T für Tief), absteigende Luftmassen erhöhen den Luftdruck am Boden (H für Hoch).

F zu Aufgabe 2
Erläutere in gleicher Weise den Landwind bei Nacht. Beginne mit „Luft steigt über dem Meer auf …"

M4 Klimadiagramm Mönchengladbach

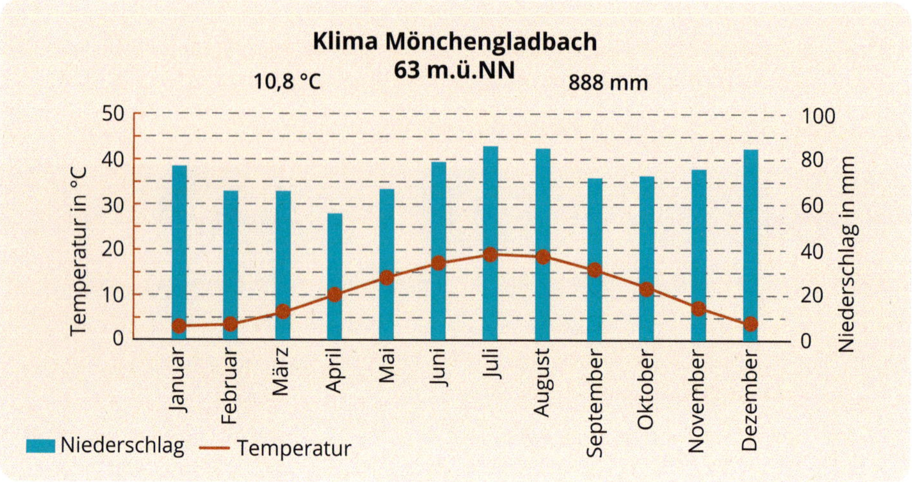

Wetter
Je nachdem, wie die Wetterelemente gerade ausgeprägt sind (z. B. hohe Temperatur, wenig Wind), herrscht bei uns anderes Wetter. Man nimmt das Wetter z. B. durch Regen, Hitze, Sonnenschein oder Kälte wahr.

Klima
Für die Messung der Klimaeelemente wird mindestens ein Zeitraum von 30 Jahren benötigt. Forscher nutzen aber auch Zeiträume wie Jahrhunderte, um über die Entwicklung des Klimas mehr erfahren zu können.

WETTER UND KLIMA

Das Wetter entsteht durch das Zusammenspiel der Wetterelemente an einem bestimmten Ort für einen kurzen Zeitraum.
Das Klima ist der Zustand der Atmosphäre an einem bestimmten Ort oder in einem bestimmten Gebiet über einen längeren Zeitraum (ca. 30 Jahre). Das Klima wird auch durch die Wetter- bzw. Klimaelemente bestimmt (z. B. Lufttemperatur, Niederschlag), allerdings werden diese über einen längeren Zeitraum betrachtet.
Nach: Umweltbundesamt: Was ist eigentlich Klima? www.umweltbundesamt.de, 01.08.2013

F zu Aufgabe 2
Vergleiche beide Klimadiagramme miteinander. Welche Unterschiede stellst du fest?

AUFGABEN

1. Wetter ist nicht gleich Klima!" Erkläre worin der Unterschied zwischen Wetter und Klima liegt (**#Wetter und Klima, Randspaltenerklärungen**).
2. a) Arbeitet zu zweit und wertet das Klimadiagramm von Mönchengladbach mithilfe der Schritte im QR Code aus.
   b) Lest euch die Schritte zur Erstellung eines Klimadiagramms durch. Zeichnet anschließend ein Klimadiagramm für die Klimastation Antananarivo, Madagaskar (**Methode: Klimadiagramme auswerten und zeichnen**).

Klimadiagramme auswerten und zeichnen

Worum geht es?

Du weißt schon, dass Klimadiagramme die beiden wichtigsten Klimaelemente eines Ortes im Verlauf eines Jahres darstellen (die Temperatur in Grad Celsius und den Niederschlag in mm). Wenn du Klimadiagramme auswerten kannst, erfährst du dadurch viele Informationen über den Ort. Wie das funktioniert, kannst du mithilfe des QR-Codes nochmal nachlesen. Hier lernst du anhand eines Beispielortes, wie man Klimadiagramme zeichnet und worauf du dabei achten musst.

Methode: Klimadiagramme auswerten

70052-22

Geht dabei so vor:

1. Schritt: Zeichne die Grundlinie

Nimm dein Lineal und zeichne eine waagerechte Grundlinie (12 cm). Teile sie für die 12 Monate ein (1 cm= 1 Monat).

2. Schritt: Zeichne die Temperatur- und Niederschlagsachsen

Zeichne links und rechts von der Grundlinie je eine senkrechte Linie. Die linke Linie zeigt die Temperaturwerte (1 cm = 10 °C, rote Zahlen), die rechte Linie die Niederschläge (1 cm = 20 mm, blaue Zahlen).

3. Schritt: Beschrifte dein Diagramm

Beschrifte dein Klimadiagramm oben mit dem Namen der Station und der Höhe über NN. Beschrifte anschließend die Achsen mit roten Zahlen und °C, Monaten, blauen Zahlen und mm.

4. Schritt: Zeichne die Temperaturkurve

Markiere die durchschnittlichen Monatstemperaturen in der Monatsmitte. Verbinde dann alle 12 Durchschnittstemperaturen mit einem roten Stift. Das ist die Temperaturkurve.

5. Schritt: Zeichne die Niederschlagskurve

Markiere die Höhe der durchschnittlichen Monatsniederschläge im Klimadiagramm. Zeichne bis zu dieser Markierung eine blaue Säule. Das sind die Niederschlagssäulen.

Werte für Antananarivo:

293 m.ü.NN, Jahresdurchschnittstemperatur: 18,4 °C, Jahresniederschlag: 1317 mm

Durchschnittstemperaturen und Niederschlag im Jahresverlauf

	J	F	M	A	M	J	J	A	S	O	N	D
Temp. In °C	20,7	21,1	20,5	19,6	17,1	15,6	15	15	16,5	18,5	20,3	20,5
Nds.in mm	304	258	192	46	14	9	9	11	12	48	149	265

Daten: climate-data.org, Abruf am 27.07.21

Wie beeinflussen Sonne und Planet Erde unser Klima?

Du weißt, dass es auf unserer Erde ganz unterschiedliche Landschaften mit ganz unterschiedlichem Klima gibt. Doch woran liegt es überhaupt, dass es in manchen Regionen der Erde so warm und in manchen so kalt ist?

M4 Unterschiedliche Landschaften

M5 Die Neigung der Erdachse

Im Sommer ist es bei uns länger hell als im Winter. Warum ist das so? Die Erde dreht sich in 24 Stunden einmal um ihre eigene Achse. Diese Achse ist im Winkel von 23,5° geneigt, sie steht also schräg. Da die Erde sich so geneigt um die Sonne dreht, werden die Nord- und Südhalbkugel im Laufe des Jahres unterschiedlich stark von der Sonne beschienen. Während sich die Erde um die Sonne dreht, entstehen drei verschiedene Beleuchtungszonen: die Polarzonen, die Gemäßigten Zonen und die Tropenzone.

M6 Die Kugelgestalt der Erde

Das Licht und die Wärme der Sonne sorgen dafür, dass es Leben auf der Erde gibt. Wenn Sonnenstrahlen auf die Erde treffen, werden sie in Wärme umgewandelt. Die Kugelgestalt der Erde spielt eine Rolle dabei, wie viel Wärmeenergie in den verschiedenen Zonen der Erde ankommt. Da die Sonnenstrahlen am Äquator fast senkrecht auf die Erdoberfläche treffen, kommt am Äquator mehr Wärmeenergie an, als in anderen Regionen. In Richtung der Pole verteilen sich die Sonnenstrahlen auf eine größere Fläche (wie z. B. in der gemäßigten Zone), dort nimmt die eingestrahlte Energiemenge pro m^2 ab und die Flächen dort erwärmen sich nicht so stark. Die Sonnenstrahlen müssen aufgrund der Kugelgestalt der Erde bis zu den Polen den weitesten Weg durch die Atmosphäre zurücklegen – auch dadurch verlieren sie Energie.

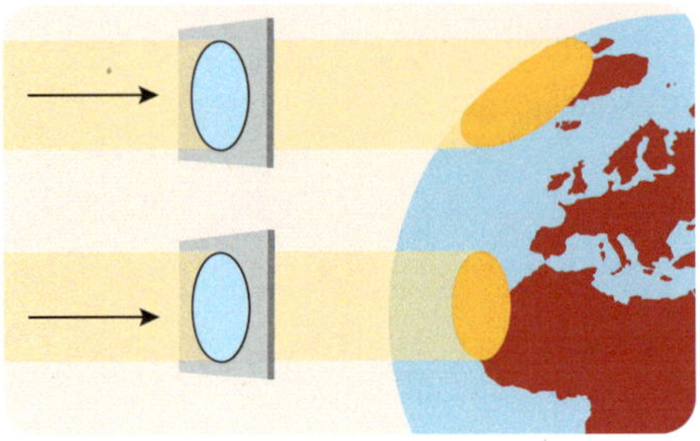

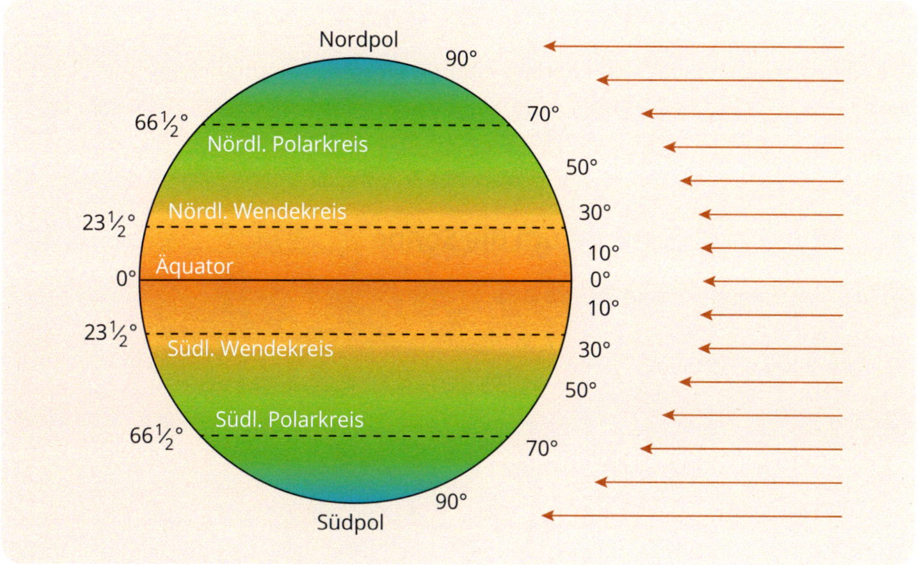

Die Beleuchtungszonen der Erde, schematisch dargestellt

M7 Versuch: Die Beleuchtungszonen

Materialien: Globus, Lampe, 2 Spielfiguren, Tesafilm
Vorbereitung: Befestigt die Spielfiguren mit Tesafilm am Globus: eine Figur am Äquator und eine Figur am nördlichen Polarkreis (66,5° N) oder am südlichen Polarkreis (66,5° S).
Durchführung: Stellt im Abstand von ca. 1 m die Lampe auf. Lasst die Lampe 3 Minuten auf den Globus strahlen. Macht euch Notizen zu den Schatten der Spielfiguren.
Auswertung: Begründet (auch mithilfe von **M6**), warum die Kugelgestalt der Erde eine wichtige Rolle bei der Entstehung von Beleuchtungszonen spielt.

Methode: Einen Versuch durchführen
70052-23

AUFGABEN

1. Vergleiche die Bilder in **M4** miteinander und stelle Vermutungen an, wie die Unterschiede hier zustande kommen.
2. Arbeitet zu zweit und erklärt euch gegenseitig,
   a) welche Auswirkungen die Neigung der Erdachse hat (**M5**),
   b) welche Auswirkungen die Kugelgestalt der Erde hat (**M6**).
3. Einen Versuch durchführen: Führt den Versuch **M7** im Plenum durch und macht euch Notizen. Bestätigen oder widerlegen die Ergebnisse eure bisherigen Erkenntnisse (**Methode im QR-Code**)?
4. Arbeitet im Plenum erneut mit den Bildern in **M4**. Begründet anhand dieser das Zustandekommen der Beleuchtungszonen (**M4-M7**).

Wie entstehen die Jahreszeiten?

Wie alle Planeten in unserem Sonnensystem kreist die Erde um die Sonne. Für einen kompletten Umlauf braucht die Erde ein Jahr. Während eines Jahres herrschen auf unserem Planeten verschiedene Jahreszeiten. Wie kommt das?

Video: Die Jahreszeiten

70052-24

M8 Die Bahn der Erde um die Sonne

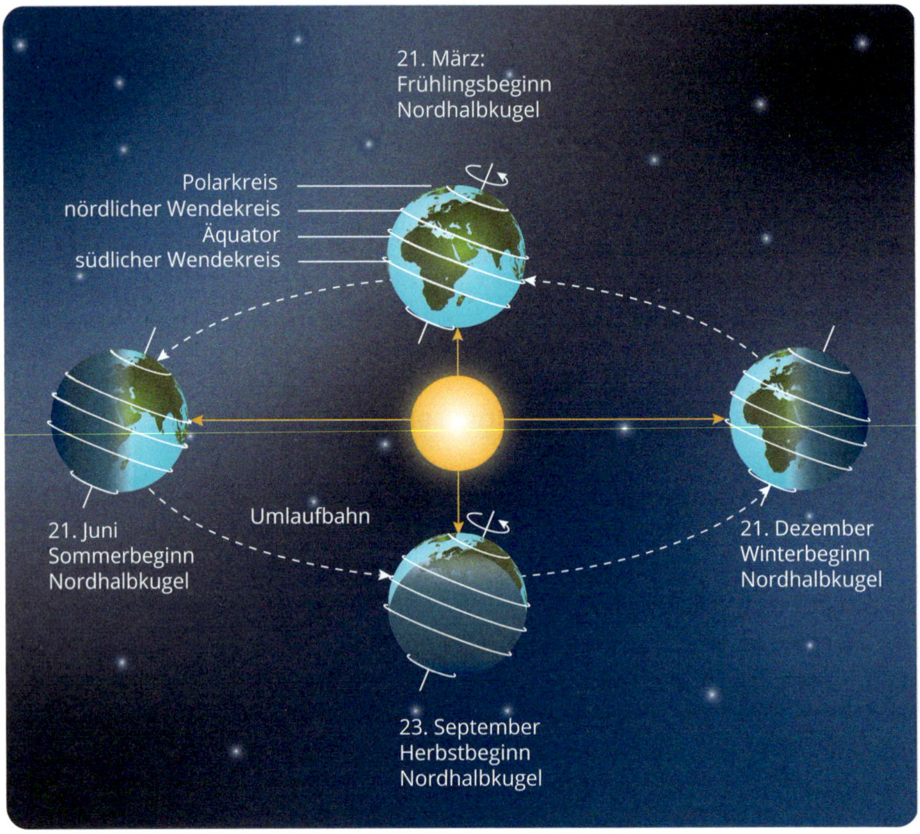

Die Neigung der Erdachse um 23,5° ändert sich nie, sie bleibt immer gleich. Wenn die Erde in 365 Tagen um die Sonne wandert, verändern sich die Einfallswinkel der Sonnenstrahlen. Die Jahreszeiten entstehen dadurch, dass entweder die Nord- oder die Südhalbkugel der Erde während dieser Umrundung stärker bestrahlt und erwärmt wird.

M9 Die Sonne steht im Zenit

Steht die Sonne genau senkrecht über einem Punkt auf der Erde, so sagt man, dass sie im Zenit steht. Das passiert jedes Jahr am 21. Juni am nördlichen Wendekreis (Breitenkreis 23,5° Nord) und am 21. Dezember am südlichen Wendekreis (Breitenkreis 23,5° Süd). Die Regionen zwischen diesen Wendekreisen (die Tropen) haben das ganze Jahr über fast gleichbleibende Temperaturen und die Sonne steht dort das ganze Jahr über hoch. Es gibt in den Tropen keine Jahreszeiten. Die Regionen nördlich und südlich der Wendekreise erleben keine Zenitstände der Sonne. Deshalb gibt es dort Jahreszeiten mit unterschiedlichen Temperaturen.

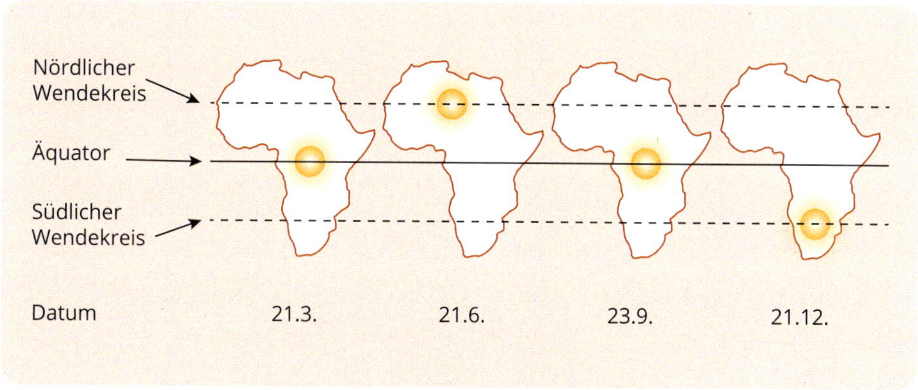

Wandern des Zenitalstands der Sonne am Beispiel des Kontinents Afrika

M10 Versuch: Die Entstehung der Jahreszeiten

Materialien: Globus, Lampe, 2 Schülerinnen bzw. Schüler
Durchführung: Eine Schülerin hält die Lampe und ein Schüler hält den Globus. Der Globus umkreist die Lampe, die Erde bleibt dabei immer um 23,5° geneigt (siehe **M5**). Beobachtet, wie die verschiedenen Bereiche der Erde von der Lichtquelle beschienen werden.
Auswertung: Vergleicht eure Beobachtungen in der Klasse. Beschreibt, wie die Erde zu Beginn der einzelnen Jahreszeiten steht.

AUFGABEN

1. Beschreibe die Bahn der Erde um die Sonne (**M8**).
2. Arbeitet zu zweit: Seht euch das Video über die Entstehung der Jahreszeiten an und arbeitet mit **M8** und **M9**.
   a) Bestimmt jeweils, wann bei uns auf der Nordhalbkugel Frühlingsanfang, Sommersonnenwende sowie Herbstanfang und Wintersonnenwende sind.
   b) Erläutert anhand der Zenitalstände der Sonne das Zustandekommen unserer Jahreszeiten (**M9**).
   c) Erklärt, warum es in den Tropen keine Jahreszeiten gibt (**M9**).
3. Einen Versuch durchführen: Führt den Versuch **M10** gemeinsam in der Klasse durch und macht euch Notizen. Beschreibt anschließend eure Beobachtungen. Bestätigen oder widerlegen sie das bereits Erlernte (**Methode: Einen Versuch durchführen**, S. 51)?
4. Deine jüngere Cousine schickt dir eine WhatsApp-Nachricht und fragt dich, wie die Jahreszeiten entstehen. Verfasse euren WhatsApp-Chatverlauf und erkläre es ihr (**M8-M10**). Verfasse mindestens drei Nachrichten pro Person. MK

H zu Aufgabe 1
Nutze Wörter wie Erdachse, geneigt, Einfallswinkel, Erde um die Sonne, Sonnenstrahlen.

F zu Aufgabe 2a
Bestimmt zusätzlich den Beginn der Jahreszeiten auf der Südhalbkugel.

Welche Klima- und Landschaftszonen gibt es?

Wie du weißt, ist Wärme auf der Erde ungleich verteilt. Dadurch entstehen Gebiete, in denen ähnliche Temperaturen und Jahreszeiten herrschen – die Klimazonen der Erde. Welche sind das und wie ergeben sich daraus die Landschaftszonen?

M11 Die vier großen Klimazonen der Erde

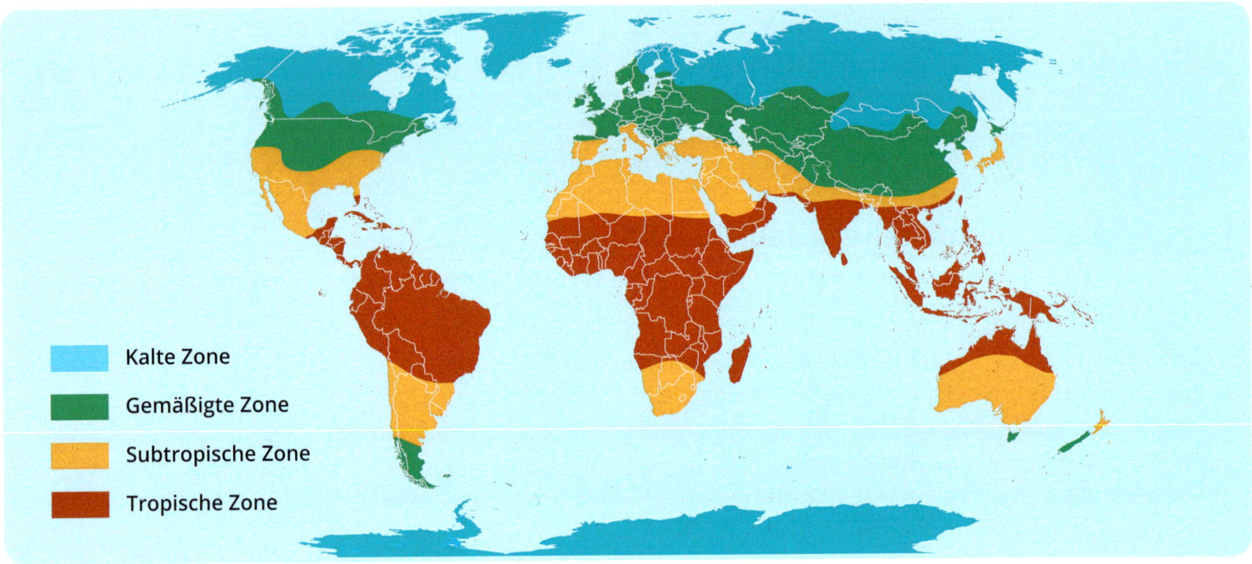

Erklärvideo: Klimazonen einfach erklärt

70052-25

Klimazone
Als Klimazone werden Gebiete bezeichnet, die ähnliche Klimabedingungen aufweisen, also ähnliche Temperaturen Jahresniederschläge, vorherrschende Winde und Druckgebiete.

M12 Klima- und Landschaftszonen

Unsere Erde wird in vier verschiedene Klimazonen eingeteilt: die Kalte Zone, die Gemäßigte Zone, die Subtropische Zone und die Tropische Zone.

In den einzelnen Zonen herrschen ähnliche klimatische Verhältnisse. Auch Faktoren wie die Verteilung von Meer und Land oder das Relief haben Auswirkungen auf das Klima. Da diese Faktoren nicht gleichmäßig auf der Erde auftreten, legen sich auch die Klimazonen nicht schnurgerade um die Erde, sondern verlaufen wellenförmig.

Da sich das Klima auf die Pflanzenwelt (= Vegetation) auswirkt, hat jede Zone auch eine typische Vegetation. Die Klimazonen werden daher noch weiter in sogenannte Vegetations- oder Landschaftszonen unterteilt. Die Dichte des Pflanzenbewuchses nimmt von den Polen zum Äquator zu. In der Tundra herrschen noch Moose, Flechten und Sträucher vor, erst im nördlichen Nadelwald wachsen Bäume wie Fichten oder Kiefern. Die Subtropen haben aufgrund der Trockenheit keinen so ausgeprägten Pflanzenbewuchs: Die Extreme sind hierbei die Wüsten, die nur vereinzelt Kakteen aufweisen. In den Tropen wird der Übergang von der Dornstrauch- (kniehohes Gras) über die Trocken- (brusthohes Gras) bis hin zur Feuchtsavanne (übermannshohes Gras) durch die Höhe des Grasbewuchses markiert. Im tropischen Regenwald dominieren Schlingpflanzen und eine Vielzahl immergrüner Baumarten.

M13 Wie passen Klima und Landschaft zusammen?

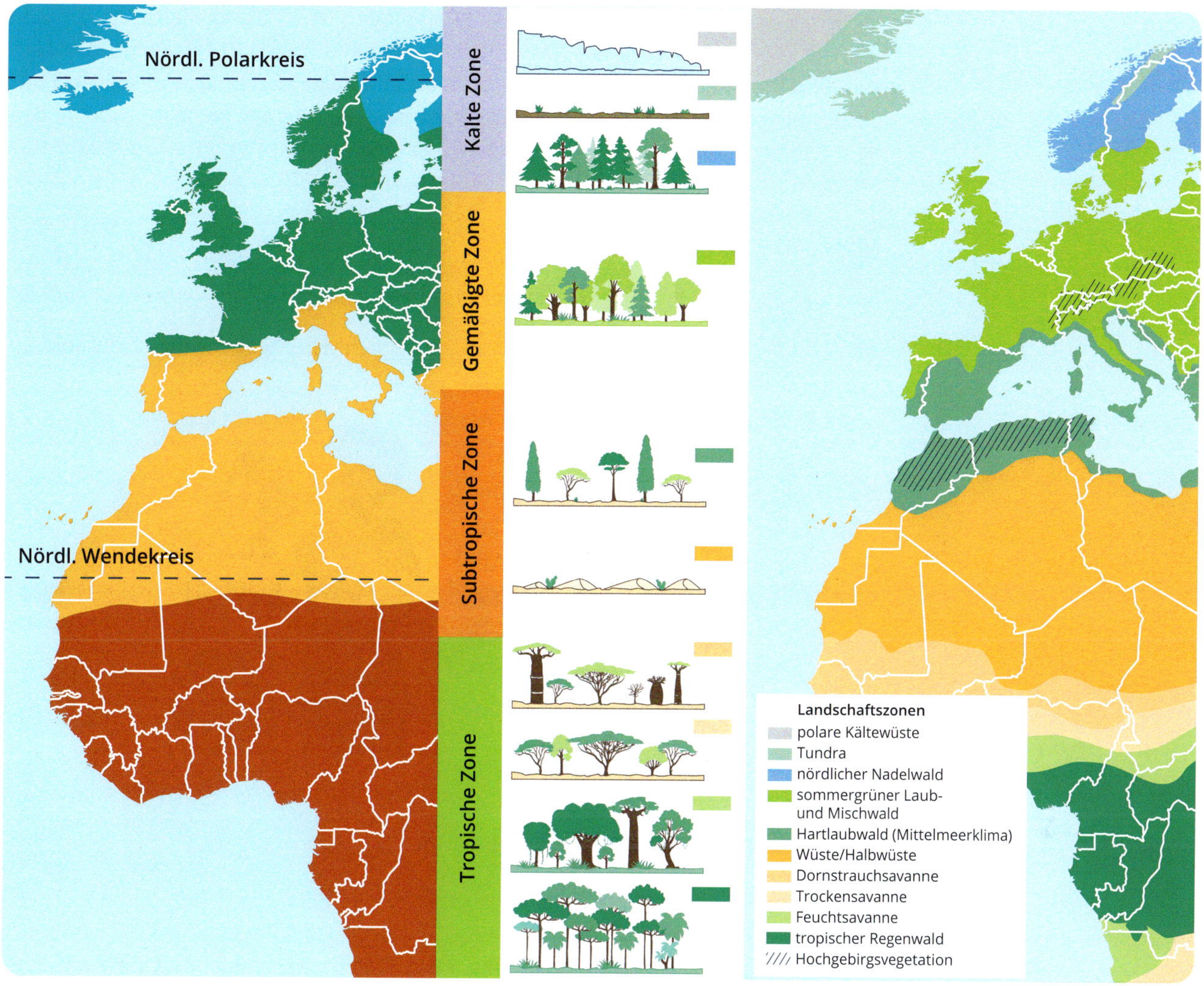

AUFGABEN

1. Arbeitet zu zweit. Nennt und verortet die Klimazonen anhand von **M11**. Gebt jeweils zwei Beispielländer pro Klimazone an. Nutzt hierzu den Atlas.
2. a) Erläutere, wie sich die Klimazonen voneinander abgrenzen lassen (**M12**).
   b) Begründe, weshalb die Klimazonen nicht gleichmäßig verlaufen (**M12**).
3. In einer GL-Stunde sagt Lina, dass Deutschland in der Gemäßigten Zone liegt. Emre meint, dass Deutschland in der Laub- und Mischwald-Zone liegt. Beide haben Recht. Erkläre, wieso das so ist (**M12**, **M13**).
4. a) Arbeitet zu zweit: Charakterisiert die einzelnen Landschaftszonen bezüglich ihrer Lage und ihres Pflanzenbewuchses (**M12**, **M13**).
   b) Vom Äquator zu den Polen werden die Wachstumsbedingungen für Pflanzen immer ungünstiger. Begründet anhand der Klimaelemente, weshalb das so ist (**M12**, **M13**).

H zu Aufgabe 4a
Sieh dir die Pflanzen genau an und nutze Wörter wie:
- Sträucher, Bäume
- Blätter, Nadeln
- In der ... Zone wachsen viele ...

F zu Aufgabe 4b
Welche Ausnahmen von dieser Regel gibt es? Nenne weitere Faktoren, die diese Regel zum Teil widerlegen (M12).

Wie wird die Erde durch das Gradnetz eingeteilt?

Mithilfe des Gradnetzes können wir die Lage jeden Ortes auf der Erde bestimmen und mit Koordinaten angeben. Das Gradnetz besteht aus gedachten Linien, den Längen- und Breitengraden. Es teilt die Erde in gleichmäßige Abschnitte ein. Auch du bist bestimmt schon mal mit dem Gradnetz in Kontakt gekommen, wenn du z. B. mit deinem Handy deinen Standort feststellst. Wie ist das Gradnetz der Erde also aufgebaut?

M14 Der Heißluftballon

Lina und Emre haben gerade Pause und sind auf dem Schulhof, als Emre etwas auffällt:

Am Himmel schwebt ein Heißluftballon. Er weist Lina darauf hin und sie beobachten den Ballon gemeinsam. Als der Heißluftballon nur noch ein kleiner Punkt am Himmel ist, fragt Lina: „Der Ballon wird bestimmt bald landen. Aber woher wissen denn die Mitfahrer, wo genau sie dann sind? Auf einem Feld neben einem Teich ist ja zum Beispiel keine besonders genaue Beschreibung ..." Emre runzelt die Stirn. „Stimmt, da muss es doch noch andere Möglichkeiten geben, den Zielpunkt zu beschreiben ..."

M15 Das Gradnetz der Erde

Nach der GL-Stunde sprechen Lina und Emre ihre Lehrerin auf den Heißluftballon an. Sie erklärt den beiden, dass man Standorte weltweit mithilfe des Gradnetzes festlegen kann. Davon haben die Schülerinnen und Schüler auch schon gehört. Ihre Lehrerin empfiehlt ihnen, sich eine Grafik und ein Video anzusehen.

Video:
Das Gradnetz der Erde
70052-26

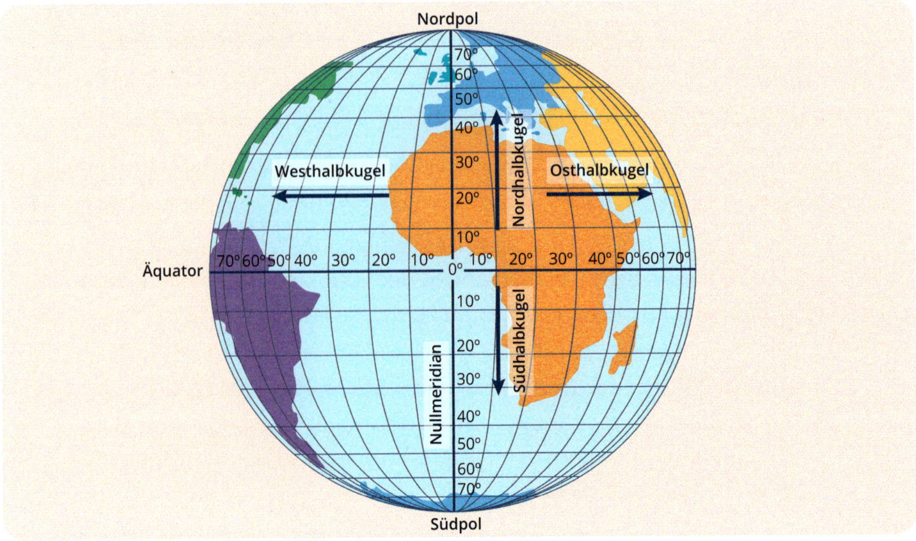

M16 Die Welt von oben – Der Heißluftballon fliegt wieder

Er schwebt wieder über ganz Deutschland – der Heißluftballon ist wieder am Himmel unterwegs. Wie jede Woche versammelten sich auch diesmal wieder viele Beobachter entlang der Flugbahn des Ballons und machten viele Fotos. Mehrere Zwischenlandungen waren geplant und so war es leicht für die Zuschauer, eine tolle Nahaufnahme des Heißluftballons zu machen. Als der Ballon wieder aufstieg, gab es viel Applaus und die Menschen winkten der Besatzung zu.

Wer bei diesem Spektakel auch gern dabei sein möchte, findet hier die Koordinaten der Zwischenlandungen des Ballons:

1. Stopp: 51°N 7°O
2. Stopp: 50°N 8°O
3. Stopp: 49° 12°O
4. Stopp: 51°N 11°O

Endpunkt: 54°N 12°O

AUFGABEN

1. Lina und Emre wissen nicht, wie die Besatzung des Heißluftballons den Standort feststellen kann (**M14**). Habt ihr schon Ideen? Sammelt sie im Plenum.
2. Arbeitet zu zweit: Seht euch das Video zum Gradnetz der Erde an und arbeitet mit der Grafik (**M15**). **MK**
   a) Nennt die wichtigsten Linien und Orientierungspunkte des Gradnetzes und erklärt, weshalb sie so wichtig sind.
   b) Notiert die Informationen, die ihr zu Lage der Kontinente erhaltet: Asien – Europa – Afrika – Südamerika – Nordamerika – Australien – Antarktis
3. Lina und Emre recherchieren nach der Schule im Internet und finden einen Artikel über die Flugbahn des Heißluftballons (**M16**). Sie würden gern das nächste Mal auch dabei sein und Fotos machen, allerdings sind sie noch unsicher, wo der Ballon zwischenlandet. Arbeitet zu zweit und bestimmt die verschiedenen Landepunkte mithilfe des Atlas.
4. Bestimme die genaue Lage deiner Heimatstadt. Nutze hierzu neben den Gradangaben auch die Angabe von Minuten und Sekunden.

H zu Aufgabe 3
Schau dir zuerst die Breitengrade an, diese werden mit °N oder °S angegeben und fahre mit dem Finger die Linie auf der Atlasseite nach. Danach schaust du dir die Längengrade an, diese werden mit °O oder °W angegeben. Nimm einen Finger der anderen Hand für die Längenkreise. Wo treffen sich beide Finger?

2.2 Tropen und Subtropen – Nutzung um jeden Preis?

Die trockenen Subtropen – heiß, trocken … und ohne Leben?

In den trockenen Subtropen ist es zum größten Teil heiß und es regnet kaum. Wahrscheinlich hast du direkt das Bild einer kargen Wüste vor Augen. Aber auch hier leben Menschen, Pflanzen und Tiere. Wie ist das möglich?

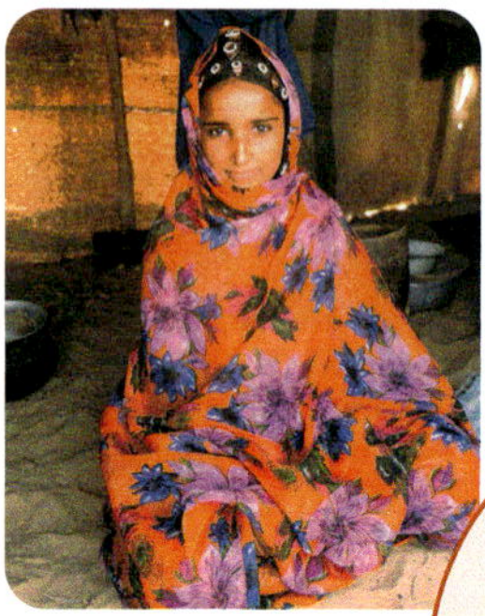

M1 Hadiya aus Mali

Marhaba und Azul, ich heiße Hadiya und komme aus Mali. Ich spreche neben Arabisch auch Tamascheq, das ist die Sprache der Tuareg, und die Landessprache Malis, Französisch. Meine Familie und ich gehören zu den Tuareg, früher war unser Volk nomadisch, das heißt, wir hatten keinen festen Wohnsitz und zogen das ganze Jahr umher. Heutzutage sind viele Tuareg sesshaft – auch meine Eltern, meine Brüder und ich leben in einem Haus in der Oasenstadt Timbuktu. Hier weht ständig ein trockenheißer Wind aus der Sahara und es ist das ganze Jahr über sehr warm. Meine Eltern betreiben Ackerbau und züchten Vieh. Vor kurzem hat mein ältester Bruder geheiratet, das war ein tolles Fest: Es wurde getrommelt, viel gegessen und Gitarre gespielt.

M2 Klima, Pflanzen und Tiere

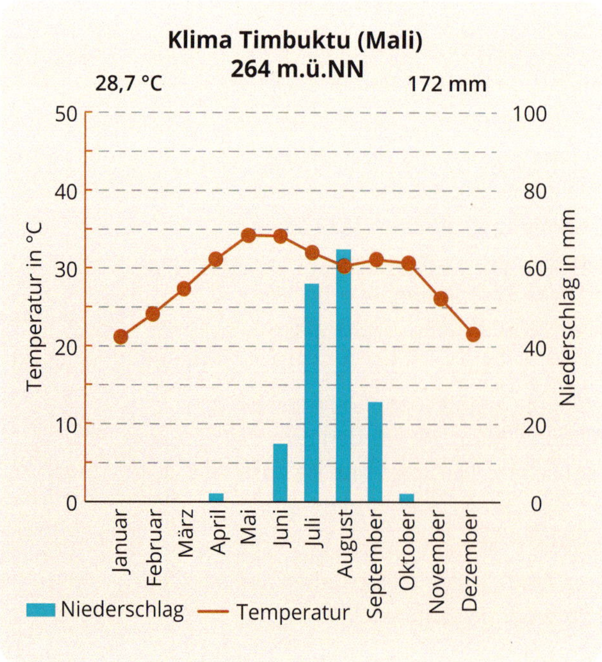

In den trockenen Subtropen fällt kaum Niederschlag. Dort sind Wüsten, wie z. B. die Sahara, zu finden. Außer Kakteen wächst hier kaum etwas. Diese Pflanzen sind an die extreme Hitze und Trockenheit angepasst: Sie haben ein weitverzweigtes Wurzelwerk und können so den seltenen Regen optimal aufsaugen. Außerdem speichern sie aufgenommenes Wasser extrem lange. Eine dicke Lederhaut schützt den Kaktus vor Austrocknung. In den Wüsten findet man Kamele, Wüstenspringmäuse und Wüstenfüchse. Sie sind Überlebenskünstler und können ihre Körper in der Wüste durch verschiedene Mechanismen herunterkühlen und besonders gut Wasser speichern.

M3 Welche Oasentypen gibt es?

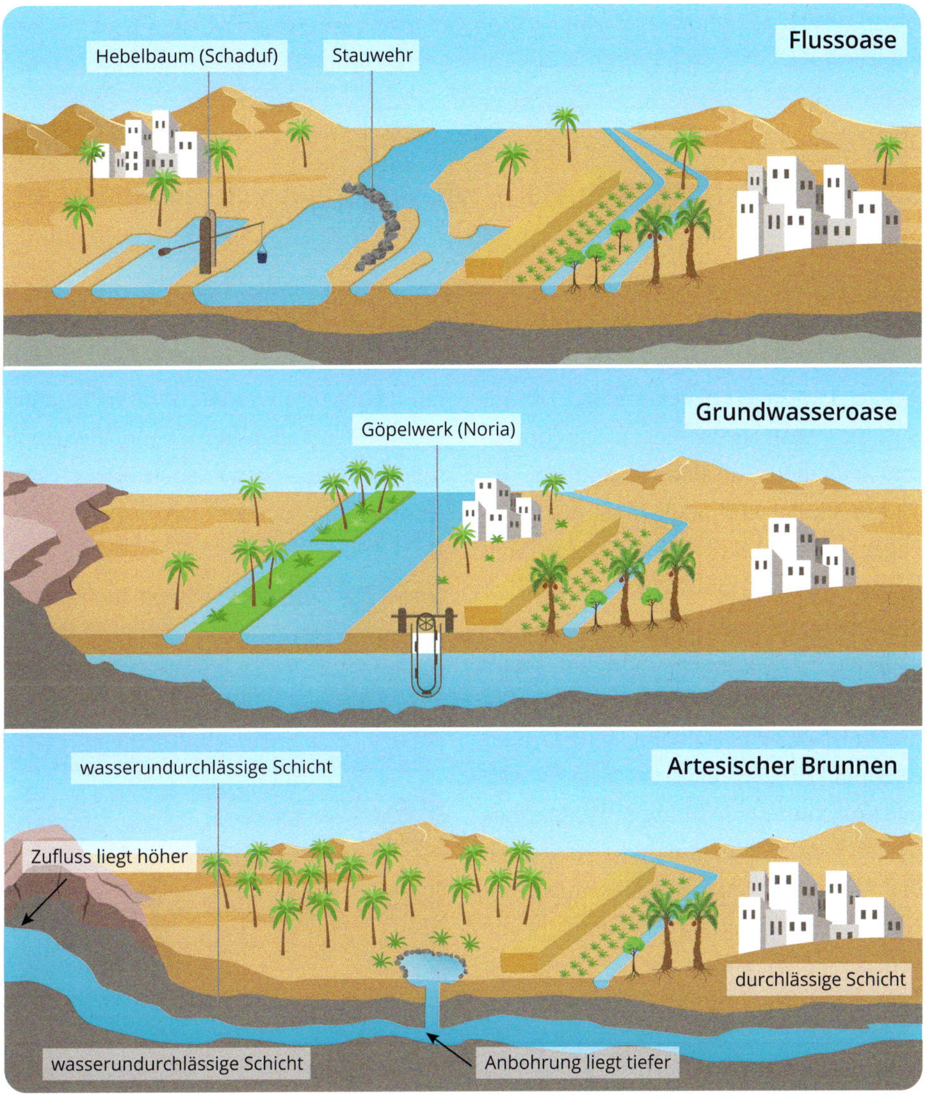

Basierend auf: Die Erde – unser Lebensraum, ©1999 Lehrmittelverlag Zürich, Autorin: Astrid Kugler, Illustrationen: Claudia A. Trochsler

Oase
Eine Oase ist ein Gebiet in der Wüste, in dem Pflanzen wachsen. Üblicherweise liegen Oasen an Wasserstellen oder Quellen. Es gibt verschiedene Oasentypen, diese können auch unterschiedlich groß sein. In manchen Oasen wachsen nur wenige Palmen, während es auch ganze Oasenstädte (wie z. B. an der Niloase in Ägypten) gibt.

Zusatzmaterial: weitere Unterzonen der Subtropen

70052-27

Infotext zur Wüstenrose

70052-28

AUFGABEN

1. Sammelt im Plenum, was ihr bereits zu Wüsten wisst und erstellt eine Mindmap.
2. Arbeitet zu zweit und erstellt einen Steckbrief der trockenen Subtropen.
   a) Beschreibt darin das Klima in den trockenen Subtropen (**M1**, **M2**).
   b) Nennt dort lebende Pflanzen und Tiere und erklärt, wie sie in der Wüste an Wasser kommen (**M2**).
   c) Informiert euch über die Wüstenrose und begründet in eurem Steckbrief, weshalb sie als heilige Pflanze verehrt wird (**QR-Code Material**).
3. Arbeitet zu dritt: Erläutert die drei verschiedenen Oasentypen (**M3**). Legt dazu eine Tabelle an.

F Die Subtropen unterteilen sich nochmals in Zonen mit unterschiedlichen Klimaten und Landschaften. Nutze das Zusatzmaterial im QR-Code und erläutere anhand dieser Materialien die Merkmale der weiteren Zonen.

H **zu Aufgabe 3**
Beachtet, woher das Wasser in den verschiedenen Oasen kommt und wie die Menschen darauf zugreifen können.

Wirtschaften in der Wüste – wie ist das möglich?

Die Wüste ist nicht nur ein Meer aus Sand, auch dort leben Menschen, z. B. in Städten wie Timbuktu. Wovon können sie dort leben, wie ist Wirtschaften in der Wüste möglich?

M4 Landwirtschaft in Mali – wie versorgen sich die Menschen vor Ort?

In Timbuktu lebten 2009 54.453 Einwohner. Die Stadt liegt am südlichen Rand der Wüste Sahara, in der Sahelzone, stets weht ein trockenheißer Wind. Um die Stadt herum liegen Sanddünen und auch die Wege sind oft sandbedeckt. 12 km südlich der Stadt fließt der Fluss Niger. Über 70% der Menschen in Mali leben von der Landwirtschaft. In Mali wird viel Trockenfeldbau zur Selbstversorgung betrieben, bei dem die Pflanzen nur über Niederschläge und im Boden gespeicherte Feuchtigkeit Wasser erhalten. Die Bevölkerung baut Grundnahrungsmittel wie Maniok, Hirse, Mais und Reis an. Mehr und mehr wird auch die kleinbäuerliche Bewässerungslandwirtschaft am Niger ausgebaut, um die wachsende Bevölkerung zu ernähren und die Wirtschaft des Landes zu unterstützen: Auch Baumwolle und Erdnüsse sowie Obst und Gemüse werden am Niger angebaut und können ins Ausland exportiert werden. Wichtig ist auch die von Nomaden betriebene Viehzucht (Ziegen, Rinder), die auch Exportgüter erbringt.

SAHELZONE

Die Sahelzone ist eine etwa 800 km breite und 7 000 km lange Übergangszone zwischen Wüste und Dornsavanne bis zu den feuchten Savannengebieten des Sudan in Afrika. Sie befindet sich am südlichen Rand der Sahara. Die Region ist heutzutage stark von Dürren und schwankenden Niederschlägen betroffen.

Sie reicht von der Atlantikküste im Westen bis ans Rote Meer im Osten. Vor 200 Jahren gab es in der Sahelzone eine vielfältige Pflanzenwelt und ausreichend Niederschlag, die Nomaden zogen von der Wüste hierhin, um ihr Vieh grasen zu lassen. Man nannte sie deshalb auch Uferzone (Sahel = Ufer). Heutzutage sind Dürren, die mehrere Jahre andauern, keine Seltenheit. Die Landschaft ist karg, ob Gräser blühen, hängt vom Niederschlag ab. Vor allem Pflanzen mit Wurzeln, wie z. B. Dornsträucher, überleben hier.

M5 Wie kommt es zur Bodenversalzung?

a) Ausgangssituation: In Trockenräumen herrscht eine hohe Verdunstung durch die hohe Sonneneinstrahlung. Im Normalfall fällt wenig Niederschlag. Ein Teil davon verdunstet und ein Teil versickert. Der Grundwasserspiegel bleibt auf einem normalen Niveau.

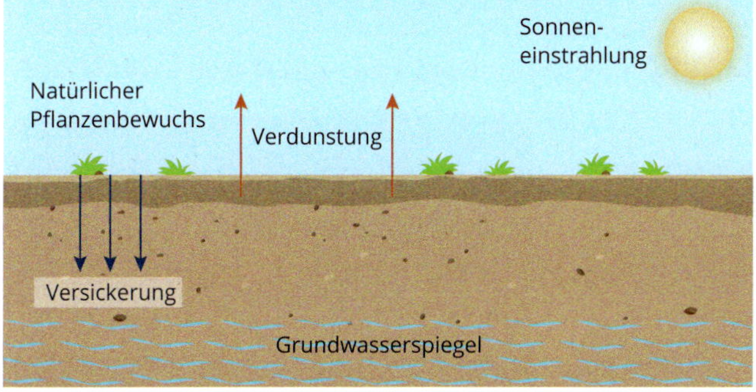

b) Bewässerung landwirtschaftlicher Nutzpflanzen: Durch zu starke Bewässerung der Flächen kann ein Teil des Wassers nicht mehr versickern. Das auf dem Boden verbliebene Wasser ist der starken Verdunstung ausgesetzt. Im Boden bleiben die im Wasser enthaltenen Salze zurück.

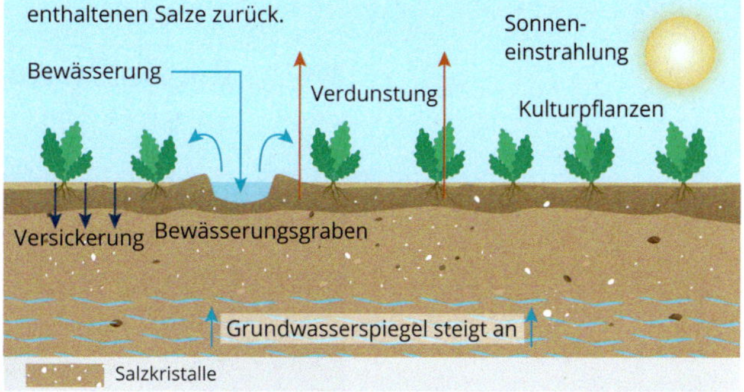

c) Bodenversalzung: Durch die starke Verdunstung entsteht zusätzlich ein Sog, der den Grundwasserspiegel ansteigen lässt. Stark salzhaltiges Wasser aus dem Grundwasser gelangt an die Bodenoberfläche. Es kommt zur Bodenversalzung, der Boden ist landwirtschaftlich nicht mehr nutzbar.

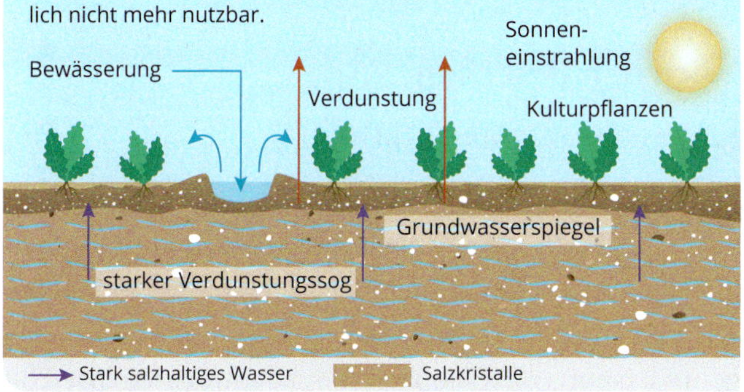

d) Entwässerungskanäle: Mithilfe von Entwässerungskanälen kann die Bodenversalzung geringer gehalten werden. Das stark salzhaltige Grundwasser kann hierdurch abgeleitet werden.

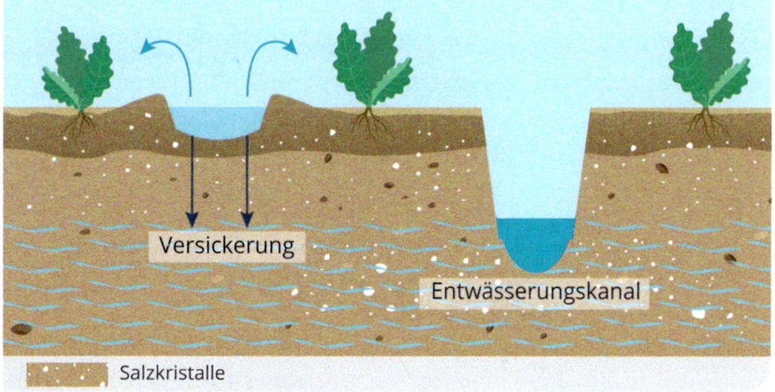

In über 70 Ländern der Erde wird übermäßig bewässert. Die Bodenversalzung hat zur Folge, dass der Boden immer weniger fruchtbar wird und dort immer weniger Pflanzen wachsen.

AUFGABEN

1. a) Beschreibe die Bilder in **M4** und stelle Vermutungen an, welche Herausforderungen beim Anbau von Gemüse und Obst in Mali zu bewältigen sind.
   b) Nenne landwirtschaftliche Erzeugnisse, die in Mali produziert werden (**M4**).
2. Mali liegt in der sogenannten Sahelzone.
   a) Verorte die Sahelzone und nenne die anderen sechs Staaten, die Anteil an der Zone haben (**#Sahelzone und Atlas**).
   b) Erläutere die Merkmale der Sahelzone (**#Sahelzone**).
3. Arbeitet zu zweit. Erläutert in Form eines Fließschemas, wie es zur Bodenversalzung kommen kann (**M5**).
4. Erkläre und beurteile folgende Aussage: „Entwässerungssysteme sind extrem wichtig, um in subtropischen Gebieten Landwirtschaft betreiben zu können.“

F zu Aufgabe 1b
Informiere dich über den Wasserbedarf beim Anbau von Baumwolle.

H zu Aufgabe 3
Nutzt in eurem Fließschema folgende Begriffe:
trockene Region
Landwirtschaft
Bewässerung
Wasser
Salz
Verdunstung
Salzkristalle
Grundwasserspiegel

F Das arabische Wort „Sahel“ bedeutet Ufer. Erkläre,

Wieso wächst die Wüste?

Wüsten gibt es in verschiedenen Teilen der Erde. Eine der bekanntesten Wüsten ist die Sahara in Nordafrika und diese Wüste wächst sogar immer weiter. Wie kann das sein?

M6 Die Natur am Limit?

M7 Auf der Suche nach den Ursachen

a) Bevölkerungsentwicklung und Viehbestände in Mali

Die Bevölkerung in Mali wächst stetig. Um die ständig wachsende Bevölkerung in den Staaten der Sahelzone mit genügend Nahrung zu versorgen, wird immer mehr Vieh benötigt und mehr Flächen werden dafür genutzt. Dabei kommt es häufiger vor, dass die Tiere in nur sehr karg bewachsenen Gebieten weiden und dort auch noch die letzten vorhandenen Pflanzen und deren Wurzeln herausreißen. So können viele Pflanzen nicht nachwachsen. Die Folge hiervon ist wiederum, dass die Tiere nicht ausreichend Futter finden.

Entwicklung der Gesamtbevölkerung Malis von 2000 bis 2026 (in Millionen) (Stand: April 2021)

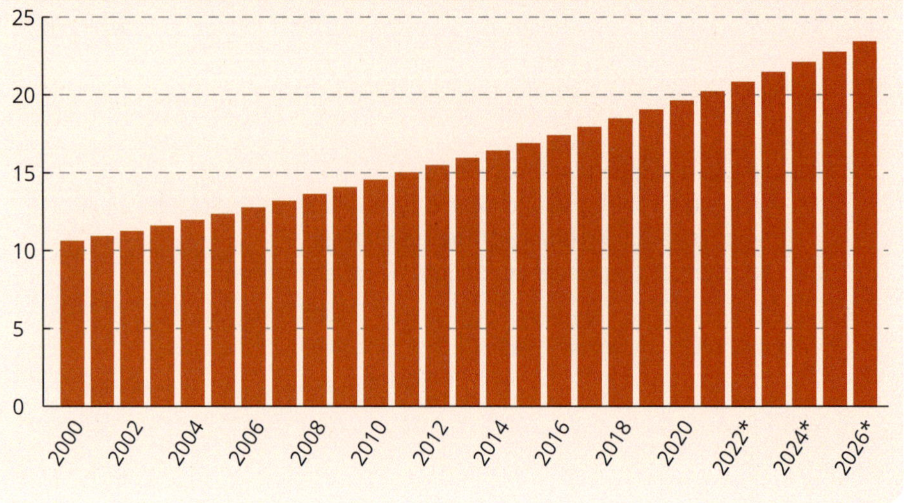

* Die Werte ab 2022 sind Schätzungen.

b) Niederschlag in der Sahelzone

In der Sahelzone herrscht grundsätzlich in den allermeisten Monaten des Jahres Trockenzeit. Nur in drei bis vier Monaten kann etwas Regen fallen. Wenn auch noch diese Niederschläge sehr niedrig sind oder ausfallen, spricht man von einer Dürreperiode. Diese kamen die letzten Jahre immer häufiger vor.

Abweichungen der Niederschlagsmittelwerte der Regenzeitmonate Juni bis Oktober für die Jahre 1950 bis 2017 (Stand: 2017)

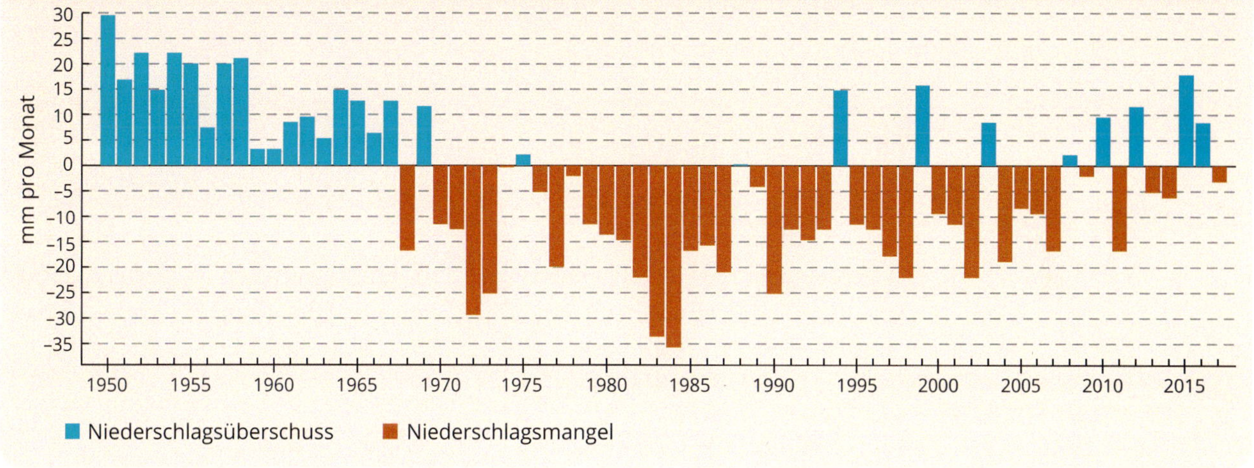

Quelle: Bildungsserver Wiki, Klimawandel, Daten: JISAO

c) Landwirtschaft in der Sahelzone

In den Staaten der Sahelzone hat man sich bisher angepasst und dort angebaut, wo es ausreichend Niederschlag gab. Weil die Bevölkerung in den Ländern stetig wächst, werden allerdings immer mehr Anbaugebiete erschlossen, vor allem auch in Form des Bewässerungsfeldbaus. Die Anbaugebiete wandern immer weiter nach Norden, in Gebiete, in denen Landwirtschaft unter natürlichen Voraussetzungen schon gar nicht mehr möglich ist. Deshalb werden immer tiefere Brunnen gebohrt, um an das Grundwasser zu kommen.

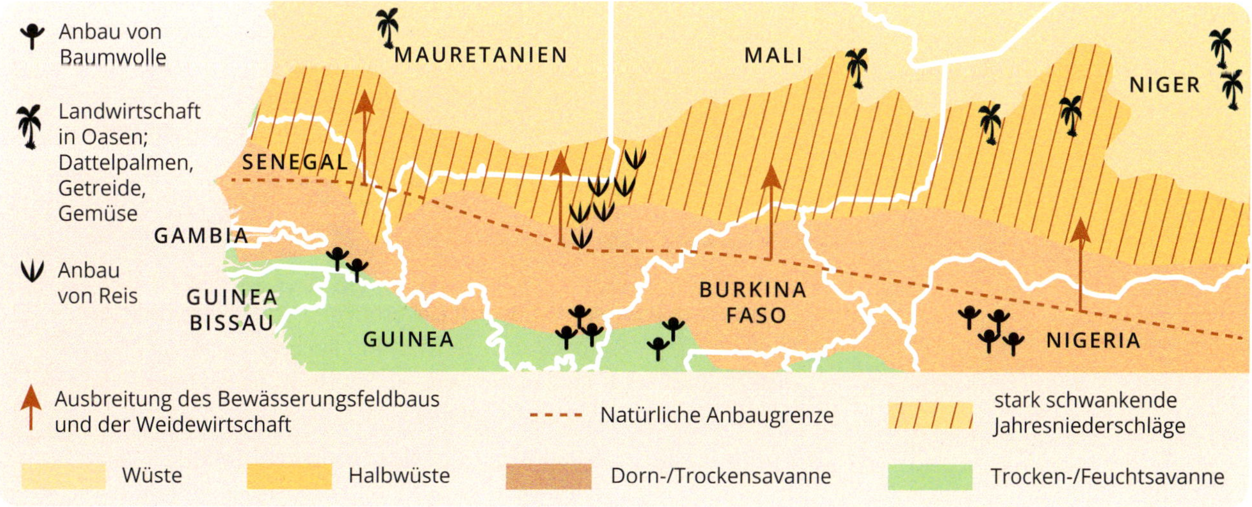

DESERTIFIKATION

Wenn sich die Wüste auf zuvor fruchtbarem Land ausbreitet, spricht man von Desertifikation oder Wüstenbildung. In diesen bereits trockenen Gebieten nimmt dann die Fruchtbarkeit des Bodens stark ab, sodass keine Landwirtschaft mehr möglich ist.

Jedes Jahr verliert die Erde durch Desertifikation Schätzungen zufolge 70 000 km² fruchtbaren Boden. Die Hauptursache für Desertifikation ist das Eingreifen der Menschen in die Umwelt.

M8 Desertifikation: ein globales Problem?

Auch Gebiete in Europa sind bereits von Desertifikation betroffen. Landverschlechterungen gibt es auch in Teilen Osteuropas und des Mittelmeerraums, z. B. in Spanien. Dafür sind Faktoren wie Dürre und weniger Niederschlag, aber auch der Bauboom im Tourismusbereich verantwortlich.

Außerdem importiert Europa Rohstoffe und Nahrungsmittel aus von Desertifikation betroffenen Ländern. So erhöht sich der Druck auf die Landwirtschaft betroffener Länder, ausreichend Erträge zu bringen. Die Ressourcen der Länder werden weiter ausgeschöpft und die Desertifikation wird so vorangetrieben.

H zu Aufgabe 2a
Achtet bei den Statistiken in M7a und b auf die x- und die y-Achse. Nehmt außerdem ein Lineal zum Ablesen der Werte zu Hilfe.

Mindmap
→ Methodenglossar

AUFGABEN

1. Beschreibe die Bilder in **M6**. Was passiert hier?
2. Erarbeitetet die Materialien in **M7** zu dritt in einer Gruppenarbeit.
   a) Teilt euch die Materialien **M7a-c** untereinander auf und werte das jeweilige Material (Text und Grafik) aus.
   b) Erläutert euch gegenseitig die jeweiligen Inhalte der Materialien.
   c) Erstellt anschließend gemeinsam eine Mindmap zu den Ursachen der Ausbreitung der Wüste.

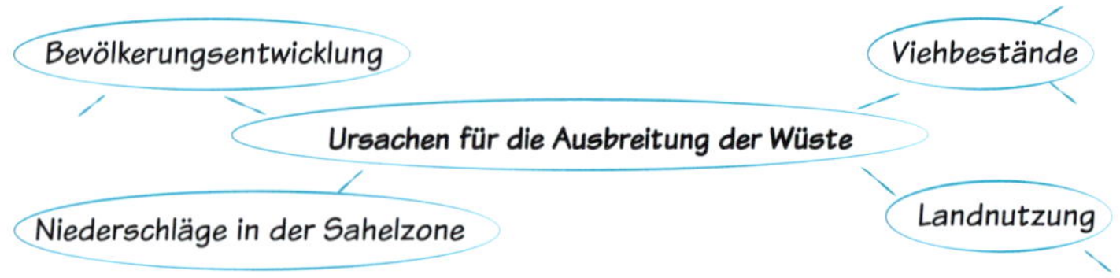

3. a) Erläutert im Plenum den Begriff Desertifikation (**#Desertifikation**).
   b) Forscher sprechen bei der Desertifikation auch von einer „man-made desert" (menschengemachten Wüste). Beurteile diesen Begriff mithilfe deines Wissens aus diesem Kapitel.
4. Überprüfe, ob Desertifikation ein globales Problem ist (**M8**).

Die Tropen – mehr als nur Regenwald?

Du verbindest mit den Tropen Palmen und exotische Tiere im Regenwald. Aber die Tropen sind vielfältig und du findest dort noch andere Landschaften: die Savannen. Es gibt die Feucht-, Trocken- und Dornstrauchsavanne. Was ist typisch für die einzelnen Savannentypen?

M9 Die Dornstrauchsavanne

Dornstrauchsavannen grenzen nach Norden an subtropische Wüsten oder Halbwüsten und nach Süden an Trockensavannen. Sie werden auch Übergangszonen genannt. Sie sind besonders in Afrika verbreitet, es gibt sie aber auch im nördlichen Teil Südamerikas und in Australien. Die ausgeprägte Trockenzeit in den Dornstrauchsavannen dauert etwa 8 bis 10 Monate, im Jahr fallen in der Regel nur zwischen 200 und 500 mm Niederschlag. Das Klima ist arid oder semiarid (= trocken). In den Flüssen fließt oft nur kurz Wasser, sie fallen danach über längere Zeit trocken und werden dann ‚Wadis' genannt. In der Dornsavanne wachsen kniehohe Gräser. Es gibt dort auch einzelne Bäume und Dornsträucher sowie Sukkulenten, z. B. Kakteen. Diese Pflanzen sind an die lange Trockenzeit angepasst und können Wasser sehr lange speichern. Die Tiere, die dort leben, wie Insekten, oder Vögel und Spinnentiere sind meist in der Nacht oder Dämmerung aktiv, denn dann verlieren sie am wenigsten Flüssigkeit.

Landwirtschaft kann in der Dornsavanne nur sehr wenig betrieben werden. Angebaut wird z. B. Hirse, da sie sehr robust ist und ihr Trockenheit wenig ausmacht. Auch zur Viehhaltung wird das Land genutzt, Schaf-, Ziegen- und Rinderherden können auf den Grasflächen weiden.

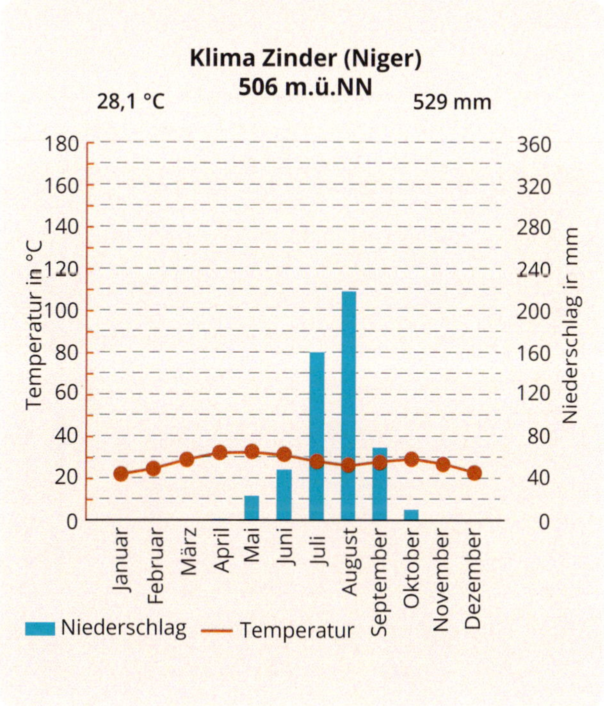

M10 Die Trockensavanne

Trockensavannen liegen zwischen der Feuchtsavanne und der Dornbuschsavanne. Sie sind Teil der wechselfeuchten Tropen. Trockensavannen sind in Afrika, Südasien und Australien zu finden. In der Trockensavanne gibt es eine Trockenzeit von 5 bis 7 Monaten. Im Jahr fallen in der Regel 500 bis 1 000 mm Niederschlag. Die Flüsse liegen zeitweise trocken, füllen sich aber auch in wiederkehrenden Abständen mit Wasser. Die Pflanzen haben sich an die Trockenzeit angepasst. Bäume wie der Affenbrotbaum speichern Wasser in ihren Stämmen und Schirmakazien beschatten den Boden mit ihren Blättern und schützen ihn so vor Austrocknung. Kniehoch wachsende Gräser sind typisch für die Trockensavanne. Tiere wie Zebras, Elefanten, Löwen und Hyänen leben hier, meist in großen Herden. So können sie sich vor Feinden schützen, da es wenige Verstecke gibt. In der Trockensavanne kann einmal im Jahr geerntet werden, für mehr reicht der Regen nicht. Die Bauern pflanzen z. B. Mais, Hirse, Maniok oder Süßkartoffeln an, manchmal auch Baumwolle. Auch Nutztiere wie Ziegen oder Rinder werden gehalten.

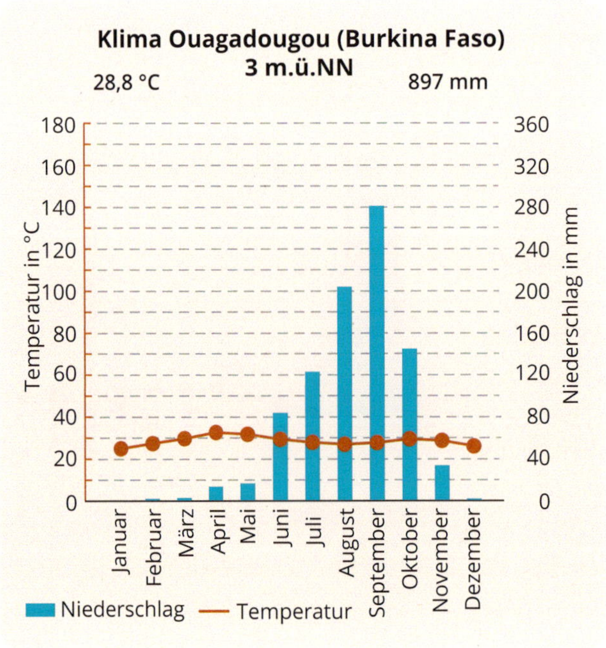

M11 Die Feuchtsavanne

Feuchtsavannen gehören zu den wechselfeuchten Tropen. Es gibt sie vor allem in Südostasien und Afrika, sie kommen aber auch in Australien und Südamerika vor. Feuchtsavannen zählen zu den größten und tierreichsten Gebieten der Erde.
Die Feuchtsavanne hat 7 bis 10 humide (= regenreiche) Monate und eine ausgeprägte Trockenzeit. Im Jahr fallen in der Regel zwischen 1 000 und 1 500 mm Niederschlag und die Flüsse führen dauerhaft Wasser. In der Feuchtsavanne wächst viel Gras und es gibt auch Gräser, wie z. B. Elefantengras, die bis zu 6 Meter hoch werden können. Die Bäume werfen in der Trockenzeit ihre Blätter ab, um Wasser zu sparen. An den Flüssen wachsen oft dichte Wälder. Tiere wie Zebras, Giraffen, Löwen und Nashörner leben hier. In der Feuchtsavanne kann Landwirtschaft betrieben werden, eine Ernte ist zweimal im Jahr möglich. Angebaut wird z. B. Mais und Hirse. Auch Gemüse und Erdnüsse werden von den Bauern gepflanzt.

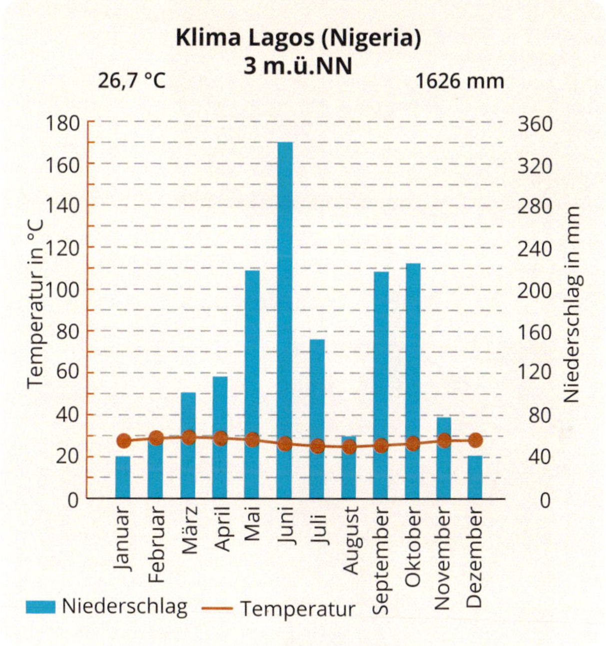

AUFGABEN

1. Sieh dir zunächst nur die drei Fotos der Savannen an und vergleiche sie miteinander (**M9**, **M10**, **M11**). Welche Unterschiede fallen dir jetzt schon auf?
2. Arbeitet zu dritt und legt eine Tabelle zu den Savannentypen an.
   a) Jeder wählt einen Savannentyp aus (**M9**, **M10** oder **M11**) und notiert sich Stichpunkte in die Tabelle.
   b) Stellt euch nun gegenseitig die Savannentypen vor und tragt Informationen in eure Tabelle ein.
3. Ein Landwirt aus Mali will in der Dornstrauchsavanne intensiv Landwirtschaft betreiben und z. B. Baumwolle anbauen. Würdest du ihm dazu raten? Begründe.

H zu Aufgabe 2
Notiert euch Stichpunkte zu den Themen: Lage / Verbreitung, Klima, Tiere und Pflanzen.

F zu Aufgabe 2
Notiert auch zwei bis drei Informationen zur Landwirtschaft.

Der Regenwald – die grüne Lunge der Erde

Der tropische Regenwald ist voller Leben und wird auch als die grüne Lunge des Planeten bezeichnet. Bestimmt hast du direkt ein Bild im Kopf, wenn du das Wort Regenwald hörst. Was macht diese besondere Region aus?

M12 Erkennst du etwas?

M13 Gazaley aus Uganda

Hello, ich heiße Gazaley und komme aus Uganda. Meine Eltern, meine zwei Schwestern und ich leben in der Hauptstadt Kampala. Nicht weit von unserem Haus entfernt beginnt der tropische Regenwald. Jeden Tag regnet es einmal kräftig, daran haben wir uns hier schon gewöhnt. Meine Eltern sagen immer, zum Glück regnet es hier so viel. Sie bauen Gemüse und Obst an und verkaufen es. An manchen Tagen kann es hier aber sehr stickig und schwül sein und so richtig kalt wird es hier nie.

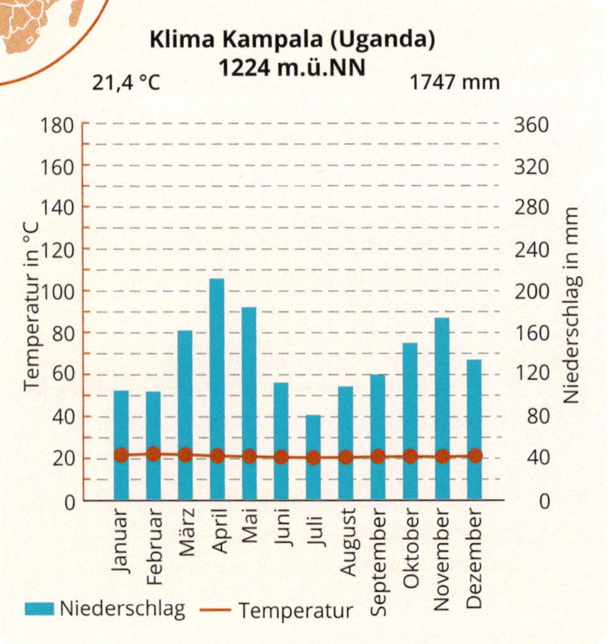

M14 Tiere und Pflanzen im Regenwald

Im Regenwald gibt es eine vielfältige Pflanzen- und Tierwelt (Flora und Fauna). Kleinste Vögel wie der Paradiesvogel, aber auch Raubkatzen wie der Jaguar leben hier.

Der tropische Regenwald bietet auch Affen, Elefanten oder Nashörnern gute Bedingungen zum Leben. Es ist das ganze Jahr grün und feucht, es regnet viel und überall wachsen Moose, Farne oder Lianen. Die Vielfalt an Bäumen ist außerdem extrem groß, bis zu 250 verschiedene Baumarten wachsen im Regenwald auf 1 000 m². Die Bäume bilden auch die Lebensgrundlage für viele andere Pflanzen und Tiere, die in den verschiedenen Stockwerken des Waldes auf oder mit den Bäumen leben. Man spricht von einem Stockwerkbau.

Film zur Regenwald-Apotheke

70052-29

M15 Vielfalt auf mehreren Stockwerken

M16 Der kurzgeschlossene Nährstoffkreislauf

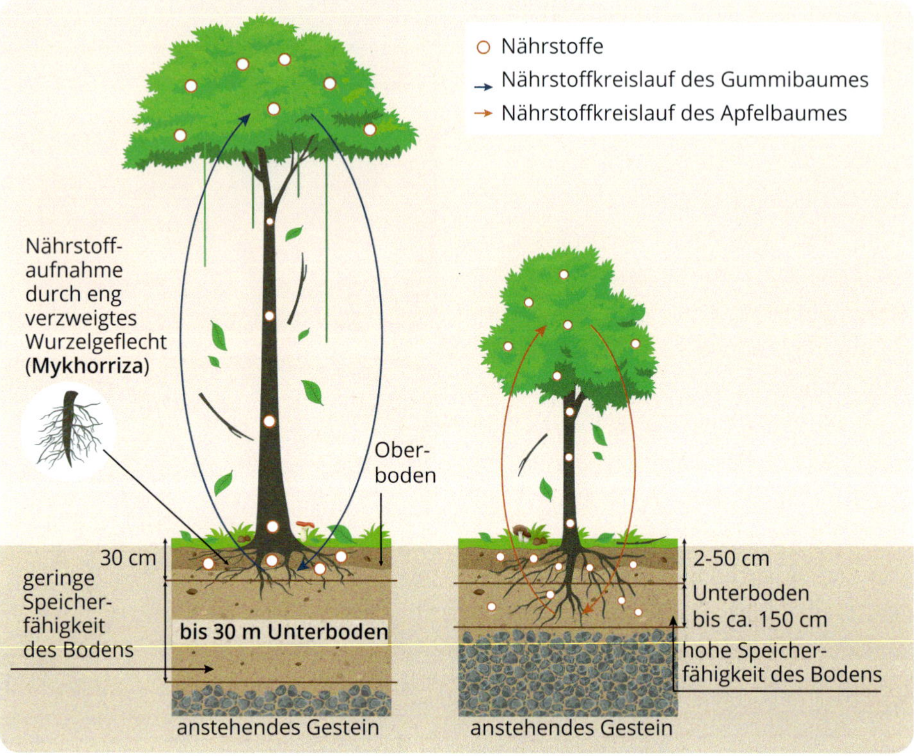

Der Boden, auf dem der tropische Regenwald wächst, ist eher unfruchtbar. Der ständige Regen spült die Nährstoffe weg. Um zu überleben, mussten sich die Pflanzen also stark anpassen, damit keine wertvollen Nährstoffe verloren gehen. Fast den gesamten Vorrat an Nährstoffen, den die Pflanzen zum Wachsen brauchen, finden sie oberhalb des Bodens in den lebenden und abgestorbenen Pflanzen bzw. in der obersten Bodenschicht. Man spricht hier auch von einem kurzgeschlossenen Nährstoffkreislauf.

Lerntempoduett
→ Methodenglossar

F zu Aufgabe 2
Arbeite mit einem Atlas und nenne weitere Weltregionen außerhalb Afrikas, in denen es große Vorkommen von tropischem Regenwald gibt.

H zu Aufgabe 3
Achte auf die Wurzeln der Bäume.
Außerdem helfen dir folgende Satzanfänge:
- Die meisten Nährstoffe befinden sich ...
- Der Unterboden reicht bis ...
- Im tropischen Regenwald werden die Nährstoffe durch ... transportiert/aufgenommen.

F zu Aufgabe 3c
„Der tropische Regenwald wächst auf, nicht aus seinem Boden." Erkläre diesen Ausspruch.

F Finde mithilfe des QR Codes heraus, warum man auch von der „Regenwald-Apotheke" spricht.

AUFGABEN

1. Beschreibe das Bild **M12** und den dazugehörigen Bildausschnitt. Erkennst du etwas Ungewöhnliches?

2. a) Werte das Klimadiagramm Kampalas aus und beschreibe das Klima (**M13**).
b) Stelle die Vielfalt der Pflanzen- und Tierwelt anhand von Beispielen dar (**M14**).
c) Erkläre den Stockwerkbau des tropischen Regenwaldes (**M15**).

3. Arbeitet zu zweit in einem Lerntempoduett (**M16**):
a) Beschreibt euch gegenseitig den Nährstoffkreislauf im Tropischen Regenwald und den Nährstoffkreislauf in den gemäßigten Breiten (**M16**).
b) Vergleicht beide Nährstoffkreisläufe miteinander. Welche Unterschiede stellt ihr fest?
c) Erklärt, warum man in den Tropen von einem „kurzgeschlossenen Nährstoffkreislauf" spricht.

4. Der tropische Regenwald wird auch als „grüne Lunge der Erde" bezeichnet. Begründe, weshalb (**M12-M16**).

Nutzung des Regenwalds – das Ende der Artenvielfalt?

Pro Jahr werden laut Welternährungsorganisation ungefähr 54 000 km² Regenwald zerstört. Das entspricht in etwa der Fläche Brandenburgs und Mecklenburg-Vorpommerns. Wie kann es sein, dass jährlich so viel Regenwald zerstört wird, wenn er doch so wichtig für Menschen, Tiere und den Planeten ist?

M17 Satellitenbilder des Tropischen Regenwalds in Kolumbien

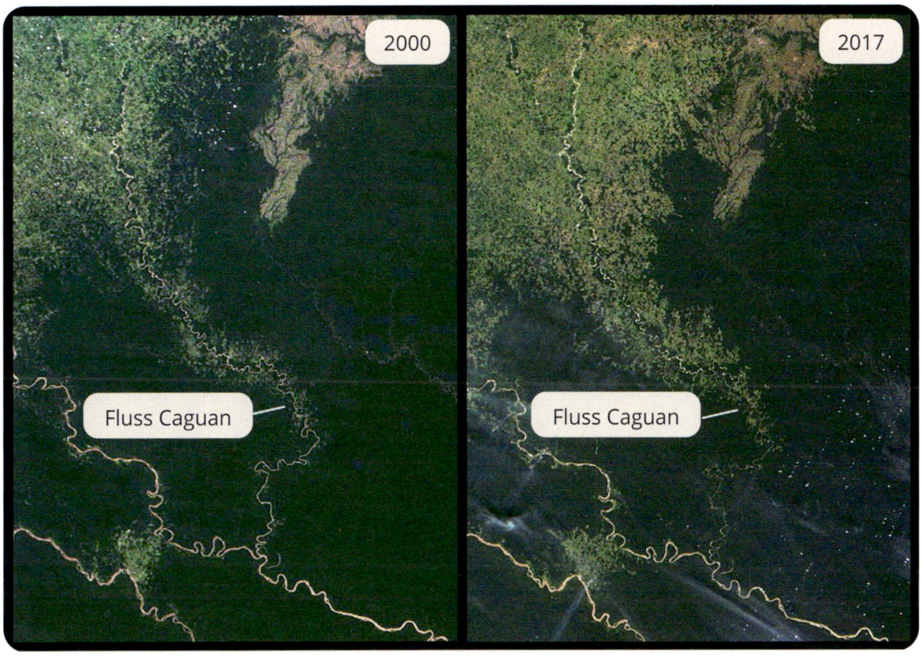

M18 Wie kommt es zur Zerstörung des Regenwalds?

Anlegung von Straßen im Wald → LKW, schweres Gerät hat Zugang → Holzfäller fällen Bäume → Kleinbauern roden die restlichen Bäume, betreiben Landwirtschaft → Erosion, Boden nur noch wenig fruchtbar → Ernte sinkt → Viehweide

Auch Großgrundbesitzer und internationale Unternehmen sind an Flächen im Regenwald interessiert, um z. B. Soja- oder Palmölplantagen oder Rinderfarmen anzulegen und so Geld zu verdienen. Da die Weltbevölkerung weiterhin stark wächst, wird immer mehr Land benötigt, um die Menschen zu versorgen.

M19 Duschgel statt Dschungel?

Besonders viel Regenwald wird zerstört, wenn Plantagen angelegt werden. Palmölplantagen lohnen sich für die Unternehmen, denn mit der Ölpalme kann man viel Geld verdienen. Palmöl steckt in besonders vielen Lebensmitteln, in Kosmetika oder in Waschmitteln und kann zu Biodiesel umgewandelt werden und so Autos antreiben. Die Ölpalme wächst in tropischem Klima am besten, ungefähr drei Viertel des weltweit produzierten Palmöls kommen aus asiatischen Ländern wie Indonesien und Malaysia. Um Platz für die Palmölplantagen zu schaffen, werden riesige Flächen Regenwald abgebrannt, die Asche der Bäume sorgt für zusätzliche Nährstoffe im Boden. Der ursprüngliche Regenwald ist allerdings unwiderbringlich zerstört.

In diesen Plantagen wird auf Monokultur gesetzt, das bedeutet, dass die Unternehmen dort nur Ölpalmen anbauen und keine anderen Pflanzen. Ölpalmen tragen bis zu 30 Jahre lang Früchte und entziehen dem Boden immer wieder die gleichen Nährstoffe. Um ständig viel ernten zu können, setzen Plantagenbesitzer auf große Mengen Dünger und auf Pflanzenschutzmittel gegen Schädlinge.

Ölpalmenplantagen soweit das Auge reicht

Im Supermarkt gibt es eine große Duschgelauswahl.

Pflanzenvielfalt im Regenwald

Monokultur
Bei Monokulturen wird ausschließlich eine Pflanzenart über mehrere Jahre auf der gleichen Fläche angebaut. Es gibt Monokulturen in der Landwirtschaft und in der Forstwirtschaft.

AUFGABEN

1. Beschreibe die beiden Satellitenbilder in **M17**. Wie hat sich das Gebiet um den Fluss Caguan (Kolumbien) von 2000 bis 2017 verändert?
2. a) Erläutert zu zweit die Ursachen für die Zerstörung des Regenwalds (**M18**).
   b) Erkläre, weshalb der Anbau der Ölpalme problematisch ist (**M19**).
3. Beurteile mithilfe von **M18** und **M19** die Aussage: „Die Zerstörung des Regenwaldes beginnt im Einkaufswagen."
4. Schau bei dir zu Hause auf die Verpackung von Kosmetikartikeln oder Lebensmitteln und prüfe, wo überall Palmöl drin steckt. Erstelle eine Liste.

H zu Aufgabe 3
Welche Produkte stehen laut **M19** besonders in der Kritik?

F zu Aufgabe 3
Beziehe die Informationen der Grafik **M18** in deine Antwort mit ein.

Nachhaltige Nutzung – eine Alternative?

In allen Klimazonen der Erde nutzt der Mensch die Böden, um zu wirtschaften. Oft führt dies zu Problemen. Wie kann die Natur nachhaltiger genutzt werden?

M20 Ansätze für die nachhaltigere Nutzung in der Subtropischen Zone

Beispiele für Tröpfchenbewässerung

Auch in den Subtropen kann nachhaltiger gewirtschaftet werden. Du erinnerst dich bestimmt, dass die größten Probleme für die Landwirtschaft dort die Trockenheit und Verdunstung sind. Eine Möglichkeit, wie auch in den Subtropen effizient bewässert werden kann, ist die Tröpfchenbewässerung. Der Ingenieur Simcha Blass stellte das erste System der Tröpfchenbewässung in den 1950er Jahren vor, es bestand aus einem Plastikschlauch mit vielen kleinen Löchern. Die Plastikschlauchmethode funktioniert natürlich immer noch, mittlerweile wurde sie aber technisch weiterentwickelt, sodass nun in vielen Ländern Computer den Ventilen Signale geben, wenn Pflanzen bewässert werden müssen.

Diese Art der Bewässerung kostet zwar zunächst mehr Geld als z. B. Bewässerungsgräben anzulegen, aber auf lange Sicht wird hierbei sehr viel Wasser eingespart. Das Verfahren bietet außerdem die Möglichkeit, eine passende Menge Nährstoffe wie Magnesium dem Wasser beizumischen.

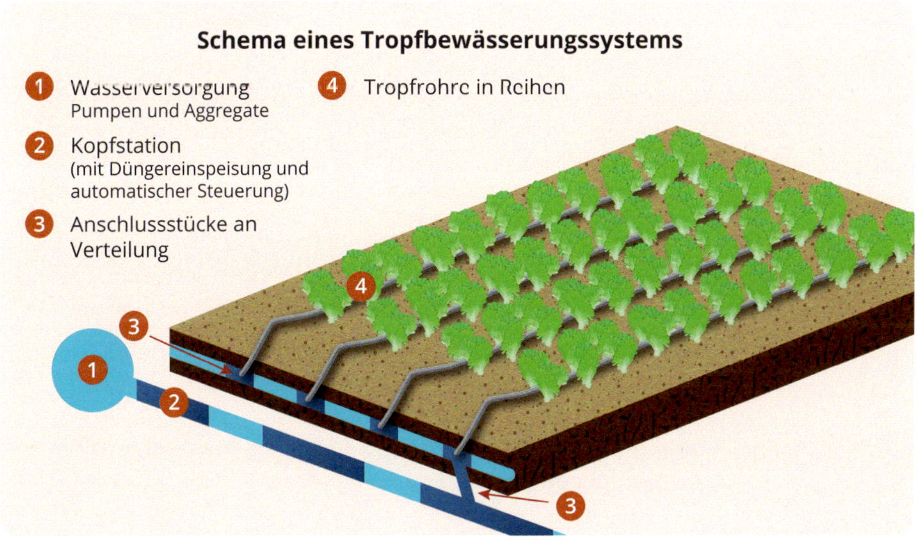

M21 Ansätze für die nachhaltigere Nutzung in der Tropischen Zone

Video: Was sind Agroforstsysteme?

70052-30

Die riesigen Bäume des Regenwaldes bleiben im Agroforst als Schattenspender erhalten oder werden neu gepflanzt. Über den Feldfrüchten, wie z.B. Ananas, oder Mais, bilden Sträucher und kleinere Bäume eine weitere Schicht. Hier wird z.B. auch Kakao angepflanzt. Bananen und Avocados liefern wiederum Schatten für den Kakao. Agroforstsysteme schützen den Boden vor Erosion, da die Bäume und Sträucher zum Großteil erhalten bleiben und so die Wurzeln weiterhin den Boden ‚festhalten'. Auch vor Abtragung durch Wind ist der Boden durch die verschiedenen Pflanzen geschützt. Das Klima wird positiv beeinflusst, da im Holz der Sträucher und Bäume CO_2 gebunden wird. Generell wird der Lebensraum Regenwald geschützt, im Schatten der Bäume können Pflanzen wachsen und das Unterholz bietet Tieren gute Verstecke. Allerdings muss man mit einem höheren Arbeitsaufwand rechnen und es dauert länger, bis Gewinne erwirtschaftet werden, da z.B. im Vergleich zur Soja-Monokultur weniger Sojapflanzen auf derselben Fläche wachsen. Auch wachsen die verschiedenen Pflanzen unterschiedlich schnell, sodass längerfristig geplant werden muss.

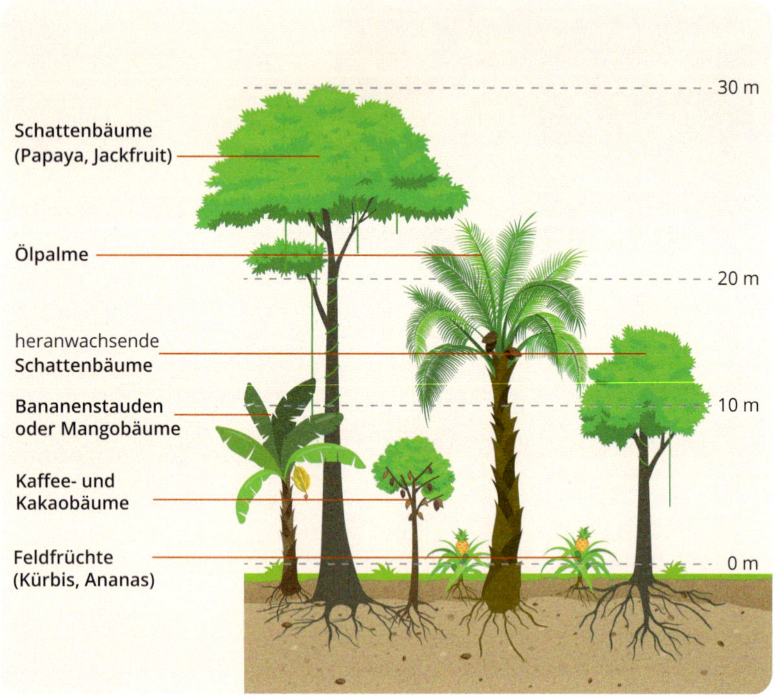

H zu Aufgabe 2
- Erläutert, wie die Tröpfchenbewässerung funktioniert und geht dabei auch auf Vor- und Nachteile ein (**M20, M21**).
- Vergleicht die Bilder in **M21**. Legt eine Tabelle mit den Vor- und Nachteilen von Agroforstsystemen an.

F zu Aufgabe 2
- Recherchiert im Internet, in welchen Ländern die Methode der Tröpfchenbewässerung bereits erfolgreich eingesetzt wird.
- Beurteilt die Agroforstwirtschaft.

AUFGABEN

1. Ihr wisst bereits viel über die Herausforderungen, die bei der Landwirtschaft in den Subtropen und Tropen auftreten können. Ruft euch die Herausforderungen in Erinnerung und überlegt euch jeweils zwei mögliche Maßnahmen, um den Herausforderungen entgegenzutreten (**M5-M8**; **M17-M19**).
2. Bildet Kleingruppen von maximal 5 Schülerinnen und Schülern.
   a) Wählt eine der Zonen aus und lest den dazugehörigen Text zum Thema „Nachhaltige Nutzung“ (**M20, M21**) und recherchiert im Internet.
   b) Erstellt gemeinsam ein Produkt für eine Ausstellung zum Thema „Unsere Lebensräume müssen geschützt werden!“ **MK**
   Auswahl an Produkten:
   - Poster, Power Point Präsentation, Podcast, Blogeintrag, Video, Bildergeschichte / Comic.

DIE LANDSCHAFTSZONEN: ENTSTEHUNG, MERKMALE UND NUTZUNG

KLIMAELEMENTE, BELEUCHTUNGSZONEN UND JAHRESZEITEN

← Kapitel 2.1, M1-M10

Die wichtigsten Klimaelemente sind Luftdruck und Wind, Temperatur, Niederschlag und Luftfeuchte. Sie beeinflussen unser Wetter und Klima. Die Klimaparameter bedingen sich gegenseitig. Je nach Temperatur kann die Luftfeuchte eine andere sein, dementsprechend bilden sich beispielsweise mehr Wolken. Auch Niederschlag und Wind sind hiervon abhängig. Die Beleuchtungszonen und Jahreszeiten entstehen durch die Neigung der Erdachse von ca. 23°, die Kugelgestalt der Erde und den Umlauf des Planeten um die Sonne. Dadurch verändert sich die Stärke und Einstrahlungsdauer der Sonne in den verschiedenen Gebieten der Erde.

KLIMA UND LANDSCHAFTSZONEN DER ERDE

← Kapitel 2.1 M11-M13

Wir unterteilen die Erde in Regionen mit ähnlichen Klimabedingungen, den Klimazonen. Die vier großen Klimazonen sind Kalte Zone, Gemäßigte Zone, Subtropische Zone und Tropische Zone. Sie ergeben sich aus der unterschiedlichen Sonneneinstrahlung. Die Klimazonen verlaufen aber nicht gerade, sondern wellenförmig, da es noch viele andere Faktoren gibt, die das Klima beeinflussen. Die Landschaftszonen beschreiben die Unterschiede in der Pflanzenwelt, basierend auf der Ausprägung des Klimas.

TROCKENE SUBTROPEN

← Kapitel 2.2 M1-M8; M20

In den Subtropen herrscht unterschiedliches Klima. In den trockenen Subtropen fällt kaum Niederschlag; in diesen Bereichen sind Wüsten wie z.B. die Sahara, Tiere wie Kamele und Wüstenfüchse und Pflanzen wie Kakteen zu finden. Kleinere Bereiche, in denen Wasser zu finden ist, nennt man Oasen. Die Menschen betreiben z. B. Viehzucht oder bauen Gemüse und Getreide an. Oft kommt es zur Bodenversalzung und auch die Wüste breitet sich aufgrund verschiedener Eingriffe des Menschen immer weiter aus. Das nennt man Desertifikation.

TROPEN

← Kapitel 2.2 M9-M19; M21

In den Tropen findest du den Tropischen Regenwald und drei verschiedene Savannentypen. Je nach Savannentyp reicht die Vegetation von kniehohen bis zu mannshohen Gräsern. Im Tropischen Regenwald ist es das ganze Jahr grün und feucht und die Temperaturen sind stets hoch. Die Vielzahl an Bäumen, die stockwerkartig wachsen, bietet vielen Tieren ein Zuhause. Durch den kurzgeschlossenen Nährstoffkreislauf versorgen sich die Pflanzen mit Nährstoffen, die sie zum Wachsen brauchen. Die Menschen können hier Landwirtschaft betreiben. Der Regenwald ist stark durch Abholzung bedroht, da immer mehr Großbetriebe Flächen für Plantagen oder Tropenholz benötigen.

Nachdem du das Kapitel „Leben und Wirtschaften in den Landschaftzonen der Erde" bearbeitet hast, kannst du hier das Gelernte anwenden und dein Wissen prüfen .

M1 Schlagzeile

Elena (14) aus Neuss macht ein Austauschjahr in Kolumbien (Tropen):
„Hier gibt es keine Jahreszeiten!"

M2 Bilder und Klimadiagramme der verschiedenen Zonen

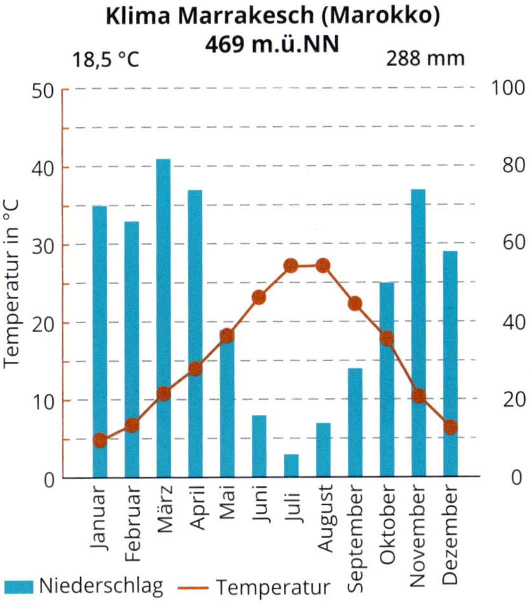

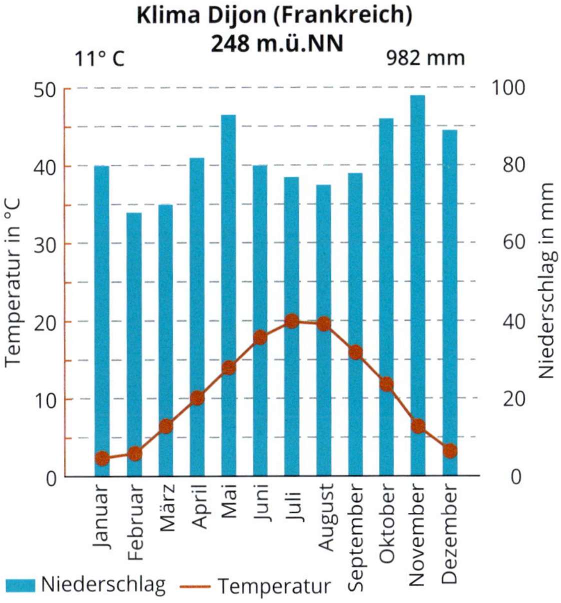

M3 Twittermeldung: #Supermarktdemo

Gestern kam es zu lauten Protesten vor einem Supermarkt in der Steinstraße. Demonstranten hielten Schilder hoch, auf denen ‚Nein zu Palmöl!' oder ‚Schützt den Planeten!' zu lesen war.

#Supermarktdemo #Palmöl #Savetheplanet

2 6 13

Aufgaben

1. Lies die Schlagzeile (**M1**). In den Tropen gibt es keine Jahreszeiten wie bei uns in der Gemäßigten Zone, deshalb fragen Elenas neue Mitschülerinnen und Mitschüler sie, was Jahreszeiten sind und wie sie entstehen. Formuliere Elenas Antwort.
2. a) Arbeitet zu zweit: Ordnet die Bilder (**M2a**) den verschiedenen Klimazonen zu und begründet eure Entscheidungen.
   b) Arbeitet zu zweit: Ordnet die Klimadiagramme (**M2b**) den verschiedenen Klimazonen zu und begründet eure Entscheidungen. Bestimmt auch die Koordinaten der angegebenen Orte. Welche Zonen fehlen?
   c) Zeichne ein Klimadiagramm für einen Ort, der in einer der fehlenden Zonen liegt (Klimadaten gibt es z. B. auf https://de.climate-data.org)
3. Lies dir die Twittermeldung (**M3**) durch. In einigen Kommentaren unter der Meldung fragten Twitter-User, was der Schutz der Erde denn mit Palmöl zu tun hat und warum die Menschen ausgerechnet vor einem Supermarkt demonstrierten. Verfasse einen Kommentar dazu und kläre sie auf.

Online-Quiz zum Kapitel

82000-220

Tabelle zur Selbsteinschätzung

70052-31

Darstellung der Landung des Christoph Kolumbus auf der Bahama-Insel San Salvador am 12.Oktober 1492, Gemälde aus dem Jahr 1892 von Albert Bierstadt

Was weißt du schon?

1. a) Beschreibe das Gemälde. Wie wirkt es auf dich?
b) Das Bild steht für ein neues Zeitalter. Welche Stichworte kommen dir beim Anblick in den Sinn?

2. Sammelt Ideen, was Menschen in der Frühen Neuzeit zwischen 1492 und 1789 wohl antrieb, neue Gebiete auf der Welt zu suchen.

3. Bei den Entdeckungsreisen neuer Kontinente trafen die Europäer meistens auf Menschen, die dort bereits wohnten. Diskutiert, welche Chancen, aber auch welche Konflikte durch diese Begegnungen entstehen konnten.

3

#Europa um das Jahr 1500 – Aufbruch in eine neue Zeit?

Die Zeit um 1500 gilt für die europäische Geschichte als Ende des Mittelalters und Beginn der Neuzeit. Dabei begann die Neuzeit nicht von heute auf morgen, sondern es war ein stetiger Wandel, der um 1500 einsetzte. Neue Erfindungen und Entdeckungen bedingten neues Wissen, Denken und Handeln. Wie sich der Glaube und die Kirche in Europa durch die Reformation verändert haben, hast du bereits im ersten Kapitel erfahren. In diesem Kapitel erfährst du vor allem etwas über die großen Erfindungen und Entdeckungen in dieser Zeit. Die Veränderungen, die diese Zeit hervorbrachte, prägen unser Leben und unseren Blick auf die Welt bis heute.

Was lernst du in diesem Kapitel?

... Entwicklungen in Wissenschaft und Kultur zu beschreiben und ihre Folgen zu beurteilen.
... die Bedeutung der Erfindung des Buchdrucks mit beweglichen Lettern zu erklären.
... Voraussetzungen und Motive der Entdeckungsfahrten herauszuarbeiten,
... Karten aus vergangenen Zeiten zu analysieren.
... die Folgen der Entdeckungen für die „alte“ und die „neue“ Welt zu erläutern und zu beurteilen.
... die damit einhergehenden wirtschaftlichen Veränderungen und Verflechtungen zu beschreiben und zu bewerten.

Tagebucheinträge zur Geschichte Europas und der Welt um 1500 verfassen

Worum geht es?

Die Geschichte Europas und der Welt um das Jahr 1500 herum war von vielen Umbrüchen gekennzeichnet und wurde von den Menschen je nach ihrer Lebenslage ganz unterschiedlich erlebt. Mithilfe dieser Doppelseite kannst du diese Geschichte aus unterschiedlichen Standpunkten in Form eines kleinen selbstverfassten Tagebuchs nacherzählen.

Geht dabei so vor:

Start

1

Teilt euch in Gruppen von 3-4 Schülerinnen und Schülern auf und ordnet euch als Gruppe einer der folgenden Personen zu. Es müssen nicht alle Personen in der Klasse vertreten sein.

- Christoph Kolumbus (italienischer Seefahrer)
- Moctezuma (Herrscher der Azteken)
- Hernán Cortés (spanischer Eroberer)
- Carlos Gonzalez (Matrose auf dem Schiff des Christoph Kolumbus)
- Nikolaus Kopernikus (Astronom)
- Maria von Linden (Vorsteherin des Klosters Ebstorf)
- Jakob Fugger (Kaufmann)
- Heinrich Schefflein (Schmied aus der Stadt Augsburg)
- Diaz del Castillo (Soldat im Heer des Hernán Cortéz)
- Atzlan (aztekischer Priester)
- Eberhard Groß (Buchdrucker aus Mainz)
- Albrecht Dürer (Maler aus Nürnberg)
- Bartolomé de Las Casas (Dominikanermönch)
- Karl V. (Kaiser des Heiligen Römischen Reiches)

Manche dieser Personen kennen wir aus der Geschichte, sie werden euch in diesem Kapitel begegnen, andere sind frei erfunden.

2

Informiert euch zunächst über die Erfindungen und Entdeckungen in Europa und der Welt um 1500 herum anhand des Kapitels. Folgende Inhalte sind hierfür für euch wichtig:

- Renaissance und Humanismus – kehrt die Antike wieder? (→ Kapitel 3.1, M1-M9)
- Der Kolumbustag – ein Grund zum Feiern? (→ Kapitel 3.2, M1-M13)
- Das 16. Jahrhundert – die Welt wird europäischer (→ Kapitel 3.3, M1-M12)

Je nachdem welche Person ihr gewählt habt, solltet ihr euch mit einem der Teilkapitel intensiver auseinandersetzen. Die Aufgaben helfen euch dabei, die Inhalte zu erarbeiten.

3

Versetzt euch nun in die von euch gewählte Figur hinein. Recherchiert hierzu weitere Informationen oder erfindet bei den fiktiven Figuren glaubwürdige Einzelheiten hinzu und ergänzt euch mit euren Ideen gegenseitig:

- Wie lebt eure Figur?
- Was erlebt sie?
- Was bedeuten die Umbrüche in ihrer Lebenszeit für sie?
- Was bringt ihr Vor-, was Nachteile?
- Welche Rolle spielt ihr Glaube?
- usw.

Wir nehmen an, dass alle Figuren die zentralen Entwicklungen um das Jahr 1500 herum kannten – auch wenn das wahrscheinlich nicht der Realität entsprach.

4

Arbeite in Einzelarbeit und erzähle die geschichtlichen Ereignisse um 1500 aus der Perspektive eurer gewählten Figur.

- Erstelle dazu mindestens vier Tagebucheinträge. Überlege, welche Entwicklungen und Ereignisse für deine Figur bedeutsam gewesen sein mögen und wie sie sie wohl beurteilt hat.
- Verfasse deinen Tagebucheintrag analog oder in digitaler Form mithilfe eines Textverarbeitungsprogramms (Word, Open Office). Füge auch Bilder oder Zeichnungen hinzu, wenn nötig.
- Die Tagebucheinträge sollten nicht für direkt aufeinanderfolgende Tage verfasst werden. Orientiere dich hierfür am Beispiel im QR-Code.

Beispiel für einen Tagebucheintrag

70052-32

5

Tauscht euch anschließend in der Kleingruppe über eure Tagebucheinträge aus und bewertet sie:

- Wie wurden die Ereignisse und Personen dargestellt?
- Wie realistisch wurden die Ereignisse beschrieben, was wurde hinzuerfunden?
- Sind die Informationen über die geschichtlichen Ereignisse treffend?

6

Präsentiert abschließend eure Tagebucheinträge in der Klasse. Vergleicht gemeinsam, wie eure Figuren die Zeit um 1500 erlebt haben.

7

1500 – der Anbruch einer neuen Zeit? Zieht gemeinsam in der Klasse ein Fazit.

3.1. Renaissance und Humanismus – kehrt die Antike zurück?

Ein neues Bild vom Menschen entsteht

Im 15. und 16. Jahrhundert brachen Künstler und Gelehrte zu neuen Ufern auf. Für diese Zeit wurde später der Begriff „Renaissance" (= Wiedergeburt) geprägt. Was unterscheidet diese Zeit vom Mittelalter? Und was hat es mit der Wiedergeburt auf sich?

M1 Albrecht Dürer – ein typischer Renaissancekünstler?

Selbstbildnis Albrecht Dürers aus dem Jahr 1498. Die Inschrift auf dem Gemälde unterhalb des Fensters lautet in heutiger Schreibweise: „1498 Das malte ich nach meiner Gestalt. Ich war 26 Jahre alt. Albrecht Dürer. AD."

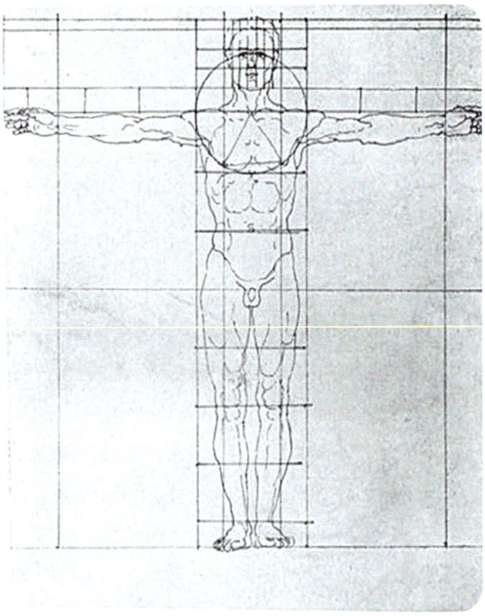

Proportionsfigur im Netz, Federzeichnung von Albrecht Dürer aus einem Skizzenbuch, 1508

Dürer (1471-1528) ist der bekannteste Künstler der Renaissance nördlich der Alpen. Er arbeitete für Fürsten und reiche Bürger, seine Holzschnitte und Kupferstiche machten ihn in ganz Europa bekannt, sein Monogramm AD wurde zu einem Markenzeichen. Außerdem war er als Mathematiker tätig und schrieb Abhandlungen über die Perspektive in der Malerei.

M2 Die Welt – ein Werk des Menschen?

Der Gesandte und Geschichtsschreiber Gianozzo Manetti schreibt 1452:

Die Welt ist wohl von Gott geschaffen, aber der Mensch hat sie verwandelt und verbessert. Denn alles, was uns umgibt, ist unser eigenes Werk, das Werk des Menschen; alle Wohnstätten, alle Schlösser, alle Gebäude auf der ganzen Welt. Von uns sind die Gemälde, die Skulpturen; von uns kommen der Handel, die Wissenschaften und philosophischen Systeme. Von uns kommen alle Erfindungen und alle Arten von Sprachen und Literaturen.

Zitiert nach: Hale, John: Fürsten, Künstler, Humanisten, Reinbek 1973, S. 26, übersetzt von Maria Pölchau (gekürzt)

RENAISSANCE

Die Renaissance war eine geistige und künstlerische Erneuerungsbewegung. Man rief sich die Antike wieder in Erinnerung. Die Bewegung ging im 15. Jahrhundert von Italien aus und erfasste große Teile der Gelehrten und Künstler.

Kennzeichnend ist ein neues Menschenbild: Der Mensch rückt in den Mittelpunkt, er wird als eigenverantwortliches und begabtes Individuum gesehen, dessen Heil nicht allein im Jenseits liegt.

Humanismus
Die Humanisten (von lat. humanus – menschlich) waren eine kleine Schicht von Gelehrten.
Sie suchten in den Texten antiker Autoren das Vorbild für eine gute Lebensführung. Eine vielseitige Bildung sahen sie als sehr wichtig an, da sie sich so weiterentwickeln konnten. Die Vorherrschaft der Kirche im Bereich Bildung kritisierten sie und richteten sich dagegen.

M3 Soll man die Schriften der Antike studieren?

Der Theologe und Diplomat Augustinus Valerius schreibt 1563:

Um von der Philosophie als der vornehmsten Wissenschaft, die die Prinzipien und Ursachen der Natur untersucht, zuerst zu sprechen: Welches naturphilosophische Problem ist so entlegen und schwierig, dass es nicht […] zuerst Plato, dann Aristoteles mit höchster Eleganz behandelt hätten? […] Was ferner die Mathematik betrifft, wer kann hier ohne Euklid, Archimedes und Ptolemäus auch nur das Geringste zu lernen hoffen? […] Welche medizinischen Lehren hätten wir denn, frage ich, wenn es nicht einen Hippokrates von Kos und einen Galenus gegeben hätte? […] Sollen wir Heutigen nur die Weisheit der Alten anstaunen […]? [Nein, wir sollen] mit Eifer und Sorgfalt die Autoren[1] […] lesen, und wenn wir ihre Ansicht kennen gelernt haben, werden wir sorgfältig mit uns zu Rate gehen müssen, ob wir uns entweder dadurch, dass wir sie an Fleiß übertreffen, oder aber dadurch, dass wir ihre Schriften kommentieren, um unsere Zeitgenossen verdient machen.

Mout, Nicolette (Hg.): Die Kultur des Humanismus. Reden, Briefe, Traktate, Gespräche von Petrarca bis Kepler, München 1998, S. 70 f.
1: Valerius erwähnt hier Namen antiker Autoren.

AUFGABEN

1. Beschreibe das Porträt und erkläre unter Einbeziehung der „Proportionsfigur", welche Ziele Dürer beim Malen verfolgte **(M1)**.
2. Erkläre, worin sich die Auffassung vom Menschen um 1500 von der des Mittelalters unterscheidet (**M2**, **#Renaissance** und Humanismus).
3. a) Stelle dar, welchen Wert nach Valerius die Beschäftigung mit den Werken antiker Autoren hat (**M3**).
   b) Zeige auf, welchen Wert Valerius der Bildung beimisst (**M3**).
4. Beginnt mit der Renaissance eine neue Zeit? Diskutiert im Plenum.

H zu Aufgabe 3a
Wie sollte man nach Valerius mit den Werken antiker Autoren umgehen?

H zu Aufgabe 3b
Nimm Stellung: Welche Bedeutung hat (Schul-)Bildung heute für dich und unsere Gesellschaft?

Kopernikus – ein Mann stellt die Welt auf die Füße

„Eine kopernikanische Wende“ – darunter versteht man bis heute eine grundlegende Neuorientierung in der Wissenschaft, aber auch in anderen Bereichen. Der Begriff geht zurück auf Nikolaus Kopernikus. Wer war dieser Mann und welche Neuorientierung ging von ihm aus?

M4 Zwei Weltbilder

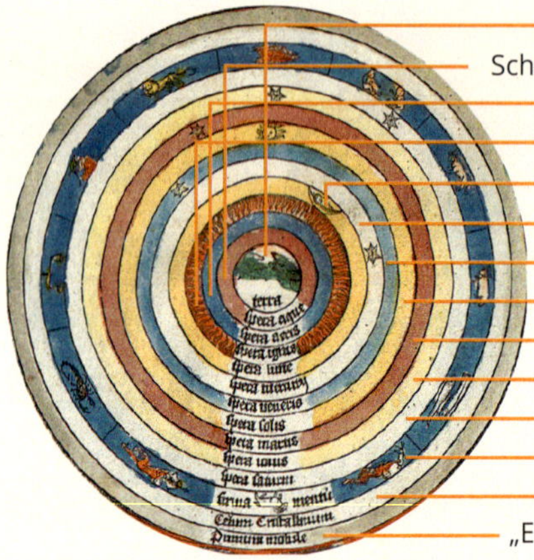

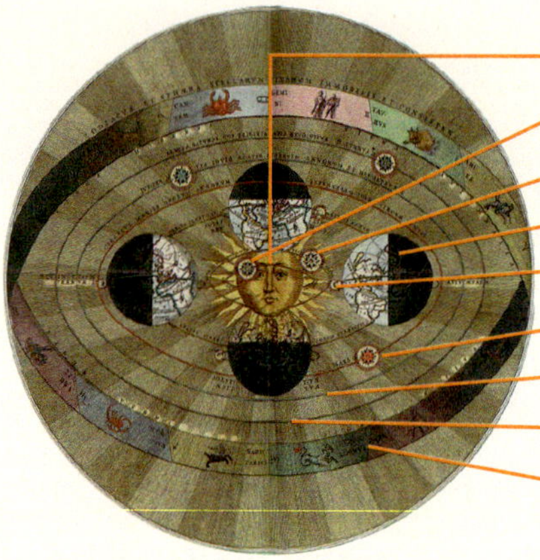

Links: kolorierter Holzschnitt von 1495; rechts: kolorierter Kupferstich von 1660

Domherr
ein Beamter eines geistlichen Fürsten

Astronomie
die Wissenschaft zur Untersuchung der Himmelskörper

M5 Nikolaus Kopernikus und das neue Weltbild

Kopernikus wurde 1473 in Thorn (im heutigen Polen) geboren. Er studierte in Krakau und in Italien, war als Arzt und Domherr tätig und beschäftigte sich mit der Mathematik und der Astronomie. Kopernikus zögerte lange, erst 1543 – kurz vor seinem Tod – veröffentlichte er seine Erkenntnisse in seinem Werk „Über die Umlaufbahnen der Himmelssphären“.

Zu seiner Zeit wussten die Gelehrten bereits, dass die Erde eine Kugel ist. Gleichzeitig hielt man das auf den griechischen Astronomen Ptolemäus (ca. 100 – 160) zurückgehende geozentrische Weltbild für richtig. Demnach sind Sonne, Mond und Sterne an durchsichtigen Kugelschalen befestigt und bewegen sich um die Erde. Dieses Bild entsprach auch der kirchlichen Lehre. Da die Erde Gottes Werk sei, müsse sie im Zentrum des Weltalls stehen.

Kopernikus' Arbeitsweise war typisch für die Zeit der Renaissance. Der Glaube an die Möglichkeit einer vernunftbestimmten Erkenntnis und die Wiederentdeckung der antiken Naturwissenschaft waren Grundlage für eine neue Sicht auf die Dinge. Eigene Beobachtungen, mathematische Berechnungen und kritische Überprüfung sollten das Wissen begründen.

Er gelangte zu dem Schluss, dass die Erde um die Sonne kreist (heliozentrisches Weltbild, helios: Sonne). Zusätzlich drehe sich die Erde einmal pro Tag um sich selbst.

Später bestätigte und erweiterte Galileo Galilei dieses Weltbild.

M6 Ein Zeitgenosse urteilt über Kopernikus

Der Reformator Philipp Melanchthon (1497-1560) schreibt 1549:

Unsere Augen bezeugen es, dass sich der Himmel in 24 Stunden herumbewegt. Und da haben nun einige [...] aus Neuerungssucht [...] sich ausgelassen, die Erde bewege sich [...]. Es ist ein Zeichen von guter Gesinnung, die von Gott gezeigte Wahrheit ehrfürchtig aufzunehmen und sich mit ihr zu beruhigen. Manche Physiker verlachen zwar einen, der göttliche Zeugnisse anführt. Trotzdem halten wir es für angebracht, Naturwissenschaft und Bibel zusammenzustellen und wegen der großen Dunkelheit des menschlichen Verstands uns bei dem göttlichen Ausspruch Rat zu holen, wo wir es nur immer können. Aufs Deutlichste versichert uns ein Psalm, dass die Sonne sich bewegt. Mit diesem klaren Zeugnis müssen wir uns zufriedengeben. Von der Erde sagt ein anderer Psalm: „Der du das Erdreich gegründet hast auf seinen Boden, dass es bleibt immer und ewiglich."

Kistner, Adolf: Im Kampf um das Weltsystem (Kopernikus und Galilei), Voigtländers Quellenbücher Nr. 39, Leipzig 1912, S. 39 ff.

Kopernikus Bildnis in der Johanniskirche in Thorn, 1589
Der Text lautet: „Weder bitte ich um die gleiche Gnade, die dem Paulus gewährt wurde, noch suche ich die Vergebung, die Petrus fand, sondern ich bitte inbrünstig um diejenige, die Du am Kreuz dem Schächer gegeben hast."

Psalm
ein religiöser Text

AUFGABEN

1. Beschreibe die beiden Weltbilder. Welche Unterschiede kannst du erkennen (**M4**)?
2. Erläutere, worin die von Kopernikus ausgelöste Neuorientierung bestand und mit welchen Mitteln er zu seinen Erkenntnissen gelangte (**M5**).
3. Beschreibe das Bild und arbeite seine Botschaft heraus (**M6**).
4. Untersuche, mit welchen Argumenten Melanchthon die Erkenntnisse des Kopernikus ablehnt (**M6**). Worin siehst du den zentralen Unterschied zwischen Kopernikus und Melanchthon?
5. Diskutiert im Plenum, inwiefern auch heute wissenschaftliche Erkenntnisse unterschiedlich interpretiert werden.

H zu Aufgabe 5
Bezieht euch beispielsweise auf den Klimawandel oder die Corona-Pandemie.

Verändert ein neues Medium die Welt?

Johannes Gutenberg – in Mainz ist die Universität nach ihm benannt, US-amerikanische Journalisten wählten ihn 1998 zur wichtigsten Person des 2. Jahrtausends. Was ist an diesem Mann bis heute so bedeutsam?

M7 Drucken statt abschreiben

Das Interesse an Büchern nahm in der Renaissance ständig zu, auch wenn nur ein sehr kleiner Teil der Menschen damals lesen konnte. Man wollte die antiken Schriften lesen. Studenten und Gelehrte hatten Bedarf an Büchern zum Studium, und Gesetze und Verordnungen sollten vervielfältigt werden und an verschiedenen Orten zugänglich sein. Bücher mussten bis dahin aber per Hand abgeschrieben werden – ein langwieriger und fehleranfälliger Prozess. Eine andere Methode war der ähnlich aufwändige Druck mit Holzplatten, die für jede Seite einzeln angefertigt werden mussten.

Gutenberg entwickelte in zahlreichen Versuchen nun ein Verfahren, einzelne Buchstaben aus Blei (Lettern) herzustellen, die auf einer Platte immer wieder neu zu einem Text zusammengefügt werden konnten. So entstanden gleich aussehende Seiten. Zusammen mit anderen Entwicklungen Gutenbergs (Druckerpresse, Tinte für den Druck auf Papier) wurde jetzt der Druck von Büchern ungeheuer beschleunigt und damit auch verbilligt.

Seine Erfindung aus dem Jahre 1445 verbreitete sich schnell, um 1500 gab es bereits in 250 europäischen Städten Druckereien. Wissen, Ideen und Meinungen konnten durch Bücher, aber auch durch Flugschriften so schnell verbreitet werden. Das erste Buch, das auf diese Weise in seiner Druckerwerkstatt entstand, war die Bibel.

bewegliche Lettern
waren in China und Korea schon bekannt, hatten sich wegen der Vielzahl der Schriftzeichen aber nicht durchsetzen können.

Flugschrift
eine Art gedruckte Broschüre, die mindestens vier Seiten umfasst

Erklärfilm zum Buchdruck
70052-33

M8 Wie wurden Bücher gedruckt?

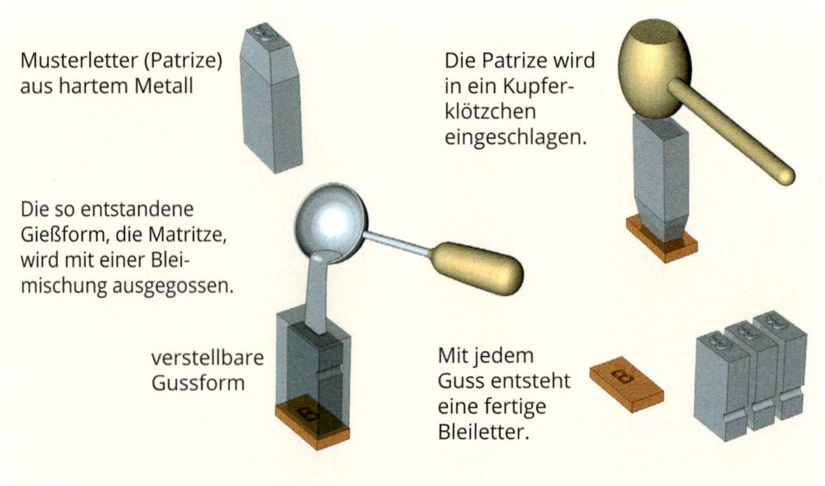

Links: Arbeiten in einer Druckerwerkstatt, Französische Buchmalerei um 1490
rechts: Herstellung von beweglichen Lettern für den Druck

M9 Reaktionen von Zeitgenossen

a) Hartmann Schedel über die „Druckerei".

In seiner Weltchronik schreibt Schedel im 15. Jahrhundert:

Die Kunst der Druckerei hat sich zuerst in Deutschland in [...] Mainz [...] im Jahr 1440 erzeugt und von da an in fast alle Orte der Welt ausgebreitet. Dadurch sind die kostbaren Schätze schriftlicher Kunst und Weisheit, die in alten Büchern lange Zeit als der Welt unbekannt in dem Grabe der Unwissenheit verborgen gelegen haben, wieder ans Licht gelangt. Jetzt konnten viele [...] nützliche Bücher ohne große Kosten verbreitet werden. Wäre diese Kunst früher erfunden worden und in Gebrauch genommen worden, so wären ohne Zweifel viele Bücher des Livius, des Plinius und anderer Hochgelehrter Leute nicht verlorengegangen.

Zitiert nach: Schedel, Hartmann: Weltchronik, Kolorierte Gesamtausgabe von 1493, Augsburg 2011, Blat[t] CCLII. Übertragung: Helmut Presser, Matti Münch

b) Die Stellungnahme Papst Alexanders

Papst Alexander (1431-1503) nimmt 1501 in einer Urkunde Stellung zum Buchdruck:

Da wir erkannt haben, dass durch die Buchdruckerkunst sehr viele Bücher in verschiedenen Teilen der Welt gedruckt worden sind, die viele Irrtümer und der christlichen Religion feindliche Lehren enthalten, verbieten wir allen Buchdruckern, in Zukunft Bücher zu drucken, ohne vorher eine ausdrückliche Erlaubnis der Bischöfe oder ihrer Stellvertreter erhalten zu haben. Diesen machen wir zur Pflicht, das zu Druckende sorgfältig zu prüfen und darauf zu achten, dass nichts gedruckt wird, was dem Glauben widerspricht, gottlos oder ärgerniserregend ist.

Zitiert nach: Loening, Richard: Über Zensur und Preßfreiheit, in: Deutsche Rundschau, 1891, S. 445 (gekürzt)

AUFGABEN

1. Sammelt Ideen, weshalb die Erfindung des Buchdrucks so bedeutsam war.
2. a) Erkläre, welche Vorteile Gutenbergs Erfindung hervorbrachte (**M7**).
   b) „Sämtliche Revolutionen, wie z. B. die Französische Revolution, wurden erst durch den Buchdruck möglich", argumentieren Historiker. Begründe diese Einschätzung anhand von **M7**.
3. Stellt euch vor, ihr wollt wie Gutenberg eine Druckerei betreiben. Beschreibt zu zweit den Druckprozess (**M7**, **M8**).
4. Arbeite aus **M9** heraus, welche Hoffnungen und welche Befürchtungen sich für die Zeitgenossen mit dem Buchdruck verbanden.
5. Im Wikipedia-Artikel zum Stichwort „Gutenberg" heißt es: „Die Entwicklungen Gutenbergs leiteten eine Medienrevolution ein."
   a) Beurteile auf Basis deines Wissens, weshalb der Buchdruck bis heute als Medienrevolution gesehen wird (**M7-M9**).
   b) Diskutiert im Plenum, inwiefern es heute durch Smartphone und Internet zu einer ähnlichen Revolution kommt.

H zu Aufgabe 1
Vorher mussten die Bücher per Hand von Mönchen abgeschrieben werden.

H zu Aufgabe 3
Beschreibt hierbei die Herstellung beweglicher Lettern und den Druckprozess selbst. Welche Arbeitsschritte sind jeweils wichtig?

F zu Aufgabe 5b
Welche Widerstände gibt es heutzutage gegen die Revolution des Internets? Wie wird hierbei argumentiert? Recherchiere hierzu im Internet. MK

3.2 Der Kolumbustag – ein Grund zum Feiern?

1492 – „alte“ und „neue“ Welt treffen aufeinander

In Spanien ist der 12. Oktober seit 1918 Nationalfeiertag. Auch in den USA und manchen Ländern Lateinamerikas wird dieser Tag gefeiert. Was wird da gefeiert? Und gibt es tatsächlich etwas zu feiern?

M1 Soll man nach Westen fahren?

Der italienische Astronom und Arzt Toscanelli

Der Florentiner Gelehrte Toscanelli schreibt 1480 an den italienischen Seefahrer Christoph Kolumbus:

„Ich lobe Euren Wunsch, nach Westen zu schiffen, und ich bin überzeugt, dass Ihr aus meinem früheren Brief erkannt habt, dass die Unternehmung, welche Ihr im Sinne habt und gern ausführen möchtet, nicht so schwierig ist, als man zu glauben pflegt; dass im Gegenteil der Weg, das heißt die Überfahrt von den Westküsten Europas nach Indien, sicher auf der Bahn erfolgen kann, welche ich Euch bezeichnet habe. Ihr würdet vollkommen von dieser Leichtigkeit überzeugt sein, wenn Ihr, wie ich, Gelegenheit gehabt hättet, mit einer großen Anzahl Personen umzugehen, die in diesen Ländern gewesen sind. Seid versichert, dass Ihr dort mächtige Königreiche, große und völkerreiche Städte und reiche Provinzen finden werdet.

Zitiert nach: Kern, Ralf: Wissenschaftliche Instrumente in ihrer Zeit, Bd. 1, Köln 2010, S. 116

M2 Kolumbus – nur ein risikobereiter Abenteurer?

Portrait des Christoph Kolumbus (um 1520)

Kolumbus folgte dem Rat Toscanellis. Es gelang ihm, das spanische Königspaar Ferdinand und Isabella von seinem Vorhaben zu überzeugen, sodass sie ihn mit drei Schiffen ausstatteten. Am 3. August 1492 stach er von Spanien aus in See.

Warum aber wollten er und seine Auftraggeber diese ungewisse Fahrt nach Westen unternehmen? Es ging darum im Wettlauf mit Portugal, einen Seeweg nach Indien, China und Japan zu finden. Von dort kamen die damaligen Luxusgüter: Gewürze, Seidenstoffe, Perlen, Edelsteine, Gold und Porzellan. Der Landweg war langwierig und gefährlich, und seit der Eroberung Konstantinopels 1453 kontrollierte das Osmanische Reich die Handelswege nach Asien. Aufgrund der hohen Abgaben stiegen die Preise für die gehandelten Güter deutlich. Ein schneller Seeweg nach Indien versprach also hohe Gewinne. Als Gegenleistung für Kolumbus sicherten Ferdinand und Isabella ihm einen vererbbaren Adelsrang und die Position eines Gouverneurs für die in Besitz genommenen Gebiete samt Gewinnbeteiligung zu. Begründet wurde das Vorhaben außerdem mit religiösen Motiven: Christliche Herrscher wollten den Einfluss des Islam weiter zurückdrängen und ihren Glauben verbreiten. Ende des 15. Jahrhunderts erschien eine solche Fahrt erfolgsversprechend. Es gab jetzt eine Reihe von technischen Hilfsmitteln (wie z.B. ein verbesserter Kompass), die es möglich machten, sich auf den offenen Ozean hinauszuwagen. Hochseetaugliche Schiffstypen waren entwickelt worden. Hinzu kam das wachsende Interesse an einer Erkundung der Welt. Am 12. Oktober kam das erhoffte Land in Sicht – eine Insel der Bahamas, die Kolumbus San Salvador (span. Heiliger Erlöser) nannte. Bis zu seinem Tod glaubte er, damit den Seeweg nach Indien gefunden zu haben. Den fand schließlich im Jahre 1498 auf dem Weg um die Südspitze Afrikas herum der Portugiese Vasco da Gama. Seinen Namen erhielt der Kontinent Amerika nach dem Florentiner Seefahrer Amerigo Vespucci, der erkannte, dass das mittel- und südamerikanische Küstengebiet einem eigenen Erdteil angehörte.

Animierte Karte zu Kolumbus erster Reise

70052-34

M3 Kolumbus Schiff, die „Santa Maria"

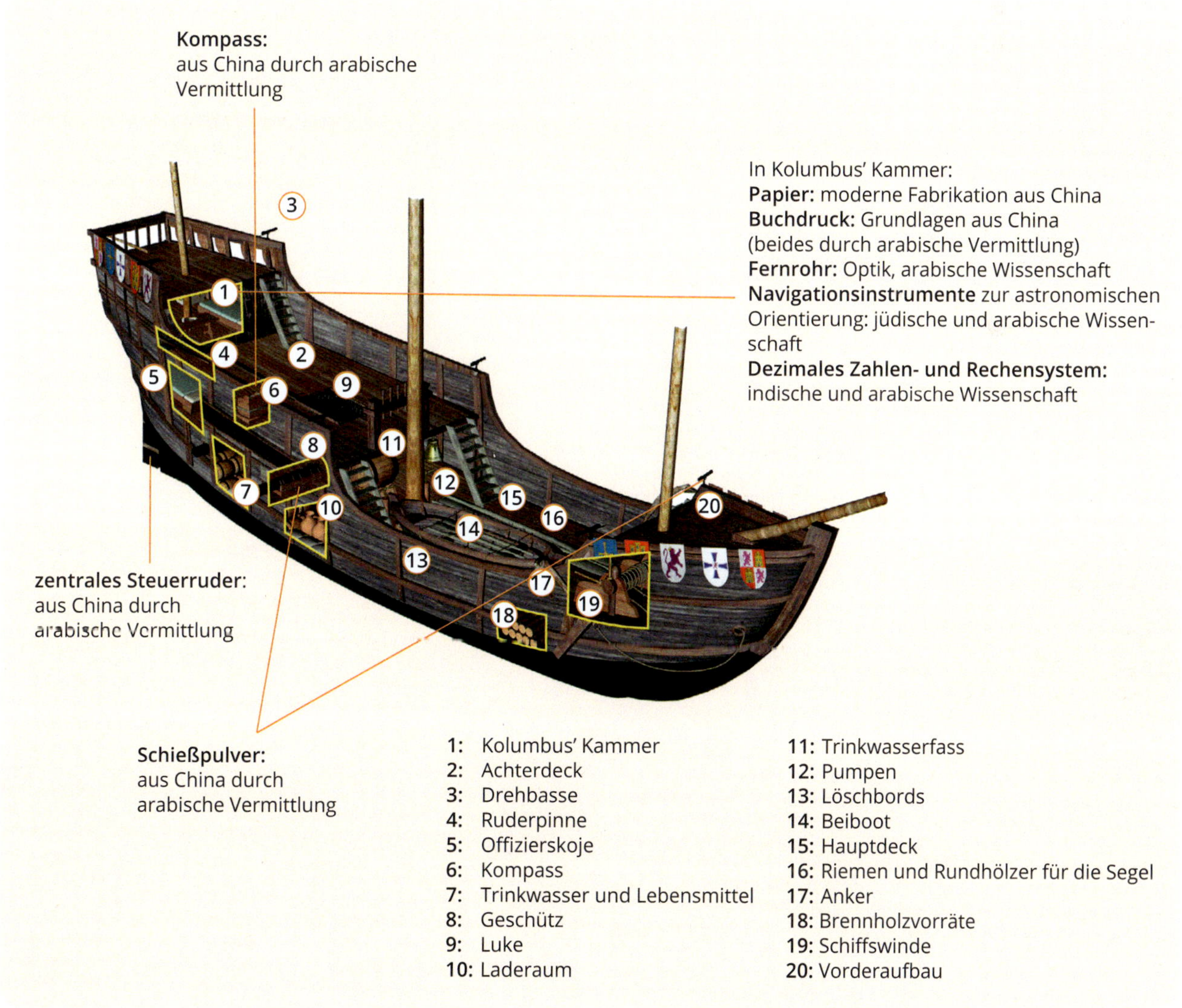

Aufbau und Ausrüstung der „Santa Maria", Rekonstruktionszeichnung von 2005. Das Schiff integrierte alle damals bekannten neuen Erkenntnisse und Instrumente. Das Flaggschiff war rund 24 m lang und etwa 8 m breit.

M4 Die Landung des Kolumbus – von 1594 aus gesehen

Methode: Ein geschichtliches Bild lesen

70052-35

„Kolumbus, als er in India erstlich angekommen ...“ Kolorierter Kupferstich von 1594 (Ausschnitt); Die Illustration stammt aus einem Reisebericht. Sie ist ein Fantasiebild, das nach den Reiseberichten des Kolumbus erstellt wurde.

M5 Kolumbus Bordbuch: Berichte über die Landung

Das Bordbuch des Kolumbus richtete sich an seine Auftraggeber und ist verloren gegangen. Erhalten geblieben ist nur eine Kopie, die Bartolomé de Las Casas niedergeschrieben hat:

Lesetipp: Die Entdeckung Amerikas

70052-36

Freitag, den 12. Oktober 1492

Ich rief die beiden Kapitäne [der zwei anderen Schiffe der Expedition] und auch all die anderen, die an Land gegangen waren [...] zu mir und sagte ihnen, durch ihre persönliche Gegenwart als Augenzeugen davon Kenntnis zu nehmen, dass ich im Namen des Königs und der Königin, meiner Herren, von der genannten Insel Besitz ergreife [...].

Sofort sammelten sich an jener Stelle zahlreiche Eingeborene der Insel an. In der Erkenntnis, dass es sich um Leute handele, die man weit besser durch Liebe als mit dem Schwerte retten und zu unserem Heiligen Glauben bekehren könne, gedachte ich sie mir zu Freunden zu machen und schenkte also einigen von ihnen rote Kappen und Halsketten aus Glas und noch andere Kleinigkeiten von geringem Werte, worüber sie sich ungemein erfreut zeigten [...]. Sie müssen gewiss treue und kluge Diener sein, da ich die Erfahrung machte, dass sie in Kürze alles, was ich sagte, zu wiederholen verstanden; Überdies glaube ich, dass sie leicht zum Christentum übertreten können. [...]

Sonntag, den 14. Oktober 1492

Die Errichtung einer Festung halte ich] nicht für erforderlich, da ja die Bewohner keine besondere Kenntnis von Waffen besitzen [...]. Sollten Eure Hoheiten den Befehl erteilen, alle Inselbewohner [...] als Sklaven zu halten, so wäre dieser Befehl leicht durchführbar, da man mit einigen fünfzig Mann alle anderen niederhalten und zu allem zwingen könnte [...].

Zitiert nach: Lautemann, W. / Schlenke, M. (Hg.): Geschichte in Quellen, Bd. 3. München 1966, S. 45 ff.

M6 Sind die Ansprüche der Spanier gerechtfertigt?

Die Inbesitznahme fremder Gebiete durch die spanische Krone musste begründet werden, damit sie rechtmäßig erschien. 1513 legte deshalb der königliche Rechtsberater Palacios Rubios ein Dokument vor, das sog. Requerimiento. Dieser Text wurde den Bewohnerinnen und Bewohnern beim ersten Kontakt mit den Spaniern vorgelesen. Gott als Schöpfer der Welt habe dem heiligen Petrus das Amt gegeben, Herr aller Menschen der Welt zu sein. Der Papst als Petrus' Nachfolger habe dann die entdeckten Länder dem spanischen Königshaus geschenkt, folglich müssten die Bewohner diese als neue Herren anerkennen und die Verbreitung des Christentums zulassen. Wenn sie das nicht tun, so der Text, würden sie mit „der Hilfe Gottes" bekämpft und unterworfen werden und müssten der Kirche und den Königen „Gehorsam" leisten.

Requerimiento
Spanisch für Aufforderung

AUFGABEN

1. Arbeite aus **M1** heraus, mit welchen Argumenten Toscanelli Kolumbus von der Reise nach Westen überzeugen will.
2. a) Erläutere wodurch Kolumbus seine Fahrt ermöglicht wurde (**M2**).
   b) Überprüfe, ob Kolumbus nur ein risikobereiter Abenteurer war (**M2**).
3. Untersuche, wie spanische Seefahrer das Wissen anderer Kulturen nutzten, um hochseetaugliche Schiffe zu bauen (**M3**).
4. a) Der Kupferstich de Brys (**M4**) enthält mehrere Teilszenen. Beschreibe die Szenen.
   b) Analysiere, wie die Spanier auf der einen und die Bewohner Mittelamerikas auf der anderen Seite dargestellt werden.
   c) Fasse Kolumbus Aussagen über die Bewohner Mittelamerikas zusammen.
   d) Erkläre, mit welchen Interessen Kolumbus – auch unter Berücksichtigung seiner Auftraggeber – auf sie blickt (**M5**).
   e) Vergleicht nun zu zweit die Darstellung der Landung in **M4** und **M5** und diskutiert die Glaubwürdigkeit der Darstellungen.
5. a) Arbeite heraus, wie die spanische Krone ihre Ansprüche fremder Gebiete rechtfertigte (**M6**).
   b) Nimm kritisch Stellung zur Rechtfertigung der Spanier.

H zu Aufgabe 2b
Welche weiteren Motive neben Abenteuerlust hatte er?

H zu Aufgabe 4
Arbeitet zu zweit und teilt euch die Teilaufgaben a-b und c-d untereinander auf.

Die Darstellung der Welt im 15. Jahrhundert

Die zunehmende Schifffahrt führte Ende des 15. Jahrhunderts dazu, dass große Fortschritte im Bereich der Kartografie gemacht wurden. Trotzdem wusste man noch längst nicht alles. Wie sah die Welt für einen Menschen im 15. Jahrhundert aus?

M7 Karte des Gelehrten Toscanelli 1474

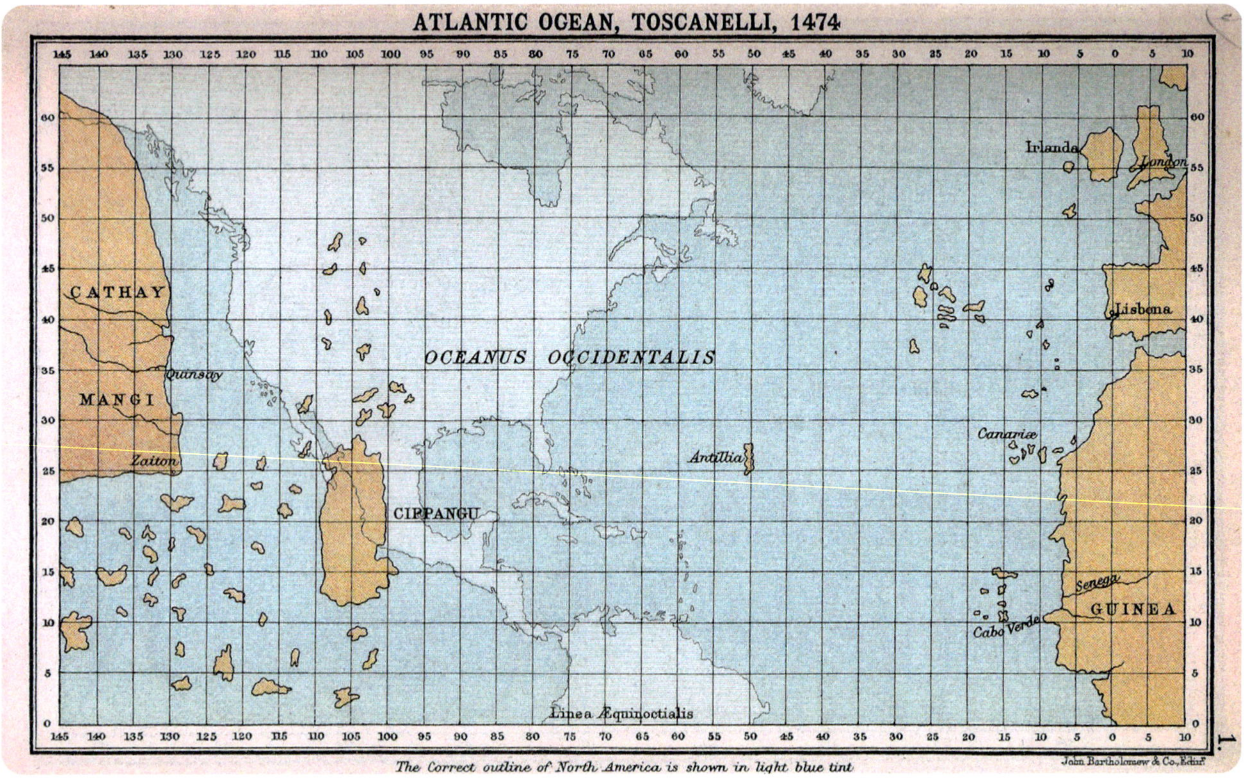

Toscanelli stellte mit seiner Karte Europa und Afrika, den Atlantischen Ozean und das im Westen vermutete Japan und China dar. Nachträglich grau hinterlegt sind die tatsächlichen Umrisse Nord- und Südamerikas, die damals noch gänzlich unbekannt waren.

H zu Aufgabe 3a
Unter „Darstellung" kannst du die Kartendarstellung ein- oder auszoomen. Bewege die Maus langsam über die Karte. An zahlreichen Stellen wird ein Bildteil markiert und in einem Kasten erscheint eine Beschreibung des markierten Teils.

F zu Aufgabe 3b
Vergleiche die Karte Toscanellis mit weiteren Karten der frühen Neuzeit, z. B. der Weltkarte von Andreas Walsperger von 1448.

AUFGABEN

1. Erkundige dich, wo San Salvador (das heutige Guanahani) liegt, und markiere es auf der Karte Toscanellis, die du unter dem QR-Code auch als Bild findest (**M7**).
2. Untersuche mithilfe der Methode die Karte Toscanellis (**M7**, **Methode: Historische Karten analysieren**).
3. a) Werte die Ebstorfer Weltkarte im QR-Code, die um ca. 1300 entstand, ebenfalls mithilfe der Methode aus (**Methode: Historische Karten analysieren**).
   b) Vergleiche sie mit Toscanellis Karte. Wie unterscheiden sich die Weltsicht im späten Mittelalter und der frühen Neuzeit und wie zeigt sich das in der Art der Darstellung zwischen den beiden Karten?

Historische Karten analysieren

Worum geht es?

Historische Karten wurden zu einer bestimmten Zeit in der Vergangenheit angefertigt und zeigen, wie das geografische Wissen zur Zeit ihrer Entstehung aussah und welche Vorstellungen die Menschen von der Welt hatten.
Eine historische Karte ist also eine besondere Art von Quelle. Je älter solche Karten sind, desto fremder sind sie für uns, da sie von heutigen Darstellungsformen stark abweichen. Sie geben uns aber Aufschluss über das Weltbild zur damaligen Zeit. Um sie zum Sprechen zu bringen, muss man schrittweise vorgehen.

Geschichtskarten hast du bei der Beschäftigung mit der römischen Geschichte schon kennengelernt. Sie zeigen heutiges geschichtliches Wissen über einen bestimmten Raum zu einer bestimmten Zeit.

Gehe dabei so vor:

1. Schritt: Ordne die Karte in den richtigen Raum und die passende Zeit ein

Um die Karte in Raum und Zeit einordnen zu können, solltest du nach den folgenden Leitfragen vorgehen:
- Wann und wo ist sie entstanden (Entstehungszeit und den Entstehungsort)?
- Wer hat sie hergestellt (Kartograf)?
- Zu welchem Anlass oder in wessen Auftrag wurde sie angefertigt?
- Über welchen Raum gibt sie Auskunft?

H zu Schritt 1
- Die Karte stammt von ...
- Ihr Thema ist ...
- Die Darstellung umfasst ...

Die Karte Toscanellis zum Ausdrucken

70052-37

2. Schritt: Lies die wichtigsten Informationen aus der Karte heraus

Beschreibe die Karte und die Kartenelemente:
- Wie ist die Karte im Vergleich zu heutigen (immer nach Norden orientierten) Karten ausgerichtet?
- Was steht im Mittelpunkt der Karte?
- Welche Einzelheiten sind zu erkennen? Landmassen, Ortsbezeichnungen, Flüsse, Berge, usw.
- Welche Symbole werden verwendet? Welche Personen tauchen auf?

H zu Schritt 2
- Die Karte ist genordet/geostet ...
- Auf der Karte sind folgende Einzelheiten zu erkennen: ...
- Auffällig ist, dass ...

Die Ebstorfer Weltkarte als interaktive Karte

70052-38

3. Schritt: Deute die Karte

Deute die Karte auf der Basis deiner bisherigen Untersuchungen:
- Welche Absicht ist mit der Karte verbunden?
- Welche Vorstellung von der Welt wird deutlich?
- Welche religiösen Vorstellungen spielen eine Rolle?

4. Schritt: Vergleiche sie mit heutigen Erkenntnissen

Die Karte ist zu einer anderen Zeit entstanden und wir haben heute neue Erkenntnisse.
- Welche Unterschiede und Gemeinsamkeiten mit heutigen Karten gibt es?
- Was ergibt der Vergleich mit heutigen Erkenntnissen?

H zu Schritt 3
- Die Karte diente sicherlich ...
- Der Urheber wollte ...

H zu Schritt 4
- Der Vergleich mit einer modernen Karte zeigt, ...
- Mir war neu, dass ...

Wer sind die „Entdeckten“? – Das Beispiel der Azteken

Die Spanier betraten in Amerika kein menschenleeres Land, sondern trafen auf bedeutende Hochkulturen: Die Reiche der Inkas, Mayas und Azteken. Wer waren diese Menschen, die uns selbst keine schriftlichen Quellen hinterlassen haben?

M8 Das Reich der Azteken

Die Azteken herrschten in Mittelamerika, ihre Hauptstadt war Tenochtitlán (heute Mexiko-City). Im Laufe des 14. Jahrhunderts unterwarfen sie zahlreiche Völker in Mittelamerika, die anschließend zu regelmäßigen Abgaben (Nahrungsmittel, Tiere, Sklaven) verpflichtet wurden. Ein Reich im europäischen Sinne errichteten die Azteken aber nicht. An ihrer Spitze standen ein König und der höchste Priester. Zur Zeit des Aufeinandertreffens mit den Spaniern herrscht in Tenochtitlán Moctezuma II.

Die Stadt lag in einem Salzsee, verfügte über Süßwasser und war von Kanälen durchzogen. Man schätzt, dass sie 200 000 Einwohner hatte. In der Stadt gab es eine Reihe von pyramidenförmigen Tempeln. Die wichtigsten Götter waren der Kriegsgott und der Priesterkönig Quetzalcoatl, dessen Wiederkehr die Azteken erwarteten. Um den Fortbestand der Welt zu sichern, waren nach aztekischem Glauben Menschenopfer notwendig.

Zum Vergleich: Köln hatte 1475 etwa 40 000 Einwohner.

Die aztekische Gesellschaft gliederte sich in eine Adelsschicht, die das Land besaß und die Priesterschaft stellte, und die große Menge der Nichtadeligen, die als Bauern oder Handwerker arbeiteten. Am Ende der sozialen Leiter standen die Sklaven. Im Gegensatz zu Europa gehörten die Menschen dem Adel oder dem Sklavenstand nicht seit ihrer Geburt an, man konnte in den Adel aufsteigen und verlor seine Freiheit nur zeitweise.

Die Azteken waren eine Fußgängergesellschaft, Last- und Reittiere waren unbekannt, das Rad wurde nur als Kunstobjekt benutzt. Entsprechend wichtig waren Träger. Die handwerklichen Fähigkeiten waren u. a. in der Kupfer- und Goldverarbeitung weit entwickelt, Eisen war hingegen unbekannt.

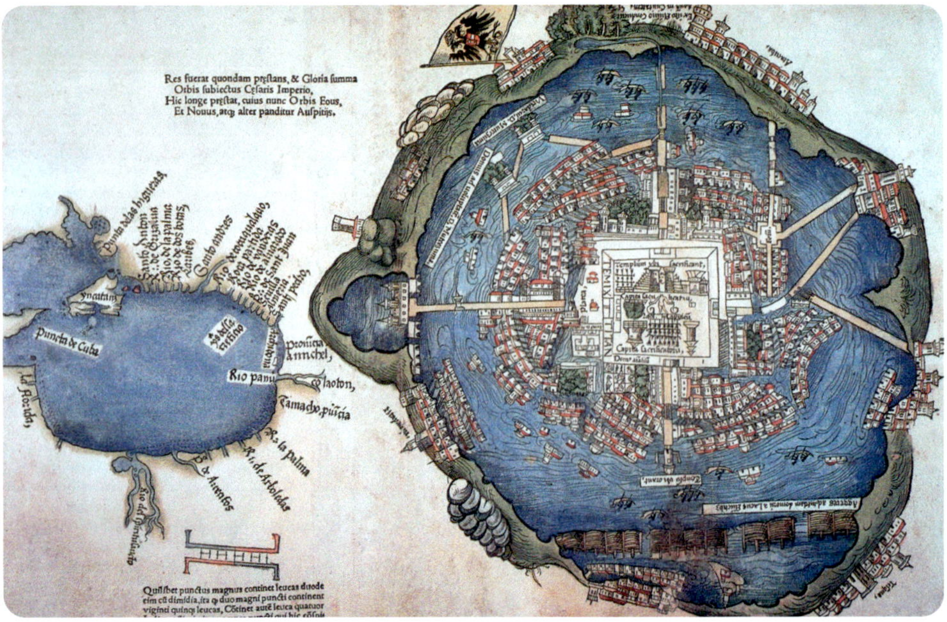

Plan von Tenochtitlán
Dieser Plan wurde 1524 in Nürnberg veröffentlicht und war nach einer Skizze von Cortés, dem Eroberer von Tenochtitlán, erstellt worden.

M9 Tenochtitlán – mit spanischen Augen gesehen

Bernal Díaz del Castillo nahm mit ca. 23 Jahren an der Eroberung und Zerstörung Tenochtitláns durch Cortés im Jahr 1521 teil, 1568 verfasste er einen Bericht über die Stadt:

Cortés wollte aber den großen Marktplatz der Stadt und den Haupttempel besichtigen. Er schickte deshalb [...] zu Fürst Moctezuma und ließ ihn um sein Einverständnis bitten. Der Fürst antwortete zwar, dass wir überall willkommen seien, hatte aber doch Sorge, dass wir seine Götzen in irgendeiner Form beleidigen könnten, und begleitete uns daher zusammen mit vielen seiner Großen. Es war ein prachtvoller Aufzug. [...] Auf dem Marktplatz fanden wir eine unerwartet große Menge Menschen, zahlreiche Verkaufsstände und eine ausgezeichnete Ordnungspolizei. [...] Jede Warengattung hatte ihre Plätze. Da gab es Gold- und Silberarbeiten, Juwelen, Stoffe aller Art, Federn, Baumwolle und Sklaven. [...] Dann kamen die Stände mit einfacheren Waren, mit grobem Zeug, mit Zwirn und Kakao zum Beispiel. [...] Wir fanden auch Stände, an denen Bohnen, Salbei und vielerlei andere Gemüse und Gewürze verkauft wurden. Es gab einen besonderen Geflügel- und Wildbretmarkt, einen für Kuchenbäcker und einen für Wursthändler. In den Ständen der Töpfer fanden wir von großen Gefäßen bis zum kleinsten Nachttopf alles. [...]
Vom Markt aus kamen wir bald in die großen Höfe, die den Haupttempel [...] umgeben. Sie waren größer als der Marktplatz von Salamanca. Um den riesigen Hof lief eine doppelte Mauer aus Kalk und Stein. Er war durchweg mit weißen, sehr glatten Platten gepflastert [...]. Alles war so sauber, dass man nirgends einen Strohhalm oder ein Stäubchen sah."

Zitiert nach: Rodríguez Monegal, Emir (Hg.): Die Neue Welt, Chroniken Lateinamerikas von Kolumbus bis zu den Unabhängigkeitskriegen, Frankfurt/M. 1982,S. 145-147, übersetzt von Maralde Meyer-Minnemann

Altamerikanischer Brustschmuck
Das Schmuckstück (Höhe 17 cm, Breite 18,5 cm) ist aus Gold, stammt aus Kolumbien und wurde zwischen 400 bis 1000 n. Chr. angefertigt. Von den Goldarbeiten der altamerikanischen Kulturen ist wenig erhalten geblieben, da die Eroberer sie fast alle einschmelzen ließen.

Götze
abwertende Bezeichnung für einen der eigenen Religion fremden Gott

Salamanca
Stadt in Spanien

AUFGABEN

1. Beschreibe die besonderen Merkmale der Stadt Tenochtitlán (**M8**).
2. Erläutere, inwiefern es sich beim Reich der Azteken um eine Hochkultur handelte (**M8**).
3. Arbeite heraus, welchen Eindruck von der Stadt und der aztekischen Gesellschaft Castillo vermittelt (**M9**).
4. Untersuche, welche Auskunft der Brustschmuck über die aztekische Kultur und den Umgang der Spanier mit dieser Kultur gibt (**M9**).
5. Verfasse einen fiktiven Tagebucheintrag von del Castillo. Erörtere darin, was den Spaniern an der aztekischen Gesellschaft und Kultur vertraut und was ihnen fremd vorgekommen sein mag (**M8**, **M9**).

F **zu Aufgabe 3**
Wie schätzt du die Glaubwürdigkeit seines Berichts ein?

F **zu Aufgabe 5**
Verfasse einen weiteren Tagebucheintrag, allerdings aus der Perspektive der Azteken. Was kam ihnen vertraut und fremd vor?

Die Eroberung Amerikas

Vor Kolumbus hatte bereits um das Jahr 1000 der isländische Entdecker Leif Eriksson seinen Fuß auf den amerikanischen Kontinent gesetzt, seine Fahrt blieb aber folgenlos. Was war in den Jahren nach 1492 anders?

M10 Die Rückkehr des Kolumbus

Darstellung des Empfangs am spanischen Hof im März 1493, Lithographie aus dem 19. Jahrhundert

M11 Die Welt wird geteilt und erobert

Am 15. März 1493 landete Kolumbus wieder in Spanien und wurde vom Königspaar mit allen Ehren empfangen. Das spanische Königshaus machte sich sofort daran, die Besitzrechte auf die aufgefundenen Länder gegenüber Konkurrenten abzusichern. Der Papst als höchste Instanz wurde angerufen. Er bestätigte wie gewünscht die Besitzansprüche Spaniens und rechtfertigte dies mit dem Missionsauftrag. Mit Portugal einigte man sich 1494 im Vertrag von Tordesillas auf eine Teilung der „Neuen Welt" in ein spanisches (westliches) und ein portugiesisches (östliches) Interessengebiet.

Auf Kolumbus folgten die „Konquistadoren" (Eroberer), denen es in ca. 30 Jahren gelang, große Teile Süd- und Mittelamerikas zu unterwerfen. Einige Tausend spanische Soldaten unterwarfen ca. 50 Mio. Bewohner der „Neuen Welt" – wie war das möglich? Die Europäer verfügten über Pferde, Rüstungen und wirksamere Waffen (z. B. Kanonen), sie nutzten geschickt Feindschaften zwischen den Völkern, um so ihre Truppen zu vergrößern, sie waren äußerst motiviert (Suche nach dem Goldland „El Dorado", Missionsauftrag). Nicht zuletzt spielten auch durch Europäer eingeschleppte Infektionskrankheiten (Masern, Pocken) eine Rolle, denen zahllose Menschen zum Opfer fielen. Zu Beginn der Eroberung spielte auch der Glaube eine Rolle, mit den Spaniern käme der Priesterkönig Quetzalcoatl zurück.

KONQUISTADOREN

Die spanischen Feldherren, die nach der Entdeckung Amerikas durch Kolumbus den mittel- und südamerikanischen Kontinent eroberten und die Menschen dort unterwarfen, nannten sich Konquistadoren, die Eroberer.
Die Kultur der Inka und Azteken wurde aufgrund der Überlegenheit der Spanier zerstört und die Überlebenden zum Christentum bekehrt.

Francisco Pizarro und Hernan Cortés
Die bekanntesten Konquistadoren waren Francisco Pizzaro, der das Inka-Reich zerstörte, und Hernan Cortéz, der das Reich der Azteken auslöschte.

M12 Eine Eroberung – zwei Berichte

Cortés begann seinen Eroberungsfeldzug 1519 mit ca. 2 000 Spaniern. Im Oktober zog er der Stadt Cholula entgegen, ein wichtiges Zentrum im mexikanischen Hochland. Dort kam es zu einem Massaker, über das die beiden Quellen berichten.

Massaker
Als Massaker bezeichnet man einen Massenmord mit grausamen Umständen wie z. B. der Wehrlosigkeit der Opfer.

a) Hernán Cortés: Die Eroberung Cholulas

1519 lässt Cortés zahlreiche Einwohner der Stadt Cholula ermorden. In einem Bericht an Kaiser Karl V. schreibt er, dass der Aztekenherrscher ihn in die Stadt gelockt habe:

Unterwegs hatten wir manche Anzeichen gefunden zur Bestätigung dessen, was die Eingeborenen uns gesagt hatten: Wir fanden die große Heerstraße gesperrt und einen andern Weg gemacht und einige Löcher darin. [...] Einer Übersetzerin wurde durch eine Eingeborene erzählt, ganz nahe bei der Stadt wären viele Soldaten des Moctezuma aufgestellt, und die Stadtbewohner hätten Frauen und Kinder und ihre ganze Habe fortgeschickt. Sie beabsichtigten, uns zu überfallen, um uns alle niederzumetzeln. Ich ließ daher einige der Oberhäupter zu mir rufen, weil ich mit ihnen zu reden hätte, und sperrte sie in einen Saal. Dort ließ ich sie binden, stieg aufs Pferd und ließ den Signalschuss geben. Wir führten eine solche Hand, dass in zwei Stunden mehr als 3 000 Menschen zu Tode kamen. Nachdem ich in das Quartier zurückgekehrt war, redete ich mit den gefangenen Oberhäuptern und fragte sie, warum sie mich so heimtückisch ermorden wollten. Sie antworteten, dass sie nicht schuld daran wären, sondern die Leute aus Culua, Untergebene des Moctezuma, hätten sie dazu verleitet.

Cortés, Hernán: Segunda relacion, zitiert nach: Schultze, Ernst: Die Eroberung von Mexiko, drei eigenhändige Berichte von Ferdinand Cortez an Kaiser Karl V., Hamburg 1907, S. 86 – 95 (gekürzt und verändert)

Bartolomé de las Casas
Nur wenige Europäer sahen die Eroberung mit ihren ungeheuren Opfern kritisch. Zu ihnen gehörte Bartolomé de Las Casas, der ab 1502 zuerst als spanischer Siedler in die Neue Welt kam und bald begann, für die Rechte der Indios in den eroberten Gebieten einzutreten. Er wurde „Apostel der Indianer" genannt.

b) Bartolomé de Las Casas: Die Eroberung der Stadt Cholula

De Las Casas hat Cortés persönlich gekannt, ist aber kein Augenzeuge der Ereignisse.

[W]enn die Spanier ein Land überfielen, so fassten sie immer den Entschluss, ein grausames und unerhörtes Gemetzel anzufangen, damit diese sanften Schafe vor ihnen zittern sollten. Zuerst schickten sie zu allen großen und vornehmen Herren in der Stadt und ließen sie zu sich kommen. Sobald sie ankamen und eintraten, um den Befehlshaber der Spanier zu sprechen, wurden sie alle sofort gefangen genommen. [...] Als nun alle angekommen waren, stellten sich bewaffnete Spanier zur Bewachung an die Türen des Hofes. Alle anderen legten Hand an das Schwert, metzelten und stießen hierauf alle diese geduldigen Lämmer nieder, dass auch nicht ein einziger dem Tode entrann.

de Las Casas, Bartolomé: Kurzgefaßter Bericht von der Verwüstung der Westindischen Länder, hrsg. von Hans Magnus Enzensberger, Frankfurt 1966, S. 40 f. (gekürzt und verändert)

M13 Der Kolumbus-Tag

links: **Das Kolumbus-Denkmal wird gestürzt**
Der Feiertag ist umstritten: Die Ureinwohnerinnen und Ureinwohner erinnert er an eine brutale Eroberungsgeschichte. Sie zogen das beschmierte Denkmal durch die Straßen Venezuelas.

rechts: **Parade zum Kolumbus-Tag in New York**
Jedes Jahr wird in Spanien und Amerika am 12. Oktober an die Entdeckung der Neuen Welt erinnert. Auf dem Schild steht: „Kolumbus-Tag – ein großer amerikanischer Feiertag".

AUFGABEN

1. Beschreibe das Bild. Wie wird Kolumbus' Rückkehr dargestellt (**M10**)?
2. Erkläre, welchen Zweck der Vertrag von Tordesillas hatte (**M11**).
3. Erläutere, wie die Konquistadoren vorgingen und warum sie erfolgreich waren (**M11**).
4. Analysiere die beiden Quellen in **M12** kritisch (**Methode: Unterschiedliche Perspektiven in Quellen analysieren**) (Kap. 1.1, S. 29).
5. Der Kolumbus Tag – ein Grund zum Feiern? Erörtere die Kapitelfrage, indem du dein Wissen zu den Entdeckungen des Kolumbus sowie zu den darauffolgenden Eroberungen und die Bilder in **M13** miteinbeziehst.

EUROPA UND „DIE NEUE WELT" IN DER FRÜHEN NEUZEIT

RENAISSANCE UND HUMANISMUS

Kapitel 3.1
M1-M3

Ausgehend von Italien entwickelte sich unter Künstlern und Gelehrten eine neue Geisteshaltung, die sich unter Rückbesinnung auf die Antike dem Diesseits zuwandte, den Menschen als schöpferisches Individuum ansah und die Autorität der Kirche anzweifelte.

NEUE ERKENNTNISSE UND ERFINDUNGEN

Kapitel 3.1
M4-M9

Nikolaus Kopernikus legte auf Grundlage eigener Beobachtungen und Berechnungen den Grundstein für ein neues Weltbild: Die Erde als ein Planet dreht sich um die Sonne und um sich selbst (heliozentrisches Weltbild). Diese Erkenntnis traf auf den Widerstand der Kirche, die in der Erde als Gottes Schöpfung das Zentrum des Alls sah.
Die Erfindung des Drucks mit beweglichen Lettern durch Gutenberg (1445) ermöglichte eine wesentlich schnellere und billigere Produktion von Büchern und damit eine schnellere und weitreichendere Verbreitung von Wissen, Ideen und Meinungen.

ENTDECKUNGSFAHRTEN

Kapitel 3.2
M1-M7

Die wichtigste Fahrt war die des Kolumbus, der einen Seeweg nach Indien finden wollte und dabei 1492 Amerika entdeckte. Motive für die Fahrten waren wirtschaftliche Interessen, begründet wurden sie mit der Verbreitung des Christentums. Mit religiösen Argumenten nahmen die Spanier die entdeckten Gebiete für sich in Besitz.

EROBERUNG

Kapitel 3.2
M8-M13

Innerhalb von 30 Jahren eroberten die Spanier gewaltsam große Teile Mittel- und Südamerikas und stellten sie unter ihre Oberhoheit.
Die Azteken waren eine der Hochkulturen, auf die die Spanier in Amerika trafen. Sie verehrten mehrere Götter, ihre Gesellschaft war gegliedert (Adel, Bauern und Handwerker, Sklaven) und sie hatten umliegende Völker unterworfen. Die Hauptstadt Tenochtitlán zählte um 1500 zu den größten Städten der Welt.
Cortés zerstörte das Aztekenreich. Mit dem Konkurrenten Portugal einigte man sich 1494 auf eine Teilung der Welt.

3.3 Das 16. Jahrhundert – die Welt wird europäischer

Der Mensch als Ware? – Kolonialismus und Sklavenhandel

Den Eroberern folgten Siedler, die nach schnellem Reichtum strebten, und Missionare, die das Christentum verbreiten wollten. Die Eroberung und Kolonialisierung hatte tiefgreifende wirtschaftliche Folgen – für die kolonialisierten Länder, aber auch für Europa. Wer profitierte von dieser Entwicklung?

M1 Die indianische Bevölkerung – freie Untertanen der Krone?

Sklaven im Silberbergwerk
Farbiger Kupferstich zum 9. Buch der Ostindischen Reisen, das frei erfunden ist. Die Bücher waren für das europäische Publikum bestimmt.

Die spanische Krone betrachtete das eroberte Land als ihr Eigentum, das in ihrem Auftrag von zwei spanischen Vizekönigen in Lima und Mexiko-Stadt aus verwaltet wurde. Die dort lebende Bevölkerung wurde offiziell als frei angesehen und eine Versklavung wurde von der Krone abgelehnt. Ab 1503 unterwarf die Krone die indianischen Völker jedoch dem System der „Encomienda" (Schutzauftrag). Dabei wurden spanischen Siedlern eine bestimmte Anzahl von Indios – 40, 60 oder bis zu 300 – als freie Untertanen der Krone zum Arbeitseinsatz in der Landwirtschaft oder im Bergbau zugeteilt. Verbunden war dies mit der meist nicht eingehaltenen Auflage, sie angemessen unterzubringen, zu versorgen und zu entlohnen sowie sie in der christlichen Religion zu unterweisen. Auf dieser Basis ließen spanische Siedler Millionen Menschen auf Plantagen und in Silberbergwerken zwangsweise arbeiten. Im Unterschied zu gekauften Sklaven stellten die zugeteilten Indios aus Sicht der Siedler keine teuren Investitionsgüter dar.

M2 Eine kritische Stimme zum Encomienda-System

Bartolomé de Las Casas […] beschreibt das System nach seinen Beobachtungen:

„Was die erste und wichtigste Sache betrifft, die die Königin sich zum Ziel gesetzt hatte, […] nämlich die Erziehung, Belehrung und Bekehrung der Indianer, so habe ich schon oben gesagt, […] dass der Missionierung und Bekehrung dieser Menschen […], nicht mehr Nachdenken und Sorgfalt gewidmet wurde, als wenn die Indianer Klötze oder Steine, Katzen oder Hunde gewesen wären. […] Viertens sollten die Indianer nur auf einige Zeit und nicht auf Dauer verdingt werden und mit Milde und Güte behandelt werden. Der Gouverneur aber überlieferte sie [den Spaniern] zur ständigen Arbeitsleistung, ohne ihnen eine Ruhepause zu gewähren […]. Ferner ließ er über die unerträgliche Arbeitsbelastung hinaus noch zu, dass man spanische Aufseher über sie setzte, die sich durch Grausamkeit hervortaten […]. Sie behandelten sie mit solcher Strenge und Härte und derart unmenschlich, dass man sie nur für Teufelsknechte halten konnte. [...] Sie gaben ihnen Stock- und Rutenhiebe, Ohrfeigen, Peitschenschläge, Fußtritte und nannten sie nie anders als Hunde."

Zitiert nach: Lautemann, W. / Schlenke, M. (Hg.): Geschichte in Quellen, Bd. 3., München 1966, S. 69 f.

M3 Potosi – ein Berg, der Menschen frisst

Der Abbau von Edelmetallen wurde bald der wichtigste Bereich der Kolonialwirtschaft. Gold und Silber machten den Großteil der amerikanischen Ausfuhren aus, etwa 16 Mio. Kilogramm Silber wurden bis zur Mitte des 17. Jh. nach Europa transportiert, das war etwa das Dreifache der damaligen Silberreserven Europas. Zum Abbau erhielten Spanier von der Krone Konzessionen (Nutzungsrechte), das Königshaus erhielt im Gegenzug vom gewonnenen Silber einen festgelegten Anteil. Es entstanden große Bergbauzentren. Berühmt und berüchtigt wurde der Silberberg von Potosi im heutigen Bolivien. Potosi liegt in ca. 4 000 m Höhe am Fuße des Cerro Rico – der „reiche Berg" –, eines Berges aus Silbererz. Die Arbeitsbedingungen in dieser Höhe und mit einfachsten Mitteln im Bergwerk waren so hart, dass die Spanier ein Zwangsarbeitssystem einführten: Alle Männer zwischen 18 und 50 Jahren waren für jährlich 17 Wochen zur Arbeit verpflichtet. Die Sterblichkeit unter den Bergarbeitern war ungeheuer groß, auch weil sie täglich Quecksilberdämpfen ausgesetzt waren, die bei der Gewinnung des Silbers entstanden. Allein im Jahre 1592, dem Jahr mit der höchsten Ausbeute, schleppten die Indios 202 000 kg Silber aus dem „reichen Berg". Das Silber wurde anschließend in der Münzanstalt, der Casa de Moneda, in Barren und Münzen gegossen und mit dem Schiff zum spanischen Hafen Sevilla gebracht. Das Silbergeld aus Potosi war weit verbreitet in den Kolonien, in Europa und in Asien. Indem Spanien den gewonnen Reichtum ausgab, sorgte es so für eine erste globale Währung.

Silberne Reales geprägt in der Münze von Potosi

Die Minen von Potosi heute

70052-39

M4 Der Sklavenhandel – wer profitiert davon?

a) Arbeitskräfte werden knapp

Die Eroberungszüge, die eingeschleppten Krankheiten und die Behandlung der indianischen Arbeitskräfte hatten zur Folge, dass die Bevölkerungszahl stark zurückging. So gab es beispielsweise auf Hispaniola um 1510 noch 46 000 und um 1520 nur noch 16 000 Indios von einer Bevölkerung, die bei der Ankunft von Kolumbus mindestens 500 000 Menschen gezählt hatte. Den Ausweg aus dem Mangel an Arbeitskräften sah man darin, Sklaven aus Afrika nach Amerika zu holen. Erfahrungen mit dem Sklavenhandel hatten die Portugiesen, die schon im 15. Jh. Sklaven aus Westafrika nach Europa geholt

Zielregion	Anzahl
USA	0,4-0,5 Mio.
Spanisch Südamerika	0,5 Mio.
Guiana	0,5 Mio.
Karibik	4-5 Mio.
Brasilien	3,6-5 Mio.

Sklaventransfer von afrikanischen Sklaven in die Neue Welt. Die Zahlen sind Schätzungen und beziehen sich auf die Zeit bis zur Mitte des 19. Jahrhunderts.

hatten. Private Handelsgesellschaften wickelten den Handel mit Menschen ab. Die Sklaven arbeiteten auf den Feldern, aber auch als Goldwäscher und Haussklaven. Die schlechtesten Lebensbedingungen trafen die Sklaven an, die beim Abbau der Edelmetalle (vor allem Silber) in der Andenregion arbeiten mussten.

b) Kaiserliche Erlaubnis

Karl V. erteilt den Welsern 1528 eine Vollmacht, mit Waren und Sklaven zwischen Europa, Amerika und Afrika zu handeln. Bis 1536 unternehmen sie 45 Sklaventransporte. Bis 1556 betätigen sie sich in Venezuela in der Plantagenwirtschaft.

Wir geben euch Erlaubnis, dass ihr oder wer eure Vollmacht hätte, 4 000 Negersklaven, davon wenigstens ein Drittel weiblichen Geschlechts, nach den genannten Inseln und dem Festland bringen und dort verteilen könnt, gemäß der dafür euch ausgestellten Verordnung. Wir stellen die Bedingung, dass die angegebene Zahl von Sklaven innerhalb von vier Jahren ab Datum dieses Vertrages hinüberzubringen ist. Dafür habt ihr uns 20 000 Golddukaten zu zahlen. Wir erteilen euch die Lizenz, um die Neger von diesen unseren Reichen oder vom Königreich Portugal und dessen Inseln und Ländern auf Schiffen unserer Untertanen oder des Königs von Portugal zu transportieren. Ihr seid verpflichtet, auf den genannten Inseln oder dem Festland die Sklaven zum Preis von 55 Dukaten für jeden und nicht für mehr zu verkaufen.

Zitiert nach: Konetzke, Richard: Lateinamerika seit 1492, Stuttgart 1971, S. 31

DREIECKSHANDEL

Im 16./17. Jahrhundert entwickelte sich ein für Europa gewinnbringender Dreieckshandel.

Die Europäer handelten mit Fertigwaren in Afrika und tauschten diese gegen Sklaven ein. Die Sklaven wurden unter unmenschlichen Bedingungen nach Amerika verschifft, um dort zu arbeiten. Die Produkte, die die Sklaven erwirtschafteten, wie Zucker, Baumwolle, Kaffee und Tabak, bezogen wiederum die Europäer aus Amerika. Der Profit dieses Handels wurde auf dem Rücken der Sklaven erwirtschaftet. Unzählige Menschen mussten hierfür sterben.

Kolonialismus
Das Wort Kolonialismus beschreibt die Unterwerfung und Beherrschung ganzer Erdteile und Völker durch die europäischen Mächte in der frühen Neuzeit (England, Spanien, Frankreich, Niederlande, Portugal).

Imperialismus
→ Kap. 10.1

M5 Wird die Welt europäischer?

Asien als führender Wirtschaftsraum wurde von Europa abgelöst. Der Atlantik war das Meer, auf dem die Europäer nicht auf seefahrende Konkurrenten trafen. Europäische Siedler brachten in die „Neue Welt" ihre Sitten, Sprachen und Glaubensüberzeugungen mit und verdrängten die Kultur der indianischen Völker beinahe vollständig. Plantagenprodukte aus Amerika wie Zucker, Kaffee und Tabak gelangten als Massenartikel nach Europa, überseeische Pflanzen wie Kartoffeln, Mais oder Tomaten werden in Europa heimisch und verändern hier die Ernährungsgewohnheiten.

M6 Kolonialreiche und Hauptwege des Kolonialhandels im 16./17. Jahrhundert

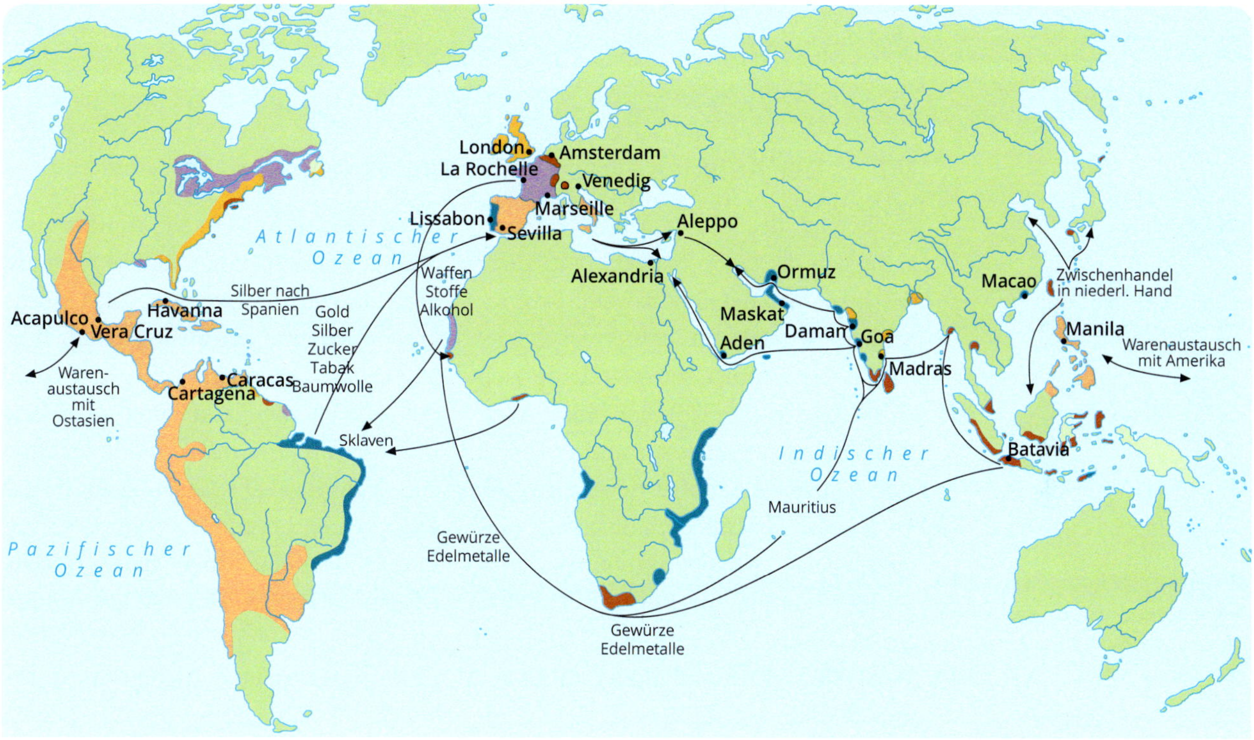

- England und überseeische Besitzungen
- Frankreich und überseeische Besitzungen
- Vereinigte Niederlande und überseeische Besitzungen
- Spanien und überseeische Besitzungen
- Portugal und überseeische Besitzungen

AUFGABEN

1. Untersuche den Kuperstich. Überlege dir, warum ein europäisches Verlagshaus diese Szene zur Veranschaulichung der Sklavenarbeit ausgesucht haben könnte (**M1**).
2. a) Beschreibe das System der Encomienda (**M1**).
   b) Arbeite heraus, worin die Kritik von Las Casas besteht (**M2**).
   c) Erläutere, welche Bedeutung der Abbau von Silber für die Spanier, die einheimische Bevölkerung und die Europäer hatte (**M3**).
   d) Beurteile das System der Encomienda kritisch.
3. a) Arbeite die Gründe für den Sklavenhandel aus **M4a** heraus.
   b) Untersuche, welche Haltung zu den Menschen aus Afrika in der kaiserlichen Vollmacht deutlich wird (**M4b**).
   c) Erstelle eine Skizze zum Dreieckshandel anhand der Tabelle in **M4a**, der Karte **M6** und des Begriffskastens (**#Dreieckshandel**).
   d) Beurteile, wer von diesem Handel profitierte (**M4**).
4. Wird die Welt europäischer? Erkläre, inwiefern man davon sprechen kann (**M5**, **M6**).

H zu Aufgabe 2 und 3
Wählt eine der Aufgaben 2 oder 3 und erarbeitet sie in Kleingruppen. Tauscht euch dann im Plenum über die jeweiligen Ergebnisse der Aufgaben aus.

F zu Aufgabe 2a
Die Minen von Potosi in Bolivien existieren heute noch. Recherchiere hierzu mithilfe des QR-Codes, was dort heute abgebaut wird und wie sich die Arbeitsbedingungen verändert haben.

Geld und Macht – die Fugger

Die Zeit um 1500 ist in Europa eine des wirtschaftlichen Wandels. Städte, Geldwirtschaft und Fernhandel gewinnen an Bedeutung. Stellvertretend dafür steht das Handelshaus der Fugger in Augsburg mit Jakob Fugger an der Spitze. Ist er ein Jeff Bezos seiner Zeit?

M7 Der Aufstieg eines Familienunternehmens

Jeff Bezos
Jeff Bezos ist der Firmengründer des Unternehmens Amazon und momentan der reichste Mensch der Welt.

Zu Beginn des 16. Jahrhunderts bürgerte sich für Jakob Fugger (1449-1525) der Beiname „der Reiche" ein. Sein sagenhafter Reichtum hatte verschiedene Quellen. Sein Großvater hatte sich als Weber in der wohlhabenden Stadt Augsburg niedergelassen und war dort zum Zunftmeister aufgestiegen, sein Vater erweiterte den Geschäftsbereich um einträgliche Handelsaktivitäten. Außerdem wurden die Fugger als Verleger aktiv, sie streckten also Handwerkern Rohstoffe und Materialien vor und bestimmten die Preise für die damit gefertigten Produkte, die sie dann mit Gewinn verkauften. Die Gewinne wiederum nutzten sie, um ihr Handelshaus auszubauen und ihre Handelsbeziehungen zu erweitern. Dies wurde unterstützt durch ihre Tätigkeit als Bankiers. Als besonders gewinnbringend erwies sich die Beteiligung an Silber- und Kupferbergwerken, die ihnen bald auch gehörten. Die Geschäftsbeziehungen reichten bis zum Papst in Rom, die Fugger beteiligten sich gegen Gebühren am Verkauf von kirchlichen Ämtern und Ablassbriefen. Schließlich waren sie im Überseehandel aktiv, der durch die „Entdeckungen" um 1500 an Bedeutung gewann und enorme Gewinne versprach.

M8 Die Geschäftsfelder der Fugger

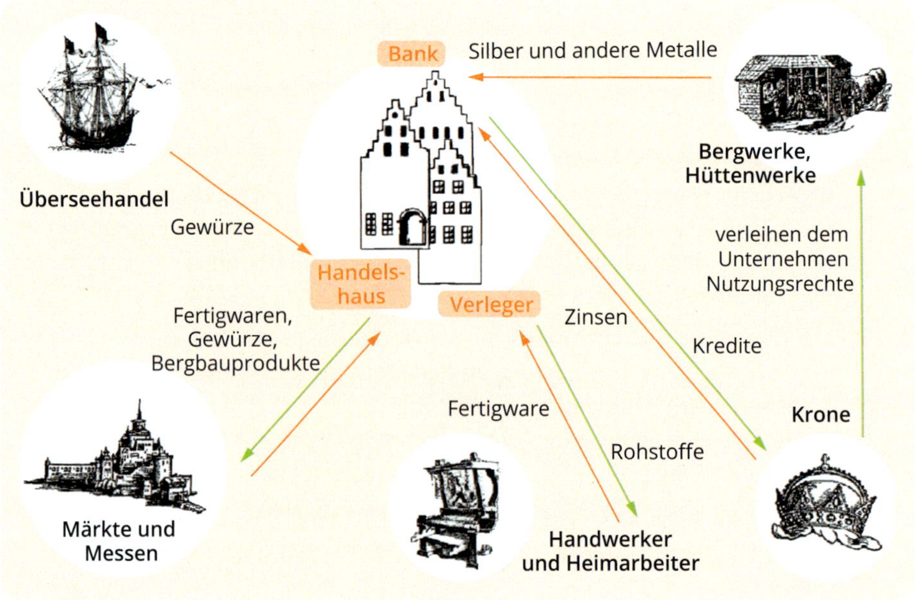

Arbeitsweise einer Handelsgesellschaft um 1500

M9 Das Handelsnetz der Fugger

Das Handelsnetz der Fugger zu Beginn des 16. Jahrhunderts (Auswahl). Von Lissabon aus waren die Fugger in Südamerika, von Venedig aus in Fernost aktiv.

FRÜHKAPITALISMUS

Als Frühkapitalismus wird das Wirtschaftssystem der frühen Neuzeit bezeichnet, das durch das Vordringen der Geldwirtschaft und die Ausbildung einer auf Gewinn ausgerichteten Gesinnung gekennzeichnet ist.
Es entwickelten sich ausgehend von Italien große Handelshäuser (Medici, Fugger, Welser), die in verschiedenen und miteinander verbundenen Wirtschaftszweigen aktiv waren und über großen Einfluss verfügten. Das Bankwesen mit Konten und bargeldlosem Zahlungsverkehr nahm hier seinen Ausgang, Geld wurde in großem Stil gegen Zinsen verliehen.

M10 „Geld muss arbeiten"

Jakob Fugger war gläubiger Christ, er stiftete in Augsburg eine Siedlung für die Armen der Stadt, die noch heute besteht: die Fuggerei. Gleichzeitig lag sein wirtschaftliches Bestreben darin, einen möglichst hohen Gewinn zu erzielen. „Geld muss arbeiten", soll er gesagt haben. Aber was heißt das? Gewinne wurden immer wieder in neuen Geschäftsfelder angelegt, um damit noch mehr Gewinn zu machen. Das unterschied ihn vom mittelalterlichen Handwerker, dessen Ideal ein „standesgemäßes Auskommen" war. Um über die weit verzweigten Geschäftstätigkeiten stets informiert zu sein und um Kredite genau planen zu können, nutzte er die Methode der „doppelten Buchführung", die in Italien entwickelt worden war.

Doppelte Buchführung
Bei der doppelten Buchführung werden alle Geschäftsvorfälle doppelt verbucht, einmal als „Haben" (z. B. Geldeinnahmen, Warenlieferungen, ausstehende Zahlungen) und als „Soll" (z. B. Geldzahlungen für gelieferte Waren, Schulden des Handelshauses).

M11 Ein Brief Jakob Fuggers an den Kaiser Karl V.

Jakob Fugger hatte Kaiser Karl V. 1519 mit viel Geld unterstützt. So konnte dieser die Wahlgelder der Kurfürsten bezahlen und gewann. 1523 schreibt Jakob Fugger an Karl V.:

Jakob Fugger (re.) und sein Hauptbuchhalter Matthias Schwarz in der ‚Goldenen Schreibstube' in Augsburg, Miniatur 1526.

Eure Kaiserliche Majestät tragen unzweifelhaft gut Wissen, wie ich und meine Neffen bisher dem Haus Österreich [= den Habsburgern] zu dessen Wohlfahrt und Aufstieg in aller Untertänigkeit zu dienen geneigt sind. Deshalb haben wir eine ziemlich große Summe Geldes ausgelegt, die ich nicht allein bei mir und meinen Neffen, sondern auch bei anderen meinen guten Freunden mit großen Verlusten aufgebracht. So hab ich auch hierin nicht auf meinen eigenen Nutzen geachtet. Denn wenn ich statt des Hauses Österreich lieber den König von Frankreich hätte fördern wollen, würde ich viel Gut und Geld erlangt haben, das mir von Frankreich angeboten worden ist. Was aber Eurer Kaiserlichen Majestät und dem Hause Österreich für Nachteil daraus entstanden wäre, das haben Eure Majestät aus hohem Verstande wohl zu erwägen. So ist an Eurer Kaiserlichen Majestät, mein untertäniges Bitten, Sie wolle solche meine getreuen, untertänigen Dienste gnädiglich bedenken und verordnen, dass mir solch meine ausliegende Summe Gelds ohne längeren Verzug entrichtet und bezahlt werde.

Zitiert nach: Strieder, Jakob: Das reiche Augsburg, hrsg. von Heinz F. Deininger, Das reiche Augsburg, München 1938, S. 77 f. (gekürzt und leicht angepasst)

M12 Welcher Kontinent dominiert heute die Weltwirtschaft?

Bruttoinlandsprodukt
Wert aller Waren und Dienstleistungen, die innerhalb eines Jahres erwirtschaftet werden

Anteile der Weltregionen am gesamten BIP der Welt

Region	1500	2008
Europa	23,88	23,46
Nordamerika	0,36	20,25
Mittel- und Südamerika	2,94	7,94
Asien	64,96	43,73
Afrika	7,77	3,4
Australien und Neuseeland	0,09	1,2

Zahlen: © Statista 2020, Die Werte stellen Schätzungen in Prozent dar.

AUFGABEN

1. Erkläre den Aufstieg und die Tätigkeitsfelder der Fugger (**M8**, **M9**).
2. Beschreibe das Bild in **M11** und arbeite aus **M10** heraus, was Jakob Fugger als Unternehmer auszeichnete.
3. Analysiere den Brief an Karl V. und beurteile das Verhältnis von wirtschaftlicher und politischer Macht (**M11**).
4. Werte die Statistik aus. Wie haben sich die Anteile der Weltregionen am BIP bis 2008 verändert (**M12**)?

F Diskutiert, inwiefern man Jakob Fugger mit Jeff Bezos vergleichen kann.

DER BEGINN DES KOLONIALISMUS UND GLOBALEN HANDELS

KOLONIALISMUS UND SKLAVENHANDEL

Kapitel 3.3 M1-M6

Gegen die Hochkulturen der Inka und Azteken kämpften die spanischen Eroberer mit grausamer Härte. Viele Ureinwohner starben an eingeschleppten Krankheiten oder Zwangsarbeit. Diesen enormen Verlust an Menschenleben wollten die Spanier mit dem Sklavenhandel ausgleichen. Es entwickelte sich ein Dreieckshandel zwischen Europa, Westafrika und Amerika. Silber wurde zum wichtigsten Ausfuhrgut aus Amerika.
Zudem brachten Schiffe aus Europa Waffen, Alkohol und billiges Tauschmaterial nach Afrika. Gefangengenommene Sklaven wurden von Afrika nach Amerika verschifft, um dort auf Plantagen zu arbeiten. Auf dem Rückweg nahmen die Schiffe dann Güter wie z. B. Baumwolle, Tabak oder Kakao mit nach Europa.

GELD UND MACHT

Kapitel 3.3 M7-M12

Das Vordringen der Europäer in ihnen bis dahin unbekannte Teile der Welt führte zu einer Erweiterung des Handels. Große europäische Handelsgesellschaften verdienten sehr viel Geld mit der Organisation des Transports. Die Fugger waren eine dieser Handelsgesellschaften, die in verschiedenen Geschäftsfeldern tätig waren, nach möglichst hohem Gewinn strebten und über großen, auch politischen Einfluss verfügten.

Nachdem du das Kapitel „Europa um das Jahr 1500“ bearbeitet hast, kannst du hier das Gelernte anwenden, dein Wissen prüfen und dir ein Urteil bilden.

M1 Euro-Münze aus Italien

M2 Die Renaissance – ein Trugbild?

Die Renaissance in Italien [... gestalten] neben den Humanisten vor allem die Künstler: Männer wie Leonardo da Vinci. [...] In der Malerei wirken die Gemälde durch die Entdeckung der Zentralperspektive nun realistischer als je zuvor. In der Bildhauerei rückt der menschliche Körper in den Vordergrund [...]. Sind Maler, Bildhauer und Architekten vorher Handwerker gewesen, die nach Zunftregeln produziert haben, so werden die Meister der Renaissance nun immer stärker an die Mächtigen gebunden. Leonardo dient lange Jahre als Ingenieur [...] dem Herzog von Mailand [...].

Für die kleinen Leute aber gibt es keine Renaissance. Der Florentiner Gewürzkrämer [-händler] Luca Landucci, der bis zu seinem Tod 1516 Tagebuch führt, notiert eine ununterbrochene Abfolge von Kriegen, Hungersnöten, Hinrichtungen. Wo für spätere Historiker [Geschichtsforscher] der Prozess der Zivilisierung menschlichen Zusammenlebens – Eindämmung von Krieg, Ausbildung friedlicher Konfliktlösung – hervorsticht, notiert Landucci das allgegenwärtige Elend seines Alltags. Für ihn ist der Glanz dieser goldenen Epoche Ausdruck der Selbstüberhebung der Mächtigen, die doch genauso arme Sterbliche sind wie er selbst.

Reinhardt, Volker: Aufbruch zu neuen Horizonten, in: GeoEpoche H.19 (2005), Die Renaissance in Italien 1300 – 1560, S.23

M3 Sturz eines Denkmals

Sturz des Kolumbus-Denkmals in Venezuela
Foto vom 12. Oktober 2004
2004 wurde die 100 Jahre alte Kolumbus-Statue am Kolumbus-Tag von Aktivisten gestürzt. 2015 weihte die Regierung Venezuelas anlässlich des Kolumbus-Tages eine neue Statue ein. Sie zeigt den Widerstandskämpfer Guaicaipuro (um 1530 - 1568). Er hatte gemeinsam mit anderen gegen die Spanier gekämpft.

Online-Quiz zum Kapitel

82000-221

M4 Europas Aufbruch

Entdeckungsfahrten wurden zunächst entlang der afrikanischen Küste von Portugiesen unter der Leitung von Heinrich dem Seefahrer durchgeführt. Später beteiligten sich vor allem Spanien, im weiteren Verlauf auch England, Frankreich und Holland an den Fahrten und den folgenden Eroberungen. In einem europäischen Geschichtsbuch heißt es dazu:

Die wissenschaftlichen Entdeckungen der Europäer, noch bevor sie zu den Entdeckungsfahrten aufbrachen, lösten in der Geschichte der Menschheit umwälzende Veränderungen aus. Sie [...] führten zu weltumspannenden wirtschaftlichen Beziehungen, die der Industrialisierung im 19. Jahrhundert vorausgingen.

Es erscheint merkwürdig, dass gerade Europa auf dem Seeweg zu anderen Kontinenten aufbrach, während es doch gegenüber Arabern, Indern und Chinesen recht spät auf den Weltmeeren in Erscheinung trat. Lange Zeit vor den Europäern kreuzten nämlich arabische Flotten im Indischen Ozean; die Chinesen taten es ihnen nach und zogen sich dann wieder zurück. Die Welt stand den Europäern also von da an offen. Als Folge ihrer Entdeckungen entstanden große Kolonialreiche. Hier drangen die europäischen Sprachen und mit ihnen die jeweilige europäische Kultur ein. Der Überseehandel ließ die Handelswege im Mittelmeerraum als weniger wichtig erscheinen. Das Wirtschaftsgeschehen nahm globale Dimensionen an [...].

Delouche, Frédéric (Hg.): Das europäische Geschichtsbuch. Von den Anfängen bis ins 21. Jahrhundert, Bonn 2011, S. 205

Aufgaben

1. Eine solche Euro-Münze (**M1**) hast du wahrscheinlich schon einmal in den Händen gehabt. Erkläre für Menschen von einem anderen Kontinent, was es mit dieser Münze auf sich hat und warum sie heutzutage geprägt wird.
2. a) Arbeite aus **M2** heraus, wie der Historiker Volker Reinhardt die Renaissance charakterisiert.
   b) Beurteile, inwiefern man von einem „Aufbruch in eine neue Zeit" sprechen kann.
3. a) Beschreibe das Bild (**M3**). Erkläre, um wen es hier geht und was Menschen veranlassen könnte, die Statue zu stürzen und zu ersetzen.
   b) Beurteile die Person Christoph Kolumbus.
4. a) Arbeite aus **M4** heraus, welche Bedeutung den Entdeckungen der Europäer zugemessen wird.
   b) Erkläre, was mit der „globalen Dimension" gemeint ist (**M4**).
5. Nimm Stellung: Sollten die Europäer heute für die Leiden der Ureinwohner Amerikas und Afrikas bezahlen?

Tabelle zur Selbsteinschätzung

70052-40

Die Europäische Union – in Vielfalt geeint?

Die Europäische Union ist eine Gemeinschaft.

Die phönizische Prinzessin „Europa" aus der griechischen Sage auf dem Stier, hier vor dem Europaparlament in Straßburg.

Wie Europa zu seinem Namen kam

70052-41

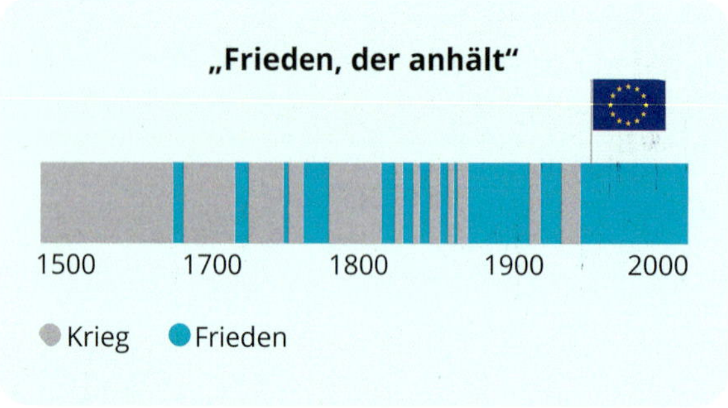

Die Europäische Union im Zeitstrahl: alle Zeiträume und Kategorien

70052-42

Flüchtlingspolitik als Herausforderung für die Europäische Union. Demonstration nach dem Feuer im überfüllten griechischen Flüchtlingslager Moria, Köln, 09.09.2020.

Was weißt du schon?

1. Was ist die Europäischen Union? Beschreibe, was du mit der Europäischen Union verbindest.
2. Wie fühlst du dich – als ...? Übertragt die vier Bezeichnungen auf Plakate und hängt diese in die Ecken eures Klassenzimmers. Stellt euch zu dem Plakat, das am meisten darstellt, wie ihr euch fühlt.

Ich fühle mich als ...			
Düsseldorfer, Münsteranerin, Paderborner ...	Deutscher, Griechin, Syrer, Spanierin, Türke	Europäer / Europäerin	Weltbürgerin / Weltbürger

3. Diskutiert das Ergebnis in der Klasse und begründet eure Zuordnung.

4

#Europa – unser Kontinent

Ein Wochenendausflug zum Strand nach Den Haag, ein Skiurlaub nach Italien oder das Bezahlen der Einkäufe mit dem Euro – das Leben in Europa und der Europäischen Union ist eng vernetzt. Doch all das war für die Menschen nicht immer selbstverständlich. Nach dem Zweiten Weltkrieg begann das Zusammenwachsen der Länder in Europa, die eine friedvolle und solidarische Gemeinschaft aufbauen wollten.
Hast du dir schon mal überlegt, wie die Europäische Union (EU) deinen Alltag bestimmt und welche Möglichkeiten sie dir bietet? Oder überwiegt für dich der Blick auf die großen Herausforderungen, vor denen Europa steht?

Was lernst du in diesem Kapitel?

- ... die Vielfalt der europäischen Naturräume und Kulturen als typische Merkmale Europas zu erkennen und zu beschreiben.
- ... Berührungspunkte der EU im täglichen Leben zu beschreiben und den Einfluss von politischen Entscheidungen der EU auf dein Leben zu benennen.
- ... die Entwicklung der EU als Friedensgemeinschaft zu beschreiben.
- ... die Motive und Ziele des europäischen Einigungsprozesses zu benennen und zu erklären.
- ... Möglichkeiten für das Lernen in der EU zu beschreiben.
- ... Chancen und Herausforderungen der Politikgestaltung in ausgewählten Bereichen der EU-Politik (Asylpolitik) zu beurteilen.

Einen Europatag veranstalten

Worum geht es?

Jedes Jahr findet am 09. Mai der Europatag statt. Dies ist ein Gedenktag, um auf die Einheit der Europäischen Union hinzuweisen. Der Tag soll an die Gründung der Europäischen Union erinnern sowie die positiven Aspekte der Gemeinschaft herausstellen. Eure Erkenntnisse aus diesem Kapitel könnt ihr auch für eure Schulgemeinschaft aufbereiten und nutzbar machen: Organisiert für eure Schule einen eigenen Europatag, zum Beispiel zu einem Tag der offenen Tür.

Geht dabei so vor:

Start

1

Bildet Kleingruppen und teilt euch die Themen auf, die ihr am Europatag vorstellen möchtet.

a) Was macht Europa so vielfältig?
b) Wer gehört dem Staatenbund an?
c) Werte und Solidarität – was verbindet die EU?
d) Zufluchtsort Europa – Herausforderung für die Werteunion
e) Von- und Miteinander lernen in der EU.

2

Erarbeitet in Kleingruppen das gewählte Thema. Bearbeitet dazu die Aufgaben auf den entsprechenden Buchseiten im Think-Pair-Share.

a) Kapitel 4.1, M1-M4
b) Kapitel 4.2, M1-M3
c) Kapitel 4.2, M4-M7
d) Kapitel 4.2, M8-M11
e) Kapitel 4.2, M12-M14

3

Wie möchtet ihr das Thema an eurem Europatag den Gästen vorstellen?
Entscheidet euch für eine Präsentationsform
(z. B. → Methode: Eine Powerpoint-Präsentation erstellen und halten).

4

Erarbeitet eine Präsentation über euer Thema. Denkt daran, wie ihr das Thema für die Zielgruppe besonders anschaulich und attraktiv aufbereiten könnt. MK

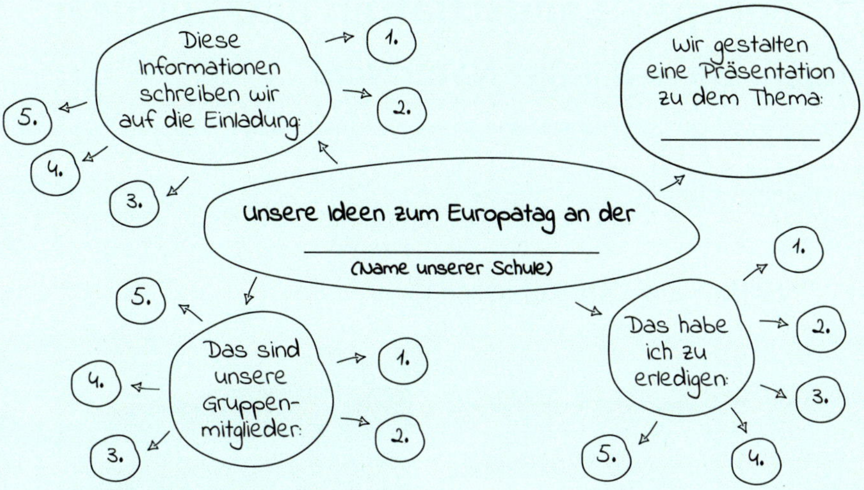

Weitere Ideen zu einem EU-Projekttag

70052-43

5

Einigt euch auf einen Termin und gestaltet Einladungen für den Europatag. Organisiert gemeinsam mit eurer Lehrkraft den Tag. Gestaltet auch Werbung für diesen Tag, um Gäste einzuladen.

6

Führt den Europatag durch und haltet ihn mit Fotos oder Filmen fest.

Ziel

7

Wie lautet euer Feedback? Gebt den Teilnehmern und Teilnehmerinnen eine Möglichkeit, Feedback zu geben. Führt dazu bei den Anwesenden am Ende der Stationen/Präsentationen eine digitale Umfrage zum Europatag durch (menti.com).

4.1 Europa – Landschaften und Kulturen

Europa – ein vielfältiger Naturraum

Europa ist zwar ein vergleichsweise kleiner Kontinent, dafür aber sehr vielfältig. Die Landschaften unterscheiden sich stark voneinander und machen diesen Kontinent damit einzigartig.

M1 Vielfalt der Landschaften

1: Tiefland im Norden Polens **2:** Die Pyrenäen zwischen Frankreich und Spanien **3:** Inseln an der griechischen Küste **4:** Schäreninseln vor der Küste Stockholms, Schweden

a) Europas Großlandschaften

Ähnlich wie Deutschland lässt sich auch Europa grob in drei Großlandschaften einteilen: Hochgebirge, Mittelgebirge und Tiefländer. Die Alpen sind das wohl bekannteste Hochgebirge Europas. Es gibt aber noch einige mehr, wie beispielsweise die Pyrenäen oder die Karpaten. Neben den vielen Mittelgebirgen in Europa gibt es einige ausgedehnte Tiefländer vor allem im Norden und Osten Europas. Hierzu gehören unter anderem das Nordrussische Tiefland und der Baltische Landrücken in Polen und dem Baltikum.

b) Inseln und Halbinseln

Europa ist landschaftlich auch deshalb so vielfältig, weil es viele Inseln und Halbinseln am Atlantik, seinen Nebenmeeren, und am Mittelmeer besitzt. Die Küsten an Mittelmeer und Atlantik sind zum Teil stark zerklüftet, dadurch bilden sich kleinere und größere Meeresbuchten aus. Die größten Halbinseln sind die skandinavische, die spanische, die italienische und die griechische Halbinsel Peloponnes. Die größten Inseln sind Großbritannien, Irland und Island. Daneben gibt es noch viele kleinere Inseln wie Sizilien, Mallorca, Malta oder die Hebriden.

M2 Die Naturräume Europas

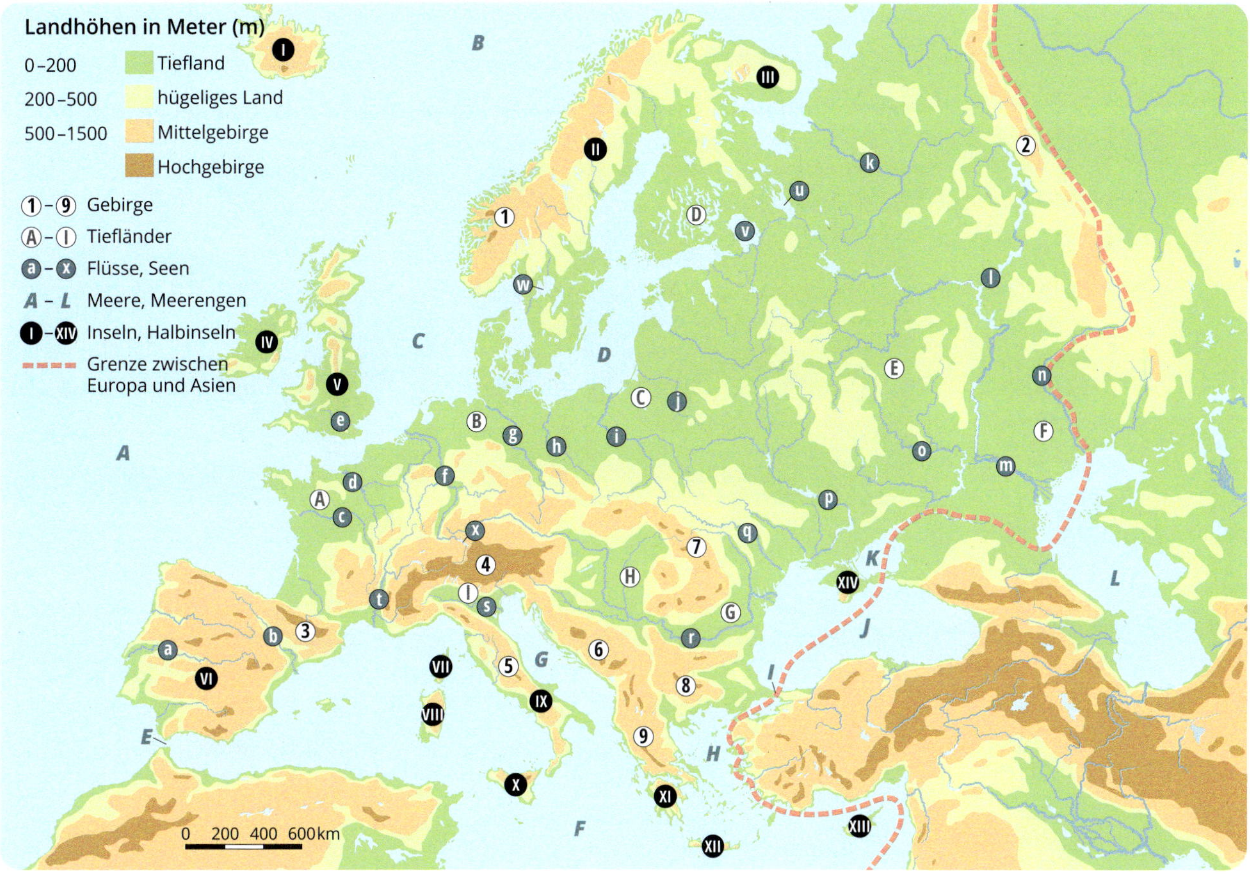

Der Naturraum Europas lässt sich im Norden, im Süden und im Westen durch die angrenzenden Ozeane relativ gut abgrenzen. Im Südosten sind es das Schwarze Meer und das Kaspische Meer. Im Südosten und Osten fällt die Abgrenzung deutlich schwerer. Eigentlich ist Europa nämlich Teil einer zusammenhängenden Landmasse, die man Eurasien nennt. Im Südosten bieten nur das Kaspische und Schwarze Meer und ganz im Osten der Ural natürliche Barrieren. Dazwischen ist der Übergang zu Asien fließend und die Abgrenzung daher schwierig.

Die Karte Naturräume Europas als Arbeitsblatt

70052-44

AUFGABEN

1. Beschreibe die Bilder der Landschaften Europas (**M1**). Welche Landschaftsmerkmale lassen sich erkennen?
2. a) Arbeitet zu zweit die jeweiligen Besonderheiten der Landschaften Europas heraus.
   b) Erklärt, weshalb Europa als vielfältiger Naturraum gesehen wird (**M1**).
3. Arbeite mit dem Arbeitsblatt zur Karte Europas (**QR-Code**) und **M2**.
   a) Lokalisiert gemeinsam in der Klasse die Grenzen Europas mithilfe von **M2**.
   b) Zeichne die Grenzen auf der ausgedruckten Karte nach (**QR-Code, M2**).
   c) Erläutert im Plenum anhand von **M2** und eurer Karte, weshalb eine Abgrenzung des Naturraum Europas vor allem im Osten schwierig ist.

H zu Aufgabe 2a
Teilt euch hierzu **M1a** und **b** untereinander auf.

Die Länder Europas – vereint in Vielfalt?

Auch Europas Kulturen sind sehr vielfältig. Was vereint und was unterscheidet sie?

M3 Europa – mehr Gemeinsamkeiten oder Unterschiede?

1

2

bok hallo olá hi

witam

sveiki

Привіт

salut hej γεια salve

3

4

1: Europas Kulturen sind so vielfältig wie seine Speisen. **2:** Obwohl in Europa viele verschiedene Sprachen gesprochen werden, gibt es doch Gemeinsamkeiten. Die meisten der europäischen Sprachen sind miteinander verwandt. Die Farben der Sprechblasen zeigen die Sprachfamilien. Gelb: germanische Sprachen, grün: romanische Sprachen, blau: slawische Sprachen, rot: baltische Sprachen, lila: griechisch **3:** Die Europäische Union (EU) ist ein einzigartiger Staatenbund auf der Welt. 27 europäische Länder haben sich aktuell zusammengeschlossen, um politisch und wirtschaftlich zusammenzuarbeiten. Nach vielen Weltkriegen in Europa war die EU ein erfolgreiches Friedensprojekt. Die Länder der EU haben sich deshalb zu gemeinsamen Werten, wie z. B. der Achtung der Menschenrechte, verpflichtet. **4:** In Europa leben Menschen unterschiedlichster Religionen zusammen und werden durch diese geprägt. In den allermeisten europäischen Ländern ist jedoch aufgrund der gemeinsamen Geschichte das Christentum die vorherrschende Religion. Der Petersdom in Rom ist das Zentrum der katholischen Kirche.

M4 Wie lässt sich Europa politisch einteilen?

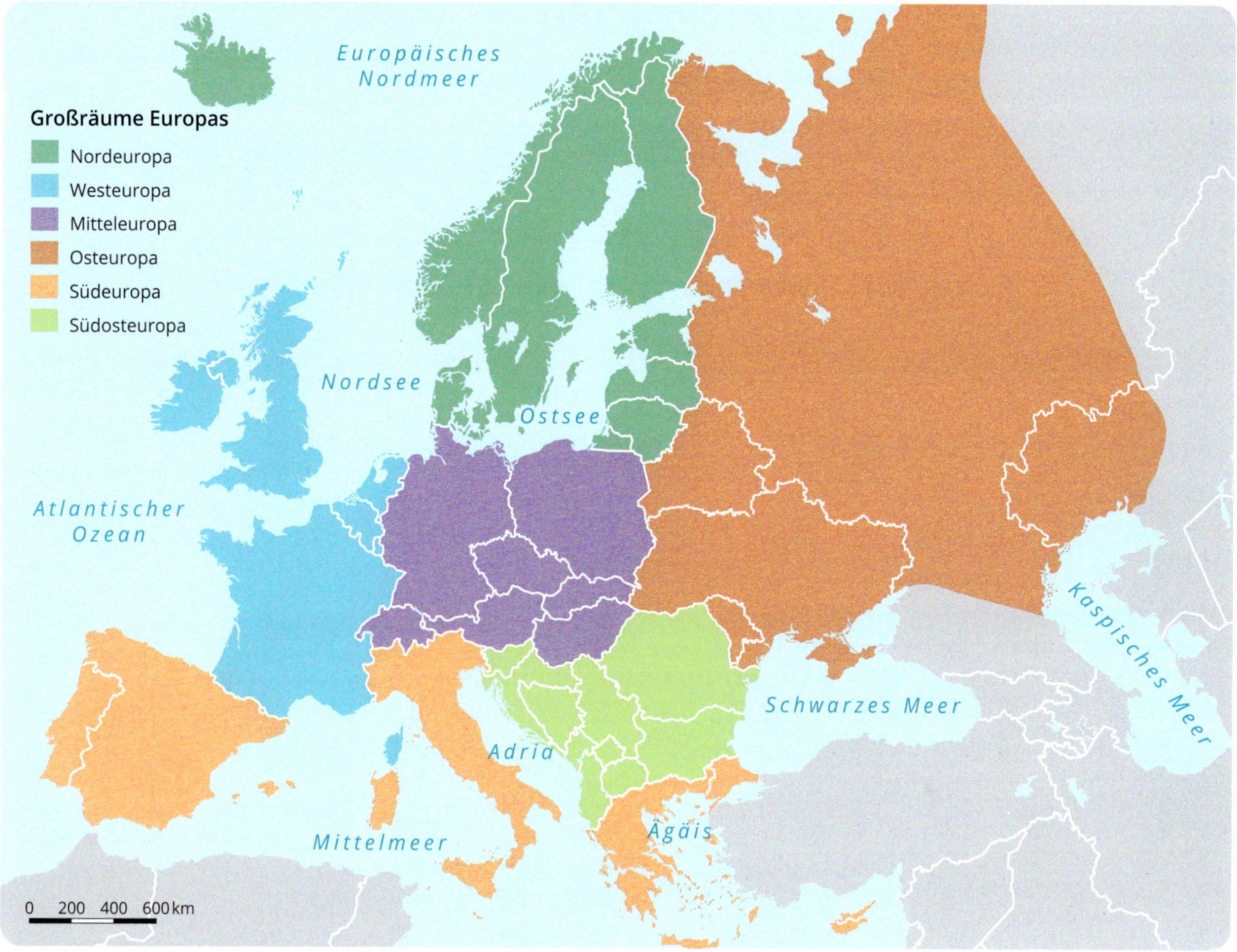

In Europa gibt es 47 Länder mit unterschiedlichster Größe und politischer Bedeutung. Länder wie Frankreich, Großbritannien oder auch Deutschland sind beispielsweise nicht nur sehr große Flächenstaaten, sie haben auch deutlich mehr Einwohner und Wirtschaftskraft als andere Staaten wie beispielsweise Slowenien oder Portugal. Europa kann außerdem in sogenannte Großräume eingeteilt werden, die sich nach den Himmelsrichtungen richten. Die Einteilung ist aber nicht immer einfach. Das Baltikum zum Beispiel wird manchmal zu Nord- und manchmal zu Mitteleuropa gezählt.

AUFGABEN

1. Was bedeutet Europa für euch? Sammelt erste Ideen in einer Mindmap.
2. a) Arbeitet zu zweit mit **M3** und erläutert die Gemeinsamkeiten und Unterschiede der europäischen Länder und Kulturen.
   b) Ergänzt weitere euch bekannte Gemeinsamkeiten und Unterschiede.
3. a) Nenne die Großräume Europas und jeweils zwei Beispielländer (**M4**).
   b) Erkläre, weshalb die Einteilung Europas in Großräume an manchen Stellen problematisch ist (**M4**).
4. Zieht im Plenum ein Fazit: Was macht Europa so besonders (**M1-M4**)?

H zu Aufgabe 2a
Notiert die Gemeinsamkeiten und Unterschiede in der Mindmap oder in einer Tabelle mit zwei Spalten.

4.2 Die Europäische Union – unsere Wertegemeinschaft

Wer gehört zur Europäischen Union?

Mal sprechen wir von Europa, mal von der Europäischen Union oder vom Reiseeuropa. Doch wofür stehen die unterschiedlichen Begriffe? Und was sind die besonderen Ziele der EU?

M1 Wer gehört denn nun zur EU …?

Emre: Lina, wir haben doch neulich die Mitgliedstaaten der Europäischen Union im Politikunterricht kennengelernt. Warum spielt denn bei der Europameisterschaft die Türkei mit? Die gehören doch gar nicht zur EU.

Lina: Gute Frage. Weißt du noch im Mai, als der Eurovision Song Contest ausgetragen wurde? Da war auch die Türkei und sogar Aserbaidschan unter den Teilnehmern …

Emre: Wo fängt denn jetzt die EU an, und wo hört sie auf?

M2 Die Europäische Union ist nicht gleich Europa – aber fast

Impulsvideo: Ben zur EU

70052-151

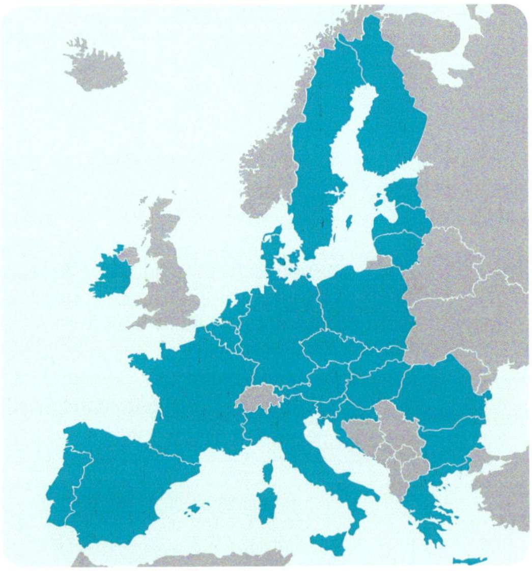

Die Mitgliedstaaten der Europäischen Union

In Europa, einem Kontinent mit vier Zeitzonen und 49 Ländern, haben sich 27 Staaten zu einem Bündnis zusammengeschlossen. Dieses nennt sich seit dem Jahre 1992 Europäische Union. Viele Länder, die nicht Mitglied der Europäischen Union sind, arbeiten eng mit ihr zusammen. Das sind z. B. Norwegen oder die Schweiz. Die meisten Menschen in der EU sprechen Englisch, gefolgt von Deutsch, Französisch und Italienisch.

M3 Das Ziel: eine Friedensgemeinschaft

EU-Zeitstrahl

70052-45

Nach dem Zweiten Weltkrieg wollte der britische Premier Winston Churchill ein neues Europa schaffen. Nach dem Vorbild der USA sollte es eine Art Vereinigte Staaten von Europa sein. Die Hoffnung dahinter war: Eine Gemeinschaft, die in wirtschaftlichen Bereichen verflochten ist, vielleicht sogar eine Armee oder eine gemeinsame Währung hat, würde nicht gegeneinander Kriege führen. Zudem hat man das Ziel verfolgt, gemeinsame Werte zu stärken und Herausforderungen gemeinsam als Solidargemeinschaft zu lösen.

1951
Europa der sechs: Deutschland, Frankreich, Italien, Belgien, Niederlande, Luxemburg – Gründung der Europäischen Gemeinschaft für Kohle und Stahl (EGKS) (Wegfall der Zölle für diese Produkte)

1973
Europa der neun: Großbritannien, Irland, Dänemark

1981/86
Europa der zwölf: Griechenland, Spanien, Portugal

1995
Beitritt von Schweden, Finnland, Österreich

2004/07/13
Osterweiterung: Polen, Ungarn, Tschechien, Estland, Lettland, Litauen, Slowakei, Slowenien, Malta, Zypern, Rumänien, Bulgarien, Kroatien

2021
Austritt Großbritanniens aus der EU (Brexit)

1957
Europäische Wirtschaftsgemeinschaft (EWG) (Wegfall der Zölle auf Produkte aus der Landwirtschaft und Fischerei)

1957
Europäische Atomgemeinschaft (EURATOM)

1958
Gemeinsame Versammlungen, aus denen das Europäische Parlament entstand

1979
Erste Wahl zum Europäischen Parlament durch die Wahlberechtigten

1992
Vereinfachung der Zusammenarbeit durch den Vertrag von Maastricht (EU)

2002
Der Euro wird einheitliche Währung in 19 EU-Staaten.

AUFGABEN

1. a) Stelle Vermutungen an, warum Wettbewerbe in Europa mit unterschiedlichen Staaten stattfinden (**M1**).
   b) Recherchiere nach den folgenden Definitionen von Europa: der Kontinent Europa, die Europäische Union, das Fußball-/UEFA-Europa.
   c) Formuliere für Emre und Lina Antworten auf ihre Fragen.
2. Kennst du alle Mitgliedstaaten? Notiere die Länder (**M2, M3**) und gestaltet arbeitsteilig eine Girlande mit den Flaggen der Europäischen Union.
3. Beschreibe die Ziele, die Winston Churchill mit seiner Idee einer Europäische Union verfolgte (**M3**).

F zu Aufgabe 2
Wähle ein europäisches Land und erstelle einen Steckbrief.

F zu Aufgabe 3
Recherchiere Details zu den einzelnen Entstehungsetappen der EU. Skizziere mithilfe eines Flussdiagramms die Entstehungsgeschichte der EU (M3).

Werte und Solidarität – was verbindet die EU?

Die Mitgliedstaaten der EU sind zu großen Teilen durch wirtschaftliche Interessen miteinander verbunden. Oft hört man aber auch von der „Wertegemeinschaft". Was verbirgt sich dahinter? Welche gemeinsamen Werte teilen wir als EU-Bürgerinnen und -Bürger? Welche sind dir besonders wichtig?

Hintergrund-Text: EUnify Hoodie: Wenn Mode politisch wird

70052-46

M4 Ein EU-Hoodie wird zum Trend

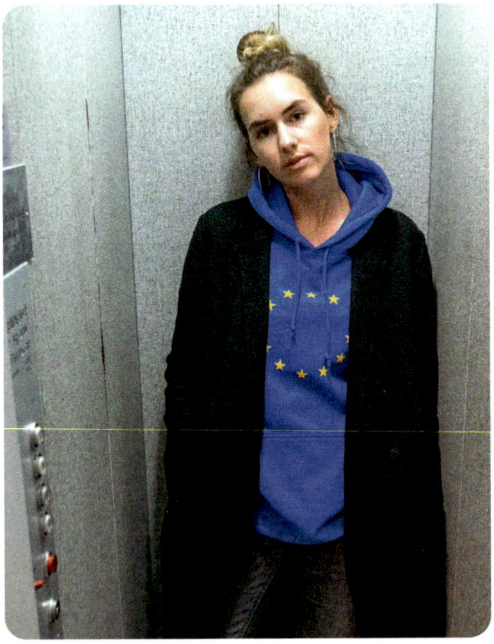

Vanessa Schwenk postet auf Instagram ein Foto, auf dem sie einen EU-Hoodie trägt. Dafür bekam sie tausende Likes und Kommentare.

M5 Die europäische Solidar- und Wertegemeinschaft

Schon die Gründung der Europäischen Wirtschaftsgemeinschaft (EWG, 1957) bezieht sich auf die Erhaltung des größten Wertes überhaupt, den Frieden. In Artikel 2 des Vertrages über die Europäische Union heißt es: „Die Werte, auf die sich die Union gründet, sind die Achtung der Menschenwürde, Freiheit, Demokratie, Gleichheit, Rechtsstaatlichkeit und die Wahrung der Menschenrechte einschließlich der Rechte der Personen, die Minderheiten angehören."

Die EU ist daneben auch eine Solidargemeinschaft, in der der Stärkere den Schwächeren unterstützen soll. So etwas kennst du auch. Kinder bekommen von ihren Eltern Hilfe, in der Klasse setzt sich der Starke für den Schwachen ein. In der EU ist die Strukturpolitik ein Beispiel für eine Solidargemeinschaft: So gibt es wirtschaftlich schwächere, aber auch stärkere Länder. Um einen Ausgleich zwischen ihnen zu schaffen, verteilt die EU finanzielle Mittel. Die Verteilung der Gelder beschließt die europäische Kommission gemeinsam mit den Mitgliedstaaten. Gefördert werden Maßnahmen zur Bildung, zur Ausbau oder Modernisierung der Infrastruktur oder Investitionen in nachhaltige Agrarpolitik.

Rechtsstaatlichkeit
Die Grundrechte aller werden respektiert, staatliche Entscheidungen werden von unabhängigen Gerichten überprüft. Der Staat hält sich an bestehende Gesetze.

M6 Darauf baut die Wertegemeinschaft EU

Zentrale Werte sind häufig in den Vorworten und ersten Artikeln von Verträgen festgeschrieben. Im Vertrag von Lissabon und in der Charta der Grundrechte beruft sich die EU auf folgende.

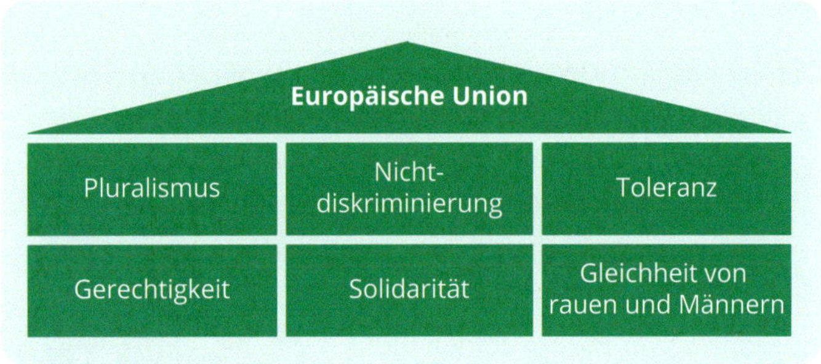

Gesellschaftliche Werte, durch die sich die einzelnen Mitgliedstaaten der EU auszeichnen

„In Vielfalt geeint"
Das Motto der EU soll zum Ausdruck bringen, dass sich Länder in Europa zusammengeschlossen haben, um gemeinsam zu handeln und dabei die Unterschiede (Kulturen, Traditionen, Sprachen) zu schätzen. Das Motto wurde im Jahr 2000 im Rahmen eines Wettbewerbs als Leitspruch für das Staatenbündnis gewählt.

M7 Symbole zum Ausdruck der Wertegemeinschaft

In der EU gibt es viele Symbole, um die Gemeinschaft zu stärken.

a) Europaflagge

Seit 1955 sind die 12 kreisförmig angeordneten Sterne auf blauem Grund das Symbol für den Weg in ein vereintes Europa. Seit 1986 wird die Flagge von der EU verwendet. Die Sterne stehen für die Völker Europas vor dem blauen Himmel der westlichen Welt. Die Zahl 12 ist das Symbol für Vollkommenheit, bzw. Vollständigkeit. Der Tierkreis der Sternzeichen hat 12 Zeichen, die Uhr ist eingeteilt in 12 Stunden, die Griechen in der Antike hatten 12 Götter. Wenn du genau hinschaust, erkennst du, dass alle Sternenspitzen genau nach oben zeigen.

Die Europaflagge

b) Hymne

Die Europahymne „Ode an die Freude" wurde vor 200 Jahren von Ludwig van Beethoven komponiert. Da zur EU 23 verschiedene Sprachen gehören, wird der Text von Friedrich Schiller nie gesungen.

c) Der Europatag

Am 09. Mail findet jährlich der Europatag statt. Dieser erinnert an die Idee des damaligen französischen Politikers (Robert Schuman), der am 9.Mai seine Erklärung zur europäischen Gemeinschaft verkündete.

AUFGABEN

1. Warum wird ein EU-Hoodie zum Modetrend (**M4**)?
   a) Diskutiert, warum Influencerinnen und Influencer das Foto mit dem EU-Hoodie gepostet haben könnten.
   b) Beantworte für Vanessa die Fragen in den Kommentaren.
   c) Würdest du einen EU-Hoodie tragen? Begründe.
2. Erkläre, inwiefern die EU eine Werte- und Solidargemeinschaft ist (**M5**, **M6**).
3. Erkläre, inwiefern die Symbole der EU für die gemeinsamen Werte stehen (**M4-M7**).

F **zu Aufgabe 2**
Führt eine Umfrage an der Schule durch: Für welche Werte steht die EU (**M6**)?

F **zu Aufgabe 3**
Erstellt in Kleingruppen ein eigenes Symbol für die EU.

Zufluchtsort Europa – Herausforderung für die Werteunion

Die EU hat sich der Friedenssicherung und den Menschenrechten verpflichtet. Sie bekennt sich auch zum Asylrecht, das Menschen zusteht, die vor Krieg und Verfolgung fliehen. Warum ist die Asylpolitik eine große Herausforderung für die EU?

M8 Hoffnung Europa

Außerhalb von Europa leiden viele Menschen unter Verfolgung, Kriegen und Hungersnöten. Sie suchen Schutz und nehmen gefährliche und weite Wege auf sich, um in Sicherheit leben zu können. Viele kommen bis nach Europa.

Nicht-Regierungsorganisation hilft Menschen in überfüllten Booten vor den Küsten von EU-Staaten.

M9 EU- Ziel: Raum der Freiheit, der Sicherheit und des Rechts

RICHTLINIE 2004/83/EG DES RATES
vom 29. April 2004

über Mindestnormen für die Anerkennung und den Status von Drittstaatsangehörigen oder Staatenlosen als Flüchtlinge oder als Personen, die anderweitig internationalen Schutz benötigen, und über den Inhalt des zu gewährenden Schutzes

(1) Eine gemeinsame Asylpolitik einschließlich eines Gemeinsamen Europäischen Asylsystems ist wesentlicher Bestandteil des Ziels der Europäischen Union, schrittweise einen Raum der Freiheit, der Sicherheit und des Rechts aufzubauen, der allen offen steht, die wegen besonderer Umstände rechtmäßig in der Gemeinschaft um Schutz ersuchen.

ASYL IN DER EU

Die EU-Mitgliedstaaten haben sich darauf geeinigt, dass Menschen in der EU Asyl (Schutz) beantragen können – das ergibt sich aus den Werten und Zielen der EU.

Flüchtlinge dürfen nicht in ihr Heimatland zurück geschickt werden, wenn sie dort aufgrund ihrer Rasse, Religion, ihrer Zugehörigkeit zu einer bestimmten sozialen Gruppe oder ihrer politischen Überzeugung verfolgt werden.

Asylrecht – logo! erklärt

70052-47

M10 Die Asylsituation in der EU

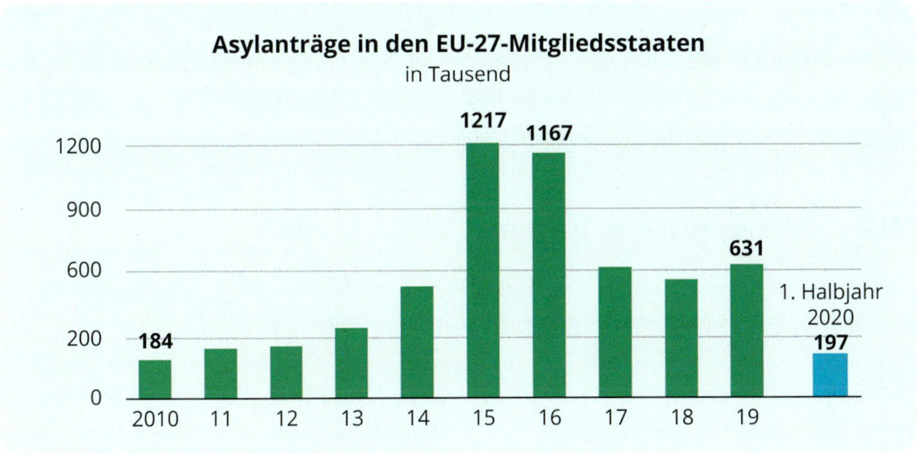

Quelle: Eurostat

M11 Wer ist in der Staatengemeinschaft verantwortlich?

Karikatur: Kostas Koufogiorgos, 2015

AUFGABEN

1. Was wisst ihr schon über die Asylpolitik in Europa? Tauscht euch mit einem Partner aus und erstellt in der Klasse eine Mindmap.
2. Erkläre, warum Menschen, einen gefährlichen Weg auf sich nehmen und Schutz in der Europäischen Union suchen (**M8, M9**).
3. Beschreibe die Entwicklung und die Verteilung der Asylanträge (**M10**).
4. Analysiert die Karikatur im Plenum (**M11**).

H zu Aufgabe 4
Benennt anhand der Karikatur Probleme, vor denen die EU bei der Asylpolitik steht.

Lerne Europa kennen – Schüleraustausch in der Europäischen Union

Seit vielen Jahren gibt es zwischen Schulen in Europa Partnerschaften und Kooperationen. Hast du schon mal darüber nachgedacht, was eigentlich dir persönlich ein solcher Schüleraustausch bringen könnte?

M12 Schüleraustausch – eine Chance für dich?

Lina und Emre gehen jetzt in die 7. Klasse ihrer Gesamtschule. Am Schwarzen Brett sehen die beiden die aktuellen Angebote der Schüleraustausche in der EU.

Lina: Schau mal, anscheinend haben wir wieder neue Partnerschulen. Also, mir wird das zu viel ...

Emre: Ich finde es toll, dass wir über die Schule die Möglichkeit haben, das Land und die Leute kennenzulernen.

Lina: Na und? Das können wir auch, wenn wir im Unterricht darüber sprechen.

Emre: Aber das ist doch was ganz anderes. So können wir Reisen und das Leben vor Ort in einer Familie erleben. Und ganz nebenbei lernst du die Fremdsprache.

Lina: Als ob ihr immer auf Englisch sprecht ... Ich habe gehört, dass die Deutschen oft lieber unter sich bleiben ...

M13 Ein Reiseblog aus Kroatien

Nachdem Noahs Austauschschüler in Deutschland war, besucht er Bojan in Kroatien. Einige Mitschülerinnen und Mitschüler verfolgen seinen Reiseblog.

1

Bojan, seine Clique und ich sind in Zagreb, der Hauptstadt Kroatiens. #austausch #sightseeing

47 views

2

Heute hat seine Oma Cevapcici gekocht. Das ist vielleicht lecker #kroatisches Nationalgericht

59 views

3

Bezahlt wird hier nicht mit dem Euro #KUNA

12 views

M14 Ab ins Ausland!

Schüleraustausche innerhalb der EU sind sehr vielfältig. Du lernst neue Menschen kennen, andere Schulsysteme, Sprachen und Lebensweisen. Auch die Erfahrung, durch eine aufregende Reise neue Herausforderungen zu meistern, ist bereichernd und macht dich selbstständig.

1 Im Programm Erasmus+ bietet die EU viele Möglichkeiten für deinen Auslandsaufenthalt: Bietet deine Schule schon einen **Schüleraustausch** an? Wenn nicht: Schlage deinem Lehrer vor, einen Austausch zu organisieren! Du möchtest lieber alleine losziehen? Lass dich von Eurodesk beraten: *www.rausvonzuhaus.de/Beratung/vor-Ort* [...]

2 **Ein Praktikum oder Aus- und Weiterbildungsmaßnahmen im Ausland** sind während oder bis zu 12 Monate nach deiner Ausbildung möglich! Sprich mit deinem Chef und deiner Berufsschule darüber. Weitere Infos: *www.azubi-mobil.de* und *www.machmehrausdeinerausbildung.de* [...]

3 Internationale **Jugendbegegnungen**. Mehr Infos auf *www.jugend-in-aktion.de*

4 Internationale Zusammenarbeit im Bereich **Sport**. Schau mal hier: *www.ec.europa.eu/programmes/erasmus-plus/opportunities/sport_de*

5 Bei einem **Freiwilligendienst** verbringst du einige Zeit im Ausland und arbeitest ehrenamtlich, zum Beispiel in Kinderheimen, Schulen oder bei Umweltorganisationen. Du bekommst in der Regel ein Taschengeld, Unterkunft und Verpflegung. Schau bei *www.solidaritaetskorps.de* vorbei!

6 Weitere Infos zu Auslandaufenthalten findest du unter *www.rausvonzuhaus.de/Wege-ins-Ausland*

Oberle, Monika: Was geht für dich? Das Heft über die Europäische Union, 2019, S. 29

Links zu Förderprogrammen

70052-48

Förderprogramme
Der Austausch ist für das bessere Verstehen anderer Länder und Gesellschaften wichtig. Deshalb gibt es in Deutschland viele Programme, die solche Aktivitäten finanziell fördern. Oft findet der Austausch im Rahmen von Städtepartnerschaften statt. [Du kannst aber auch einen Austausch auf freiwilliger Basis in den Ferien oder nach deinem Schulabschluss machen].

Toyka-Seid, Christiane: Großes Lexikon, Hanisauland. Schüleraustausch. In: www.hanisauland.de, Abruf am 30.01.2021

AUFGABEN

1. Würdest du gerne an einem Schüleraustausch teilnehmen (**M12**)? Tausche dich mit einem Partner aus.
2. Beschreibe Noahs Erfahrungen in Kroatien (**M13**).
3. Erarbeite eine Powerpoint-Präsentation über ein Austauschprogramm (**M14**). Stelle dabei Besonderheiten vor. MK
4. Stelle Chancen und Bedenken zu einem Auslandsaufenthalt gegenüber. Erkundige dich zu Austauschprogrammen an deiner Schule.

F **zu Aufgabe 1**
Vielleicht kennst du in deinem persönlichen Umfeld (Freunde, Familie, Lehrkräfte usw.) Menschen, die bereits an einem Austauschprogramm teilgenommen haben. Erkundige dich nach Programmen an deiner Schule.

Eine Powerpoint-Präsentation erstellen und halten

Worum geht es?

Eine digitale Präsentation zu erstellen ist eine wichtige Kompetenz, die du immer wieder anwenden kannst: Egal ob in der Schule für ein Referat oder später im Berufsleben. Doch wie erstellst du eine gute und übersichtliche Präsentation, die Themen und Inhalte professionell veranschaulicht?

Geht dabei so vor:

1. Schritt: Vorbereitungen treffen

- Wähle und öffne ein Programm, mit dem du die Präsentation erstellen möchtest.
- Wähle ein passendes Layout für die Präsentation.
  Entscheide, ob das Thema ein schlichtes oder farbenfrohes Layout benötigt. Du kannst schlicht gestaltete Folien später noch mit Fotos aufwerten.

2. Schritt: Texte verfassen und in die Präsentation einfügen

- Schreibe dir die wichtigsten Aspekte aus deinen Informationstexten heraus.
- Gliedere den Inhalt in eine sinnvolle Reihenfolge.
- Füge die Texte in die Präsentation ein. Jetzt kannst du damit beginnen, die Folien mit Texten zu füllen. Unterscheide zwischen Überschriften und Textbausteinen.
  Tipp: Formuliere eine aussagekräftige und prägnante Überschrift, die das Thema treffend wiedergibt. Formuliere die Textbausteine kurz und übersichtlich. Vollständige Sätze sind für die Zuhörerinnen und Zuhörer schwierig zu erfassen.

3. Schritt: Präsentation gestalten

- Schrift ändern. Achte darauf, dass die Schriftart und die Schriftgröße gut lesbar sind. Verwende eine Schriftfarbe, die einen guten Kontrast zum Hintergrund bietet.
- grafische Elemente und Bilder einfügen
- weitere Folien einfügen

4. Schritt: Präsentation üben und halten

- Für eine gelungene Präsentation solltest du vorher deinen Vortrag üben. Erstelle dazu Notizzettel auf Karteikarten, oder nutze die Notiz-Funktion in der Software. Stelle dich dazu zu Hause vor einen Spiegel und sprich den Text laut. Lerne einige Formulierungen auswendig, um frei sprechen zu können. Achte auf eine angemessene und aufrechte Körperhaltung. Behalte Augenkontakt mit deinen Zuhörerinnen und Zuhörer.
- Wähle eine Folienvariante und starte deine Präsentation.

Tipps zur Gestaltung der Präsentation

70052-49

ZUSAMMENLEBEN IN EUROPA UND DER EUROPÄISCHEN UNION

EUROPA – VEREINT IN VIELFALT

Kapitel 4.1, M1-M4

Europa und die europäischen Staaten vereint vor allem die Vielfalt: Auf unserem Kontinent gibt es viele verschiedene Kulturen, die in Frieden zusammenleben. Unterschiedliche Bräuche und Essgewohnheiten werden gepflegt und respektiert. Außerdem sind die Naturräume sehr vielfältig: von zerklüfteten Küsten über Hochgebirge bis hin zu weiten Tiefländern gibt es eine Vielfalt an Landschaften auf relativ kleinem Raum in Europa.

WERTE UND SOLIDARITÄT VERBINDEN DIE EUROPÄISCHE UNION

Kapitel 4.2, M1-M7

Die Europäische Union ist aus der Europäischen Wirtschaftsgemeinschaft hervorgegangen, die 1957 in Rom gegründet wurde. Das oberste Ziel war es, dass die europäischen Staaten nach zwei großen Kriegen endlich friedlich leben und miteinander Handel betreiben können. Die ersten Maßnahmen der Gründungsstaaten waren es, Kohle, Stahl und Atomenergie gemeinsam zu nutzen und den wirtschaftlichen Austausch zu vereinfachen. So sollte für alle der Wohlstand vergrößert werden. In mehreren Schritten der Erweiterung und durch weitere Verträge ist die heutige Europäische Union entstanden. Alle Mitgliedstaaten habe sich auf gemeinsame Werte verpflichtet: die Wahrung der Menschenwürde, Freiheit, Demokratie, Menschenrechte und Rechtsstaatlichkeit.

DIE SUCHE NACH EINER GEMEINSCHAFTLICHEN LÖSUNG

Kapitel 4.2, M8-M11

Obwohl sich die Mitgliedstaaten eigentlich auf gemeinsame Leitlinien bei der Asylpolitik verständigt haben, agieren viele Länder eigenständig und verstoßen gegen gemeinsames Recht und die Werte der Union. Vor allem auf eine gerechtere Verteilung von Geflüchteten können sich die Staaten nicht einigen. Viele Länder argumentieren, dass sie sich selbst in wirtschaftlichen Schwierigkeiten befänden oder dass ihre Bevölkerung eine Umverteilung nicht mittragen würde. Bisher konnte sich die Gemeinschaft auf keine nachhaltige gemeinschaftliche Lösung verständigen.

AUSTAUSCH IN DER EUROPÄISCHEN UNION

Kapitel 4.2, M12-M14

Damit die Menschen der Union miteinander in Kontakt kommen, gibt es Städte-Partnerschaften und viele Förder- und Austauschprogramme. Auch Schulen gehen Partnerschaften ein. Schülerinnen und Schüler können so neue Sprachen lernen, Kontakte knüpfen und Kulturen kennenlernen.

M1 Europa-Quiz

1	Wie viele Sterne sind auf der europäischen Flagge zu sehen?	◯ 12	◯ 14	◯ 27
2	Welches dieser Länder ist nicht Mitglied der EU?	◯ Schweiz	◯ Bulgarien	◯ Malta
3	Wie viele Länder gehören heute der EU an?	◯ 15	◯ 24	◯ 27
4	Wann wurde die EWG gegründet?	◯ 1992	◯ 1957	◯ 1976
5	Welcher Wert wird nicht von der EU verfolgt?	◯ Gleichberechtigung	◯ Freiheit	◯ Intoleranz
6	Wie heißt das Programm, mit dem der Austausch von Studierenden in der EU gefördert werden soll?	◯ Schuman	◯ Erasmus	◯ Adenauer
7	In welchem Jahr hat die EU den Friedensnobelpreis erhalten?	◯ 2020	◯ 1989	◯ 2012
8	Wie häufig finden Wahlen zum Europäischen Parlament statt?	◯ alle vier Jahre	◯ alle fünf Jahre	◯ alle sechs Jahre

M2 Die EU – eine Selbstverständlichkeit?

Karikatur: Chappatte, Patrick 2008

Online-Quiz zum Kapitel

82000-222

M3 Europa versucht eine gemeinsame Politik zu finden: Asyl- und Flüchtlingspolitik

[Flüchtende suchen Schutz in Europa,] zum Beispiel, weil in ihrem Land Krieg ist. Die meisten erreichen zuerst Länder, die am Rand der EU liegen, wie Italien oder Griechenland. Diese Länder möchten, dass alle Mitglieder der EU sie bei der Versorgung der Menschen unterstützen und Geflüchtete auch bei sich aufnehmen. Manche EU-Mitglieder weigern sich jedoch und es gibt Streit unter den Mitgliedsländern.

Es ist wichtig, dass die EU-Mitgliedsländer in der Migrationspolitik zusammenarbeiten und gemeinsame Lösungen vereinbaren. Denn alleine kann kein Land diese Herausforderung meistern.

Die Interessen der Mitgliedsländer sind so verschieden, dass sie sich nie einigen. So kann die EU Probleme nicht gemeinsam lösen. Jedes Land muss alleine entscheiden, wie es mit Migration umgeht.

Oberle, Monika: Was geht für dich? Das Heft über die Europäische Union, 2019, S. 11

Aufgaben

1. Führe das Europa-Quiz durch (**M1**).
2. Erstelle ein eigenes Europa-Quiz. Dieses kannst du auch für die Planung des Europatags verwenden.
3. a) Nenne die Werte, die die Länder die Europäischen Union verbinden.
   b) Analysiere die Karikatur (**M2**). Welche Kritik steckt dahinter?
   c) Findet in Kleingruppen Argumente, weshalb die EU auch wichtig für euch selbst ist.
4. Wie stehst du zur Asylpolitik in der EU? Lest die beiden Kästen und begründet mithilfe einer Positionshilfe euren Standpunkt (**M3**).
   Beziehe die Leitlinien und Werte der EU in deine Überlegungen mit ein. Was wünscht du dir für das zukünftige Vorgehen der Politik?
5. Visualisiere in einem Schaubild die Herausforderungen zur Gestaltung einer gemeinsamen europäischen Asylpolitik.
6. Verfasse einen Brief als junge/r EU-Bürger/in, in welchem du die europäische Asylpolitik beurteilst.

Tabelle zur Selbsteinschätzung

70052-50

Eine Frau an der Kasse

Euro-Banknoten

Braunkohleabbau im Tagebau mit Schaufelrad-bagger

Ein Kurs an der Börse

Was weißt du schon?

1. Beschreibe die Bilder: Was erkennst du hier?
2. Analysiere, welche Gemeinsamkeiten du zwischen den Bildern feststellen kannst.
3. a) Sammelt zunächst allein weitere Begriffe und Assoziationen zu den oben gezeigten Bildern.
   b) Erstellt zu zweit nun eine Mindmap zum Thema wirtschaftliches Handeln, die ihr im Verlauf der Einheit ergänzen könnt.

5

#Unsere Wirtschaftsordnung im Wandel

Unsere Wirtschaftsordnung basiert darauf, dass es einen Markt gibt. Verbraucherinnen und Verbraucher, Unternehmen und auch der Staat sind Akteure auf dem Markt. Aber was genau ist der Markt eigentlich? Welche Regeln und Gesetze gelten für ihn? Und regelt sich der Markt von selbst, oder muss man die Kosten für die Umwelt stärker berücksichtigen?

Was lernst du in diesem Kapitel?

... die Funktionsweise von Märkten (Preisbildung, Angebot, Nachfrage) zu beschreiben.
... die Bedeutung eines funktionierenden Wettbewerbs im Rahmen der marktwirtschaftlichen Ordnung sowie Grenzen von Märkten zu erläutern.
... die Rolle von Unternehmen, Staat und Haushalten im Wirtschaftskreislauf zu erklären.
... ausgewählte gesellschaftliche, politische und wirtschaftliche Folgen der Ressourcenknappheit zu beschreiben.
... welchen Beitrag Verbraucherinnen und Verbraucher, Unternehmen und Politik zu einer nachhaltigeren Gesellschaft leisten können.
... Chancen und Risiken der Digitalisierung von Märkten und des Zahlungsverkehrs zu beurteilen.

Lapbooks gestalten

In diesem Kapitel erfährst du zunächst viel darüber, wie unsere Wirtschaft heute funktioniert und welchen Einfluss die Digitalisierung auf dich als Verbraucherin oder Verbraucher hat, aber auch, wie die Wirtschaft zukünftig gestaltet werden sollte, damit wir in Zukunft nicht auf Kosten des Planeten wirtschaften.
Mithilfe dieses Gemeinsam Aktiv und den Informationen aus diesem Kapitel könnt ihr verschiedene Lapbooks zu den Themen Wirtschaft, Nachhaltigkeit und Einflüsse auf den digitalen Verbraucher gestalten und hierdurch ein kreatives Gedächtnis anlegen.

Geht dabei so vor:

Start

1

Bildet Vierergruppen und teilt die Arbeit in den Gruppen auf:
- Wer macht was?
- Gibt es ein Kreativ-Team und ein Recherche-Team?
- Machen alle alles und jeder hilft dem anderen?
- Teilt ihr die Inhalte und die kreative Arbeit jeweils auf?

Wichtig ist: Am Ende hat jeder ein eigenes Lapbook!

2

Informiert euch über die Gestaltungsmöglichkeiten und das Vorgehen bei der Erstellung eines Lapbooks im Internet über den Mediencode. Dort findet ihr auch Vorlagen, an denen ihr euch orientieren könnt.

Vorlagen zur Gestaltung eines Lapbooks

70052-51

Hier findet ihr Bilder eines Lapbooks als Beispiel

70052-52

3

Erarbeitet euch zunächst alle grundlegenden Inhalte des Kapitels, damit ihr alle Zusammenhänge auch zwischen den Kapiteln versteht. Hilfreich ist es, die Begriffskästen und die Grundwissensseite gelesen zu haben.

4

Entscheidet euch in der Gruppe jetzt für einen Themenbereich: → Kapitel 5.1, 5.2 oder 5.3. Greift die wichtigsten Aspekte eures Themenbereichs heraus und gestaltet ein Lapbook hierzu.

5

Organisiert einen Grundstock an möglichst bunten Bastelmaterialien. Allen voran benötigt ihr 4 DIN A3 Blätter (oder größer). Ihr könnt außerdem speziell zu den Inhalten passende Materialien, Grafiken etc. ergänzen. Klebstoffe, Büro- und Musterklammern sowie ein Tacker können beim Verbinden der Materialien sehr hilfreich sein.

6

Überlegt euch, wie ihr die Inhalte in euren Lapbooks präsentieren könnt. Seid bei der Erstellung kreativ, aber denkt auch funktionell.
- Könnt ihr euch bildliche Eselsbrücken bauen?
- Kann man mit dem Lapbook gut lernen?
- Sind alle wichtigen Informationen enthalten?
- Sind die Informationen sinnvoll angeordnet?

Ziel

7

Präsentiert alle Lapbooks aus der Lerngruppe in einem Gallery Walk in eurem Unterrichtsraum.
- Wer hatte die kreativsten Ideen?
- Welche Inhalte sind besonders gut aufbereitet?
- Lieber funktionell und praktisch oder kreativ verspielt?

5.1 Unsere Marktwirtschaft – wie ist sie aufgebaut?

Der Markt – ein Begriff, viele Bedeutungen

Ob der Einkauf auf dem Wochen- oder Supermarkt oder im Internet, die Suche nach einem Job auf dem Arbeitsmarkt oder das Anlegen von Geld am Kapitalmarkt: Märkte spielen in der Wirtschaft eine große Rolle. Doch was genau ist ein Markt, wie funktioniert er und welche verschiedenen Formen von Märkten gibt es?

M1 Markt ist nicht gleich Markt

a

b

c

d

MARKT

Unter einem Markt versteht man eine Situation, in der Verkäuferinnen und Verkäufer sowie Käuferinnen und Käufer aufeinandertreffen. Dabei werden Produkte und Dienstleistungen angeboten und nachgefragt.
Somit ist der Markt kein Ort im eigentlichen Sinne, sondern ein theoretisches Konstrukt bzw. Modell, um wirtschaftliches Handeln zu beschreiben. Es gibt viele verschiedene Märkte, die sich stark unterscheiden. Manche sind zum Beispiel regional begrenzt, andere weltweit.

M2 Wer hat welche Ziele und Interessen am Markt?

Herstellung

Handel

Kauf

DER WIRTSCHAFTSKREISLAUF

Um die Wirtschaft besser untersuchen und verstehen zu können, werden in Modellen die Abläufe einfacher dargestellt, als sie in Wirklichkeit sind. Der Wirtschaftskreislauf ist ein Modell, das vereinfacht erklärt, wie die Wirtschaft eines Landes funktioniert. Im einfachen Kreislauf gibt es Unternehmen, die produzieren, und Haushalte, die konsumieren. Zwischen den einzelnen teilnehmenden Personen wird Geld gegen Güter getauscht, im Kreislauf werden nur die Geldflüsse dargestellt.
Im „erweiterten Wirtschaftskreislauf" wird dargestellt, wie neben Haushalten und Unternehmen auch der Staat und die Banken (und z. T. das Ausland) an den Geldflüssen in einer Wirtschaft beteiligt sind.

M3 Der Wirtschaftskreislauf am Beispiel eines Bäckers

Bäcker Müller backt jeden Tag Brötchen und möchte dieses natürlich auch verkaufen, um Geld zu verdienen. Jeden Tag kommen Kundinnen und Kunden in seinen Laden, um die Brötchen zu kaufen.

Bäcker Müller benötigt daher auch Arbeitskräfte, die ihm bei der Herstellung und beim Verkauf der Brötchen helfen. Er bezahlt ihnen Gehälter und Löhne für ihre Arbeit.

Arbeitskraft
Mensch, der Arbeit leistet

AUFGABEN

1. Erkläre die Bedeutung von Märkten (**M1**).
   a) Benenne die abgebildeten Märkte: Wer sind die Anbieter und Nachfrager und was wird gehandelt? Erstelle eine Tabelle und finde weitere Beispiele.
   b) Analysiere Gemeinsamkeiten und Unterschiede zwischen den abgebildeten Märkten.
2. Ordne die Begriffe in **M2** den passenden Interessensgruppen zu.
3. a) Benenne alle Teilnehmer, die in der Geschichte in **M3** vorkommen.
   b) Erstelle mithilfe von **M3** und **# Der Wirtschaftskreislauf** ein Schaubild eines Geld- und Produktkreislaufs.

H zu Aufgabe 3
Nutze dafür die folgenden Begriffe:
- private Haushalte
- Unternehmen
- Konsum
- Gehalt

Preisbildung am Markt – ist der Preis heiß?

Sicherlich hast du auch schon mal beobachtet, dass die Preise, z. B. auf einem Wochenmarkt oder an der Tankstelle, nicht immer gleich sind. Aber wie wird der Preis von Produkten und Dienstleistungen eigentlich festgelegt?

M4 Wie viel soll das Brötchen denn nun kosten?

Damit Bäcker Müller abends keine Brötchen wegwerfen muss, backt er möglichst genau so viele Brötchen, wie er verkaufen kann. Das gelingt ihm aber nur, wenn seine Kundschaft auch bereit ist, den geforderten Preis zu bezahlen. Natürlich versucht er, seine Brötchen besonders lecker zu backen, aber das allein reicht nicht immer aus.

Bäcker Müller muss sich folgende Frage stellen:

- Wie hoch sind meine Ausgaben für das Mehl und die anderen Zutaten?
- Wie viel muss ich meinen Angestellten bezahlen?
- Wie teuer sind die Brötchen bei Bäcker Roggen? (Die Brötchen von Bäcker Müller sollten nicht (viel) teurer sein als die von Bäcker Roggen nebenan.)
- Welche Brötchen wünschen sich die Kundinnen und Kunden?

Viele Dinge kann er nur ahnen, doch aus allen diesen Faktoren bestimmt er seinen Preis.

\# **PREISBILDUNG**

Der Preis eines Produkts ist abhängig von Anbietern (Verkäufer:innen) und Nachfragern (Käufer:innen). Die Anbieter möchten mit dem Verkauf einen möglichst hohen Preis erzielen, um selber Gewinn zu machen. Die Nachfrager (Käufer:innen) versuchen, ein Gut zu einem möglichst niedrigen Preis zu erhalten. Wenn die beiden auf dem Markt aufeinandertreffen, bildet sich der Preis.

Man sagt auch: Wenn Angebot (= alle Verkäufer:innen eines bestimmtes Produkts) und Nachfrage (= alle Käufer:innen eines bestimmten Produkts) aufeinander treffen, bildet sich der Marktpreis.

M5 Was zeichnet ein Monopol aus?

Spätestens während der Coronakrise wurde allen schnell bewusst, wie schnell sich Märkte wandeln können. Der Einzelhandel in den Städten wurde stark erschüttert und viele Geschäfte mussten schließen. Profitiert haben große Versandhändler – ein Trend, den die Krise nochmal befeuert hat. Im Zuge dieser Entwicklungen wird immer wieder von den Gefahren einer Monopolstellung einzelner Anbieter gewarnt. Doch worum handelt es sich eigentlich bei einem Monopol?

1 BGH zwingt Nahverkehrsbetreiber zum Wettbewerb
Harte Zeiten für die Deutsche Bahn: Die Weichen für mehr Wettbewerb im Milliardengeschäft um S-Bahn- und Regionalzugverbindungen ...

2 Kartellamt greift ein!
Nachdem sich in Deutschland nur vier Anbieter den Strommarkt aufteilen, muss das Kartellamt handeln.

3 Wir bleiben die Nr. 1
Wasserwerke Bochum bleiben alleiniger Anbieter für Leitungswasser. Ist das gut so?

4 Amazon ist Sieger in der Coronakrise
Rekordumsätze am Onlinemarkt. Amazon setzt sich gegen Konkurrenz durch.

Erklärfilm zu Marktformen
70052-53

MONOPOL

Als Monopol bezeichnet man eine Marktsituation, in der es für ein bestimmtes Gut nur einen einzigen Anbieter gibt. Dieser Anbieter hat eine besondere Macht gegenüber den Nachfragern. Zum Beispiel hat er großen Einfluss auf den Preis und die Qualität des Gutes.
Auf manchen Märkten gibt es zwar mehr als einen Anbieter, von denen aber einer eine herausragende Stellung hat – zum Beispiel, weil er ein Gut viel besser herstellen kann als alle anderen. Dann spricht man von einem Quasi-Monopol.

AUFGABEN

1. Helft Bäcker Müller (**M4**).
   a) Erstellt hierzu zu zweit eine Checkliste mit Faktoren, die den Brötchenpreis beeinflussen.
   b) Analysiert, wie der Bäcker die Brötchen günstiger anbieten könnte und welche Konsequenzen damit verbunden wären (**M4**).
2. Erläutere, inwiefern fehlender Wettbewerb für dich als Verbraucherin oder Verbraucher von Nachteil sein kann (**M5, #Monopol**).

Wie kann die Wirtschaft geordnet werden?

Der Staat hat verschiedene Möglichkeiten, in das wirtschaftliche Geschehen einzugreifen. Auf welcher Grundlage darf er das tun? Und in welchen Fällen ist es nötig?

M6 Was ist eine Wirtschaftsordnung?

Luca: Hey Leo, sag mal hast du das Thema im GL-Unterricht heute verstanden? Wirtschaftsordnungen, Marktwirtschaft ... so viele schwierige Begriffe! Warum braucht man das überhaupt?
Leo: Ich glaube, die Wirtschaftsordnung ist so etwas wie das Regelwerk vom Staat für die Wirtschaft. Sie organisiert die Zusammenarbeit zwischen Unternehmen, privaten Haushalten und dem Staat. Aber mein Onkel kann uns das bestimmt genauer erklären, er arbeitet als Journalist für den Wirtschaftsteil einer Zeitung.
Luca: Oh super, der soll uns mal erklären, worum sich der Staat kümmern muss, um seine Wirtschaft zu organisieren ...

M7 Im Gespräch mit einem Journalisten

1 Leo: Was ist mit sozialem Ausgleich gemeint?
Journalist: Diejenigen, die in Notsituationen sind oder ihren Lebensunterhalt nicht allein bestreiten können (z. B. alte und kranke Menschen, Arbeitslose und Menschen mit geringem Einkommen), erhalten staatliche Unterstützung. Der Staat sorgt außerdem mit Gesetzen dafür, dass bestimmte Standards bei den Arbeitsbedingungen eingehalten werden. Er legt z. B. einen Mindestlohn fest.

2 Luca: Welche Aufgaben hat der Staat darüber hinaus?
Journalist: Der Staat sichert den Wettbewerb, indem z. B. Zusammenschlüsse von Unternehmen überprüft und ggf. untersagt werden. Der Staat stellt auch öffentliche Güter bereit. Er finanziert z. B. das Bildungssystem und versucht auf diese Weise, Chancengleichheit herzustellen.

3 Leo: Was kennzeichnet die Soziale Marktwirtschaft?
Journalist: Das Prinzip des freien Marktes soll mit dem Prinzip des sozialen Ausgleichs verbunden werden. Durch die Marktwirtschaft soll der Wohlstand in der Bevölkerung immer weiter steigen und allen zugutekommen.

4 Luca: Wo gilt das Prinzip des Marktes?
Journalist: Die Produktionsmittel und Unternehmen gehören größtenteils Privatpersonen. Jeder darf ein Unternehmen gründen und seinen Arbeitsplatz frei wählen. Die Unternehmen bestimmen über die Produktion und müssen sich am Markt orientieren. Die Preise werden ebenfalls vom Markt, also durch Angebot und Nachfrage, bestimmt.

5 Leo: Was unterscheidet die freie Marktwirtschaft dann von der sozialen?
Journalist: In der freien Marktwirtschaft nimmt der Staat gar keinen Einfluss auf die Wirtschaft. Es herrschen freier Wettbewerb und freie Preisabsprachen. Die Steuerung der Wirtschaft wird ganz dem Markt, also dem Gesetz von Angebot und Nachfrage, überlassen. Diese Elemente finden sich auch in der sozialen Marktwirtschaft, der Staat greift aber wenn es nötig ist ein und sorgt für staatliche Unterstützung.

M8 Wer soll die Probleme lösen, wenn ...?

Erklärfilm zur Sozialen Marktwirtschaft
70052-54

- ... die Arbeitslosigkeit deutlich ansteigt?
- ... dringend Maurer benötigt werden?
- ... Brot teurer wird und gleichzeitig Ackerland verwildert?
- ... die Energiekosten steigen?
- ... plötzlich alle Bürger ein E-Bike wollen?
- ... die Mieten immer stärker ansteigen?
- ... immer mehr Touristen ins Land kommen.
- ... die ideale Streckenführung für eine Schnellbahntrasse über Privatgrundstücke läuft?

SOZIALE MARKTWIRTSCHAFT

Die Soziale Marktwirtschaft ist die Wirtschaftsordnung der Bundesrepublik Deutschland. Sie verbindet marktwirtschaftliche Elemente wie den Wettbewerb, mit sozialem Ausgleich.
Der Grundsatz in der Sozialen Marktwirtschaft lautet: So viel Markt wie möglich, so viel Staat wie nötig. Indem der Staat Preisabsprachen zwischen den Unternehmen verbietet, ermöglicht er freien Wettbewerb. Der Staat greift ein, wenn dem Gemeinwohl geschadet wird und unterstützt diejenigen Marktteilnehmer, die selbst nicht in der Lage sind, für sich zu sorgen.

AUFGABEN

1. Beschreibe den Begriff Wirtschaftsordnung mithilfe von **M6**.
2. a) Erkläre den Begriff der Sozialen Marktwirtschaft in eigenen Worten (**M7**).
   b) Vergleiche die soziale Marktwirtschaft mit der freien Marktwirtschaft (**M7, #Soziale Marktwirtschaft**). Worin bestehen die Hauptunterschiede?
3. Analysiert zu zweit, in welcher der genannten Situationen der Staat eingreifen sollte (**M8**). Begründet eure Entscheidungen.

H zu Aufgabe 4
Nehmt dabei auch die Beispiele aus **M5** des vorherigen Kapitels zur Hilfe.

F zu Aufgabe 4
Diskutiert in der Klasse, bei welchen Beispielen ihr das warum für angemessen haltet.

F Arbeitet aus dem Wirtschaftsteil einer Tageszeitung eurer Wahl jeweils drei Beispiele heraus, in denen der Staat durch Maßnahmen eingreift.

5.2 Nachhaltiges Wirtschaften – alternativlos?

Gehen Nachhaltigkeit und Wirtschaftswachstum (doch) zusammen?

„Die Wirtschaft boomt" – Eine Schlagzeile, die immer wieder in den Nachrichten zu lesen, hören oder sehen ist. Dazu werden z. B. Bilder von Autos gezeigt, die zu Tausenden gebaut und verkauft werden. Wird hier auch an Nachhaltigkeit gedacht oder am Ende doch nur an die Gewinne?

M1 Der Schrei nach Wachstum

Karikatur: Mester, Gerhard

Bruttoinlandsprodukt (BIP)
Das BIP ist die Summe aller wirtschaftlichen Leistungen eines Landes in einem Jahr.

Magisches Viereck
Als "magisches Viereck" werden die wichtigsten wirtschaftspolitischen Ziele bezeichnet, die nicht alle zugleich im selben Maß erreicht werden können.

WIRTSCHAFTSWACHSTUM

Eine Wirtschaft wächst, wenn das Bruttoinlandsprodukt (BIP) eines Jahres größer ist, als das des Vorjahres. Dies umfasst alles, was in einer Volkswirtschaft in einem Jahr z. B. an Waren und Dienstleistungen hergestellt wurde.
Steigt das Bruttoinlandsprodukt im Vergleich zum Vorjahr, wird von Wachstum gesprochen. Werden im Vergleich zum Vorjahr weniger Güter, Waren und Dienstleistungen hergestellt, wird dieses Phänomen als Rezession (aus dem Lateinischen für Rückgang) bezeichnet.
Als ein Teil des „magischen Vierecks" ist das Wirtschaftswachstum, also das stetige Wachstum der Wirtschaft, ein wesentliches wirtschaftspolitisches Ziel der Bundesrepublik Deutschland.

M2 Wachstum um jeden Preis?

Das Wirtschaftswachstum wird anhand des Bruttoinlandsprodukts (BIP) eines Landes gemessen. Aber kann man den Wohlstand der Menschen allein an der Summe produzierter Güter feststellen? Befürworter:innen des Wirtschaftswachstums argumentieren, dass eine gut funktionierende Wirtschaft Arbeitsplätze schafft, Löhne steigen lässt und der Konsum angeregt wird. Es gibt jedoch auch zahlreiche kritische Stimmen. Sie argumentieren, dass ein stetiges Wirtschaftswachstum und der damit verbundene angeregte Konsum zunehmend mehr Ressourcen (fossile Energie, Metalle, seltene Erden etc.) verbraucht. Zudem lässt sich durch das Bruttoinlandsprodukt als Berechnungsgrundlage des Wirtschaftswachstums nicht feststellen, welche Güter unter welchen Bedingungen produziert wurden. Die globale Erderwärmung kann bei ungebremstem Wirtschaftswachstum nicht gestoppt werden, so die Kritikerinnen und Kritiker.

M3 Wirtschaften mit Gewinn

Luisa, 32, Unternehmerin
Ich verkaufe in meinen Geschäften nur Produkte und Dienstleistungen, die fair und umweltverträglich produziert wurden, und erziele damit gute Gewinne.

John, 41, Leiter Vertrieb
Seitdem unsere Motoren noch effizienter und leiser sind, verkaufen wir deutlich mehr Autos und machen satte Gewinne.

Magrit, 52, Leiterin Strategisches Management
Die Nachfrage nach Produkten aus aller Welt boomt, ganz gleich ob fair produziert oder nicht. Die Waren müssen an Ihren Zielort transportiert werden. Wir erwirtschaften nach wir vor solide Gewinne aus dem Kraftstoffgeschäft (Diesel, Benzin und Kerosin).

AUFGABEN

1. Interpretiere die Karikatur (**M1**, **#Wirtschaftswachstum**).
2. Erläutert euch zu zweit gegenseitig mit eigenen Worten, was Wirtschaftswachstum bedeutet. Geht dabei auch auf das Bruttoinlandsprodukt ein (**#Wirtschaftswachstum**, **M2**).
3. Vergleiche die Aussagen in **M3**.
   a) Beschreibe, worin sich die Einstellungen der Personen unterscheiden.
   b) Diskutiert, ob und wie diese Unternehmen zu einem nachhaltigen Wachstum der Wirtschaft beitragen.

Eine Karikatur analysieren
→ Methodenglossar

F zu Aufgabe 2
Recherchiert, was das Bruttonationalglück ist und wie es sich vom Bruttoinlandsprodukt unterscheidet und in welchem Land es bereits eine Rolle spielt. Nutzt für Eure Recherchen das Internet.

Wirtschaften bis zum letzten Tropfen Öl?

Die Erde bietet unzählige Arten von Lebensräumen, Stoffen und Materialien, die sich der Mensch auf verschiedenste Art und Weise zunutze machen kann. Allerdings wachsen viele der Ressourcen nicht oder nur sehr, sehr langsam nach. Das führt zu Problemen.

Ressourcenknappheit: Rohstoffe (z. B. Erdöl, Erdgas) werden für viele Prozesse benötigt. Diese Rohstoffe können nicht hergestellt werden, sie werden auf der Erde abgebaut und sind erschöpflich, denn es gibt von ihnen nur einen begrenzten Vorrat. Durch die stetige Förderung dieser begrenzten Rohstoffe kann es zu einer Ressourcenknappheit kommen. Viele gewaltsame innerstaatliche oder zwischenstaatliche Konflikte entstehen durch einen Streit um Ressourcen.

M4 Ressourcenabbau und dessen mögliche Folgen

Tagebau

Sauberes Trinkwasser

Einseitige Landwirtschaft (Monokulturen)

Krieg und Konflikte um Ressourcen

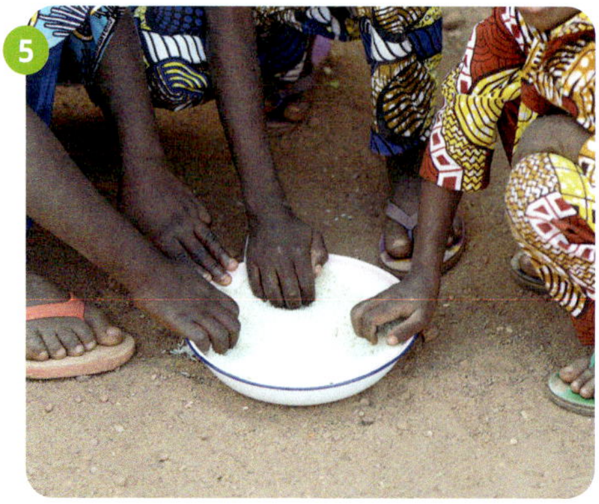

Hunger

Rodung von (Ur-)Wäldern

M5 Das Ende des Steinkohleabbaus im Ruhrgebiet

Der Letzte macht das Licht aus. Was in der eigenen Wohnung ein Leichtes ist, fällt in anderen Bereichen deutlich schwerer. Als am 31.12.2018 tief unter der Stadt Bottrop das symbolische letzte Stück Steinkohle aus der Zeche Prosper Hainel gefördert wurde, ging das Licht für einen ganzen Industriezweig aus. Hunderttausende Kumpel, so nennt man sich unter Tage, hatten über Generationen Steinkohle zur Erzeugung von Wärme- und elektrischer Energie sowie zur Herstellung von Eisen und Stahl aus den Stollen gefördert.

Nur noch ca. 83 Millionen Tonnen Steinkohle lagern unter deutschem Staatsgebiet. Das ist nicht viel, sieht man sich die Fördermengen vergangener Jahre an. Allein im Jahr 1970 wurden ca. 110 Millionen Tonnen Steinkohle in Deutschland gefördert. Doch der Hauptgrund für das Ende der Steinkohleförderung waren die Kosten. Die Kohle liegt in Deutschland sehr tief unter der Erde. Das macht den Abbau kompliziert und teuer. Außerdem sind die Lohnkosten höher und Umweltauflagen strenger als in konkurrierenden Ländern wie Russland oder Australien. Viele Jahre hat der Staat die Kohleförderung finanziell unterstützen müssen, um sie aufrecht zu erhalten, bis man entschied, die Förderung ganz einzustellen. Das ist gut für die Umwelt, aber ein Problem für das Ruhrgebiet, das wirtschaftlich sehr an die Kohle gebunden war.

Förderung von Steinkohle in Deutschland von 1970 bis 2018 in 1.000 Tonnen (Stand: 2019)

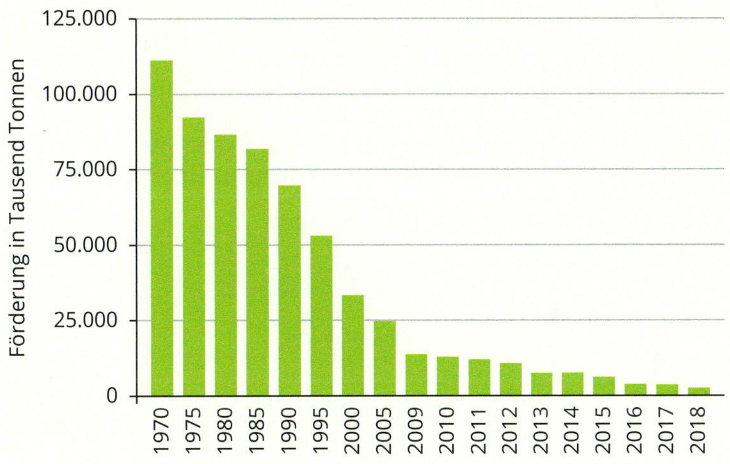

Zahlen nach: ©Statistik der Kohlewirtschaft, in: www.statista.de, Februar 2019

AUFGABEN

1. Betrachtet die Abbildungen in **M4**.
   a) Beschreibe die Bilder und benenne, welche Ressourcen du erkennen kannst.
   b) Erläutere mögliche Zusammenhänge der Abbildungen. Dazu kannst du zunächst nach Ursachen und Folgen sortieren.
   c) Diskutiert mögliche Auswirkungen einer zunehmenden Ressourcenknappheit auf Wirtschaft, Politik und Gesellschaft.
2. Analysiert die Folgen von Ressourcenknappheit (**M5**).
   a) Beschreibe die Statistik.
   b) Nenne mögliche Gründe für die den Rückgang der Kohleförderung.
   c) Was kommt nach der Kohle? Recherchiere, welche Alternativen zur Energieerzeugung genutzt werden können. MK

H zu Aufgabe 2c
Nutzt den Mediencode, um Informationen über neue Perspektiven der Energiegewinnung zu recherchieren.

70052-55

Wer leistet welchen Beitrag?

Akteurin, Akteur
Als Akteurin oder Akteur wird eine Person bezeichnet, die an einem bestimmten Geschehen beteiligt ist.

Einsparungen großer Mengen sind nur möglich und vor allem fair, wenn mehrere Akteurinnen bzw. Akteure zusammenarbeiten, sich abstimmen und auf die Bedürfnisse der einzelnen Gruppen Rücksicht nehmen. Wer diese Akteurinnen sind und welche Aufgabe sie übernehmen, ist nicht immer ganz eindeutig.

M6 Nachhaltig einkaufen – gar nicht so einfach ...

„Ist es denn wirklich so schwer, ein bezahlbares Bambusfahrrad zu finden?" fragt Emre seinen Kumpel Alex, als er wieder einmal das Internet danach durchforstet. „Die wenigen Räder, die ich finde, kosten mindestens 1500 Euro. Wer soll sich das leisten können? Dabei sehen die so super aus, sind viel leichter als normale Räder und deutlich ressourcenschonender." Alex fragt: „Was willst du mit so einem Ding? Ich finde, die sehen alles andere als super aus und nach 2 Tagen im Regen ist das Ding dann verrottet, oder wie?" „Wenn es die in einem Geschäft in der Stadt gäbe, würde ich dir zeigen, warum die so super sind, aber keine Chance. Kein Wunder bei den Preisen" erwidert Alex.

M7 Akteure im Spannungsverhältnis

Konsumgüter
Güter, die für den Konsum durch Privatpersonen produziert werden (z. B. Nahrungsmittel, Kleidung, Kosmetik etc.)

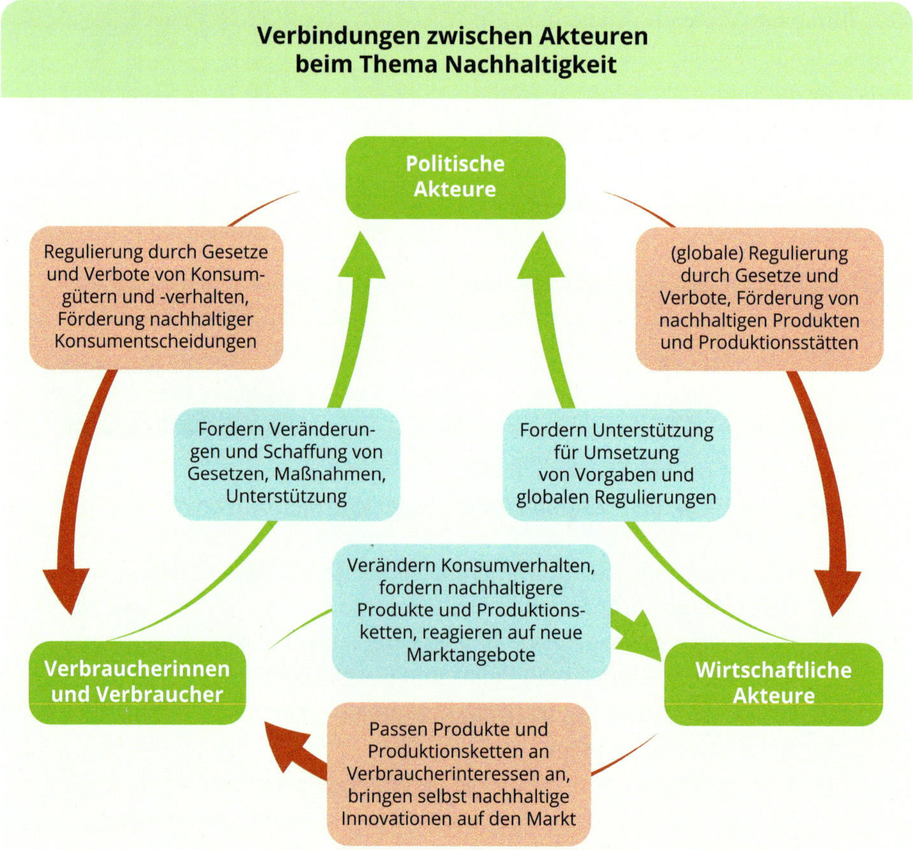

M8 Die Politik schreitet ein ...

a) Bundesregierung beschließt Förderung für nachhaltige Fahrräder

Fahrradinteressenverbände fordern: „Wer mit dem Rad fährt, spart viel CO_2 ein und stärkt die eigene Gesundheit. Wir wollen, dass mehr Leute auf das Rad umsteigen und das Radfahren noch komfortabler und ressourcenschonender machen. Deshalb fordern wir die Regierung auf, Geschäfte, die Räder aus Bambus oder anderem Holz anbieten, bei der Gründung zu unterstützen und den Kauf von Holzfahrrädern mit mindestens 1 000 € zu subventionieren. Sie sollen für Kundinnen und Kunden bezahlbar werden."

Zuschüsse
Zuschüssen vom Staat zur Unterstützung bestimmter Wirtschaftszweige oder einzelner Unternehmen

b)

Alex und Emre gehen nach der Schule durch die Stadt. Sie bemerken ein neues Geschäft, das vor kurzem aufgemacht hat, und bleiben davor stehen. „Eco Weels" – nachhaltig auf Zweirädern" steht groß über der Eingangstür. Emre freut sich und weist Alex auf den Aufsteller vor dem Geschäft hin. „Mega! Endlich kann ich mich hier über aktuelle Angebote informieren und muss nicht mühsam das Internet danach durchforsten. Und dir zeige ich jetzt erstmal, warum die Räder so super sind. Komm mit!"

AUFGABEN

1. Beschreibe, welches Problem Emre hat und wie sein Freund Alex dazu steht (**M6**).
2. Erläutert zu zweit die Abbildung **M7**.
   a) Beschreibt euch gegenseitig das dargestellte Spannungsverhältnis in eigenen Worten (**M7**).
   b) Bewertet, ob es sich dabei aus eurer Sicht um ein faires bzw. ausgeglichenes Verhältnis handelt.
3. Untersuche mögliche Lösungen des Problems.
   a) Erkläre die Forderung der Fahrradinteressenverbände. Kennst du andere Subventionsmaßnahmen (**M8a**)?
   b) Stelle Vermutungen darüber an, warum das Geschäft in der Innenstadt eröffnet hat (**M8b**).
   c) Erzähle die Geschichte zu Ende und begründe dabei die Entscheidungen der beiden Figuren (**M8b**).
4. Stelle den Zusammenhang zwischen dem Schaubild aus **M7** und den Texten (**M6**, **M8**) her, indem du die Aspekte des Schaubildes zuordnest.
5. Der Kauf eines nachhaltigen Fahrrads ist eine Möglichkeit, wie du selbst als Verbraucher:in zum Klimaschutz beitragen kannst. Nenne weitere Maßnahmen in deinem Alltag, die helfen das Klima zu schützen.

F zu Aufgabe 3b
Recherchiere, warum die Bundesregierung keine E-Bikes fördert.

H zu Aufgabe5
Denke dabei beispielsweise an Lebensmittel, Verpackung, Energieversorgung, usw.

5.3 Der digitale Verbraucher – gut geschützt oder ausgebeutet?

Zahlungsmittel im Wandel – bar oder per App?

Auch wenn man digitales Geld heute manchmal auf den ersten Blick kaum erkennt, bleibt es ein Zahlungsmittel und behält auch seine anderen Funktionen im Wesentlichen bei. Doch welche Vor- und Nachteile bringen die neuen Arten von Zahlungsmittel mit sich?

M1 Bargeldloses Wirtschaftsgeschehen in der Karikatur

Karikatur: Grolik, Markus. In: www.dieKleinert.de, 2019

M2 Was ist digitales Geld?

In vielen Ländern wird heute bereits beim Bäcker mit der EC-Karte gezahlt. Seit der Coronakrise auch vermehrt in Deutschland. Der digitale Zahlungsverkehr ersetzt Scheine und Münzen als klassisches Zahlungsmittel immer öfter. Transaktionen (verschieben von Geldern) werden in der Regel nur noch als digitale Bewegungen auf dem Konto sichtbar (Buchgeld). Heute zahlt man per Smartphone, überweist per App oder teilt sich das Trinkgeld mit Freunden. Hierbei entstehen kaum Wartezeiten und die Transaktionen sind immer nachvollziehbar und sogar auszuwerten. Das sind nur einige Vorteile, die in Verbindung mit modernen Zahlungsmitteln genannt werden.

MOBILE-BANKING

Die Erledigung von Bankgeschäften unter Zuhilfenahme von Smartphones bezeichnet man als Mobile-Banking. Smartphones sind die neue Bank. Ob man es an der Kasse per NFC (Near Field Communication) zum kontaktlosen Zahlen nutzt, in Bank-Apps den Kontostand überprüft oder via Push-TAN-Verfahren Überweisungen tätigt. All das kann man heute bequem mit wenigen Touch-Befehlen unterwegs erledigen. Dennoch bieten die mobilen Zahlungsprozesse auch Gefahren durch Hacking und Sicherheitslücken.

M3 Meinungen zu bargeldlosem Bezahlen

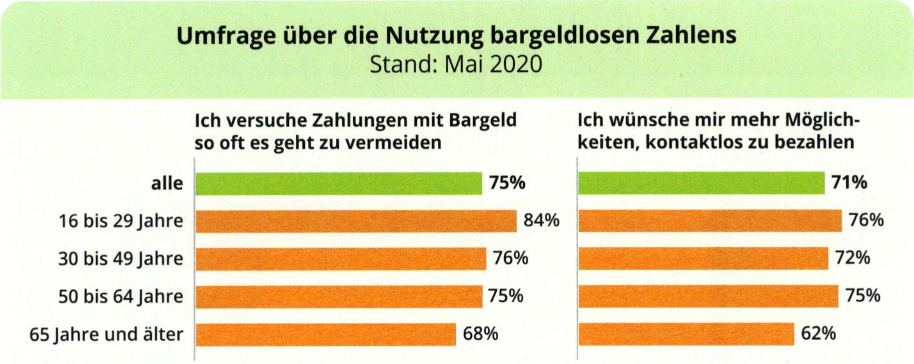

Zahlen nach: ©Bitkom e.V.: Weit verbreiteter Wunsch nach kontaktlosem Bezahlen. In: www.bitkom.org, 22.05.2020

„Also ich sehe das anders! Meine gesamten Daten wurden erst vor Kurzem im Vorbeigehen ausgelesen und weitergegeben. Mein ganzes Konto wurde leergeräumt!"

AUFGABEN

1. a) Analysiert zu zweit die Karikatur **M1** mithilfe der nachfolgenden Methodenkarte.
b) Sammelt erste Ideen über Vor- und Nachteile, die bargeldloses Zahlen mit sich bringt.

2. Setze dich mit modernen Zahlungsmöglichkeiten auseinander (**M2**).
a) Beschreibe Arten moderner Zahlungsmittel und -wege und erläutere ihre Vor- und Nachteile (**M2**).
b) Ermittelt in Kleingruppen durch eine Umfrage, welche Zahlungsmittel in eurer Klasse genutzt werden.

3. Untersuche Meinungen zu bargeldlosem Zahlen (**M3**).
a) Fasse die Umfrageergebnisse aus **M3** in eigenen Worten zusammen.
b) Erkläre, welche Risiken bei bargeldlosem Zahlungsverkehr entstehen.
MK

4. Eure Großeltern sind bei bargeldlosem Zahlen skeptisch: Entwickelt in Kleingruppen ein Rollenspiel, in dem ihr Chancen und Risiken moderner Zahlungsmittel szenisch diskutiert (**M2**, **M3**).

H zu Aufgabe 2b
Ihr könnt ein digitales Umfragetool unter dem Mediencode aufrufen
70052-56

H zu Aufgabe 4
Alternativ könnt ihr auch einen Chatverlauf auf dem Smartphone mit euren Großeltern schreiben.

Shoppen im Internet – auf was muss ich achten?

Keine Shopping-Begleitung, die dich berät. Niemand im Laden, der oder die dir etwas „aufschwatzen" möchte, keine Ware, die im stimmungsvollen Licht der Geschäfte besonders ansprechend erscheint. Aber shoppst du online wirklich ohne äußere Einflüsse auf deine Entscheidung?

M4 Zu viel Interesse

Bene und Lotte aus Petershagen sind zum Polterabend und zur Hochzeit ihrer Cousine Franzi in Bonn eingeladen. Ihre Eltern bitten die beiden, sich auf die Suche nach einem Hotel für das Hochzeitswochenende zu machen. Sie wollen möglichst günstig übernachten, da die Hochzeit schon teuer genug für sie wird. Immer wieder sucht Lotte auf ihrem Laptop nach Angeboten, aber die werden nicht günstiger – im Gegenteil. Als Bene mit seinem Tablet gleichzeitig auf die Suche geht, machen Sie eine interessante Entdeckung.

COOKIES (ENGL. EIGENTLICH: KEKSE)

Cookies sind kleine Text-Dateien. Sie werden im Browser deines Endgerätes (z. B. Smartphone, Laptop, Tablet) gespeichert. Jeder Cookie enthält Informationen über Webseiten, die du besucht hast und darüber, was du dir dort wie lange angesehen hast.
Es gibt zwei Arten von Cookies. **Session Cookies** steigern den Komfort beim Surfen. Sie merken sich z. B. deine Login-Daten, Warenkörbe oder wo du ein Video pausiert hast, um es später zu Ende zu schauen. **Tracking Cookies** sind unbeliebt. Sie stehen im Zusammenhang mit Werbung und werden dauerhaft gespeichert. Jeder Werbebanner platziert einen Cookie. Dadurch kann dein Surfverhalten nachverfolgt werden. Das Ziel sind personalisierte Webseiten mit Produktvorschlägen, die genau auf dich zugeschnitten sind.
Übrigens: Der Name ist an die Krümelspur der Kekse angelehnt, nur dass es sich hier um Informationskrümel zur Nachverfolgung handelt.

M5 Eine Empfehlung des Hauses

Nicole ärgert sich, dass die alten USB-C-Kabel schon wieder defekt sind und möchte deshalb diesmal mehr Geld ausgeben. Sie geht bei großen Versandhändlern auf die Suche nach neuen Kabeln. Neben den üblichen Produktanzeigen sieht sie immer wieder Produkte, die mit „Top Produkt" oder „unsere Empfehlung für Sie" betitelt sind. Die Hersteller sagen ihr zwar nichts, aber die Kabel sehen gut aus und der Preis stimmt.

Hassan ist auf der Suche nach einer neuen Waschmaschine. Das alte No-Name-Produkt wird nicht mehr allzu lange halten. Er war aber sehr zufrieden mit der Maschine und möchte daher auch wieder ein No-Name-Produkt kaufen. Er bekommt ebenfalls Empfehlungen. Diese sind aber teure Markenware. Er wird unsicher. In Foren liest er, dass Markenware die bessere Wahl wäre und greift nun doch auf die Empfehlung des Versandhauses zurück.

No-Name
Gegenteil von Markenprodukt, meist in schlichter Optik und deutlich günstiger

M6 Wen interessiert was?

M7 Welche Bedeutung haben meine Daten?

Deine Daten sind für Unternehmen ein wertvolles Wirtschaftsgut. Sie dienen unter anderem der Produktverbesserung und -entwicklung, können aber auch zur Vermarktung genutzt werden. Daten dürfen von Unternehmen nur gesammelt werden, wenn du ihrer Nutzung ausdrücklich zustimmst. Kostenlose Dienste sammeln in der Regel mehr Daten über dich als sogenannte Bezahldienste. Hier ein Beispiel: Auf einer Internetseite kann der Wert eines Hauses, das verkauft werden soll, kostenfrei ermittelt werden. Hierzu muss der Verkäufer neben Angaben zum Haus auch Angaben über monatliche Einkommen, Beruf, Familienstand, Umzugsort, Telefonnummer und E-Mail-Adresse und Weiteres hinterlassen. Alternativ könnte der Verkäufer auch einen Makler anrufen und einen Besichtigungstermin vereinbaren, um den Wert des Hauses zu ermitteln. Dieser Service ist dann aber nicht kostenfrei.

RECHT AUF INFORMATIONELLE SELBSTBESTIMMUNG

Du hast das Recht, selbst zu bestimmen, welche Informationen über dich weiter gegeben werden.

Jeder, der Daten von dir besitzt, zum Beispiel deine Schule oder ein Internetdienst muss sicherstellen, dass kein Unbefugter Zugang zu deinen Daten hat. Keiner darf Informationen über dich weiter geben, ohne dass du deine Einwilligung gegeben hast.

AUFGABEN

1. Welche Auswirkungen haben Cookies bei der Online-Suche?
   a) Lies **M4** und beschreibe die Abbildungen. Was stellst du fest?
   b) Stelle Vermutungen an, warum Lotte und Bene für das gleiche Hotel unterschiedliche Preise angezeigt bekommen (**#Cookies**).
   c) Diskutiert in der Klasse, ob und wie ihr euch vor angepassten Preisen schützen könnt.

2. Welche Rolle spielen Empfehlungen im Versandhandel?
   a) Stelle Vermutungen an, warum Hassan und Nicole (**M5**) sich für die Empfehlungen entschieden haben.
   b) Bewerte, ob die Entscheidungen für dich nachvollziehbar sind.

3. a) Begründe, warum die einzelnen Institutionen sich für die Informationen aus der Datenwolke interessieren könnten (**M6**).
   b) Nimm begründet Stellung zu der Frage, ob du deine Daten angeben oder Geld für den Maklerservice bezahlen würdest (**M7**).

UNSERE WIRTSCHAFT: WIE FUNKTIONIERT SIE UND WIE VERÄNDERT SIE SICH?

DIE FUNKTIONSWEISE UNSERER WIRTSCHAFT

Kapitel 5.1, M1-M8

Unter dem „Markt“ versteht man die Situation, in der Verkäufer:innen sowie Käufer:innen aufeinandertreffen. Die beteiligten Personen auf dem Marktgeschehen kann man sich wie in einem Kreislauf vorstellen. Dort tauschen Käufer:innen ihr Geld z. B. gegen ein Produkt ein. Geld und Produkt wechseln also jeweils den Besitz. Man bezeichnet die Beteiligten als „Haushalte“ und „Unternehmen“. Der Preis für ein Gut hängt vom Verhalten der Verkäufer:innen (= Angebot) sowie Käufer:innen (= Nachfrage) ab. Angenommen, jede und jeder hat alle nötigen Informationen und es gibt viel Wettbewerb auf dem Markt, dann spricht man von einem „vollkommenen Markt“. Auf diesem Markt bildet sich ein Preis, zu dem alle Anbieter all ihre Waren verkaufen und alle Käufer ihre Bedürfnisse befriedigen können. Dieser wird auch Gleichgewichtspreis genannt. Das Verhalten der Beteiligten nennt man Marktmechanismus. In der Realität gibt es aber oft ein Unternehmen, das den Preis bestimmt und somit den Wettbewerb verzerrt (z. B. Amazon). Dieser Monopolbildung versucht der Staat entgegenzuwirken, indem er in den Markt eingreift. Unsere soziale Marktwirtschaft ist ein System, bei dem so viel Markt wie möglich zugelassen wird, aber auch so viel staatliche Eingriffe wie nötig gemacht werden.

RESSOURCENVERBRAUCH UND NACHHALTIGES WIRTSCHAFTEN

Kapitel 5.2, M1-M8

Oft geht Wirtschaftswachstum zu Lasten der Umwelt: Es werden große Mengen an Ressourcen wie Erdöl genutzt, die wiederum schädlich für das Klima sind. Einige Unternehmen versuchen umzudenken und mit nachhaltigen Produkten Gewinne zu erzielen. Beim Klimaschutz sind viele Akteure gefragt. Der Staat kann durch Förderprogrammen positive Anreize für einen Wechsel auf umweltfreundlichere Technologien schaffen. Es ist aber auch notwendig, dass Unternehmen passende Technologien, Produkte und Dienstleistungen entwickeln, produzieren und verkaufen. Die Verbraucherinnen und Verbraucher können durch ihr Konsumverhalten Einfluss auf die Angebote der Unternehmen üben.

DIGITALE ZAHLUNGSMITTEL UND ONLINE-KAUFVERHALTEN

Kapitel 5.3, M1-M7

Digitale Zahlungsvorgänge wie Überweisungen, EC- und Kreditkartenzahlungen oder auch die Zahlung via Smartphone oder per App spielen eine immer größere Rolle. Sie erfordern aber auch besondere Vorsicht bei der Verwendung. Informiere dich vor der Benutzung ausführlich, nur so kannst du dich vor Betrug schützen. Im (online) Alltag treffen wir außerdem ständig auf Situationen, die unser Kaufverhalten beeinflussen sollen. Der Einsatz von Werbe-Tracking durch Cookies führt dazu, dass wir individuelle Werbung von Produkten erhalten, die unser Interesse wecken oder uns ganz bestimmte Produkte in den Onlineshops angezeigt werden.

M1 Karikatur über bargeldloses Zahlen

Karikatur: Schwarwel

M2 Einflussfaktoren auf die Nachfrage

Beispiel	Nachfrage	Preis
Viele Menschen buchen für die Ferien Urlaub auf Mallorca.		
Gift ist in Cornflakes gefunden worden.		
Im vergangenen Jahr haben genauso viele Menschen Milch gekauft wie in diesem.		
Das neue Iphone ist da! Jeder möchte es sich kaufen.		

M3 Der Nutzen des Wettbewerbs

„Wohlstand für alle" und „Wohlstand durch Wettbewerb" gehören untrennbar zusammen; das erste Postulat kennzeichnet das Ziel, das zweite den Weg, der zu diesem Ziel führt.

Ludwig Erhard, ehemaliger Bundesfinanzminister, Bundeskanzler und sogenannter „Vater des Wirtschaftswunders"

Postulat
Grundsatz, Ausgangspunkt

Online-Quiz zum Kapitel

82000-223

M4 Beschlüsse mit Folgen

Seit Monaten spricht man in der nordreinwestfälischen Stadt Iserlohn von nichts anderem. Die Bundesregierung hat das Verkaufsverbot von vielen Einwegprodukten aus Plastik tatsächlich beschlossen. Zuviel unnötiger Plastikmüll ist in den letzten Jahrzehnten angefallen und hat die Weltmeere verschmutzt. Während sich Umweltaktivistinnen und -aktivisten freuen, stehen die ortsansässigen Unternehmen vor großen Herausforderungen. Viele von ihnen hatten sich auf die Produktion von Einwegprodukten aus Plastik (Einweggeschirr und -besteck, Trinkbecher, Wattestäbchen) spezialisiert. Um kein Personal entlassen zu müssen, werden mit Hochdruck neue, alternative Produkte entwickelt und erprobt.
Eine Unternehmerin mit 26 Angestellten stellt ab sofort plastikfreie Wattestäbchen her. Ihr Personal hatte die Idee, den Plastikstab durch verfestigtes Altpapier auszutauschen. „Damit sind wir wieder im Rennen. Ich bin so stolz auf meine Mitarbeiterinnen und Mitarbeiter!" berichtet die Geschäftsführerin freudig. Andere Unternehmen sind ratlos. Die Entwicklung von neuen Produktlinien würde Unsummen kosten. Viele Angestellte sind verunsichert. Eine Mitarbeiterin erzählt im Gespräch: „Wenn nicht bald ein Wunder geschieht, werden wir uns einen neuen Job suchen müssen. Wenn nicht hier, dann in einer anderen Stadt. Hoffentlich müssen wir nicht umziehen.".

Aufgaben

1. a) Beschreibe die Karikatur in **M1**.
b) Beurteile die dargestellte Problematik.

2. Wie verändert sich die Nachfrage und wie beeinflusst sie den Preis? Vervollständige die Tabelle in **M2**, indem du einträgst, ob die Nachfrage und der Preis jeweils sinkt, steigt oder gleich bleibt.

3. a) Erläutere das Zitat Erhards (**M3**).
b) Nimm begründet Stellung zu seiner Aussage, dass Wohlstand durch Wettbewerb entstehe. Ist das immer so?

4. Setze dich mit der Notwendigkeit der Maßnahme in **M4** auseinander.
a) Nenne Gründe für das Verbot von Einwegplastik durch die Bundesregierung.
b) Beschreibe Situationen, in denen Verbraucherinnen und Verbraucher gerne auf Einwegplastik zurückgreifen.
c) Findet gemeinsam plastikfreie Alternativen zu den in Aufgabe 1b) dargestellten Situationen.

5. Beschreibe, welche Unterstützungsmöglichkeiten durch den Staat für Unternehmen denkbar wären.

6. Diskutiert gemeinsam, welche (weiteren) Folgen das Verbot von Einwegplastik auf Politik, Wirtschaft und Gesellschaft hat. Seht ihr auch Chancen in dem Verbot?

Tabelle zur Selbsteinschätzung

70052-57

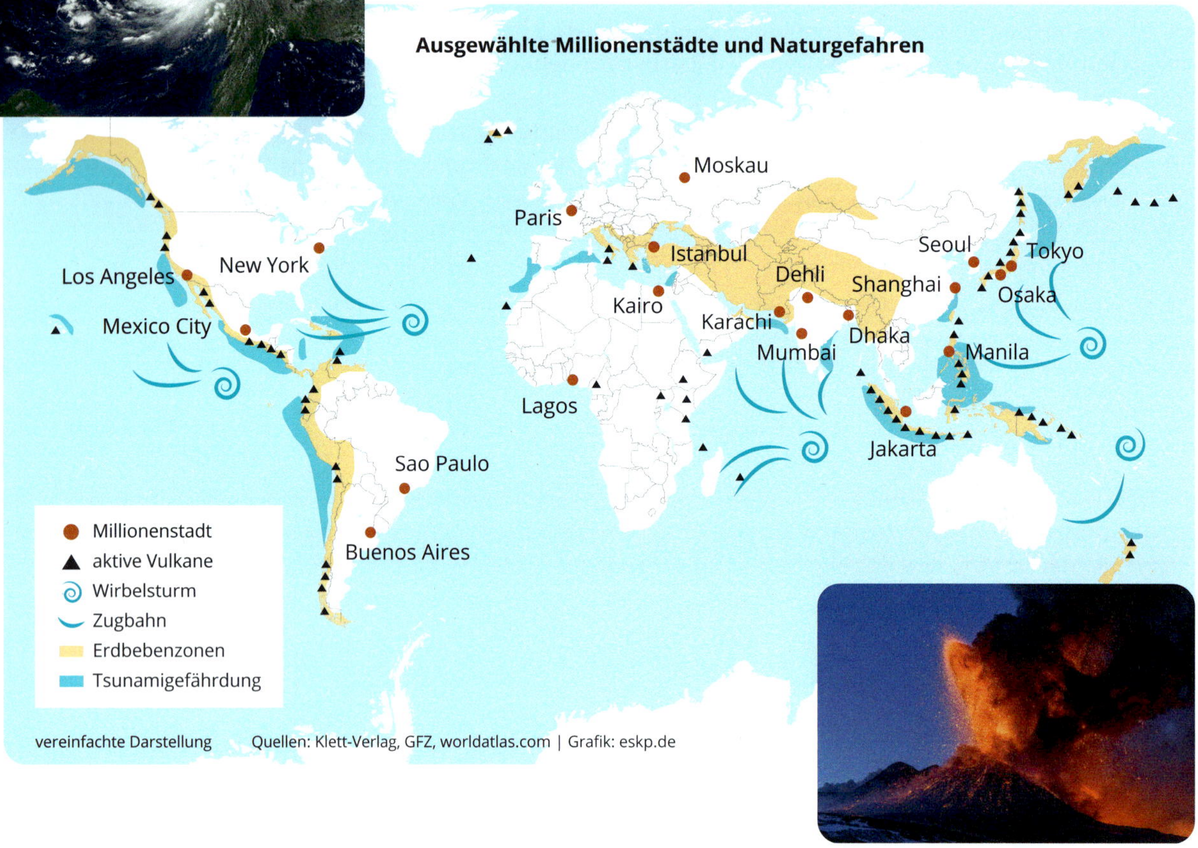

Was weißt du schon?

1. a) Beschreibe die beiden Fotos – welche Naturphänomene kannst du erkennen?
b) Tauscht euch zu zweit aus: Welche weiteren Naturphänomene kennt ihr noch?

2. Arbeite mit der Karte und einem Atlas.
a) Nenne Regionen, in denen bestimmte Naturphänomene häufig vorkommen.
b) Tauscht euch in der Klasse aus und stellt Vermutungen an, warum Naturphänomene in einigen Regionen häufiger vorkommen als in anderen.
c) Nehmt die in der Karte eingetragenen Millionenstädte in den Blick und setzt sie in Bezug zu den Naturgefahren. Welche Probleme könnten sich hieraus ergeben?

6

#Der Natur zum Trotz? Leben in Risikoräumen

Über Naturkatastrophen wie beispielsweise Erdbeben oder Wirbelstürme wird oft in den Medien berichtet, gerade weil diese Ereignisse oft schwerwiegende Auswirkungen haben. Trotzdem wohnen sehr viele Menschen in besonders gefährdeten Gebieten. Sie haben im Laufe der Zeit verschiedene Strategien entwickelt, um mit den Naturgefahren „vor der Haustür" zu leben. Warum es überhaupt erst zu diesen Ereignissen kommt, was dabei genau passiert, und wie sich die Menschen schützen – das erfährst du im folgenden Kapitel.

Was lernst du in diesem Kapitel?

... die Ursachen für die Häufung von Naturgefahren in bestimmten Regionen der Erde zu erläutern.

... den Unterschied zwischen einem Naturereignis, einer Naturgefahr und einer Naturkatastrophe zu erklären.

... die Merkmale und möglichen Auswirkungen von Naturkatastrophen anhand von Beispielen darzustellen.

... verschiedene Maßnahmen, die ergriffen werden, um sich bei Naturgefahren zu schützen, zu beschreiben.

... verschiedene Gründe, weshalb Menschen trotz Naturgefahren in bestimmten Regionen leben zu erörtern.

Eine Infopräsentation über Naturereignisse halten MK

Worum geht es?

Von Naturereignissen wie Wirbelstürmen oder Erdbeben haben die meisten von euch schon mal etwas gehört. Mithilfe dieses Gemeinsam Aktiv bekommt ihr anhand mehrerer Beispiele einen tieferen Einblick in die Gründe für solche Ereignisse und ihre Auswirkungen. Jede Gruppe wird Expertin oder Experte auf einem Gebiet und erklärt anschließend in einer Präsentation den Mitschülerinnen und Mitschülern die wichtigsten Fakten. Abschließend beurteilt ihr zusammen das Leben in Risikoräumen.

Geht dabei so vor:

Start

1 Erarbeitet zunächst die allgemeinen Grundlagen zu Naturereignissen in Partnerarbeit (→ Kapitel 6.1, M1-M10).

2 Teilt die Klasse in drei verschiedene Expertengruppen ein:
- Gruppe 1 beschäftigt sich mit Erdbeben und Tsunamis (→ Kapitel 6.2, M1-M9)
- Gruppe 2 beschäftigt sich mit Vulkanismus (→ Kapitel 6.2, M10-M20),
- Gruppe 3 beschäftigt sich mit tropischen Wirbelstürmen (→ Kapitel 6.2, M21-M24)
- Zusatzkapitel für eine weitere Gruppe: Klimawandel auch bei uns? (→ QR-Code)

70052-58

3 Beantwortet jeweils in euren Expertengruppen die vier folgenden Fragen:
- Was ist die Ursache des Naturereignisses?
- Wie läuft das Naturereignis ab?
- Was sind mögliche Auswirkungen des Naturereignisses?
- Welche Maßnahmen werden ergriffen, um sich zu schützen?

4

Erstellt vier Folien mit einer digitalen Präsentationssoftware (wie z. B. PowerPoint), in der ihr die vier Fragen beantwortet. Achtet dabei auf eine geeignete Darstellung (z. B. mit Fotos, Grafiken, Stichpunkten, ...), um euren Mitschülerinnen und Mitschülern die Informationen möglichst anschaulich und einprägsam präsentieren zu können (→ Methode: Eine Powerpoint-Präsentation erstellen und halten, siehe Kapitel 4.2, S.126). Alternativ könnt ihr auch ein Lernplakat erstellen, auf dem die vier Fragen beantwortet werden.

5

Präsentiert eure Folien in der Klasse. Achtet dabei darauf, dass ihr besonders wichtige Begriffe und Vorgänge verständlich für alle erklärt.

6

Nachdem alle Gruppen präsentiert haben, diskutiert die folgende Frage in der Klasse: „Leben in einem Risikoraum – mehr Nutzen als Schaden?“. Nutzt zur Vorbereitung für die Diskussion die Argumentationswippe (→Methode: Eine Problemstellung mithilfe der Argumentationswippe beurteilen) und kommt zu einem Ergebnis.

7

Sichert euer Ergebnis (z. B. als Foto) und sammelt es zusammen mit den erstellten Folien in einem für alle zugänglichen (digitalen) Klassenordner.

6.1. Warum ist unsere Erde ständig im Wandel?

Warum bewegen sich Erdplatten?

Auch wenn es erst einmal unglaublich klingt: die Erde unter deinen Füßen bewegt sich stetig. Und die sieben Kontinente, die wir heute kennen, waren vor ca. 250 Millionen Jahren nur ein einziger, großer Kontinent: Pangäa. Wie aus einem Kontinent sieben werden konnten – das ist eine Frage, die gar nicht so leicht zu beantworten ist.

Karte und Animation: Kontinentalverschiebung auf der Erde seit der Erdmittelzeit

70052-59

M1 Alfred Wegeners Theorie der Kontinentalverschiebung

Alfred Wegener veröffentlichte schon 1915 ein Buch, in dem er seine Beobachtungen hierzu beschrieb. Ihm war aufgefallen, dass unsere heutigen Kontinente teilweise wie Puzzleteile zusammenpassten, wie beispielsweise die Westküste Afrikas und die Ostküste Südamerikas. Doch nicht nur das – außerdem konnte man beispielsweise gleichartige Gesteine und Fossilien auf beiden Kontinenten finden. All das sprach dafür, dass die Kontinente früher eine große Einheit waren, die dann auseinanderbrach und auseinanderdriftete. Was aber war der „Motor" für diese Bewegung? Darauf hatte Wegener noch keine richtige Antwort. Deshalb wurde seine Theorie zunächst wieder verworfen – bis man schließlich entdeckte, dass die Bewegung ihren Ursprung im Erdinneren hat.

M2 Der Schalenbau der Erde

Tipp
Oft wird der Aufbau der Erde auch mit einem Pfirsich verglichen: Im Verhältnis zum Erdmantel ist die Erdkruste nur etwa so dick wie die Haut des Pfirsichs im Vergleich zum Fruchtfleisch.

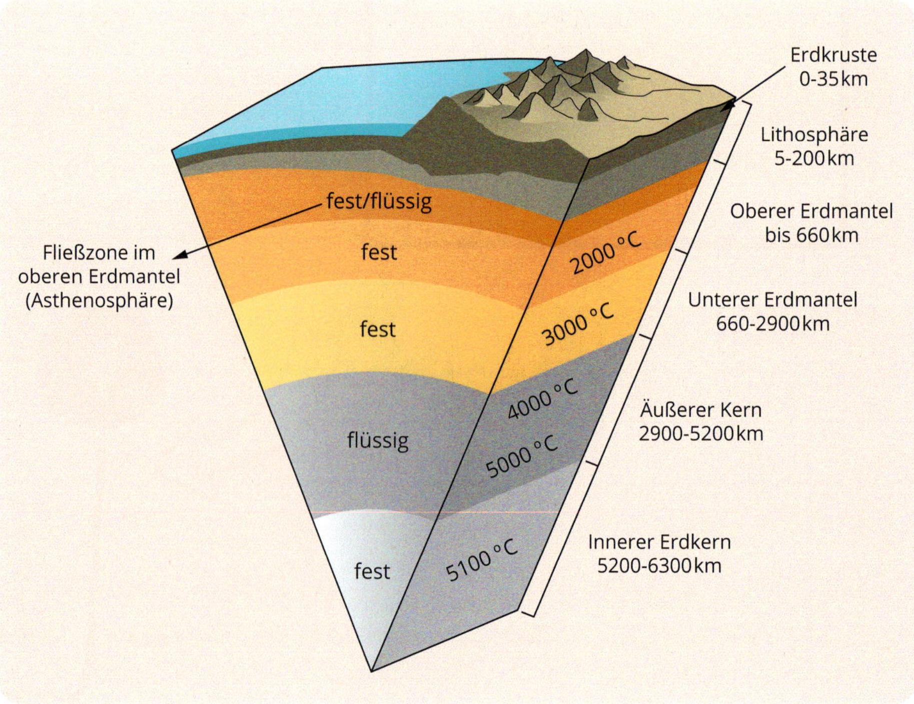

PLATTENTEKTONIK

Die Theorie der Plattentektonik besagt, dass die Erdkruste aus sieben großen und ca. 50 kleineren Erdplatten besteht, die sich stetig bewegen.
Die Konvektionsströme sind der Antrieb für diese Bewegung. Die Erdplatten, welche in der Fachsprache auch Lithosphärenplatten genannt werden, bestehen sowohl aus kontinentaler, als auch aus ozeanischer Erdkruste, die zusammen die Lithosphäre bilden.

M3 Konvektionsströme als Motor der Plattenbewegungen

1929 hatte der Engländer Arthur Holmes eine Idee für den Mechanismus der Plattenverschiebung, die später durch neue Forschung und den Einsatz moderner Technik bestätigt werden konnte. Wenn sich Gesteinsmaterial im Erdmantel erhitzt, reduziert sich die Dichte des Gesteins und es steigt zur Oberfläche auf, wo es dann wieder abkühlt und absinkt. Diesen Prozess – ähnlich dem bei kochendem Wasser in einem Topf – nennt man Konvektionsstrom. Diese Konvektionsströme sind der Motor für die Bewegung der Erdplatten.

Nach: Hanika, Jan-Claudius: Plattentektonik, Kontinente in Bewegung, BR Wissen, Special Erdbeben, www.br.de, 02.03.2021

Dichte
Verhältnis von Masse zu Volumen; Die Dichte besagt, ob ein Material (z. B. Gestein) für seine Größe eher leicht (geringe Dichte) oder eher schwer (hohe Dichte) ist.

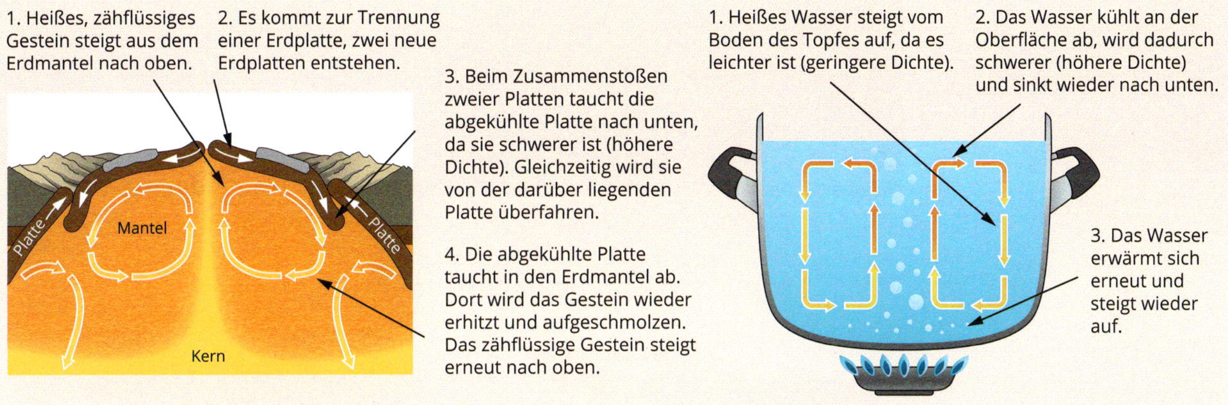

AUFGABEN

1. a) Arbeite aus **M1** heraus, wie Alfred Wegener zu seiner Kontinentalverschiebungstheorie kam.
   b) Betrachte anschließend eine Weltkarte (z. B. in deinem Atlas). Kannst du die ursprüngliche Zusammensetzung der Kontinente erkennen? Vergleiche deine Ideen mit der Karte im QR-Code.
2. Beschreibe mithilfe von **M2** den Aufbau der Erde. Beginne mit der Erdkruste.
3. Arbeite zusammen mit einem Partner. Erklärt euch gegenseitig mithilfe von **M3** und in eigenen Worten, warum sich Erdplatten bewegen.

H zu Aufgabe 1b
Achte zum Beispiel auf Afrika und Südamerika.

F zu Aufgabe 3
Verwende folgende Fachbegriffe und erkläre sie: Konvektionsströme und Lithosphärenplatten.

Wie bewegen sich Erdplatten?

Erdplatten bewegen sich durch Konvektionsströme – und zwar in alle möglichen Richtungen und mit unterschiedlichen Auswirkungen. Wie genau geht das vonstatten, und welche Konsequenzen haben die einzelnen Bewegungen?

Nutzung von Erdwärme als natürliche Energiequelle in Island

70052-60

M4 Der Thingvellir Nationalpark in Island

M5 Erdplatten und Bewegungsrichtungen

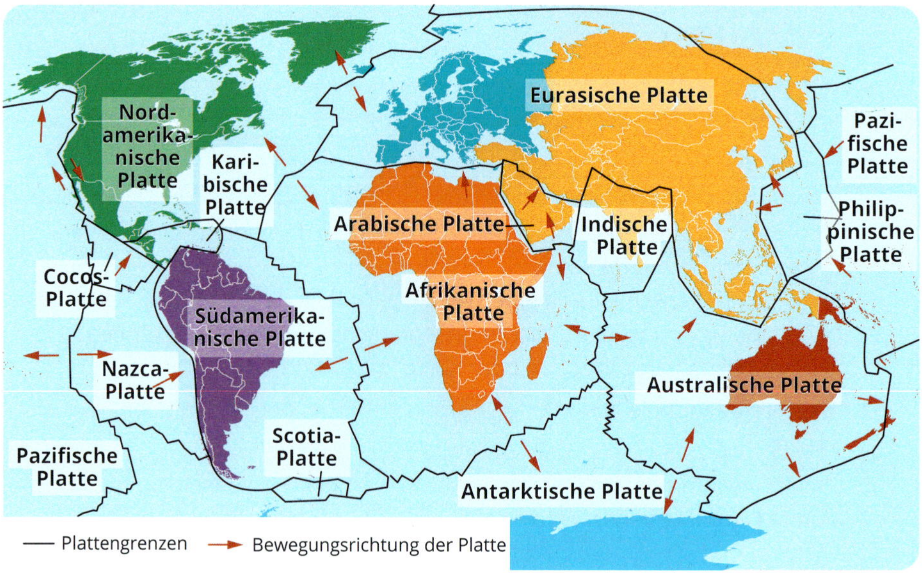

M6 Vorgänge an Plattengrenzen

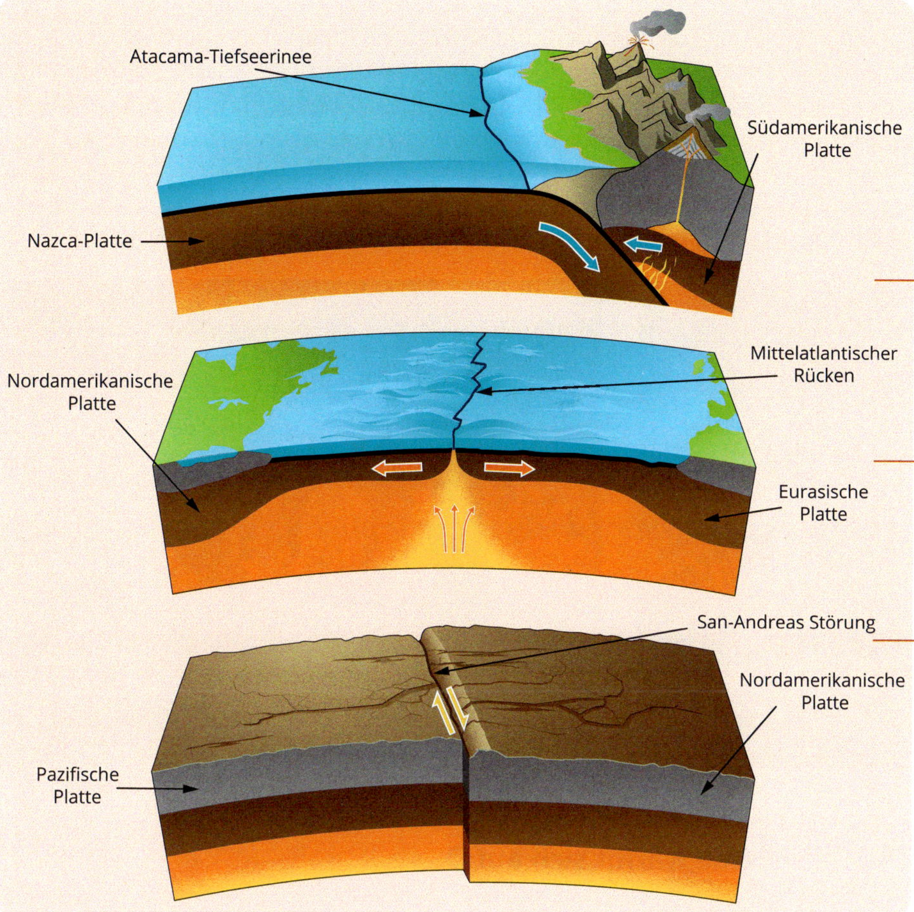

Bei zwei sich aufeinander zu bewegenden Platten spricht man von **konvergierenden** Platten. Im Beispiel der **südamerikanischen Anden** schiebt sich beim Aufeinandertreffen die ozeanische Platte aufgrund ihrer höheren Dichte unter die kontinentale Platte. Man spricht hier von **Subduktion**. Als Folge bilden sich Gebirge und vulkanische Gebiete.

Zwei auseinanderdriftende Platten nennt man **divergierende** Platten. Hierdurch hat sich beispielsweise der **Mittelatlantische Rücken** gebildet (eine Gebirgskette unter dem Meer) und es kommt zu Vulkanismus und Erdbeben.

Wenn zwei Platten sich seitlich aneinander vorbei schieben, spricht man von einer **Transformstörung. Die San-Andreas Störung** in **Kalifornien** ist ein bekanntes Beispiel hierfür. Durch „ruckartige" Bewegungen der Platten können hier schwere Erdbeben entstehen.

Grundsätzlich können sich Erdplatten auf drei verschiedene Arten bewegen: aufeinander zu, voneinander weg, oder aneinander vorbei. Von Bedeutung ist besonders beim Aufeinandertreffen von Platten, um welche Art von Platten es sich handelt.

AUFGABEN

1. Beschreibe das Foto **M4**. Was fällt in der Landschaft des Nationalparks auf?
2. Wie viel Zentimeter bewegt sich eine Erdplatte wohl pro Jahr? Gebt zu zweit eine Schätzung für eine Erdplatte ab. Vergleicht anschließend eure Schätzung mit den Angaben auf einer Atlaskarte.
3. Nenne mithilfe von **M5** (und einer Atlaskarte) je ein Beispiel für die unterschiedlichen Plattenbewegungen.
4. Erstellt in einer Dreiergruppe mithilfe von **M5** und **M6** ein Lernposter: Teilt euch dabei die Plattenbewegungen auf und erstellt jeweils einen kurzen Steckbrief.
5. Arbeite erneut mit dem Foto **M4**. Erläutere mithilfe von **M5-M6** und dem Atlas, welche Plattenbewegung bzw. Auswirkung einer Plattenbewegung hier zu sehen ist.

H zu Aufgabe 4
Notiert euch Folgendes auf dem Steckbrief: Fachbegriff und Erklärung, einfache Zeichnung der Bewegung (Pfeile), Auswirkungen, Beispiel auf der Erde

F zu Aufgabe 5
Recherchiere online und suche nach weiteren hierzu passenden Fotos.

Wie verändert sich das Klima?

In vielen deutschen Städten und in mehr als 120 Ländern weltweit wurde im Jahr 2019 für den Klimaschutz demonstriert. Die Bewegung „Fridays for Future“ wurde von der Schülerin Greta Thunberg ausgelöst. Ein Großteil der Teilnehmenden waren Kinder und Jugendliche. Weißt du, warum sich die Jugendlichen so für den Klimaschutz einsetzen und was es mit dem Klimawandel auf sich hat?

M7 Welche Themen beschäftigen die Demonstrierenden?

M8 Die Erde wärmt sich auf

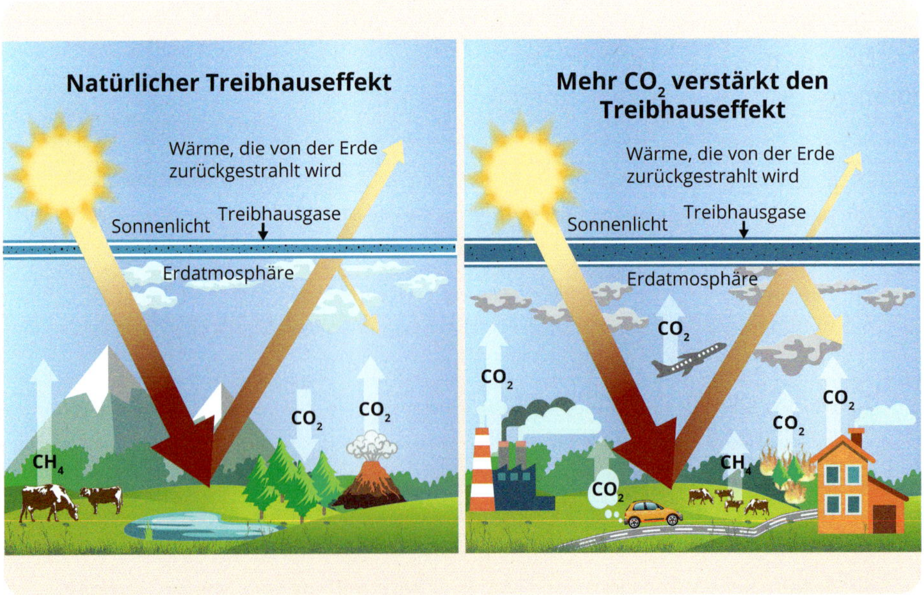

Treibhaus
lichtdurchlässiges Gewächshaus, in dem sich Wärme speichert

Der sogenannte natürliche Treibhauseffekt (linkes Bild) macht Leben auf der Erde erst möglich: Ohne ihn würden auf der Erde –20 °C herrschen und kaum ein Lebewesen könnte überleben. Der durch den Menschen verstärkte Treibhauseffekt (rechtes Bild) ist im Gegensatz dazu die wesentliche Ursache für die menschengemachte Klimaerwärmung.

M9 Welche Treibhausgase verursachen den Klimawandel?

Der schädliche [menschengemachte] Treibhauseffekt entsteht durch ein Übermaß [sogenannter] Klimagase [...]. Kohlendioxid [CO_2] ist für mehr als die Hälfte des vom Menschen verursachten Treibhauseffekts verantwortlich. Bis heute gelangten durch die Verbrennung von Kohle, Öl und Gas in Kraftwerken, Heizungen, Autos und Flugzeugen über 1100 Milliarden Tonnen CO_2 zusätzlich in die Atmosphäre, weitere Milliarden Tonnen werden durch Brandrodungen in Gebieten freigesetzt, die dann für Rinderzucht, Sojaanbau [...] genutzt werden. [...] [B]eim Reisanbau, auf Mülldeponien, beim Kohlebergbau und bei der Fleischwirtschaft [wird Methan ausgestoßen]. Zudem ist Methan ein Nebenprodukt der Öl- und Gasförderung.

Greenpeace: Welche Treibhausgase verursachen den Klimawandel?, www.greenpeace.de, April 2021

Flutkatastrophe 2021 in Rheinland-Pfalz und Nordrhein-Westfalen
Die Flutkatastrophe, die 181 Menschen das Leben kostete (Stand: August 2021), viele Gebäude vorerst unbewohnbar machte und einige Dörfer beinahe komplett zerstörte, wurde laut Wissenschaftlern durch den Klimawandel zumindest begünstigt. Im Zusatzkapitel kannst du mehr darüber erfahren.

M10 Welche Folgen hat der Klimawandel für Mensch und Umwelt?

Der Klimawandel hat schon heute Auswirkungen auf unsere Umwelt: Starke Regenfälle und Überschwemmungen sowie langanhaltende Trockenperioden, in denen fast gar kein Regen fällt, werden immer häufiger. Schäden für die Landwirtschaft oder Probleme in der Trinkwasserversorgung sind die Folge. In sehr trockenen Regionen der Erde werden sich durch das komplette Ausbleiben von Regen neue Wüsten bilden, Menschen müssten von dort flüchten. Auch die Tiere und Pflanzen müssen sich immer mehr an lange Trockenheit, starke Regenfälle und höhere Temperaturen anpassen. Wenn das Klima immer wärmer wird, werden sich auch in bisher eher kühlere Regionen tropische Insekten wie die asiatische Tigermücke ausbreiten. Eine mögliche Folge ist, dass sich tropische Krankheiten hierdurch auch bei uns schneller ausbreiten könnten.

Zusatzkapitel: Klimawandel auch bei uns?
70052-58

AUFGABEN

1. Welche Probleme werden auf den Plakaten angesprochen (**M7**)? Erstellt im Plenum eine Mindmap.
2. Arbeitet zu zweit: Erforscht gemeinsam die Ursachen des Klimawandels und erweitert die Mindmap (**M8-M10**).
   a) Beschreibt euch mündlich die zwei Formen des Treibhauseffekts, die in den Grafiken dargestellt sind (**M8**).
   b) Erklärt, warum der Treibhauseffekt zum Problem wird und die Temperatur auf der Erde ansteigt (**M8**).
   c) Erläutert, welche Klimagase durch welche Aktivitäten entstehen (**M9**).
3. Arbeite die Folgen des Klimawandels für Mensch, Tier und Pflanzen aus dem Text heraus (**M10**).
4. Ergänzt die Mindmap gemeinsam im Plenum um die Folgen des Klimawandels (**M10**).

Mindmap
→ Methodenglossar

H zu Aufgabe 2a
Verwendet die Begriffe Sonnenlicht, Treibhausgase, Wärme, Erdboden, Temperatur.

F Recherchiere nach Informationen über eine bedrohte Tierart deiner Wahl. Erstelle einen kurzen Steckbrief (Tierart, Lebensraum, Bedrohung durch ...) und stelle ihn in der Klasse vor.

6.2 Wie kommt es zu Naturereignissen – und wie können wir mit ihnen leben?

Was passiert, wenn die Erde bebt?

Wenn sich Erdplatten in vielen Kilometern Tiefe bewegen, bekommst du davon eigentlich nichts mit. Manchmal aber haben diese Bewegungen eine sichtbare und spürbare Folge: Erdbeben. Was passiert eigentlich an der Erdoberfläche, wenn die Erde bebt?

M1 Lina und Emre gehen einer Nachricht auf den Grund

Linas Smartphone vibriert. „Und, wer schreibt?", fragt Emre. „Niemand – ich habe nur eine Eilmeldung bekommen.", entgegnet Lina und liest die Nachricht. „Oh nein, ein schweres Erdbeben in der Osttürkei", berichtet sie bestürzt. Emre wird hellhörig. „Osttürkei? Wie heftig – da war ich erst letztes Jahr im Urlaub in den Ferien. Was ist denn passiert? Damals hat mir jemand erzählt, dass es dort schon mehrmals Erdbeben gab. Ob das wohl einen Grund hat?" Die beiden suchen im Internet und finden einen Online-Artikel, der über das Erdbeben berichtet.

M2 Erdbeben erschüttert Türkei und griechische Insel Samos

Erdbebenschäden und Rettungskräfte in Izmir am 03.11.2020

Sie geben die Hoffnung nicht auf, die rund 5 000 Rettungskräfte, die im Katastrophengebiet in der Türkei nach Überlebenden suchen. Seit dem schweren Erdbeben am Freitag [dem 30.10.2020] konnten [...] etwa 100 Menschen lebend geborgen werden. Fast 900 Menschen wurden bei dem Beben verletzt, die meisten davon in Izmir und drei weiteren Provinzen [...].

Das Epizentrum des Erdbebens lag in der Ägäis zwischen Samos und dem türkischen Küstenort Seferihisar - in rund 16 Kilometern Tiefe. Beide Küsten wurden von kleinen Tsunamis getroffen. Die Ufer wurden überschwemmt, Autos weggespült, Läden und Keller überschwemmt. [...] Das Beben hatte nach Berechnungen des türkischen Katastrophenschutzes eine Stärke von 6,6 auf der Richterskala, das Istanbuler Erdbebenforschungszentrum Kandilli ging sogar von 6,9 aus. [...] In der Türkei kommt es immer wieder zu Erdbeben. Erst im Januar waren bei zwei Erschütterungen im Osten der Türkei mehr als 40 Menschen getötet worden.

Senz, Karin: Nach Erdbeben in der Türkei, Suche rund um die Uhr, www.tagesschau.de, 31.10.2020

Epizentrum
Ort, der genau senkrecht über dem Erdbebenherd liegt, also der Stelle im Erdinneren, an der zwei oder mehrere Erdplatten zusammenstoßen oder aneinander reiben. Hier sind die Schäden in der Regel am größten.

M3 Ein Auszug aus der Richter-Skala

Stärke & Einteilung	Wahrscheinliche Erdbebenauswirkungen
4,0-5,0 – leicht	Sichtbares Bewegen von Zimmergegenständen, Erschütterungsgeräusche; meist keine Schäden
5,0-6,0 – mittel	Bei anfälligen Gebäuden ernste Schäden, bei robusten Gebäuden leichte oder keine Schäden
6,0-7,0 – stark	Zerstörung im Umkreis bis zu 70 km
7,0-8,0 – groß	Zerstörung über weite Gebiete
8,0-9,0 sehr groß	Zerstörung in Bereichen von einigen hundert Kilometern
9,0-10,0 extrem groß	Zerstörung in Bereichen von tausend Kilometern
>10,0 globale Katastrophe	Wurde noch nie registriert

Bundesverband Geothermie: Richterskala, Lexikon der Geothermie, www.geothermie.de, März 2021. Die Stärke eines Erdbebens wird auf der Richter-Skala angegeben, die nach oben hin offen ist.

Grafik: Wie misst man die Stärke eines Erdbebens?

70052-61

#NATUREREIGNIS

Als Naturereignis bezeichnet man einen natürlichen Vorgang, der ohne direkten menschlichen Einfluss abläuft. Hierzu zählen beispielsweise Vulkanausbrüche, Stürme oder Schneelawinen.
Wenn diese Ereignisse möglicherweise Schäden für Menschen oder für Menschen lebensnotwendige Dinge verursachen können, werden sie als Naturgefahr eingestuft. Kommt es beim Eintritt einer **Naturgefahr** zu sehr großen Schäden, spricht man auch von einer **Naturkatastrophe**. Ein Erdbeben inmitten der Wüste, wo (fast) keine Menschen leben, ist in der Regel ein Naturereignis. In Regionen hingegen, in denen viele Menschen wohnen, wie hier in dem Beispiel in der Osttürkei, gilt ein Erdbeben als Naturgefahr, weil es große Schäden für die Menschen verursachen kann. Trifft dieser Fall dann ein, spricht man von einer Naturkatastrophe.

Risikoraum
Gebiete, in denen Naturereignisse in der Regel öfter als anderswo auftreten, nennt man Risikoräume.

AUFGABEN

1. Habt ihr schon einmal von einem Erdbeben gehört oder gelesen? Erstellt gemeinsam in der Klasse eine Liste mit Beispielen, die euch einfallen (**M1**).
2. Arbeitet zu zweit, um mehr über das Erdbeben in der Osttürkei herauszufinden.
   a) Ordnet das Erdbeben aus **M2** in der Richterskala ein (**M3**).
   b) Erläutert, welche Erdbebenschäden und Hilfsmaßnahmen nach dem Erdbeben auf dem Foto in **M2** zu sehen sind.
   c) Begründet mithilfe der Erdplatten-Karte (**M5, Kap. 6.1**), warum die Osttürkei als erdbebengefährdetes Gebiet gilt.
3. Erkläre in eigenen Worten, warum ein Erdbeben je nach Situation sowohl als Naturereignis, als auch als Naturgefahr bezeichnet werden kann.

F zu Aufgabe 2
Erstelle einen Steckbrief zu einem zweiten Erdbeben. Begründe das Vorkommen dieses Bebens ebenfalls mithilfe der Karte.

H zu Aufgabe 2c
Seht euch besonders die Plattengrenzen an.

Wie entstehen Tsunamis?

„Tsunami" ist ein japanisches Wort und heißt übersetzt „Welle im Hafen". Tsunamis sind keine Seltenheit in Japan. Nicht umsonst tragen sie deshalb einen japanischen Namen. Oft sind sie Auslöser von Naturkatastrophen – wie im März 2011.

M4 Japanische Schüler berichten vom Tsunami am 11. März 2011

Film zum Bericht: „Japan: Die Kinder des Tsunami"

70052-62

Rikku: Normalerweise schüttelt es dich kurz beim Erdbeben, aber diesmal war es ganz anders, ich wurde hin- und hergeworfen. Ich bin unter den Tisch gekrochen, aber der Tisch hat total gewackelt. Ich hatte überall Gänsehaut, so große Angst hatte ich. [...]

Minori: Das Meer war total zurückgeflossen, so weit zurück hatte ich es noch nie gesehen. „Das wird bestimmt ein großer Tsunami", dachte ich. Meine Beine haben richtig gezittert. [...]

Ayaka: Der Tsunami kam mit rasender Geschwindigkeit bis nach oben. Die Bäume vor den Klassenzimmern der ersten und zweiten Klasse wurden von der Welle weggerissen. [...] Ich sah, wie das Wasser die Treppe zum Dach hochstieg, immer höher und höher. Mir wurde klar: Wenn wir im Musikzimmer geblieben wären, wären wir alle gestorben.

Planet Schule: Filmskript zur Sendung „Japan: Die Kinder des Tsunami", www.planet-schule.de, übersetzt von Nora Bierich, Abruf am 18.03.2021

M5 Entstehung eines Tsunamis

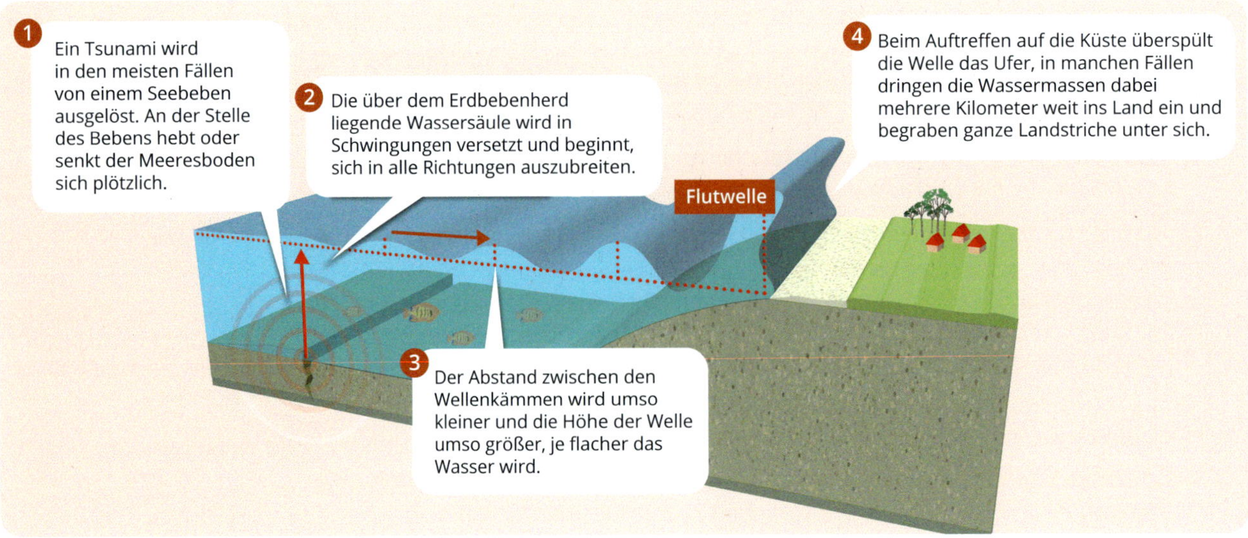

© Aktion Deutschland Hilft

M6 Das Tōhoku-Erdbeben in Japan – Auslöser der Dreifach-Katastrophe

Am 11. März 2011 ereignete sich vor der Ostküste Japans eines der stärksten jemals gemessenen Erdbeben. Das Beben mit der Stärke 9,0 löste einen Tsunami mit lokal bis zu 40 Meter hohen Wellen aus. Die Wassermassen drangen zunächst mit hoher Geschwindigkeit ins Landesinnere ein. Anschließend flossen sie wieder zurück ins Meer (‚backwash'). Durch das Erdbeben und den Tsunami brachen mehrere Kühlsysteme in einem japanischen Atomkraftwerk in Fukushima zusammen. Es folgte eine Unfallserie, bei der erhebliche Mengen radioaktiver Stoffe freigesetzt wurden. Die Folgen dieser „Dreifach-Katastrophe" waren erheblich: ca. 18 500 Menschen kamen ums Leben, große Landstriche wurden verwüstet und mehr als 160 000 Menschen mussten aufgrund von atomarer Verstrahlung umgesiedelt werden, um weitere schwerwiegende gesundheitliche Folgen zu vermeiden.

Basierend auf: Landeszentrale für politische Bildung Baden-Württemberg: Fukushima, Die Atomkatastrophe 2011 und ihre Folgen, www.lpb-bw.de, Abruf am 18.03.2021

Mehr Informationen zur Atomkatastrophe

70052-63

AUFGABEN

1. Sammelt im Plenum in Stichpunkten, was ihr in **M4** schon über das Auftreten von Tsunamis erfahrt.
2. Arbeitet zu zweit, um den Zusammenhang zwischen Erdbeben und Tsunamis erklären zu können (**M4-M6**).
   a) Erklärt euch gegenseitig die Entstehung und den Ablauf eines Tsunamis (**M4**, **M5**).
   b) Erläutert mithilfe von **M5** sowie eurem Vorwissen, warum gerade in Japan öfter Tsunamis vorkommen.
3. Ein Verhaltenstipp für Menschen, die sich während eines möglichen Tsunamis in einem Boot auf dem offenen Meer befinden, ist, auf ihrem Boot zu verharren und nicht in den Hafen einzulaufen. Begründe diesen Tipp mithilfe von **M5**.
4. Der Tsunami hatte einschneidende Auswirkungen auf das Leben der japanischen Bevölkerung in den betroffenen Gebieten. Erstelle eine Liste mit Schäden und (möglichen) Folgen für das alltägliche Leben mithilfe von **M4** und **M6**.

F **zu Aufgabe 2a**
Verknüpfe die Theorie der drei Phasen mit dem Fallbeispiel Japan 2011 in M4.

H **zu Aufgabe 2b**
Die Erdplattenkarte M5, Kap. 6.1 hilft dir dabei.

F **zu Aufgabe 2**
Recherchiere mithilfe des Atlas, wo es weltweit bereits Tsunamis gab.

H **zu Aufgabe 4**
Folgende Stichpunkte helfen dir: Wohnen, sich versorgen, Bildung, Arbeit, Familie

Wie schützt man sich bei Erdbeben und Tsunamis?

Schutzmaßnahmen und Hilfe bei Gefahr begegnen dir im Alltag an jeder Ecke – beispielsweise Feuermelder, die dich bei Rauchentwicklung warnen, oder Notausgangsschilder, die dir helfen, einen schnellen Ausgang zu finden. In Regionen mit Erdbeben und Tsunamis gibt es hierfür speziell entwickelte Maßnahmen.

M7 Erdbebenübung in einer japanischen Grundschule

M8 Verhalten im Fall eines Erdbebens

In der Deutschen Schule Tokyo Yokohama werden die Schüler:innen und Lehrer:innen in der Katastrophenschutzverordnung über das Verhalten in einer Ausnahmesituation informiert.

1. Sofortmaßnahmen:
- Ruhe bewahren [...] – nur so kann Panik vermieden werden und können alle wichtigen Durchsagen gehört werden.
- Sofort eine Tür öffnen (Fluchtweg)
- Alle [...] suchen Schutz unter Tischen oder Stühlen vor herabfallenden Gegenständen bis das Erdbeben aufhört. Weg von Fensterflächen!
- In der Turnhalle in die Mitte der jeweiligen Turnhallenhälfte begeben.

2. Gebäuderäumung nach Erdbeben:
- Die Räumung des Gebäudes erfolgt grundsätzlich nach Aufforderung durch den Krisenstab. Aber: Nach einem schweren Erdbeben bei dem [...] keine Aufforderung zur Räumung mehr gegeben werden kann, muss die einzelne Lehrkraft selbstständig die Räumung entscheiden.
- Die Klasse begibt sich sofort zum Sportplatz und stellt sich dort nach Plan auf.
- Auf dem Weg zum Sportplatz möglichst weit weg von Mauern und Fenstern gehen.

Nach: Pyka, Dominik und Knott, Kathrin: Katastrophenschutzordnung der DSTY, Deutsche Schule Tokyo-Yokohama, www.dsty.ac.jp, 21.8.2020

M9 Gibt es Warnsysteme für Erdbeben und Tsunamis?

Man kann zwar feststellen, wo Erdbeben gehäuft stattfinden, allerdings kann man sie nur sehr vage kurzfristig vorhersagen, beispielsweise indem man weniger starke Vorbeben registriert. Deshalb liegt bei Erdbeben der Fokus oft darauf, entsprechende Schutzmaßnahmen zu ergreifen, etwa indem man die Bevölkerung über das Verhalten im Notfall informiert oder auf erdbebensicheres Bauen achtet.

Bei Tsunamis hat man den Vorteil, dass sie oft eine Folgeerscheinung von Erdbeben sind und man deshalb in der Regel zumindest eine kurze Zeitspanne zwischen der Messung des Erdbebens und dem Auftreffen der Welle auf die Küste hat. Dementsprechend wurden unter anderem in Asien bereits mehrere Frühwarnsysteme installiert, die Erschütterungen auf dem Meeresgrund erkennen und diese dann mittels GPS weitermelden, sodass man die Bevölkerung vorwarnen kann. Trotzdem funktionieren diese Systeme nicht problemlos. Beispielsweise verfügen nicht alle Menschen über Informationsgeräte wie ein Handy. Oder in manchen Fällen ist die Zeit zwischen Warnung und Eintreffen des Tsunamis zu kurz, um sich an einer höhergelegenen Stelle in Sicherheit zu bringen. Deshalb versucht man sich auch vor Tsunamis durch bestimmte Baumaßnahmen zu schützen – beispielsweise durch große Schutzwälle an den Küsten.

So werden Gebäude gegen Erdbeben gesichert

Die Konstruktion muss vor allem **horizontalen Schwingungen** widerstehen. Dafür gibt es verschiedene Ansätze:

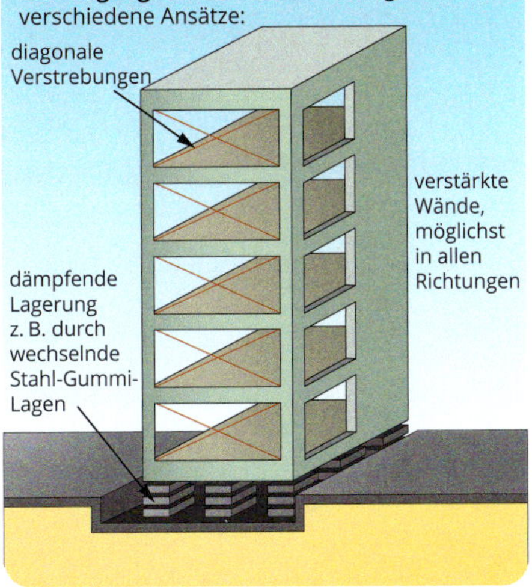

GPS
Globales Positionsbestimmungssystem; auf Signalen von Satelliten beruhendes, weltweit funktionierendes Hilfsmittel zur Ortsbestimmung

AUFGABEN

1. Gibt es bei euch in der Schule auch Übungen zu bestimmten Gefahren? Sollte es vielleicht noch andere Übungen geben – vielleicht auch zu Erdbeben (wie in **M7** zu sehen)? Sammelt Meinungen dazu in einer Kleingruppe.
2. Beschreibt in der Gruppe mithilfe von **M7-M9** Maßnahmen, wie man sich
   a) bei einem Erdbeben und
   b) bei einem Tsunami am besten schützt.
3. Beurteile mithilfe von **M9** folgende Aussage: „Auch in den erdbebengefährdeten Regionen der Welt kann man die höchsten Türme bauen."

H zu Aufgabe 2
Teilt euch hierzu in der Gruppe auf. Ein Teil der Gruppe sammelt Maßnahmen zu Erdbeben, der andere zu Tsunamis.

F zu Aufgabe 2
Was sind umgekehrt Dinge, die man unbedingt vermeiden sollte?

F zu Aufgabe 3
Recherchiere weitere Bauweisen mithilfe des QR-Codes.

70052-64

Was passiert bei einem Vulkanausbruch?

Ätna, Merapi, Mauna Loa – vielleicht hast du diese Namen schon einmal gehört. Sie gehören zu den größten aktiven Vulkanen der Erde. Bei diesen Vulkanen ist nicht die Frage ob, sondern wann sie wieder ausbrechen. Was genau dabei geschieht - finde es heraus!

Video zu einem Ausbruch des Ätna im Februar 2021

70052-65

M10 Ausbruch des Ätnas auf Sizilien im Jahr 2013

Das Bild wurde am 12.05.2013 aufgenommen.

M11 Wie kommt es zu einem Vulkanausbruch?

Ein Vulkanausbruch wird auch als Eruption bezeichnet. Je nach Vulkantyp verläuft ein solcher Ausbruch unterschiedlich – bei Schichtvulkanen wie dem Ätna werden dabei glühend heißes Magma und andere Materialien explosionsartig ausgestoßen.

Das Magma hat sich zuvor in einer **Magmakammer** angesammelt. Bei Schichtvulkanen ist es sehr dickflüssig und hat einen hohen Gasanteil. Der Druck in der Kammer steigt so lange, bis sich das Magma den Weg aus dem Erdinnern nach oben sucht – und im Fall des Schichtvulkans an die Erdoberfläche gelangt. Es kommt zu einer Explosion, bei der **Gesteinsbrocken und Asche** (zusammen **Tephra** genannt) und **Magma** – welches beim Auftreffen auf die Erdoberfläche **Lava** genannt wird – durch den **Schlot** nach außen gelangen. Die Lava- und Gesteinsmassen erkalten und sammeln sich ringförmig in **Lava- und Ascheschichten** um die Ausbruchsstelle. Ein kegelförmiger Hügel bildet sich, bei dem mit jedem Ausbruch weitere Schichten hinzukommen. Die Mündung des Vulkans – also die Öffnung, durch die Magma an die Erdoberfläche gelangt – nennt man **Krater**.

M12 Aufbau eines Schichtvulkans

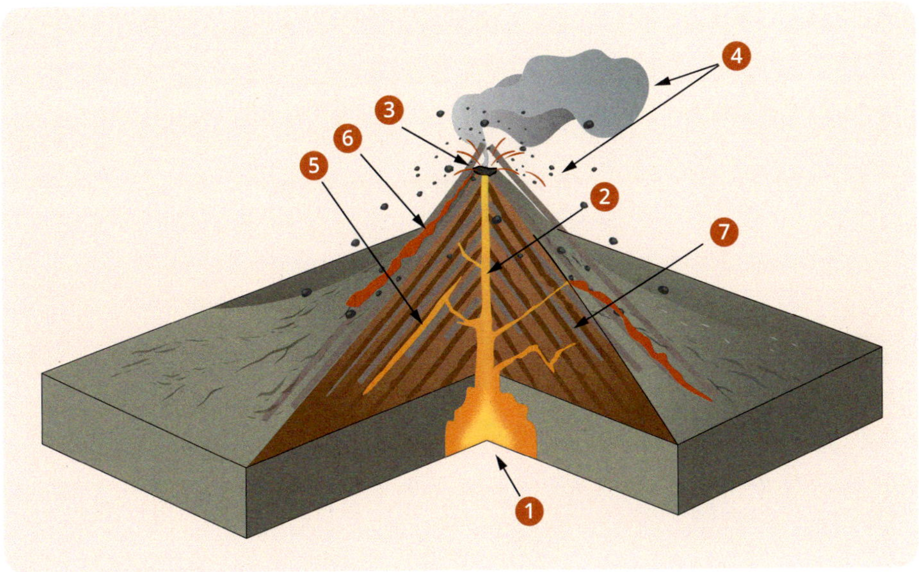

Weitere Vulkanformen

70052-66

Karte pazifischer Feuerring

70052-67

M13 Verschiedene Vulkantypen

Vulkane gibt es weltweit, es gibt jedoch unterschiedliche Vulkantypen. Der Schichtvulkan ist einer der am häufigsten vorkommenden Vulkantypen weltweit. Bekannte Beispiele hierfür sind unter anderem der Mount St. Helens in den USA oder der Fujiyama in Japan. Sie sind durch ihre steile Kegelform gut erkennbar und häufig an Subduktionszonen zu finden. Beide hier genannten Beispiele gehören zu einem großen Vulkangürtel, der sich entlang der Plattengrenzen um den Pazifischen Ozean zieht – der Pazifische Feuerring. Ganz anders als die Schichtvulkane sehen beispielsweise Schildvulkane, wie der Mauna Loa auf Hawaii, aus. Da ihre Lava sehr dünnflüssig ist, haben solche Vulkane ein eher flaches, schildförmiges Aussehen. Besonders an divergierenden Plattengrenzen ist die Spalteneruption sehr häufig. Dort entstehen mehrere Kilometer lange Spalten, aus denen Lava austritt.

AUFGABEN

1. Habt ihr schon einmal einen Vulkanausbruch wie in **M10** gesehen oder davon gelesen? Sammelt eure Eindrücke und euer Vorwissen in der Klasse.
2. Erläutere den Ablauf eines Schichtvulkan-Ausbruchs Schritt für Schritt in einer Ereigniskette (**M11**).
3. Ordne mithilfe des Textes zur Vulkaneruption die fett gedruckten Fachbegriffe aus **M11** der Abbildung **M12** zu.
4. Der Mauna Loa auf Hawaii ist ein bekanntes Beispiel für einen Schildvulkan (**M13**). Sammle Informationen zu diesem Vulkantyp und vergleiche sie mit dem hier vorgestellten Schichtvulkan.

H zu Aufgabe 4
Achte auf folgende Eigenschaften: Form, Vorkommen, Aufbau. Nutze den QR-Code zur Gewinnung von Informationen.

F zu Aufgabe 4
Fertige einen Steckbrief zu einem weiteren Vulkantyp an.

Warum ging die Stadt Pompeji 79 n. Chr. unter?

Stell dir vor, von einem auf den anderen Tag ist dort, wo vorher eine Kleinstadt war, plötzlich nur noch ein riesiger Haufen aus Schutt und Asche. Genau das ist vor knapp 2 000 Jahren mit Pompeji passiert – ausgelöst durch den Ausbruch des Vulkans Vesuv.

M14 Antike Snackbar in Pompeji ausgegraben

Auch die Bewohner von Pompeji gönnten sich vor der Zerstörung der antiken Stadt offenbar hin und wieder Fastfood.

Reste eines Tresens eines antiken Schnellrestaurants. Auf dem bemalten Tresen sind Tiere und Speisen zu erkennen.

[...] Hahn am Stock oder auch Lamm zum Mitnehmen statt Burger und Fritten – in der antiken Stadt Pompeji wurde offenbar auch Fastfood gegessen, aber eben nicht die gleichen Gerichte wie wir heute. Grund für die Annahme ist ein Fund von Archäologen. Die Forscher haben ein außergewöhnlich gut erhaltenes Straßenrestaurant ausgegraben [...]. Die Funde sollen Informationen über die Essgewohnheiten im Pompeji zur Zeit der Katastrophe im Jahr 79 nach Christus liefern.

Tagesschau: Antike Snackbar in Pompeji ausgegraben, www.tagesschau.de, 26.12.2020

M15 Berichte vom Ausbruch des Vesuv in der Antike

Animation zum Ausbruch des Pompeji

70052-68

Der Vulkanausbruch 79 n. Chr. ist besonders gut dokumentiert, weil Briefe von Plinius dem Jüngeren erhalten sind. Er berichtet über die Beobachtungen seines Onkels, dem Naturforscher Plinius der Ältere, der per Schiff nach Pompeji gereist war, um zu helfen:

Schon fiel Asche auf die Schiffe, je näher sie herankamen, desto heißer und dichter; [...] Eine plötzliche Untiefe und der Auswurf des Berges macht die Küste unzugänglich. Er überlegte, ob er umkehren sollte [...]. Inzwischen strahlen vom Vesuv her breite Flammenfelder und Feuersbrünste, deren Leuchten und Helligkeit durch die Nacht noch gesteigert wurde. [...] Der Vorhof, von dem aus man in das Zimmer trat, wurde nun aber mit Bims und Asche so hoch aufgefüllt, dass man bei längerem Weilen nicht mehr aus dem Zimmer hätte hinausgehen können. Mein Onkel wird geweckt, und er begibt sich zu Pomponianus und den anderen, die die Nacht durchwacht haben. Gemeinsam beratschlagen sie, ob sie im Haus bleiben sollten oder ins Freie gehen, denn die Häuser schwankten durch die häufigen Erdstöße. [...]

Zitiert nach: ©Vulkankultour: Die Briefe von Plinius dem Jüngeren, www.vulkankultour.de, Abruf am 18.03.2021

M16 Pompeji: ein anschauliches Geschichtsbuch

Die antiken Ruinen von Pompeji mit dem Vesuv im Hintergrund

Gipsabdruck eines Mannes in seinen letzten Minuten

Nachdem Pompeji durch den Vulkanausbruch verschüttet wurde, geriet es zunächst in Vergessenheit. Ab dem 17. Jahrhundert entdeckte man die verschüttete Stadt zwar wieder, aber man plünderte vor allem wertvolle Gegenstände aus den Ruinen – und vieles andere wurde zerstört. Erst ab dem 19. Jahrhundert wurde die Ausgrabung professionell durch Archäologen organisiert, da man den einzigartigen Wert der Stadt für die Erforschung der Antike erkannte. Nun wurde das Gestein Schicht für Schicht abgetragen und man konnte so ganze Häuser ausgraben und einen Plan der Stadt erstellen. Außerdem wurden alle Funde mit Fundorten dokumentiert. Hohlräume, die durch verschüttete Menschen entstanden waren, wurden mit Gips ausgegossen. Bis heute finden Ausgrabungen statt, und die Ausgrabungsstätte zieht viele Touristen an. Das verursacht einige Probleme: Zum einen sind die ausgegrabenen Häuser und Malereien beispielsweise Regen und Sonne ausgesetzt, was sie langfristig schädigt. Zum anderen sind große Touristenströme verantwortlich für die Verschmutzung oder sogar Zerstörung von zahlreichen Kunstwerken. Andererseits bringen die Ausgrabungen immer neue Erkenntnisse – und die Touristen dringend benötigte Einnahmen in die Kasse, da Ausgrabung und Konservierung sehr teuer sind.

Antike
Zeitraum (Epoche) der Hochkulturen am Mittelmeer von ca. 800 v. Chr. bis 600 n. Chr.

AUFGABEN

1. a) Erinnerst du dich, was die Aufgaben eines Archäologen sind? Tauscht euch zu zweit aus und sammelt Stichpunkte.
   b) Beschreibe anhand von **M14**, weshalb der Fund der antiken Snackbar für Archäologen so interessant ist.
2. Arbeitet zu zweit mithilfe von **M15** die Merkmale des Vesuv-Ausbruchs aus Plinius' Schilderungen heraus. Notiert euch Stichpunkte.
3. Pompeji wird als einzigartiger Forschungsschatz angesehen. Erkläre mithilfe von **M16**, wie die Forscher ab dem 19. Jahrhundert bei den Ausgrabungen vorgingen.
4. Touristen in Pompeji – Fluch oder Segen? Erörtere mithilfe von **M16** sowie eigener Ideen, was für oder gegen den Besuch von Touristen in Pompeji spricht.

H **zu Aufgabe 2**
Lest euch hierzu auch nochmals den Text **M11** durch.

H **zu Aufgabe 4**
Sammle in einer Tabelle Gründe die dafür und die dagegen sprechen.

F **zu Aufgabe 4**
Recherchiere zu diesem Thema im Internet.

Warum siedeln Menschen in der Nähe von Vulkanen?

Ganz in der Nähe eines Vulkans wohnen – nach dem, was ihr bereits über den Vesuv wisst, klingt das erst mal ziemlich verrückt und gefährlich, oder? Tatsächlich ist das aber gar nicht so selten, denn gibt es auch einige gute Gründe, weshalb sich Menschen dort ansiedeln – wie zum Beispiel in der italienischen Stadt Neapel.

M17 Neapel mit dem Vesuv im Hintergrund

VESUV – DER SPEKTAKULÄRE VULKAN

DER VESUV LIEGT AM GOLF VON NEAPEL UND IST EIN FASZINIERENDES HIGHLIGHT FÜR JEDEN BESUCHER. DENN ER IST IMMER NOCH AKTIV – WOBEI ER IM JAHR 1944 ZULETZT AUSGEBROCHEN IST. BEI EINER REISE NACH NEAPEL SOLLTE EIN BESUCH DIESES VULKANS ALSO NICHT FEHLEN – MAN MUSS IHN EINFACH MIT EIGENEN AUGEN GESEHEN HABEN.

M18 Großraum Neapel mit Vesuv

Bevölkerung
Region Kampanien:
ca. 5,8 Millionen Menschen;
Neapel:
ca. 954 000 Menschen
(Stand 12/2019)

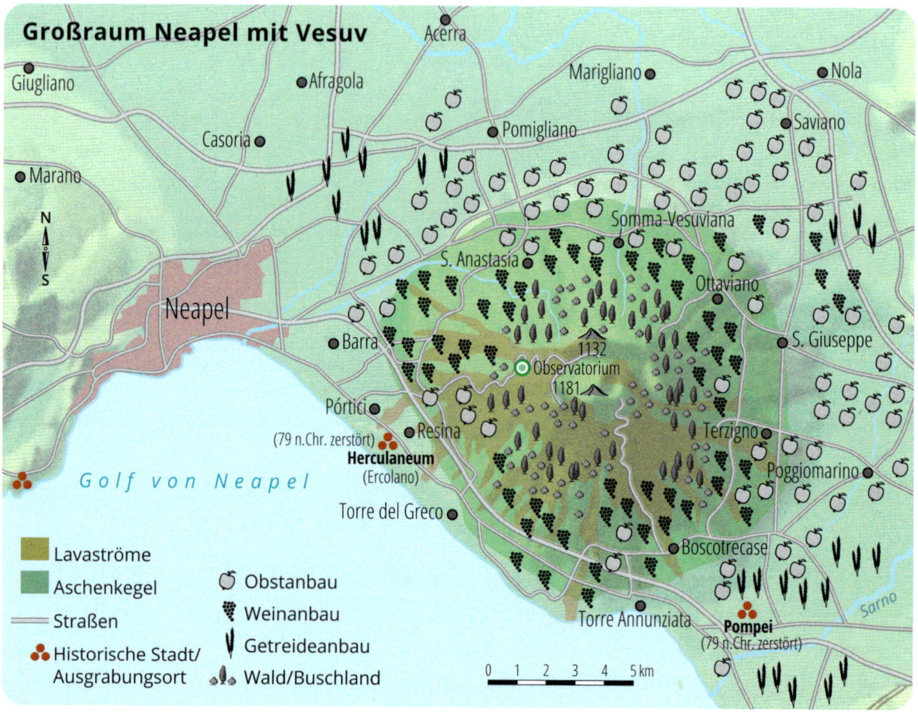

Hauptwirtschaftszweige in der Region sind die Lebensmittelproduktion und die verarbeitende Metallindustrie. Besonders Obst und Gemüse wie Nüsse oder Tomaten werden in der Region angebaut.

M19 Der Vulkan – vielfältige Nutzungen

Böden, die sich auf Lavagestein und Vulkanasche bilden, sind oft sehr fruchtbar und Pflanzen finden hier viele Nährstoffe. Deshalb können in der Region um Vulkane Gemüse- und Obstsorten besonders gut angebaut werden, die sehr viele Nährstoffe benötigen. Außerdem dienen Vulkane nicht selten auch als Wärme- und Energiequelle, die zum Beispiel zum Heizen genutzt werden mithilfe von Geothermieanlagen. Eine Besonderheit sind Thermalquellen: warme mineralische Grundwasserquellen, die schon seit Jahrhunderten zum Baden genutzt werden und denen eine heilsame Wirkung zugesprochen wird.

Nach: Heidenfelder, Claudia: Nützliche Vulkane, www.planet-schule.de, Abruf am 18.03.2021

M20 Kann man Vulkanausbrüche am Vesuv vorhersagen?

Die gute Nachricht ist: Vulkanausbrüche kündigen sich meist durch Gefahrenzeichen wie kleinere Erdbeben, Aufwölbungen oder Gasausbrüche im Umfeld des Vulkans vorher schon an. Somit ist es grundsätzlich möglich, die betroffene Bevölkerung im Vorhinein zu warnen und aus der Gefahrenzone in Sicherheit zu bringen. Trotzdem wissen Wissenschaftlerinnen und Wissenschaftler auch heute nie genau, wann der Vulkan ausbrechen wird. Daher ist das Leben im Schatten des Vulkans wie in Neapel nicht ungefährlich. In der so genannten ‚roten Zone' um den Vesuv, in der die Schäden bei einem Vulkanausbruch am größten wären, leben circa 700 000 Menschen. Sie wohnen in einem sehr dicht bebauten Gebiet, in dem teilweise auch ohne Genehmigung Häuser errichtet wurden und das Verkehrsnetz nur unzureichend ausgebaut ist. Hierdurch wird eine schnelle Evakuierung der Bevölkerung deutlich erschwert.

Evakuierung
Räumung eines Gebietes, das von Menschen besiedelt ist

AUFGABEN

1. a) Beschreibe das Foto von Neapel (**M17**).
   b) Was könnte dafür sprechen, die Stadt zu besuchen oder dort zu leben, was dagegen? Begründe anhand von **M17**.
2. Lokalisiere mithilfe eines Atlas oder einer digitalen Karte die Region Kampanien mit der Hauptstadt Neapel.
3. Arbeitet zu zweit und erörtert in einem Lerntempoduett, weshalb Menschen trotz der Gefahr in der Nähe des Vesuvs leben.
   a) Arbeite zunächst anhand der Karte **M18** und den Texten **M17** und **M19** heraus, wie die Region rund um den Vesuv genutzt wird und was sie attraktiv macht.
   b) Tauscht euch jetzt zu zweit aus und ergänzt euch gegenseitig.
   c) Begründet, weshalb das Leben am Vesuv trotz der Vorteile weiterhin ein Risiko bleibt (**M20**).

Lerntempoduett
→ Methodenglossar

F zu Aufgabe 3
Finde weitere Beispiele für Orte, an denen Menschen in der Nähe von Vulkanen leben.

Was passiert bei einem tropischen Wirbelsturm?

Hurrikan, Taifun, tropischer Zyklon – hast du diese Namen schon einmal gehört? Alle drei sind Bezeichnungen für tropische Wirbelstürme in unterschiedlichen Regionen der Erde. Sie erreichen Windstärken von über 120 km/h, was sie nicht selten zu einer Naturgefahr macht.

M21 Hurrikan „Laura" hinterlässt Spuren der Verwüstung

Bezeichnungen tropischer Wirbelstürme
Hurrikan: Atlantik, Karibik, Golf von Mexiko
Taifun: Ostasien
Tropischer Zyklon: Südostasien, Australien

Einer der stärksten Hurrikans, die je die US-Küste getroffen haben, hat im Bundesstaat Louisiana eine Hunderte Kilometer lange Spur der Verwüstung hinterlassen. Mindestens sechs Menschen kamen im Südwesten der USA durch „Laura" ums Leben. [...] Nachdem der Hurrikan der Stärke 4 von 5 am Donnerstagmorgen, 28. August 2020, östlich der Grenze von Louisiana und Texas auf Land getroffen war, beschädigte der Sturm Gebäude, hinterließ ganze Viertel in Ruinen und 875 000 Menschen ohne Strom. Trotzdem herrschte ein Gefühl der Erleichterung, da Meteorologen deutlich größere Schäden vorhergesagt hatten. [...] Die Windgeschwindigkeiten von „Laura" erreichten 240 Kilometer pro Stunde. Erst elf Stunden nachdem der Sturm Land erreicht hatte, wurde er von einem Hurrikan zum Tropensturm heruntergestuft, der am Abend noch Windgeschwindigkeiten von 65 Kilometern pro Stunde brachte.

Tagesschau: „Laura" hinterlässt Spur der Verwüstung, www.tagesschau.de, 28.08.2020

M22 Wie entsteht ein tropischer Wirbelsturm?

Kategorie	km/h
1	119-153
2	154-177
3	178-208
4	209-251
5	252+

Saffir-Simpson-Skala zur Einordnung von Stürmen

Sog
saugende Strömung in Luft oder Wasser

Tropische Wirbelstürme entstehen immer über dem Meer. Sie bilden sich in tropischen Regionen, in denen die Wassertemperatur an der Oberfläche über 27° Celsius beträgt und sich die Luft mit Feuchtigkeit anreichern kann. Das Wasser verdunstet und die feuchtwarme Luft steigt nach oben. Ein Sog bewirkt, dass riesige Wolkenwirbel entstehen, die einen Durchmesser von mehreren hundert Kilometern haben können. Durch die Erddrehung beginnt auch der Wirbelsturm zu rotieren. In der Mitte des Wirbelsturms sitzt das wolkenfreie und fast windstille „Auge", um das Luftmassen mit Geschwindigkeiten von teils über 300 km/h kreisen. Sie verursachen sehr hohe Wellen und es kommt zu extrem starken Niederschlägen. Sobald ein Wirbelsturm auf Festland trifft, verringert sich aufgrund der Bodenreibung seine Geschwindigkeit, die Wolken regnen sich aus und der Sturm löst sich langsam auf.

M23 Hurrikan „Katrina" vor der US-amerikanischen Küste

Der Hurrikan „Katrina" im Jahr 2005, hier vor der US-amerikanischen Ostküste zu sehen, war einer der bisher schlimmsten Wirbelstürme seiner Art. In den USA kamen hierdurch oder durch die darauffolgende Flutwelle knapp 2000 Menschen ums Leben. Das Bild zeigt den typischen Aufbau dieser tropischen Wirbelstürme. Aufnahme vom 29.8.2005

Veränderung von Hurrikans durch den Klimawandel

70052-69

Infrastruktur
Alle Voraussetzungen für die Versorgung und Nutzung eines Gebiets, z. B. Straßen, Telefonnetze, Krankenhäuser

M24 Interview zu Schutzmaßnahmen mit einem Meteorologen

Der Meteorologe Bernhard Mühr spricht über den Schutz vor Wirbelstürmen.

Karl Dzuba: Herr Mühr, welche Vorsorge- und Schutzmaßnahmen gibt es überhaupt gegen schwere Stürme?

Bernhard Mühr: Die Vorsorge besteht in erster Linie darin, ein funktionierendes Warnmanagement zu etablieren. Das beginnt bei der ersten Warnung Tage vor dem Eintreffen des Sturms, über umfangreiche und rasche Evakuierungsmaßnahmen und endet mit dem raschen Wiederaufbau und Wiederherstellung der Infrastruktur.

Karl Dzuba: Würden Häuser, wie in Deutschland gebaut, dem Sturm standhalten?

Bernhard Mühr: Bei Windgeschwindigkeiten jenseits von 350 km/h würden auch bei solchen Häusern erhebliche Schäden oder Zerstörungen auftreten.

Wissensplattform Erde und Umwelt (ESKP): Schutz vor Wirbelstürmen durch effektives Warnmanagement. Das Interview führte: Karl Dzuba, In: www.eskp.de, Abruf am 18.03.2021

AUFGABEN

1. Habt ihr schon einmal einen starken Sturm erlebt oder Berichte darüber gehört oder gelesen? Tauscht euch zu zweit darüber aus.
2. Erstellt zu zweit eine Ereigniskette und notiert mithilfe von **M21-M23** die Entwicklung und die Auswirkungen eines tropischen Wirbelsturms.
3. Begründe, warum es in Deutschland keine Hurrikans gibt (**M22**).
4. Erläutere mithilfe von **M24**, welche Maßnahmen vor, während und nach einem tropischen Wirbelsturm ergriffen werden sollten.

F **zu Aufgabe 4**
Warum sind die Schäden an Häusern in ländlichen Regionen Südostasiens oft noch viel größer als in Deutschland und Nordamerika?

F Erläutere mithilfe des Artikels im QR-Code, warum in Zukunft vermutlich mehr zerstörerische Wirbelstürme wie Hurrikan „Katrina" (**M23**) auftreten werden.

Eine Problemstellung mithilfe der Argumentationswippe beurteilen

Worum geht es?

Die Argumentationswippe hilft dir, Schritt für Schritt verschiedene Pro- und Kontra-Argumente gegenüberzustellen und zu gewichten. Ziel ist es, mithilfe der Wippe zu einer Problemstellung begründet Stellung nehmen zu können und ein eigenes Urteil zu fällen.

Geht dabei so vor:

1. Schritt: Argumente sammeln

Sammelt in der Gruppe Argumente zu der vorgegebenen Themenfragestellung, z. B. „Sollten Menschen in der Nähe von Vulkanen leben?"

2. Schritt: Karten beschriften

Beschrifte die vorgegebenen Kärtchen mit den gesammelten Argumenten.

3. Schritt: Pro-/Kontra-Seite zuordnen

Ordnet die Argumente der passenden Seite der Wippe zu (also Pro oder Contra).

4. Schritt: Argumente gewichten und Ergebnis ermitteln

Gewichtet die Argumente, indem ihr sie genau auf der Wippe positioniert. Je wichtiger ihr ein Argument findet, umso weiter außen wird es auf der Wippe platziert, da es dort „schwerer wiegt". Ermittelt, zu welcher Seite sich die Wippe neigt. Die Argumente dieser Seite überwiegen.

5. Schritt: Urteil präsentieren und Ergebnisse diskutieren

Präsentiert euer Gruppenergebnis in der Klasse. Stellt euer eigenes Urteil dar und begründet es mithilfe der gesammelten und gewichteten Argumente. Diskutiert eure Gruppen-Ergebnisse mit euren Mitschülerinnen und Mitschülern.

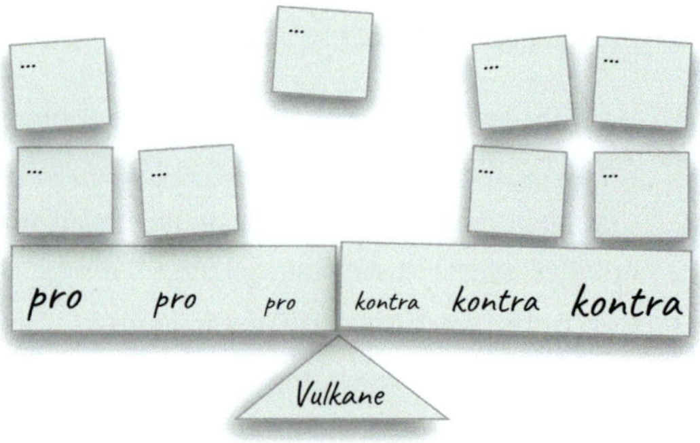

Bastelanleitung für die Wippe

70052-70

NATUREREIGNISSE – ENTSTEHUNG UND AUSWIRKUNGEN

UNSERE ERDE IM WANDEL

Kapitel 6.1, M1-M10

Die Erde ist ständig im Wandel: einerseits durch die Verschiebung von Erdplatten. Durch die Konvektionsströme bewegen sich die Erdplatten aufeinander zu (konvergierende Platten), voneinander weg (divergierende Platten) oder aneinander vorbei. Durch diese Vorgänge kommt es besonders an den Plattengrenzen beispielsweise zu Erdbeben oder Vulkanismus. Andererseits beeinflusst der fortschreitende Klimawandel das Leben auf der Erde. Zentral hierbei ist der Treibhauseffekt. Durch den steigenden Energieverbrauch der Menschen gelangt mittlerweile zu viel CO_2 in die Atmosphäre, sodass die Erdatmosphäre immer undurchlässiger wird und immer mehr Wärme nicht entweichen kann. Hierdurch schreitet die Erderwärmung weiter voran, was wiederum Auswirkungen auf die Stärke und Häufigkeit von Extremwetterphänomenen wie z. B. tropischen Wirbelstürmen oder Hitzewellen hat.

ERDBEBEN UND TSUNAMIS

Kapitel 6.2 M1-M9

Besonders an Plattengrenzen kommt es gehäuft zu Erdbeben. Finden diese unter dem Meer statt, können starke Beben Tsunamis auslösen. Beide Naturereignisse können sich in Naturkatastrophen für die Menschen in den betroffenen Gebieten verwandeln. Deshalb versucht man sich unter anderem durch Frühwarnsysteme oder bestimmte Bauweisen vor den Auswirkungen eines Bebens zu schützen.

VULKANISMUS

Kapitel 6.2 M10-M13, M15

Durch Warnzeichen wie kleine Erdbeben kann man zwar mögliche Vulkanausbrüche vermuten. Eine genaue Vorhersage kann die Wissenschaft aber heute auch noch nicht machen. Die Schichten eines Schichtvulkans bestehen aus erkalteter Lava und Tephra, das sich dort bei jedem Ausbruch nach und nach ansammelt. Trotz der bestehenden Gefahr gibt es viele Städte in der Nähe von Vulkanen. Denn das Leben am Vulkan hat auch viele Vorteile, wie z. B. das touristische Potential und die guten Böden für die Landwirtschaft.

TROPISCHE WIRBELSTÜRME

Kapitel 6.2 M21-M24

Unter bestimmten Voraussetzungen wie beispielsweise einer Wasseroberflächentemperatur von mindestens 27 °C können über dem Ozean tropische Wirbelstürme entstehen. Diese sich mit bis zu 300 km/h drehenden Luftwirbel stellen bei dem Auftreffen auf eine Küste eine große Naturgefahr dar, da sie durch den starken Wind sowie heftige Niederschläge große Schäden anrichten können. Schutzmaßnahmen können Frühwarnsysteme und schnelle Evakuierungen sein.

Nachdem du das Kapitel „Der Natur zum Trotz? – Leben in Risikoräumen" bearbeitet hast, kannst du hier das Gelernte anwenden, dein Wissen prüfen und dir ein Urteil bilden.

M1 Neuseeland – Nord- und Südinsel

M2 Schweres Erdbeben zerstört Christchurch

Am 22.02.2011 brachte ein Erdbeben der Stärke 6,3 Neuseelands zweitgrößte Stadt zum Beben. Hochhäuser kommen ins Wanken, Straßen reißen meterweit auf, Gebäude fallen in sich zusammen. Geborstene Wasserleitungen überfluten Teile der Stadt. 185 Bewohner kommen bei der Katastrophe ums Leben. Rund 80 Prozent der Innenstadt von Christchurch und mehr als 100 000 Gebäude sind teils schwer beschädigt. Über 10 000 Einwohner verlassen die Stadt. Wer bleibt, lebt fortan auf einer der größten Baustellen der Welt. Bob Parker, bis 2013 Bürgermeister von Christchurch, sieht die Katastrophe auch als Chance: „Wir haben die Gelegenheit, etwas Einmaliges zu schaffen: Eine Stadt des 21. Jahrhunderts, grün und umweltverträglich." Vor allem sollen im neuen Christchurch die Gebäude weniger hoch und eher flacher gebaut werden.

Nach: WDR: Schweres Erdbeben zerstört Christchurch, www.wdr.de, Abruf am 18.03.2021

Online-Quiz zum Kapitel

82000-224

M3 Abenteuertourismus in Neuseeland

Auszug einer neuseeländischen Tourismus-Webseite:

Die Tongariro Alpine Crossing Wandertour wird als beste 1-Tages-Wandertour in Neuseeland angepriesen und wird als eine der zehn besten Tagestouren weltweit angesehen. Die Tour führt durch den Tongariro National Park – Neuseelands ältestem Nationalpark und Weltkulturerbestätte zugleich. Der Park bietet dramatische, Ehrfurcht einflößende Naturlandschaften. Einzigartige Landschaften mit den Vulkanen Ngauruhoe, Tongariro und Ruapehu, welche immer wieder vulkanische Aktivität zeigen, garantieren, dass die Tongariro Alpine Crossing Wanderung weltbekannt ist.

Tongariro Crossing: Tongariro Alpine Crossing, Tongariro National Park, New Zealand, www.tongarirocrossing.org.nz, übersetzt von Victoria Gänz, Abruf am 18.03.2021

Der Tongariro Nationalpark

Aufgaben

1. Beschreibe die geographische Lage Neuseelands (mithilfe eines Atlas sowie **M1**). Lokalisiere den Tongariro NP sowie Christchurch auf der Karte.
2. Erkläre mithilfe der Karte **M6**, **Kap. 6.1** sowie deines Vorwissens, weshalb sowohl Vulkane bzw. Vulkanausbrüche, als auch Erdbeben in Neuseeland häufiger vorkommen.
3. Erläutere mithilfe von **M2** und **M3** sowie deines Vorwissens, welche Risiken, aber auch (Nutzungs-)Chancen sich in Neuseeland aufgrund seiner besonderen Lage ergeben.
4. Bewerte Bob Parkers Aussage in **M2**. Beziehe deine Erkenntnisse aus dem Kapitel mit ein.

Tabelle zur Selbsteinschätzung

70052-71

Eine Schülerin freut sich über Nachrichten und Likes auf dem Smartphone.

Jugendliche sammeln Müll.

Junge beim Sprayen an einer Wand

Jugendliche in der Diskussion mit Erwachsenen

Was weißt du schon?

1. a) Betrachte zunächst allein die Bilder und wähle eines aus, das für dich persönlich am besten zu deiner Situation passt.
b) Tauscht euch anschließend zu zweit darüber aus, warum ihr so gewählt habt.

2. Ordnet die Themen in der Klasse verschiedenen Bereichen (Eltern, Konflikt, Peergroup etc.) zu und ergänzt Themen, die euch derzeit bewegen.

7

#Mehr Freiheit oder Verantwortung? Jugendliche in der Gesellschaft

Je älter du wirst, umso wichtiger wird deine Peergroup. Durch den Umgang mit verschiedenen Menschen, ihren Vorstellungen und Erwartungen, veränderst auch du dich und entwickelst dich weiter. Was ist den anderen wichtig, was zählt für dich? Veränderungen sind nicht immer leicht und gehen mit Konflikten einher. Regeln zu brechen gehört zum Erwachsen werden dazu. Aber wo liegen die Grenzen, und welche Konsequenzen sind zu befürchten, wenn diese nicht eingehalten werden?

Was lernst du in diesem Kapitel?

- ... die Bedeutung von Werten und Normen für Jugendliche zu beschreiben.
- ... den Weg zur eigenen Identität und dabei den Einfluss der Gleichaltrigen zu beurteilen.
- ... Möglichkeiten sozialen Engagements zu erläutern und ihre Bedeutung für die Identitätsbildung zu beurteilen.
- ... die Bedeutung digitaler Medien für die eigene Entwicklung zu beurteilen.
- ... verschiedene Formen und Ursachen von Jugendkriminalität zu beschreiben.
- ... Ziele und Aufgaben des Jugendstrafrechts darzustellen.
- ... Gesetze auf Fälle von Jugendkriminalität, auch mittels Internet, anzuwenden.
- ... Möglichkeiten der Bekämpfung und Vorbeugung von Cybergewalt und Jugendkriminalität zu diskutieren.

Ein Special zum Thema „Jugendliche heute“ produzieren MK

Worum geht es?

Auf Jugendliche wirken viele Einflüsse gleichzeitig ein: Die Eltern, Gleichaltrige oder die Medien. Oft können daraus Konflikte und Probleme für die Jugendlichen entstehen. Mithilfe dieses Gemeinsam Aktiv könnt ihr in die Rolle von Journalistinnen und Journalisten schlüpfen und sachlich, aber auch kritisch über die Einstellungen und Probleme Jugendlicher in einzelnen Nachrichtensendungen berichten. Eure Zielgruppe sind andere Jugendliche, die sich selbst mit dem Thema noch nicht so stark auseinandergesetzt haben.

Geht dabei so vor:

Start

1 Bildet Gruppen von 3-4 Schülerinnen und Schülern.

2 Informiert euch zunächst allgemein darüber, was Jugendlichen heute wichtig ist und welche Bedeutung Werte, Normen und Gesetze für Jugendliche haben. (→ Kapitel 7.1, M1-M3, #Werte, #Normen, #Gesetze)

3 Seht euch eine Beispiel-Sendung wie zum Beispiel logo! extra an und informiert euch über den Aufbau, die Rolle von Moderatoren und die Übergänge zwischen den Beiträgen.

4 Wählt eines der folgenden Themen aus dem Kapitel aus:
- Warum ist soziales Engagement wichtig? (→ Kapitel 7.1, M4, M5)
- Selbstdarstellung und Gruppenzwang in der digitalen Welt (→ Kapitel 7.2, M1-M6)
- Online veröffentlichen oder Inhalte übernehmen: Was geht (nicht)? (→ Kapitel 7.2, M7-M9)
- Jugendschutz – sinnvoll oder lästig? (→ Kapitel 7.3, M1-M3)
- Verbreitung und Ursachen von Jugendkriminalität (→ Kapitel 7.3, M4-M7)
- Die Besonderheiten des Jugendstrafrechts (→ Kapitel 7.3, M8-M13)
- Jugendliche als Täter und Opfer der Cyberkriminalität: Was kannst du dagegen tun? (→ Kapitel 7.3, M14-M16)

5

Erarbeitet die Inhalte eures Unterkapitels anhand der Aufgaben auf der jeweiligen Seite. Recherchiert außerdem aktuelle Nachrichten zu eurem Wahlthema, zum Beispiel: Was wird aktuell zum Urheberrecht oder Jugendschutz im Internet politisch diskutiert? Welche Gesetzesvorschläge gibt es? Welche neuen Entwicklungen gibt es in den sozialen Medien?

6

Eine Nachrichtensendung für Kinder sollte etwa 15 Minuten dauern. Entscheidet gemeinsam, welche Formate (Berichte, Reportagen oder Interviews) für eure Sendung geeignet sind und wie lange die einzelnen Beiträge dauern sollen. Denkt bei der Vorbereitung eurer Beiträge an die berühmten W-Fragen:

- Was ist wo und wann geschehen?
- Wie ist es passiert und wer war beteiligt?
- Woher stammen die Informationen?

Ihr könnt beispielsweise mit einer aktuellen Nachricht einsteigen und dann die Hintergründe erläutern. Bei Reportagen oder Interviews könnt ihr auch Rollenspiele gestalten und euch filmen.

7

a) Entwerft eure Beiträge in Stichwörtern.
b) Erstellt ein Skript, d. h. formuliert, was genau gesprochen und gezeigt wird.
c) Legt dabei den genauen Ablauf (Auf- und Abspann, Reihenfolge, Dauer der Beiträge sowie Übergänge) fest.
d) Benennt eure Sendung, gestaltet dazu ein Logo, die Hintergründe usw.

8

a) Probt die Präsentation eurer Sendung. Ihr könnt sie auch aufnehmen.
b) Präsentiert eure Sendung in der Klasse „live" oder als Aufnahme.
c) Vergleicht eure Sendungen und bewertet sowohl den Informationswert als auch die Moderations- und Darstellungsleistung der einzelnen Gruppen.
d) Ihr könnt auch die besten Beiträge aus allen Gruppen aufnehmen, mit einer App wie z. B. *iMovie* oder *Power Director* bearbeiten und zu einer gemeinsamen Sendung zusammenfügen.

7.1 Werte und Verantwortung in einer vielfältigen Gesellschaft

Werte – welche Bedeutung haben sie für dich?

Du erlebst in deiner Klasse, wie unterschiedlich Menschen sind. Genauso verschieden können auch die Ansichten darüber sein, was einem Menschen wichtig ist und was nicht. Kannst du dir vorstellen, dass das Zusammenleben einfacher wird, wenn man sich darüber im Klaren ist?

Ergebnisse der Shell Jugendstudie 2019

70052-73

Video: Stimmen der Jugendlichen, Shell Jugendstudie 2019

70052-74

M1 Was ist uns wichtig?

1. Gute Freunde haben
2. Von anderen Menschen unabhängig sein
3. Ein gutes Familienleben
4. Sich politisch engagieren
5. Einen hohen Lebensstandard haben
6. Sozial Benachteiligten helfen
7. Viele Kontakte haben
8. Sich umweltbewusst verhalten
9. Die Meinungen Andersdenkender tolerieren
10. Fleißig und ehrgeizig sein
11. Die eigene Kreativität entwickeln
12. Nach Sicherheit streben
13. Das Leben in vollen Zügen genießen
14. Gesundheitsbewusst leben
15. Gesetze und Ordnung respektieren

WERTE

Werte sind allgemeine Maßstäbe nach denen Menschen ihr Handeln ausrichten. Sie funktionieren ähnlich wie ein Kompass, der die Richtung vorgibt.

Wenn wir einer sozialen Gruppe angehören, teilen wir oft gemeinsame Werte. Es gibt aber auch persönliche Werte, die jeder Mensch anders definiert: Dem einen sind viele viele Kontakte wichtig, dem anderen ist Naturverbundenheit wichtiger. Werte sind aber auch Orientierungspunkte für die Gesellschaft als Ganzes, wie zum Beispiel die Menschenrechte, die Grundrechte oder der Umweltschutz.

NORMEN

Normen sind Verhaltensvorschriften. Sie drücken aus, dass eine bestimmte Handlung geboten, erlaubt oder verboten ist.
Normen sind konkrete Regeln, die den Mitgliedern einer sozialen Gruppe bestimmte Verhaltensweisen vorschreiben. Jeder Norm liegt ein bestimmter Wert zugrunde. Dem Wert „Solidarität" entspricht zum Beispiel die Norm „Setze dich für Menschen in Not ein!".

M2 Wertvorstellungen verändern sich

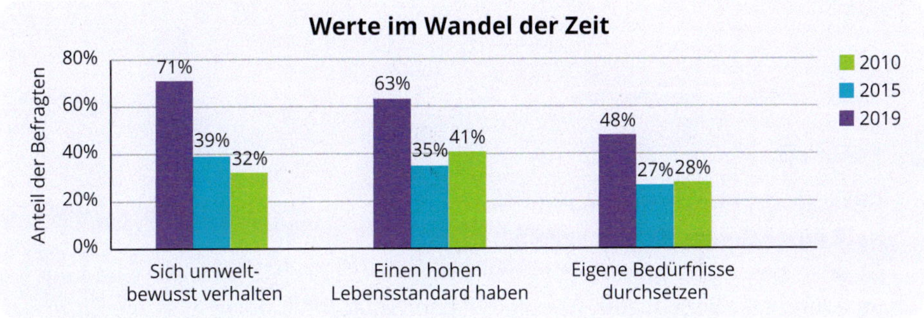

Shell Jugendstudien 2010-2019, Daten: statista.de

Wenn sich die Einstellungen und Ansichten der Menschen über die Wichtigkeit und Gültigkeit von Werten ändern, dann spricht man von einem Wertewandel. Dieser hat oft auch Auswirkungen auf die Politik. So ist der Wert „Gesundheit" heute wichtiger als früher, was z. B. zu einem Rauchverbot in Gaststätten geführt hat.

M3 Schülerrolle im Wandel der Zeit

a) Auszug aus einer Schulordnung um 1900

§ 1 Alle Schüler haben anständig, gerade, mit dem Rücken angelehnt und in Reihen hintereinanderzusitzen.

§ 2 Die Füße stehen parallel nebeneinander auf dem Boden, damit das Übereinanderschlagen der Beine und das Hin- und Herscharren mit den Füßen nicht stattfinden kann.

§ 3 Sämtliche Schüler schauen dem Lehrer fest ins Auge, damit alles Sprechen, Plaudern, Lachen, Hin- und Herrücken, neugieriges Umhergaffen, träumerisches Hinstarren usw. hintangehalten wird.

Müller-Marschhausen, Ernst, in: „Bergwinkel-Bote. Heimatkalender 2018", 69. Jahrgang (2017), in: Kreisausschuss des Main-KinzigKreises (Hg.), Schlüchtern, S. 96-106, in: www.schluechtern.de, Abruf am 08.07.2020

b) Auszug aus dem heutigen Schulgesetz Nordrhein-Westfalen

(6) Die Schülerinnen und Schüler sollen insbesondere lernen
1. selbstständig und eigenverantwortlich zu handeln,
2. für sich und gemeinsam mit anderen zu lernen und Leistungen zu erbringen,
3. die eigene Meinung zu vertreten und die Meinung anderer zu achten,
4. in religiösen und weltanschaulichen Fragen persönliche Entscheidungen zu treffen und Verständnis und Toleranz gegenüber den Entscheidungen anderer zu entwickeln.

SchulG NRW vom 15.02.2005

Werte
→ allgemeine Ziele und Ideale

↓

Normen
→ konkrete Verhaltensregeln

↙ ↘

ungeschrieben (Sitte, Brauch, Gepflogenheit) | **gesetzlich vorgeschrieben** (Gesetzesnorm)

#GESETZE

Gesetze sind festgeschriebene Normen, die das Zusammenleben innerhalb einer Gemeinschaft regeln.
Gesetze bestimmen und regeln den Umgang der Menschen untereinander. Im Grundgesetz steht zum Beispiel, wie der Staat funktioniert und wie Gesetze gemacht werden.

H zu Aufgabe 1a
Folgende Struktur sollte die Tabelle haben:

wichtig	
teils teils	
nicht wichtig	

F zu Aufgabe 1c
Vergleicht eure Ergebnisse mit denen der Shell Jugendstudie (vgl. QR Code).

AUFGABEN

1. Welche Werte sind dir wichtig?
   a) Lege eine Tabelle mit drei Spalten und den Überschriften „wichtig", „teils teils" und „nicht wichtig" an.
   b) Übertrage die Werte aus **M1** in deine Tabelle entsprechend der Bedeutung, die du ihnen beimisst.
   c) Ermittelt im Anschluss das Ergebnis der gesamten Klasse (ihr könnt z. B. die App Mentimeter nutzen).

2. Erkläre die Unterschiede zwischen „Werten" und „Normen". Nenne zu den beiden Begriffen auch eigene Beispiele (**#Werte, #Normen**).

3. Tragt zusammen und begründet eure Vermutungen (**M1**, **M2**):
   - Welche Werte könnten sich im Laufe eines Lebens verändern?
   - Welche Werte hatten früher einen anderen Stellenwert?

4. Vergleicht zu zweit die Auszüge aus der Schulordnung aus dem Jahr 1900 mit dem aktuellen Schulgesetz für NRW (**M3**).
   a) Formuliert die damit jeweils verbundenen Werte und Normen sowie die damaligen und heutigen Erwartungen an die Schülerrolle.
   b) Stellt Vermutungen darüber an, wie es zu einem solchen Wandel der Rollenerwartungen kommen kann.

Warum ist soziales Engagement wichtig?

Jeder kann sich für das Wohl seiner Mitmenschen einsetzen und seine Werte im Alltag leben. Das zeigt sich häufig schon in kleinen Taten. Hast du schon mal erlebt, was der Einsatz für andere einem selbst bringt?

M4 Erfahrungsberichte aus dem Sozialpraktikum

Video: Schülerinnen und Schüler einer Realschule helfen einen Tag in der Wuppertaler Tafel und im Seniorenheim

70052-75

Das Sozialpraktikum – ein voller Erfolg für alle Beteiligten!

Auch in diesem Jahr hatten die Schülerinnen und Schüler unserer Realschule wieder die Wahl: Engagiere ich mich im Seniorenheim, bei der Tafel oder arbeite ich einen Tag lang mit Menschen mit Behinderungen. Wir haben einige Erfahrungsberichte gesammelt.

Frau Galla, Leiterin des Seniorenheims: Das Engagement der Jugendlichen ist wichtig für die älteren Leute, aber auch für die Jugendlichen selbst. Die Senioren freuen sich über die Aufmerksamkeit und die Hilfe, die ihnen entgegengebracht wird. Die Jugendlichen lernen, mit fremden Personen respektvoll umzugehen und auch in unbekannten Situationen verantwortungsvoll zu handeln. Denn auch die jungen Leute werden mal alt ...

Lucy, Schülerin: Ich war das erste Mal bei der Tafel und wusste gar nicht, was diese Einrichtung alles für obdachlose Menschen tut. Dass Essen verteilt wird, war mir klar, aber ich wusste nicht, dass es auch Kleiderspenden und einen Büchermarkt gibt. Ich habe gemerkt, dass ich auch als Jugendliche schon viel unterstützen kann!
Die Mitarbeiter haben mir von einigen Kunden die Geschichten erzählt, die sind zum Teil ganz traurig. Seither habe ich einen anderen Blick auf Menschen, die sich dort Essen holen.

Amir, Schüler: Das Sozialpraktikum in der Behindertenwerkstatt war super! Am Anfang war ich unsicher, wie ich auf die Menschen zugehen sollte. Die Mitarbeiter haben mir dann ein paar Tipps gegeben und dann hat es richtig Spaß gemacht. Jetzt kann ich mir sogar vorstellen, später mal in diesem Bereich zu arbeiten.

Frau Klinke, Lehrerin: Die Schülerinnen und Schüler lerne ich im Praktikum immer neu kennen. Es bringt so viele positive Eigenschaften und Selbstständigkeit hervor, wovon man sonst in der Schule gar nichts bemerkt. Und auch die Jugendlichen sind überrascht, dass ihnen der Umgang mit den Menschen und die Hilfe so leicht fällt. Für die Weiterentwicklung der Kinder ist das großartig.

Herr Yildirim, Mitarbeiter bei der Tafel: Es ist immer schön, wenn die Jugendlichen uns helfen. Sie lernen dadurch die Welt kennen, wie sie ist. Sie lernen, tolerant zu sein. Und wir können viele Vorurteile bekämpfen und Berührungsängste abbauen. Die Schülerinnen und Schüler können sich besser in die Lebensgeschichten der Beteiligten hineinversetzen.

Jugendliche engagieren sich ...

M5 Ehrenamt braucht dich!

Alte, kranke und arme Menschen sowie bestimmte Tier- und Pflanzenarten sind dringend auf die Hilfe anderer angewiesen. Wir haben uns für euch bei den größten Vereinen und Organisationen umgehört: Wie können sich Kinder und Jugendliche bei ihnen ehrenamtlich engagieren? Eine Auswahl:

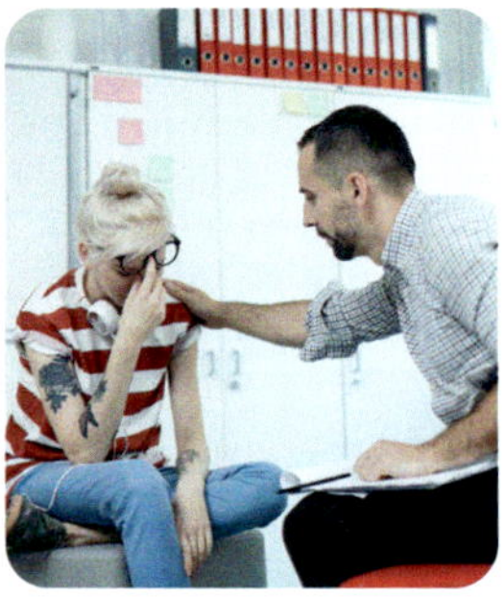

Die AWO bietet Beratung

a) Arbeiterwohlfahrtorganisation (AWO)

Der Einsatz der AWO gilt benachteiligten Kindern und Erwachsenen, Senioren, Menschen mit Behinderung, Menschen mit Migrationshintergrund, Wohnungslosen, Arbeitslosen und Kranken. Das Engagement von Kindern findet innerhalb der AWO in Jugendwerken statt. Ab 16 Jahren ist zum Beispiel die Teilnahme an der Ausbildung zum Jugendleiter möglich. Eine andere Möglichkeit ist das Projekt 'Sozialführerschein', bei dem Schüler zwischen 14 und 17 Jahren ehrenamtliches Engagement kennenlernen können. Zudem werden oftmals Spieltage in Seniorenheimen angeboten. Und es gibt auch klassische Mitmachmöglichkeiten – wie zum Beispiel Jugendlager und Freizeitangebote in Jugendzentren.

Fahrzeuge des THW

b) Technisches Hilfswerk (THW)

Wie auch bei den anderen Hilfsorganisationen ist es auch bei der THW-Jugend möglich, als Kind und Jugendlicher ehrenamtlich aktiv zu werden. An jedem der 668 THW-Standorte besteht eine Jugendgruppe, in der Kinder und Jugendliche ab 10 Jahren mitwirken können. Teilweise bestehen auch so genannte Mini-Gruppen, die sich an Kinder zwischen 6 und 9 Jahren richten. In diesen Gruppen treffen sich die Mädchen und Jungen regelmäßig, um an die Technik des THW herangeführt zu werden und das 'kleine Einmaleins der Rettungsmethoden' zu erlernen. Natürlich stehen aber auch Ausflüge, Besichtigungen und Fahrten ins Zeltlager auf dem Programm.

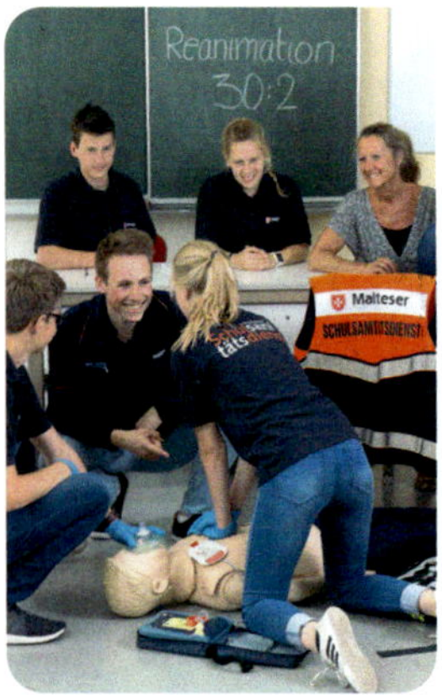

Die Malteser betreuen an vielen Schulen den Schulsanitätsdienst.

c) Malteser

Bei den Maltesern haben Kinder und Jugendliche die Möglichkeit sich im Schulsanitätsdienst (SSD) zu engagieren: Knapp 9 000 Schülerinnen und Schüler deutschlandweit sind es schon, die eine solche Erste-Hilfe-Ausbildung abschließen. Sie reagieren dann, wenn es zum Notfall kommt und betreuen die Person, bis der Rettungsdienst ankommt. Die Malteser Jugend ist ein weiteres großes Thema der Organisation, in deren Rahmen verschiedene Projekte umgesetzt werden. Das bekannteste davon findet immer am Nikolaus-Tag statt: Dann besuchen die Malteser Jugendlichen z. B. ältere Menschen in den Heimen oder treffen Menschen mit Behinderungen. Andere frühstücken mit Obdachlosen. Zudem können sie am Bundesjugendlager, das einmal im Jahr stattfindet, teilnehmen.

d) BUND

Die BUNDjugend bietet bundesweit Projekte, Aktionen, Seminare und Freizeiten an, von denen sich ein Großteil auch an Jugendliche und Kinder unter 16 Jahren richten. Darüber hinaus sind viele Jugendliche in Jugendgruppen organisiert, als Anlaufstelle nutzen sie die Landesverbände der BUNDjugend. Vom praktischen Naturschutz bis hin zu einem persönlichen Klimaexperiment können sich Kinder und Jugendliche rauspicken, was ihren Interessen entspricht, aber auch eigene Aktionen planen. Zusätzlich bietet der BUND viele lokale Angebote für Kinder an, unter anderem im Rahmen der über 2.000 verschiedenen Kreis- & Ortsgruppen.

e) Deutscher Olympischer Sportbund

Dein Sportverein hat einen Mangel an Trainern oder Lehrern? Sprich den Vorstand an und erkundige dich, ob du helfen kannst. Viele Vereine arbeiten mittlerweile mit jungen Ehrenamtlichen zusammen. So kannst du beispielsweise als Helfer in einer Kindergruppe arbeiten oder organisatorische Aufgaben für den Verein übernehmen. Eine genaue Übersicht über bundesweite Aktionen findest du auch auf der Webseite des Deutschen Olympischen Sportbundes.

Plasse, Wiebke: Ehrenamt braucht dich! In: www.geo.de, Abruf am 14.01.2021

f) Dein Thema

Dein Herz brennt für andere Themen, du hast besondere Erfahrungen in anderen Bereichen?
Hilfe für Geflüchtete, IT-Support für Senioren, Poetry Slam für alle ...
Wahrscheinlich gibt es auch hierfür Organisationen, die dich bei deinem Engagement unterstützen. Und wenn nicht, vielleicht stellst du in deinem Umfeld was ganz Eigenes auf die Füße?!

AUFGABEN

1. Welche soziale Einrichtung würdest du für ein Sozialpraktikum wählen? Begründe deine Wahl (**M4, M5**).
2. Notiere in einer Tabelle, welche positiven Auswirkungen die Arbeit der Jugendlichen für die Gesellschaft und für die Jugendlichen selbst hat (**M4, M5**).
3. Nimm Stellung zu folgender Aussage und begründe deine Meinung: „Soziales Engagement hat nur für die sozialen Einrichtungen eine wichtige Bedeutung. Die Schülerinnen und Schüler profitieren davon nicht."

F Informiere dich über weitere Möglichkeiten des sozialen Engagements und stelle sie in deiner Klasse vor.

7.2 Jugendliche in der digitalen Welt – selbstbestimmt oder unter Gruppenzwang?

Was poste ich und warum? MK

„Tolles Instagram-Profil, Kompliment!“, „Mist, bisher keine Likes ...“ Die Mehrheit der Jugendlichen nutzt soziale Netzwerke auch zur Präsentation ihrer Person. Können soziale Medien bei der Selbstfindung helfen oder machen sie vor allem süchtig?

M1 Likes können helfen, eigene Identität zu finden

Für Jugendliche ist es angesichts der heutigen Vielfalt an individuellen Wertorientierungen und Lebensformen schwierig, die eigene Identität zu entwickeln. Die sozialen Netzwerke bieten ihnen freien Raum dafür, mit den verschiedenen möglichen „Teil-Identitäten“ zu spielen. Denn sie fragen sich oft: „Wie komme ich bei den Freunden am besten an?“. Dies geschieht zum Beispiel mithilfe von Posts und Foto-Stories, in denen sich Mädchen und Jungen selbst darstellen und dabei auf ein positives Feedback der Gleichaltrigen hoffen. Erfreut sich das präsentierte Selbstbild nur geringer Aufmerksamkeit, dann wird es wieder verworfen. Schnell wird eine neue Version seines Selbst kreiert, die vielleicht mehr Likes bekommt.

Junger Mann aus Düsseldorf inszeniert sich für ein „Fake-Foto“.

Nach: Madelmond, Jennifer: Plattformen zum Testen von Identitäten, www.lmz-bw.de, Abruf am 01.06.2021

M2 Likes sind nur kurzfristige Aufmerksamkeit

Dopamin
Botenstoff zwischen Nervenzellen im Gehirn; vermittelt positive Gefühle und steigert die Motivation

Empathie
nachempfinden und verstehen zu können, was andere Menschen denken und wie sie sich fühlen

Der deutsch-indische Philosoph Krisha Kops sieht die Suche nach Zustimmung und Anerkennung in den sozialen Medien kritisch:

Das Problem mit den Likes ist nicht nur, dass sie süchtig machen können. Denn mit jedem Like schüttet das Gehirn erneut Dopamin aus, das gleiche Glückshormon, welches auch […] beim Glücksspiel aktiviert wird. Vielmehr hat die „Like-Kultur“ im Internet oft nichts mehr mit wirklicher Anerkennung zu tun, sondern mit kurzfristiger Aufmerksamkeit. […] Einmal klicken ist weitaus einfacher, als die Zeit aufzubringen, jemanden von Angesicht zu Angesicht zu begegnen und wirkliches Interesse und Empathie entgegenzubringen. Wie viele der Menschen, die uns liken, würden sich die Mühe machen, uns ihr Gefallen persönlich mitzuteilen?

Kops, Krisha: Die Sucht nach den Likes, ein Einwurf von Krisha Kops. In: Deutschlandfunk Kultur – Politisches Feuilleton, www.deutschlandfunkkultur.de, 28.10.2020

SELBST- UND FREMDBESTIMMUNG

Mit Selbstbestimmung ist gemeint, dass jeder Mensch selbst darüber entscheiden darf, wie er leben möchte. Diese Freiheit, über sein Leben selbst zu bestimmen, ist ein Menschenrecht. Fremdbestimmung ist das Gegenteil.
Selbstbestimmt handelt man, wenn man selbst gut überlegt, was man wirklich anstrebt. Manchmal weiß man gar nicht genau, was man selbst will, fragt, was andere Menschen für richtig halten und richtet sich danach, was Medien oder Werbung für richtig halten. Dann ist man eher fremdbestimmt.
Nach: Toyka-Seid, Christiane / Schneider, Gerd: Das junge Politik-Lexikon von www.hanisauland.de, Bonn: Bundeszentrale für politische Bildung 2021

M3 Auf Instagram zeigen, wie es wirklich ist?!

Amir: Ich finde, dass Jugendliche in Sozialen Medien sehr selbstbestimmt und frei handeln. Sie entscheiden ja selbst, was sie posten. Und **#skinpositivity** zeigt doch, dass man sich nicht mehr verstellen muss.

Lucy: Das finde ich nicht. Die allermeisten posten immer noch gestellte Bilder oder legen Filter über die Bilder, um alles besser aussehen zu lassen. Ungeschminkt wird man nicht zum Star. Wir werden fremdbestimmt, weil wir denken, dass wir dann mehr Aufmerksamkeit bekommen. Aber mit der Realität hat das kaum was zu tun. Oder kennst du einen Insta-Promi, der im Rollstuhl sitzt, wie ich?

Auf Instagram sehen die Bilder oft perfekt aus – dank Make-Up, Filter und Retuschier-Apps. Je perfekter ein Bild, desto mehr Likes. Eine Bewegung macht sich dagegen stark und fordert mehr natürliche und echte Profile. Unter Hashtags wie **#nofilter**, **#Skinpositivity** oder **#Diversity** verbreiten sie die Botschaft: „Du bist schön, genauso wie du bist!" Auch immer mehr Stars bekommen Zuspruch, wenn sie sich so zeigen, wie sie sind: ungeschminkt, mit Pickeln – eben nicht perfekt.

AUFGABEN

1. Analysiert das Foto im Plenum und beurteilt die Selbstdarstellung des jungen Mannes. Was soll mit dem Foto erreicht werden (**M1**)?
2. Erkläre die Begriffe Selbst- und Fremdbestimmung in eigenen Worten (**#Selbst- und Fremdbestimmung**).
3. Erörtert zu zweit, welche Chancen und Risiken Selbstdarstellung und Likes in sozialen Medien haben können (**M1**, **M2**).
4. a) „Ich muss vor meinen Freunden immer perfekt auftreten. Sonst interessiert sich doch keiner für mich." Nimm Stellung zu dieser Behauptung.
   b) Formuliert anhand von **M1-M3** Argumente, die für bzw. gegen die Behauptung sprechen.
   c) Diskutiert eure Argumente in der Klasse.

H zu Aufgabe 3
Arbeitet dazu arbeitsteilig Argumente aus **M1** und **M2** heraus und vergleicht sie. Folgende Formulierungen helfen euch dabei: Zwar, ... jedoch; Einerseits ..., doch andererseits ...; nicht nur, ... sondern auch, usw.

Freunde – einer für alle, alle für einen?

Mit deinen Freunden hast du Spaß. Ihr teilt ähnliche Interessen und unterstützt euch gegenseitig. Manchmal streitet ihr euch aber auch. In jedem Fall ist ein Freundeskreis eine soziale Gruppe, die besonders für Jugendliche wie dich sehr wichtig und prägend ist. Wann fühlst du dich dabei wohl und wann doch unter Druck gesetzt?

M4 Was bedeutet Freundschaft?

Für dich leg ich meine Hand ins Feuer
Mit dir geh ich bis ans Ende der Welt
Mit dir trotz ich jedem Ungeheuer
Dich geb ich nicht her

Das Leben ist ein Strom und ich schwimm neben dir
Und wenn wir keine Lust mehr haben, lassen wir uns treiben
Ich wünsch mir, dass wir Freunde bleiben, Freunde bleiben

Poisel, Philipp: Freunde, BMG Rights Management GmbH, Berlin

Gruppendruck
In Gruppen gelten oft eigene Werte und Verhaltensregeln (Normen), an die sich die Gruppenmitglieder anpassen wollen oder müssen, um anerkannt zu werden (Gruppendruck).

PEERGROUP

Eine Peergroup ist ein Freundeskreis mit großem Einfluss auf seine Mitglieder.
Meistens sind das Menschen im gleichen Alter, die viel gemeinsam haben. Sie fühlen sich miteinander verbunden und beeinflussen sich gegenseitig. Peergroups geben dadurch Halt und Orientierung. Das heißt aber auch, dass man sich als Mitglied nach den Werten und Regeln seiner Peergroup richten muss. Es kann zu Konflikten kommen, wenn diese nicht mit den eigenen Vorstellungen übereinstimmen. Es entsteht dann Gruppendruck.

M5 Da mach ich (nicht) mit!

Ein mit Graffiti beschmierter Zug

Maxi, Sibel, Toni und Luis sitzen gelangweilt auf dem Spielplatz herum. „He, ich hab zwei Spraydosen von meinem Bruder dabei", grinst Maxi. „Und?", fragt Sibel? „Ja, los, kommt mit. Wir laufen zur S-Bahn-Unterführung und sprayen im Tunnel", fordert Maxi die anderen auf. „Cool, bin dabei", Toni springt auf und greift nach Maxis Rucksack. „Spinnt ihr, das ist erstens verboten und zweitens saugefährlich, wenn die S-Bahn kommt", ruft Sibel. „Tja, wohl zu feige, was, ihr zwei Angsthasen?", meint Maxi und schaut Sibel und Luis auffordernd an. Luis zögert mit einer Antwort ...

M6 Noch lustig oder schon gefährlich? Mutproben im Internet

Als Jugendliche möchtet ihr einer Peergroup angehören, euch beweisen und Anerkennung finden. Manche stellen sich daher einer Mutprobe oder Challenge auch im Internet. Es wird zur Nachahmung aufgefordert. Dadurch entsteht ein Zwang, um jeden Preis mitzumachen. Die Aufnahmen werden über Social Media geteilt. Warum ist das gefährlich? Junge Medienscouts klären auf:

Anregungen für ungefährliche Mutproben

70052-76

Bei der „Duct Tape Challenge“ lassen sich Teilnehmer mit Klebeband zuschnüren und müssen sich anschließend befreien. Dabei haben sich einige schwer verletzt, weil sie es zum Beispiel im Stehen versuchten und stürzten. Die „Cinnamon Challenge“ ruft dazu auf, einen Löffel voll Zimt zu schlucken. Der Körper reagiert darauf, indem alles in einer großen Zimtwolke wieder ausgespuckt wird. Ein Junge aus Holland fiel dadurch ins Koma. […] Mutproben hat es immer schon gegeben. Neu ist allerdings, dass diese nun von jedem immer und überall verbreitet und von Tausenden im Netz bewundert, belächelt oder eben auch abgelehnt werden können. Viele tun für ein paar Likes immer gefährlichere Dinge. […] Durch Likes werden die Akteure solcher waghalsigen Experimente nur angestachelt, weiter zu machen. Vom Nachahmen raten wir ganz klar ab. Bringt euch und andere nicht unnötig in Gefahr!

Nach: Römer, Lea: Noch lustig oder schon gefährlich? Challenges im Internet, www.juuuport.de, 07.02.2017

Als Peergroup wollt ihr gemeinsam Spaß haben. Die Grenzen zwischen Spaß und gefährlichem Verhalten solltet ihr aber kennen.

AUFGABEN

1. a) Nenne ausgehend von **M4** Erwartungen, die du an deine Freunde hast.
   b) Tauscht eure Ergebnisse zu zweit aus. Präsentiert sie in der Klasse.
2. Stelle in einer Tabelle mögliche positive und negative Einflüsse einer Peergroup gegenüber (**#Peergroup**).
3. Erkläre, weshalb Jugendliche an Mutproben und Challenges teilnehmen (**M5**, **M6**).
4. Wie könnte die Situation mit Maxi und seinen Freunden weitergehen? Diskutiert zu zweit (**M5**).
5. „Wenn wir die Person vor der Kamera nicht kennen, dann fühlen wir nicht mit, wie es ihr geht.“ Erläutere die Aussage (**M6**).
6. Formuliert in kleinen Gruppen unterhaltsame, jedoch ungefährliche Alternativen zu den Mutproben und Challenges innerhalb eines Freundeskreises und beschreibt den Ablauf sowie die Spielregeln (**M5**, **M6**).

H **zu Aufgabe 5**
Gehe dabei auf die Ähnlichkeiten und Unterschiede der Mutproben im realen Leben und mittels Internet ein.

H **zu Aufgabe 6**
Anregungen findet ihr im QR-Code.

F Gestaltet Plakate, auf denen ihr über die Gefahren und Risiken von Mutproben und Challenges informiert und Alternativen anbietet.

Mediennutzung – frei und kreativ, aber was ist legal? MK

Die freie Welt des Internets. Jeder von uns kann ohne große Umwege eigene Blogs, Video- oder Streaming-Channels erstellen und mit Content füllen. Aber welche Regeln sind überhaupt zu beachten, wenn du etwas online stellst oder etwas von jemandem übernimmst?

M7 Wir gehen online – was dürfen wir veröffentlichen?

Die neu gegründete Umwelt-AG plant ihren Auftritt auf der schuleigenen Homepage. In einer Sitzung werden erste Ideen ausgetauscht.

Zuerst könnten wir unser Bienenschutzprojekt zeigen. Die 7 A baut nächste Woche Insektenhotels. Wir könnten sie dabei filmen.

Aber dort ist ja auch meine Schwester. Ich bin mir nicht sicher, ob sie gefilmt werden darf. Müssen wir denn nicht erst alle fragen, ob wir sie filmen dürfen?

Hm, mag sein. Übrigens: Kennt ihr den neuen Song von DJ Green? Er ist jetzt sehr beliebt und hat schon jetzt Millionen Klicks erhalten. Die Musik würde zu unseren Videos gut passen.

Klingt gut. Aber Musik einfach so übernehmen, auch wenn es so populär ist: Geht das?

Das ist eine gute Frage. Mit den Videos wird es ziemlich kompliziert. Wichtig wäre aber auch, dass wir eine Infoseite gestalten, wo wir Neuigkeiten aus der Klimaschutzforschung, die Wissenschaftler, aber auch Aktivisten präsentieren.

Das wäre für den Anfang gut. Müssen wir die Leute selbst interviewen oder dürfen wir Fotos und Texte einfach aus anderen Webseiten kopieren?

Ok, die Fragen müssten wir auf jeden Fall erstmal klären, bevor wir loslegen können.

URHEBERRECHT

Dinge, die du selbst erschaffen hast, sind dein geistiges Eigentum. Dazu zählen z. B. Zeichnungen, Fotos, Melodien und Texte. Das Urheberrecht schützt dein geistiges Eigentum vor der unerlaubten Nutzung durch Dritte. Voraussetzung ist, dass es dieses so vorher noch nicht gab*.

Besonders im Internet ist die Verwendung von geistigem Eigentum anderer problematisch. Oft kommt es aus Unwissenheit zu teuren Abmahnungen, obwohl keine böse Absicht dahinterstand. Für Laien (Menschen ohne Fachkenntnisse) ist das Urheberrecht kaum zu verstehen, deshalb gibt es Ansätze, wie die creative commons-Lizenzen, die das System vereinfachen wollen.

*Das Abzeichnen einer Vorlage, der Schnappschuss von einer Cola Flasche oder das Nachspielen eines Songs zählen z. B. nicht dazu.

Hier findet ihr ein Erklärvideo zum Urheberrecht

70052-77

M8 Das Recht am eigenen Bild

Das Urheberrechtsgesetz (früheres Kunsturheberrechtsgesetz aus dem Jahre 1907), Artikel 22, besagt folgendes:

„Bildnisse dürfen nur mit Einwilligung des Abgebildeten verbreitet oder öffentlich zur Schau gestellt werden. Die Einwilligung gilt im Zweifel als erteilt, wenn der Abgebildete dafür, daß er sich abbilden ließ, eine Entlohnung erhielt."

Bundesministerium der Justiz und für Verbraucherschutz: Urheberrechtsgesetz, www.gesetze-im-internet.de, Abruf am 01.06.2021

Dabei ist die „Erkennbarkeit" der abgebildeten Person ausschlaggebend. Es reicht, wenn nur ein Teil des Gesichts zu sehen ist. Folgende Ausnahmen vom „Recht am eigenen Bild" sieht Artikel 23 des Urheberrechtsgesetzes vor:

- Der Abgebildete ist nur „Beiwerk" und nicht der eigentliche Grund der Aufnahme.
- Der Abgebildete ist Teil einer Menschenansammlung, also nur „Einer von vielen".
- Der Abgebildete ist eine Person der Zeitgeschichte (z. B. ein Prominenter); aber auch Prominente müssen sich nicht jede Abbildung gefallen lassen.

Nach: Klicksafe: Das Recht am eigenen Bild, www.klicksafe.de, Abruf am 01.06.2021

a)

b)

c)

d)

M9 Schutz des geistigen Eigentums – auch im Internet?

Inhalte, die ins Netz gestellt werden, sind urheberrechtlich geschützt, und zwar genauso wie z. B. Bücher oder Filme aus der Öffentlichkeit außerhalb des Internets. Entsprechend sind auch hier besondere Regeln zu beachten. Wenn du Fotos, Musik, Ausschnitte aus Fernsehsendungen oder Videos öffentlich nutzen möchtest, brauchst du die Erlaubnis der Rechteinhaber. Auch wenn du Textabschnitte übernimmst, musst du die Zitierregeln beachten. Die Eigentumsgarantie ist im Art. 14 des Grundgesetzes festgeschrieben.

Linksammlung zu den Zitierregeln sowie den Creative Commons Lizenzen

70052-78

CREATIVE COMMONS-LIZENZEN

Basierend auf der Idee, dass Werke möglichst frei und kostenlos kopiert, verändert und auch online gestellt werden können, entstand im Jahr 2001 die Initiative Creative Commons. Sie stellt „freie" Lizenzen zur Verfügung, die alle interessierten Urheber nutzen können, um jedem eine freie Nutzung ihrer Werke, wie z.B. Fotos oder Musik, zu erlauben.
Plattformen wie Flickr (Fotos) oder AUDIYOU (Musik) arbeiten bereits mit diesen Lizenzen. Open Source und Open Content bedeutet jedoch nicht, dass an den Inhalten keine Rechte bestehen. Die Urheber erlauben die Nutzung nur unter bestimmten Bedingungen. Daher enthalten alle freien Lizenzen nicht nur Rechte, sondern auch Pflichten.

AUFGABEN

F Recherchiert weitere Informationen zu den Creative Commons anhand des QR-Codes.

H **zu Aufgabe 3**
Du kannst dich sowohl auf das „Recht am eigenen Bild" als auch auf das Urheberrecht beziehen.

1. Beschreibt zu zweit die in der Umwelt-AG geäußerten Bedenken und Unsicherheiten im Umgang mit Inhalten aus dem Internet. Wie würdet ihr nach eurem Wissenstand jeweils vorgehen (**M7**)?
2. a) Erläutere den Sinn und Zweck des Urheberrechts (**#Urheberrecht, M8, M9**).
   b) Beschreibe das „Recht am eigenen Bild" und erkläre, worauf man in diesem Zusammenhang beim Fotografieren und Veröffentlichen von Bildern achten sollte (**M8**).
   c) Prüfe die Abbildungen in **M8** danach, ob sie erst nach einer Zustimmung der abgebildeten Personen veröffentlicht werden dürfen.
3. Arbeitet in Kleingruppen Empfehlungen für die Umwelt-AG aus, wie sie am besten bei der Erstellung ihrer Homepage vorgehen sollten (**M7-M9, #Urheberrecht**).
4. Beurteilt folgende Aussage: „Alle Inhalte im Internet sollten frei zugänglich und ohne Einschränkungen bearbeitet und veröffentlicht werden! Erst dann würden wir von Freiheit im Internet sprechen."

JUGENDLICHE ZWISCHEN VERANTWORTUNG UND FREIHEIT

WERTE, NORMEN UND GESETZE

Kapitel 7.1, M1-M3

Werte sind verbreitete Vorstellungen darüber, was die Mehrheit innerhalb einer Gemeinschaft für wünschens-, erstrebenswert sowie wertvoll hält. Werte geben Orientierung für das konkrete Handeln. Welche Werte Kindern und Jugendlichen wichtig sind, kann sehr unterschiedlich sein. Das hängt zum Beispiel davon ab, wann, wo und wie man aufgewachsen ist oder wie man sich seine Zukunft vorstellt. Ein Beispiel dafür ist der Stellenwert von Religion. Werte bilden eine Grundlage für Normen. Normen sind anerkannte Verhaltensvorschriften, die ein bestimmtes Handeln gebieten, erlauben oder auch untersagen. Normen werden oft in Gesetzen vorgeschrieben und sind dadurch verbindlich.

SOZIALES ENGAGEMENT

Kapitel 7.1 M4, M5

In einer vielfältigen Gesellschaft sind einige Mitglieder regelmäßig auf Hilfe angewiesen. Soziales Engagement kann dabei in vielen Bereichen stattfinden: Das Sammeln von Müll in der Umwelt, die Beschäftigung mit Senioren oder die Unterstützung der freiwilligen Feuerwehr sind nur ein paar Beispiele für gesellschaftlichen Einsatz.

SELBSTBESTIMMUNG, VERANTWORTUNG UND SOZIALE MEDIEN

Kapitel 7.2 M1-M6

Wenn man nach seinem eigenen Willen und seinen Überzeugungen handelt, ist man selbstbestimmt. Häufig beeinflussen aber auch die Erwartungen anderer Personen das Handeln und die Persönlichkeit einer Person. Wenn das eigene Verhalten dadurch verändert wird, spricht man von Fremdbestimmung. In den Sozialen Medien verschwimmen die Grenzen zwischen Fremd- und Selbstbestimmung. Likes und Aufmerksamkeit verstärken bestimmte Verhaltensweisen. Challenges und Pranks geben Trends vor, die Meinung von Influencern hat Gewicht. So können durch die Beteiligung an Challenges im schlimmsten Fall Personen Verletzungen erleiden. Aber es besteht auch die Möglichkeit, auf soziale Probleme aufmerksam zu machen.

RECHT AM EIGENEN BILD

Kapitel 7.2 M7-M9

Schnell kann es passieren, dass digitale Bilder von dir gemacht oder verbreitet werden, ohne dass du das willst. Deshalb ist es für dich wichtig zu wissen, dass du das Recht am eigenen Bild hast. Du musst immer zustimmen, bevor jemand ein Bild von dir macht oder weiterleitet. Ganz besonders gilt das in geschützten Räumen wie öffentlichen Toiletten oder auch in der Schule. Umgekehrt musst auch du fragen, ob du Bilder von anderen machen oder weiterleiten darfst. Creative Commons sind Lizenzen, die eine freie Nutzung von Werken wie Fotos oder Musik ermöglichen.

7.3 Jugend und Kriminalität

Was sagt das Jugendschutzgesetz?

Der Staat sieht vor, dass Kinder und Jugendliche besonders geschützt werden müssen, aber mit zunehmendem Alter auch immer mehr Rechte haben. Im Jugendschutzgesetz sind all diese Regeln zu finden.

M1 Emre hat ein Problem

Emre: Hey Amir, ich habe total Stress mit meiner Mutter.

Amir: Was ist denn los?

Emre: Ich wollte mit einer Freundin ins Kino gehen und danach noch eine Cola trinken. Das war auch so mit meiner Mutter abgesprochen. Aber als ich ihr jetzt gesagt habe, dass der Film um 22:00 Uhr zu Ende ist, sagte sie, dass ich mit 13 Jahren so spät gar nicht mehr allein draußen rumlaufen darf.

Amir: Ja, ich glaube, das stimmt. Wie kann ich dir da jetzt helfen?

Emre: Mensch, wir haben das doch in Gesellschaftslehre besprochen. Aber ich habe das Blatt halt nicht mehr, auf dem alles steht. Kannst du mal nachgucken, was das Jugendschutzgesetz sagt?

M2 Welchen Sinn hat das Jugendschutzgesetz?

Zusatzkapitel: Recht – was ist das?

70052-79

Das Jugendschutzgesetz regelt den Schutz von Kindern und Jugendlichen nur in der Öffentlichkeit. Mit Öffentlichkeit sind Orte wie Gaststätten, Diskotheken oder Veranstaltungssäle gemeint. Besuchen kann diese Orte grundsätzlich jeder, der das möchte und Interesse etwa an einem Konzert hat. Der Besucherkreis ist damit nicht eingeschränkt […].

[Auch] bei größeren Veranstaltungen […], wie zum Beispiel bei Partys ganzer Schuljahrgänge (Abiball) oder bei Festen eines größeren Vereins, kann der Gastgeber […] kaum kontrollieren oder verhindern, dass auch nicht geladene Personen die Veranstaltung besuchen. In diesen Fällen sind solche Veranstaltungen als öffentlich anzusehen. Damit gilt auch hier das Jugendschutzgesetz. […]

Das Jugendschutzgesetz beschränkt den Zugang zu Produkten oder Orten, von denen eine mögliche Gefährdung für Kinder und Jugendliche ausgehen kann. […]

Im Jugendschutzgesetz gibt es deshalb
- Aufenthaltsbeschränkungen und -verbote,
- Abgabebeschränkungen,
- Alters- und Zeitgrenzen.

Bundesministerium für Familie, Senioren, Frauen und Jugend (Hg.): Jugendschutz – verständlich erklärt. In: www.bmfsfj.de, April 2020, S. 9 f.

M3 Das sagt das Jugendschutzgesetz

		Kinder	Jugendliche	
		unter 14 Jahre	unter 16 Jahre	unter 18 Jahre
§ 4	Aufenthalt in Gaststätten	🟢🔴	🟢🔴	🟢 bis 24 Uhr
	Aufenthalt in Nachtbars, Nachtclubs oder vergleichbaren Vergnügungsbetrieben	🔴	🔴	🔴
§ 5	Anwesenheit bei öffentlichen Tanzveranstaltungen, u. a. Disco (Ausnahmegenehmigung durch zuständige Behörde möglich)	🟢🔴	🟢🔴	🟢 bis 24 Uhr
	Anwesenheit bei Tanzveranstaltungen von anerkannten Trägern der Jugendhilfe. Bei künstl. Betätigung o. zur Brauchtumspflege	🟢 bis 24 Uhr	🟢 bis 24 Uhr	🟢 bis 24 Uhr
§ 6	Anwesenheit in öffentlichen Spielhallen Teiln. an Spielen mit Gewinnmöglichkeiten	🔴	🔴	🔴
§ 7	Anwesenheit bei jugendgefährdenden Veranstaltungen und in Betrieben	🔴	🔴	🔴
§ 8	Aufenthalt an jugendgefährdenden Orten	🔴	🔴	🔴
§ 9	Abgabe/Verzehr von Branntwein, branntweinhaltigen Getränken u. Lebensmitteln Abgabe/Verzehr anderer alkoholischer Getränke; z. B. Wein, Bier o. ä. (Ausnahme: Erlaubt bei 14- und 15-jährigen in Begleitung einer personensorgeberechtigten Person [Eltern])	🔴	🔴	🟢
§ 10	Abgabe und Konsum von Tabakwaren	🔴	🔴	🔴
§ 11	Kinobesuche Nur bei Freigabe des Films und Vorspanns: „ohne Altersbeschr./ab 6/12/16 Jahren“ (Kinder unter 6 Jahren nur mit einer erziehungsbeauftragten Person. Die Anwesenheit ist grundsätzlich an die Altersfreigabe gebunden! Ausnahme: „Filme ab 12 Jahren“: Anwesenheit ab 6 Jahren in Begleitung einer personensorgeberechtigten Person [Eltern] gestattet.)	🟢 bis 20 Uhr	🟢 bis 22 Uhr	🟢 bis 24 Uhr
§ 12	Abgaben von Filmen o. Spielen (auf DVD, Video usw.) nur entsprechend der Freigabekennzeichen: „ohne Altersbeschr./ab 6/12/16 Jahren“	🟢	🟢	🟢
§ 13	Spielen an elektron. Bildschirmspielgeräten ohne Gewinnmög. Nur an den Freigabekennzeichen: „ohne Altersbeschr./ab 6/12/16 Jahren“	🟢	🟢	🟢

Nach: Bundesministerium der Justiz und für Verbraucherschutz, Jugendschutzgesetz (JuSchG), www.gesetze-im-internet.de, Abruf am 02.06.2021

Erklärungen zur Tabelle
Das Jugendschutzgesetz (JuSchG) erlaubt: 🟢, erlaubt nicht: 🔴.
Das Gesetz gilt nicht für verheiratete Jugendliche. Eltern müssen nicht alles erlauben, was das Gesetz gestattet. Sie tragen bis zur Volljährigkeit die Verantwortung.

AUFGABEN

1. Was weißt du über das Jugendschutzgesetz? Notiere die richtige Antwort auf Emres Frage (**M1**, **M3**).
2. Erkläre, warum es das Jugendschutzgesetz gibt (**M2**).
3. Erstelle ein Quiz mit Aussagen zum Jugendschutzgesetz. Lass es von deinem Partner lösen (**M3**).

F Amir ruft seinen Freund zurück. Verfasse einen Dialog mit einem Lernpartner.

Warum werden Jugendliche kriminell?

Immer wieder sorgen spektakuläre Fälle von Kindern und Jugendlichen, die Straftaten begehen, für öffentliche Empörung. Stimmt der Eindruck, dass jugendliche Täter immer jünger und immer skrupelloser werden?

M4 Kriminell aus Langeweile?

Karikatur. Thomas Plassmann, 2015

M5 Jugendkriminalität: Ursachen und Entwicklung

skrupellos
rücksichtslos, gewissenlos

a) Welche Risikofaktoren gibt es?

Schwereres kriminelles Verhalten in der Jugend ist oft eine hilflose Reaktion auf gescheiterte Entwicklungsprozesse. Häufig sind es Konflikte bei der Ablösung von den Eltern, Elternhäuser mit Problemen wie Gewalterfahrungen, deutlich sichtbare Misserfolge in der Schule und missglückte oder fehlende Beziehungen im Freundeskreis. Hauptrisikofaktor ist die Frustration über schulisches Versagen und damit das Gefühl, den für die Gesellschaft so wichtigen Werten „Leistung" und „Erfolg" nicht gerecht werden zu können. Der Gebrauch von Gewalt und die Regelmissachtung können dann ein Versuch sein, auf diesem Weg soziale Anerkennung zu erlangen. Dazu gehört auch häufiges Schulschwänzen.

b) Wie verbreitet ist Kriminalität unter Jugendlichen?

Jugendkriminalität ist ein verbreitetes Phänomen, denn Jugendliche sind risikobereiter als Erwachsene. Im Alter zwischen 12 und 17 drängt es viele danach, Grenzen auszutesten. Die Mehrzahl begeht jugendtypische Delikte wie Ladendiebstahl, Schwarzfahren, Drogenbesitz oder verkauft Raubkopien.

Diese Delikte werden nur zum Teil bekannt, es gibt also ein großes „Dunkelfeld".

c) Wie entwickelt sich die Kriminalität unter Jugendlichen?

Auch wenn die Medien teilweise einen Eindruck von zunehmend häufigen und schweren Taten vermitteln, täuscht dieser Eindruck. Denn die Zahl der tatverdächtigen Jugendlichen ist in den letzten Jahren stetig gesunken. Eine aktuelle Studie hat mehrere mögliche Ursachen gefunden: Jugendliche verbringen viel Zeit vor dem Bildschirm und haben weniger Gelegenheit, draußen straffällig zu werden. Stattdessen verlagert sich ein Teil der Kriminalität „von der Straße ins Netz". Auch höhere Sicherheitsvorkehrungen etwa zum Schutz vor Laden- und Autodiebstahl könnten ein Einflussfaktor sein.

Nach dem Jugendstrafrecht verurteilte Jugendliche und junge Erwachsene im Alter von 14 bis 20 Jahren* in Deutschland (Stand: 2020)

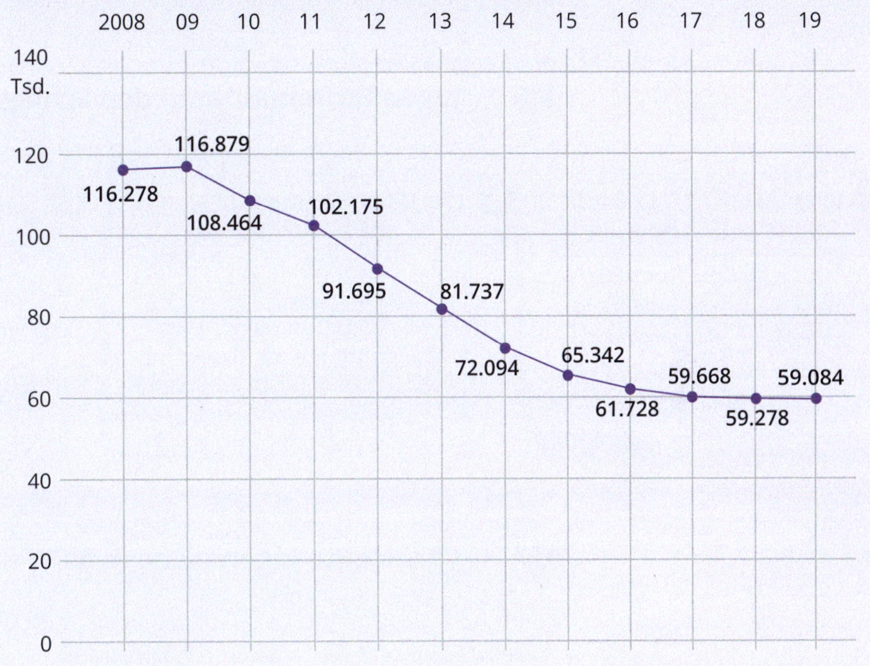

** Alter zum Zeitpunkt der Tat*

Daten: Statistisches Bundesamt 2020

AUFGABEN

1. Analysiere die Karikatur und stellt im Plenum Vermutungen darüber an, warum Jugendliche überhaupt Straftaten begehen (**M4**).
2. Arbeitet in Dreiergruppen aus **M5 a-c** arbeitsteilig heraus, welche Ursachen es für die Kriminalität unter Jugendlichen gibt, wie verbreitet die Jugendkriminalität ist und wie sie sich tatsächlich entwickelt.
   a) Fasse die wichtigsten Informationen aus dem dir zugeteilten Text oder dem Diagramm zusammen.
   b) Stellt euch die Ergebnisse gegenseitig vor und macht Notizen.
   c) Bereitet auf dieser Grundlage eine Concept Map mit dem Titel „Ursachen und Entwicklung von Jugendkriminalität" vor, die ihr anschließend in der Klasse vorstellen könnt.
3. „Steigt Jugendkriminalität an?" Entwerft einen eigenen kurzen Blogbeitrag einschließlich einer aussagekräftigen Schlagzeile, die die Frage beantwortet.

Karikaturanalyse
→ Methodenglossar

Concept Map
→ Methodenglossar

F zu Aufgabe 3
Werden Jugendliche immer häufiger kriminell und dabei skrupelloser? Hört euch den Podcast „Weniger Jugendkriminalität" an und erklärt, wodurch der Eindruck entstehen könnte, dass die Jugendkriminalität ansteigt.

70052-153

Wann sind Kinder und Jugendliche für ihr Handeln verantwortlich?

„Wegen eines lustigen Graffitis kann dir doch nichts passieren, außerdem bist du noch Jugendliche!“ Stimmt das wirklich? Wie genau ist die Rechtslage, wenn Kinder und Jugendliche zum Beispiel mutwillig öffentliches Eigentum beschädigen?

M6 Jugendkriminalität in den Schlagzeilen

a Betrunkener 15-Jähriger fährt Auto zu Schrott

Er verlor die Kontrolle über das zuvor gestohlene Fahrzeug, das mit Totalschaden im Straßengraben landete.

b 16-Jähriger ging mit Messer auf Mitschüler los

Bei einem Streit mit seinem Mitschüler geriet ein 16-Jähriger derart in Wut, dass er mit einem Messer auf seinen zwei Jahre jüngeren Mitschüler losging.

c Jugendliche Einbrecherbande gestellt

Die Polizei hat vier jugendliche Einbrecher festgenommen. Sie sind zwischen 14 und 16 Jahre alt und stehen im Verdacht, zweimal in ein Einfamilienhaus eingebrochen zu sein.

M7 Verurteilte Jugendliche in NRW

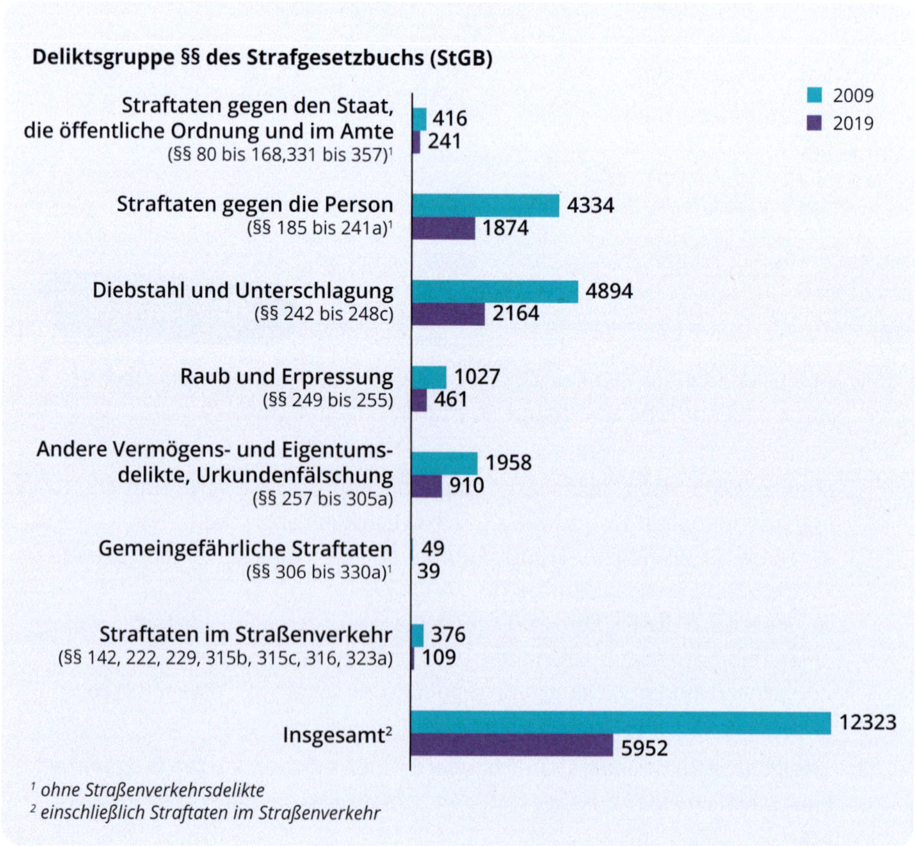

[1] *ohne Straßenverkehrsdelikte*
[2] *einschließlich Straftaten im Straßenverkehr*

Zahlen: Landesbetrieb Information und Technik Nordrhein-Westfalen (IT.NRW), November 2020

M8 Stufen der Deliktsfähigkeit von Jugendlichen

Deliktsfähigkeit

... ist die alters- und geistesbedingte Fähigkeit für einen Schaden, der aus einer unerlaubten Handlung entsteht, haftbar gemacht zu werden und finanziellen Schadensersatz zu leisten.

Deliktsunfähig	Beschränkt deliktsfähig	Voll deliktsfähig
Minderjährige unter sieben Jahren und Personen, deren freie Willensbetätigung krankheitsbedingt ausgeschlossen ist	Minderjährige zwischen 7 und 18 Jahren und Taubstumme (Spezialfall: Minderjährige haften zwischen 7 und 10 Jahren bei vorsätzlich herbeigeführtem Verkehrsunfall.)	Volljährige (ab 18 Jahren)

M9 Stufen der Strafmündigkeit von Jugendlichen

Strafmündigkeit

... ist die alters- und geistesbedingte Fähigkeit, für das Unrecht einer strafbaren Handlung einzustehen.

Strafunmündig	Strafmündig nach Jugendgerichtsgesetz (JGG)	Strafmündig
Minderjährige unter 14 Jahren sind strafrechtlich nicht verantwortlich.	Minderjährige mit Vollendung des 14. Lebensjahres sind bedingt verantwortlich, wenn die „Strafreife" vorhanden ist. „Strafreife" ist „die Fähigkeit, das Unrecht der Tat einzusehen und nach dieser Einsicht zu handeln" (§ 3 JGG).	Volljährige sind voll strafmündig, doch wird bei Heranwachsenden (18-21 Jahre) in der Regel das Jugendstrafrecht angewendet. Ab dem 21. Geburtstag muss das Erwachsenenstrafrecht angewendet werden.

AUFGABEN

1. Ordne die Schlagzeilen aus **M6** den Delikten zu (**M7**).
2. Analysiere die Fälle mithilfe von **M8** und **M9**. Erstelle dazu eine Tabelle mit zwei Spalten: 1. Deliktsfähigkeit, 2. Strafmündigkeit.
   a) Arbeite die Deliktsfähigkeit der drei Täter heraus (**M8**).
   b) Arbeite die Strafmündigkeit der drei Täter heraus (**M9**).
3. Positioniere dich zu folgender Forderung: „Kinder und Jugendliche sollten voll haft- und strafbar sein."

H zu Aufgabe 2
Beachte das Alter und die mögliche Einsichtnahme der Täter

(K)Eine Strafe für den jugendlichen Straftäter?

Kinder und Jugendliche werden strafrechtlich anders als Erwachsene behandelt. Das gilt auch bei schwerwiegenden Straftaten und Gewaltverbrechen. Aber wie genau ist das begründet? Welchen Sinn und Zweck haben Strafen?

Welchen Zweck hat Strafe?

1. andere abschrecken
2. den Täter von neuen Straftaten abhalten (Prävention)
3. die Schuld ausgleichen, die Tat vergelten
4. das Opfer entschädigen
5. den Täter „auf den richtigen Weg" bringen (Resozialisierung)

M10 Welche Strafe ist angemessen?

Der gerade 18jährige Pascal T. hatte im Juni in Köln einen 43jährigen Mann an einer U-Bahnstation in Köln ins Gleisbett geschubst. Nachdem er sich zuvor laut mit einer jungen Frau gestritten hatte, versetzte der 17jährige dem zufällig entgegenkommenden Mann in Wut einen so kräftigen Stoß mit der Schulter, dass er das Gleichgewicht nicht mehr halten konnte und auf die Gleise fiel. Danach war der Täter wortlos geflüchtet. Der Mann, der einige Sturzverletzungen erlitt, wurde von einem 21jährigen aus dem Gleisbett gezogen, bevor die nächste Bahn einfuhr. Eine Überwachungskamera der Verkehrsbetriebe hatte die Tat gefilmt und der Film wurde ins Netz gestellt. Der Täter stellte sich zwei Wochen später mit einem Anwalt.

M11 Ziele und Sanktionsmöglichkeiten des Jugendstrafrechts

Sanktionen nach dem Jugendstrafrecht

Erziehungsmaßregeln
- **Heimerziehung**
- **Erziehungsbeistandschaft**
- **Weisungen**
  z. B. Arbeitsleistung, Aufnahme einer Ausbildung, soziales Training, Verkehrsunterricht, Meiden bestimmter Orte oder Personen

Zuchtmittel
- **Verwarnung**
- **Auflagen**
  z. B. Geldbuße, Arbeitsauflagen, Wiedergutmachung des Schadens
- **Jugendarrest**
  Freizeit-, Kurzarrest, Dauerarrest bis zu 4 Wochen – auch neben einer Bewährungsstrafe („Warnschussarrest")

Jugendstrafe
- **Freiheitsentzug**
  In einer Jugendstrafanstalt (mind. 6 Mon., höchstens 10 Jahre; bei Mord durch Heranwachsende: bis zu 15 Jahre)

Anwendung des Jugendstrafrechts:
- *auf Jugendliche* (14-17 Jahre).
- *auf Heranwachsende* (18-20 Jahre) mit noch nicht voll ausgereifter Persönlichkeit und bei typischen Jugendverfehlungen

Nach: © Bergmoser + Höller Verlag AG, Zahlenbilder 131311

Erziehungsbeistand
Hinzuziehen eines Sozialpädagogen oder einer Sozialpädagogin zur Unterstützung bei der Erziehung

M12 Auszüge aus dem Strafgesetzbuch

§ 224 Gefährliche Körperverletzung

(1) Wer die Körperverletzung
1. durch Beibringung von Gift oder anderen gesundheitsschädlichen Stoffen, 2. mittels einer Waffe oder eines anderen gefährlichen Werkzeugs (...) begeht, wird mit Freiheitsstrafe von sechs Monaten bis zu zehn Jahren, in minder schweren Fällen mit Freiheitsstrafe von drei Monaten bis zu fünf Jahren bestraft.

§ 315b Gefährliche Eingriffe in den Straßenverkehr

(1) Wer die Sicherheit des Straßenverkehrs dadurch beeinträchtigt, dass er
1. Anlagen oder Fahrzeuge zerstört, beschädigt oder beseitigt,
2. Hindernisse bereitet oder
3. einen ähnlichen, ebenso gefährlichen Eingriff vornimmt,

und dadurch Leib oder Leben eines anderen Menschen oder fremde Sachen von bedeutendem Wert gefährdet, wird mit Freiheitsstrafe bis zu fünf Jahren oder mit Geldstrafe bestraft.

M13 Täter erhält Strafe zur Bewährung

Während der Staatsanwalt eine Jugendstrafe forderte, hielt der Verteidiger eine Verwarnung für ausreichend. Dem entsprach das Gericht jedoch nicht: „Wer aus Frust so etwas tut, hat hohes Aggressionspotenzial und Kontrollverlust", hieß es im Urteil. Darin wurde der Azubi zu einer Jugendstrafe auf Bewährung verurteilt. Zusätzlich muss der 18-Jährige innerhalb von vier Monaten 80 Sozialstunden ableisten und regelmäßigen Kontakt zum Bewährungshelfer halten. Ebenfalls angeordnet wurde die Teilnahme an einem Anti-Aggressionstraining.

Drack, Hariett: Kölner U-Bahn-Schubser Täter erhält Strafe zur Bewährung, www.ksta.de, 16.05.2019

AUFGABEN

1. a) Arbeitet zu zweit. Entscheidet spontan, welche Art der Bestrafung ihr für angemessen halten würdet (**M10**).
   b) Erklärt, welchen Zweck ihr mit eurer Strafe verfolgt habt (**M10 Randspalte**).
2. Erkläre drei der fünf Strafzwecke an jeweils einem selbst gewählten Beispiel (**M11**).
3. Ermittle mithilfe der Auszüge aus dem Strafgesetzbuch in **M12** welche rechtlichen Konsequenzen zu erwarten sind.
4. Setzt euch zu zweit mit dem Urteil in **M13** auseinander.
   a) Welcher Straftatbestand wurde festgestellt und
   b) welche Strafen (Sanktionen) wurden verhängt?
   c) Beurteilt die Wirksamkeit der gewählten Sanktionen.

H zu Aufgabe 4
Berücksichtigt dabei, ob es sich um Kinder, Jugendliche, Heranwachsende oder Erwachsene handelt.

F zu Aufgabe 4
Nimm Stellung zu folgender Forderung: „Kinder und Jugendliche sollten bereits mit 12 Jahren nach Jugendstrafrecht verurteilt werden."

Härtere Strafen für Cybermobbing? MK

Viele Kinder und Jugendliche erleben Cybermobbing oder Beleidigungen im Netz. In einigen Fällen sind die Täterinnen und Täter Klassenkameraden und häufig selbst noch Kinder oder Jugendliche. Wie soll die Schule mit Cybermobbing umgehen und wie soll es bestraft werden?

M14 Welche Folgen kann Cybermobbing haben?

Onur (15) hat ein glänzendes Zeugnis. Tom (15) ist schon lange genervt, dass Onur nicht nur dauernd gute Noten hat, sondern auch noch mit Linda befreundet ist. Er meint, Onur müsse auch mal Pech haben und postet, dass er ihn mehrfach auf der Schultoilette mit Spickzetteln während Klassenarbeiten gesehen hat. Nach der Schule hält er mit ein paar Freunden die Tür auf der Schultoilette so lange zu, bis Onur den Bus verpasst hat. Onurs Fluchen und Bitten nimmt er mit dem Handy auf und schickt sie im Klassen-Chat herum.

M15 Welche Gesetze gelten im Fall von Cybermobbing?

Es gibt bisher kein eigenständiges Gesetz, das (Cyber-)Mobbing direkt als Straftatbestand darstellt. Aber einzelne Handlungen, die im Zusammenhang mit (Cyber-)Mobbing vorkommen, sind strafbar. Hier sind die häufigsten:

Beleidigung (§ 185 Strafgesetzbuch)	Wer eine andere Person beschimpft, beleidigt oder anderweitig durch Äußerungen oder Handlungen in ihrer Ehre verletzt oder demütigt, macht sich strafbar.
Üble Nachrede und Verleumdung (§§ 186 & 187 Strafgesetzbuch)	Wer z. B. in Foren, sozialen Netzwerken oder Blogs Unwahrheiten über eine Person verbreitet oder Beleidigungen ausspricht, die dazu dienen, dem Ansehen der Person zu schaden, macht sich strafbar.
Nötigung (§ 240 Strafgesetzbuch)	Wer einer anderen Person Gewalt oder anderweitigen Schaden androht, sofern diese einer Forderung nicht nachkommt, etwas zu tun, zu dulden oder etwas zu unterlassen, macht sich strafbar.
Bedrohung (§ 241 Strafgesetzbuch)	Wer einer anderen Person mit einem Verbrechen droht, das sich gegen die Person selbst oder gegen eine dieser nahestehenden Person richtet, macht sich strafbar.
Erpressung (§ 253 Strafgesetzbuch)	Wer einer anderen Person Gewalt antut oder Schäden androht, um sich selbst oder einen Dritten zu bereichern, macht sich der Erpressung strafbar.
Recht am eigenen Bild (§§ 22 & 23 Kunsturheberrechtsgesetz)	Bilder und Videos dürfen nur verbreitet und veröffentlicht werden, wenn die abgebildete Person eingewilligt hat.
Verletzung der Vertraulichkeit des Wortes (§ 201 Strafgesetzbuch)	Wer von einer anderen Person unerlaubt Tonaufnahmen herstellt, z. B. von einem Vortrag, der nur für einen kleinen Personenkreis gedacht war, macht sich strafbar. Das gilt umso mehr, wenn diese Aufnahmen weitergegeben und veröffentlicht werden.
Verletzung des höchstpersönlichen Lebensbereichs (§ 201a Strafgesetzbuch)	Wer eine andere Person in deren Wohnung oder in einer intimen Umgebung, etwa in der Dusche, in der Toilette oder der Umkleide, heimlich fotografiert oder filmt, macht sich strafbar. Das gilt umso mehr, wenn solche Aufnahmen weitergegeben und veröffentlicht werden.

M16 Maßnahmen gegen Cybermobbing

Weitere Formen von Cyberkriminalität
Beim Cybergrooming erschleichen sich Personen mit vorgetäuschter Identität das Vertrauen eines potentiellen Opfers mithilfe von Schmeicheleien. Später belästigt der Täter das Opfer unsittlich oder zwingt es dazu, intime Bilder zu erstellen. Häufig erpressen bestimmte Tätergruppen die Betroffenen damit, ihre intimen Bilder zu veröffentlichen, wenn diese ihnen nicht sofort eine Geldsumme überweisen. Diese Form von Cybermobbing wird als Sextortion (extortion Englisch: Erpressung) bezeichnet.

Basierend auf: Jugendportal Handysektor: Cyber-Grooming – Sexuelle Belästigung in Chats, www.handysektor.de, Abruf am 02.06.2021

AUFGABEN

1. Notiert in Partnerarbeit, welche Konsequenzen der Fall für das Opfer und den Täter haben kann (**M14**).
2. Erkläre, gegen welche Gesetze der Täter im Fallbeispiel verstößt (**M14**, **M15**).
3. Erarbeitet in 4er-Gruppen ein Plakat mit Maßnahmen zum Umgang mit Cybermobbing. Teilt die vier Bereiche untereinander auf (**M16**).
   a) Prävention: Wie können wir Cybermobbing vorbeugen?
   b) Wissen: Wie kann ich meine Profile in Sozialen Medien schützen?
   c) Konsequenz: Wie können die Täter für ihre Taten bestraft werden?
   d) Hilfe: Was kann ich tun, wenn ich weiß, dass eine Person von Cybermobbing betroffen ist oder ich es selbst bin?
4. Diskutiert gemeinsam, welche Maßnahmen und Regeln für euch am sinnvollsten sind.

H zu Aufgabe 3
Denkt an alle Beteiligten des Schullebens. Schaut auch nach, was die Handy-Regelung in eurer Schule besagt.

F Erstellt einen Flyer mit euren Maßnahmen gegen Cybermobbing.

Der Fall Stefan M. – Simulation eines Jugendstrafprozesses

Nachdem du dich mit den Besonderheiten eines Jugendstrafprozesses sowie mit möglichen Strafzwecken beschäftigt hast, kannst du mit deinen Klassenkameradinnen und Klassenkameraden einen Jugendstrafprozess simulieren. Dabei geht es in erster Linie darum, eine angemessene Strafe für Stefan M. zu finden.

M17 Aus dem Ermittlungsbericht der Staatsanwaltschaft

Am Abend des 17.06.2019 entschlossen sich Stefan M., Thomas B. und Christiane O. die Gaststätte Wiesenstube [...] zu überfallen. [...] Entsprechend ihres Tatplans begaben sich die drei Angeschuldigten zum verabredeten Ort. Der Angeschuldigte Thomas B. führte einen Schlagstock, der Angeschuldigte Stefan M. eine einer Walther P99 täuschend ähnlich sehende Softair-Pistole mit. [...] Entsprechend ihres Plans stürmen die männlichen Angeschuldigten in die Gaststätte, während die Angeschuldigte Christiane O. vor der Gaststätte wartete, um Sorge dafür zu tragen, dass ihr Plan ungestört ausgeführt werden konnte. Thomas B. und Stefan M. waren maskiert. Sie richteten die Waffen sofort auf die geschädigten Gäste Michael Maier und Thorsten Müller und forderten mit den Worten „Überfall, alles Geld her" die Herausgabe von Bargeld. Da die Geschädigten um ihr Leben fürchteten – sie nahmen an, dass es sich bei der Waffe um eine echte Schusswaffe handelte – legten sie ihre Geldbeutel auf den Tisch. Die beiden Angeschuldigten entnahmen dem Geldbeutel des Geschädigten Maier 400,- EUR und dem Geldbeutel des Geschädigten Müller 5.000,- EUR. Weiter entwendeten sie ein auf dem Tisch liegendes Handy, Typ iPhone XR, des Geschädigten Maier im Wert von ca. 800,- EUR, um es ebenfalls für sich zu behalten. Danach flüchteten alle drei Angeschuldigten zu einem nahegelegenen Hinterhof, versteckten sich dort und teilten das Geld untereinander auf.

Nach: Reiter Mayer, Petra: PBU 3/2014

Schaubild und Rollenkarten: Simulation eines Jugendstrafprozesses

70052-80

H zu Aufgabe 1d
Macht euch gegebenenfalls Notizen und kennzeichnet im Flussdiagramm aus Aufgabe 1b) den Zeitpunkt eurer Simulationsbeteiligung.

AUFGABEN

1. Führt einen Jugendstrafprozess durch (**M17**, **QR-Code Materia**l).
   a) Analysiert den Fall Stefan M. (**M17**).
   b) Erstellt ein Flussdiagramm über den Ablauf einer Hauptverhandlung eines Jugendstrafprozesses (**QR-Code**).
   c) Verteilt alle Rollen (**siehe QR-Code Material**) so, dass jede und jeder von euch eine konkrete Rolle zugewiesen bekommt.
   d) Bereitet eure Rollen mithilfe des QR-Code-Materials vor.
2. Erläutere, inwiefern der Jugendstrafprozess einen Beitrag zur Erziehung von straffällig gewordenen Jugendlichen leisten kann.

JUGEND UND KRIMINALITÄT

DAS JUGENDSCHUTZGESETZ

Kapitel 7.3, M1-M3

Um Kinder und Jugendliche vor Gefahren zu schützen und ihnen mit zunehmendem Alter mehr Rechte zu geben, gibt es das Jugendschutzgesetz. Das Jugendschutzgesetz beschränkt den Zugang zu Produkten oder Orten, von denen eine mögliche Gefährdung für Kinder und Jugendliche ausgehen kann.

GRÜNDE FÜR JUGENDKRIMINALITÄT

Kapitel 7.3, M4, M5

Wenn Jugendliche straffällig werden, finden sich die Gründe dafür häufig in der Geschichte des Jugendlichen. Schlechte schulische Leistungen führen zu einem Misserfolgsgefühl, Anerkennung fehlt. Wenn freundschaftliche Beziehungen fehlen, fehlt eine gute Bindung. Auch hat das Umfeld der Gleichaltrigen großen Einfluss: Jugendliche lassen sich häufig zu Mutproben überreden. Auch eigene Erfahrungen mit Gewalt in der Familie sowie Drogen- und Alkoholkonsum verstärken straffälliges Verhalten. Durch die Straftaten erhoffen sich viele Jugendliche Anerkennung.

STRAFTATEN JUGENDLICHER

Kapitel 7.3, M6-M9

Die häufigsten Straftaten, die Jugendliche begehen, stehen in Zusammenhang mit dem Wunsch nach Anerkennung oder mit körperlichen Auseinandersetzungen. Die Jugendlichen wollen damit Aufmerksamkeit erregen, anderen imponieren oder ihre Grenzen austesten.

Bei der Sanktion von Straftaten unterscheidet man zwischen Strafmündigkeit und Deliktfähigkeit. Ein Jugendlicher ist deliktfähig, wenn er dazu herangezogen werden kann, den Schaden seiner Handlungen zu begleichen. Ab 14 sind Jugendliche dann meist strafmündig, also in der Lage ihr unrechtes Handeln zu erkennen und für ihre Taten strafrechtlich nach dem Jugendgerichtsgesetz einzustehen.

ZIELE UND AUFGABEN DES JUGENDSTRAFRECHTS

Kapitel 7.3, M10-M16

Für ihre Taten werden Jugendliche anders bestraft als Erwachsene. Die Strafen zielen darauf ab, dass der Jugendliche die Schwere seiner Tat erkennt und nicht wieder rückfällig wird. Dabei steht der Erziehungsgedanke im Vordergrund.

In Zeiten von Social Media muss auch der Umgang mit Cyberkriminalität verstärkt betrachtet werden, zu der auch Cybermobbing gehört. Cyberkriminalität verstößt auf vielfältige Weise gegen geltende Rechte (z.B. Recht am eigenen Bild, Beleidigung, Bedrohung), die bei einer Straftat Anwendung finden. Aber auch Maßnahmen der Prävention müssen verstärkt in den Blick genommen werden, um Cyberkriminalität angemessen vorzubeugen.

M1 Da mach ich nicht mit!

Tanja, Jacqueline, Murat und Kathi sitzen auf dem Spielplatz, sie haben Langeweile. „Und was machen wir jetzt?“, fragt Tanja. „Lasst uns doch ins Einkaufszentrum gehen“, schlägt Kathi vor. Murat erwidert: „Ich habe aber gar kein Geld, was soll ich denn da?“ „Na, das ist doch kein Grund. Mit einer CD kommst du doch locker an der Kasse vorbei – ohne zu zahlen ...“, klärt Kathi ihn auf. „Du meinst, wir sollen klauen?“, fragt Tanja erschrocken. „Warum denn nicht? Machen doch viele! Was meinst du, woher Jacqueline ihre neuen Ohrringe hat?!“ Jacqueline grinst. „Bleib doch hier, wenn du ein Angsthase bist!“, stichelt Kathi. Tanja zögert.

Aufgaben

1. Arbeite heraus, welche Werte und Normen Kathi und Jacqueline verletzen.
2. Erkläre, warum es für Tanja und Murat schwer ist, in dieser Situation „Nein“ zu sagen.
3. Erläutere, ausgehend von diesem Beispiel, welche negativen Einflüsse eine Peergroup hat.
4. Kathi und Jacqueline werden das nächste Mal beim Klauen erwischt. Notiere, welche Strafen du mit Blick auf das Jugendstrafrecht angemessen findest und begründe.

M2 Social Media Profile gestalten

Mit Social-Media-Profilen sollen bestimmte Erwartungen geweckt oder erfüllt werden.

Aufgaben

1. Erkläre, welche Bedeutung digitale Medien und die Peergroup für die Identitätsbildung von Jugendlichen haben.
2. Erläutere, was an der Status-Meldung von Thorben problematisch sein könnte.
3. Erstelle fiktive Social-Media-Profile für folgenden Anlässe:
   a) Bewerbungsprofil für einen Ausbildungsplatz
   b) Medienscouts-AG an der Schule
   c) Werbeseite für einen Sportverein
4. Begründe die Auswahl der Inhalte, Bilder und die Öffnung des Profils.

Online-Quiz zum Kapitel

82000-225

M3 Eine Konflikt- und Rechtsberatung für Jugendliche simulieren

Die Situation

Im Jugendzentrum gibt es zwei engagierte Jurastudenten, die eine Konflikt- und Rechtsberatung anbieten. Beide sind sehr kompetent, sowohl in rechtlichen Fragen als auch bei der Lösung von Konflikten und persönlichen Problemlagen. Die Beratung kann entweder in einem persönlichen Gespräch oder (auf Wunsch auch anonym) über eine Chat-Funktion erfolgen. Laura und Aaron möchten sich wegen folgender Problemsituationen beraten lassen:

1. Ein Fall von Sextortion?

Laura (16) wurde auf Instagram von Pascal, angeblich einem weltbekannten Fotografen, kontaktiert. Das Profil des attraktiven Mannes zeigte ihn bei mehreren Fotoshootings mit berühmten Mannequins in New York und Paris. Laura recherchierte und fand heraus, dass Pascals Agentur weltweit bekannt war. Pascal bewunderte Lauras Profilfotos: „Du bist wunderschön und ein geborenes Fotomodell." Dass Pascal Laura nach weiteren Fotos, auch in Unterwäsche und oben ohne, fragte, fand Laura nicht verdächtig. Schließlich arbeiten berühmte Models auch für die Dessous-Branche. Später bekam Laura eine Nachricht: „Überweise sofort 500 Euro oder ich veröffentliche deine Fotos. Pascal und sein – wie es sich später gezeigt hat – gefälschtes Profil waren dann nicht mehr zu finden.

2. Nötigung zur Teilnahme an einer Challenge

Aaron wurde von seinen Freunden in Tiktok aufgefordert, eine neue Challenge zu bestehen. Bisherige Challenges, zu denen sich Aaron und seine Freunde gegenseitig nominierten, waren eher witzig und harmlos. Nun soll er den hohen Mobilfunkmast von über 30 m Höhe erklimmen und von dessen Spitze aus ein Foto posten. Der Zugang zum Mast ist mithilfe eines Stacheldrahts abgesperrt. Nun drohen die Freunde Aaron, dass sie ihn als Looser im Netz abbilden und beschimpfen werden, wenn er sich der Herausforderung nicht stellt.

Aufgaben

1. Bildet Gruppen und übernehmt darin jeweils einen der Fälle. Bereitet euch auf eine Beratungssituation vor, indem ihr
   a) prüft, ob in dem Fall rechtliche Regelungen und/oder Konfliktlösungsstrategien von Bedeutung sind und diese ggf. im Detail klärt und
   b) eine konkrete Lösungsstrategie für den Fall entwickelt.
2. Legt im Anschluss die Rollen der Ratsuchenden fest.
3. Führt die Beratungen in einem persönlichen Gespräch oder im Chat durch.
4. Holt euch im Anschluss an jede Beratung ein Feedback aus der Klasse: War die Beratung sachlich korrekt? Ist die vorgeschlagene Lösung zielführend?

Tabelle zur Selbsteinschätzung

70052-81

Gemälde „Die Freiheit führt das Volk“ von Eugène Delacroix aus dem Jahr 1830

Die blutigen Aufstände der Französischen Revolution – was bleibt heute davon?

1848: Menschen in ganz Europa kämpfen für mehr Freiheit und ihre Rechte

Revolutionen im 18./19. Jahrhundert – Basis für unsere Grundrechte?

Das Grundgesetz der Bundesrepublik Deutschland ist die Grundlage für unser Zusammenleben. Es beinhaltet unter anderem die Grundrechte (freie Meinungsäußerung, Gleichberechtigung von Männern und Frauen, Gleichheit vor dem Gesetz, usw.).

Lithographie „Erinnerung an den Befreiungskampf in der verhängnisvollen Nacht vom 18.-19. März 1848“; zu sehen sind Straßenkämpfe in Berlin während der Märzrevolution im Jahr 1848 in Deutschland

Was weißt du schon?

1. Beschreibe die Bilder und Schlagzeilen. Was erfährst du hierdurch bereits über das 19. Jahrhundert?
2. Entwickelt in Kleingruppen Fragen zu den historischen Ereignissen. Zum Beispiel: Warum kam es in Frankreich zu Aufständen?
3. Einige der damaligen Themen sind auch heute noch aktuell, z. B.: Wie (stark) soll man sich für die eigenen Rechte einsetzen? (Wann) Sind Proteste und Revolutionen sinnvoll? Wie soll Mitbestimmung in der Gesellschaft überhaupt aussehen?
   Diskutiert diese Themen in der Klasse.

8

#Einigkeit, Recht und Freiheit – ein langer Weg?

Am 14. Juli feiern die Franzosen den Nationalfeiertag. Sie erinnern damit an den Beginn der Revolution und den Kampf für „Freiheit, Gleichheit und Brüderlichkeit“, denn gleiche Rechte für alle Menschen gab es nicht immer. Diese Rechte mussten sich die Menschen hart erkämpfen. Welche Bedeutung hat die Französische Revolution in diesem Zusammenhang? Welche Auswirkungen hatte sie? Kämpften die deutschen Bürgerinnen und Bürger auch für Freiheit und Menschenrechte?

Was lernst du in diesem Kapitel?

- ... die Ideen der Aufklärer und ihre Kritik am Absolutismus zu erläutern.
- ... politische und soziale Ursachen sowie die Anlässe der Französischen Revolution und der Revolution von 1848/49 zu erläutern und voneinander zu unterscheiden.
- ... wichtige Begriffe wie Revolution, Verfassung und Menschenrechte zu erklären.
- ... die verschiedenen Phasen der Französischen Revolution von 1789 und der Märzrevolution von 1848/49 zu beschreiben.
- ... die Folgen der Beschlüsse des Wiener Kongresses für die europäische Ordnung zu erläutern.
- ... die „Reichsgründung von oben“ des Deutschen Reiches durch drei Einigungskriege zu erklären.
- ... das Handeln der Anführer und Widersacher der Revolutionen hinsichtlich der Kategorien Freiheit und Gleichheit zu prüfen.

Flussdiagramme zu den Revolutionen erstellen

Worum geht es?

Den Revolutionen im 18./19. Jahrhundert gingen viele Ereignisse voraus und sie hatten vielfältige Folgen. Um die Abläufe, Prozesse und Handlungen besser verstehen und einordnen zu können, eignet sich ein Flussdiagramm. Dazu wird ein Ereignis als Startpunkt festgelegt. Der Pfeil bis zum nächsten Kästchen (Ereignis) zeigt eine zeitliche Abfolge oder ursächliche Folge. Das Gemeinsam Aktiv hilft euch dabei, gemeinsam ein Flussdiagramm zu erstellen und die Ereignisse der Revolutionen präsentieren zu können.

Start

Geht dabei so vor:

1 Teilt euch in Kleingruppen von 4 Schülerinnen und Schülern auf. Schneidet die Kärtchen aus und verschafft euch einen Überblick. Gibt es Informationen über Personen oder Zeitangaben?

2 Teilt die Kapitel 8.1 und 8.2 untereinander auf. Lest euer Kapitel gründlich durch und notiert Stichpunkte. Notiert euch wichtige Ereignisse mit Datum und Personen, die eine bedeutende Rolle spielen. Nicht vergessen solltet ihr auch die Begriffskästen und die Grundwissensseiten. (→ #Absolutismus, #Revolution)

3 Stellt euch nun gegenseitig die Kapitel vor.

4 Im nebenstehenden QR-Code könnt ihr Ereigniskarten zu den Ereignissen in Kapitel 8.1 und 8.2 abrufen und diese ausdrucken (lassen). Alternativ könnt ihr die Ereigniskarten auch digital nutzen. Sortiert nun in eurer Kleingruppe gemeinsam die Ereigniskarten, indem ihr sie in die richtige Reihenfolge bringt. Prüft anschließend gemeinsam anhand eurer Stichpunkte zu den einzelnen Kapiteln, ob die Kärtchen richtig angeordnet sind. Ergänzt ggf. auch noch Pfeile zwischen unterschiedlichen Ereigniskarten, um zu zeigen, wie die Ereignisse zusammenhängen. Klebt nun das fertige Flussdiagramm auf ein Plakat.

Ereigniskarten zu Kapitel 8.1 und 8.2 zum Download

70052-82

5

Bereitet euch auf einen Kurzvortrag vor, indem ihr die Ereignisse aufteilt. Jeder notiert mindestens 1-2 Sätze zum Ereignis, um es gut erklären zu können.

6

Stellt nun den anderen Schülerinnen und Schülern euer Flussdiagramm vor und erläutert die Ereignisse.

7

Erarbeitet euch die Inhalte des Kapitels 8.3 ebenfalls arbeitsteilig und erstellt nun selbst Ereigniskarten zu den Ereignissen von 1815-1871.

Ziel

8

Tauscht jeweils die Ereigniskarten der Gruppen in eurer Klasse untereinander aus und bringt die Ereignisse wiederum in die richtige Reihenfolge. Anschließend könnt ihr die Ergebnisse wieder kurz vorstellen.

Starthilfe für die Sortierung der Ereigniskarten:

Im Jahr 1861 übernahm König Ludwig XIV. die Regierungsgeschäfte in Frankreich.

→

König Ludwig XIV. leitete die Verwaltung des Staates. Darüber hinaus bestimmte er die Gesetze und die Rechtsprechung.

→

Was passierte als nächstes? Welches Kärtchen passt?

8.1 Der französische Absolutismus – steht der König über dem Gesetz?

König Ludwig XIV. – ein Star seiner Zeit?

Überlegst du dir manchmal, welche Pose du für dein neues Selfie einnehmen möchtest? Bereits König Ludwig XIV. machte sich 1701 Gedanken über seine Darstellung. Wie präsentierte er sich?

Methode: Interpretation eines Herrscherbildes

70052-83

absolut
aus dem Lateinischen absolutus = vollständig, ganz

M1 Wie viel Macht hatte König Ludwig XIV.?

„Ölgemälde von Hyacinthe Rigaud, 1701“
Das große Gemälde (1,94m x 2,77m) zeigt den 63-jährigen König, der seit 40 Jahren Frankreich regiert.

Bereits mit 23 Jahren übernahm Ludwig XIV. die Regierungsgewalt im Jahr 1661. Er herrschte in Frankreich absolut. Das heißt, er bestimmte über alles ganz allein. Er erließ Gesetze und konnte sie wieder aufheben. Als oberster Richter verurteilte er, wen er wollte, und entschied über die Strafe der oder des Verurteilten. Ludwig XIV. hatte den Oberbefehl über das Heer und konnte über Krieg und Frieden entscheiden. Er regelte die Einnahmen und Ausgaben des Staates. Ausgewählte Adelige und Geistliche durften den König beraten. Er sah sich als Herrscher von Gottes Gnaden. Seine Taten mussten nur vor Gott gerechtfertigt werden. Seine 20 Millionen Untertanen mussten ihm gehorchen. Verräter ließ er verhaften.

Herrscher von Gottes Gnaden
Könige, wie Ludwig XIV. waren der Meinung, dass es Gottes Wille sei, dass sie an der Macht sind.

M2 Die Herrschaft im Absolutismus

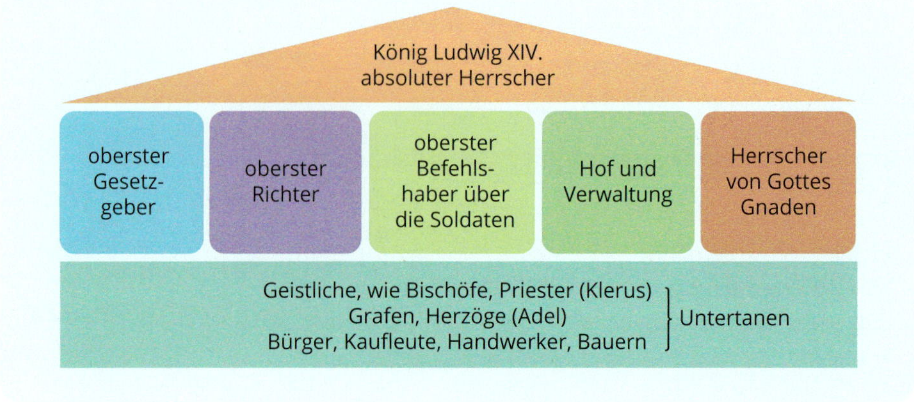

M3 Das Leben in Versailles – Vergnügen oder Zwang?

Ludwig XIV. befahl 1661 den Bau eines prachtvollen Schlosses in der Stadt Versailles in der Nähe von Paris. Wer eine angesehene Position und Einfluss auf den König haben wollte, musste in der Nähe des Schlosses leben. Dort fielen die Entscheidungen über Ämter und Orden. Der Herzog Louis von Saint-Simon lebte seit 1691 in Versailles und schrieb:

Über alles liebte [der König] Pracht, Glanz, verschwenderische Fülle und üppigen Aufwand. [...] Um ihm zu gefallen, stürzte man sich in Riesenausgaben für festliche Gelage, Gewänder, Pferde [...]. Was er in Wirklichkeit erstrebte und auch erreichte, war, die Geldmittel der Gesellschaft zu erschöpfen. Indem er den Luxus zur Ehrenpflicht und teils sogar zur Notwendigkeit machte, gedachte er, allmählich jedermann in vollkommende Abhängigkeit von seinen Gunstbezeugungen und Zuwendungen zu bringen.

von Massenbach, Sigrid (Hg.): Die Memoiren des Herzogs von Saint-Simon, Band 3, 1790-1815, Frankfurt a.M./Berlin/Wien: Ullstein Verlag, 1985, S. 293 f.

ABSOLUTISMUS

Der Absolutismus war eine Herrschaftsform, bei der der König alle Gewalten innehatte und über alles selbst bestimmen konnte. Er sah sich dabei legitimiert (berechtigt) durch Gott.
Die Herrschaftsform hatte ihren Höhepunkt im 17. /18. Jahrhundert. Der Erfolg von Ludwig XIV. als absoluter Herrscher (Monarch) und sein glanzvolles Hofleben machten die Herrschaftsform zum Vorbild in Europa. Daher bezeichnen wir diese Zeit als „Zeitalter des Absolutismus". Weitere Quellen zeigen jedoch, dass der König kluge Männer wie Minister und Diplomaten brauchte, sodass er nicht ganz allein herrschte. Er war allerdings verantwortlich für die getroffenen Entscheidungen.

Monarchie
Eine Herrschafts- und Staatsform, in der eine einzelne Person, die Königin oder der König, die Herrschaft ausübt. Heute gibt es auch Monarchien, in denen der Monarch eine eher repräsentative Stellung hat, z. B. in Großbritannien.

AUFGABEN

1. a) Stellt zu zweit Vermutungen auf, wie das Herrscherbild bei der Betrachterin oder dem Betrachter wirken sollte (**M1**).
b) Interpretiert in der Klasse das Herrscherbild von Ludwig XIV. (**M1, Methode im QR-Code**).

2. Erläutere, welche Macht König Ludwig XIV. als absolutistischer Herrscher hatte (**M2, M3**).

3. a) Erörtert zu zweit, ob eine Adelige / ein Adeliger in der Nähe des Königs in Versailles leben sollte (**M2, M3**). Sammelt Vor- und Nachteile in einer Tabelle.
b) Beurteilt, wie sich eine Adelige / ein Adeliger damals entscheiden würde.

4. Beantwortet gemeinsam in der Klasse die Leitfrage:
War König Ludwig XIV. ein Star seiner Zeit?

H zu Aufgabe 3a
Beispiel für ein Vorteil: Einfluss auf den König
Nachteil: ständig unter Beobachtung des Königs

F Recherchiere im Internet, warum König Ludwig XIV. auch „Sonnenkönig" genannt wurde.

Aufklärung – selbst denken?

Den Verstand benutzen, dir selbst eine Meinung bilden und Informationen auch kritisch prüfen? Das klingt für dich heute logisch. Doch früher glaubten die Menschen das, was die Kirche oder der König sagte. Warum glaubten die Menschen ab dem 18. Jahrhundert nicht mehr alles?

M4 Der Mensch: Untertan oder freier Bürger?

„Die Menschen werden allesamt als Untertanen geboren."
(Hofprediger Ludwigs XIV. im Jahr 1862)

„Kein Mensch hat von Natur aus das Recht erhalten, über andere zu herrschen."
(französischer Philosoph Denis Diderot, 1713-1784)

M5 „Habe Mut, dich deines eigenen Verstandes zu bedienen."

Immer mehr Naturwissenschaftler stellten fest, dass die Abläufe in der Natur nach bestimmten Regeln verlaufen. Die Menschen beobachteten die Natur und führten Experimente durch. Überliefertes Wissen prüften die Wissenschaftler nun kritisch. Das Zeitalter der Aufklärung begann im 18. und 19. Jahrhundert in Europa. Die „Aufklärer", auch Philosophen, ermutigten die Menschen dazu, sich ihr Wissen durch eigenes Denken und Forschen zu erarbeiten. Philosophen wie Immanuel Kant (1724-1804), Charles de Montesquieu (1689-1755) oder Jean-Jacques Rousseau (1712-1778) forderten die Menschen dazu auf, selbst zu denken. Die Menschen prüften nun alle Bereiche des Lebens kritisch. Die von Gott gewollte Herrschaft von Königen und Fürsten wurde nun auch kritisch gesehen. In ganz Europa fingen die Menschen an über die Ideen der Aufklärung zu diskutieren. Durch Zeitschriften und Flugblätter verbreiteten sich Nachrichten und somit neue Erfindungen oder Entdeckungen.

M6 Was dachten die Schriftsteller und Philosophen damals?

das Joch
Anstrengung, Belastung

Entsagung
Einstellung

a) Jean Jaques Rosseau

Der Mensch wird frei geboren und überall ist er in Ketten. [...] Solange ein Volk gezwungen wird zu gehorchen und gehorcht, so tut es wohl; sobald es aber das Joch abwerfen kann und es abwirft, so tut es besser. [...] Auf Freiheit zu verzichten, heißt auf seine Freiheit, die Menschenrechte, ja selbst auf seine Pflichten verzichten. [...] Eine solche Entsagung ist mit der Natur des Menschen unvereinbar.

Jean-Jacques Rousseau, Kupferstich; der in Genf geborene Schriftsteller, Philosoph und Pädagoge Rousseau (1712-1778) kam 1742 nach Paris und lernte dort führende Aufklärer kennen.

Zitiert nach: Rousseau, Jean-Jacques: Der Gesellschaftsvertrag oder die Grundsätze des Staatsrechtes, in der verb. Übers. v. Hermann Denhardt, Hg. u. eingel. v. Heinrich Weinstock, Stuttgart 1963, S. 36.

b) Immanuel Kant

Aufklärung ist der Ausgang des Menschen aus seiner selbstverschuldeten Unmündigkeit. Unmündigkeit ist das Unvermögen, sich seines Verstandes ohne Leitung eines anderen zu bedienen. Selbstverschuldet ist diese Unmündigkeit, wenn ihre Ursache nicht am Mangel des Verstandes, sondern der Entschlusskraft und des Mutes liegt, sich seiner ohne Leitung eines andern zu bedienen. Sapere aude! Habe Mut, dich deines eigenen Verstandes zu bedienen!, ist also der Wahlspruch der Aufklärung.

Zitiert nach: Schulze, Hagen / Paul, Ina Ulrike (Hg.): Europäische Geschichte. Quellen und Materialien, München 1994, S. 856 (vereinfacht)

Der deutsche Philosoph Immanuel Kant (1724 - 1804) hat viele grundlegende Werke zur menschlichen Vernunft verfasst und gilt als Vater der Aufklärung.

Unmündigkeit
Die Unfähigkeit, bestimmte Entscheidungen zu treffen.

c) Charles de Montesquieu

In jedem Staat gibt es drei Arten von Gewalt: die vollziehende Gewalt, die gesetzgebende Gewalt und die richterliche. Wenn in derselben Person die gesetzgebende Gewalt mit der vollziehenden vereinigt ist, gibt es keine Freiheit. [...] Es gibt ferner keine Freiheit, wenn die richterliche Gewalt nicht von der gesetzgebenden und vollziehenden getrennt ist.

de Montesquieu, Charles: Vom Geist der Gesetze, eingel., ausgew. und übers. von Kurt Weigand, Stuttgart 1994, S. 216 f. (vereinfacht)

Charles de Montesquieu (1689-1755) war Rechtsgelehrter und Schriftsteller. Er übernahm öffentliche Ämter und reiste durch Europa, um sich über Politik und Justiz zu informieren.

Gewaltenteilung
→ Kap. 11.1, M4-M6

Die Gewaltenteilung

Exekutive
= ausführende Gewalt

Legislative
= gesetzgebende Gewalt

Judikative
= richterliche Gewalt

AUFGABEN

1. Vergleicht die zwei Aussagen (**M4**). Wem würden König Ludwig XIV., der Adel, die Bürger oder die Bauern zustimmen? Sammelt im Plenum eure Ideen.
2. Beschreibe, was sich im Zeitalter der Aufklärung veränderte (**M5**).
3. a) Arbeitet zu zweit und ordnet die folgenden Ausdrücke den Zitaten (**M6**) zu: Gewaltenteilung, Verstand nutzen, Freiheit des Einzelnen, Mut haben, Menschenrechte.
   b) Erklärt euch gegenseitig, was die „Aufklärer" (**M6**) kritisierten.
4. a) Nenne die drei Gewalten in unserem heutigen Staat. Wer vertritt heutzutage die jeweilige Gewalt (**Randspalte zu M6, QR-Code**)?
   b) Diskutiert in der Klasse, ob es sinnvoll ist, wenn der König als absoluter Herrscher über alle drei Gewalten bestimmt (**M6c, Randspalte**).
5. Erörtert im Plenum, inwiefern die Ideen der „Aufklärer" mit der Herrschaftsform des Absolutismus vereinbar waren (**M2, #Absolutismus, M4-M6**).

Erklärfilm zur Gewaltenteilung

70052-84

H zu Aufgabe 1
Formulierungshilfen:
- Ich stimme ... zu, weil ...
- Ich stimme ... nicht zu, weil ...
- Ich enthalte mich, da ...
- ...

Frankreich in der Krise – haben die absoluten Monarchen versagt?

König Ludwig XIV. führte ein sehr kostspieliges Leben. Der Adel und der Klerus hatten Sonderrechte und mussten keine Steuern zahlen. Die Hauptlast trug der Dritte Stand, also die Bürger und Bauern, die den Großteil der Bevölkerung ausmachten. Kannst du dir vorstellen, wie die Stimmung im Volk war?

M7 Erzbischof Fénelon wendet sich an Ludwig XIV.:

Ihre Einnahmen und Ausgaben sind ins Unendliche gewachsen. [...] Das Volk selber [...] fängt an, die Freundschaft, das Vertrauen und selbst die Verehrung für Sie zu verlieren. Ihre Siege, Ihre Eroberungen sind ihm kein Fest mehr; voll Erbitterung und Verzweiflung kann es nicht mitfeiern; vielmehr zündet nach und nach in allen Teilen des Landes der Funke des Aufruhrs.

Guggenbühl, Gottfried / Huber, Hans C.: Ein Mahnwort an Ludwig XIV. In: Quellen zur Geschichte der Neueren Zeit, Zürich 1965, S. 250, neu bearbeitet von Hans C. Huber

M8 Die Krise in Frankreich spitzt sich zu

Ludwig XIV. sagte im September 1715 auf dem Sterbebett zu seinem fünfjährigen Urenkel und Thronfolger Ludwig XV., dass er die Finger weg lassen sollte vom Bauen und Krieg führen. Doch auch nach dem Tod von Ludwig XIV. führte der König ein Leben in Luxus und die Schulden nahmen weiter zu. Im Jahr 1788 kam es zu einer großen Hungersnot. Der Winter war zu kalt und der Sommer zu heiß, sodass es zu Missernten kam. Als Folge stiegen die Brotpreise stark an. Die Bürger und Bauern hungerten. Der Adel forderte von den Bauern weiter Abgaben und Frondienste. Die Bauern wurden wütend auf die Adeligen und die Bischöfe (Klerus), da sie mehr Rechte (Privilegien) hatten. Sie besaßen viel Land und zahlten keine Steuern. Im Jahr 1788 war Frankreich sehr hoch verschuldet. Der aktuelle König Ludwig XVI. konnte die Schulden nicht mehr bezahlen. Der Finanzminister schlug vor, die Steuern zu erhöhen.

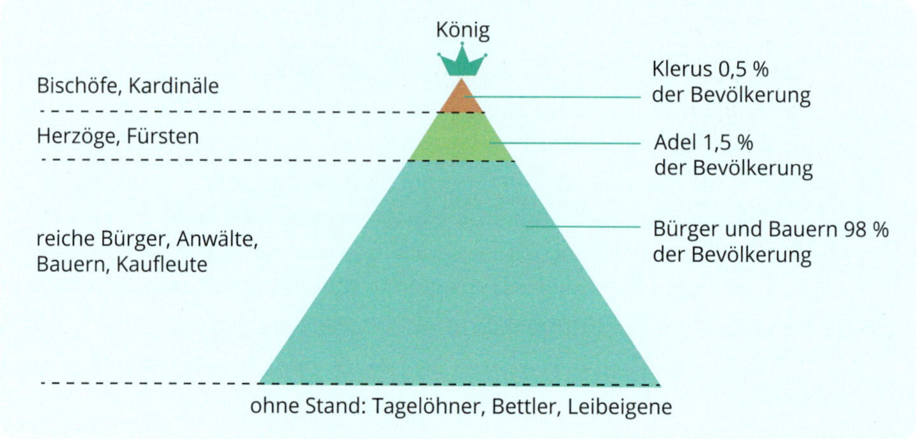

Ständegesellschaft
Bereits im Mittelalter wurden die Menschen mit Geburt in drei Stände eingeteilt. Das wurde mit dem Willen Gottes begründet und auch nicht in Frage gestellt. Ganz wenige schafften einen Aufstieg in den zweiten Stand. Das war möglich, wenn Adelige Ämter vergaben.

M9 Die Einberufung der Generalstände

Erstmals nach 150 Jahren rief König Ludwig XVI. die Generalstände ein. 300 Vertreter des Ersten und Zweiten Standes und 600 Vertreter des Dritten Standes zogen am 5. Mai 1789 in das Versailler Schloss ein. Viele Bauern brachten Beschwerdehefte mit. Doch der König und der Finanzminister interessierten sich nicht für Beschwerden. Der König wollte lieber über höhere Steuern sprechen, um den Staat vor einem Bankrott zu schützen. Die Stände sollten über die neuen Vorschläge getrennt beraten und abstimmen. Der Dritte Stand befürchtete, dass sie von dem Ersten und Zweiten stand mit 2:1 überstimmt werden. Das empfand der Dritte Stand als ungerecht, da sie 98 Prozent der Bevölkerung ausmachten.

Beschwerdehefte
In diesen Beschwerdeheften berichteten die Bauern über ihre Not. Sie forderten zum Beispiel die Abschaffung der Privilegien für den Adel und Klerus.

M10 Die Beschwerden der Bauern

„Man muss hoffen, dass dieses Spiel bald vorbei ist", seufzt der Bauer. Radierung einer unbekannten Künstlerin / eines unbekannten Künstlers von 1789. Das Bild wurde als Flugblatt verbreitet.
1 Auf dem aus der Hose hängenden Taschentuch der unteren Person steht „Salz- und Tabaksteuer, Grundsteuer,
2 auf dem Säbel steht „gerötet von Blut"
3 auf der Hacke steht „mit Tränen getränkt".
4 Das dunkle Gewand (Soutane),
5 die Halsbinde („Beffchen") und
6 das Kreuz am Hals
kennzeichnen die Zugehörigkeit der Person zu einem bestimmten Stand.

Eine Karikatur analysieren
→ Methodenglossar

AUFGABEN

1. a) Beschreibe, wie der Erzbischof Fénelon die Stimmung des Volkes wiedergibt (**M7**).
   b) Stellt zu zweit Vermutungen darüber an, was König Ludwig XIV. dem Erzbischof geantwortet haben könnte.
2. Arbeitet zu zweit und erläutert gemeinsam, welche Ursachen die Krise in Frankreich verstärkten (**M1, M5, M8, M9**). Erstellt ein Schaubild.
3. Bildet Vierergruppen und verfasst Redebeiträge: Ludwig XVI., ein Adliger, ein Geistlicher und ein Bauer aus dem Dritten Stand sagen, mit welchem Ziel sie die Generalstände besuchen (**M9**).
4. Analysiere die Karikatur (**M10**).
5. Beurteile, ob die absoluten Monarchen versagt haben (**M8-M10**).

H zu Aufgabe 2
Beantwortet hierzu folgende Fragen:
- Womit waren einige Menschen unzufrieden?
- Warum spielte das neue Denken der Menschen eine Rolle?
- Wie verhielt sich der König?

H zu Aufgabe 5
Nutzt hierfür folgende Begriffe: Staatsausgaben, Herrschaftsform, Ständegesellschaft

F Stell dir vor, du wärst Berater des Königs. Welchen Rat würdest du König Ludwig XVI. geben? Notiere 2-3 Sätze.

8.2 Die Französische Revolution – das Volk erhebt sich

Warum kommt es in Frankreich zur Revolution?

Im Februar 1789 schrieb der französische Priester Sieyès: „Was ist der Dritte Stand? – Alles. Was ist er bisher in der politischen Ordnung gewesen? – Nichts. Was fordert er? – Darin etwas zu werden." Kann sich der Dritte Stand von seiner Last befreien?

M1 Der Sturm auf die Bastille

Zeitgenössisches Ölgemälde von Jean-Baptiste Lallemand. Am 14. Juli versammelten sich Tausende bewaffnete Männer und Frauen vor einem Staatsgefängnis in Paris, der Bastille. Das verhasste Gefängnis war ein Symbol der Unterdrückung der Bevölkerung. Die Menge stürmte das Gefängnis. Daher spricht man vom Sturm auf die Bastille. Bei der Belagerung starben fast 100 Aufständische.

M2 Kann der Dritte Stand etwas ändern?

Ballhausschwur
Die Abgeordneten schworen sich am 20. Juni 1789 in einem Ballhaus nicht eher auseinander zu gehen, bis das Frankreich eine Verfassung habe.

Der Dritte Stand forderte unter anderem, dass jede einzelne Stimme der Abgeordneten gezählt werden sollte, eine sogenannte Abstimmung nach Köpfen. Der König, der Adel und der Klerus lehnten die Forderung jedoch ab. Da König Ludwig XVI. nicht auf die Forderungen des Dritten Standes einging, erklärte sich der Dritte Stand am 17. Juni 1789 zur Vertretung des Volkes (Nationalversammlung). Die Mitglieder sollten eine Verfassung ausarbeiten. Im Gegenzug sperrte der König den Sitzungssaal. Die Abgeordneten des Dritten Standes zogen in ein Ballhaus (größere Halle) in der Nähe. Der Adel und der Klerus schlossen sich der Nationalversammlung an. Am 20. Juni legten die Vertreter aller Stände den Schwur ab, nicht eher auseinander zugehen bis Frankreich eine gerechte Verfassung haben würde. Dieser Schwur markierte den Beginn der Revolution. Der König musste nachgeben und die neue Nationalversammlung anerkennen.

M3 Revolutionen in Stadt und Land

Bei vielen Menschen in Paris waren die Not und der Hunger weiterhin sehr groß. Die Bevölkerung setzte ihre Hoffnungen auf die Abgeordneten der Nationalversammlung. Gerüchte verbreiteten sich, dass der König sich mit Truppen, fast 20 000 Männern, um Paris versammelt habe. Über das Handeln des Königs waren die Menschen sehr wütend. Sie plünderten Waffenhändler und bewaffneten sich. Am 14. Juli ereignete sich dann der Sturm auf die Bastille (M1). Der 14. Juli ist bis heute der Nationalfeiertag der Franzosen, weil er als Beginn der Französischen Revolution gilt.

Ausgehend von Paris breitete sich die Revolution auf ganz Frankreich aus. Die Bauern weigerten sich, weiter Steuern und Abgaben zu zahlen. Sie bewaffneten sich zum Beispiel mit Sensen, Mistgabeln oder Jagdgewehren und drangen gewaltsam in die Schlösser der Grundherren ein. Sie verlangten Urkunden, auf denen ihre Abgaben und Leistungen standen. Diese Urkunden verbrannten sie. Der Adel und der Klerus verzichteten auf ihre Privilegien.

Ländlicher Aufruhr, anonymer Kupferstich, um 1789

REVOLUTION

Revolution bezeichnet die schnelle und radikale Veränderung der gegebenen politischen, sozialen und wirtschaftlichen Verhältnisse.
Die bekannteste Revolution in der Geschichte ist die Französische Revolution von 1789. Damals wurde durch einen großen Volksaufstand der König gestürzt. Unter schweren Opfern entstand eine neue politische Ordnung, in der nicht mehr der König, sondern das Volk die Macht hatte. Bei Revolutionen wird generell zwischen Ursachen und Anlass unterschieden. Mit Ursachen sind meist weiter zurückliegende Gründe, wie die Benachteiligung einer bestimmten Bevölkerungsgruppe, gemeint. Der Anlass ist ein Ereignis durch das die Lage sich dann schnell verändert.

AUFGABEN

1. a) Beschreibe das Bild zum „Sturm auf die Bastille" (**M1**).
b) Stellt Vermutungen an: Wie kam es zu einem Angriff?

2. a) Arbeite den Anlass für den Beginn der Revolution aus **M2** heraus.
b) Erläutere, welche Ursachen die Französische Revolution hatte und stelle diese dem Anlass der Revolution gegenüber (**M2, #Revolution**).

3. Stellt euch vor, ihr seid Reporter:in und berichtet über die Ereignisse im Jahr 1789. Erstellt Audiodateien (**M2, M3**).
a) Schildert in einer ersten Folge die Situation in der Stadt Paris.
b) Beschreibt dann, wie sich die Revolution auf das Land ausbreitete.

F zu Aufgabe 2
Begründe, warum sich der Dritte Stand zur Nationalversammlung erklärte.

H zu Aufgabe 2b
Rufe dir die der Revolution vorangegangenen Entwicklungen in Erinnerung und sieh dir das erstellte Schaubild aus Aufgabe 2, S. 223 nochmals an.

H zu Aufgabe 3a
Notizen des der Reporterin / des Reporters:
- Stimmung des Volkes
- Gründe für die Unzufriedenheit
- Nationalversammlung
- 14. Juli 1789
- Gefängnis

Bedeutung der Menschen- und Bürgerrechte – damals und heute

Unter Menschenrechten verstehen wir Rechte, die jeder Mensch auf der Welt hat. Diese Rechte mussten hart erkämpft werden. Aber auch heute muss für die Einhaltung oder Umsetzung der Menschenrechte gekämpft werden. Hast du in den Medien von Beispielen gehört, in denen gegen die Menschenrechte verstoßen wurde?

M4 Die Erklärung der Menschen- und Bürgerrechte

Die Erklärung vom 26. August 1789 wird der Verfassung von 1791 vorangestellt.

Da die Vertreter des französischen Volkes, als Nationalversammlung eingesetzt, erwogen haben, dass die Unkenntnis, das Vergessen oder die Verachtung der Menschenrechte die einzigen Ursachen des öffentlichen Unglücks und der Verderbtheit der Regierung sind, haben sie beschlossen, die natürlichen und unveräußerlichen und heiligen Rechte der Menschen in einer feierlichen Erklärung darzulegen.

Artikel 1: Die Menschen sind und bleiben von Geburt frei und gleich an Rechten.

Artikel 2: Das Ziel jeder politischen Vereinigung ist die Erhaltung der natürlichen und unveräußerlichen Menschenrechte. Diese Rechte sind Freiheit, Eigentum, Sicherheit und Widerstand gegen Unterdrückung.

Artikel 6: Das Gesetz ist der Ausdruck des allgemeinen Willens. Alle Bürger haben das Recht, persönlich oder durch ihre Vertreter an seiner Formung mitzuwirken. Es soll für alle gleich sein.

Artikel 11: Die freie Mitteilung der Gedanken und Meinung ist eines der kostbarsten Menschenrechte. Jeder Bürger kann also frei schreiben, reden, drucken unter Vorbehalt der Verantwortlichkeit für den Missbrauch dieser Freiheit in den durch Gesetze bestimmten Fällen.

Gerhard, Ute: Menschenrechte – Frauenrechte 1789, in: Viktoria Schmidt-Linsenhoff (Hg.), Sklavin oder Bürgerin? Französische Revolution und neue Weiblichkeit, Frankfurt a. M. 1989, S. 70 ff. (gekürzt)

Die Erklärung der Menschen -und Bürgerrechte (Déclaration des droits de l`homme et du citoyen) ist ein Gemälde von Jean-Jacques-François Le Barbier aus dem Jahr 1789/90. Die beiden Frauengestalten symbolisieren „Frankreich" und das „Gesetz". Das „Auge der Vernunft" wacht über sie. Hiermit wird eine Verbindung zu den Ideen der Aufklärung und zur Vernunft gemacht. Die beiden Schrifttafeln erinnern an die Gesetzestafeln von Moses mit den zehn Geboten. Auf dem Spieß in der Mitte (Pike) ist eine rote Mütze abgebildet. Sie ist ein Zeichen für die Wehrhaftigkeit der Bürger.

M5 Eine wichtige Errungenschaft bis heute

Die Abgeordneten der Nationalversammlung arbeiteten mit Hochdruck an einer „Erklärung der Rechte der Menschen und Bürger". Die Menschen- und Bürgerrechte wurden am 26. August 1789 veröffentlicht. Die Abgeordneten orientierten sich dabei an der amerikanischen Unabhängigkeitserklärung von 1776. Allerdings wurden 1789 Frauen noch nicht einbezogen. Diese Ungerechtigkeit sahen 1789 nur wenige Personen. Ludwig XVI. erkannte die Menschenrechte zunächst nicht an. Am 5. Oktober waren über 60 000 bewaffnete Frauen nach Versailles gezogen, um über die mangelhafte Brotversorgung in Paris zu protestieren. Nach blutigen Kämpfen gab der König nach und versprach eine bessere Lebensmittelversorgung und die Anerkennung der Erklärung der Bürger- und Menschenrechte. Die Erklärung der Menschenrechte gehört zu den wichtigsten Errungenschaften der Französischen Revolution und wurde Vorbild für viele demokratische Verfassungen. Das Grundgesetz der Bundesrepublik Deutschland, das 1949 beschlossen wurde, hatte ebenfalls die Erklärung der Menschenrechte der Französischen Revolution zum Vorbild.

Grundrechte
→ Kap. 11.2

Zusatzkapitel: Eine Verfassung soll her! Kann jeder mitbestimmen?

70052-152

M6 Bürgerrechte auch für Frauen?

Erklärung Olympe de Gouges' von 1791:

Wir, die Mütter, Töchter, Schwestern, Vertreterinnen der Nation, verlangen, in die Nationalversammlung aufgenommen zu werden. So haben wir uns entschlossen, in einer feierlichen Erklärung die natürlichen, unveräußerlichen und heiligen Rechte der Frau dazulegen.

Art. 1: Die Frau ist frei geboren und bleibt dem Manne gleich in allen Rechten.

Art. 2: Ziel und Zweck jedes politischen Zusammenschlusses ist der Schutz der natürlichen und unveräußerlichen Rechte sowohl der Frau als auch des Mannes. Diese Rechte sind: Freiheit, Sicherheit, das Recht auf Eigentum und besonders das Recht auf Widerstand gegen Unterdrückung.

Art. 6: Alle Bürgerinnen und Bürger sollen persönlich oder durch ihre Vertreter an der Gestaltung des Gesetzes mitwirken. Es muss für alle das Gleiche sein.

Art. 11: Die freie Äußerung von Gedanken und Meinungen ist eines der wertvollsten Rechte der Frau. Jede Bürgerin darf also frei sagen: „Ich bin Mutter eines Kindes, das von Ihnen ist", ohne dass ein grausames Vorurteil sie zwingt, die Wahrheit zu verheimlichen.

Gerhard, Ute: Menschenrechte – Frauenrechte 1789, in: Viktoria Schmidt-Linsenhoff (Hg.), Sklavin oder Bürgerin? Französische Revolution und neue Weiblichkeit, Frankfurt am Main 1989, S. 68 ff. (gekürzt und angepasst)

Olympe de Gouges (1748-1793)

Die Vereinten Nationen
Man sagt dazu auch: UN (United Nations). Die UN wurden nach dem Zweiten Weltkrieg gegründet. Ihr Hauptziel ist die Friedenssicherung. Die UN achtet darauf, ob sich die Länder an die Abmachungen halten.

Video: Die Geschichte der Menschenrechte

70052-85

M7 Umsetzung der Menschenrechte – auch heute ein Kampf?

Am 10. Dezember 1948 wurde in Paris die Allgemeine Erklärung der Menschenrechte von der Generalversammlung der Vereinten Nationen angenommen. Die Länder dieser Welt sollen diese Menschenrechte als Vorlage für ihre Rechte im Land verwenden. In manchen Ländern dieser Welt werden die Menschenrechte von der Regierung nicht umgesetzt. Einzelne Personen, Menschenrechts-Organisationen oder Expertinnen und Experten der Vereinten Nationen müssen dann dafür kämpfen, dass der Staat die Menschenrechte beachtet. Das kann auch sehr gefährlich sein.

Malala Yousafzai setzte sich bereits als Kind für die Umsetzung der Menschenrechte in Pakistan ein. Besonders das Recht auf Bildung und Gleichberechtigung für Mädchen und Frauen war ihr sehr wichtig. Damit zog sie die Wut der Terrorgruppe Taliban auf sich. Die Terrorgruppe will nicht, dass Frauen arbeiten und Mädchen in die Schule gehen. Malala kritisierte bereits mit elf Jahren das Vorgehen der Terrorgruppe in einem Internettagebuch. Die Taliban sahen sie als Feindin und stoppten am 9. Oktober 2012 den Schulbus. Sie war damals fünfzehn Jahre alt und wurde durch einen Kopfschuss schwer verletzt. Sie überlebte und kämpfte weiter. Im Jahr 2014 erhielt sie für ihren Einsatz in Pakistan den Friedensnobelpreis. Im Jahr 2017 wurde Malala zur jüngsten UN-Friedensbotschafterin ernannt.

AUFGABEN

1. Sammelt in der Klasse Ideen: Was verbindet ihr mit Menschenrechten?
2. Untersucht zu zweit das Gemälde. Was soll die im Bild verwendete Symbolik verdeutlichen (**M4**)?
3. Ordne die Begriffe den Artikeln der Menschenrechtserklärung zu: Freiheit, Gleichheit, Pressefreiheit, Meinungsfreiheit, Sicherheit, Eigentum, Mitwirkung an der Gesetzgebung (**M4**).
4. a) Erkläre König Ludwig XVI. Haltung zu den Menschenrechten (**M5**).
   b) Arbeite die Bedeutung der Menschenrechte von 1789 für uns heute in Deutschland aus **M5** heraus.
5. Arbeitet zu zweit und vergleicht die Erklärung der Menschenrechte (**M4**) mit der Erklärung der Frauenrechte von Olympe de Gouges (**M6**).
6. a) Erkläre, warum auch heute noch für die Einhaltung der Menschenrechte gekämpft werden muss (**M7**).
   b) Bewerte Malalas Einsatz und verfasse eine Chatnachricht an sie (**M7**).
   c) Diskutiert in Kleingruppen, wie ihr am besten auf den Schutz von Menschenrechten aufmerksam machen könnt. Erstellt zum Beispiel ein Plakat.

H zu Aufgabe 5
Fordert Olympe de Gouges die gleichen Rechte? Könnt ihr die Begriffe (Freiheit, usw., siehe Aufgabe 3 in **M4**) auch zuordnen? Gibt es Unterschiede?

Freiheit und Gleichheit um jeden Preis?

Andere europäische Staaten hatten Angst, dass sich die Ideen der Revolution weiter ausbreiten. Preußen und Österreich zogen im April 1792 in einen Krieg gegen Frankreich. König Ludwig XVI. verhandelte mit Österreich und hoffte, dass Frankreich verliert und er seine Macht zurückerlangt. Das Volk war wütend. Wie sollte es weitergehen?

M8 Die Hinrichtung von Ludwig XVI.

Hinrichtung von Ludwig XVI. am 21. Januar 1793, zeitgenössischer kolorierter Kupferstich. Mit der Guillotine, einer mechanischen Vorrichtung, wurden in der Französischen Revolution zunächst viele Adlige – allen voran die Königsfamilie – geköpft. In den kommenden Jahren verloren auch zahlreiche Kritikerinnen und Kritiker der Revolution ihr Leben.

M9 Die Revolution steht nicht still

Nachdem das Doppelspiel des Königs anhand von Briefen deutlich wurde, brach in Paris ein Aufstand aus. Unter Führung radikaler Abgeordneter erstürmten Sansculotten am 10. August 1792 das Stadtschloss von König Ludwig XVI. Sie nahmen den König und seine Familie gefangen und forderten eine neue Volksvertretung. Einen Monat später trat im September 1792 eine neue Nationalversammlung zusammen. Sie bezeichnete sich nun als Nationalkonvent. Einen großen Einfluss im Nationalkonvent hatten die Jakobiner, eine Gruppe mit besonders radikalen Abgeordneten. Ein Mann namens Robespierre wollte die Revolution mithilfe von Terror durchsetzen. Er verkündete am 21. September 1792 das Ende der Monarchie und den Beginn Frankreichs als Republik.

Sansculotten
Vereinigung der Pariser Unterschichten während der Revolution. Sie trugen lange Kniebundhosen, um sich vom Adel und Klerus zu unterscheiden.

Konvent
Der Nationalkonvent war die gewählte Versammlung. Sie existierte bis 1795 und war verfassungs- und rechtsgebend.

Jakobiner
Politischer Club während der Französischen Revolution unter der Führung von Robespierre

M10 Die Rede Robespierres

Der Jakobiner Maximilien de Robespierre hielt am 3. Dezember 1792 im Nationalkonvent eine Rede, in der er sich für die Hinrichtung des Königs Ludwig XVI. aussprach:

Was mich angeht, so verabscheue ich die Todesstrafe, und für Ludwig habe ich weder Hass noch Liebe; nur seine Missetaten hasse ich [...]. Aber ein König, dessen Name allein schon für unsere Nation den Krieg bedeutet, stellt für das öffentliche Wohl eine Gefahr dar. Mit Schmerz spreche ich die verhängnisvolle Wahrheit aus: es ist besser, dass Ludwig stirbt, als dass 100 000 tugendhafte Bürger umkommen: Ludwig muss sterben, weil das Vaterland leben muss ...

Hartig, Irmgard A. / Hartig, Paul (Hg.): Die Französische Revolution, Stuttgart 1979, S. 11

Verfassung aus dem Jahr 1793
70052-86

terreur
Die gewaltsame Schreckensherrschaft der Jakobiner (1792-1794); Nach dem Historiker Dieter Langewiesche sind ca. 165 000 Menschen durch die Hinrichtungen der Sondergerichte der Jakobiner umgekommen.

M11 Terror als Mittel der Politik?

Eroberungskrieg und Bürgerkrieg ließen die Republik nicht zur Ruhe kommen.

Die Presse- und Meinungsfreiheit wurden aufgehoben, Löhne und Lebensmittelpreise festgesetzt und Sondergerichte eingeführt. Im Kampf gegen die Ausbeuter forderten die Sansculotten von Paris am 5. September 1793: „Gesetzgeber! Setzt den Terror auf die Tagesordnung!" Ratlos überließen die Abgeordneten des Nationalkonvents den radikalen Kräften um die Jakobiner *Maximilien de Robespierre*, *Georges Danton* und *Jean Paul Marat* die Macht.

Sie richteten eine neue Regierung, den Wohlfahrts- und Sicherheitsausschuss mit unbeschränkter Macht ein. Jeder oder Jede, der etwas gegen sie hatte, wurde verhaftet: „Wer nicht für uns ist, ist gegen uns." Dies war eine Schreckensherrschaft (*la terreur*). Die Gewalt machte zuletzt nicht einmal halt vor den Revolutionsführern. Als beispielsweise Danton das brutale Vorgehen der Ausschüsse kritisierte, wurde er im April 1794 hingerichtet.

AUFGABEN

1. a) Beschreibe das Bild (**M8**).
   b) Erkläre, welche Absicht hinter der öffentlichen Hinrichtung des Königs (**M8**) steht.
2. a) Nenne die Gegner der Revolution und erläutere ihre Beweggründe (**M9, M10**).
   b) Erläutere, wie Robespierre die Todesstrafe des Königs begründet (**M10**).
   c) Stell dir vor, du bist Mitglied der Nationalversammlung: Wie hättest du entschieden? Warum? Begründe deine Meinung (**M10**).
3. a) Sammelt zu zweit Gründe dafür, warum der Zeitraum von 1792-1794 auch als Schreckensherrschaft bezeichnet wird (**M8-M11**).
   b) Bewertet aus damaliger und heutiger Sicht, ob Terror zur Durchsetzung der Ziele gerechtfertigt war und ist (**M8-M11**).

H zu Aufgabe 2
Beachte den Einleitungstext der Doppelseite.

F zu Aufgabe 2
Beziehe Stellung: hat König Ludwig XVI. sein Land verraten?

Revolution am Ende – kein König! Es lebe der Kaiser?

Die Franzosen sehnten sich wieder nach Ruhe und Ordnung. Im Jahr 1795 wurde die Regierung fünf Männern übertragen, dem Direktorium, damit keiner die Übermacht gewinnen konnte. Neun Jahre später krönt sich Napoleon selbst zum Kaiser der Franzosen. Kannst du dir das erklären?

M12 Eine steile Karriere

Ölgemälde mit dem Titel „Bonaparte beim Überschreiten der Alpen am Großen Sankt Bernhard" aus dem Jahr 1800 vom Künstler Jacques-Louis David; vom spanischen König Karl IV., der mit Napoleon verbündet war, in Auftrag gegeben, ausgestellt im Nationalmuseum Schloss Malmaison bei Paris

Napoleon wurde 1769 auf der Insel Korsika geboren. Während der Französischen Revolution machte er schnell Karriere. Schon mit 24 Jahren wurde er General. Seine großen militärischen Erfolge aus den Jahren 1796 bis 1799 machten ihn zum bewunderten Helden. Geschickt vergrößerte er sein Ansehen. Sein Ziel war es, als Heerführer alleiniger Machthaber in Frankreich zu werden. Nach den Aufständen und Kriegen der letzten Jahre sehnte sich vor allem das Bürgertum nach Ruhe und Ordnung und einem Ende der Wirtschaftskrise. Diese Stimmung nutzte Napoleon. Am 9. November 1799 setzte er in einem Staatsstreich die unbeliebte fünfköpfige Regierung ab und übernahm die Staatsführung. Danach verkündete Napoleon das Ende der Revolution, eine neue Verfassung und setzte sich an die Spitze der Staatsordnung, was durch eine Volksabstimmung bestätigt wurde.

Weitere Stationen in Napoleons Leben

70052-87

M13 Wie sicherte Napoleon seine Macht?

Zwischen 1792 bis 1815 führte Frankreich viele Kriege mit europäischen Mächten. Napoleon besiegte die Engländer, das österreichischrussische Bündnis, Spanien und Preußen. Um England zu bezwingen forderte Napoleon ein Handelsverbot von britischen Waren mit anderen Ländern, eine sogenannte „Kontinentalsperre". Alle Staaten, die Napoleon besiegte, mussten diese Kontinentalsperre einhalten. Die außenpolitischen Erfolge stärkten Napoleons innenpolitische Macht. Mit Reformen und Zugeständnissen, aber auch mit Gewalt, brachte er seine Gegner zum Schweigen. Er ließ die Adelstitel wieder zu und versöhnte das Land mit der Kirche bzw. dem Papst. Das von ihm 1804 eingeführte Gesetzbuch, der *Code civil*, garantierte bürgerliche Rechte, machte aber zugleich die begonnene rechtliche Gleichstellung der Frauen wieder rückgängig. Unterdessen erholte sich die Wirtschaft allmählich. Die Vorteile der Herrschaft Napoleons überwogen für viele Französinnen und Franzosen deren Nachteile. Sie kritisierten z. B. Einschränkungen der Presse- und Meinungsfreiheit nicht. Napoleon krönte sich 1804 selbst zum Kaiser.

Reform
Umgestaltung und Neuordnung einer bestehenden Ordnung; Reformen müssen nicht immer eine Verbesserung für die Menschen bedeuten.

M14 Wie sah Europa während Napoleons Vorherrschaft aus?

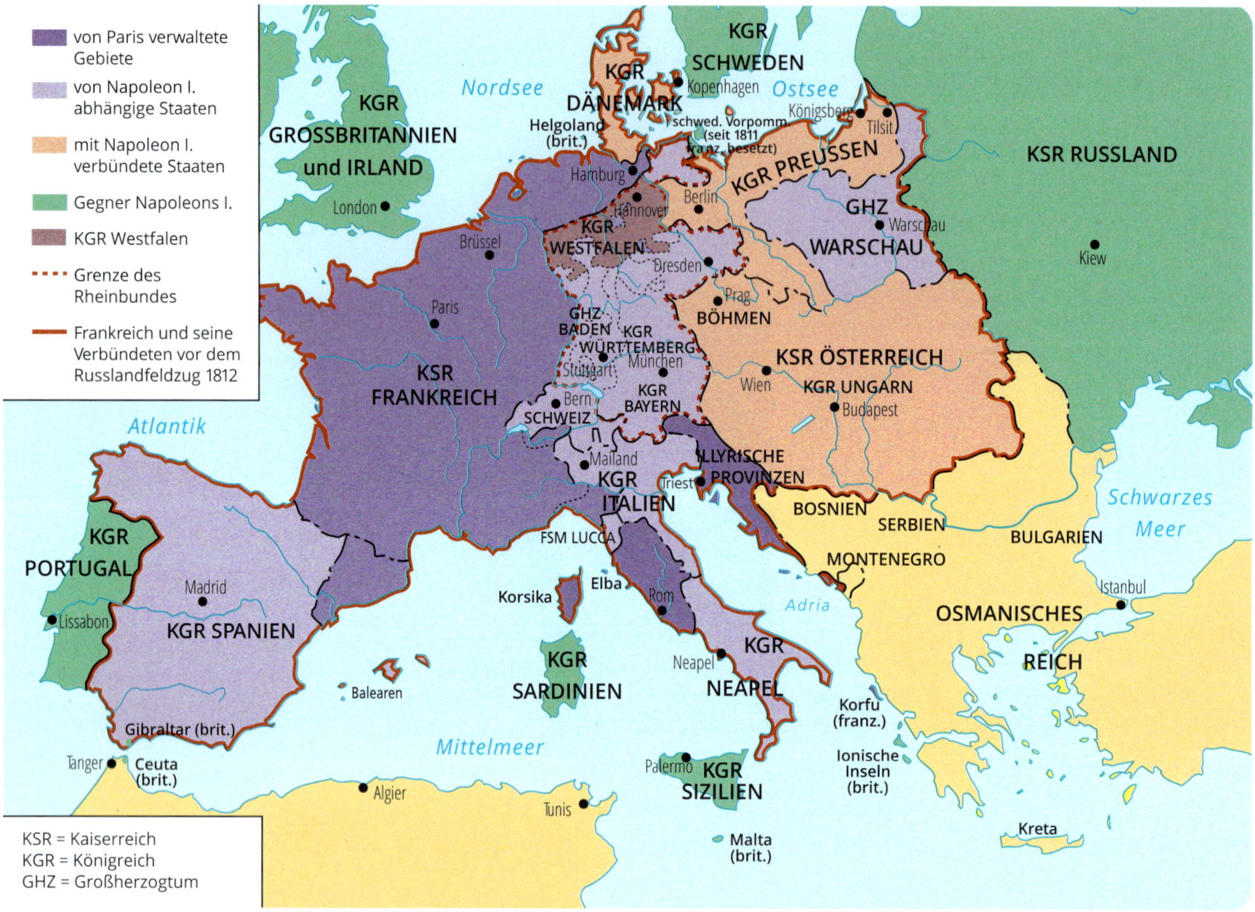

Europa unter französischer Vorherrschaft, um 1812; Napoleon gewann die Vorherrschaft in ganz Europa. Er besetzte auch das linke Rheinufer. Die deutschen Fürsten akzeptierten Napoleon als Schutzherrn. Sie schlossen sich 1806 zum Rheinbund zusammen. Die Fürsten verpflichteten sich zur Militärhilfe. Die Gründung des Rheinbundes bedeutete das Ende des über 1 000 Jahre bestehenden Heiligen Römischen Reiches Deutscher Nation.

H zu Aufgabe 1
Adjektive helfen dir, um deine Eindrücke zu beschreiben. Z. B.: Napoleon wirkt auf mich mächtig, …

H zu Aufgabe 3
Partnerin/Partner A Innenpolitisch:
- Bürger sehnten sich nach …

Partnerin/Partner B Außenpolitisch:
- Er nutzte die Kontinentalsperre, um …
- Er eroberte viele Länder wie Spanien …

AUFGABEN

1. a) Beschreibe, wie Napoleon auf dem Gemälde auf dich wirkt (**M12**).
   b) Interpretiere das Herrscherbild (**M12, Methode: Interpretation eines Herrscherbildes, QR-Code auf S. 218**).
2. Erstelle einen Zeitstrahl mit wichtigen Ereignissen in Napoleons Leben. Nutze hierzu auch die weiteren Materialien im QR-Code (**M12 mit Randspalte, M13**).
3. a) Stellt zu zweit in einer Tabelle dar, wie Napoleon seine Macht innenpolitisch und außenpolitisch sicherte (**M12-M14**).
   b) Tauscht euch über die Ergebnisse aus und ergänzt die Tabelle.
4. Hat Napoleon die Revolution vollendet oder verraten? Sammelt Argumente in der Klasse.

EUROPA IM WANDEL: VON DER REVOLUTION BIS NAPOLEON

ABSOLUTISMUS

Kapitel 8.1, M1-M3

Ludwig XIV. hatte in Frankreich den Anspruch, uneingeschränkt zu herrschen. Er führte ein kostspieliges Leben im Schloss von Versailles und verstand sich als ein Herrscher von Gottes Gnaden. Das „absolutistische" Regierungssystem wurde im 17. und 18. Jahrhundert zum Vorbild in ganz Europa. Daher sprechen wir auch vom „Zeitalter des Absolutismus".

AUFKLÄRUNG

Kapitel 8.1, M4-M6

Ab dem 18. Jahrhundert begannen beispielsweise Philosophen, Wissenschaftler und Schriftsteller die uneingeschränkte Macht der Könige zu hinterfragen. Sie forderten die Menschen dazu auf, selbst zu denken. Die „Aufklärer" betonten die Freiheit und die Gleichheit der Menschen. Sie forderten eine Gewaltenteilung. Die Staatsgewalt sollte vom Volk ausgehen.

FRANZÖSISCHE REVOLUTION

Kapitel 8.2, M1-M11

Bis in die 1780er stiegen die Staatsschulden in Frankreich an. Ludwig XVI. konnte die hohen Ausgaben nicht mehr ausgleichen. Missernten und Hungersnöte vergrößerten die sozialen und gesellschaftlichen Probleme. In seiner Not rief der König die Generalstände ein, um sich höhere Steuern genehmigen zu lassen. Der Dritte Stand forderte mehr Rechte und wollte keine höheren Steuern. Es kam zum Streit zwischen den Ständen. Die Vertreter des Dritten Standes erklärten sich zur Nationalversammlung, da sie mehr als 98 Prozent der Französinnen und Franzosen ausmachten. Im August 1789 wurde die Abschaffung der Privilegien von Adel und Klerus beschlossen sowie die Menschenrechte verkündet. Die Verfassung von 1791 sah eine konstitutionelle Monarchie vor. Ludwig XVI. verbündete sich mit dem Ausland und versuchte, zu fliehen. Er scheiterte und galt als Feind der Revolution. Am 21. Januar 1793 wurde der König hingerichtet. Die Republik wurde errichtet. Die Revolution wurde immer radikaler. Die Schreckensherrschaft endete erst mit der Hinrichtung Robespierres. 1795 gab es eine neue Verfassung und fünf Männer, ein Direktorium, die die Angelegenheiten der Regierung übernahmen.

NAPOLEON EROBERT UND VERÄNDERT EUROPA

Kapitel 8.2, M12-M14

General Napoleon Bonaparte übernahm 1799 durch einen Staatsstreich die Macht in Frankreich. Er krönte sich 1804 selbst zum Kaiser. Napoleon wollte Europa unter seiner Führung vereinen. 1806 wurde das Heilige Römische Reich Deutscher Nation aufgelöst.

8.3 Freiheit, Einheit und Mitbestimmung in Europa – endlich am Ziel?

Welche Spuren hinterlässt Napoleon in Europa?

Fast ganz Europa wurde von Napoleons Truppen besetzt und umgestaltet. (Wie) wehrten sich die Menschen gegen Napoleons Vormachtstellung ?

Hegemonie
Vormachtstellung, Überlegenheit eines Staates

Schutzherr
Napoleon als Person, die mit besonderer Macht über bestimmten unter ihren Schutz gestellten Abhängigen stand

Nationalstaat
Staat, dessen Bürger ganz oder überwiegend einer Nation angehören

Nation
Gruppe von Menschen mit gleicher Geschichte, Sprache und Kultur, die einen politischen Staat bilden

M1 Wie konnte Napoleon gestoppt werden?

Napoleon verlangte von den eroberten und besetzten Gebieten hohe Steuern und Soldaten für den Krieg. Viele Völker fühlten sich durch die Besetzung gedemütigt. Der Widerstand gegen die französische Hegemonie wuchs. In den deutschen Gebieten wünschten sich die Menschen immer stärker eine gemeinsame und freie Nation. Es entwickelte sich eine nationale Bewegung, ein Nationalgefühl. Problematisch war, dass das Nationalgefühl der Menschen wuchs und auf der anderen Seite der Hass gegen die Französinnen und Franzosen stärker wurde. Durch die Kontinentalsperre gab es keine englischen Produkte in Mitteleuropa. Der russische Zar Alexander I. befolgte die Kontinentalsperre nicht mehr, da diese Beschränkung wirtschaftlichen Schaden anrichtete. Napoleon reagierte und marschierte 1812 mit einer Armee von 650 000 Mann nach Russland. Es gelang ihm, Moskau zu erobern. Er dachte aber nicht an den kalten Winter in Russland und hatte zu wenig Lebensmittel. Etwa 500 000 Soldaten starben. Diese Chance ergriffen die Gegner, verbündeten sich und riefen Freiwillige auf, um gegen Napoleon zu kämpfen. Bei der „Völkerschlacht bei Leipzig" wurde Napoleon besiegt. Viele Menschen hofften nun, dass der preußische König den Wunsch nach einer einheitlichen und freien Nation mit einer Volksvertretung und mit Grundrechten möglich macht. Würde nun ein deutscher Nationalstaat errichtet werden?

M2 Napoleon war gestürzt – was sollte aus Europa werden?

Um 1814/15 versammelten sich die Könige und Fürsten auf dem Wiener Kongress. Gemeinsam wollten sie eine europäische Friedensordnung schaffen und das Gleichgewicht zwischen den fünf Großmächten Frankreich, Russland, Großbritannien, Preußen und Österreich sichern.

Beschlüsse des Wiener Kongresses:

Restauration: Der alte politische Zustand, wie vor der Revolution, sollte wiederhergestellt werden, also eine monarchische Ordnung, sodass die Monarchen ihre Macht behielten.

Legitimität: Nur die alten Fürstenhäuser (Dynastien) seien berechtigt, in Europa zu herrschen. Sie sahen sich als Herrscher von Gottes Gnaden.

Solidarität: Die Monarchen verpflichteten sich zur gegenseitigen Hilfe, um die alte Ordnung aufrechtzuhalten und den Frieden zu sichern. So schlossen Russland, Preußen und Österreich ein Bündnis, die „Heilige Allianz". Sie beschlossen gegen Menschen, die Freiheit, Einheit und Rechte forderten, gemeinsam vorzugehen.

M3 Europa um 1815

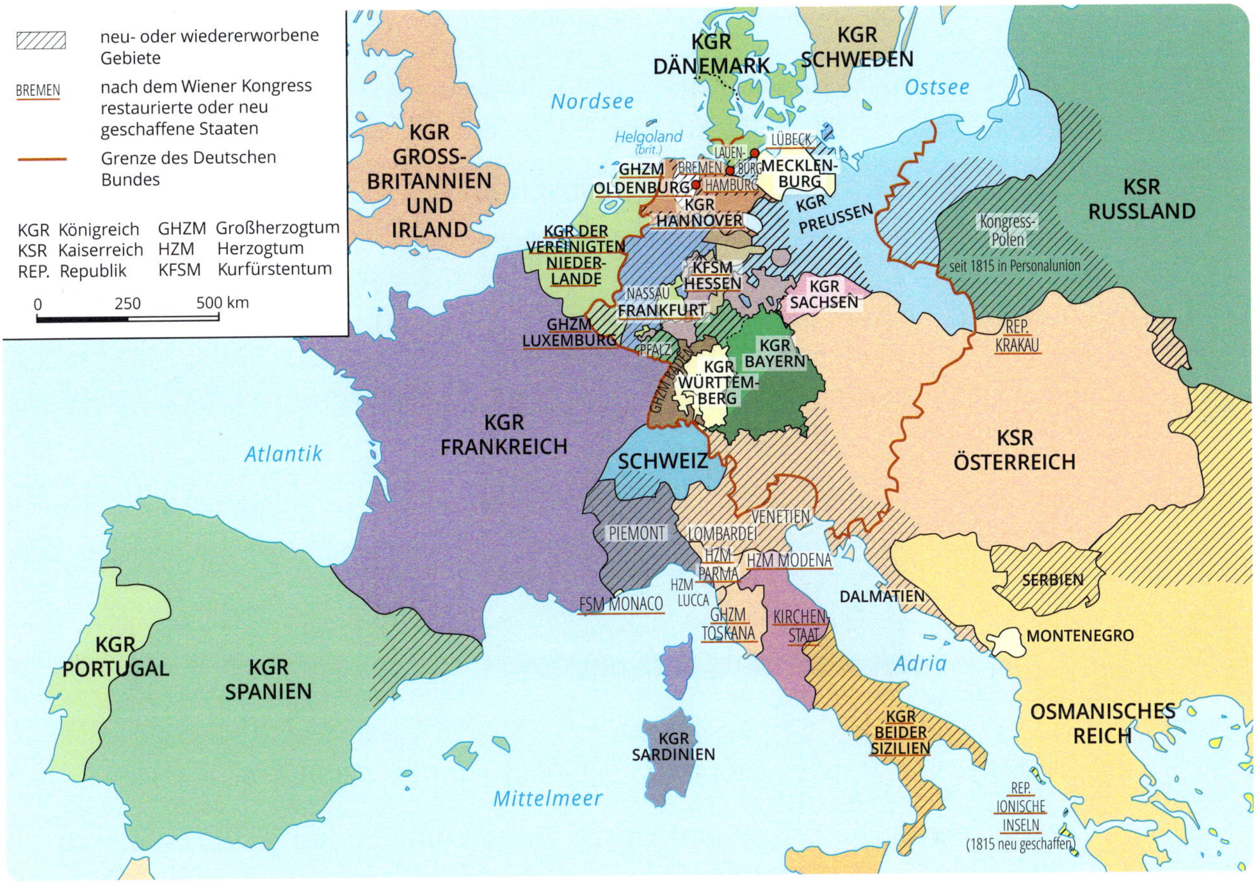

Europa um 1815: Auf dem Wiener Kongress wurde Europa neu geordnet. Seit dem Jahr 1806 gab es das Heilige Römische Reich Deutscher Nation nicht mehr, da Napoleon Kaiser Franz II. zum Abdanken gezwungen hatte. Im Jahr 1815, nach Napoleons Vorherrschaft in Europa, sprachen die deutschen Fürsten erstmals wieder über einen möglichen zukünftigen Nationalstaat. Sie wollten jedoch ihre Macht nicht abgeben und einigten sich auf den Deutschen Bund.

Deutscher Bund
Der Deutsche Bund war ein lockerer Staatenbund aus deutschen Fürstenstaaten und freien Städten, der nach der Herrschaft Napoleons in Europa gebildet wurde.

AUFGABEN

1. a) Vergleiche die Karten Europa um 1812 und 1815 (Kap. 8.2, **M14, M3**).
b) Formuliere eine Schlagzeile, die sich auf die beiden Karten bezieht.
c) Stellt im Plenum Vermutungen auf: Aus welchen Gründen wollten sich die Menschen gegen Napoleon stellen?

2. a) Erläutere, wie Napoleon gestoppt werden konnte (**M1**).
b) Stelle dar, wie durch Napoleon die nationale Bewegung gestärkt wurde (**M1**).

3. Erstellt ein Erklärvideo zu den Beschlüssen des Wiener Kongresses (M2). MK

4. Beurteilt, ob die Beschlüsse des Wiener Kongresses einen Fortschritt für Europa bedeuteten.

H zu Aufgabe 1
Welche Veränderungen fallen dir insgesamt auf? Wie verändern sich die Grenzen Frankreichs? Was für Erkenntnisse kannst du ableiten?

H zu Aufgabe 2
Für die Methode Erklärvideo erstellen siehe Kap. 10, S. 275

F zu Aufgabe 3
Stelle heraus, warum die nationale Bewegung auch problematisch war.

Warum wächst der Protest gegen die Fürsten?

Viele Menschen waren von den Beschlüssen des Wiener Kongresses enttäuscht. Kämpften viele Menschen gegen Napoleon, damit alles so blieb wie vorher? Wie gingen die Fürsten mit Menschen um, die Einheit und Freiheit forderten?

M4 Das Wartburgfest von 1817

Das Wartburgfest von 1817, nachträglich erstellter Holzstich um 1880

Nach einer Feier auf der Wartburg zündeten Studenten ein Feuer an und warfen Gegenstände ins Feuer hinein, wie einen Perückenzopf, ein Schnürleib und verschiedene Bücher. Dies waren Symbole der Fürstenherrschaft und standen ihrer Meinung nach für Unterdrückung. Die Bücher verbrannten sie, da sie die Herrschaft der Fürsten rechtfertigten.

M5 Die Gedanken von Einheit und Freiheit – nicht mehr zu stoppen?

Reformation
→ Kapitel 1.2

liberal
freiheitliche Ideen, wie Meinungs- und Pressefreiheit wurden gefordert.

Besonders Studenten waren mit den politischen Beschlüssen unzufrieden. Studenten in Jena schlossen sich um 1815 zur Deutschen Burschenschaft zusammen. In den deutschen Staaten entstand eine liberale Nationalbewegung. Ein Höhepunkt der Burschenschaftsbewegung war das Wartburgfest bei Eisenach im Jahr 1817. Um die 450 Studenten und Professoren aus mehreren deutschen Staaten trafen sich zu einer Gedenkfeier zur Feier des 300. Jahrestages der Reformation und des vierten Jahrestages der Völkerschlacht bei Leipzig 1813. Die Jenaer Studenten schwenkten die schwarz-rot-goldene Fahne und forderten ein freies und einheitliches Deutschland und eine Verfassung mit Grundrechten. Zwei Jahre später erstach der Theologiestudent Carl Ludwig Sand aus Jena den Schriftsteller August von Kotzebue, weil er sich über die Burschenschaften lustig gemacht hatte. In Europa gab es weitere Mordversuche auf Vertreter der Monarchie. Die Ermordung des Schriftstellers von Kotzebue war Anlass für die Fürsten gegen die nationale und liberale Bewegung vorzugehen. Staatskanzler Fürst von Metternich erließ 1819 die Karlsbader Beschlüsse. Burschenschaften wurden

Das Hambacher Fest am 27. Mai 1832, Ölgemälde von Hans Mocznay nach einem zeitgenössischen Holzstich, 1977

verboten, Universitäten und der Druck von Zeitungen überwacht.

In ganz Europa kam es zu Unruhen. In Frankreich kam es im Juli 1830 zu einer Revolution. Dieses Ereignis stärkte die deutsche Bewegung nach Freiheit und Einheit.

Am 27. Mai 1832 kam es zur ersten großen Massendemonstration am Hambacher Schloss im heutigen Rheinland-Pfalz mit etwa 30 000 Menschen, darunter Studenten, Professoren, Handwerker, Kaufleute, Bauern und auch Frauen. Auch Gäste aus Frankreich, England und Polen nahmen teil. Die Menschen protestierten für Pressefreiheit, einen Nationalstaat, mehr Mitsprache des Volkes und die Beseitigung von sozialen Ungerechtigkeiten.

Wie steht es um die Pressefreiheit heute?

70052-88

M6 Das Lied der Studenten

1. Die Gedanken sind frei!
Wer kann sie erraten?
Sie fliegen vorbei
wie nächtliche Schatten.
Kein Mensch kann sie wissen,
kein Jäger sie schießen,
es bleibet dabei:
Die Gedanken sind frei!

2. Ich denke, was ich will
und was mich beglücket.
Doch alles in der Still
und wie es sich schicket.
Mein Wunsch und Begehren
kann niemand verwehren,
es bleibet dabei:
Die Gedanken sind frei!

Hoffmann von Fallersleben, August Heinrich / Richter, Ernst (Hg.): Schlesische Volkslieder mit Melodien – Aus dem Munde des Volkes gesammelt. Leipzig 1842, S. 307

Das Lied „Die Gedanken sind frei" stammt von 1780. Der Komponist / die Komponistin ist unbekannt. Das Lied wurde 1832 von Studenten auf dem Hambacher Fest gesungen.

Das vollständige Lied „Die Gedanken sind frei"

70052-89

AUFGABEN

1. Beschreibe das Bild (**M4**). Stellt gemeinsam Vermutungen darüber an, was die Studenten über die damaligen Zustände gedacht oder gesagt haben könnten.
2. Du bist als Spionin / Spion beim Wartburgfest und berichtest Fürst von Metternich über die Vorfälle. Erläutere, warum die Menschen unzufrieden sind, was die Studenten fordern und welche Symbole dir aufgefallen sind (**M4, M5**).
3. a) Erkläre, warum die Karlsbader Beschlüsse 1819 eingeführt wurden (**M5**).
   b) Stelle die Karlsbader Beschlüsse der Erklärung der Menschenrechte (**M4**, Kap. 8.2, **M5**) gegenüber. Gegen welche Menschen- und Bürgerrechte wurde hier verstoßen?
4. Arbeite aus **M5** heraus: Warum kam es zum Hambacher Fest? Woher kamen die Teilnehmer? Wer waren die Teilnehmerinnen und Teilnehmer? Was forderten sie?
5. Untersucht zu zweit das historische Lied (**M6; Methode: Ein historisches untersuchen**).

F zu Aufgabe 4
Beurteilt, wie die Fürsten wohl reagierten, als sie vom Hambacher Fest hörten.

F zu Aufgabe 5
a) Erstelle eine eigene passende, aktuelle Strophe zum Lied.
b) Bewerte das Lied aus heutiger Sicht. Passt der Inhalt noch heute?

Ein historisches Lied untersuchen

Worum geht es?

Geht es dir oft so, dass du dir bestimmte Liedtexte schnell merken kannst? Mit einem Lied wird eine bestimmte Stimmung bei der Hörerin / beim Hörer erzeugt. Die Texte sind oft einfach, die Melodie und der Rhythmus erzeugen eine Stimmung. Wenn alle gemeinsam ein Lied singen, wird das Gemeinschaftsgefühl gestärkt. Im 19. Jahrhundert brachten die Menschen durch Lieder ihre Meinungen, Wünsche oder Kritik zum Ausdruck. Sie gründeten Gesangsvereine. Sie nutzten somit die Möglichkeit, ihre Sehnsucht nach einem einheitlichen Nationalstaat auszudrücken oder die bestehenden Zustände zu kritisieren. Lieder geben uns folglich Auskunft über die Interpretation historischer Ereignisse. Hier erfährst du, wie man solche Lieder untersuchen kann.

Geht dabei so vor:

1. Schritt: Beschreiben

Empfindungstabelle zur Liedanalyse

70052-90

a) Lies dir den Liedtext durch: Was ist das Thema des Liedes? Gibt es sprachliche Besonderheiten?
b) Betrachte zunächst den Aufbau des Liedes: Wie viele Strophen gibt es? Gibt es wiederkehrende Elemente oder einen Refrain?
c) Höre dir das Lied an und notiere deine Empfindungen. Ist die Melodie einprägsam? Wie wirkt der Rhythmus? Welche Botschaft oder Stimmung wird vermittelt? Nutze hierzu auch die Tabelle im nebenstehenden QR-Code.

2. Schritt: Erklären

a) Wie sind Text und Musik miteinander verbunden? Wo passen sie gut zusammen? Gibt es musikalische oder sprachliche Höhepunkte?
b) Recherchiere den historischen Hintergrund des Liedes: Wer hat den Text geschrieben und die Melodie komponiert? An wen richtet sich das Lied? Welche Ereignisse werden angesprochen? Wann könnte das Lied gesungen worden sein?

3. Schritt: Deuten

a) Inwieweit empfindest du die Aussage des Liedes als passend? Sind im Lied angesprochene Kritikpunkte richtig dargestellt?
b) Glaubst du, dass das Lied eine tief greifende Wirkung gehabt hat?

Märzrevolution 1848 – kann sich das Volk durchsetzen?

Hast du gewusst, dass die Nationalflagge (schwarz-rot-gold) ein Symbol für die nationale und demokratische Bewegung ist? Auch 1848 schwenkten Menschen die Fahne und hofften darauf, ihre Forderungen nach Freiheit, Einheit und einer Verfassung mit Grund- und Menschenrechten endlich umsetzen zu können.

M7 Der Funke aus Paris springt auf ganz Europa über

Im Februar 1848 kam es in ganz Europa zu Aufständen. Ausgangspunkt für die Unruhen war Paris. Die Menschen forderten ein allgemeines Wahlrecht für alle Bürger. Der französische König reagierte mit Soldaten und Verboten. Nach massiven Protesten und blutigen Straßenkämpfen musste der König fliehen. Es wurde eine Republik ausgerufen. Durch Flugblätter und Zeitschriften verbreitete sich schnell die Nachricht aus Frankreich. War nun im Deutschen Bund der Zeitpunkt für das Volk gekommen? In ganz Europa trauten sich die Menschen gegen die Unterdrückung zu kämpfen. Im Deutschen Bund begannen die ersten Aufstände an der französischen Grenze. Studenten, Professoren und liberale Bürger forderten Presse- und Versammlungsfreiheit, freie Wahlen, die Freilassung von politischen Gefangenen, eine freiheitliche Verfassung und einen Nationalstaat. Arbeiter, Handwerker und Bauern forderten Maßnahmen gegen die Arbeitslosigkeit und gegen Hungersnöte, da es 1845/46 zu Missernten kam. Das waren die sogenannten Märzforderungen.

M8 Ein Augenzeuge aus Berlin berichtet

Nachdem der preußische König in Berlin die Einberufung des Vereinigten Landtages verkündet hat, versammelt sich am 18. März eine große Menschenmenge auf dem Schlossplatz, um ihm dafür zu danken. Was danach passiert, schildert der Arzt und Universitätsdozent Rudolf Virchow in einem Brief:

Alle sammelten sich vor dem Schloss, […] der König erschien und man schrie ihm Huras zu. Die Bürger hatten nur noch einen Wunsch, dass das Militär zurückgezogen würde. Das war dem König zu viel. Er sagte dem General Möllendorf, er möchte ihm Ruhe verschaffen; der Prinz von Preußen gab den Befehl zum Angriff, und plötzlich wurde das nichtsahnende Volk von den Dragonern mit Säbelhieben auseinandergetrieben. […] Von diesem Moment an begann die Revolution. Alles schrie Verrat und Rache. In wenigen Stunden war ganz Berlin unter Barrikaden, und wer Waffen bekommen konnte, rüstete sich. […] Der Kampf begann […]. [Z]um ersten Mal seit dem Beginn der deutschen Geschichte ist es vorgekommen, dass ein Landesfürst auf seine Untertanen mit Kanonen hat schießen lassen; […] Grausamkeiten vonseiten des Volkes sind nicht bekannt, während von den Soldaten die brutalsten Dinge gemacht worden sind.

Zitiert nach: Weber, Rolf (Hg.): Revolutionsbriefe 1848/49, Leipzig 1973, S. 70 und 72 f. (vereinfacht und gekürzt)

Dragoner
berittene Soldaten

M9 Die Auswirkungen der Revolution

18./19. März 1848 in Berlin; In Berlin waren knapp tausend Barrikaden errichtet worden. Bei den Kämpfen starben 277 Menschen. 90 Prozent der Opfer gehörten zur Unterschicht.

Nachdem am 18. März die Barrikadenkämpfe ausbrachen, lenkte der preußische König Friedrich Wilhelm IV. ein. Am nächsten Tag musste der König aus Respekt vor den Verstorbenen seinen Hut ziehen. Am 21. März versprach der König, dass er sich für Freiheit und Einheit einsetze und ritt unter einer Fahne mit den Farben Schwarz-Rot-Gold durch Berlin. Nach den Unruhen im Deutschen Bund mussten die Herrscher in den Staaten Zugeständnisse machen. Der preußische König ließ freie Wahlen zu einem Parlament, der deutschen Nationalversammlung, zu. In allen deutschen Staaten wurden Abgeordnete für ein Parlament gewählt. Als Tagungsort der Nationalversammlung wurde Frankfurt am Main gewählt. Da es keine Parlamentsgebäude gab und die etwa 600 gewählten Abgeordneten einen großen Raum brauchten, nutzten sie die Paulskirche als Versammlungsort. Am 18. Mai 1848 versammelten sich zum ersten Mal die Vertreter des deutschen Volkes zum gewählten Parlament. Frauen und ärmere Bevölkerungsgruppen, wie zum Beispiel Arbeiter, durften nicht wählen.

H zu Aufgabe 1
Beziehe dich dabei auch auf das vorangegangene Unterkapitel (**M4-M6**).

F zu Aufgabe 3
Informiert euch im Internet über die Märzrevolution 1848 in eurer Stadt.

H zu Aufgabe 5
Einige Forderungen der Menschen kannst du nochmal in **M8** nachlesen.

AUFGABEN

1. a) Nenne Ursachen für den Ausbruch der Aufstände in ganz Europa (**M7**).
b) Ordnet zu zweit die Ursachen, nach Gründen, die schon länger bestehen (1) und Gründen, die neu dazugekommen sind (2) (**M4-M7**).

2. Beschreibe, was die Bürger von den Fürsten forderten (**M7**).

3. Erläutere anhand der schriftlichen Quelle und der Bildquelle (**M8, M9**) den Anlass der blutigen Straßenkämpfe und die daraus entstandenen Folgen.

4. Schildere das Verhalten des preußischen Königs nach den Straßenschlachten (**M9**).

5. a) Zeitreise: Du bist als Abgeordneter gewählt worden und vertrittst nun das deutsche Volk in der Paulskirche (**M9**). Notiere, für welche Ziele du dich einsetzt.
b) Tausche dich in einer Kleingruppe (3-4 Personen) aus und einigt euch auf die fünf wichtigsten Ziele, die in der Nationalversammlung vorgestellt werden.

Die Revolution von 1848 – völlig umsonst?

Die Paulskirche ist heute ein nationales Denkmal. Du kannst sie besichtigen. Die Abgeordneten der Nationalversammlung kämpften dort 1848 für Einheit, Recht und Freiheit. Viele Fragen waren zu klären: Wo sollten die Grenzen des Nationalstaates sein? Wie sollte das politische System aussehen? Konnten sie sich einigen oder war ihr Einsatz umsonst?

M10 Aus den Grundrechten von 1848

§ 137 Vor dem Gesetze gilt kein Unterschied der Stände. Der Adel als Stand ist aufgehoben. Alle Standesvorrechte sind abgeschafft. Die Deutschen sind vor dem Gesetze gleich. [...]

§ 138 Die Freiheit der Person ist unverletzlich. [...]

§ 143 Jeder Deutsche hat das Recht, durch Wort, Schrift, Druck und bildliche Darstellung seine Meinung frei zu äußern. Die Pressefreiheit darf unter keinen Umständen [...] aufgehoben werden.

§ 144 Jeder Deutsche hat volle Glaubens- und Gewissensfreiheit. [...]

§ 152 Die Wissenschaft und ihre Lehre sind frei. [...]

§ 161 Die Deutschen haben das Recht, sich friedlich und ohne Waffen zu versammeln [...].

Zitiert nach: Verfassung des Deutschen Reichs, www.verfassungen.de, Abruf am 01.07.2021

M11 Große Erwartungen an die Nationalversammlung

Im Parlament saßen vor allem Männer aus dem gehobenen Bürgertum, wie zum Beispiel Juristen, Professoren, Großgrundbesitzer, Beamte, Lehrer, Mediziner. Um ihre Arbeit im Parlament vorzubereiten, trafen sich Abgeordnete mit ähnlichen politischen Zielen in Frankfurter Gasthöfen. Folglich entstanden Gruppen von Personen mit gleichen politischen Vorstellungen, die man Fraktionen nennt. Die Personengruppen (Fraktionen) schrieben politische Programme, gründeten Zeitungen und suchten Unterstützung in politischen Vereinen. Das war der Anfang der Entstehung von Parteien. Die Abgeordneten waren sich nicht immer einig und diskutierten in der Paulskirche, ob Österreich mit den dazugehörigen Völkern – Ungarn, Tschechen, Slowaken – einen großen Vielvölkerstaat bilden sollten. Viele Abgeordnete forderten eine kleindeutsche Lösung ohne Österreich. Nach langen Auseinandersetzungen beschlossen sie am 28. März 1849 mit knapper Mehrheit die Reichsverfassung mit einer kleindeutschen Lösung unter der Führung Preußens. In dieser Verfassung wurde festgelegt, dass es eine konstitutionelle Monarchie geben soll mit einem Kaiser an der Spitze. Der Kaiser sollte seine Macht mit dem Parlament teilen.

Die Reichsverfassung der Paulskirche von 1849

70052-91

Parteien
→ Kapitel 11.2

M12 Warum scheiterte die Revolution?

Grundrechte
→ Kapitel 11.2

Die Ausarbeitung der Reichsverfassung in der Paulskirche dauerte. Somit konnten die Fürsten wieder ihre Macht stärken und wollten ihre alte Vormachtstellung zurück. Der preußische König Friedrich Wilhelm IV. lehnte die ihm angebotene Kaiserkrone ab. Er verachtete die Krone, da sie ihm vom Volk überreicht wurde, und lehnte die Reichsverfassung ab. Die Abgeordneten waren enttäuscht, da ihre Arbeit gescheitert war. Das Parlament löste sich auf. Verzweifelt kämpften einige gewaltbereite Revolutionäre weiter für eine Republik ohne einen Kaiser. In Stuttgart, Dresden und Wuppertal kämpften sie gegen das Militär. Die Truppen der Fürsten siegten. Die kampfbereiten Revolutionäre wurden von Soldaten erschossen oder verhaftet. Die Nationalversammlung in Frankfurt scheiterte und somit auch der Versuch einer „Reichsgründung von unten".

M13 Die Nationalversammlung – ein Vorbild?

Die Nationalversammlung in der Paulskirche in Frankfurt (links). Hinter dem Präsidenten der Reichsadler. Darüber ein großes Transparent mit der Germania, einer Frau, die Deutschland symbolisierte. Sitzung des Bundestages der Bundesrepublik Deutschland in Berlin (rechts)

AUFGABEN

1. a) Fasse die Grundrechte aus dem Jahr 1848 jeweils knapp in eigenen Worten zusammen (**M10**).
   b) Begründet zu zweit, weshalb diese Grundrechte revolutionär waren (**M10**).
2. a) Beschreibe die Aufgaben des Parlaments um 1848/49 (**M11**).
   b) Erläutere die Streitpunkte zwischen den Abgeordneten (**M11**).
3. Beurteile, ob der Kaiser ganz allein für das Scheitern der Revolution verantwortlich war (**M12**).
4. Arbeitet zu zweit. Beschreibt und vergleicht die Symbole der Paulskirche und des Bundestages in Berlin. Haltet eure Ergebnisse in einer Tabelle fest (**M13**).
5. Beantwortet im Plenum die Leitfrage: War die Revolution von 1848 völlig umsonst?

F **zu Aufgabe 1b**
Vergleiche die Grundrechte von 1848 mit unseren heutigen Grundrechten (siehe Kapitel 11.2, S. 322/23)

H **zu Aufgabe 4**
Tipp:
- Aufgaben der Paulskirche
- Rolle der Fürsten
- verschiedene Interessen der Abgeordneten

H **zu Aufgabe 5**
Wie haben das die Menschen damals gesehen? Hatte die Revolution Einfluss auf die Zukunft?

1871 – erfüllen sich die Wünsche von 1848?

Die Bildung eines deutschen Nationalstaates durch das Volk, also von „unten", war gescheitert. Doch 23 Jahre später wird das Deutsche Reich in Frankreich in Versailles verkündet und ein preußischer König wird als Kaiser an die Spitze des Deutschen Reiches gestellt. Du fragst dich jetzt sicher, wie war das 1871 auf einmal möglich?

M14 Wie ging es nach 1849 weiter?

Verkündung der Deutschen Reichsründung in Versailles, Ölgemälde von Anton von Werner, 1885;
1 Reichskanzler Bismarck
2 König Wilhelm I., Kaiser des Deutschen Reiches

Nachdem die Revolution von 1848/49 gescheitert war, verschärften die Fürsten die Überwachung von Beamten, Lehrkräften, Vereinen und Zeitungen. Der Gedanke, dass das Volk Mitsprache haben will, sollte verhindert werden. Doch das liberale Bürgertum traf sich heimlich in Schützen-, Turn- oder Gesangsvereinen, um über ihre politischen Ziele sprechen zu können. Der preußische König wollte schon gerne Kaiser eines deutschen Nationalstaates sein, aber nicht durch das Volk. Wilhelm IV. erkrankte 1858 und übergab seine Regierungsgewalt seinem Bruder Wilhelm I. Im Deutschen Bund wuchs die Konkurrenz zwischen Preußen und Österreich. Wer sollte im Deutschen Bund eine Vormachtstellung erlangen? Eine wichtige Rolle bei der Klärung der Machtfrage im Deutschen Bund spielte Otto von Bismarck. Er war seit 1862 preußischer Ministerpräsident.

liberal
freiheitlich denkend

M15 Bismarcks Vorstellungen zur Machtpolitik

Rede des preußischen Ministerpräsident Otto von Bismarck vom 30. September 1862:

Nicht auf Preußens Liberalismus sieht Deutschland, sondern auf seine Macht; […] Preußen muss seine Kraft zusammenfassen und zusammenhalten auf den günstigen Augenblick, der schon einige Male verpasst ist; Preußens Grenzen nach den Wiener Verträgen sind zu einem gesunden Staatsleben nicht günstig; nicht durch Reden und Mehrheitsbeschlüsse werden die großen Fragen der Zeit entschieden – das ist der große Fehler von 1848 und 1849 gewesen – sondern durch Eisen und Blut. […]

von Bismarck, Otto: Die gesammelten Werke, Bd. 10, Berlin 1928, S. 138 f. (gekürzt).

Porträt des Reichskanzlers Otto von Bismarck

Karte des Deutschen Reichs

70052-92

M16 Der Weg zum Deutschen Reich

1. Deutsch-dänischer Krieg 1864
Ausgangspunkt: Streitigkeiten um die Schleswig-Holstein Frage. Holstein gehörte zum Deutschen Bund, Schleswig nicht.
→ Dänemark erklärte das Herzogtum Schleswig entgegen einer Vereinbarung zum Bestandteil Dänemarks.
→ Daraufhin kämpften Österreich und Preußen gemeinsam gegen Dänemark und siegten.

2. Deutscher Krieg 1866
Ausgangspunkt: Streitigkeiten zwischen Preußen und Österreich um Schleswig und Holstein.
→ Preußen erklärt Österreich am 19. Juni 1866 den Krieg und tritt aus dem Deutschen Bund aus.
→ Preußen siegt und erhält Schleswig-Holstein. 1867: Gründung des „Norddeutschen Bunds" unter der Leitung Preußens
→ Bündnisse mit den verbliebenen süddeutschen Staaten; Unterstützung dieser Staaten im Falle eines Krieges

3. Deutsch-französischer Krieg 1870/71
Ausgangspunkt: Preußen und Frankreich stritten über die spanische Thronfolge.
→ Bismarck gelang es, Frankreich durch ein gekürztes Schriftstück so zu provozieren, dass Frankreich 1870 Preußen den Krieg erklärte.
→ Durch Bündnisse mit den süddeutschen Staaten konnte die französische Armee innerhalb weniger Wochen geschlagen werden.
→ Frankreich musste Gebiete abtreten und hohe Kriegsentschädigung zahlen.

4. Reichsgründung am 18. Januar 1871
- Gründung des Deutschen Reiches im Spiegelsaal von Versailles
- Die Einigung zu einem Nationalstaat ging nicht vom Volk aus, sondern durch Fürsten und Militärführer → **Reichsgründung von „oben"**.
- König Wilhelm I. von Preußen war Kaiser des Deutschen Reiches und Bismarck der erste Reichskanzler.
- Die Menschen waren zwar froh über ein vereintes Reich, die Meinungsfreiheit und andere Grundrechte waren aber nicht gesichert.

Otto von Bismarck wollte die Macht von Preußen vergrößern. Bis zur Gründung des Deutschen Reiches 1871 gab es drei Kriege, sogenannte „Reichseinigungskriege".

AUFGABEN

1. a) Beschreibe das Bild (**M14**). Wie wirkt das Bild auf dich?
b) Entwickelt Fragen zum Bild, zum Beispiel: Welche Rolle spielte Otto von Bismarck?

2. Beschreibe die Situation nach 1849 (**M14**). Was wurde aus der nationalen und liberalen Bewegung? Welche Ziele verfolgte der preußische König?

3. a) Arbeite aus **M15** heraus, welche politischen Interessen Bismarck verfolgte.
b) Erkläre, wie Bismarck seine politischen Ziele erreichen wollte (**M15**).

4. Fasse die drei Reichseinigungskriege zusammen (**M16**). Beachte dabei die W-Fragen: Wann? Wer? Wo? Warum? Welches Ergebnis brachte der Krieg?

5. Beurteile Bismarcks Politik bezüglich der Werte Gleichheit und Freiheit (**M14-M16**).

H zu Aufgabe 1
Verwende die Begriffe:
- der Kaiser
- Der Politiker Otto von Bismarck
- die Offiziere
- Uniform
- Schloss von Versailles
- Festsaal
- Säbel

F zu Aufgabe 3
Erstelle ein Podcast über den Weg von 1849 bis zur Gründung des Deutschen Reiches 1871.

VON NAPOLEON BIS ZUR REICHSGRÜNDUNG

EUROPA UNTER NAPOLEONS HERRSCHAFT

← Kapitel 8.3, M1-M3

Napoleon eroberte mit seinen Soldaten viele Länder in Europa. Zunächst feierten die Menschen Napoleon als Sieger. Doch viele mussten in den besetzten Gebieten für Napoleon kämpfen und starben auf dem Schlachtfeld. Sie zahlten auch hohe Steuern, fühlten sich unterdrückt und wollten sich wieder von Napoleon befreien. Der Widerstand gegen Napoleon wurde immer größer. In der Bevölkerung entwickelte sich immer stärker ein Nationalbewusstsein, gleichzeitig wuchs der Hass gegen die Franzosen. Die unterdrückten Länder schlossen sich zusammen. Bei der Völkerschlacht bei Leipzig im Jahr 1813 konnte Napoleon besiegt werden. Mit den „Befreiungskriegen" entstand der Wunsch nach politischer Mitsprache und politischer Einheit aller Deutschen.

RESTAURATION VERSUS EINHEIT UND FREIHEIT

← Kapitel 8.3, M4-M6

Doch 1815 stellte sich beim Wiener Kongress heraus, dass die Monarchen und Fürsten ihre alte Macht zurückwollten. Der neu gegründete Deutsche Bund entsprach nicht den Vorstellungen der nationalen und liberalen Bevölkerung. Sie forderten einen einheitlichen deutschen Staat und mehr Rechte. Das wollten die Fürsten im Deutschen Bund jedoch nicht. Sie versuchten durch Verbote (Karlsbader Beschlüsse) die neue Bewegung und die neuen Ideen aufzuhalten. Es kam beim Hambacher Fest 1832 zur ersten politischen Massendemonstration mit Teilnehmerinnen und Teilnehmern aus ganz Europa. Sie forderten Pressefreiheit, einen deutschen Nationalstaat und mehr Mitbestimmung des Volkes bei politischen Entscheidungen.

MÄRZREVOLUTION 1848 UND REICHSGRÜNDUNG 1871

← Kapitel 8.3 M7-M16

Die sozialen und wirtschaftlichen Probleme stiegen. Ausgehend von einer Revolution in Frankreich, begann im März 1848 die Revolution von 1848/49. Es kam zu blutigen Straßenkämpfen. Die Fürsten gaben nach. Eine gewählte Nationalversammlung begann eine Verfassung auszuarbeiten. Es wurden Grundrechte ausgearbeitet und die Vertreter der Nationalversammlung entschieden sich für einen Nationalstaat ohne die österreichischen Gebiete. Das war die kleindeutsche Lösung. Die Revolution scheiterte allerdings, da der preußische König die Kaiserkrone ablehnte, weil sie vom Volk kam. Die Menschen waren enttäuscht. Erst der Politiker Otto von Bismarck vereinte die einzelnen deutschen Länder. Nach drei Kriegen wurden die Voraussetzungen für die Reichsgründung 1871 im Schloss von Versailles geschaffen. Der neue Kaiser hatte noch viel Macht. Bismarck wurde Reichskanzler. Die Menschen freuten sich über den neuen Nationalstaat, waren aber auchbesorgt, da es für sie noch keine Grundrechte gab.

M1 Expertenquiz – weißt du das?

Stärke & Einteilung	richtig	falsch
1. Die Menschen – und Bürgerrechte wurden 1791 verkündet.	Ü	A
2. Der 14. Juli ist der Nationalfeiertag der Franzosen.	U	S
3. Die Bürgerinnen und Bürger kämpften während der Französischen Revolution für Freiheit und Gleichheit.	F	G
4. Ludwig XVI. war begeistert über die Forderungen des Dritten Standes.	P	K
5. Napoleon kam 1799 durch einen Staatsstreich an die Macht.	L	E
6. Napoleon wollte die Vorherrschaft in ganz Europa.	Ä	N
7. 1804 krönte der Papst Napoleon zum Kaiser.	O	R
8. Auf dem Wiener Kongress 1815 beschlossen die Monarchen und Fürsten die Gründung des Deutschen Bundes.	U	K
9. Die Studenten und Professoren waren zufrieden mit den Ergebnissen des Wiener Kongresses.	S	N
10. Unruhen in Frankreich im Februar 1848 führten zu revolutionären Aufständen in ganz Europa.	G	T

M2 Der Denker-Club

Anonyme Radierung um 1820. Der Titel spielt auf die damals verbreitete Club- und Vereinskultur an. Auf dem Schild mittig steht: „Wichtige Frage welche in heutiger Sitzung bedacht wird: Wie lange möchte uns das Denken wohl noch erlaubt bleiben?" Auf dem rechten Schild: „I. Der Präsident eröffnet präcise 8 Uhr die Sitzung. II. Schweigen ist das erste Gesetz dieser gelehrten Gesellschaft. III. Auf dass kein Mitglied in Versuchung geraten möge, seiner Zunge freien Lauf zu lassen, so werden beim Eintritt Maulkörbe ausgeteilt. [...]"

Online-Quiz zum Kapitel

82000-226

M3 Zur Revolution 1848/49 und dem Deutschen Reich 1871

Anlässlich der Veranstaltung „150 Jahre Revolution von 1848/49" sagt der damalige Bundespräsident Roman Herzog in der Frankfurter Paulskirche am 18. Mai 1998:

Damals sind die Prinzipien formuliert worden, die noch heute die Grundlagen unserer staatlichen Existenz ausmachen: Das Bekenntnis zu Menschenrechten und Demokratie und der gemeinsame Wille, die verschiedenen Regionen und Strömungen in unserem Land zu einem freien Gemeinwesen zu vereinigen. [...] Die Paulskirchen-Verfassung war nicht nur eines der fortschrittlichsten Verfassungsdokumente ihrer Zeit. Sie wurde auch zur Urahnin aller nachfolgenden deutschen Verfassungen.

Herzog, Roman: Rede von Bundespräsident Roman Herzog anläßlich der Veranstaltung „150 Jahre Revolution von 1848/49" in der Paulskirche zu Frankfurt am Main. In: www.bundespraesident.de, 18.05.1998

Der Historiker Wolfgang Kruse schrieb 2012 über das Kaiserreich:

Das Kaiserreich war ein preußisch dominierte Obrigkeitsstaat. Formell ein Fürstenbund, lagen die drei Säulen des absolutistischen Staats in der Hand von Kaiser und Reichskanzler: Heer, Bürokratie und Diplomatie. Und es war ein Militärstaat, in dem der Kaiser als oberster Kriegsherr der politischen Kultur und dem zivilen Leben seinen militaristischen Stempel aufdrückte. Daneben gab es aber auch einen tiefgehenden Politisierungsprozess durch die Entstehung eines breiten Parteienspektrums.

Kruse, Wolfgang: Obrigkeitsstaat und Basisdemokratisierung. In: www.bpb.de, 27.9.2012

H zu Aufgabe 2
Beachte: Kleidung, Handlung und Gesichtsausdruck der Personen, Gegenstände im Vorder- und Hintergrund, Schilder an der Wand.

F zu Aufgabe 3
Informiere dich über ein Bismarck-Denkmal in deiner Stadt. Sammle Informationen über die Entstehungsgeschichte. Führt ein Interview. Welches Bild haben die Menschen heute von Bismarck?

Aufgaben

1. Überprüfe die Aussagen in **M1**. Welche sind richtig, welche falsch? Notiere dir die passenden Buchstaben ins Heft. Du erhältst ein Lösungswort.
2. a) Beschreibe die Karikatur (**M2**).
   b) Ordne die Karikatur in den historischen Kontext ein und erläutere die Absicht des Künstlers.
   c) Bewerte aus damaliger und heutiger Sicht: Was passiert mit einer Gesellschaft, in der Meinungsfreiheit nicht gegeben ist?
3. Beurteile die Bedeutung der Ereignisse von 1848/49 und die Bedeutung Bismarcks für das Deutsche Kaiserreich (**M3**).

Tabelle zur Selbsteinschätzung

70052-93

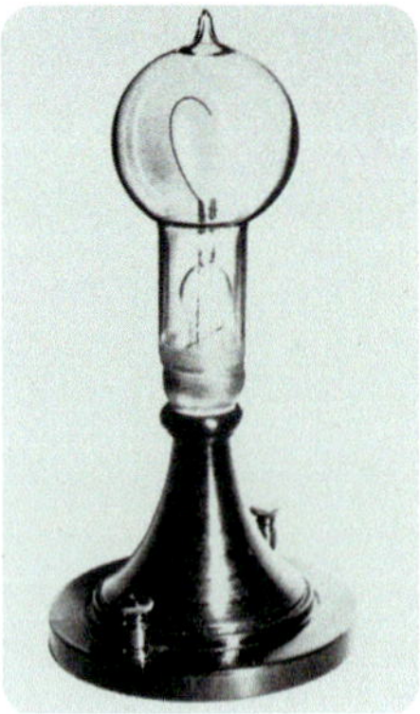

Was weißt du schon?

1. Beschreibe und benenne, welche Erfindungen auf den Bildern zu sehen sind.
2. a) Erstellt zu zweit eine Tabelle und entscheidet, ob es sich bei den obigen Gegenständen um Erfindungen aus dem industriellen oder dem digitalen Zeitalter handelt.
   b) Ergänzt die Tabelle durch weitere Erfindungen, die ihr bereits kennt.
3. Erörtert, wie wohl ein Leben ohne diese Alltagsgegenstände ausgesehen hat und welche Auswirkungen ihre Erfindung auf das Leben der Menschen hatte.

9

#Von Dampfmaschine bis Smartphone – wie verändern Erfindungen unser Leben?

Viele der links abgebildeten Gegenstände sind heute selbstverständlicher Teil deines Alltags. Dabei liegt ihre Erfindung oft noch gar nicht weit zurück. Vielleicht hast du schon einmal mit deinen Eltern über ihre Kindheit gesprochen und weißt, dass das Leben damals zum Teil noch ganz anders aussah. Verantwortlich dafür ist die sogenannte digitale Revolution, die am Ende des 20. Jahrhunderts einsetzte und bis heute andauert. Andere Erfindungen haben ihren Ursprung noch weiter zurückliegend. Sie stammen aus der Zeit der Industrialisierung. Auch sie hat in einer kurzen Zeitspanne sehr viele technische Neuerungen hervorgebracht, von denen viele noch heute unseren Alltag bestimmen. Doch wie ist es überhaupt dazu gekommen? Und wie sahen die Auswirkungen auf das Leben der Menschen genau aus?

Was lernst du in diesem Kapitel?

- ... die Ursachen für die Entstehung der Industrialisierung in England und die verspätete Industrialisierung in Deutschland zu erläutern.
- ... an Beispielen die veränderten Lebens- und Arbeitsbedingungen in der Industriegesellschaft zu beschreiben.
- ... die Auswirkungen der Industrialisierung auf Mensch und Umwelt zu beurteilen.
- ... die Interessen und Handlungsmöglichkeiten verschiedener Gruppen bei der Lösung der sozialen Frage zu analysieren.
- ... die vier industriellen Revolutionen hinsichtlich ihrer positiven und negativen Auswirkungen zu beurteilen.
- ... die Auswirkungen der zunehmenden Digitalisierung auf Arbeits- und Privatleben zu erörtern.

Eine Zeitreise zu den Industriellen Revolutionen gestalten

Worum geht es?

Jede der bisherigen Industriellen Revolutionen hat unser Leben und Arbeiten stark beeinflusst. Damit ihr einen Eindruck davon bekommt, wie sich die Industriellen Revolutionen auf unsere Lebenswelt ausgewirkt haben, könnt ihr mithilfe dieses Gemeinsam Aktiv eine Zeitreise gestalten.

Geht dabei so vor:

Start

1 Bildet Kleingruppen von 3-4 Schülerinnen und Schülern.

2 Informiert euch grundlegend über die Erfindungen und Industriellen Revolutionen im Laufe der Zeit. Wichtig hierfür sind vor allem folgende Materialien: Auftaktseite Kap. 9, Kap. 9.2, M1, #Industrialisierung, #Digitalisierung.

3 Begebt euch zunächst zurück in die **Vergangenheit: Die Industrialisierung im 19. und 20. Jahrhundert**.
Wählt eines der Themen (I) oder (II), und beschäftigt euch mit den Anfängen der Industrialisierung (I) oder ihren Auswirkungen und Folgen (II). Mindestens je zwei Kleingruppen sollten je Thema (I) bzw. (II) bearbeiten.

(I) Die Anfänge der Industrialisierung	(II) Die Folgen der Industrialisierung
a) Informiert euch über den Beginn der Industrialisierung in England (Erfindungen/ Bedingungen → Kapitel 9.1, M1, M2, #Industrialisierung) sowie die verspätete Industrialisierung in Deutschland (→ Kapitel 9.1., M3, M4).	a) Informiert euch über die positiven und negativen Auswirkungen der Industrialisierung, auch anhand eines Beispielortes (→ Kapitel 9.1, M5-M10, Methode: Historische Orte online entdecken)
b) Recherchiert mithilfe der Methode nach einem historischen Ort der Industrialisierung in Deutschland (→ Kapitel 9.1, Methode: Historische Orte online entdecken)	b) Erläutert, was die soziale Frage war, welche Interessensgruppen es gab und welche Lösungsansätze gefunden wurden (→ Kapitel 9.1, M11-M17).
c) Besorgt wichtige Materialien für die Herstellung von Plakaten: Stifte, Karton, Bilder zur Industrialisierung / zu den Erfindungen / zu den Folgen, usw.	
d) Erstellt ein Wandplakat zu den Anfängen der Industrialisierung (I): Auf eurem Wandplakat sollten die Erfindungen (z. B. in Form von Bildern) sowie die wichtigsten Entwicklungen in England und Deutschland dargestellt werden.	d) Erstellt ein Wandplakat zu den Folgen der Industrialisierung (II): Auf eurem Wandplakat sollen die positiven und negativen Auswirkungen der Industrialisierung unter anderem anhand von Bildmaterial dargestellt werden. (Ein Wandplakat erstellen → Methodenglossar)

4

Stellt euch gegenseitig die Wandplakate zu Thema (I) und (II) vor. Ihr könnt hierzu beispielsweise einen Galeriegang durchführen oder die Poster direkt vor der Klasse präsentieren.

5

Reist nun wieder in euren Kleingruppen **in die Gegenwart: Die Digitalisierung Ende des 20. und zu Beginn des 21. Jahrhunderts.** Führt eine Umfrage / ein Interview (bei der Familie / bei Freunden) zu positiven und negativen Auswirkungen der Digitalisierung durch. Der Fragebogen und die Methode im QR-Code helfen euch das Interview strukturiert durchzuführen (→ Kapitel 9.2, M2-M6, #Digitalisierung).

Fragebogen zur Digitalisierung

70052-94

Methode: Ein Interview durchführen

70052-95

6

Erstellt auf Grundlage der Ergebnisse der Umfrage und mithilfe eures Wandplakats einen Radiobeitrag zur Frage: „Industrielle Revolutionen im Laufe der Zeit – mehr Fortschritt oder Probleme?"

- Informiert euch hierzu zunächst, wie ihr einen Radiobeitrag auf einfache Weise erstellen könnt (**Methode: Einen Podcast erstellen, siehe Kapitel 12**).
- Beschreibt in eurem Radiobeitrag die positiven und negativen Auswirkungen von Industrialisierung und Digitalisierung. Stellt Gemeinsamkeiten und Unterschiede heraus.
- Diskutiert anhand eurer Interviewergebnisse, wie die Digitalisierung von den Menschen wahrgenommen wird. Ihr könnt hierzu beispielsweise einen „Experten" bestimmen, der die Interviewergebnisse vorstellt.

9.1 Die Industrialisierung – mit Volldampf in eine bessere Zukunft?

Europa verändert sich – wie kam es zur Industrialisierung?

Über Jahrhunderte arbeiteten die Menschen mehrheitlich als Bauern und Handwerker in einer landwirtschaftlich geprägten Gesellschaft. Im Verlauf des 18. und 19. Jahrhunderts kam es durch Erfindungen allerdings zu tiefgreifenden Veränderungen. Welche Erfindungen waren das und weshalb bewirkten sie solch große Veränderungen?

M1 Die englische Stadt Manchester um 1850

Zeitgenössischer Kupferstich; Reiche Adlige beförderten den Bau erster Fabriken in England. Das Land besaß die notwendigen Rohstoffe für die Eisenherstellung.

M2 Wie und wo begann die Industrialisierung?

Die „Spinning Jenny", kolorierter Stich, 19. Jh. 1764 erfand der Baumwollweber James Hargreaves in Lancashire eine Maschine, die acht Spindeln gleichzeitig betreiben konnte.

Mechanisierung
Eine Entwicklung, bei der die menschliche Arbeitskraft zunehmend durch Maschinen ersetzt wird.

England nahm bei der Industrialisierung eine Vorreiterrolle ein. Dies hatte verschiedene Gründe. Eine Schlüsselstellung fiel der Textilindustrie zu. Im 18. Jahrhundert kam es in England durch Fortschritte in Medizin und Landwirtschaft sowie durch verbesserte Hygienebedingungen zu einem starken Bevölkerungswachstum. Dies führte zu einer erhöhten Nachfrage nach Nahrungsmitteln. Der Bedarf an Nahrungsmitteln führte zu weiteren Investitionen in landwirtschaftliche Technologien. Diese Neuerungen machten viele der kleinen Bauern arbeitslos, sie zogen in die Städte und hofften dort Arbeit zu finden. Sie fanden diese in den dort entstehenden Textilfabriken. Denn der Anstieg der Bevölkerung hatte auch zu einem größeren Bedarf an Kleidung geführt. Im Jahr 1764 erfand James Hargreaves die „Spinning Jenny". Die damit beginnende Mechanisierung der Baumwollspinnerei ließ die boomende Textilindustrie zum Motor der weiteren Entwicklung in England werden. Es entstanden Fabriken: sie waren die ersten Vorboten der großen Veränderungen, die bevorstanden. Um die mechanischen Webstühle anzutreiben, setzte man bald die von James Watt erfundene Dampfmaschine ein. Die Dampfeisenbahn übernahm den Transport. Jede Erfindung zog weitere nach sich: Die industrielle Revolution hatte begonnen.

Bevölkerungsentwicklung englischer Städte (Angaben in 1000)

	1801	1851
Birmingham	74	233
Liverpool	80	376
London	1 117	2 685
Manchester	90	303

Nach: Ott, Hugo/Schäfer, Hermann (Hg.): Wirtschafts-Ploetz, Freiburg/Würzburg 1984, S.167

Investition
Kauf von etwas, von dem man sich zukünftig Gewinne erhofft

INDUSTRIALISIERUNG

Die Industrialisierung war ein langer Prozess, der mit dem Aufkommen erster Maschinen wie dem mechanischen Webstuhl und der Dampfmaschine begann. Die Handarbeit trat in den Hintergrund und die Arbeit in Fabriken führte dazu, dass man deutlich mehr in kürzerer Zeit herstellen konnte.

Die ersten Erfindungen zogen dabei in einem sich selbst beschleunigenden Prozess immer weitere Neuerungen nach sich. Da dieser Prozess in kurzer Zeit Leben und Arbeitsbedingungen der Menschen radikal veränderte, wird er auch als „Industrielle Revolution" bezeichnet. Dabei wird häufig zwischen zwei Phasen unterschieden: In der **Ersten Industriellen Revolution ab ca. 1750** standen Metall- und Textilindustrien sowie der Maschinenbau im Zentrum der Entwicklung. **Ab ca. 1900 spricht man von der Zweiten Industriellen Revolution**, die durch den Aufstieg neuer Sektoren wie der Elektrotechnik oder der Chemiebranche gekennzeichnet war.

Zeitstrahl zu den Erfindungen
70052-96

Führungssektor
Ein Zweig der Industrie, der durch seine Erfolge die Entwicklung anderer Zweige nach sich zieht

M3 Hindernisse in Deutschland

In einer Bittschrift wendet sich der Wirtschaftswissenschaftler Friedrich List am 20. April 1819 als Bevollmächtigter des „Allgemeinen Deutschen Handels- und Gewerbevereins" an die Bundesversammlung des Deutschen Bundes in Frankfurt:

Achtunddreißig Zoll- und Mautlinien in Deutschland lähmen den Verkehr im Innern und bringen ungefähr dieselbe Wirkung hervor, wie wenn jedes Glied des menschlichen Körpers unterbunden wird, damit das Blut ja nicht in ein anderes überfließe. Um von Hamburg nach Österreich, von Berlin in die Schweiz zu handeln, hat man zehn Staaten zu durchschneiden, zehn Zoll- und Mautordnungen zu studieren, zehn Mal Durchgangszoll zu bezahlen. Wer aber das Unglück hat, auf einer Grenze zu wohnen, wo drei oder vier Staaten zusammenstoßen, der verlebt sein ganzes Leben mitten unter feindlich gesinnten Zöllnern und Mautnern, der hat kein Vaterland.

Zitiert nach: Görtemaker, Manfred: Deutschland im 19. Jahrhundert, Entwicklungslinien, Leverkusen 1989, S. 166

Zoll und Maut
Zoll und Maut sind Gebühren. Ein Zoll wird bezahlt, wenn man Waren über eine Grenze bringen will. Eine Maut wird bezahlt, wenn man z. B. eine fremde Straße benutzen will.

Zusatzkapitel: Essen – Wandel zur Industriestadt
70052-97

M4 Deutschlands Aufholjagd

Hatte in England die Textilindustrie eine Führungsrolle in der Industrialisierung übernommen, so leistete in Deutschland der Eisenbahnbau diesen Dienst. Der wachsende Bedarf an Schienen, Lokomotiven und Waggons kurbelte einerseits die Eisen- und Stahlindustrie an, die andererseits bei den Verarbeitungsprozessen auf die Eisenerz- und Steinkohleförderung angewiesen waren. Gleichzeitig ermöglichte die Eisenbahn einen billigen und schnellen Transport von Menschen und Waren. So entwickelte sich eine industrielle Eigendynamik: Die Eisenbahn sorgte für den Durchbruch der Industrialisierung in den 1840er- bis 1870er Jahren. Der Aufstieg des Ruhrgebietes ist in diesem Zusammenhang fast beispiellos. Innerhalb weniger Jahrzehnte entwickelte sich diese Region, die einst spärlich besiedelt und landwirtschaftlich geprägt gewesen war, zu einer der bedeutendsten Industrieregionen Europas. Der Grund waren Kohlevorkommen: Die Kohle als wichtigster Energieträger der Zeit befeuerte als billiger Brennstoff Dampfschiffe, Eisenbahnen und Maschinen sowie die Eisen- und Stahlindustrie. Überall im Ruhrgebiet entstanden Zechen, Hütten- und Stahlwerke, die eine Vielzahl von Arbeitskräften brauchten.

Einwohnerentwicklung der Stadt Essen

Jahr	Einwohner
1830	5 457
1850	8 734
1870	43 528
1915	360 000

H zu Aufgabe 3
Verwende bei der Mindmap z. B. die Begriffe Bevölkerungswachstum, Nachfrage, Investitionen, Textilindustrie, Standortbedingungen.

AUFGABEN

1. a) Beschreibe das Bild und achte auch auf Details (**M1**).
   b) Stellt im Plenum Vermutungen an, weshalb qualmende Schornsteine damals als fortschrittlich gesehen wurden.
2. a) Werte die Statistik in **M2** aus und erläutere ihre Bedeutung mithilfe des Verfassertextes.
   b) Verfasse einen Brief aus der Zukunft an James Hargreaves, den Erfinder der „Spinning Jenny", und erkläre ihm, warum seine Erfindung heute in Schulbüchern in der ganzen Welt abgedruckt ist (**M2**).
3. Entwickelt zu zweit eine Mindmap zu den Gründen, wie die Industrialisierung in England begann (**M2**).
4. a) Arbeite aus der Quelle **M3** heraus, welcher Grund für die verspätete Industrialisierung in Deutschland verantwortlich gemacht wird.
   b) Erläutere, wodurch Deutschland die Aufholjagd bei der Industrialisierung gelang (**M4**).
5. a) Führe eine virtuelle Exkursion zu historischen Orten der Industrialisierung in deiner Nähe durch (**Methode: Historische Orte online entdecken**).
   b) Erstelle einen Kurzvortrag zu einem Ort, der dich besonders interessiert.

Historische Orte online entdecken

Worum geht es?

Auch für Historikerinnen und Historiker stellt das Internet inzwischen eine wichtige Recherchequelle dar, die uns viele wertvolle Informationen und Einblicke liefern kann, wenn wir wissen, wo und wie wir danach suchen müssen. Neben der Suchmaschine Google gibt es auch Internetseiten, die sich auf historisches Wissen spezialisiert haben. Hier erfährst du anhand einer ausgewählten Seite, wie du sie nutzen kannst, um historische Spuren in der Gegenwart zu finden.

Geht dabei so vor:

Interaktive Karte zu historischen Orten

70052-98

1. Schritt: Finde historische Orte in deiner Umgebung

a) Öffne die interaktive Karte mit Hilfe des QR-Codes und vergrößere sie durch das Symbol ⛶ rechts oben in der Ecke.
b) Links öffnet sich jetzt ein Menü. Suche den Punkt „Langes 19. Jahrhundert“ und stelle sicher, dass nur dort ein Haken gesetzt ist.
c) Zoome an die Karte heran, indem du links unten auf das + Zeichen drückst oder mit dem Mausrad scrollst. Orientiere dich jetzt auf der Karte und suche Nordrhein-Westfalen. Wähle hier einen Ort aus, den du untersuchen möchtest.

2. Schritt: Untersuche einen historischen Ort

a) Indem du auf den von dir ausgewählten Ort klickst, öffnet sich eine Webseite. Alternativ kannst du den Namen des Ortes auch in eine Suchmaschine eingeben.
b) Informiere dich auf der Webseite über den Ort und notiere Informationen über die Bedeutung des Ortes zur Zeit der Industrialisierung.
c) Recherchiere wie dieser Ort in der Gegenwart aussieht und genutzt wird.

3. Schritt: Reflektiere das Vorgehen

Beurteile, ob dir die Seite von Segu bei der Entdeckung historischer Orte der Industrialisierung in deiner Umgebung geholfen hat. War sie hilfreich, interessant, übersichtlich, informativ? Was gibt es zu kritisieren?

Wer zahlt den Preis für den Fortschritt?

Die Industrialisierung brachte den Fortschritt, auf dem unser heutiges Leben beruht. Doch bis dahin war es ein weiter Weg, der mit vielen Veränderungen im Leben der Menschen einherging. Einige profitierten von diesen Veränderungen und machten große Gewinne. Andere mussten den Preis dafür zahlen. Wer waren die Gewinner und wer die Verlierer der Industrialisierung?

M5 Fabrikarbeit

Kleinmotorenfabrik der „Allgemeinen Elektricitäts-Gesellschaft" (AEG)
Foto, um 1900
(Ausschnitt)

M6 Arbeit in der Industrie

Proletariat
Arbeiterschaft in der Industriegesellschaft

Unternehmer
Eigentümer von Fabriken oder Firmen

Die Industrialisierung veränderte die Gesellschaft: Die Industriearbeiterschaft bildete eine neue Unterschicht, das so genannte Proletariat. Ihnen gegenüber standen die Unternehmer, die als Eigentümer der Betriebe zum Teil große Reichtümer erwerben konnten. Sie waren daran interessiert, Gewinne zu machen. Dies hatte Auswirkungen auf die Arbeit in den neuen Fabriken. Die Art und auch der Rhythmus der Arbeit veränderten sich radikal. Zuvor waren die Menschen zumeist in Heimarbeit tätig, Ablauf und Tempo der Arbeit wurde von den persönlichen Bedürfnissen mitbestimmt. Jetzt diktierten die Maschinen die Abläufe und die Uhr bestimmte das Tempo. In großen, dunklen, lärmigen Hallen musste die Arbeiterschaft für niedrige Löhne täglich 12-14 Stunden, sechs Tage die Woche, die gleiche, eintönige Arbeit verrichten. Da ein Gehalt für eine Familie meist nicht ausreichte, mussten auch Frauen und Kinder arbeiten – zu noch geringeren Löhnen.

Wehren konnten sich die Arbeiterinnen und Arbeiter nicht gegen diese heute unvorstellbaren Arbeitsbedingungen: Einen Kündigungsschutz gab es nicht, dafür aber ein riesiges Überangebot an Arbeitssuchenden. Protestierte ein Arbeiter, wurde er entlassen und ein anderer nahm seinen Platz ein. Diese und weitere negative Folgen der Industrialisierung wurden bald unter dem Begriff „Soziale Frage" zusammengefasst.

M7 Kinderarbeit

Der Direktor des öffentlichen Unterrichts am Niederrhein, Karl Friedrich August Grashof, berichtet:

Kinder von 6 Jahren werden bereits hinter die Maschinen gestellt, um dort selbst zur Maschine zu werden. Sechs Tage lang in jeder Woche [...] und jeden Tag von früh morgens bis spät abends bewegt der Knabe in derselben Stellung dieselben Maschinen unaufhörlich zu demselben Geschäft. [...] Dass diese, wie die Zähne eines Rades, an ihre Stelle eingefügten Fabrikkinder keine Schule besuchen, liegt in der Natur der Sache. Wann sollen sie denn die Zeit dazu gewinnen? Und wer soll sich ihrer annehmen? Doch kann die Sache nicht bleiben wie sie ist [...].

Zitiert nach: Adolphs, Lotte: Kinderarbeit im 19. Jahrhundert – Lehrerverhalten im 19. Jahrhundert – Schulrevision im 19. Jahrhundert, Duisburg 1979, S. 20

Kinder bei der Arbeit in einer Spinnerei (1907)

M8 Lebensbedingungen

Ein Bericht von 1908 schildert, wie rheinisch-westfälische Industriearbeiter lebten (Auszug):

Fast 40 bis 50 % aller Arbeiterwohnungen bestehen aus 2 Zimmern, werden bewohnt von Familien, die 6 bis 10 Köpfe stark sind und zum Überfluss noch 2 bis 3 Kostgänger beherbergen. In gesundheitlicher Beziehung jeder Beschreibung spottend, wie den elenden, krankhaft aussehenden Insassen unschwer anzusehen ist. In einem Schlafraume, mit zwei Bettstellen ausgestattet, der nie gelüftet, noch seltener gereinigt wird und dessen Bettzeug daher einem Haufen stinkender Lumpen ähnlich ist, kampieren oft bis zu 10 Personen, vier Kinder in einem Bette, zwei am Kopf und zwei am Fußende, ohne Rücksicht auf Alter und Geschlecht.

Einzimmerwohnung in Berlin, um 1900

Joniak, Nikolaus: Das Arbeiterwohnungselend im rheinisch-westfälischen Industriebezirk, Frankfurt a.M. 1908, S. 4 f. (gekürzt)

Kostgänger
Eine Person, die gegen Bezahlung Verpflegung und eventuell auch eine Schlafstätte von fremden Familien anmietet

Auswirkungen der Industrialisierung auf Klima und Umwelt
→ Kapitel 6.1

M9 Die Folgen für die Umwelt

Ein Bewusstsein für die Folgen der Industrialisierung für die Natur und die Gesundheit entstand nur sehr langsam bei den Menschen. Industriebetriebe leiteten ihre giftigen Abwässer ohne Klärung in nahegelegene Flüsse und in das Grundwasser ab. Die Folgen waren Fischsterben, Überschwemmungen und Krankheiten. Durch den Abbau von Kohle und Erzen sowie durch die wachsenden Städte wurden Landschaften zerstört und viele Tiere verloren ihren Lebensraum, sodass die Artenvielfalt zurückging. Die Abgase der Fabriken führten zu Gestank, Luftverschmutzung und Atembeschwerden bei den Menschen, viele wurden krank.

Lange Zeit akzeptierten die Menschen dies als notwendiges Übel. Die rauchenden Schornsteine der Fabriken galten sogar als Zeichen des Fortschritts und wurden mit Stolz betrachtet. Im Vordergrund standen für die Menschen wirtschaftliche Interessen: Für die Unternehmer wäre die Verminderung der Umweltbelastung mit Kosten verbunden gewesen. Die Stadtverwaltungen hatten Sorge, dass die Unternehmen bei Umweltauflagen in andere Regionen abwanderten. Die Arbeiter und Arbeiterinnen waren auf die Arbeit in den Fabriken angewiesen. Ihre soziale Not ließ zudem keinen Raum für Umweltbewusstsein.

„Pfui Deibel!", Skizze von Heinrich von Kley, 1905

AUFGABEN

1. Beschreibe das Bild. Was lässt sich hierdurch schon über die Arbeitsbedingungen in der Fabrik sagen (**M5**)?
2. Entwickelt zu zweit ein Streitgespräch zwischen einem Unternehmer und einem Arbeiter über die Arbeitsbedingungen in den Fabriken (**M6**).
3. Vergleiche dein Leben mit dem eines Kindes aus der Zeit der Industrialisierung (**M7**-**M8**).
4. Verfasse einen Artikel, in welchem du die Soziale Frage darstellst und Forderungen an die Politik zu ihrer Lösung stellst (**M5**-**M8**).
5. a) Nenne die Auswirkungen der Industrialisierung auf Mensch und Umwelt (**M9**).
   b) Erkläre, warum der Umweltschutz für viele damals nicht wichtig war (**M9**).
6. Analysiere die Skizze von Heinrich Kley und arbeite ihre Aussage heraus (**M9**).
7. Formuliere eine Antwort auf die in der Kapitelüberschrift gestellte Frage „Wer zahlt den Preis für den Fortschritt?" und nimm Stellung zu der Frage: „Hat sich der Preis gelohnt (**M5**-**M9**)?"

F zu Aufgabe 5a
Vergleiche deine Ergebnisse mit heutigen Umweltproblemen. Hat sich etwas geändert?

F zu Aufgabe 5b
Reflektiere, warum die Haltung vieler Menschen heutzutage eine andere ist. Was hat sich verändert?

H zu Aufgabe 6
Nutze zunächst die W-Fragen zur Beschreibung: Wer ist dort zu sehen? Wo befindet er sich? Was macht er? Beziehe auch die Überschrift mit ein (Deibel = Teufel).

Wie lässt sich die soziale Frage lösen?

Auch heute noch gibt es in Deutschland Arbeitslosigkeit, Armut und Krankheit. Doch anders als heute gab es im 19. Jahrhundert keine sozialen Hilfsnetze, um das Elend abzumildern. Die soziale Not entwickelte sich zu einem Massenphänomen und die Soziale Frage zu einem bestimmenden Problem der Zeit mit großer politischer Sprengkraft. Wie ließ sich dieses Problem lösen und durch wen?

M10 Armut in Deutschland 1894

Kinder vor einer Suppenküche in Berlin, Holzschnitt von 1894

M11 Die christlichen Kirchen

Es waren vor allem einzelne Geistliche, die auf das Elend reagierten und aus christlicher Fürsorgepflicht heraus konkrete Hilfe anboten. So engagierte sich auf evangelischer Seite Amalie Sieveking für die Arbeiterinnen in Hamburg. Sie gründete im Jahr 1832 den „Weiblichen Verein für Armen- und Krankenpflege" und startete Initiativen zur Arbeitsbeschaffung und zum Wohnungsbau. Von Seiten der katholischen Kirche gründete zum Beispiel Adolph Kolping 1849 in Köln einen Gesellenverein als Zufluchtsort für junge Handwerker als Vorläufer der heute international tätigen Kolpingwerke. Nur 30 Jahre später gab es bereits 420 Vereine mit ca. 70 000 Mitgliedern. 1891 richtete sogar der Papst selbst einen Aufruf an Unternehmer und den Staat, die Not der Menschen zu lindern.

Eine prinzipielle Veränderung der gesellschaftlichen Verhältnisse lehnten die Kirchen in der Regel ab. Sie kümmerten sich nicht nur aus christlicher Nächstenliebe um das Elend der Arbeiter. Sie befürchteten auch, dass sich immer mehr Arbeiter vom christlichen Glauben abwenden könnten.

M12 Die Unternehmer

Auch einzelne Fabrikbesitzer versuchten die Situation ihrer Arbeiter und Arbeiterinnen zu verbessern, indem sie zum Beispiel Wohnanlagen bauen ließen oder Unterstützerkassen für den Fall von Arbeitsunfällen oder Krankheit einrichteten. Es waren jedoch nicht nur wohltätige Absichten, die dahinterstanden, sondern die Unternehmer wollten so einen gut ausgebildeten Arbeiterstamm an sich binden und Streiks verhindern. Wie das kirchliche Engagement zielte auch ihre Hilfe eher auf die Abmilderung des Elends, eine wirkliche Lösung der Sozialen Frage leisteten sie nicht.

M13 „Der Streik"

Streik
Bei einem Streik legen Arbeiter gemeinsam die Arbeit nieder, z. B. um höhere Löhne oder bessere Arbeitsbedingungen zu erreichen.

„Der Streik", Ölgemälde von Robert Koehler, vor 1886

M14 Die Arbeiterbewegung

Gewerkschaften
Zusammenschluss von Arbeitern zur Vertretung ihrer gemeinsamen Interessen

SPD
Sozialdemokratische Partei Deutschlands

Die entscheidenden Impulse zur Lösung der Sozialen Frage kamen von den Arbeitern selbst. Sie protestierten immer wieder gegen ihre Arbeits- und Lebensbedingungen. Am drängendsten stellte sich ihnen die Frage nach der Versorgung ihrer Familie, falls sie arbeitsunfähig würden. Eine erste Maßnahme bildeten daher sogenannte Unterstützerkassen, in die sie regelmäßig einzahlten und aus denen im Krankheits- oder Todesfall ihren Hinterbliebenen eine Rente gezahlt werden konnte. Die Arbeiter schlossen sich in Gewerkschaften zusammen, um für ihre Interessen zu kämpfen, wie zum Beispiel für kürzere Arbeitszeiten oder höhere Löhne. Durch Streiks übten sie Druck auf die Unternehmer aus und konnten einige ihrer Forderungen durchsetzen. Um ihre Lage jedoch dauerhaft zu ändern, mussten sie ihren Kampf in die Politik tragen. Im Jahr 1890 entstand als älteste, bis heute existierende Partei, die SPD, um sich für die Interessen der Arbeiter einzusetzen.

M15 Die Politik – Beginn des Sozialstaates

Die meisten Politiker standen bei der Sozialen Frage auf der Seite der Unternehmer, auf deren Steuern sie angewiesen waren, und versuchten Streiks und Proteste der Arbeiter zu verhindern. Allerdings nahm mit Fortschreiten der Industrialisierung auch die Zahl der Not leidenden Arbeiter zu, sodass ihr Elend nicht mehr zu ignorieren war. Außerdem begann die immer größer werdende Arbeiterbewegung zu einer ernsten Bedrohung für das Kaiserreich zu werden. Reichskanzler Bismarck verfolgte daher ab 1878 eine zweigleisige Politik: Einerseits kämpfte er mit Verboten gegen die Arbeiterbewegung und ihre Vereine und Parteien an (Sozialistengesetze), andererseits führte er eine Sozialgesetzgebung (Kranken-, Unfall-, Altersversicherung) ein, um die Arbeiter für den Staat zu gewinnen.

Soziale Ungleichheit weltweit
→ Kap. 10

Otto von Bismarck
→ Kap. 8.3

M16 Ist die soziale Frage überhaupt gelöst?

Kinder in einer Textilfabrik,
Foto vom 4. Juni 2017
Das Bild zeigt Kinder, die in einer Fabrik in Bangladesch (Asien) Textilien herstellen. Ein Großteil der Kleidungsstücke wird in Deutschland und anderen europäischen Ländern verkauft.

Ursachen und Folgen von Kinderarbeit

70052-99

AUFGABEN

1. Beschreibe das Bild und diskutiert, wie die Lebenssituation des Mädchens aussehen könnte. Welche Gedanken gehen ihr durch den Kopf (**M10**)?
2. Auf einer Bürgerversammlung wird über die Lösung der Sozialen Frage diskutiert. Teilt eure Klasse in vier Gruppen: A Kirchen (**M11**), B Unternehmer (**M12**), C Arbeiterbewegung (**M14**), D Vertreter des Staates (**M15**).
   a) Arbeitet aus eurem Text die Ziele und Interessen eurer Gruppe sowie eure Ansätze zur Lösung der Sozialen Frage heraus.
   b) Schreibt eine Rede, in der ihr eure Position vortragt.
   c) Diskutiert die verschiedenen Lösungsansätze und prüft, wo sich Gegensätze und Gemeinsamkeiten finden lassen.
3. Untersuche das Bild in **M13** mithilfe des Textes **M14**. Stelle Vermutungen an, was die Personen auf dem Bild sagen könnten.
4. a) Beschreibe das Foto in **M16** und prüfe die im Titel des Bildes aufgeworfene Frage: „Ist die soziale Frage überhaupt gelöst?“
   b) Sollte man von Kindern genähte Kleidung kaufen? Nimm Stellung.

H zu Aufgabe 2b
Notiere zunächst Stichworte zu Einleitung (Begrüßung, Vorstellung, Anlass der Rede),
Hauptteil (eigene Situation, Ziele, Interessen) und Schluss (Lösungsvorschlag, Begründung, Dank).

F zu Aufgabe 4
Informiere dich mithilfe des QR-Codes über Ursachen und Folgen von Kinderarbeit und erstelle einen Kurzvortrag für die Klasse.

9.2 Industrielle Revolutionen im Laufe der Zeit – mehr Fortschritt oder Probleme?

Industrie 4.0 – ein Meilenstein?

Jede industrielle Revolution brachte grundlegende Veränderungen mit sich – doch verbesserte sich hierdurch für die Menschen automatisch auch ihr Leben?

M1 Die vier industriellen Revolutionen

(Technologische) Antriebskräfte der industriellen Revolutionen

Der technische Fortschritt, der erhebliche Produktions- und Produktivitätssteigerungen ermöglicht, gilt als zentrale Ursache für gesellschaftlichen Wandel.

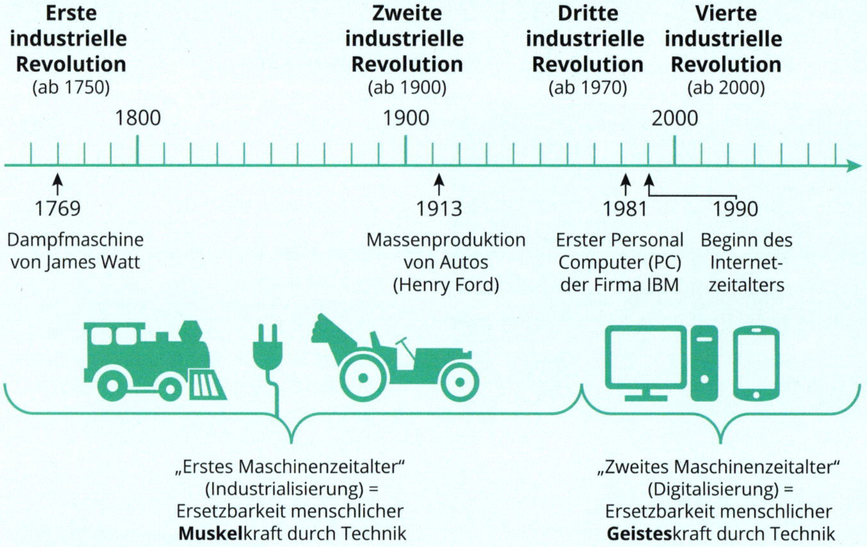

M2 Die digitale Revolution – welche Auswirkungen hat sie?

Der PC - ein Computer, den sich jeder leisten kann

Die Steuerungstechnik revolutioniert die Industrie – mehrere Aufgaben können von Maschinen gleichzeitig erledigt werden

Vollautomatisch – die Herstellung eines Autos

Die Klimaerwärmung – was muss sich in der Industrie ändern, um sie aufzuhalten?

Die digitale Welt – besser vernetzt im Beruf und im Privaten

Roboter drücken die Löhne von Facharbeitenden

Endlich: Roboter erleichtern uns als Alltagshelfer das Leben

M3 Autoproduktion früher und heute

1

2

3

4

5

6
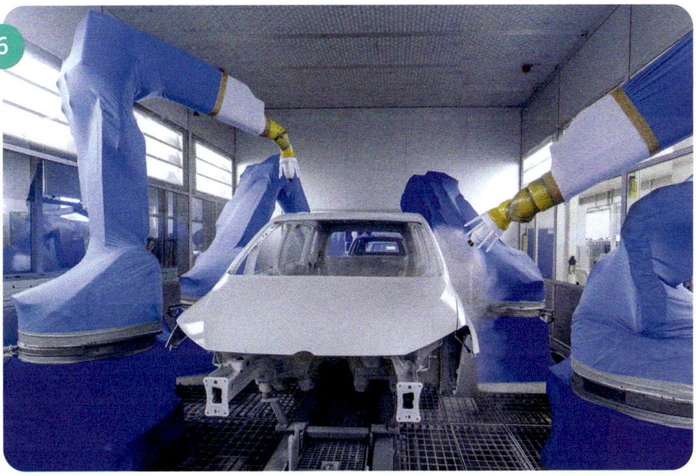

1-3: Autoproduktion 1953-1957, Volkswagen AG
4-6: Autoproduktion, 2015-2020 Volkswagen AG

Künstliche Intelligenz (kurz: KI)
KI ist ein Computerprogramm, das Aufgaben selbstständig ohne das Zutun des Menschen lösen kann. Zunächst müssen sie aber natürlich vom Menschen programmiert werden. Nützliche Beispiele für KI, die uns Menschen im Alltag helfen, sind Suchmaschinen oder Sprachassistenten.

ARBEIT 4.0

Die internetgestützte und hoch automatisierte sowie vernetzte Produktionsweise wird heute als Industrie 4.0 bezeichnet.
Zunehmend kommen eng zusammenarbeitende Roboter und selbstlernende Computerprogramme zum Einsatz. Durch die umfassende Vernetzung aller Arbeitsbereiche stehen alle Informationen in dem Moment zur Verfügung, in dem sie entstehen. Entscheidungen können deshalb schneller gefällt und Prozesse und Abläufe besser optimiert werden.

Berufe
→ Kap. 13.3

M4 Veränderungen von Berufen

Anteil der Tätigkeiten, die potenziell von einem Computer erledigt werden können:

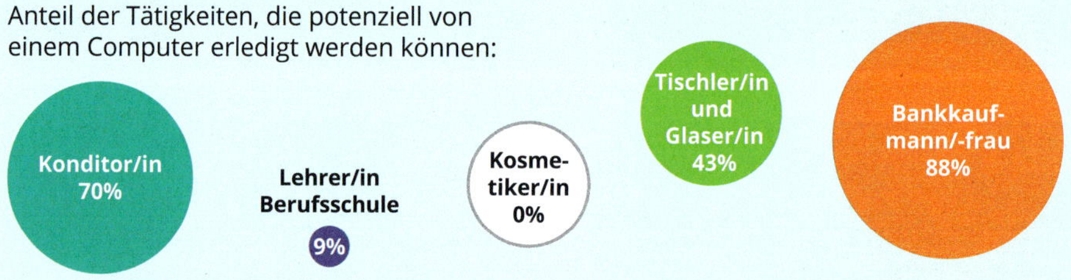

H zu Aufgabe 2b
Haltet die Vor- und Nachteile in einer Tabelle fest.

F Ein Leben ohne Internet und Smartphone – unvorstellbar? Befragt eure Eltern und Großeltern, wie ihr Alltag vor 40 Jahren aussah.

AUFGABEN

1. Nenne die vier industriellen Revolutionen und die bahnbrechenden Erfindungen, die dazu führten (**M1**).
2. a) Arbeitet die Vor- und Nachteile der dritten und vierten industriellen Revolution aus **M2** heraus.
   b) Begründet unter Einbezug eures Vorwissens aus Kap. 9.1, inwiefern zwischen den Auswirkungen der vier industriellen Revolutionen Gemeinsamkeiten bestehen (**M2**).
3. a) Vergleiche die Autoproduktion von 1950 und 2020 (**M3**).
   b) Beschreibe, wie sich die Arbeitssituation für Angestellte der Automobilbranche verändert hat.
   c) Erkläre den Begriff Industrie 4.0 (#Arbeit 4.0).
4. a) Diskutiert, wieso manche Berufe besonders stark vom Wandel betroffen sind im Gegensatz zu anderen (**M4**).
   b) Beurteile, wie sich dies auf die Nachfrage nach diesen Berufen auswirken wird.

Alles digital – die neue Realität?

Egal ob Schule, Freizeit oder Arbeitswelt, digitale Geräte sind spätestens seit der Corona-Krise aus dem Leben nicht mehr wegzudenken. Mit der zunehmenden Digitalisierung wird die Arbeitsorganisation und Lebensgestaltung stark beeinflusst.

M5 Die digitale Welt während Corona – der neue Alltag?

DIGITALISIERUNG

Im aktuellen Sinne bezeichnet Digitalisierung den gesamten Veränderungsprozess durch Computerisierung, Roboterisierung und Automatisierung in Wirtschafts-, Gesellschafts-, Arbeits- und Privatleben.
Das Ausschöpfen der Potentiale digitaler Technologien wird auch als „Digitale Transformation" (Veränderungsprozess), „Digitale Revolution" (in Anlehnung an die industrielle Revolution im 19. Jahrhundert) oder „Industrie 4.0" (Versionsnummer = vierte industrielle Revolution; 1. Mechanisierung, 2. Massenfertigung, 3. Automatisierung / Digitalisierung, 4. „Zukunft der Produktion") beschrieben.

M6 Paketboten – eine weitere soziale Frage?

Die Menschen in Deutschland bestellen immer mehr Waren per Mausklick ganz einfach und bequem im Internet, vor allem während der Corona-Krise. Die Arbeitsbedingungen der Paketboten stehen dabei immer wieder im Fokus.

Morgens um 6 Uhr im Verteilzentrum von „Go! Express und Logistics" in Berlin: Paket um Paket, Päckchen um Päckchen finden ihren Weg auf das Verteilband und werden dann händisch in die wartenden Auslieferfahrzeuge gewuchtet. Rund vier Milliarden Paketsendungen dürften dieses Jahr in Deutschland verteilt werden. Jetzt kurz vor Weihnachten sind es 21 Millionen pro Tag. Die Paketlieferbranche boomt. Fünf große und tausende kleine Versanddienstleister mit mehreren Hunderttausend Mitarbeiterinnen und Mitarbeitern leben davon. Es ist einerseits eine „Jobmaschine" auch für ungelernte Arbeitskräfte, die es sonst auf dem Arbeitsmarkt schwer haben. Doch andererseits ist es für Verteiler und Zusteller auch ein Knochenjob. Einer von ihnen ist Patrick. Er arbeitet für einen großen deutschen Paketdienst, dessen Namen er nicht nennen möchte [:] „Das ist eine schwere Arbeit, manche Pakete wiegen 40 Kilo. Es sind viele Pakete, es ist viel Stress. Immer die Treppen rauf und runter. Stundenlang keine Pause und wenn ich mal austreten muss, dann uriniere ich in eine Flasche.".

Kreutzmann, Thomas / Ucar, Giselle: Corona verschärft Arbeitsbedingungen, Knochenjob Paketzusteller, www.tagesschau.de, 20.12.2020

F **zu Aufgabe 1b**
Ergänze weitere positive wie negative Auswirkungen der Digitalisierung.

F Befragt Freunde und Familie, welche Auswirkungen von Corona-Krise und Digitalisierung sie als positiv und negativ ansehen.

AUFGABEN

1. a) Beschreibe die Bilder (**M5**).
   b) Arbeite anhand der Bilder die positiven und negativen Auswirkungen des neuen digitalen Alltags heraus (**M5**).
   c) Die Corona-Krise beschleunigt die Digitalisierung wie unter einem Brennglas. Erkläre diese Aussage anhand der Beispiele (**M5**).
2. a) Stelle die Situation der Paketboten während der Corona-Krise dar (**M6**).
   b) Stelle Gemeinsamkeiten und Unterschiede zwischen den heutigen Paketboten und den Arbeitern in den Fabriken im 19. Jahrhundert heraus (Kap. 9.1, **M5**-**M8**, **M6**).
3. Führt eine Pro-Kontra Diskussion zur Frage „Die Digitalisierung – Fluch oder Segen?" durch (Methode: Pro-Kontra Diskussion, S. 320).

Ist soziale Gerechtigkeit erreichbar?

Es kann jedem von uns passieren, krank zu werden oder in eine Notsituation zu geraten. Du lebst als Bürgerin oder Bürger der Bundesrepublik in einem Sozialstaat, der gegen solche Folgen in schwierigen Lebenssituationen vorbaut. Doch wie kann ein gerechter Ausgleich zwischen den sozial Schwachen und den sozial Starken hergestellt werden?

M7 Sozialpolitik – was hat das mit mir zu tun?

A

Jacqueline, 22 Jahre, alleinerziehende Mutter, kann in einem Jahr wieder bei ihrem alten Arbeitgeber als Einzelhandelskauffrau arbeiten.

B

Kevin, 17 Jahre, Azubi, muss nur wenig von seinem Gehalt zuhause abgeben, weil seine Eltern vom Staat jeden Monat Kindergeld bekommen.

C

Jennifer, 23 Jahre, und Christian, 24 Jahre, erwarten ihr erstes Kind. Jennifer will nach der Geburt so schnell wie möglich wieder arbeiten.

D

Familie Schmidt, drei Kinder, geringes Einkommen, würde gerne in eine größere Wohnung umziehen, da die älteste Tochter mit 14 endlich ein eigenes Zimmer bekommen soll.

E

Lisa, 22 Jahre, drei Geschwister, die Eltern verdienen durchschnittlich, kann nur mithilfe staatlicher Unterstützung in einer anderen Stadt ihr Traumfach Medizin studieren.

F

Ruth, 79 Jahre, verwitwet, hat sich ihr Leben lang um Haushalt und Familie gekümmert und kann von ihrer kleinen Witwenrente kaum leben.

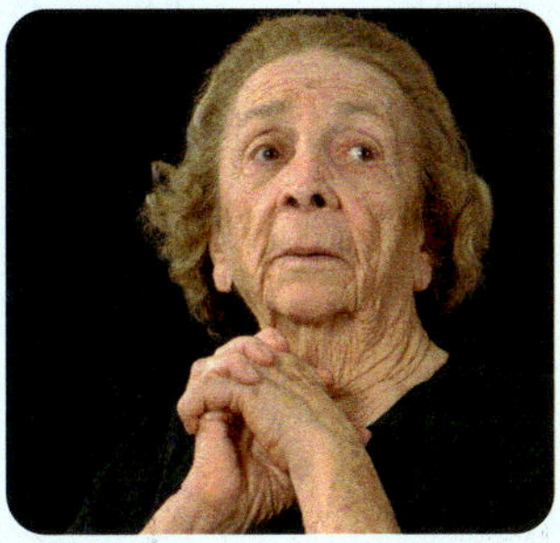

M8 Was leistet der Sozialstaat?

Jeder Arbeitnehmer in Deutschland muss Steuern und Sozialversicherungsbeiträge abführen. Dabei gilt: Je höher der Verdienst, desto mehr muss man zahlen. Mit Steuergeldern werden Personen unterstützt, die ihren Lebensunterhalt nicht aus eigener Kraft bestreiten können (**Fürsorgeprinzip**) oder wichtige Aufgaben für die Gesellschaft übernehmen (**Versorgungsprinzip**), z. B. Beamte. Durch Sozialversicherungsbeiträge erwirbt man einen Anspruch auf Leistungen, wenn man selbst wegen Krankheit, eines Unfalls, Arbeitslosigkeit oder Alter kein Arbeitseinkommen mehr hat (**Versicherungsprinzip**).

Erklärvideo zu den Sozialversicherungen

70052-100

SOZIALSTAAT

Als Sozialstaat bezeichnet man einen Staat, der um soziale Gerechtigkeit und soziale Sicherheit für alle seine Bürgerinnen und Bürger bemüht ist.
Vereinfacht gesagt: ein solcher Staat betreibt Sozialpolitik. Der Sozialstaat verpflichtet die Politik, die Existenzgrundlagen und die Gesundheit seiner Bürgerinnen und Bürger zu sichern.

M9 Soziale Absicherung – auch für dich!

1. **Berufsausbildungsförderung** (BAföG) soll jungen Leuten die Möglichkeit geben, eine Ausbildung nach ihren Vorstellungen zu machen, auch wenn sie nicht die erforderlichen Mittel zum Lebensunterhalt haben.

2. **Elterngeld und Elternzeit** sollen es den Eltern erleichtern, sich in den ersten Jahren nach der Geburt besser um ihre Kinder kümmern zu können.

3. Das **Mutterschutzgesetz** beinhaltet einen umfangreichen Schutz für berufstätige Schwangere sowie eine zeitlich begrenzte finanzielle Unterhaltsleistung vor und nach der Geburt des Kindes.

4. **Kinderbetreuungsangebote** werden vom Staat gefördert und sollen dazu beitragen, Familie und Beruf besser miteinander vereinbaren zu können. Es besteht auch ein Rechtsanspruch auf einen Kita-Platz.

5. **Kindergeld** wird unabhängig vom Einkommen der Eltern bezahlt und ist ein wichtiger Beitrag zur finanziellen Entlastung von Familien.

6. **Sozialhilfe** soll ein menschenwürdiges Leben ermöglichen und wird an Personen gezahlt, die nicht (mehr) selbst für ihren Lebensunterhalt sorgen können und keine anderen sozialen Leistungen erhalten.

AUFGABEN

1. a) Nenne die Lebenskrisen in **M7**, die bei den Betroffenen auftreten können.
b) Finde weitere Beispiele, wie du und deine Familie von der Sozialpolitik der Bundesrepublik profitieren können.

2. Erkläre den Grundgedanken des Sozialstaatsprinzips der Bundesrepublik Deutschland in eigenen Worten (**M8**).

3. Ordnet zu zweit die staatlichen Maßnahmen aus **M9** den Beispielen in **M7** zu.

4. Diskutiert in der Klasse die Frage: Droht der Sozialstaat eine soziale Hängematte zu sein, in der sich Anstrengung gar nicht mehr lohnt?

F zu Aufgabe 1
Beurteile den Zusammenhang zwischen den Merkmalen der FDGO und dem Sozialstaatsprinzip.

INDUSTRIELLE REVOLUTIONEN UND DEREN AUSWIRKUNGEN

INDUSTRIALISIERUNG

Kapitel 9.1, M1-M4

Fortschritte in Medizin und Landwirtschaft führten Ende des 18. Jahrhunderts in England zu einem Bevölkerungswachstum, der wiederum zu einer erhöhten Nachfrage nach Konsumgütern führte. Aus dem gestiegenen Bedarf an Kleidung entstand die Textilindustrie als erster Leitsektor der Industrialisierung / Ersten Industriellen Revolution. Mit der Erfindung der Dampfmaschine wurde fast zeitgleich der Beginn des Maschinenzeitalters eingeläutet. Dies setzte eine Kettenreaktion in Gang: Jede neue Erfindung zog weitere nach sich.

AUSWIRKUNGEN DER INDUSTRIALISIERUNG

Kapitel 9.1, M5-M15

Aus dem Überangebot an Arbeitern und dem Gewinnstreben der Unternehmer entwickelte sich die Soziale Frage. Die Arbeiter – und oft auch ihre Frauen und Kinder – mussten unter untragbaren Arbeitsbedingungen und für niedrige Löhne arbeiten. Sie lebten in menschenunwürdigen Wohnverhältnissen und hatten keinerlei soziale Absicherungen im Falle von Krankheit oder Tod. Um die Lösung dieser Frage bemühten sich verschiedene Gruppen. Vertreter der zwei christlichen Kirchen versuchten die Not zu lindern, lehnten aber grundsätzliche Veränderungen ab. Auch einzelne Unternehmer halfen ihren Arbeitern, um diese an sich zu binden und Streiks zu verhindern. Die Arbeiter selbst begannen sich in der Arbeiterbewegung zu organisieren. Der Staat kämpfte mit Verboten gegen sie, versuchte aber gleichzeitig die Arbeiter mit einer Sozialgesetzgebung auf seine Seite zu ziehen. Auch die Umwelt zahlte einen Preis für den Fortschritt: Luftverschmutzung, Artensterben und vergiftete Flüsse sind nur einige Folgen der Industrialisierung.

INDUSTRIELLE REVOLUTIONEN BIS HEUTE

Kapitel 9.2, M1-M9

Die größte Neuerung der zweiten Industriellen Revolution zu Beginn des 20. Jahrhunderts lag vor allem in der massenhaften Produktion von Gütern durch das Fließband. Bei der dritten und vierten Industriellen Revolution spricht man auch vom digitalen Zeitalter, da Ende des 20. Jahrhunderts der Siegeszug des Computers und des Internets einsetzten. Auch diese Erfindungen zogen weitere nach sich, die Industrie 4.0 ist hierbei vor allem von der stärkeren Automatisierung, Vernetzung und Nutzung künstlicher Intelligenz geprägt. Auch bei dieser sogenannten digitalen Revolution stellt sich in vielen Arbeitsbereichen die Soziale Frage wieder: Paketboten arbeiten für wenig Lohn bei schlechter sozialer Absicherung und Facharbeiter in der Automobilindustrie fürchten um ihre bisher gut bezahlten Jobs. Der Sozialstaat versucht heute allerdings in vielen Bereichen diese sozialen Probleme abzufedern.

Szene aus „Modern times"

70052-101

M1 Menschen oder Maschinen?

Johanna Schopenhauer bereist zwischen 1803 und 1805 Großbritannien. Sie schreibt über den Besuch einer Fabrik in Manchester:

Wir besuchten eine der größten Baumwollspinnereien [...]. Uns schwindelte in diesen großen Sälen bei dem Anblicke des mechanischen Lebens ohne Ende. In jedem derselben sahen wir einige Weiber beschäftigt, die nur selten reißenden Fäden der unaufhörlich sich drehenden Spindeln wieder anzuknüpfen: Kinder wickelten und haspelten das gesponnene Garn [...]. Alles wird hier auf die leichteste Weise durch Maschinen bewirkt, deren jede uns ein Wunder der Industrie erschien. [...] Alles in der Fabrik, auch das Geringste, geschieht mit bewundernswerter Genauigkeit und Zierlichkeit, dabei mit Blitzesschnelle. Am Ende schien es uns, als wären alle diese Räder das eigentlich Lebendige und die darum beschäftigten Menschen die Maschinen.

Schopenhauer, Johanna: Reise durch England und Schottland, 1965, S. 52 f.

In dem Film „Modern times" (Moderne Zeiten) spielt der Hauptdarsteller (Charlie Chaplin) einen Industriearbeiter, der am Fließband arbeitet und eines Tages in das Maschinengetriebe gerät.

M2 Fabrikarbeit

„Gruss aus Dortmund" Historische Postkarte, die das Eisen- und Stahlwerk Hoesch im Jahr 1898 abbildet.

Online-Quiz zum Kapitel

82000-227

M3 Industrie 4.0

Aufgaben

1. a) Analysiere, welchen Eindruck die Fabrik bei Johanna Schopenhauer hinterlässt, und achte v.a. auf den letzten Satz. Welche Problematik wird darin deutlich (**M1**)?
   b) Johanna Schopenhauer spricht sehr positiv über ihre Beobachtungen. Antworte ihr in einem Brief und nimm zu ihren Aussagen kritisch Stellung.
   c) Analysiere das Bild aus dem Film „Modern times" und vergleiche es mit den Beobachtungen von Johanna Schopenhauer.
2. a) Beschreibe, was auf der Postkarte zu sehen ist und erläutere die Abbildung (**M2**).
   b) Bewerte, ob dies auch heute noch eine Postkarte wäre, die sich gut verkaufen ließe.
3. a) Analysiere die Karikatur (**M3**).
   b) Beurteile, auf Basis deines Wissens aus dem Kapitel, ob das in der Karikatur dargestellte Szenario realistisch ist (**M3**).

F zu Aufgabe 1c
Nutze den QR Code und erarbeite aus Bild und Filmausschnitt zu „modern times", welche Aussage der Film über die Industrialisierung trifft.

Tabelle zur Selbsteinschätzung

70052-102

Europäer und afrikanische Bewohner in der Kolonie Belgisch-Kongo

Zwei Kinder umarmen Weltkugel

Straßenkinder

Was weißt du schon?

1. a) Arbeitet zu zweit und beschreibt euch gegenseitig die Bilder.
b) Stellt anschließend Vermutungen an, welche Themen auf den drei Bildern zu erkennen sind.

2. Diskutiert in eurer Klasse, wie diese Themen miteinander zusammenhängen könnten.

10

#Die Welt erobern und ausbeuten – früher wie heute?

Vielleicht hast du schon mitbekommen, dass in der Öffentlichkeit immer wieder über die Umbenennung von Straßennamen oder den Abbau von Denkmälern diskutiert wird. Dies geschieht, weil damit Personen verherrlicht werden, die die einheimische Bevölkerung früher in ehemaligen Kolonien in Afrika, Asien oder Südamerika unmenschlich behandelt haben. Wie kam es zu dem „Wettstreit" der Europäer um Kolonien auf der Welt? Wie sollten wir heutzutage mit den kolonialen Verbrechen in unserer Geschichte umgehen? Und welche Folgen hat die koloniale Vergangenheit für die ehemaligen Kolonien?

Was lernst du in diesem Kapitel?

... die zentralen Motive, Formen und Folgen des Imperialismus europäischer Staaten in Afrika zu beschreiben

... an einem konkreten Beispiel den Umgang mit dem geschichtlichen Kolonialerbe Deutschlands bewerten.

... den Entwicklungstand von Ländern auf der Grundlage geeigneter Indikatoren vergleichen.

... das Phänomen der sozialen Ungleichheit zwischen und innerhalb von Ländern vor dem Hintergrund verschiedener Faktoren zu erklären.

... die Handelsbeziehungen zwischen Ländern unterschiedlichen Entwicklungsstandes hinsichtlich der Prinzipien der Welthandelsorganisation zu beurteilen.

... Möglichkeiten zur nachhaltigen Entwicklung von Räumen, u. a. die Chancen und Risiken des Tourismus, zu beurteilen.

Erklärvideos zu Imperialismus und Ungleichheit produzieren

Worum geht es?

Mittlerweile können wir uns im Internet schnell und einfach mithilfe von Erklärvideos über alle möglichen Themen informieren. Dabei ist es gar nicht so einfach, ein inhaltlich gutes und informatives Video zu drehen. Informiert euch mithilfe dieses Gemeinsam Aktiv zuerst über den Imperialismus und die bestehende Ungleichheit in der Welt und werdet anschließend beim Erstellen des Erklärvideos selbst aktiv.

Geht dabei so vor:

Start

1

Bildet Gruppen von 3-4 Schülerinnen und Schülern.

2

Sammelt als Journalistinnen und Journalisten Informationen zu eurem Thema. Bearbeitet hierzu folgende Materialien und die dazugehörigen Aufgaben:

- Imperialismus in Afrika
  (→ Kapitel 10.1, M1-M12)
- Folgen des Imperialismus und heutige Formen des Kolonialismus
  (→ Kapitel 10.1, M13-M17)
- Eine Welt – viele Lebenswelten
  (→ Kapitel 10.2, M1-M10)
- Möglichkeiten der Entwicklungszusammenarbeit
  (→ Kapitel 10.3, M1-M10)

3

Einigt euch in der Gruppe auf einen thematischen Schwerpunkt für das Video. Entwickelt eine dazu passende Fragestellung. Stellt innerhalb eurer Klasse sicher, dass alle Teilkapitel 10.1, 10.2 und 10.3 durch eure Erklärvideos abgedeckt sind. Für euer Erklärvideo könnt ihr aber den Schwerpunkt innerhalb eines Teilkapitels setzen.

4

Recherchiert im Internet, ob in eurer Stadt vielleicht auch eine Debatte geführt wird, z. B. wegen einer möglichen Umbenennung eines Straßennamens oder eines Denkmals. Ihr könntet euer Video mit diesem Beispiel starten und enden lassen.

5

Informiert euch nun über den Dreh eines Erklärvideos. Nutzt hierzu die Methodenseite und seht euch das Videotutorial zum Videodreh an (QR-Codes).

Methode: Ein eigenes Erklärvideo erstellen

70052-103

Videotutorial zum Videodreh

70052-104

6

Plant nun euer Video. Wie lassen sich die Inhalte vermitteln? Welches Anschauungsmaterial könnt ihr in dem Video zeigen? Wenn ihr einen Plan festgelegt habt, dann dreht das Video.

7

Stellt eure Videos in der Klasse vor. Diskutiert über Gemeinsamkeiten und Unterschiede. Denkt darüber nach, was ihr zukünftig bei der Aufnahme eines Erklärvideos beachten würdet.

Ziel

8

Sprecht mit eurer Schulleitung, ob ihr eure Videos auf der Schulhomepage veröffentlichen dürft.

10.1 Das 19. Jahrhundert – Europa teilt die Welt unter sich auf

Wie kam es zu dem Wettstreit der Europäer um ferne Länder?

Stell dir vor, du fährst mit deinen Eltern in den Urlaub in ein weit entferntes Land. Du willst dort vielleicht an den Strand gehen oder Neues über die andere Kultur lernen. Die Europäer wollten dagegen damals über andere Länder herrschen. Welche Gründe hatten sie dafür?

M1 Wie teilten die Europäer die Welt 1914 untereinander auf?

Animierte Karte: Kolonialreiche im Jahr 1914

70052-105

M2 Wie begann der Imperialismus in Afrika und Asien?

Kolonie
Gebiet, das von einem anderen Staat besetzt wird und daher politisch und wirtschaftlich von ihm abhängig ist

Bereits seit dem 16. Jahrhundert besaßen Staaten wie Spanien, Portugal und Großbritannien Kolonien in Übersee. Das Deutsche Reich wurde erst im Jahr 1871 ein Nationalstaat und stieg anschließend in den Wettstreit mit ein. Zunächst hatten Kaufleute und Handelsgesellschaften Besitzungen erworben. Reichskanzler Otto von Bismarck zögerte jedoch, diese Gebiete unter staatlichen „Schutz" zu stellen, da er befürchtete, dass eine aktive Kolonialpolitik die Stellung Deutschlands in Europa gefährden würde. Unter politischem Druck gab er nach und akzeptierte sie als deutsche „Schutzgebiete". Das Deutsche Reich erwarb in den folgenden Jahrzehnten u.a. Südwestafrika, Kamerun und Ostafrika als Kolonien. Damit wurde das Deutsche Reich eine Kolonialmacht. Viele deutsche Politiker, wie beispielsweise der spätere Reichskanzler Bernhard von Bülow, forderten im Zuge dessen eine deutsche Weltmachtstellung.

IMPERIALISMUS

Beim Imperialismus handelte es sich um eine besonders intensive Phase des Kolonialismus, in der europäische Staaten Kolonien erwarben.
In den Jahren zwischen 1880 und 1914 fand ein regelrechter Wettstreit um die noch unentdeckten Gebiete in Afrika und Asien statt. Es ging darum, möglichst große Gebiete in Übersee dauerhaft unter ihre Kontrolle und Herrschaft zu bringen.

Kolonialismus
→ Kapitel 3.3

M3 Welche Interessen wurden verfolgt?

1. sicherer Zugang zu Rohstoffen und Absatzmärkten
2. Festigung der Stellung als Seemacht und Großmacht
3. Land, Arbeitsplätze und Wohnraum für die wachsende Bevölkerung
4. Möglichkeit für Regierungen, von innenpolitischen Problemen abzulenken
5. Wunsch nach Ausbreitung der eigenen Zivilisation und Missionierung
6. Gebietszuwächse, ohne einen Krieg in Europa zu riskieren

M4 Wie wurde der deutsche Imperialismus begründet?

Aus einer Rede Bernhard von Bülows im Jahr 1899:

„Das Mittel, meine Herren, in dieser Welt den Kampf ums Dasein durchzufechten ohne starke Rüstung zu Lande und zu Wasser, ist für ein Volk von bald 60 Millionen, das die Mitte von Europa bewohnt und gleichzeitig seine wirtschaftlichen Fühlhörner ausstreckt nach allen Seiten, noch nicht gefunden worden. [...] In dem kommenden Jahrhundert wird das deutsche Volk Hammer oder Amboß sein."

von Bülow, Bernhard: Fürst Bülows Reden, 2019, S. 96.

AUFGABEN

1. Werte die Karte zur Ausbreitung der Kolonialreiche im Jahr 1914 aus (**M1**).
2. Beschreibe, wie das Deutsche Reich eine Kolonialmacht wurde (**M2**).
3. a) Lege eine Tabelle mit den folgenden Spalten an: kulturelle Interessen, politische Interessen und wirtschaftliche Interessen.
   b) Ordnet zu zweit die Interessen aus **M3** den entsprechenden Spalten zu und begründet eure Zuordnung.
4. a) Erläutere, wie Bernhard von Bülow den deutschen Imperialismus begründet (**M4**).
   b) Ordne mindestens ein Interesse aus **M3** seiner Argumentation begründet zu.
   c) Erkläre die Aussage von Bernhard von Bülow, dass das deutsche Volk in Zukunft „Hammer oder Amboß" sei (**M4**).

H zu Aufgabe 1
Welche europäischen Mächte besaßen die größten Anteile?

H zu Aufgabe 2
Beantworte hierzu die W-Fragen.

H zu Aufgabe 3b
Beachte, dass auch Doppelungen bei der Zuordnung auftreten können.

Wie kolonisierten die Europäer Afrika?

Auch wenn schon große Teile Afrikas erkundet und von den europäischen Kolonialmächten aufgeteilt wurden, dauerte es noch viele Jahre, bis sie die Kolonien nach eigenen Vorstellungen verändert hatten. Wie gingen sie dabei vor?

M5 Afrika – vor und nach der Kolonialisierung

M6 Afrika wird aufgeteilt

Animierte Karte zur Eroberung Afrikas

70052-106

Im Wettlauf um Afrika kam es immer wieder zu Konflikten zwischen den Kolonialreichen, vor allem zwischen Frankreich und Großbritannien. Um diesen militärischen Konflikten vorzubeugen, lud der deutsche Reichskanzler 1885 zur Kongo-Konferenz ein.

Dort einigten sich die 14 Staaten auf ein Verfahren für den Erwerb von Kolonien: Gebietsansprüche sollten den anderen Staaten im Vorfeld mitgeteilt werden, bei einem Widerspruch sollte dann eine friedliche Einigung versucht werden.

Für die indigene Bevölkerung bedeutete die Aufteilung, dass mitten durch ihre Gebiete mit Stift und Lineal neue Grenzen gezogen wurden, ohne sich an ihren Ansprüche oder die Stammeszugehörigkeiten zu orientieren.

M7 Neue Herren und Methoden

Die neuen Grenzen zerschnitten alte Wirtschaftsräume und zwangen die Bevölkerung, die seit Jahrhunderten mit ihren Herden von einer Wasserstelle zur nächsten gezogen war, sesshaft zu werden. Sie zwangen den afrikanischen Völkern ihre Kultur und Religion auf, enteigneten die Menschen und nötigten sie zum Bau von Straßen, Eisenbahnstrecken und Hafenanlagen. Sie ließen Erdnüsse, Kaffee, Kakao, oder Baumwolle in großen Betrieben (Plantagen) anbauen. Dies brachte zwar den europäischen Besitzern Gewinn, aber die Monokulturen verdrängten den Anbau einheimischer Nahrungsmittel und machten viele Afrikaner erwerbslos. Die neuen Anbaumethoden zerstörten darüber hinaus langfristig die Fruchtbarkeit des Bodens und machten den Einsatz von Kunstdünger und Pflanzenschutzmitteln nötig. Diese konnten nur von den Kolonialmächten bezogen werden. Damit wurde Afrika immer stärker vom Weltmarkt abhängig.

Monokultur
→ Kapitel 2.2, M19

M8 Wie wurden Eroberer und Eroberte gesehen?

Kolonialmächte

(Zeichnungen von Th. Th. Heine)

So kolonisiert der Deutsche.

Karikatur: Thomas Theodor Heine, Satirezeitschrift „Simplicissimus", 3. Mai 1904

Eine Karikatur analysieren
→ Methodenglossar

AUFGABEN

1. a) Arbeitet zu zweit und wertet die Karten aus (**M5**).
   b) Beschreibt mögliche Probleme, die sich für die einheimische Bevölkerung durch die Grenzziehung ergaben (**M5-M6**).
2. Arbeite aus **M7** weitere Probleme für die einheimische Bevölkerung heraus.
3. Werte die Karikatur „Kolonialmächte" aus (**M8**).
4. Im Jahr 1907 sagte ein deutscher Staatssekretär: „Kolonisation [...] heißt die Nutzbarmachung des Bodens, seiner Schätze, der Flora, der Fauna und vor allem der Menschen zugunsten der Wirtschaft." Beurteile, inwiefern die Europäer diese Form der Kolonisierung betrieben haben.

H zu Aufgabe 1b
Vergleicht hierzu beispielsweise, wie die Grenzen des Sokoto-Reiches und Bornu verliefen und welche Grenzen es dann um 1914 dort gab.

H zu Aufgabe 3
Überlege dir, warum die deutschen Kolonialherren als Menschen und die „kolonialisierten" Menschen als Tiere dargestellt wurden.

Der Völkermord an den Herero und Nama

Die gewaltsame Unterdrückung der einheimischen Menschen führte immer wieder zu Widerstand in den Kolonien gegen die europäischen Kolonialisten. Wie kam es zu dem Aufstand der Herero und Nama im Jahr 1904 und welche Folgen hatte er?

M9 Die Herero vor und nach dem Aufstand

Gefangene Herero, um 1904

„Nach dem Kriege. Gruppe gefangener Hereros", aus der „Berliner Illustrirten Zeitung" vom 21. Januar 1907

M10 Der Krieg gegen die Herero und Nama

Herero (eigentlich Ovaherero)
ein südwestafrikanisches ehemaliges Hirtenvolk, das heute vor allem in Namibia lebt

Nama
ein in Südafrika und Namibia beheimatetes Volk

Eine der deutschen Kolonien war Deutsch-Südwestafrika, das heutige Namibia. Es war anderthalb mal so groß wie das Deutsche Reich, doch waren nur wenige Gebiete fruchtbar. Dort lebten die Herero und Nama und betrieben Viehzucht. Schon vor 1883 befanden sich deutsche Missionare im Land. Konflikte entstanden, als deutsche Siedler die besten und fruchtbarsten Gebiete für sich beanspruchten und die einheimische Bevölkerung davon vertrieben. Im Januar brach für die Deutschen völlig überraschend ein Aufstand aus. Über 120 Siedler, Händler und Soldaten wurden getötet. Nur mithilfe ihrer überlegenen Militärtechnik konnten die deutschen Soldaten unter dem Befehl von General Lothar von Trotha die Herero-Krieger, die größtenteils von ihren Familien begleitet wurden, besiegen und sie in die Wüste abdrängen. Da die Deutschen die wenigen Wasserstellen besetzt hielten, verdursteten dort zehntausende Herero. Überlebende wurden in Sammel- und Arbeitslager, sogenannten Konzentrationslagern, gefangen genommen.

M11 Befehl von General Lothar von Trotha am 2.10.1904

Das Volk der Herero muss […] das Land verlassen. Wenn das Volk dies nicht tut, so werde ich es mit dem Groot Rohr dazu zwingen. Innerhalb der deutschen Grenze wird jeder Herero mit oder ohne Gewehr, mit oder ohne Vieh erschossen, ich nehme keine Weiber und keine Kinder mehr auf, treibe sie zu ihrem Volke zurück oder lasse auch auf sie schießen. […] Ich nehme mit Bestimmtheit an, dass dieser Erlass dazu führen wird, keine männlichen Gefangenen mehr zu machen, aber nicht zu Grausamkeiten gegen Weiber und Kinder ausartet. Diese werden schon fortlaufen, wenn zweimal über sie hinweggeschossen wird.

Zitiert nach: Gründer, Horst (Hg.): „... da und dort ein junges Deutschland gründen". Rassismus, Kolonien und kolonialer Gedanke vom 16. bis zum 20. Jahrhundert, München 2006, S. 152 f.

Groot Rohr
ein Geschütz / eine Waffe

M12 Welche Ursachen hatte der Aufstand?

Auf die Frage nach den Ursachen des Aufstandes antwortet ein zum Christentum bekehrter Herero nach dem Kolonialkrieg:

Der Krieg ist von ganz kleinen Dingen gekommen und hätte nicht zu kommen brauchen. Einmal waren die [Handelsmänner] mit ihrem schrecklichen Wucher und eigenmächtigen, gewaltsamen Eintreiben [der Schulden]. […] Wer nicht zahlen wollte oder konnte, den verfolgten und plagten sie. Dann ist es der Branntwein gewesen, der die Leute schlecht und gewissenlos gemacht hat. Wenn jemand trinkt, dann ist es ihm gleich, was er tut. Aber das schlimmste Übel ist, was viel böses Blut und Streit hervorgerufen hat, die Vergewaltigung unserer Frauen durch Weiße. Manche Männer sind totgeschossen worden wie Hunde, wenn sie sich weigerten, ihre Frauen und Töchter preiszugeben, und drohten, sie mit der Waffe in der Hand zu verteidigen. Wären solche Dinge nicht geschehen, wäre kein Krieg gekommen, aber er ist bei solchen Vergewaltigungen ausgebrochen. Er war mit einem Male da, und da war kein Halten mehr, jeder rächte sich, und es war, als sei kein Verstand mehr unter den Massen.

Zitiert nach: Gründer, Horst (Hg.): „... da und dort ein junges Deutschland gründen". Rassismus, Kolonien und kolonialer Gedanke vom 16. bis zum 20. Jahrhundert, München 2006, S. 153

Der Bericht des Herero als Hörfassung
70052-107

Wucher
viel Geld verlangen, wenn man einer anderen Person Geld verleiht

Völkermord
die gezielte Vernichtung eines ganzen Volkes, häufig von rassistischem Hass getragen

AUFGABEN

1. a) Arbeitet zu zweit und tauscht euch über die beiden Bilder aus (**M9**). Haltet eure Eindrücke fest.
   b) Formuliert mögliche Gedanken der gefangenen Herero (**M9**).
2. Arbeitet zu zweit: Beschreibt und erläutert Ursachen und Verlauf des Konfliktes (**M10-M12**).
3. Lies dir die Definition von „Völkermord" durch und recherchiere die Begriffe „Völkermord" und „Genozid" zusätzlich online. Begründe, weshalb die Begriffe das Vorgehen der Deutschen treffend bezeichnen (**M10-M12**).
4. Diskutiert im Plenum die Verantwortung für den Verlauf des Geschehens.

H zu Aufgabe 3
Lege eine Tabelle mit den Spalten „dafür spricht" und „dagegen spricht". Trage die herausgearbeiteten Argumente in die Tabelle ein. Wäge sie anschließend ab und nimm Stellung dazu.

Die Folgen des Imperialismus – wie damit umgehen?

Obwohl sich die meisten Kolonien mittlerweile unabhängig erklärt haben, beeinflusst die koloniale Vergangenheit diese Staaten immer noch. In welcher Form sind die Folgen des Imperialismus in Afrika immer noch spürbar?

M13 Deutschland erkennt Völkermord erstmals an – reicht das?

Mehr als ein Jahrhundert nach Massenmorden im Südwesten Afrikas erkennt Deutschland die Verbrechen an den Herero und Nama als Völkermord an. Bei der Aussöhnung beider Länder gebe es aber Versäumnisse, sagt der Historiker Jürgen Zimmerer. […]

Gedenktafel für die Opfer des Völkermordes an den Herero und Nama; Der Herero Israel Kaunatjike vor der Gedenktafel auf dem Garnisonfriedhof in Berlin

virtuelle Ausstellung des Bundesarchivs: „Der Krieg gegen die Herero 1904"

70052-108

Videos zur Aufarbeitung des kolonialen Erbes in Deutschland und Namibia

70052-109

Als Geste der Anerkennung des unermesslichen Leids wolle Deutschland Namibia und die Nachkommen der Opfer mit einem Programm in Höhe von 1,1 Milliarden Euro zum Wiederaufbau und zur Entwicklung unterstützen, teilte Außenminister Heiko Maas mit.

Deutschland und Namibia hatten seit 2015 über Zahlungen und eine Entschuldigung für die Verbrechen an den Herero und Nama im ehemaligen Deutsch-Südwestafrika verhandelt. [Zunächst wurde der Begriff „Völkermord" von Deutschland nicht anerkannt und auch Entschädigungszahlungen wurden lange Zeit abgelehnt.]

Erreicht wurde [nun] „ein zwischenstaatlicher Vertrag", kommentiert der Hamburger Historiker Jürgen Zimmerer. Aber eine wirkliche Befriedung sei nicht erreicht worden [.] […] Die beiden Regierungen in diesem Prozess hätten unbedingt noch vor der deutschen Bundestagswahl im September einen Abschluss erreichen wollen.

Dieser Abschluss stoße aber insbesondere bei den [im Ausland] lebenden Herero und Nama auf Kritik, weil sie sich ausgeschlossen fühlten, sagt Zimmerer. Als Folge des Genozids lebten diese Gruppen in Botswana, in Südafrika, in den USA, in Großbritannien oder Deutschland. Sie seien am Verhandlungstisch nicht durch Vertreter repräsentiert gewesen. „Wenn man Aussöhnung will, muss man das aber mit den Herero und Nama hinkriegen", so Zimmerer. Der deutsche Bundespräsident Frank-Walter Steinmeier sei wegen dieses Versäumnisses in Windhoek nicht willkommen. Gut sei aber, dass es die Bitte um Entschuldigung gegeben habe und auch Geldzahlungen zugesagt wurden. Die Höhe der Zahlungen bliebe in Höhe der Entwicklungshilfeleistungen in den vergangenen 30 Jahren.

Interview: Welty, Ute: Herero und Nama zu wenig beteiligt, www.deutschlandfunkkultur.de, 28.05.2021

M14 Welche Folgen hat der Imperialismus für die ehemaligen Kolonien bis heute?

In Frankreichs Ex-Kolonien:
Einige französische Konzerne verdienen dort ihr Geld, zahlen aber gleichzeitig in diesen Ländern kaum Steuern – ein handfester Skandal?

Marode Infrastruktur:
In vielen Ländern Afrikas gibt es ein schlecht ausgebautes Straßennetz und teilweise keine ausreichende Strom- und Wasserversorgung. Das Geld für Investitionen fehlt an allen Ecken und Enden.

Das Jahr 1960:
Ehemalige Kolonien schlittern völlig unvorbereitet und bankrott in die Unabhängigkeit

Koloniale Politik:
Ehemals friedliche Stämme wurden miteinander verfeindet

Verzerrte Wahrnehmung:
afrikanische Länder werden oft nur mit Krieg und Armut in Verbindung gebracht

Verlorene Kulturschätze:
Mehrere afrikanische Staaten fordern afrikanische Objekte aus europäischen Museen zurück

AUFGABEN

1. Arbeitet zu zweit aus dem Text **M13** heraus, welche Fortschritte durch die Anerkennung des Völkermordes gemacht wurden und welche Versäumnisse bestehen bleiben.
2. a) Arbeitet in Kleingruppen zusammen und sichtet arbeitsteilig die Dokumente der virtuellen Ausstellung des Bundesarchivs und seht euch das Video zum Thema „Denkmalsturz“ an (**QR-Codes**). Beurteilt, inwieweit das koloniale Erbe in Deutschland angemessen aufgearbeitet wird.
   b) Verfasse eine E-Mail an die Verantwortlichen des Auswärtigen Amtes, in der du den Umgang der Bundesrepublik Deutschland mit der eigenen Vergangenheit beurteilst (**M13**).
3. a) Beschreibe anhand der Schlagzeilen, welche Probleme viele afrikanische Länder nach ihrer Unabhängigkeit hatten und teilweise bis heute noch haben (**M14**).
   b) Begründe, inwiefern die Probleme zusammenhängen (**M14**).
4. Diskutiert in der Klasse folgenden Kommentar: „Das ist doch schon über 100 Jahre her. Warum soll Deutschland heute immer noch für Namibia Geld zahlen?“ (**M13, M14**).

H zu Aufgabe 2b
Überlege dir zunächst, welche Bestandteile eine E-Mail hat und wie du diese sprachlich gestalten willst (z. B. passende Anrede für die Begrüßung).

H zu Aufgabe 3b
Stelle die Zusammenhänge in einer Mindmap dar.

Gibt es auch heutzutage noch Kolonialismus?

In der ersten Hälfte des 20. Jahrhunderts lösten sich die meisten Kolonialreiche auf, das deutsche Kolonialreich endete mit der deutschen Niederlage im Ersten Weltkrieg 1918. Kannst du dir aber vorstellen, dass es auch heute noch Formen des früheren Kolonialismus gibt? Wie könnte er heute aussehen?

M15 Handelsbeziehungen am Beispiel Uganda

Importe Ugandas im Jahr 2019 (Stand: 2020)

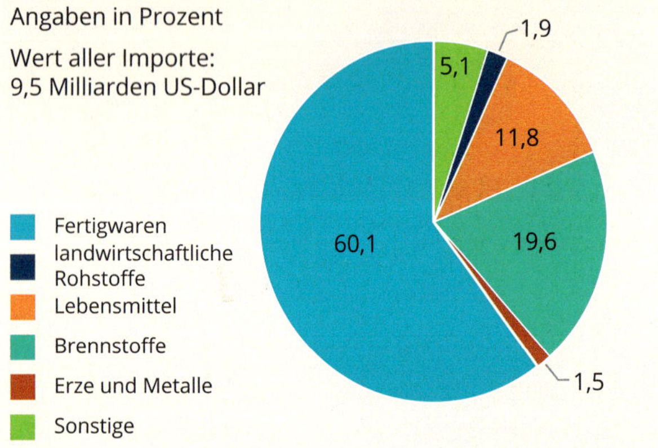

Exporte Ugandas im Jahr 2019 (Stand: 2020)

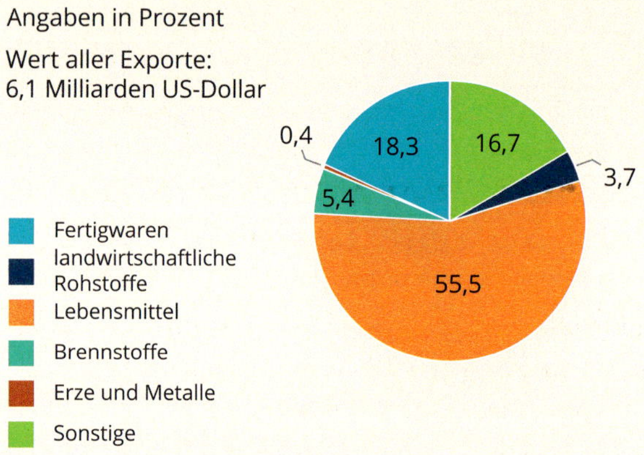

Seit der Kolonialzeit haben sich diese Handelsbeziehungen zwischen den einstigen Kolonien und heutigen Entwicklungsländern auf der einen Seite und den Industrieländern auf der anderen Seite wenig verändert. Die Wirtschaft vieler Entwicklungsländer ist weiterhin darauf aus, vor allem unverarbeitete Lebensmittel (Kaffee, Bananen, Kakao) zu exportieren, im Gegenzug liefern Industrieländer vor allem die teureren Fertigwaren.

Import
Einfuhr von Gütern und Dienstleistungen aus dem Ausland

Export
Ausfuhr von Gütern und Dienstleistungen in das Ausland

negative Handelsbilanz
Für ein Land ist es wirtschaftlich schlecht, wenn es mehr Güter importiert als exportiert. Das Land hat dann eine negative Handelsbilanz und nimmt unter dem Strich weniger Geld ein, als es ausgibt.

TERMS OF TRADE

Der Begriff bezeichnet das Verhältnis zwischen den Preisen, die ein Land für seine Exportgüter auf dem Weltmarkt bekommt und den Preisen, die es für die Importgüter zahlen muss. Oft bekommen Entwicklungsländer für ihre Exportprodukte (z. B. Lebensmittel wie Bananen, Kaffee) zu wenig und müssen für die Industrieprodukte anderer Staaten viel bezahlen (z. B. Autos, Traktoren).

Im Jahr 1955 musste zum Beispiel Peru für einen Traktor aus Deutschland 16 Tonnen Zinkerz exportieren, im Jahr 2010 mussten sie für den gleichen Traktor schon 55 Tonnen Zinkerz exportieren. In der Vergangenheit hatten sich die Terms of Trade vieler rohstoffexportierender Staaten verschlechtert, weil es auf dem Weltmarkt ein Verfall der Rohstoffpreise gab. Demgegenüber stiegen die Preise für Fertigprodukte. Heute sind die Rohstoffpreise gestiegen und die Terms of Trade haben sich für Staaten, die Rohstoffe exportieren, etwas verbessert. Dies gilt allerdings vor allem für solche Staaten, die Erdöl oder wichtige Edelmetalle exportieren.

M16 landgrabbing – eine Form des neuen Kolonialismus?

Bei dem Phänomen des *landgrabbing* (deutsch: Landnahme) handelt es sich um die Aneignung von Landflächen, besonders von Agrarflächen von ausländischen Investoren. Länder wie Japan und China kaufen oder pachten Äcker, um die Ernährung der Bevölkerung sicherzustellen. Aber auch europäische und nordamerikanische Großkonzerne bewirtschaften ausländische Landflächen, um Pflanzen für die Energiegewinnung anzubauen. Arme Länder ihrerseits benötigen das Geld, um Fremdwährungen ins Land zu holen und am Weltmarkt teilzunehmen.

Einführung in das Thema landgrabbing
70052-110

M17 Heutiger Rassismus als Fortführung des Kolonialismus?

Viele Menschen, gerade aus der *black community*, sehen eine Verbindung zwischen dem Überlegenheitsgefühl der „weißen" Kolonialherren in den europäischen Kolonien gegenüber der Schwarzen Bevölkerung und dem Rassismus in unserer heutigen Gesellschaft. Gerade durch die „Black Lives Matter"-Bewegung rückte das Thema Rassismus im Jahr 2020 wieder ins Blickfeld der Weltöffentlichkeit. Die Bewegung kritisierte unter anderem die Ungleichbehandlung der Schwarzen Bevölkerung im gesellschaftlichen Leben trotz ihrer rechtlichen Gleichstellung. Es werden jedoch nicht nur die fortgeführten Vorurteile in den Köpfen vieler *weißer* Menschen kritisiert. Die Kritik geht weiter. So wird beispielsweise schon die einseitige Berichterstattung und Darstellung der afrikanischen Staaten und anderer Entwicklungsländer als einheitlich arme und hilfsbedürftige Länder und im Gegensatz dazu den reichen und hilfsbereiten Industrieländern als Teil des Rassismus-Problems gesehen.

sprachsensible Schreibweise
Die Wörter „Schwarz" und „weiß" wurden bewusst groß bzw. kursiv geschrieben, da sie keine Aussage über das Aussehen einer Person darstellen, sondern sich auf die soziale Position in einer rassistisch strukturierten Gesellschaft beziehen. Daneben wird auch der Begriff „People of Colour (kurz: PoC)" verwendet.

AUFGABEN

1. Analysiere die Grafiken zum Import und Export Ugandas (**M15**).
2. a) Arbeitet zu zweit. Erklärt am Beispiel Ugandas die Benachteiligung vieler ehemaliger Kolonien im Welthandel (**M15, #Terms of Trade**).
   b) Erläutert am Beispiel eines ugandischen Landwirts, weshalb das landgrabbing ihn vor große Probleme stellt (**M16, QR-Code**).
3. a) Erläutere die Kritik der black community (**M17**).
   b) Nenne Beispiele aus deinem Alltag, in denen dir Rassismus begegnet ist.
4. Bei den heutigen Benachteiligungen von Bevölkerungsgruppen und Staaten, spricht man von Neokolonialismus, also dem „Neu-Kolonialismus".
   a) Vergleiche den Imperialismus bis 1914 mit dem Neokolonialismus.
   b) Beantwortet in der Klasse die Leitfrage: „Gibt es auch heute noch Kolonialismus?"
   c) Formuliert in der Klasse Lösungen, wie man dem heutigen „Neokolonialismus" begegnen kann.

H zu Aufgabe 1
Stelle hierzu beide Grafiken gegenüber und arbeite die Unterschiede heraus.

H zu Aufgabe 2
Erklärt hierfür folgende Aspekte:
- die (negative) Handelsbilanz
- der Anteil von Fertigprodukten und Lebensmitteln an Im- und Export
- die Terms of Trade

H zu Aufgabe 4a
Berücksichtige hierbei a) die wirtschaftlichen Aspekte und b) die sozialen Aspekte.

10.2 Die Eine Welt – Anspruch und Wirklichkeit

Eine Welt – viele Lebenswelten?

Wie du schon in verschiedenen Berichten festgestellt hast, unterscheiden sich die Lebensweisen der Menschen in den verschiedenen Ländern. In welchen Lebensbereichen ähnelt sich das Leben der Menschen auf der Welt und in welchen unterscheidet es sich?

M1 Sind wir wirklich alle gleich?

Wir werden alle gleichermaßen geboren und sind alle gleich! Zumindest wird dies immer wieder gesagt, ob in der Gesellschaft, in der Politik oder in den Medien. Tatsächlich entspricht diese Aussage leider eher einem ersehnten Wunsch als der Realität. Faktoren wie Herkunft, Geschlecht, sexuelle Orientierung, Hautfarbe, Religion, Schulbildung oder schlicht und einfach das Land, in dem wir aufwachsen, tragen dazu bei, wie wir leben und wie wir sterben. Wir müssen also akzeptieren, dass wir zwar alle auf einer Welt leben, unsere Lebenswelten sich aber sehr unterscheiden.

M2 Wie leben Jugendliche in verschiedenen Ländern?

Atiya, 16, aus Kenia

Hallo, ich heiße Atiya und bin 16 Jahre alt. Ich lebe in der Nähe der Stadt Embu in Kenia. Meine Familie besitzt hier mehrere Holzhütten. In meiner Freizeit schreibe ich gern Gedichte oder höre Musik und tanze. Es ist mir aber auch wichtig zur Schule zu gehen. Bildung ist mir wichtig, weil sie mir dabei hilft, die Ziele in meinem Leben zu erreichen. Früher musste ich immer wieder mal meinen Eltern helfen und mitarbeiten und konnte deshalb nicht zur Schule gehen. Für die Zukunft wünsche ich mir, dass ich bald die Oberstufe abschließe und dann irgendwo in Kenia oder sogar im Ausland studieren kann. Später möchte ich nämlich Ärztin werden. Mein Vater arbeitet als Schneider und meine Mutter als Landwirtin.

Kiran, 14, aus Indien

Mein Name ist Kiran und ich bin 14 Jahre alt. Ich wohne mit meiner Mutter, meinem Vater und jüngerem Bruder zusammen in einem kleinen Haus am Rande der 18-Millionen-Metropole Mumbai in Indien. Mein Vater arbeitet Tag und Nacht als Taxifahrer und meine Mutter stockt unser Familieneinkommen noch etwas auf, damit mein Bruder und ich auf eine Privatschule gehen können. Ich bin sehr froh darüber, dass meinem Vater meine Schulbildung so wichtig ist, weil es für ein Mädchen in Indien nicht üblich ist. Ich gehe nämlich gern zur Schule und bin ehrgeizig. Welchen Beruf ich später mal erlernen will, weiß ich noch nicht, vielleicht Künstlerin, Ärztin oder Ingenieurin.

Hi, ich bin George. Ich bin 14 Jahre alt und wohne mit meiner Mutter und meiner größeren Schwester in Manchester in England. Wir leben am Rand der Stadt in einem Mehrfamilienhaus. Meine Mutter ist alleinerziehend und arbeitet fast die ganze Zeit als Sekretärin in einer Anwaltskanzlei, sodass wir uns meist nur abends zum Essen sehen. Ich weiß, dass ich zur Schule gehen muss und dass ich gute Noten brauche, um später studieren zu können, aber es macht mir häufig keinen Spaß. Zum Glück treffe ich meine Freunde immer dort. Am liebsten spiele ich mit ihnen nach der Schule an meinem Computer und kann mich dann entspannen.

George, 14, aus England

ENTWICKLUNGSUNTERSCHIEDE UND DIE „EINE WELT"

Seit 1969 werden die Länder von der Weltbank nach dem Pro-Kopf-Einkommen des Landes eingeteilt in Entwicklungs-, Schwellen- und Industrieländer. Heute spricht man von der „Einen Welt", da die ursprüngliche Dreiteilung abwertend vor allem gegenüber den Entwicklungsländern ist. Das Konzept der „Einen Welt" betont Gemeinsamkeiten, trotz aller Unterschiede.

Trotzdem ist die Unterteilung weiterhin geläufig. Entwicklungs-, Schwellen- und Industrieländer werden unter anderem nach folgenden Kriterien unterschieden:

Entwicklungsländer: geringe Wirtschaftskraft, geringer Bildungsgrad, hohe Arbeitslosigkeit, geringes Pro-Kopf-Einkommen, unzureichende Ernährung, usw.

Schwellenländer: gehören noch den Entwicklungsländern an, aber weisen nicht mehr deren typische Merkmale auf.

Industrieländer: hohe Wirtschaftskraft, hohes Bildungsniveau, geringe Arbeitslosigkeit, hohes Pro-Kopf-Einkommen, ausreichende Ernährung, usw.

AUFGABEN

1. a) Nenne die Faktoren, die Einfluss darauf haben, wie du aufwächst (**M1**).
   b) Lege eine Tabelle mit den zwei Spalten „1. Faktoren, die ich beeinflussen kann" und „2. Faktoren, die ich nicht beeinflussen kann" an. Ordnet zu zweit die Faktoren aus a) einer der Spalten zu.
   c) Diskutiert zu zweit darüber, wie stark ihr die Faktoren aus der 1. Spalte wirklich beeinflussen könnt.

2. a) Arbeitet in Kleingruppen zusammen und vergleicht die drei Lebenswelten der Jugendlichen. Erläutert Gemeinsamkeiten und Unterschiede (**M2**).
   b) Ermittelt, welchen Entwicklungsstand die Länder in **M2** haben. Nutzt hierfür den Atlas und den Begriffskasten.
   c) Beurteilt anhand der Zuordnung aus Aufgabe 1b, welche Chancen die Jugendlichen auf eine freie Lebensgestaltung haben.

Der Entwicklungsstand – was sagt er über ein Land aus?

Der Entwicklungsstand eines Landes lässt sich anhand ganz unterschiedlicher Faktoren wie Kaufkraft, Bildung, Hunger oder Gesundheit messen. Gibt es den einen Faktor, der sich besonders gut zur Messung eignet?

Messung nach Einkommen
Häufig werden Länder nach ihrer Wirtschaftskraft gemessen. Sie wird ermittelt aus dem durchschnittlichen Einkommen (Brutto-National-Einkommen = BNE) je Einwohner.

M3 Länderklassifizierung nach Einkommen

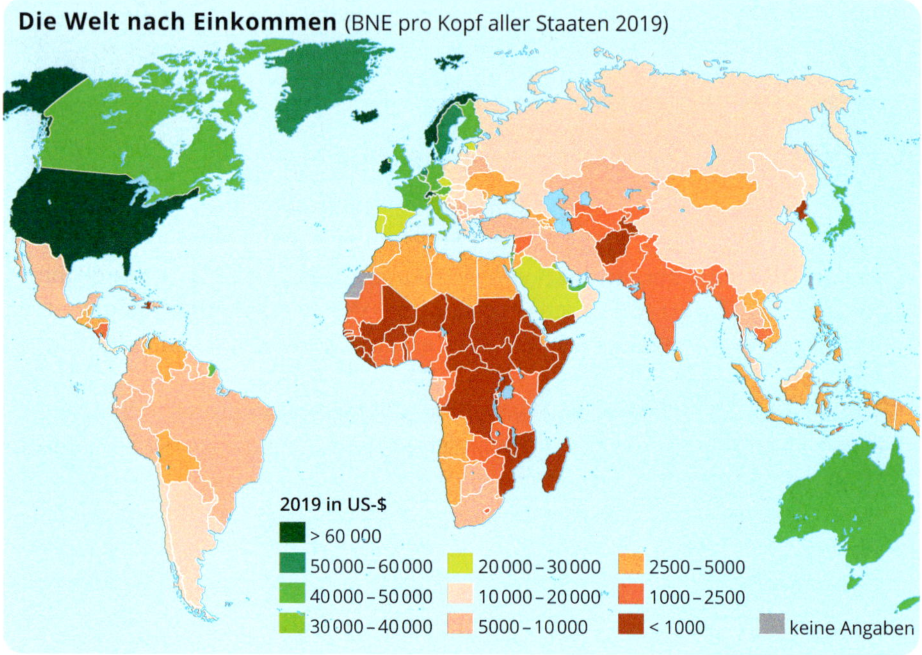

Indikator
ein Merkmal, das als Anzeichen für eine bestimmte Entwicklung dient

Wechselkurs
Preis einer Währung, ausgedrückt in einer anderen Währung

M4 Einteilung der Welt nach Kaufkraft?

Länder mit einem durchschnittlich niedrigem Einkommen werden also Entwicklungsländer genannt und Länder mit einem durchschnittlich hohen Einkommen Industrieländer. Das Bruttonationaleinkommen allein sagt jedoch wenig über die Armut oder den Wohlstand der Menschen in einem Land aus. Daher wird häufig zur besseren Vergleichbarkeit die Kaufkraft, also was sich von dem Geld in einem Land wirklich kaufen lässt, betrachtet. Ein Indikator für die Kaufkraft ist der Big-Mac-Index. Dabei werden die Preise des Big-Mac (McDonalds) in verschiedenen Ländern der Erde miteinander verglichen.
Es ist jedoch auch fraglich, wie groß die Aussagekraft dieses Indikators ist, da die Wechselkurse ständig schwanken und die Herstellungskosten eines Hamburgers durch die jeweilige Marktlage bestimmt wird.

Der Big-Mac-Index (in US-Dollar)
Stand: Januar 2021

Schweiz	7,29
USA	5,66
Eurozone	5,16
Chile	4,09
China	3,46
Türkei	2,01
Russland	1,81

Daten: Statista 2021

M5 Gesünder lebt man, wenn ...

Auch die Gesundheit einer Gesellschaft sagt vieles über den Entwicklungszustand eines Landes aus. In Industrieländern sorgen fünf Ursachen für eine geringere Lebenserwartung: Rauchen, Übergewicht, Bluthochdruck, Diabetes und mangelnde Bewegung. In Entwicklungsländern sieht es ganz anders aus. Hier sind es diese Hauptursachen: mangelnde Hygiene, unsauberes Trinkwasser, falsche oder unzureichende Ernährung und unzureichende ärztliche Versorgung.

Im Fokus der Weltöffentlichkeit befindet sich häufig die Unter- bzw. Mangelernährung bzw. der Hunger. Gesundheitliche Probleme treten aber auch bei Überernährung auf.

Messung des Gesundheitszustandes eines Landes, ausgewählte Indikatoren

	durchschnittliche Lebenserwartung in Jahren (2021)	Zugang zu sauberem Wasser in Prozent (2017)	Ärzte je 1 000 Einwohner	mit HIV infizierte Menschen
Deutschland	81,30	100 % der Bevölkerung	4,25 (2017)	87 000 (2018)
Russland	72,16	97,1 % der Bevölkerung	3,75 (2015)	1 Millionen (2017)
Kenia	69,32	68 % der Bevölkerung	0,16 (2018)	1,5 Millionen (2019)

Daten: World Factbook / CIA

Video zum Welthungerindex 2020

70052-111

Hunger – ein Teufelskreis

70052-154

Hunger weltweit

2019 litten rund 690 Millionen Menschen an Hunger (Anstieg um zehn Millionen zum Vorjahr). Man geht davon aus, dass sich die Situation aufgrund der Corona-Pandemie noch weiter verschärft hat.

M6 Bildung als Schlüssel für ein besseres Leben

Kinder in einer Schule in Ecuador (Südamerika)

Alle Kinder haben das Recht auf eine Grundbildung, um sich und ihren Familien ein besseres Leben zu ermöglichen. Zumindest ist das das Ziel der Weltgemeinschaft. Trotzdem konnten 2017 rund 850 Millionen Menschen über 15 Jahren weltweit nicht lesen und sind damit Analphabeten. Die Gründe hierfür sind vielfältig. Viele von ihnen sind arm und die Eltern können sich die Schulgebühren oder das Schulmaterial nicht leisten. Für andere ist der Weg zur nächsten Schule zu weit oder es herrscht Krieg im Land und die Familien sind auf der Flucht.

Zwei Drittel der Analphabetinnen und Analphabeten auf der Welt sind Mädchen und Frauen. Damit sind sie von diesem Problem besonders betroffen. Gerade Mädchen werden von ihrer Familie seltener zur Schule geschickt, weil sie im Haushalt mithelfen müssen oder weil kulturelle Traditionen dies verbieten.

Video: Schule in Indien

70052-113

Recht auf Bildung laut der Allgemeinen Erklärung der Menschenrechte

70052-114

M7 Fehlender Zugang zu Schulen

Bildungsarmut: Zugang zu Schulbildung im Jahr 2018 (Stand: 2020)

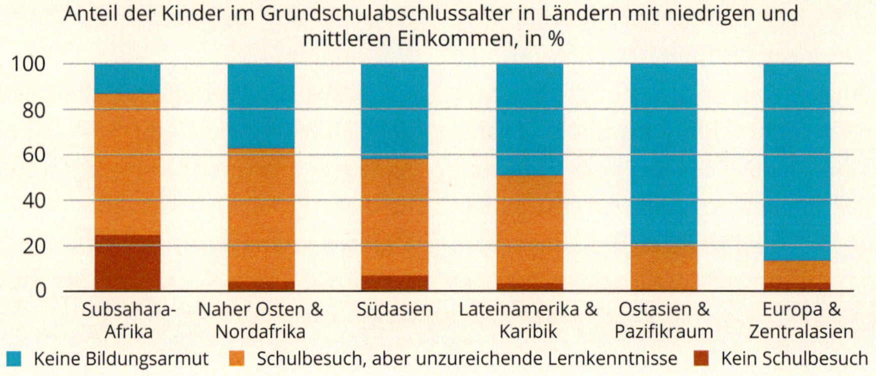

Nach: © Statistisches Bundesamt (Destatis), 2020

Alphabetisierungsrate (in % der Bevölkerung)	
Deutschland	> 99,9 %
Russland	99,7 %
Bolivien	92,5 %
Kenia	81,5 %

Die Alphabetisierungsrate gibt den Anteil der Menschen in einem Land an, die Lesen und Schreiben können. Daten: World Factbook / CIA

M8 HDI und GDI als Indikatoren – weshalb werden sie oft verwendet?

Um den Entwicklungsstand eines Landes zu messen, reicht häufig die Auswertung eines Indikators nicht aus. Es sollte daher eine große Zahl von Merkmalen berücksichtigt werden. Deshalb wurden unter anderem der HDI und der GDI entwickelt:

a) Der HDI

Die Vereinten Nationen haben entschieden, den Entwicklungsstand eines Landes anhand des differenzierteren „Human Development Index" (HDI) zu beurteilen. Der HDI wird mithilfe eines komplexen Berechnungsverfahrens ermittelt, um den Stand menschlicher Entwicklung darstellen zu können. Hierbei werden die Lebenserwartung bei Geburt, der Bildungsgrad sowie das BNE (Bruttonationaleinkommen, siehe M3) pro Kopf miteinkalkuliert. Der HDI-Wert eines Landes liegt zwischen null und eins, wobei null den niedrigsten und eins den höchsten Grad der Entwicklung darstellt.

b) Der GDI

Auch der zweite Indikator, der „Gender Development Index" (GDI), misst den Entwicklungsstand eines Landes, allerdings getrennt nach Frauen und Männern. Er wird seit 2014 von den Vereinten Nationen veröffentlicht, um herauszufinden, wie gleichberechtigt die Geschlechter in einem Land leben. Wie beim HDI werden auch beim GDI die Lebenserwartung, der Lebensstandard sowie der Bildungsgrad miteingerechnet. Als Ergebnis dieser Berechnung entstehen Werte zwischen 0,001 und 1,000. Es gilt: Je kleiner der Wert ist, desto ungleicher leben Frauen in einem Land.

M9 Länder der Erde nach dem HDI

Einteilung der Länder nach dem Entwicklungsstand im HDI
(BNE pro Kopf aller Staaten 2019)

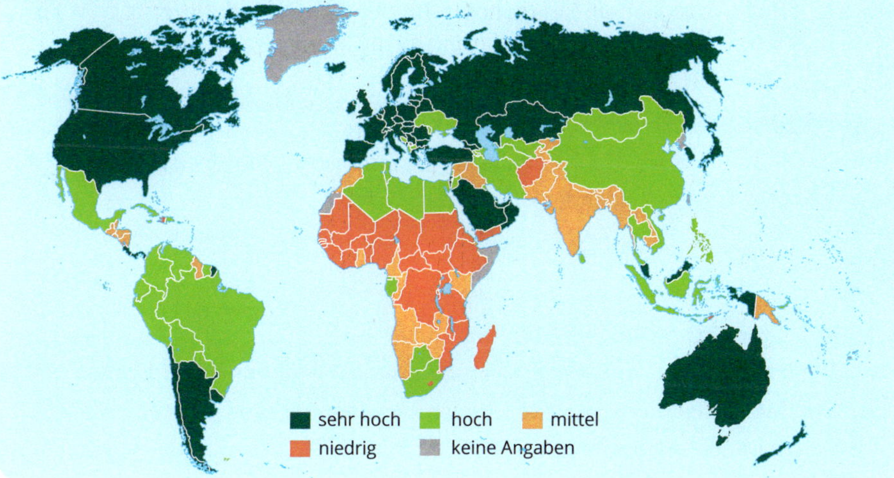

AUFGABEN

1. a) Bildet Kleingruppen und gestaltet zu einem der drei Themen „Einkommen und Kaufkraft", „Ernährung und Gesundheit" und „Bildung" ein Wandplakat (**M3-M7**). Berücksichtigt folgende Aspekte:
- Beschreibung des Indikators,
- Vergleich der Entwicklungsstände verschiedener Länder,
- Beurteilung des Indikators zur Messung des Entwicklungsstandes.

b) Präsentiert eure Wandplakate anschließend in der Klasse.

2. a) Arbeitet zu zweit und erklärt euch gegenseitig die differenzierteren Indikatoren HDI und GDI (**M8**, **M9**).

b) Erklärt mithilfe von Beispielen, warum es für ein Land wünschenswert ist, einen GDI von möglichst 1,000 zu haben.

c) Begründet, nach welchem Indikator ihr den Entwicklungsstand eines Landes messen würdet.

F zu Aufgabe 2
Es gibt auch noch den HPI als differenzierteren Indikator. Recherchiert im Internet, was er misst und wie er berechnet wird.

H zu Aufgabe 2c
Notiert euch zunächst die Vor- und Nachteile von jedem Indikator. Entscheidet euch anschließend für einen Indikator und nennt euren wichtigsten Vorteil.

Warum ist Louisa Kamana arm?

Eines der größten Probleme in Entwicklungsländern ist die Armut. Warum sind so viele Menschen arm? Welche Faktoren hindern sie daran, selbstständig ihre Lebensbedingungen zu verbessern?

M10 Louisa Kamana hat ein Problem. Kannst du ihr helfen?

Louisa Kamana, 14, aus Tsumeb in Namibia

Hallo, ich heiße Louisa Kamana und ich bin 14 Jahre alt. Mit meiner Familie wohne ich im Norden Namibias in der Nähe von Tsumeb. Zu meiner Familie gehören meine Eltern und meine drei jüngeren Geschwister. Wir wohnen zusammen in einem Steinhaus auf einer Farm.
In diesem Jahr schließe ich die 7. Klasse ab und verlasse dann die Schule, um meiner Familie bei der Versorgung der Tiere zu helfen. Uns gehören Rinder, Schafe und Ziegen. Da ist immer viel zu tun. Das könnt ihr mir glauben!
Ich bin eigentlich zufrieden mit unserem Leben.
Wir haben zwar nicht so viel Geld, aber zumindest sind alle gesund. Gestern in der Schule ist etwas passiert, was mich zum Nachdenken gebracht hat …

Mein Lehrer hat uns erzählt, dass Namibia ein wirklich reiches Land ist. Ich habe mich gemeldet und gesagt, dass ich mir das nicht vorstellen könne, weil so viele Menschen hier arm seien. Auch meine Familie habe nicht so viel Geld. Er lächelte mich an und meinte, dass ich zu dem Thema zuhause recherchieren könnte.
Ich habe auch schon im Internet recherchiert, aber ich habe viel zu viele Informationen gefunden und weiß nicht, wie sie zusammenhängen. Könnt ihr mir helfen und erklären, warum so viele Menschen arm sind, obwohl Namibia ein „reiches Land" ist?

Mysterykärtchen und Methodenkarte zum Download

70052-116

AUFGABEN

1. a) Bildet Dreier- bis Vierergruppen.
   b) Helft Louisa Kamana bei der Beantwortung ihrer Frage. Führt hierzu das Mystery durch und wertet es im Anschluss aus (**QR-Code Materialien**). Orientiert euch hierzu an dem Leitfaden zur Durchführung eines Mystery.
2. Schreibt gemeinsam eine E-Mail an Louisa, in der ihr ihre Frage so genau wie möglich beantwortet.

10.3 Wir wollen helfen – aber wie?

Weltweite Ungleichheit – welchen Beitrag leistet Deutschland?

Die Bundesrepublik Deutschland ist sich ihrer Verantwortung als reiches, sicheres und fortschrittliches Land bewusst und hilft unterentwickelten Ländern auf der Welt. Mittlerweile sprechen wir aber nicht mehr von Entwicklungshilfe, sondern von Zusammenarbeit. Erkennst du einen Unterschied? Hast du Ideen, wie Deutschland mit diesen Ländern zusammenarbeiten kann?

M1 Deutschland hilft – aber hilft das?

Karikatur: Pfohlmann, 2016

M2 Wie sieht die staatliche Zusammenarbeit aus?

Bei einer staatlichen Entwicklungszusammenarbeit stellt ein Industrieland einem Entwicklungsland verschiedene Mittel zur Verfügung. Hierbei werden entweder die Regierungen der Länder allgemein, oder besonders Großprojekte unterstützt. Das Ziel sind zum Beispiel die Verbesserung des Bildungssystems durch den Bau von Schulen oder die Lieferung von Nahrungsmitteln bei einer Hungersnot. Aktuell gibt es circa 3 000 laufende Projekte, die sich vor allem in den Staaten südlich der Sahara und im Nahen Osten befinden.

Die Industrienationen haben sich 2015 verpflichtet, mindestens 0,7 % ihres Bruttonationaleinkommens für die Entwicklungszusammenarbeit auszugeben. Diese Verpflichtung haben sie auch in die Agenda 2030 aufgenommen.

Video-Podcast von Angela Merkel zum Thema Entwicklungszusammenarbeit

70052-117

Die UN-Nachhaltigkeitszeile (SDGs)
Im Jahr 2015 verabschiedeten die Vereinten Nationen in der Agenda 2030 17 Ziele, um weltweit ein menschenwürdiges Leben und gleichzeitig die natürlichen Lebensgrundlagen dauerhaft zu bewahren.

ENTWICKLUNGSZUSAMMENARBEIT

Eine Zusammenarbeit zwischen zwei Ländern, um einem dieser Länder bei Herausforderungen zu helfen, z. B. der Armut der Bevölkerung. Dabei wird auf ein partnerschaftliches Miteinander besonders Rücksicht genommen.
Viele Industrieländer unterstützen Entwicklungsländer dabei, ihre Probleme zu lösen. Deutschland spendet zum Beispiel Geld oder organisiert Schulprojekte, um die Armut in Ländern zu bekämpfen. Früher nannte man diese Maßnahmen auch „Entwicklungshilfe", drückte damit aber eine gewisse Überlegenheit des Geberlandes aus. Daher wird heute von Zusammenarbeit gesprochen, weil diese Maßnahmen gemeinsam mit den Menschen im betroffenen Land geplant und durchgeführt werden. Gefördert werden soll besonders die Eigenständigkeit der Staaten, ganz im Sinne von „Hilfe zur Selbsthilfe".

Zusatzkapitel:
17 Ziele für nachhaltige Entwicklung – die Sustainable Development goals
70052-118

M3 Beispielprojekt: Unterstützung von Universitäten

Fatima Fahraman, Afghanistan: Die Taliban haben das islamische Recht missbraucht und falsch benutzt. „Jetzt holen wir uns die Scharia zurück", sagt Fatima Fahraman. Die 22-Jährige studiert Jura an der Universität von Balkh in Afghanistan. Damit junge Menschen wie sie sich für den Rechtsstaat einsetzen können, unterstützt die deutsche Entwicklungszusammenarbeit Rechtswissenschaftliche und Scharia-Fakultäten im Norden des Landes. Sie stellt Fachliteratur und Gesetzestexte zur Verfügung und berät junge Juristinnen beim Einstieg ins Berufsleben. Fatima Fahraman möchte später einmal als Diplomatin für ihr Land arbeiten.

Bundesministerium für wirtschaftliche Zusammenarbeit und Entwicklung (BMZ): Deutsche Zusammenarbeit mit Afghanistan, www.bmz.de, Januar 2014, S.13

H zu Aufgabe 1b
Überlegt euch gemeinsam, für wen der Mann mit Baseballschläger steht. Seht euch hierzu auch nochmal **M16**, Kap. 10.1 an.

H zu Aufgabe 3
Notiere in einer dreispaltigen Tabelle: 1. Kriterien für eine Zusammenarbeit.
2. „erfüllt"
3. „nicht erfüllt"
a) Fülle nun zuerst die linke Spalte aus.
b) Trage anschließend in die 2. und 3. Spalte ein, ob die Kriterien bei dem Projekt erfüllt oder nicht erfüllt sind.

AUFGABEN

1. a) Analysiere die Karikatur (**M1**).
b) Vergleicht zu zweit eure Analyse der Karikatur und erklärt, welches Problem hier dargestellt wird.

2. a) Arbeite die Merkmale einer staatlichen Entwicklungszusammenarbeit aus **M2** heraus.
b) Erläutere die staatliche Entwicklungszusammenarbeit von Deutschland anhand von Angela Merkels Video Podcast (**QR-Code**).

3. a) Arbeite aus dem Begriffskasten heraus, welche Kriterien mittlerweile bei der Zusammenarbeit berücksichtigt werden.
b) Überprüft zu zweit, ob sich das Projekt in **M3** an den Kriterien für Entwicklungszusammenarbeit orientiert.

4. Diskutiert in der Klasse, ob es sich bei der Entwicklungszusammenarbeit um ein sinnvolles Projekt handelt.

Was können wir gegen die Ungleichheit tun?

Nicht nur der Staat kann helfen, die Ungleichheit auf der Welt auszugleichen. Auch du kannst helfen. Was kannst du tun?

M4 Ich will helfen, aber kann ich das wirklich?

Ich finde es gut, dass Deutschland Entwicklungszusammenarbeit leistet, aber ich will auch etwas tun! Aber kann ich als einzelner Mensch überhaupt etwas bewirken?

M5 Entwicklungszusammenarbeit von Non-Governmental Organisations und privaten Trägern

Nicht nur Staaten können Entwicklungszusammenarbeit leisten. Häufig wird sie auch von Non-Governmental Organisations (NGOs) geleistet. Bekannte NGOs sind beispielsweise Amnesty International, Greenpeace oder Unicef.
Es gibt allerdings auch private Träger, wie zum Beispiel Einzelpersonen, die helfen können. Beispiele hierfür sind die Unterstützung einer Partnerschule, die Finanzierung der Schulmaterialien eines Kindes oder der Bau eines Brunnens, um die Wasserversorgung sicherzustellen. Die Größe des Projektes kann dabei sehr schwanken.
Wichtig ist hierbei, dass beide Arten der Zusammenarbeit vergleichsweise unabhängig von politischen Entscheidungen sind. Sowohl NGOs als auch private Träger können also selbständig oder gemeinsam mit Staaten Projekte durchführen.

Non-Governmental Organisation
Eine NGO (Deutsch: „Nichtregierungsorganisation") ist eine Gruppe oder ein Verband, der sich wegen eines gemeinsamen Anliegens zusammengeschlossen hat.

M6 Beispiel für Hilfe: Vergabe von Mikrokrediten

2016 gründete Sara Nuru, einstige Gewinnerin bei GNTM, mit ihrer Schwester das Start-up nuruCoffee. Mit dem erwirtschafteten Geld des Kaffeeunternehmens unterstützt der Verein NuruWomen eine äthiopische Vereinigung. Es werden Mikrokredite an äthiopische Frauen mit einer Unternehmensidee vergeben. Zeitgleich werden sie

Sara Nuru und Gerd Müller, Bundesminister für Entwicklung und wirtschaftliche Zusammenarbeit bei der Internationalen Grünen Woche in Berlin, 17.01.2020

Start-up
ein neugegründetes Unternehmen mit einer innovativen Geschäftsidee

in Form von handwerklichen Trainingskursen und Schulungen begleitet. Nach einem bestimmten Zeitraum zahlen die Frauen die Kredite mit einem Zinssatz von 7 % zurück. Das Geld fließt zurück an die Vereinigung.
Mestavut Tegegn hat sich von dem Geld eine Nähmaschine gekauft und verdient inzwischen rund 600 Birr im Monat, also umgerechnet rund 17 Euro. Sie lebt davon, dass sich die Menschen um sie herum eine Schneiderin leisten können. Das allein ist nicht selbstverständlich. Zudem hat die selbst HIV-positive Frau ihren Mann an die Krankheit verloren. Mit dem Geld hat sie nun die Chance, die Kinder alleine zu versorgen.

M7 Kritik an der Entwicklungszusammenarbeit in Afrika

Krisen, Kriege und Katastrophen in vielen Ländern prägen nach wie vor das Bild Afrikas in den so genannten entwickelten Ländern. Die Botschaft: Der Kontinent ist arm, hilflos und dringend auf die Unterstützung von großzügigen Gönnern im Westen angewiesen.
Doch Wirtschaftsexperten aus verschiedenen Ländern Afrikas sagen: Die Finanzspritzen aus dem Ausland haben die wirtschaftliche Entwicklung nicht voran gebracht, sondern vieles nur noch schlimmer gemacht.
Entwicklungshilfe habe bewirkt, dass Afrikaner es Hilfsorganisationen überlassen, ihre Probleme zu lösen, sagt zum Beispiel der kenianische Ökonom James Shikwati. „Das macht es schwer, der Welt zu zeigen, welches Potenzial die Menschen in Afrika haben.“ […]
„Es ist wirklich traurig“, meint er, „Wir haben diese ständigen Spendenaktionen, anstatt dass die Regierung ihrer Verantwortung nachkommt und beispielsweise die Landwirtschaft oder ihr Verteilungssystem rationalisiert.“

Bohland, Sabine: Viel hilft nicht immer viel, www.tagesschau.de, 12.07.2019

AUFGABEN

1. Ergänze den Dialog zwischen Lina und Emre. Was könnte Lina auf Emres Bedenken entgegnen? (**M4, M5**).
2. a) Beschreibe, wie äthiopische Frauen durch Mikrokredite unterstützt werden (**M6**).
   b) Begründe, ob dieses Projekt von einer NGO oder einem privaten Träger durchgeführt wird (**M6**).
3. Erläutere die Kritik von James Shikwati bezüglich vieler Hilfsprojekte (**M7**).
4. a) Entwickelt zu zweit ein Projekt, welches ihr in der Schule durchführen könnt und das sich an den euch bereits bekannten Kriterien der Entwicklungszusammenarbeit orientiert.
   b) Präsentiert eure Ideen in der Klasse.

H zu Aufgabe 4a
Mögliche Themen könnten sein:
- Unterstützung mit Schulmaterial
- Sammeln von Geldspenden
- usw.

Kann der Tourismus dem Aufbau von Ländern helfen?

Du bist bestimmt schon in mehrere Länder gereist und hast dort Geld ausgegeben, z. B. für Souvenirs. Du freust dich und die Menschen vor Ort profitieren auch davon. Es können sich also viele Chancen für die einheimische Bevölkerung daraus ergeben. Aber welche Risiken gibt es?

M8 Tourismus – zwei Gesichter

Tourist vor einem Graffiti, das den Massentourismus kritisiert in Barcelona, Spanien

nachhaltige Wohnhütten mit Solarpanels an einem Strand

M9 Welche Chancen und Risiken bietet Tourismus einem Land?

Erklärvideo: Tourismus in Entwicklungsländern
70052-119

1. Steigerung des BIP
2. saisonale Arbeitsplätze (nicht das ganze Jahr)
3. Anreize für neue Unternehmen
4. steigende Einkommen
5. Verbesserung der Handelsbilanz (mehr Einnahmen aus dem Ausland)
6. Ressourcenzerstörung
7. Zunahme von Kriminalität und Prostitution
8. unangepasstes Konsumverhalten
9. Verbesserung der Infrastruktur: Bau neuer Straßen, bessere Strom- und Wasserleitungen
10. hohe Gewinne von einigen wenigen Unternehmen
11. steigende Beschäftigung
12. Veränderung der Kultur (z. B. mehr Rechte für Frauen)
13. verstärkter Natur-, Denkmal-, Umweltschutz, Ressourcensicherung
14. Abbau räumlicher und sozialer Ungleichheiten innerhalb der Bevölkerung
15. Preissteigerungen
16. Veränderung der Kultur (einheimische Gebräuche werden verdrängt)
17. höhere Steuereinnahmen

M10 Wie sieht nachhaltiger Tourismus in Entwicklungsländern aus?

Nachhaltiger Tourismus
Reisende gehen hierbei umsichtig und aufmerksam mit der Natur und der Kultur der Menschen vor Ort um. Dadurch sollen Probleme wie die Lärmbelästigung, die Umweltverschmutzung oder der Rohstoffverbrauch vermindert werden.

Berechnung des ökologischen Fußabdrucks
70052-120

Mittlerweile haben viele afrikanische Staaten ihre Tourismusbranche ausgebaut und auf einen nachhaltigen Tourismus, der oftmals auch als sanfter Tourismus bezeichnet wird, umgestellt. In Botswana, das ca. zwei Millionen Einwohner beheimatet, gibt es allein 70 000 Arbeitsplätze in dieser Branche. Sehr beliebte Reiseziele der Besucher sind die berühmten Safaris durch die riesigen Savannen, die von einer vielfältigen Tierwelt belebt wird und eine einzigartige Pflanzenwelt besitzt. Daher wird zukünftig darauf geachtet, die Natur besonders zu schützen. Beispielsweise werden im Chobe-Nationalpark und auf dem Chobe-Fluss für die Safaris zunehmend Elektrofahrzeuge und durch Sonnenenergie betriebene Boote eingesetzt, um durch eine geräusch- und abgasarme Fortbewegung die vorhandene Pflanzen- und Tierwelt zu schonen.
Andere Beispiele zeigen die Einbindung der indigenen Bevölkerung in der Tourismusbranche. Dabei ist nicht die Rede von Touristentouren durch einheimisches Gebiet. In Kenia oder Äthiopien werden Unterkunft, Gastronomie und Ausflüge für Touristen von der einheimischen Bevölkerung selbst gestellt bzw. organisiert.
Bei dieser Form des Tourismus stehen also die Sensibilisierung für die Völkerverständigung und die Wertschätzung anderer Kulturen sowie die Erkennung der Wichtigkeit des nachhaltigen Tourismus als Instrument zur Verminderung von Armut im Fokus. Darüber hinaus soll der Umweltschutz verstärkt, die allgemeine Lebensqualität verbessert und Frauen und Jugendliche wirtschaftlich gestärkt werden.

AUFGABEN

1. a) Vergleicht die zwei Bilder und nennt mögliche Chancen und Risiken des Tourismus für die Urlaubsgebiete (**M8**).
   b) Lege eine Tabelle mit zwei Spalten an: 1. Chancen und 2. Risiken. Ordnet nun eure zuvor genannten Chancen und Risiken den beiden Spalten zu.
2. Ergänzt eure Tabelle mithilfe der in **M9** genannten Aspekte. Ordnet hierzu die einzelnen Aspekte einer der beiden Spalten zu.
3. Überprüfe, ob es sich bei den Tourismusbeispielen wirklich um einen „nachhaltigen" Tourismus handelt (**M10** mit Randspalte).
4. Diskutiert in der Klasse, inwiefern Entwicklungsländer ihre Tourismus-Branche verstärkt ausbauen sollten.

H zu Aufgabe 3
Nenne zunächst mithilfe der Worterklärung die Merkmale des nachhaltigen Tourismus.
Sieh dir anschließend das Beispiel an.

H zu Aufgabe 4
Berücksichtigt dabei auch aktuelle Probleme wie die Corona-Pandemie.

DER IMPERIALISMUS UND DESSEN FOLGEN BIS HEUTE

IMPERIALISMUS IN AFRIKA

Kapitel 10.1, M1-M12

In der zweiten Hälfte des 19. Jahrhunderts begann ein Wettlauf der europäischen Kolonialmächte um Gebiete in Afrika, Asien und Südamerika. Sie zielten unter anderem darauf ab, die eigene Weltmachtstellung auszubauen, den Zugang zu Rohstoffen und Land zu sichern und die eigene Kultur zu verbreiten. Hierzu nahmen sie der einheimischen Bevölkerung ihr Land weg, bauten Monokulturen auf den Plantagen an und zwangen die Menschen zur Arbeit. Widerstände, wie der Herero-Aufstand, wurden gewaltsam und brutal niedergeschlagen.

FOLGEN DES IMPERIALISMUS UND HEUTIGE FORMEN DES KOLONIALISMUS

Kapitel 10.1, M13-M17

Viele ehemalige Kolonien leiden bis heute unter den wirtschaftlichen, politischen und gesellschaftlichen Folgen. Oft sind die betroffenen Staaten wirtschaftlich abhängig und das *landgrabbing* meist ausländischer Konzerne verschärft die Situation. Langsam beginnen sich Länder wie Deutschland ihrer Verantwortung bewusst zu werden, wie beispielsweise im Fall der Anerkennung des Völkermords an den Herero und Nama. Dennoch gibt es weiterhin viele kontroverse Punkte: Beispielsweise sind Denkmäler und Straßennamen vermeintlicher „Helden" in Deutschland in der Kritik, da sie die Kolonialpolitik verherrlichen.

EINE WELT – VIELE LEBENSWELTEN

Kapitel 10.2, M1-M10

Auch wenn alle Menschen auf einer Welt zusammenleben, unterscheiden sich ihre Lebenswelten voneinander. Unterschiede ergeben sich schon innerhalb eines Landes, wie beispielsweise zwischen Stadt und Land, aber sie sind besonders groß zwischen Ländern. Indikatoren, um den Entwicklungsstand eines Landes zu messen, sind z. B. Einkommen, Bildung, Ernährung oder Gesundheit. Differenziertere Indizes wie der HDI oder der HPI zeigen ein komplexeres Bild eines Landes. Denn oft bedingen sich die Ursachen für Probleme wie „Armut" gegenseitig und verstärken sich.

MÖGLICHKEITEN DER ENTWICKLUNGSZUSAMMENARBEIT

Kapitel 10.3, M1-M10

Die heutige Entwicklungszusammenarbeit basiert auf der Vorstellung, dass beide Seiten gemeinsam Projekte planen, organisieren und durchführen. Das Motto „Hilfe zur Selbsthilfe" verdeutlicht diesen Ansatz der nachhaltigen Entwicklung.

Unterscheiden kann man dabei die Entwicklungszusammenarbeit organisiert durch Staaten, NGOs oder von privaten Trägern. Kritiker bemängeln, dass die Hilfe oft nicht dort ankommt, wo sie gebraucht wird.

Nachdem du das Kapitel „Die Welt erobern und ausbeuten – früher wie heute?“ bearbeitet hast, kannst du hier das Gelernte anwenden, dein Wissen prüfen und dir ein Urteil bilden.

M1 „Ein Rassenkampf“

Am 4. Oktober 1904 schreibt General Lothar von Trotha seinem Vorgesetzten nach Berlin:

Meine genaue Kenntnis so vieler zentralafrikanischer Stämme […] hat mir überall die überzeugende Notwendigkeit vor Augen geführt, dass sich der Neger keinem Vertrag, sondern nur der rohen Gewalt beugt. […] Dieser Aufstand ist und bleibt der Anfang eines Rassenkampfes […].

Zitiert nach: Gesellschaft für bedrohte Völker: Der Völkermord an den Herero, www.gfbv.de, 21.04.2005

M2 Wie sollten wir mit dem kolonialen Erbe umgehen?

Blick auf die U-Bahn-Station «Mohrenstraße» an der ein Graffiti „decolonize the city“ aufgesprüht wurde. Bundesjustizministerin Lambrecht (SPD) hat in der Rassismus-Debatte die Umbenennung der Berliner Mohrenstraße begrüßt.

M3 Ungleiche Verteilung an Lebenschancen

Karikatur: Schwarwel, 2015

Online-Quiz zum Kapitel

82000-228

M4 Wie sieht Entwicklungszusammenarbeit aus?

Lautes Rufen und Lachen, fröhliche Kinderstimmen – diese Mädchen und Jungen im Gazastreifen nutzen eine Pause ohne die Gefahr von Angriffen, um Ball zu spielen. So klingt Unbeschwertheit überall auf der Welt. Doch in Palästina kann kaum ein Kind wirklich unbeschwert sein. Der Konflikt ist allgegenwärtig. Viele Schulen sind zerstört. Jeder zweite Schüler hat mit ansehen müssen, wie Militärtruppen seine Schule besetzen. Jeder zehnte wurde Zeuge, als Lehrer in der Schule getötet wurden. „Die Kinder in Palästina wollen nicht zerbrechen", sagt Ali Al-Sisi. „Sie wollen vergessen und die Schwierigkeiten bewältigen." Ali ist zwölf Jahre alt, im Jugendzentrum hat er gelernt zu fotografieren. [...] Mehrere Hundert Kinder haben an den Fotoworkshops teilgenommen und dadurch nebenbei auch wertvolle berufliche Fertigkeiten erworben. So konnte UNICEF dazu beitragen, all diesen Kindern in Palästina eine neue Perspektive zu geben.

©UNICEF: UNICEF stärkt Jugendliche mit Bildungskursen, www.unicef.de, Abruf am 26.06.2021

Aufgaben

1. a) Fasse den Inhalt des Briefes in deinen eigenen Worten zusammen (**M1**).
b) Erkläre mithilfe deines Wissens aus dem Kapitel, wie es zu diesem Aufstand gekommen ist.
c) Nimm Stellung zu der Aussage, dass „sich der N[*] keinem Vertrag, sondern nur der rohen Gewalt beugt."

2. a) Erkläre, warum der Name des U-Bahnhofes „Mohrenstraße" umbenannt werden soll (**M2**).
b) Nimm Stellung dazu, wie wir zukünftig mit dem kolonialen Erbe von Deutschland umgehen sollen.

3. a) Analysiere die Karikatur (**M3**).
b) In der Karikatur wird als Indikator für den ungleichen Entwicklungsstand das Einkommen dargestellt. Erläutere weitere mögliche Indikatoren.

4. a) Beschreibe das Hilfsprojekt von Unicef (**M4**).
b) Erläutere das Motto der Entwicklungszusammenarbeit „Hilfe zur Selbsthilfe".
c) Beurteile, ob sich dieses Projekt an den Kriterien für Entwicklungszusammenarbeit orientiert.

H zu Aufgabe 1b
Berücksichtige folgende Aspekte:
- Ursachen des Imperialismus
- Interessen der Kolonialmächte
- Deutschland als Kolonialmacht
- Ursachen und Verlauf des Herero-Aufstandes

Tabelle zur Selbsteinschätzung

70052-121

Was unter Demokratie verstanden wird, ist keineswegs immer eindeutig …

Bundeszentrale für Politische Bildung

Was weißt du schon?

1. Notiere in einer Liste die dir bekannten und unbekannten Begriffe aus der Wortwolke oben.
2. Erklärt euch in Kleingruppen die bekannten Begriffe.
3. Erstellt und begründet eine Reihenfolge der wichtigsten Merkmale, die eurer Ansicht nach zu Demokratie gehören.
4. Stellt gemeinsam im Plenum Vermutungen an, warum die Demokratie in Gefahr sein könnte.

11

#Mitbestimmung und Demokratie heute – gemeinsam schützen?

In Demokratien geht die Macht vom Volk aus – das heißt du hast einen großen Einfluss. Doch Demokratie ist keine Selbstverständlichkeit. Haltungen und Einstellungen, die unser gemeinsames Zusammenleben gefährden, sollten von uns beachtet und ständig überprüft werden.

Du erfährst in diesem Kapitel, welche Möglichkeiten der Beteiligung du als Bürger hast, welche Merkmale Demokratien kennzeichnen, wie unsere Demokratie organisiert ist, damit die Macht im Staat aufgeteilt wird, welche Grund- und Freiheitsrechte wir haben und wie wir sie schützen können.

Was lernst du in diesem Kapitel?

... die Merkmale unseres demokratischen Systems zu beschreiben.
... die Bedeutung der Gewaltenteilung und des Föderalismus für die Demokratie darzustellen.
... Möglichkeiten des gesellschaftlichen und politischen Engagements zur Weiterentwicklung von Demokratie zu beurteilen.
... die Aufgaben und Funktionen von Parteien im politischen System zu erklären.
... das Spannungsfeld zwischen innerer Sicherheit und Freiheitsrechten zu untersuchen und zu beurteilen.
... Formen, Chancen und Grenzen zivilgesellschaftlicher Partizipation zu benennen.
... gefährdende Haltungen und Einstellungen in unserer Demokratie zu beurteilen.

Das Inselspiel durchführen

Worum geht es?

Deine Klasse ist nach einem Schiffsunglück auf einer einsamen Insel gestrandet. Das Meer hat dabei einige Gegenstände aus dem Schiff an den Strand gespült: einen Klappspaten, ein Beil, mehrere Küchenmesser, ein Feuerzeug, Löffel und einen großen Kochtopf, das Segeltuch vom Hauptsegel und die Bordapotheke.
Nun müsst ihr euren Alltag und das Zusammenleben organisieren. Hierbei müssen viele Fragen des politischen Handelns überdacht und entschieden werden.

Geht dabei so vor:

Start

1

Ihr bekommt die Aufgabe, das Leben (und Überleben) auf der Insel zu organisieren, Entscheidungen zu diskutieren und zu treffen sowie Lösungen für Aufgabenstellungen zu finden. Wichtig ist: Eure Kleingruppen stehen nicht in Konkurrenz zueinander. Vielmehr plant jede Kleingruppe das Überleben aller. Notiert jeden der Schritte 2-8 in einem Protokoll.

2

Notiert **Stärken jedes einzelnen Gruppenmitglieds** und erklärt, wie sich die Einzelnen mit ihren Stärken auf der Insel nützlich machen und für die Gruppe engagieren können.
(→ Kap 11.1, M9-M12)

3

Diskutiert und einigt euch auf die ersten (z. B. drei) **wichtigsten Handlungen, die das Überleben auf der Insel** sichern sollen.

4

Einigt euch auf **eine Regierungsform** und bestimmt die **Merkmale eurer Regierungsform** (→ Kap. 11.1, M1-M3).
Wer soll die Entscheidungen treffen?
Welche Befugnisse sollen gewählte oder bestimmte Anführer oder Personengruppen haben? Oder werden alle wichtigen Dinge künftig in der Gesamtgruppe besprochen?
Wie wird dann entschieden?
Wird die Regierung kontrolliert und wenn ja, von wem und wie?
(→ Kap. 11.1, M4-M6)

5

Bestimmt einen Lagerplatz. Es gibt:
a) trinkbares Wasser aus einem Bach, der zum Meer führt,
b) essbare Früchte in einem dicht bewachsenen Waldgebiet,
c) eine Lagune mit einem großen Vorkommen an Fischen und Krebsen,
d) einen Berg mit zahlreichen Felsen und kleineren Höhlen.

6

Notiert auf einer Liste die **täglichen Aufgaben**, die das Überleben sichern und das Zusammenleben regeln. Denkt auch an Maßnahmen zur Entdeckung und Rettung.
Teilt Teams und Personen ein, die bestimmte Aufgaben haben. Achtet dabei auf die Stärken jedes und jeder Einzelnen. Bezieht auch die gefundenen Gegenstände in eure Planung mit ein.

7

Einigt euch auf **Grund- und Freiheitsrechte**, die jeder einzelne Insulaner gegenüber der Gemeinschaft genießen soll.
Das Überleben in der Gemeinschaft ist die zentrale Aufgabe, aber trotzdem sollen wichtige Freiheitsrechte jedes Inselbewohners festgelegt werden.
Gilt das Recht auf Privateigentum? Darf z. B. ein gefangener Fisch von einem einzelnen Insulaner verspeist oder muss er geteilt werden?
(→ Kap 11.2, M1, M2, #Grundgesetz)

8

In keiner Gruppe geht es immer nur harmonisch zu – und besonders schwierig ist es in einer solchen Ausnahmesituation. Zu welchen **Konflikten** könnte es im Verlauf des Aufenthalts auf der Insel kommen?
Welche Haltungen waren für euer Gemeinwesen gefährdend?
Wie konntet ihr Streit verhindern?
Wie sollen nicht zu verhindernde Konflikte geregelt werden (Polizei, Gerichte)?
Wie sollen diese Konflikte ausgetragen werden?
(→ Kap. 11.2, M12-M18, #Diskriminierung, #Zivilcourage)

9

Stellt anhand der Protokollbögen eure Entscheidungen und Organisationsstrukturen im Klassenplenum vor. Vergleicht, diskutiert und beurteilt die verschiedenen **Modelle des Zusammenlebens**.

Ziel

10

Reflektiert euer Vorgehen: Was habt ihr bei diesem Planspiel über das Zusammenleben in der Gesellschaft gelernt?
Wie denkt ihr nun über Aspekte wie **Gerechtigkeit, Macht und Gewalt, Kontrolle von Gewalten, Recht, Engagement für die Gemeinschaft, soziales Verhalten, Privateigentum**?
Zu welchem Zeitpunkt wurde die Situation auf der Insel politisch?
Und was ist überhaupt Politik?

11.1 Wie ist Mitbestimmung heute möglich in unserer Demokratie?

Welche Merkmale hat unsere Demokratie?

Du hast bereits gelernt, dass die Menschen im Deutschen Bund bereits ab 1815 für Freiheit, Einheit, Grund- und Menschenrechte und eine Verfassung mit freien Wahlen gekämpft haben. Heute lebst du in einer Demokratie. Das erscheint dir selbstverständlich. Aber weißt du eigentlich, was unsere Demokratie ausmacht?

M1 Was heißt Demokratie?

Der Ursprung der Demokratie liegt in Griechenland. Die griechische Übersetzung für Demokratie lautet: „Herrschaft des Volkes". In einer Demokratie haben alle Menschen die gleichen Rechte und Pflichten. Über sie herrscht kein Kaiser, König oder Diktator. Alle müssen sich jedoch an bestehende Regeln halten, damit ein friedliches Zusammenleben möglich ist. Diese Regeln sind heute in einer Verfassung festgelegt. Im antiken Athen versammelten sich freie Männer, um über politische Entscheidungen abzustimmen. Das nennt man eine direkte Demokratie. Heutige Demokratien sehen ganz anders aus. Bei etwa 82 Millionen Bürgerinnen und Bürgern ist es unmöglich, in Volksversammlungen zusammen zu kommen und direkt über Gesetze, politische Ämter und Entscheidungen abzustimmen. In Deutschland wählt das Volk durch Wahlen Vertreter für das Volk, sogenannte Abgeordnete, oder auch Repräsentanten. Sie entscheiden stellvertretend für das Volk über anstehende politische Fragen. Die Abgeordneten sind für einen festgelegten Zeitraum gewählt. Diese Herrschaftsform nennt sich repräsentative Demokratie.

Diktatur
eine Herrschaftsform, in der eine einzeln regierende Person, der Diktator (oder eine kleine Gruppe von regierenden Personen), mit nahezu unbeschränkter Macht herrscht.

M2 Wie ist unser Staat aufgebaut?

Deutschland ist ein **Bundesstaat. 16 Bundesländer** bilden gemeinsam den Staat.

Alle **Staatsgewalt geht vom Volke** aus. Die Staatsgewalt wird vom Volke in **Wahlen und Abstimmungen** ausgeübt.

Die Gesetzgebung **ist an die Verfassung gebunden**. Es darf keine Gesetze geben, die gegen unsere Verfassung verstoßen.

Deutschland ist ein **Sozialstaat**. Der Staat hilft Menschen durch Sozialhilfe, wenn sie krank, arbeitslos, alt oder behindert sind.

Besondere Organe der **Gesetzgebung**, der **vollziehenden Gewalt** und der **Rechtsprechung** üben die Macht aus.

Regierende und die Rechtsprechung sind **an Gesetz und Recht gebunden**.

Grundgesetz
Das Grundgesetz (kurz: GG) ist die Verfassung der Bundesrepublik Deutschland und bildet die Grundlage unseres Zusammenlebens.
In **Artikel 1 bis 19** sind die **Grundrechte** jeder Bürgerin und jedes Bürgers definiert. In **Artikel 20** ist festgelegt, **wie unser demokratischer Staat aufgebaut ist (siehe M2)**.

Sozialstaat
→ Kapitel 9.2

M3 Merkmale einer Demokratie

1 In Deutschland herrscht **Gewaltenteilung**: Die gesetzgebende, ausführende und rechtsprechende Gewalt kontrollieren sich gegenseitig.

2 Achtung der **Menschenrechte**: Jeder Bürgerin und jedem Bürger werden bestimmte Rechte garantiert. In Deutschland besitzen alle die gleichen **Grundrechte**.

3 Deutschland ist ein **Rechtsstaat**. Alles was der Staat macht, muss nach den Regeln der Verfassung und der geltenden Gesetze geschehen. Es gibt unabhängige Gerichte, die die Rechte der Bürgerinnen und Bürger schützen.

4 Die **Wahlen** erfolgen nach festgelegten Prinzipien: **Frei** (niemand darf zu einer Wahl gedrängt werden), **geheim**, **gleich** (jeder hat gleich viele Stimmen), **allgemein** (alle wahlberechtigten Bürgerinnen und Bürger dürfen wählen) und **unmittelbar** (Stimmen werden sofort gezählt).

5 Es gilt das **Mehrheitsprinzip**. Die Mehrheit einer Gruppe oder Gemeinschaft entscheidet, wie was geregelt wird. Der Wille der Mehrheit wird anerkannt. Dabei werden bestehende Gesetze befolgt und die Rechte aller Menschen, auch der Minderheiten, berücksichtigt.

6 Gesellschaftliche **Vielfalt** ist erwünscht. Alle dürfen sich im Rahmen der geltenden Gesetze so verhalten und entwickeln, wie sie es möchten. Unterschiedliche Meinungen und Interessen sind erwünscht.

Erklärvideos über Demokratie
70052-122

Karte zur Verbreitung demokratischer Staaten
70052-123

AUFGABEN

1. a) Vervollständige den Satz: Demokratie bedeutet für mich ...
   b) Tragt eure Ergebnisse in der Klasse zusammen und notiert Schlagwörter.
2. Erkläre den Unterschied zwischen einer direkten Demokratie und einer repräsentativen Demokratie (**M1**).
3. a) Erstelle eine Mindmap mit dem Titel „Unser demokratischer Bundesstaat“ (**M2**, **M3**).
   b) Vergleicht zu zweit die Mindmap mit euren aufgestellten Vorstellungen zur Demokratie. Stellt Gemeinsamkeiten und Unterschiede in einer Tabelle heraus.
4. Erläutere anhand von Beispielen, welche der sechs Merkmale der Demokratie auch für das Zusammenleben in deiner Familie, dem Freundeskreis und der Schule gelten können (**M3**).

Mindmap
→ Methodenglossar

F Zeige anhand der Karte im QR-Code auf, wo sich auf der Welt demokratische und nicht-demokratische Staaten befinden. Nenne jeweils Beispiele für die einzelnen Kontinente.

H zu Aufgabe 4
In deiner Familie muss es z. B. auch bestimmte Regeln geben, nach denen man zusammenlebt, z. B. Regeln dazu, wer wann die Hausarbeit macht (vgl. Rechtsstaat).

Die Macht im Staat – gut verteilt oder in einer Hand?

Dürftest du als Kanzlerin oder Kanzler über alles entscheiden? Ein wichtiges Kennzeichen einer Demokratie ist, dass die Macht niemals nur eine Person besitzt, sondern vielfältig aufgeteilt ist. Die Aufteilung der Macht in viele Hände und Institutionen erfordert die Zusammenarbeit von vielen.

M4 Die drei Gewalten

Institution
Einrichtung zum Wohl oder Nutzen des Einzelnen oder der Allgemeinheit, wie z. B. das Schulwesen

Damit das Zusammenleben zwischen Menschen in einem Staat gut funktioniert, muss es Gesetze geben. […] Um zu verhindern, dass ein Mensch alleine über alle Gesetze entscheidet, sollen sich drei unterschiedliche Abteilungen, auch „Gewalten" genannt, darum kümmern. Hinter jeder dieser Gewalten steckt eine Gruppe von Menschen. […] Hier erst mal die groben Aufgabenbereiche der drei Gewalten:

Die erste Gewalt ist die **Legislative**, die gesetzgebende Gewalt. Sie soll Gesetze machen, damit alle im Staat wissen, was erlaubt ist und was nicht.

Die zweite Gewalt ist die **Exekutive**, die ausführende Gewalt. Sie soll die Gesetze im Alltag umsetzen und aufpassen, dass sich alle daran halten.

Die dritte Gewalt ist die **Judikative**, die rechtssprechende Gewalt. Sie soll Menschen bestrafen, die sich nicht an Gesetze halten. Diese drei Gewalten kontrollieren sich gegenseitig. Alle gucken einander auf die Finger und stellen sicher, dass weder fiese Gesetze in Kraft treten, noch Menschen zu Unrecht bestraft werden.

Schiller, Mathilda, Redaktion Kindersache: Was ist Gewaltenteilung? In: www.kindersache.de, 30.03.2018

M5 Gewaltenteilung in Deutschland

Erklärfilm zur Gewaltenteilung
70052-124

Zusatzmaterial: Gruppenpuzzle zu den Verfassungsorganen
70052-125

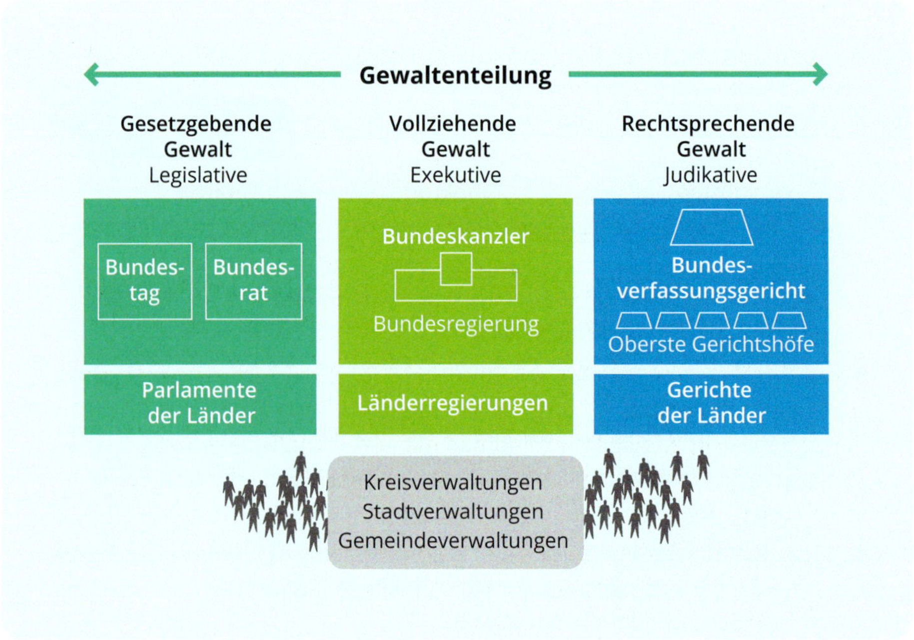

Nach: Bergmoser + Höller Verlag AG, Zahlenbilder 61 110

M6 Eine Demokratie ohne Gewaltenteilung?

> Was kann passieren, wenn die Macht im Staat nicht aufgeteilt wäre?

Wenn die drei Gewalten nicht voneinander getrennt sind, sondern alle von der Regierung kontrolliert werden, kann die Regierung auch über alles entscheiden, was in einem Land passiert. Wenn z. B. die Gerichte nicht mehr unabhängig von der Regierung sind, kann sie einfach entscheiden, wer weswegen ins Gefängnis muss. Wenn sich also jemand im Volk über die Regierung beschwert und ihr das nicht passt, kann die Regierung diesen Menschen einfach verhaften lassen. Außerdem kann sie verbieten, dass Menschen sich zum Demonstrieren verabreden. Es können also Gesetze verabschiedet werden, die eigentlich der Verfassung widersprechen. So sind die Rechte der Bürger, wie Meinungs- und Versammlungsfreiheit, in Gefahr.

Schiller, Mathilda, Redaktion Kindersache: Was ist Gewaltenteilung? In: www.kindersache.de, 30.03.2018

GEWALTENTEILUNG

Die Aufteilung der Macht in viele Hände ist ein wichtiges Kennzeichen einer Demokratie und wird als Gewaltenteilung bezeichnet.
Die Gewaltenteilung in die **Legislative** (z. B. gewählte Parlamente), **Exekutive** (z. B. Polizei oder auch Ministerien) und **Judikative** (verschiedene Gerichte) ist im Artikel 20 des Grundgesetzes festgelegt (vgl. auch **M3**). Im Grundgesetz wird auch sichergestellt, dass die drei Gewalten gut miteinander arbeiten können. Neben dieser Gewaltenteilung wird die Macht auch noch zwischen der Bundesregierung und den Landesregierungen sowie den Kommunen (Gemeinde, Städte) aufgeteilt.

M7 Föderalismus: Geteilte Macht zwischen Bund und Ländern

Der Begriff „Föderalismus" kommt aus dem Lateinischen und bedeutet „foedus" = Bündnis, Vertrag. Damit wird der Zusammenschluss von einzelnen Ländern zu einem Bundesstaat bezeichnet. Die politische Macht wird in Deutschland zwischen dem Bund und den einzelnen Bundesländern aufgeteilt. Der Grund für die Aufteilung von Macht in Deutschland hat mit dem Zweiten Weltkrieg zu tun. Die Siegermächte beschlossen damals: Deutschland soll nie wieder so mächtig werden können wie vor dem Krieg. Deshalb teilten sie das Land in Bundesländer auf, um die Macht zu verteilen. Jedes der 16 Bundesländer hat ein eigenes Parlament (Landtag) und eine eigene Landesregierung. Die Bundesregierung, also der Bund, kümmert sich vor allem um Fragen, die ganz Deutschland betreffen, wie zum Beispiel die Außenpolitik und die Sozialpolitik. In den einzelnen Bundesländern werden Gesetze erlassen und Entscheidungen in den Bereichen Bildung und Kultur oder die Organisation der Polizei getroffen. In den Bundesländern unterscheiden sich die Schulsysteme in mehreren Bereichen. Die Inhalte im Lehrplan, die Schultypen (Gymnasium, Sekundarschule, Gesamtschule usw.), das Fächerangebot und die Abschlussprüfungen sind in jedem Bundesland verschieden. In den einzelnen Kommunen (Dorf, Stadt) kann darüber entschieden werden, wie die Vorgaben der Landesregierung umgesetzt werden sollen. Sie entscheiden zum Beispiel wie viel Geld eine Stadt für den Bau von Schulen ausgeben möchte

M8 Stadt-Land-Bund: Wer soll das regeln?

a … ob in eurer Stadt ein neues Schwimmbad gebaut werden soll?

b … ob das Wahlalter von 18 auf 16 Jahre herabgesetzt werden soll?

c … ob der Schulbus alle 5 oder nur alle 15 Minuten fährt?

d … ob das Fach Niederländisch in NRW bereits in der Grundschule eingeführt werden soll?

e … wie die Müllabfuhr in Bielefeld organisiert ist?

f … ob die Bundeswehr in Mali weiter eingesetzt werden soll?

g … ob Schulsozialarbeiter in NRW dauerhaft eingestellt werden?

h … ob die Strafmündigkeit auf 12 Jahre herabgesetzt werden soll?

i … ob die Steuern erhöht werden sollen?

j … ob die Autobahn A1 zwischen Leverkusen und Köln ausgebaut werden soll?

AUFGABEN

1. Emre wundert sich darüber, dass ein Freund, der nach Berlin gezogen ist, immer zu anderen Zeiten Ferien hat als er. Stellt in der Klasse Vermutungen an, weshalb das so ist.
2. a) Beschreibe die Abbildung (**M5**) und erkläre mithilfe von Beispielen die Aufgaben der drei Gewalten (**M4**, **M5**).
   b) Begründet zu zweit anhand von Beispielen die Bedeutung von Gewaltenteilung für unsere Demokratie (**M6**, **#Gewaltenteilung**).
3. Arbeitet zu zweit. Erklärt euch gegenseitig, was unter „Föderalismus" zu verstehen ist, und erstellt gemeinsam einen Spickzettel (**M7-M8**).
   a) Beschreibt die unterschiedlichen Angelegenheiten, um die sich der Bund und die Länder kümmern (**M7**).
   b) Erklärt, warum es verschiedene Bundesländer gibt (**M7**).
   c) Stadt, Land oder Bund? Ordnet zu, wer die Angelegenheit regeln soll (**M8**).
4. Diskutiert im Plenum, ob eine Demokratie ohne Gewaltenteilung eine „echte" Demokratie sein kann.

F zu Aufgabe 2b
Begründet am Beispiel eines möglichen Umgangs der Regierenden mit kritischen Journalisten oder Richtern, die gegen den Willen der Regierenden entscheiden.

F zu Aufgabe 4
Untersucht die Frage mithilfe der sechs Merkmale einer Demokratie in M3.

Wie kannst du dich im Alltag politisch beteiligen?

Bei dem Begriff „Politik“ denkst du wahrscheinlich an Politiker, an den Bundestag oder an Parteien. Doch politische Beteiligung beginnt bereits in deinem Alltag. Es gibt viele Formen von gesellschaftlichem Einsatz und Möglichkeiten politischer Beteiligung. Du fragst dich sicher, welche?

M9 Sich politisch engagieren – eine Diskussion zwischen Lina und Emre

Lina und Emre waren auf einer Demonstration für mehr Klimaschutz in ihrer Stadt. Emre ist beeindruckt, wie viele junge Leute teilgenommen haben. Plötzlich kommt er auf eine Idee.

Emre: Was hältst du davon, wenn wir an der Schule eine Umwelt-AG gründen?

Lina: Wir allein? Das geht ja nur mit der Unterstützung der SV und unserer Lehrer.

Emre: Wir könnten ja Herrn Müller fragen. Er ist unser SV-Lehrer und wirkt immer so engagiert, was den Klimaschutz angeht.

Lina: Das schon, aber er war nicht damit einverstanden, dass wir während der Unterrichtszeit demonstrieren.

Emre: Stimmt ... Aber wäre es nicht ein Argument? Wir könnten uns dafür einsetzen, dass der Klimaschutz häufiger im Unterricht besprochen wird. Es würden bestimmt viele von uns teilnehmen wollen, die sonst zu den Demos gegangen sind.

Lina: Da wäre ich mir nicht ganz sicher. Das eine ist einmal spontan zu einer Demo zu gehen, das andere, sich langfristig zu engagieren. Ich selbst bin ja schon in der SV und Medienscout hier an der Schule. Irgendwann hat man ja keine Freizeit mehr ...

M10 Inwieweit und warum engagieren sich Jugendliche?

a) *Ahim, 14 Jahre ist Medienscout an einer Gesamtschule in Köln:*
Als ich erfahren habe, dass bei der Ausbildung zum Medienscout das Cybermobbing ein großes Thema ist, wollte ich direkt mitmachen. In der sechsten Klasse wurde ich nämlich auch über das Internet gemobbt und nun wollte ich anderen Leuten helfen, nicht selbst Opfer davon zu werden. Wer bei uns im Team mitmacht, ist bereit, anderen zu helfen und sich stets fortzubilden.

b) *Nora, 17 Jahre ist Assistentin an der Junior Uni in Wuppertal, einer einzigartigen Lehr- und Forschungseinrichtung für junge Menschen zwischen 4 und 20 Jahren:* Die Junior Uni ist ein faszinierender Ort, es macht mich sehr glücklich, dass ich mich hier engagieren kann. Meine Aufgabe als Assistentin ist unglaublich abwechslungsreich. Ich freue mich jedes Mal, wenn ein Kind mit einem Lächeln den Kursraum verlässt. Es gibt mir Selbstbewusstsein, weil ich weiß, dass ich mit dazu beigetragen habe.

M11 Für welche Themen wollen sich Jugendliche einsetzen?

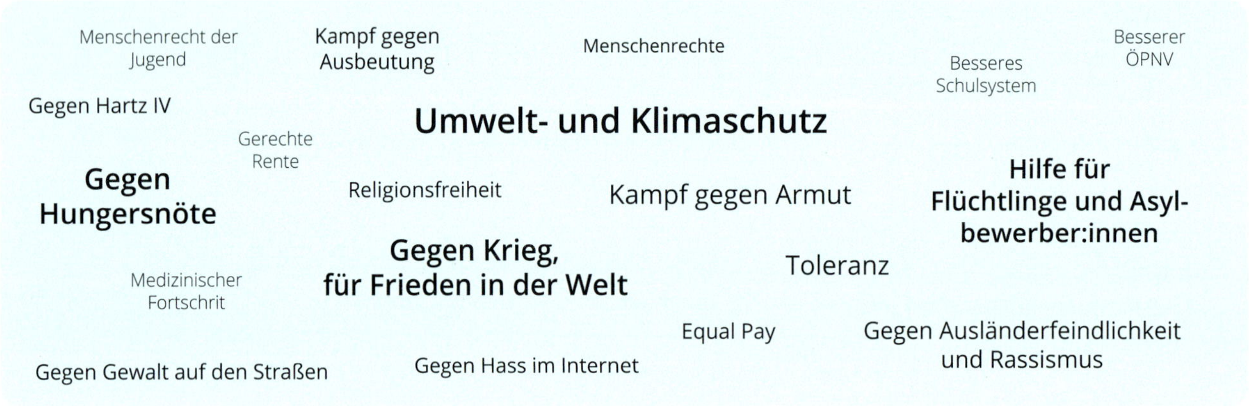

Nach: Bundeszentrale für politische Bildung, SINUS-Jugendstudie 2020, S.453, www.bpb.de, Abruf am 29.01.2021

M12 Wie stark ist das Interesse Jugendlicher an Politik?

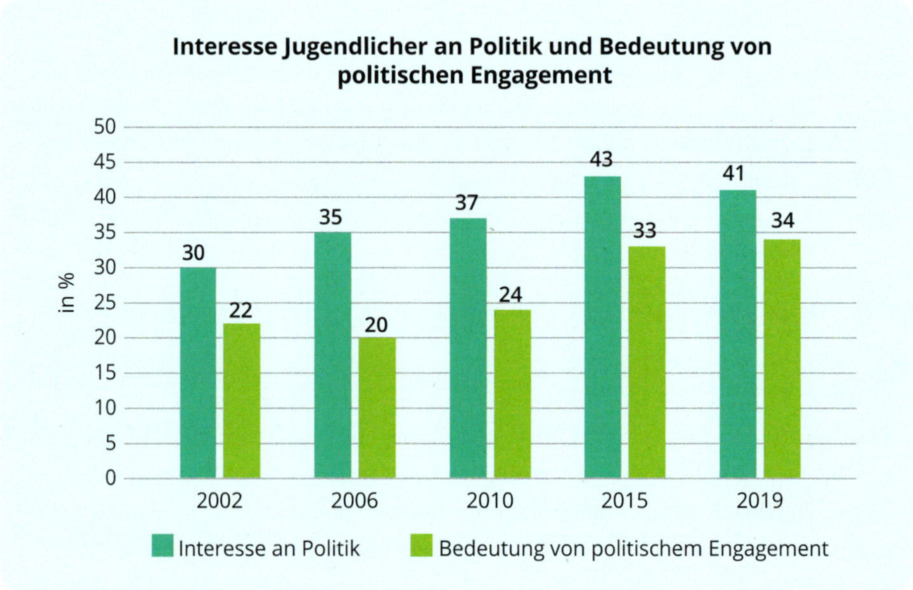

Daten: Shell Jugendstudie, Jugend 2019

Diagramme und Schaubilder mit Excel erstellen MK

Worum geht es?

Mithilfe eines Diagramms oder Schaubilds lassen sich Zahlenreihen oder prozentuale Verteilungen anschaulich darstellen. Eine graphische Darstellung macht die Information für den Betrachter leichter verständlich. Excel hilft dir dabei.

Geht dabei so vor:

1. Schritt: Notiere die Werte einer Umfrage in Excel

Als erstes benötigst du Werte für dein Diagramm. In einer Umfrage, z. B. an deiner Schule, ermittelst du diese Werte. Erstelle nun zu jeder Frage deiner Umfrage eine kleine Tabelle. Es genügt, die Frage in Spalte A und die Werte daneben in Spalte B zu notieren.

2. Schritt: Suche einen Diagramm-Typ zur Darstellung aus

Markiere die Werte der Tabelle und wechsle oben zur Registrierkarte „Einfügen“ und suche die Kategorie „Diagramme“. Hier findest du eine Vielzahl von Diagrammen wie beispielsweise Säulen-, Torten-, Ring- oder Balkendiagramme. Entscheide dich für einen Diagramm-Typ und wähle diesen mit einem Klick aus.

3. Schritt: Erstelle das Diagramm und bearbeite es

Die markierten Werte werden nun als Diagramm dargestellt. Die Grafik ist an dieser Stelle beendet, kann aber auch jederzeit noch von dir bearbeitet werden. Daten ändern: Um dem Diagramm weitere Zahlen hinzuzufügen, musst du auf die Tabelle klicken und das blau erscheinende Rechteck vergrößern. Nun kannst du die Tabelle um weitere Infos ergänzen.

Ansicht einer Excel-Tabelle mit Diagramm

70052-126

AUFGABEN

1. Urteilt spontan: Welche Art von politischem Engagement haltet ihr für sinnvoll (**M9**)?
2. a) Beschreibe die in **M10** genannten Formen des sozialen und ökologischen Engagements von Jugendlichen.
   b) Nenne weitere Beispiele aus deinem Freundes- und Bekanntenkreis.
3. a) Gestalte auf der Basis von **M11** eine eigene Wortwolke mit den Anliegen, für die du dich gern engagierst oder engagieren würdest.
   b) Vergleicht eure Wortwolken in Kleingruppen.
4. a) Analysiere die Einstellungen Jugendlicher zu Politik (**M12**).
   b) Führt eine Umfrage zum politischen Interesse in eurem Schuljahrgang durch und ermittelt die Werte für das Interesse an Politik.
   c) Erstellt daraus ein Diagramm und vergleicht eure Werte mit den Werten „Interesse an Politik“ im Diagramm in **M12** (**Methode: Diagramme und Schaubilder mit Excel erstellen**).

H zu Aufgabe 3a
Die für dich wichtigsten Anliegen sollen besonders groß oder auch fett gestaltet werden.

F zu Aufgabe 3
Wähle ein Anliegen aus deiner eigenen Wortwolke und schreibe einen kurzen Redebeitrag zum Thema: „Warum lohnt es sich / lohnt es sich nicht, mich für ... zu engagieren.

H zu Aufgabe 4b
Mögliche Fragen zum Ankreuzen: „Ich bin politisch interessiert.“
„Ich finde es wichtig, mich persönlich zu engagieren.“

Parteien: lästig oder unverzichtbar für unsere Demokratie?

Lina würde gerne beim nächsten Schulsauflug zum Stand-Up-Paddling an den Baggersee, Emre viel lieber in den Klettergarten und Liv zum Minigolfen. Die Abstimmung gewinnt Emre. Im anschließenden Gespräch wird deutlich, dass er viele Mitschüler schon vor der Diskussion in der Klasse überzeugt hat.

M13 Parteien in Deutschland

Geschichte der Parteien
→ Kapitel 8.3

a) Weshalb entstanden Parteien?

Die ersten Parteien bildeten sich bereits um 1848 im Deutschen Bund. In der Paulskirche in Frankfurt trafen sich Menschen mit unterschiedlichen Interessen und Forderungen. Sie schlossen sich zu drei Parteien zusammen: die Konservativen, die Liberalen und die Demokraten und arbeiteten eine Verfassung aus. Schnell merkten sie, dass es als Partei einfacher war, die gemeinsamen Ziele durchzusetzen. Heutzutage gibt es in Deutschland um die 120 Parteien. Menschen, die gleiche politische Ziele und Interessen verfolgen, können sich zu Mitgliedern in einer Partei zusammenschließen.

b) Welche Aufgaben haben Parteien?

In einer Partei legen die Mitglieder politische Ziele fest. Diese Ziele der Partei stehen im Parteiprogramm. Die Menschen sollen über die Ziele und Meinungen zu bestimmten Themen informiert werden. Beim Wahlkampf helfen die Parteimitglieder, Broschüren zu verteilen und Wahlplakate aufzuhängen. Somit können sich die Menschen eine eigene Meinung über die Partei machen. Die Partei schlägt für die Wahlen in Deutschland Personen als Kandidatinnen und Kandidaten auf. Je mehr Personen aus einer Partei gewählt werden, desto besser können die Ideen und Vorschläge der Partei umgesetzt werden.

c) Wie kann man eine Partei gründen oder ihr beitreten?

Jeder hat die Möglichkeit eine Partei zu gründen oder einer Partei beizutreten. Die Partei braucht eine Mindestanzahl von Mitgliedern und muss öffentlich tätig werden. Jugendliche können auch Mitglied einer Partei werden. Das Eintrittsalter liegt abhängig von der Partei zwischen 14-16 Jahren. Jugendliche sind nach dem Bürgerlichen Gesetzbuch nur „beschränkt geschäftsfähig". Sie brauchen für die Mitgliedschaft die Einwilligung der Eltern, da es sich um regelmäßige Beitragszahlungen handelt. Die Parteien müssen sich jedoch an Regeln halten. Die Parteien dürfen zum Beispiel nicht das Ziel haben, die Demokratie in Deutschland zu gefährden oder abzuschaffen (siehe Artikel 21 des Grundgesetzes).

M14 Parteien in der Demokratie: Pro und Kontra

Ohne Parteien gibt es keine Wahlen und keine Demokratie. Daher brauchen sie finanzielle Unterstützung durch den Staat.

Die Politiker in den Parteien denken nur an Geld und Macht. Bei einem Skandal versuchen sie sich herauszureden.

Wer ist noch bereit, sich zu engagieren? Parteimitglieder stehen im Verdacht Karriere machen zu wollen.

Die Parteipolitiker werden von den Medien nicht immer fair behandelt. Kleine Fehler werden als große Skandale hervorgehoben.

Jeder kann Mitglied einer Partei werden. Die Parteimitglieder möchten jedoch keine Funktionen und Ämter übernehmen.

Die Parteien spiegeln die vielfältigen Meinungen in unserer Demokratie. Sie wirken bei der politischen Meinungsbildung der Bevölkerung mit.

Parteien kontrollieren die Regierung, sie kritisieren und entwickeln politische Alternativen.

AUFGABEN

1. a) Erkläre, weshalb Emre mit seiner Idee erfolgreicher war als seine Mitschülerinnen (Einleitungstext).
   b) Begründe, inwiefern Emre wie eine Partei gehandelt hat (**M13a**).
2. Beschreibe, welche Aufgaben Parteien in der Demokratie zu erfüllen haben (**M13b**, **M14**).
3. Um eure politischen Ziele besser verwirklichen zu können, wollt ihr einer Partei beitreten. Arbeitet hierzu in Kleingruppen zusammen.
   a) Arbeitet aus **M13** heraus, welche Punkte erfüllt werden müssen, um erfolgreich eine Partei zu gründen.
   b) Erläutert, wie ihr Mitglied einer Partei werden könnt (**M13b**).
   c) Sammelt anschließend Themen, die ihr in der Partei ansprechen wollt.
4. a) Ordne die Aussagen über Parteien in einer Tabelle nach positiven und negativen Aspekten.
   b) Sind Parteien lästig oder unverzichtbar? Diskutiert gemeinsam, welche Auswirkungen ein Aussterben der Parteien haben könnte (**M13-M14**).

F zu Aufgabe 3a
Nimm dir ein Grundgesetz zur Hand oder rufe es online auf und sieh dir den Artikel 21 an. Wann gelten Parteien als „verfassungswidrig“, also nicht zulässig?

H zu Aufgabe 3c
Welche Interessen wollt ihr vertreten? Welche Ziele wollt ihr in der Zukunft erreichen?

Warum sind Wahlen wichtig?

Das Recht, dass die Menschen durch Wahlen ihre Interessen und Meinungen zum Ausdruck bringen können, ist für uns heute selbstverständlich. Doch dieses Wahlrecht erkämpften sich die Bürgerinnen und Bürger hart. Warum ist demnächst auch deine Stimme bei Wahlen wichtig?

M15 Warum eigentlich wählen?

Die Abgeordneten sollte man aus der Bevölkerung auslosen und zur Mitarbeit verpflichten.

Die Leute interessieren sich doch gar nicht für Politik – warum sollen sie dann wählen gehen?

Mit meiner Stimme kann ich die Zukunft des Landes mitbestimmen. Dafür sind Wahlen doch da.

Wählen sollten nur diejenigen, die gut informiert sind und die Wahlprogramme kennen.

Wählen gehen oder nicht – ist doch egal, wir ändern eh' nichts.

Einfach dem Wahllokal fernzubleiben, finde ich eine undemokratische Einstellung.

Nach: Bundeszentrale für politische Bildung: Wahlzeit! Warum wählen? 56 Thesen- und Spielkarten, 01.09.2009

M16 Wie wird der Landtag gewählt?

Wenn ihr schon 18 seid, mindestens 16 Tage in Nordrhein-Westfalen wohnt und die deutsche Staatsbürgerschaft besitzt: Dann dürft ihr wählen gehen.
Jeder Wahlberechtigte hat zwei Stimmen. Mit der Erststimme wird ein Wahlkreiskandidat einer Partei gewählt. In den 128 Wahlkreisen in NRW wird je eine Person direkt gewählt. Gewählt ist, wer die meisten Stimmen erhält (einfache Mehrheit). Alle direkt gewählten Kandidaten ziehen in jedem Fall in den Landtag ein. Mit der Zweitstimme wählt man eine Parteiliste. Maßgeblich für das Gesamtverhältnis der Parteien im Landtag ist die Zweitstimme. Nach der Wahl wird zuerst ermittelt, wie hoch der verhältnismäßige Anteil der Parteien an den abgegebenen gültigen Zweitstimmen ist. Nur Parteien, die mindestens 5 % der Stimmen erhalten, kommen in den Landtag. Insgesamt sind 199 Sitze zu vergeben. Alle fünf Jahre dürfen die Wahlberechtigten bestimmen, wer für sie im Landtag sitzen soll. Allerdings gehen nicht alle wählen: Bei der letzten Wahl am 14. Mai 2017 gab es zum Beispiel nur eine Wahlbeteiligung von 65,2 Prozent. Bei der letzten Landtagswahl hatte keine der Parteien genügend Stimmen, um allein zu regieren. Denn um alleine regieren zu können, muss man mehr als 50 Prozent der Sitze haben. Ist das nicht der Fall, wird ein Partner benötigt: Parteien bilden dann Koalitionen. Die CDU holte sich also einen Koalitionspartner ins Boot: die FDP.

Fünf Fraktionen
bilden den aktuellen Landtag in NRW. Das sind Gemeinschaften von Abgeordneten mit der gleichen politischen Haltung.

Opposition
Parteien, die im Parlament in der Minderheit sind und im Landtag aktuell nicht die Regierung bilden. Sie kontrollieren und kritisieren die Regierung und machen Lösungsvorschläge.

Koalition
Verbindung, Vereinigung, Zusammenschluss. Wir alle gehen in unserem Leben viele Koalitionen ein: auf dem Schulhof, im Klassenzimmer, im Sportverein.

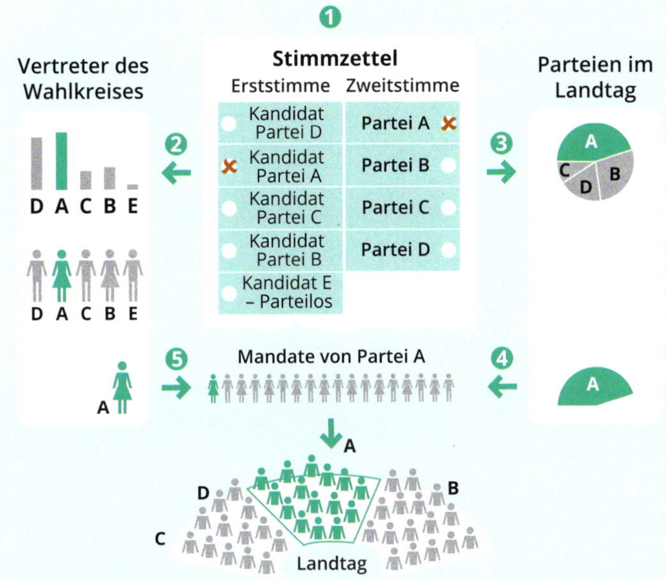

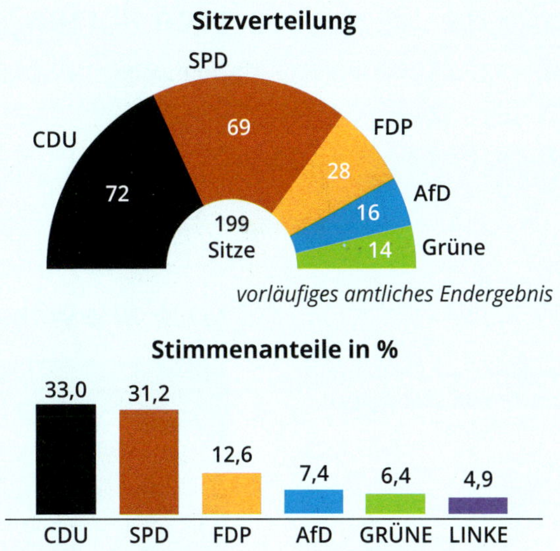

links: Grafik zum Wahlsystem
rechts: Ergebnis der Landtagswahl 2017

LANDESREGIERUNG

Jedes Bundesland in Deutschland hat eine eigene Regierung. Die Landesregierung besteht aus dem Ministerpräsidenten und den Landesministern.

Jedes Ministerium ist für ein bestimmtes Aufgabengebiet zuständig (z.B. Finanzen, Umwelt, Familien oder Wissenschaft und Forschung). Die Landesregierung ist im Bundesrat vertreten und bildet die sogenannte „Exekutive".

Landtagswahlen einfach erklärt

70052-127

AUFGABEN

1. a) Positionsspiel: Sucht euch spontan die Aussage aus, die euch am meisten anspricht und positioniert euch an der entsprechenden Stelle im Klassenraum (**M15**)

b) Tauscht euch innerhalb der „Positionsgruppe" aus und diskutiert über eure gemeinsame Aussage.

c) Sucht euch einen Partner aus einer anderen „Positionsgruppe" und diskutiert eure verschiedenen Aussagen.

2. Arbeitet zu zweit. Formuliert jeweils fünf Fragen und Antworten zum Wahlystem für den Landtag in NRW und beantwortet sie gegenseitig (**M16**).

3. a) Erläutere, welche Parteien seit der letzten Wahl im Landtag sitzen und wie sich die Regierungskoalition zusammensetzt (**M16**).

b) Zeige auf, welche Parteien in der Opposition sind.

4. Nimm erneut Stellung zur folgenden Position: „Wählen gehen oder nicht - ist doch egal, wir ändern eh' nichts."

Eine Positionslinie bilden
→ Methodenglossar

H zu Aufgabe 2
Verwende die Begriffe: Stimmzettel, Erststimme, Zweitstimme, Wahlkreis, direkt gewählt, Landtag, Parteien.

F zu Aufgabe 3
Recherchiere im Internet, wie die einzelnen Ministerinnen und Minister der Landesregierung heißen und für welche Ministerien sie verantwortlich sind. Erstelle dazu eine Tabelle.

Sollten auch 16-Jährige an Landtagswahlen teilnehmen dürfen?

Du möchtest auch darüber entscheiden, wie unsere Gesellschaft in 20 Jahren aussehen soll? Zählt deine Stimme schon oder bist du noch zu jung? Die Fridays for Future-Bewegung zeigt, dass Jugendliche politisches Interesse zeigen und sich mit wichtigen Themen, wie dem Klimawandel und dem Umweltschutz auseinandersetzen. Soll das Wahlalter für Landtagswahlen in NRW gesenkt werden?

Verschiedene Positionen zum Thema „Wählen ab 16“ im Video

70052-128

M17 Die Wählerinnen und Wähler von morgen?

Schülerinnen und Schüler bei einer „Fridays for Future“-Demonstration in Köln im Herbst 2019

M18 Voraussetzungen für die Ausübung des Wahlrechts

Wahlberechtigte müssen in der Lage sein, selbstständig eine überlegte Entscheidung zu treffen. Deshalb wird ein bestimmtes Wahlalter festgelegt. Das allgemeine Wahlalter ist in Deutschland im Grundgesetz (Artikel 38) auf 18 Jahre (Alter der Volljährigkeit) festgelegt. Diese Altersgrenze gilt sowohl für das aktive Wahlrecht (selbst wählen zu dürfen), als auch für das passive Wahlrecht (zu kandidieren und gewählt werden zu können). Nach schweren Straftaten kann das Gericht einer Bürgerin oder einem Bürger das Wahlrecht entziehen. Analphabeten oder Personen, die wegen einer körperlichen Behinderung den Stimmzettel nicht selbst abgeben können, dürfen sich von einer anderen Person helfen lassen. Eine weitere Voraussetzung für die Ausübung des Wahlrechts ist die deutsche Staatsbürgerschaft.

Wählen ab 16 in Deutschland

Stand: 2021

M19 Sollten auch 16-Jährige an Landtagswahlen teilnehmen dürfen?

16-Jährige sind noch nicht richtig politisch informiert und daher auch nicht in der Lage, sich ein fundiertes Urteil zu bilden. Sie lassen sich leichter beeinflussen und manipulieren. Das könnte dazu führen, dass sie extreme Positionen befürworten. Das hätte negative Folgen für die Stabilität unserer Demokratie.

Ob jemand politisch informiert ist, hat nichts mit dem Alter zu tun. Auch Erwachsene sind manipulierbar und können zu extremen Positionen tendieren. An Jugendlichen sollte deshalb kein höherer Maßstab gesetzt werden. Deshalb sollten in einer Demokratie Jugendliche so früh wie möglich beteiligt werden.

Durch das aktive Wahlrecht werden die Interessen der Jugendlichen berücksichtigt und die Politikverdrossenheit unter jungen Menschen wird abnehmen. Wer in den politischen Entscheidungsprozess mit einbezogen wird, der weiß, dass er etwas bewegen kann, und entwickelt wiederum ein größeres Interesse an Politik.

Jugendliche fühlen sich selbst für Wahlentscheidungen nicht reif genug. Viele sind sich unsicher, da sie nicht das Gefühl haben, ausreichend informiert zu sein, um eine Entscheidung treffen zu können. Je wichtiger die Wahl empfunden wird, umso größer ist die Zurückhaltung.

Wer wählen darf, sollte auch volljährig sein. Wer volljährig ist, hat die volle Verantwortung für sein Handeln und die Konsequenzen. Dasselbe gilt für die Wahlentscheidung. Jugendliche sind sich auch darüber noch nicht im Klaren und müssen es auch nicht. Das ist nicht Teil der Kindheit und der Jugend.

Jugendliche haben Interessen, die von Erwachsenen kaum oder gar nicht vertreten werden. Ihnen über die Wahl die Möglichkeit zu geben, diese auszudrücken, wäre ein Zeichen dafür, dass man diese Interessen ernst nimmt.

Gloe, Markus: Wählen ab 16? Argumente dafür und dagegen, in: Politik & Unterricht, Heft 2/3-2018 „Demokratie (er-)leben gestalten - handeln", S. 37, www.politikundunterricht.de, Abruf am 27.01.22

AUFGABEN

1. Sollten auch 16-Jährige an Landtagswahlen teilnehmen? Führt hierzu zunächst ein Ampelspiel durch (**M17**).
2. Lest **M18** und prüft die folgenden Aussagen auf ihre Richtigkeit. Korrigiert sie bei Bedarf:
   a) In Deutschland ist das allgemeine Wahlalter einheitlich bei 18 Jahren festgelegt.
   b) Personen, die nicht lesen und schreiben können, haben kein Wahlrecht.
3. Ordnet die Argumente als Pro- oder Kontra-Argument ein (**M19**) und führt eine Pro-Kontra-Diskussion durch (**Methode: Eine Pro-Kontra-Diskussion durchführen**).
4. Führt eine zweite Abstimmung durch. Warum bist du (nicht) bei deiner Meinung geblieben? Welche Argumente haben dich besonders überzeugt?

Ein Ampelspiel durchführen
→ Methodenglossar

H zu Aufgabe 3
Findet jeweils zwei weitere Pro- und Kontra Argumente zur Frage in **M19**.

Eine Pro-Kontra-Diskussion führen

Worum geht es?

Bei der Pro-Kontra-Diskussion handelt es sich um eine Diskussionsform, die formal nach genau festgelegten Regeln abläuft. Die Pro- und Kontra-Gruppen diskutieren mit dem Ziel, die Mehrheitsverhältnisse jeweils zu ihren Gunsten zu verändern. Am Anfang und am Ende einer Pro-Kontra-Diskussion steht eine Abstimmung. Das Ziel der Pro-Kontra-Diskussion ist es, möglichst viele Standpunkte zu einer Frage kennen zu lernen und so die eigene Urteilsgrundlage zu erweitern.

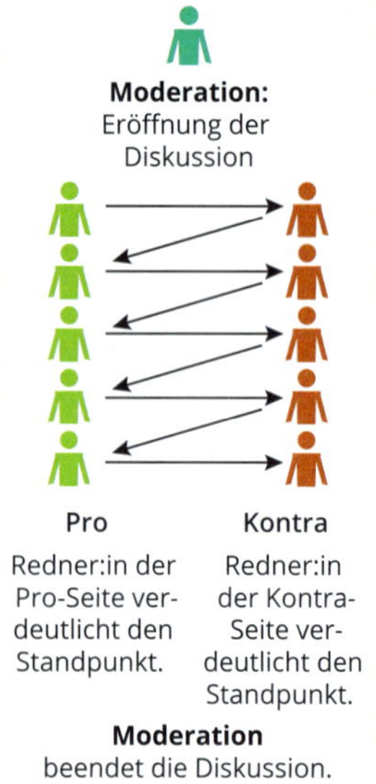

Geht dabei so vor:

1. Schritt: Stimmungsbild erheben und Vorbereitung

1. Führt zur Entscheidungsfrage eine erste Erhebung des Stimmungsbildes durch.
2. Teilt die Klasse in zwei etwa gleich große Gruppen ein. Eine Gruppe übernimmt die Pro-, die andere die Kontra-Position.
3. Bereitet euch in den Gruppen mithilfe der Materialien des Kapitels (ggf. auch mittels weiterer Recherchen) auf die Diskussion vor.
4. Wählt ca. 4-5 Personen aus beiden Gruppen, die an der Diskussion teilnehmen.
5. Wählt einen Moderator bzw. eine Moderatorin, die kurz in die Thematik einführt und für einen ordnungsgemäßen Ablauf sorgt.

Gesprächsregeln für die Diskussion:
- Die Beiträge sollen sich auf das Thema beziehen.
- Die Argumente müssen sachlich bleiben.
- Die Beiträge sollen nicht persönlich oder beleidigend werden.
- Die Beiträge müssen immer begründet sein mit Beispielen, Fakten, Daten.
- Lasse eine Position ungestört vortragen, auch wenn du anderer Meinung bist.

2. Schritt: Durchführung

1. Beide Gruppen sitzen sich (ähnlich wie im britischen Unterhaus) gegenüber.
2. Die Moderation eröffnet die Diskussion und fordert pro Gruppe eine Rednerin oder einen Redner auf, ihre/seine Position kurz zu verdeutlichen.
3. Im weiteren Verlauf wechseln sich die Rednerinnen und Redner der beiden Gruppen nach jedem Redebeitrag ab. Die Moderation führt eine Rednerliste, auf der Meldungen der Reihe nach notiert werden und ruft auf.

3. Schritt: Zweite Abstimmung und Auswertung

1. Am Ende der Diskussion erfolgt eine zweite Abstimmung, bei der jeder seine eigene (nun vielleicht veränderte) Meinung vertreten kann.
2. Danach wird das Abstimmungsverhalten ausgewertet: Was hat euren Meinungswandel verursacht? Welche Argumente haben euch besonders überzeugt? Warum seid ihr (nicht) bei eurer Meinung geblieben?
3. Die Teilnehmer erhalten abschließend eine Rückmeldung zu ihrer Argumentationsleistung von den Beobachtern.

Bearbeiterin, basierend auf: Sabine Achour, u. a., Methodentraining für den Politikunterricht, Bonn 2020

MITBESTIMMUNG IN UNSERER DEMOKRATIE

DEMOKRATIE

Kapitel 11.1, M1-M3, M13-M19

Der Begriff Demokratie kommt aus dem Griechischen und bedeutet Herrschaft des Volkes. In Deutschland gibt es die Demokratie seit 1949, zuvor gab es sie bereits einmal von 1918 bis 1933. Alle Bürgerinnen und Bürger haben in einer Demokratie die gleichen Rechte und Pflichten. Über sie herrscht kein Kaiser, König oder General. Alle Menschen dürfen ihre Meinung frei sagen, sich versammeln, sich informieren. Es gibt unterschiedliche Parteien, die euch in Parteiprogrammen über ihre Vorstellungen und Ideen informieren. In einer Demokratie wählen Bürgerinnen und Bürger Personen und Parteien, die in den Bundestag einziehen.
Die Abgeordneten im Bundestag wählen dann die Bundeskanzlerin / den Bundeskanzler. Diese Herrschaftsform nennt sich repräsentative Demokratie. Und wenn die Regierung ihre Arbeit nicht zur Zufriedenheit seiner Bürger erledigt, kann das Volk bei der nächsten Wahl jemand anderen wählen. Eine Gefahr für die Demokratie ist, wenn nur wenige Menschen wählen, da so auch wenige darüber entscheiden, was passiert. Demokratie braucht jedoch viele Menschen, die sich einmischen, sich aktiv beteiligen und mitentscheiden.

FÖDERALISMUS

Kapitel 11.1, M7-M8

Die Bundesrepublik Deutschland besteht aus 16 Bundesländern, 13 Flächenländern und drei Stadtstaaten. Die Bundesländer sind gleichberechtigte Gliedstaaten mit eigenen Rechten und Kompetenzen. So hat jedes Bundesland eine eigene Landeshauptstadt, ein eigenes Landesparlament und eine eigene Landesregierung mit einem Ministerpräsidenten / einer Ministerpräsidentin an der Spitze. Die Zuständigkeiten für politische Aufgaben teilen sich Bund und Länder auf. Wer welche Aufgabenbereiche übernimmt, ist im Grundgesetz festgelegt. So bestimmt der Bundestag in Berlin über die Politikbereiche, die die gesamte BRD betreffen, z. B. über die Außen- und Finanzpolitik. Die Bundesländer entscheiden aber z. B. über die Politikbereiche Bildung und Kultur. Deshalb spricht man auch von „Bildungsföderalismus".

POLITISCHE BETEILIGUNG

Kapitel 11.1, M9-M19

Die Bürgerinnen und Bürger der Bundesrepublik Deutschland können sich auf vielfältige Weise politisch engagieren. Man kann sich an öffentlichen Debatten beteiligen (Internetforen, Leserbriefe, Podiumsdiskussionen), Vereine und Bürgerinitiativen gründen oder ihnen beitreten, sich in Parteien engagieren oder an Demonstrationen teilnehmen. Auch soziales Engagement in Vereinen und der Freizeit kann dazu gerechnet werden. Die wichtigste Beteiligungsform bleibt jedoch die Teilnahme an Wahlen. Eine Demokratie braucht engagierte Bürger, die von der Demokratie überzeugt sind und sich für sie einsetzen.

11.2 Grundrechte in unserer Demokratie – wie gefährdet sind sie?

Grundrechte – wie betreffen sie deinen Alltag?

Jeder Mensch besitzt in unserem Land Grundrechte. Diese Grundrechte werden auch Freiheitsrechte genannt, weil es die Freiheit des Einzelnen gegenüber dem Staat und der Gesellschaft festlegt.

M1 Grundrechte in Alltagssituationen:

Fall 1

In der letzten Zeit gibt es in der Klasse 8c häufig Streit, [da sich einzelne] Cliquen gebildet haben [...]. Die Konflikte spitzen sich so zu, dass peinliche Fotos Einzelner, die auf der letzten Klassenparty aufgenommen worden waren, in ein soziales Netzwerk gestellt werden, um die jeweiligen Gegenspieler zu schädigen.

Fall 2

Vor einem Einkaufsmarkt in [Dortmund] [...] sitzen zwei Frauen mit Kopftuch und unterhalten sich. Zwei Jugendliche kommen hinzu und fordern die beiden auf, die Bank zu räumen, denn mit Kopftüchern hätten sie hier in der Öffentlichkeit nichts zu suchen.

Fall 3

Malina (16) hat sich für einen Aushilfsjob in einer Druckerei beworben. Im Bewerbungsgespräch teilt ihr der Chef mit, dass seine Druckerei auf dem absolut neuesten technischen Stand sei, man für diese Aushilfstätigkeit viel technisches Verständnis mitbringen müsse und er an eine männliche Aushilfe gedacht hatte.

Fall 4

Ein schwerer Verkehrsunfall mit Toten und Verletzten hat sich ereignet. Reporter kommen an den Ort und fotografieren die Szenerie.

Hecht, Dörthe: Entscheidungsspiel: Grundrechte berührt? Politik betrifft uns, 3/2013, S. 5

GRUNDRECHTE

Die Grundrechte stehen ganz zu Beginn des Grundgesetzes in den Artikeln 1-19. Sie dürfen in ihrem Wesen nicht verändert oder gar entfernt werden.

Die Grundrechte lassen sich unterteilen in Menschen- und Bürgerrechte. Die Menschenrechte gelten für alle Menschen. Die Bürgerrechte gelten für Menschen mit deutscher Staatsbürgerschaft. Die Verpflichtung des Staates, die Grundgesetze einzuhalten und zu schützen, gibt uns Rechtssicherheit: Alle staatlichen Eingriffe müssen eine gesetzliche Grundlage haben und sämtliche Entscheidungen müssen von unabhängigen Gerichten überprüft werden können.

M2 Die Grundrechte im Überblick

©Bergmoser + Höller Verlag AG, Zahlenbilder 60 110

AUFGABEN

1. a) Entscheide spontan mit deinem Lernpartner, ob die Handlungen in den Fällen 1-4 (**M1**) rechtens sind.
b) Erkläre die Bedeutung der Grund- und Freiheitsrechte für jeden einzelnen Bürger (**M2**, **#Grundrechte**).
c) Begründet eure Entscheidungen aus Aufgabe 1a mit den entsprechenden Grundrechtsartikeln (**M2**). Nutzt hierzu auch Auszüge aus dem Grundgesetz. Achtung: In manchen Fällen können auch mehrere Grundrechte betroffen sein.

2. a) Erstelle ein Ranking mit den für dich wichtigsten fünf Grundrechten aus **M2**. Beginne dabei mit dem für dich wichtigsten Grundrecht.
b) Diskutiert und begründet eure Wahl mithilfe von Beispielen.

H zu Aufgabe 1c
Bitte euren Lehrer/eure Lehrerin, euch ein Grundgesetz zu geben oder nutzt den QR-Code.
70052-129

Gleiches Recht für alle – eine Selbstverständlichkeit?

Die Grundrechte gelten für jeden Bürger in Deutschland, egal ob Mann oder Frau, schwarz oder weiß, egal welcher Religion man zugehört. Ein Blick in die Geschichte zeigt, dass sich bestimmte Gruppen diese Rechte erst erkämpfen mussten. Wie konnten sie sich durchsetzen?

M3 Stimmen gegen das Frauenstudium

1895 werden über 100 deutsche Professoren gefragt, was sie von einem Frauenstudium halten. Auszüge aus den Zuschriften:

„Unsere Universitäten sind Männeruniversitäten und in ihrem ganzen inneren Leben dem männlichen Geiste angepasst."
(Otto von Gierke, Jurist)

„Amazonen sind auch auf geistigem Gebiet naturwidrig."
(Max Planck, Physiker)

„Dass das weibliche Geschlecht in Bezug auf geistige Produktivität durchschnittlich weniger gut veranlagt ist als das männliche, darüber kann kaum ein Zweifel bestehen."
(Emanuel Mendel, Psychiater)

Zitiert nach: Löhr, Brigitte (Hg.): Frauen in der Geschichte. Grundlagen – Anregungen – Materialien für den Unterricht, Bd. 1, Tübingen 1993, S. 158 ff.

M4 Zur rechtlichen Stellung der Frau in Deutschland

a) Das BGB von 1900

Im Bürgerlichen Gesetzbuch (BGB), das 1900 in Kraft tritt, heißt es:

§ 1354. Dem Manne steht die Entscheidung in allen das gemeinschaftliche eheliche Leben betreffenden Angelegenheiten zu; er bestimmt insbesondere Wohnort und Wohnung. [...]
§ 1356. Die Frau ist, unbeschadet der Vorschriften des § 1354, berechtigt und verpflichtet, das gemeinschaftliche Hauswesen zu leiten. Zu Arbeiten im Hauswesen und im Geschäfte des Mannes ist die Frau verpflichtet, soweit eine solche Tätigkeit, nach den Verhältnissen, in denen die Ehegatten leben, üblich ist.

b) Neuere Auszüge aus dem BGB

Erst ab den 50er Jahren wird der § 1356 im BGB geändert:

1958: Die Frau führt den Haushalt in eigener Verantwortung. Sie ist berechtigt, erwerbstätig zu sein, soweit dies mit ihren Pflichten in Ehe und Familie vereinbar ist.
1977: Die Ehegatten regeln die Haushaltsführung im gegenseitigen Einvernehmen. Ist die Haushaltsführung einem der Ehegatten überlassen, so leitet dieser den Haushalt in eigener Verantwortung. Beide Ehegatten sind berechtigt, erwerbstätig zu sein. Bei der Wahl und Ausübung einer Erwerbstätigkeit haben sie auf die Belange des anderen Ehegatten und der Familie die gebotene Rücksicht zu nehmen.

Erster Text zitiert nach: Conrad, Anne / Michalik, Kerstin (Hg.): Quellen zur Geschichte der Frauen, Bd. 3, Stuttgart 1999, S. 136 f.; zweiter Text zitiert nach: http://lexetius.com/ BGB/1356 und www.buergerliches-gesetzbuch.info/bgb/1356.html, Abruf am 20.07.2021

M5 Der lange Weg zum Frauenwahlrecht in Deutschland

Die Frauenrechtlerin Louise Otto-Peters hatte schon 1848/49 die Erziehung der Frau zu selbstständiger wirtschaftlicher Arbeit gefordert. Sie beteiligte sich 1865 an der Gründung des *Allgemeinen Deutschen Frauenvereins* (ADF), dessen Ziel es war, „alle der weiblichen Arbeit im Weg stehenden Hindernisse" auszuräumen. Weitere bürgerliche Frauenvereine entstanden, die sich vorrangig für eine bessere Bildung der Mädchen einsetzten. 1894 schlossen sie sich zum *Bund Deutscher Frauenvereine* (BDF) zusammen, um die rechtliche, berufliche und wirtschaftliche Stellung der Frauen zu verbessern. Die sozialistische Frauenbewegung wiederum forderte u.a. den Schutz der Arbeiterinnen, die Abschaffung der Kinderarbeit, mehr Mitbestimmung und – wie der BDF – gleiche Löhne für Frauen und Männer. Politisch einflussreich konnte die Frauenbewegung erst werden, nachdem 1908 das Verbot politischer Frauenvereine weitgehend aufgehoben worden war und sich die Frauen international organisierten. Erst nachdem 1918 eine Revolution das Kaiserreich beseitigt hatte, erreichten die deutschen Frauen das Wahlrecht.

„Heraus mit dem Frauenwahlrecht ..."
Plakat (83 x 60 cm) von Erich Maria Stadler, 1914
Der Berliner Polizeipräsident hielt die Schlagzeile für eine Beleidigung der Obrigkeit und verbot die Plakatierung.

AUFGABEN

1. a) Beschreibe, welche Vorurteile gegenüber Frauen noch Ende des 19. Jahrhunderts vorherrschten (**M3**, **M4**).
   b) Nimm Stellung zu den Aussagen der Professoren (**M4**).
2. Wie gelang es den Frauen in Deutschland mehr Rechte zu erlangen? Arbeitet zu zweit.
   a) Arbeitet aus **M4a** und **M5** heraus, welche Rechte den Frauen bis ins 20. Jahrhundert hinein verwehrt blieben.
   b) Stellt die unterschiedlichen Ziele und Forderungen der Frauenbewegungen dar (**M5**).
   c) Erläutert, welche Veränderungen herbeigeführt werden konnten (**M4b**, **M5**).
3. Diskutiert im Plenum, ob die Frauenbewegungen aus heutiger Sicht ihre Ziele erreicht haben.

F Recherchiere zu anderen Bürgerrechtsbewegungen in der Geschichte, z. B. zur Bürgerrechtsbewegung in den USA. Welche Rechte wurden den Schwarzen dort verwehrt und wie konnten sie ihre Ziele erreichen? Nutze hierzu den QR-Code.

70052-130

Darf der Staat in der Krise Grund- und Freiheitsrechte einschränken?

Pandemie
weltweite (Infektions-) Krankheit, die sich in kurzer Zeit stark verbreitet

Während der Corona-Pandemie wurden ab März 2020 wichtige Freiheitsrechte der Bürger in Deutschland vorübergehend eingeschränkt. Bald regte sich erster Widerstand gegen die Maßnahmen.

M6 Unser Leben in Zeiten der Corona-Pandemie

22.11.2020, Berlin, auf einer Demonstration gegen die Corona-Maßnahmen

Geschlossenes Geschäft in Köln, Frühjahr 2020

Zu anderen Menschen musste wann immer möglich ein Mindestabstand eingehalten werden.

Einige Nachbarländer, aber auch Bundesländer hatten ihr Grenzen geschlossen, wie hier Schleswig-Holstein, Frühjahr 2020.

M7 Innere Sicherheit oder Freiheit? Begründungen für die Einschränkung der Grundrechte

Um die Ausbreitung von gefährlichen Krankheiten wie COVID-19 zu verhindern, darf der Staat einige Grundrechte vorübergehend beschränken. Erlaubt sind diese zeitlich begrenzten Einschränkungen durch das Infektionsschutzgesetz (IfSG). Hier werden unterschiedliche Schutzmaßnahmen zur Seuchenbekämpfung geregelt. Die Sicherheit des Landes und das Recht bisher nicht infizierter Dritter auf Leben und körperliche Unversehrtheit (Art. 2

Grundgesetz) steht hier den Freiheitsrechten der Bürger gegenüber.
Der Staat darf Grundrechte aber nur einschränken, wenn dies verhältnismäßig ist. Die Maßnahmen werden also geprüft, ob sie a) **geeignet** (die Einschränkung der Pressefreiheit wäre ungeeignet, weil sich dadurch nicht weniger Menschen anstecken), b) **erforderlich** (Wissenschaftler halten Mindestabstand und Mundschutz für erforderlich, Waldspaziergänge sind hingegen unbedenklicher) und c) **angemessen** (im April 2020 durften trotz Infektionsrisikos Geschäfte geöffnet bleiben, die Lebensmittel und Medikamente verkaufen) sind.

M8 Eingeschränkte Grundrechte

Grundrechte	Einschränkungen während der Corona-Pandemie
Artikel 2 (GG): Freiheit der Person (1) Jeder hat das Recht auf die freie Entfaltung seiner Persönlichkeit [.] (2) Jeder hat das Recht auf Leben und körperliche Unversehrtheit. Die Freiheit der Person ist unverletzlich.	Kinos, Theater, Museen blieben lange Zeit geschlossen; Chöre und Vereinssport durften nicht stattfinden.
Artikel 8 (GG): Versammlungsfreiheit (1) Alle Deutschen haben das Recht, sich ohne Anmeldung oder Erlaubnis friedlich und ohne Waffen zu versammeln.	Demonstrationen durften nur stattfinden, wenn die Corona-Regeln eingehalten wurden.
Artikel 11 (GG): Grundgesetz: Freizügigkeit *(= man darf seinen Aufenthaltsort frei wählen)* (1) Alle Deutschen genießen Freizügigkeit im ganzen Bundesgebiet.	Grenzen von Ländern (Frankreich, Schweiz) und sogar zu anderen Bundesländern (z. B. Schleswig-Holstein) wurden geschlossen.
Artikel 12 (GG): Recht auf Berufsfreiheit (1) Alle Deutschen haben das Recht, Beruf, Arbeitsplatz und Ausbildungsstätte frei zu wählen.	Im März/April 2020 mussten viele Geschäfte und Gaststätten schließen, Beschäftigte konnten ihren Beruf nicht ausüben.

AUFGABEN

1. a) Beschreibe die Einschränkungen aus dem März 2020 (**M6**).
   b) Ordnet den Bildern (**M6**) passende Grundrechte (**M8**) begründet zu.
2. Erläutere die Begründungen, mit denen im März 2020 verschiedene Grundrechte außer Kraft gesetzt wurden (**M7**).
3. a) Arbeite heraus, welche Grundrechte sich in der Pandemie gegenseitig beschränkten (**M7, M8**).
   b) Überprüfe, ob die Grundrechtseinschränkungen zu Beginn der Corona-Pandemie im März 2020 verhältnismäßig waren (**M7, M8**).

H zu Aufgabe 1a
Vergleicht eure Erfahrungen in der Coronakrise in Kleingruppen. Wie habt ihr diese Zeit mit eingeschränkten Freiheitsrechten erlebt?

Medien – schützen oder gefährden sie unsere Demokratie?

Über Medien erfährst du, was in unserer Gesellschaft passiert. Sie bilden also eine wichtige Voraussetzung für politische Beteiligung. Du informierst dich wahrscheinlich oft über soziale Medien. Welche Chancen und Gefahren hiervon aus?

M9 Freie und vielfältige Medien – Grundlage der Demokratie

Medien sind ein zentraler Baustein einer Demokratie. Die Freiheit der Meinungsäußerung und die Möglichkeit an die Öffentlichkeit zu gehen, bilden eine zentrale Voraussetzung für politische Beteiligung. Die Qualität einer Demokratie wird unter anderem daran gemessen, wie frei die Presse und die Medien in ihr handeln können. Ebenso wichtig ist ein vielfältiges Medienangebot, das viele unterschiedliche Interessen und Standpunkte widerspiegelt. Neben den Aufgaben der Unterhaltung und Bildung haben Medien insbesondere die folgenden vier Funktionen in demokratischen Systemen:

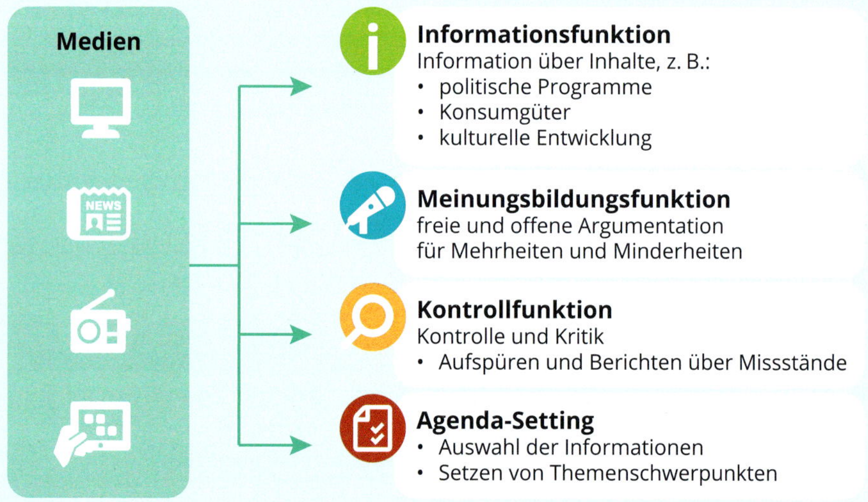

Die Angaben wurden zusammengestellt von Olaf Selg; Lizenz: Creative Commons by-nc-nd/3.0/de; Bundeszentrale für politische Bildung, 2014, www.bpb.de

#

VIERTE GEWALT

Die „Vierte Gewalt" ist ein feststehender Ausdruck für die Medien im politischen System.

Offiziell sind die Medien kein Bestandteil der Gewaltenteilung, nehmen aber doch eine wichtige Rolle ein, da sie das politische Geschehen durch Berichterstattung beeinflussen und kontrollieren können.

M10 Youtube – ein Medium für politische Bildung?

Das Video „Die Zerstörung der CDU" des Youtubers Rezo erzielte im Jahr 2019 mehr als 16 Millionen Aufrufe. Damit war es der erfolgreichste Beitrag auf der Plattform in diesem Jahr. In dem Video kritisiert Rezo die Politik der Regierung. Er wirft der Regierung zum Beispiel vor, nicht genug gegen den Klimawandel zu tun, Menschen mit viel Geld zu bevorzugen und keine Ahnung beim Thema Internetpolitik zu haben. Mittlerweile hat Rezo viele weitere Videos veröffentlicht – unter anderem auch eines in dem er die Medien selbst kritisiert. Durch Plattformen wie Youtube oder andere soziale Medien kann jeder Nutzer Inhalte verbreiten. Einige – wie Rezo – erreichen so ein sehr großes Publikum. Oft sind Beiträge in den sozialen Medien kurzweilig und lustig aufbereitet, denn so werden sie öfter geteilt. Bei politischen Themen werben sie besonders oft für eine bestimmte Sichtweise. Damit helfen sie, dass man sich eine Meinung bilden kann.

Videos von Rezo: „Die Zerstörung der CDU" und „Die Zerstörung der Presse"

70052-131

M11 Gefährden Fake News die Demokratie?

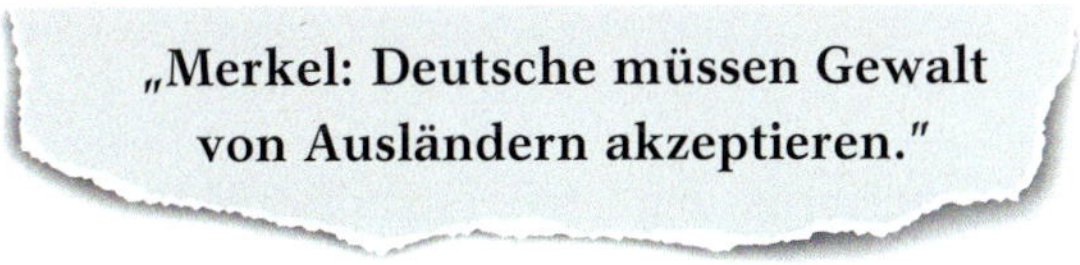
„Merkel: Deutsche müssen Gewalt von Ausländern akzeptieren."

[Fake News] sind eine Gefahr für die Demokratie, weil sie das Vertrauen in die Medien aushöhlen, zu Verunsicherung und sogar zur Destabilisierung einer Gesellschaft führen können. Die Medien sind ein wichtiger Ausgleich zu den drei Gewalten im Staat. Sie beobachten Politiker und Institutionen. Wenn den Medien nicht mehr vertraut wird, fehlt eine wichtige Kontrollinstanz [...]. Und Fake News [...] können auch zu Gewalttaten führen und dazu, dass sich die Stimmung gegen bestimmte Bevölkerungsgruppen oder Einzelpersonen aufheizt.

Kuhla, Karoline: Fake News, „Eine Gefahr für die Demokratie", www.tagesspiegel.de, 9.10.2017

Erklärung zur Schlagzeile
Die Schlagzeile ist eine Falschmeldung, die Kanzlerin hat dies nie gesagt. Aber zehntausende Nutzer sozialer Medien haben diese „Fake News" geteilt. Nutzer verlassen sich auch oft darauf, dass alles schon stimmt, weil es Freunde geteilt haben.

Fake News
Fake News sind in den Medien, besonders in den sozialen Medien, verbreitete Falschmeldungen mit der Absicht, Meinungen zu manipulieren.

AUFGABEN

1. a) Erstelle eine Mindmap zum Thema „Aufgaben der Medien in der Demokratie" (**M9**).
b) Erläutere, weshalb Medien auch als vierte Gewalt bezeichnet werden (**#Vierte Gewalt**).

2. a) Arbeitet zu zweit. Teilt euch die Texte (**M10**, **M11**) auf. Notiert in einer Tabelle, welche Chancen und Gefahren soziale Medien für die Demokratie bedeuten können.
b) Tauscht euch gegenseitig aus und ergänzt euren Tabelleneintrag um weitere Chancen und Gefahren.

3. Beurteilt die Leitfrage: Medien – schützen oder gefährden sie die Demokratie?

Mindmap
→ Methodenglossar

Diskriminierung und Rassismus – wie gefährden sie unseren gesellschaftlichen Zusammenhalt?

Immer öfter kommt es durch Vorurteile im Alltag zu Ausgrenzungen und rassistischen Beleidigungen. Fußballspiele beendete man, da Mitspieler aufgrund ihrer Hautfarbe oder Herkunft beleidigt wurden. Hast du auch schon mitbekommen, wie jemand aufgrund seiner Hautfarbe, Herkunft oder Ähnliches ausgegrenzt wurde?

M12 Alltagserfahrungen in Deutschland?

In der Antidiskriminierungsstelle des Bundes wurden folgende Szenen häufig beschrieben:

Szene 1:
Du bist eine Bewerberin / ein Bewerber für einen Bürojob mit einem türkisch klingenden Namen und bekommst kein Vorstellungsgespräch, obwohl du bei identischem Lebenslauf unter einem deutschen Namen mehrere Angebote erhalten würdest.

Szene 2:
Deine Freundinnen und Freunde kommen problemlos in den Club. Der Türsteher lässt dich aber nicht in den Club, weil du nicht typisch deutsch aussiehst oder mit Akzent sprichst.

Szene 3:
Ihr seid Eltern aus einem arabischsprachigen Land und findet für euch und eure drei Kinder eine passende Wohnung. Von der Hausverwalterin wird euch jedoch mitgeteilt, dass ihr nicht einziehen könnt, weil man sich Sorgen um eure Kinder mache. Im Haus und in der Nachbarschaft gäbe es Nachbarn, die sich in der Vergangenheit über „Ausländer" und „ausländische Kinder" beschwert hätten.

Film Rassismus begegnen

70052-132

RASSISMUS

Rassismus bedeutet, dass Menschen in feste Gruppen („Rassen" oder „Kulturen") eingeteilt und anhand angeblicher körperlicher oder kultureller Merkmale (z. B. Haarfarbe, Sprache, Religion) negativ beurteilt und behandelt werden.
Der Mensch wird also nicht individuell gesehen, sondern ihm werden aufgrund von Abstammung, Herkunft oder Hautfarbe bestimmte Verhaltensweisen zugeordnet, die ihn als minderwertig einstufen. Rassisten behaupten, dass die eigene „Rasse" höherwertig sei und dazu berechtigt, die anderen zu unterdrücken oder im Extremfall sogar zu ermorden. Die vermeintliche Existenz menschlicher Rassen ist aber längst widerlegt.

M13 Selbst schuld, wenn man etwas gegen sie hat...?

Zustimmungen und Ablehnungen von Aussagen zur gruppenbezogenen Menschenfeindlichkeit im Jahr 2014 (Angaben in Prozent)

Ich stimme ...	... überhaupt nicht zu	... eher nicht zu	... eher zu	... voll und ganz zu
Die meisten Langzeitarbeitslosen sind nicht wirklich daran interessiert, einen Job zu finden.	21,3	34	26,7	18,1
Durch die vielen Muslime hier fühle ich mich manchmal wie ein Fremder im eigenen Land.	44,3	24,2	15,7	15,8
Die meisten Obdachlosen sind arbeitsscheu.	37	42,1	14,4	6,5
Es ist ekelhaft, wenn Homosexuelle sich in der Öffentlichkeit küssen.	63,3	16,5	8,3	12
Es leben zu viele Ausländer in Deutschland.	36,5	26,4	20,2	16,9
Wenn Arbeitsplätze knapp werden, sollte man die in Deutschland lebenden Ausländer wieder in ihre Heimat zurück schicken.	53,9	27,9	10	8,2
Juden haben in Deutschland zu viel Einfluss.	63,4	23	8,5	5,2
Ich hätte Probleme damit, wenn sich Sinti und Roma in meiner Gegend aufhalten.	43,3	25,6	18,9	12,2

Klein, Anna/Groß, Eva/Zick, Andreas: Menschenfeindliche Zustände. In: Zick, Andreas/Klein, Anna: Fragile Mitte – Feindselige Zustände. Rechtsextreme Einstellungen in Deutschland 2014. Herausgegeben für die Friedrich-Ebert-Stiftung von Ralf Melzer. Bonn: Verlag J.H.W. Dietz Nachf. GmbH 2014, S. 67 f. (Auszug)

M14 Black Lives Matter – Diskriminierung auch bei uns?

Black Lives Matter Demonstration am 17.06.2020 in New York, USA

Am 25.5.2020 wurde in Minneapolis in den USA der 46-jährige Afroamerikaner George Floyd durch eine gewaltsame Festnahme von vier Polizeibeamten getötet. Ein Polizist hatte neun Minuten auf der Brust von Floyd gekniet, der daran erstickte. Unter dem Motto „Black lives matter" oder „I can't breathe" protestierten Menschen daraufhin weltweit gegen Rassismus und Diskriminierung (Benachteiligung). In den USA kam es zu Toten, als rassistische Befürworter auf Demonstranten der Black Lives Matter - Bewegung schossen. In der Shell Jugendstudie von 2015 zeigte sich, dass sich fast die Hälfte aller Jugendlichen mit Migrationshintergrund bei uns aufgrund ihrer Herkunft diskriminiert fühlt: fast ein Drittel aufgrund der Hautfarbe, jede vierte Person wegen ihrer Religion.

DISKRIMINIERUNG

Diskriminierung bedeutet die Benachteiligung und Herabsetzung von Menschen oder Gruppen, weil sie zum Beispiel eine andere Herkunft, eine andere Hautfarbe oder eine andere Religion als die Mehrheit haben. Dies nennt man auch gruppenbezogene Menschenfeindlichkeit.
Diskriminierende Äußerungen führen zu Erniedrigung, Beleidigung und Ausgrenzung ganzer Gruppen, die mit uns zusammenleben. Institutionelle Diskriminierung meint die dauerhafte Benachteiligung dieser Gruppen im Umgang mit Organisationen und Behörden (wie z. B. Schule oder Polizei). Hierfür sind häufig gesellschaftliche Vorurteile verantwortlich.

M15 Was ist Antirassismus?

Als Antirassismus bezeichnet man verschiedene Ansätze, um rassistischen Einstellungen und Handlungen gegenüberzutreten. Menschen, die für den Antirassismus kämpfen, setzen sich dafür ein, dass alle Menschen gleichberechtigt behandelt und nicht aufgrund von Hautfarbe, Religion, Ethnie oder anderen Merkmalen diskriminiert werden. Viele Menschen besitzen Vorurteile über andere Gruppen von Menschen. Deshalb gehört es auch zu einer antirassistischen Einstellung, eigene Vorurteile gegenüber „andersartigen" Gruppen von Menschen zu überprüfen und zu korrigieren. Ebenso sollte jeder Mensch als Individuum gesehen werden und nicht vorschnell einer bestimmten Gruppe zugeordnet werden.

AUFGABEN

1. a) Beschreibt zu zweit, wie ihr euch als Betroffene in den Szenen 1-3 (**M12**) fühlen würdet.
   b) Erklärt, welche Vorurteile in **M12** eurer Meinung nach existieren.
   c) Begründet mithilfe des Begriffskastens (**#Rassismus**), warum es sich in **M12** um rassistische Diskriminierungen handelt.
2. a) Benenne die in **M13** genannten gesellschaftlichen Gruppen und diskutiert in der Klasse eure Haltung zu den Aussagen.
   b) Sammelt zu zweit Argumente und Fakten gegen euch bekannte Vorurteile gegenüber diesen Gesellschaftsgruppen.
3. Nenne Gründe für die weltweiten Demonstrationen (**M14**).
4. Arbeitet auf Basis von **M15** in Kleingruppen Beispiele aus, wie ihr euch im Alltag gegen Diskriminierung und Rassismus einsetzen könnt.
5. In deiner Schule leben und arbeiten viele unterschiedliche Menschen (z. B. Menschen unterschiedlicher Hautfarbe oder Religion, Menschen mit Behinderung, Mädchen und Jungen) zusammen in einer Gemeinschaft. Diskutiert im Plenum, welche Chancen, aber auch welche Herausforderungen sich hierdurch ergeben.

H zu Aufgabe 4
Orientiert euch dabei an folgenden Leitfragen:
- Wie könnt ihr Vorurteilen in der Schule gegenübertreten?
- Wie könnt ihr andere vor Diskrimnierung schützen?

Warum ist Zivilcourage für eine Demokratie wichtig?

Das Wort Courage kommt aus dem Französischen und bedeutet „Mut". Es gehört Mut dazu, sich gegen andere zu stellen und sich für Menschen in Bedrängnis, Schwächere und Minderheiten einzusetzen. Was kannst du tun bei rassistischen und diskriminierenden Äußerungen, Hassreden und womöglich körperlichen Übergriffen?

M16 Wie würdest du reagieren?

Fall 1

Ein Junge mit Migrationshintergrund sitzt auf den Stufen eines Museums. Zwei andere Jugendliche gehen laut redend auf ihn zu. Im Gespräch hörst du rassistische Beleidigungen, obwohl die Jugendlichen den sitzenden Jungen offensichtlich nicht kennen. Die beiden beginnen den Jungen zu schubsen. Du beobachtest mit einem Freund die Szene. Die beiden Jugendlichen wirken kräftig und aggressiv auf dich.

Fall 2

In der Nachbarwohnung ist eine junge Familie mit einem fünfjährigen Kind eingezogen. Du hörst das Kind öfter schreien und die Mutter laut schimpfen. Du hast den Verdacht, dass die Mutter ihr Kind auch schlägt.

Nach: Gugel, Günther: Zivilcourage. Bundeszentrale für politische Bildung (Hg.): Themenblätter im Unterricht (Nr. 108). September 2017, S. 10

 # ZIVILCOURAGE

Zivilcourage bedeutet, dass man aktiv Diskriminierung und Rassismus entgegentritt. Es geht dabei darum, sich für die Rechte aller einzusetzen und nicht darum, seine eigenen Interessen durchzusetzen. Jemand, der Zivilcourage zeigt, mischt sich in Konflikte ein und meldet sich zu Wort.
Bei Zivilcourage geht es auch darum, dass man sich als Bürgerin oder Bürger in einer Demokratie für die Werte unserer Gesellschaft und gegen Ungerechtigkeiten einsetzt. Menschen, die zivilcouragiert handeln, handeln aus Überzeugung um die Werte in unserem Grundgesetz.

M17 Kommentare von Bloggern zu Zivilcourage

Einige Blogger äußern sich im Internet zu ihrer Einstellung hinsichtlich Zivilcourage:

Was ist ein Held, der sein ganzes weiteres Leben tot sein wird? [...] Nein, ich würde definitiv nicht eingreifen und kann es auch niemandem empfehlen.

Aber was, wenn ich selbst der Angegriffene bin? Der bedroht wird, von wem auch immer? Wünsche ich mir dann auch, dass alle wegschauen?

Ich würde Folgendes in Kauf nehmen, um anderen aus einer Notsituation zu helfen: Verschmutzung meiner Kleidung, eine körperliche Verletzung, einen finanziellen Nachteil, von Freundinnen verlassen werden, zu einer Geldstrafe verurteilt werden.

Nach: Gugel, Günther: Zivilcourage. Bundeszentrale für politische Bildung (Hg.): Zivilcourage, Themenblätter im Unterricht Nr. 108/2017, S. 10

M18 Schule ohne Rassismus

Schule ohne Rassismus – Schule mit Courage ist ein Projekt für Schulen. Es wendet sich gegen jede Form von Diskriminierung, Mobbing und Gewalt. Es ist das größte Schulnetzwerk in Deutschland.

Aus der Selbstverpflichtung: „Wenn an meiner Schule Gewalt, diskriminierende Äußerungen oder Handlungen ausgeübt werden, wende ich mich dagegen und setze mich dafür ein, dass wir in einer offenen Auseinandersetzung mit diesem Problem gemeinsam Wege finden, uns zukünftig zu achten."

Aktion Courage e.V.: Schule ohne Rassismus, Schule mit Courage, 10 Fragen – 10 Antworten, www.schule-ohne-rassismus.org, Abruf am 20.07.2021

AUFGABEN

1. a) Arbeitet in Kleingruppen zusammen. Beschreibt mögliche Verhaltensweisen bei den zwei Fallbeispielen (**M16**).
b) Begründet euer geplantes Vorgehen, indem ihr Vor- und Nachteile der Handlungsmöglichkeiten erläutert.
c) Erklärt mithilfe des Begriffskastens (**#Zivilcourage**) mögliche Motive für das Eingreifen.

2. a) Beschreibe die unterschiedlichen Einstellungen der Blogger (**M17**).
b) Vergleiche diese Einstellungen mit deinem möglichen Vorgehen in **M16**.
c) Diskutiert in der Klasse die Aussagen (**M17**) und begründet, was ihr in Kauf nehmen würdet, um Bedrängten in einer Notsituation beizustehen.

3. Diskutiert in der Klasse, ob ihr euch dafür einsetzen wollt, dass eure Schule eine „Schule ohne Rassismus – Schule mit Courage" (**M18**) werden soll.

GRUNDRECHTE UND GEFÄHRDUNGEN IN UNSERER DEMOKRATIE

GRUNDRECHTE UND GRUNDGESETZ

Kapitel 11.2, M1-M11

Das Grundgesetz (es wird oft mit GG abgekürzt) ist die Verfassung der Bundesrepublik Deutschland. Das Grundgesetz gibt es seit der Staatsgründung der Bundesrepublik Deutschland im Jahr 1949. In ihm stehen die allerwichtigsten „Spielregeln" für das Zusammenleben der Menschen in Deutschland. Vorher waren diese gleichen „Spielregeln" für alle keinesfalls klar und mussten hart erkämpft werden. Alle Behörden, Gerichte, alle Bürgerinnen und Bürger müssen sich daran halten. Kein Gesetz, das in unserem Land gilt, darf dem Grundgesetz widersprechen. Im Grundgesetz stehen wichtige Grundrechte für alle Menschen in Deutschland. Sie dürfen nicht verändert oder gar entfernt werden. Diese Rechte erklären die Freiheiten der einzelnen Bürgerinnen und Bürger gegenüber dem Staat und werden deshalb auch Freiheitsrechte genannt. Die Gleichberechtigung von Mann und Frau, die freie Meinungsäußerung sowie Religions- und Versammlungsfreiheit der Bürgerinnen sind nur einige wichtige Grundsätze, die in Deutschland gelten. Während der Corona-Pandemie 2020 wurden wesentliche Grundrechte vorübergehend eingeschränkt.

DISKRIMINIERUNG

Kapitel 11.2, M12-M15

Diskriminierung und Rassismus treten dann auf, wenn Menschen oder Gruppen von Menschen aufgrund ihrer Hautfarbe, ihrer Religion oder grundsätzlich ihrer angeblichen „Andersartigkeit" benachteiligt oder von bestimmten Dingen ausgeschlossen werden. Durch Vorurteile, die immer weiterverbreitet werden, besitzen einige Menschen von vornherein eine negative Meinung zu Menschen mit Migrationshintergrund oder mit einem anderen Aussehen – sie werden von ihnen ungerecht behandelt oder auch diskriminiert: Zum Beispiel werden dann Schüler:innen mit Migrationshintergrund aus einer Clique ausgeschlossen, aber auch Menschen mit „ausländisch" klingenden Namen bei Bewerbungen für einen Job oder bei der Wohnungssuche benachteiligt. Auch Frauen werden oft wegen ihres Geschlechts diskriminiert: Sie bekommen beispielsweise weniger Gehalt als männliche Kollegen für die gleiche Arbeit.

ZIVILCOURAGE

Kapitel 11.2, M16-M18

Als Bürgerin oder Bürger in einer Demokratie sollte man sich für die Grundrechte und Werte in seiner Gesellschaft einsetzen. Wenn jemand sich aktiv für diese Rechte einsetzt, zeigt er Zivilcourage. Oft kommt es dazu, dass Leute gar nichts machen, wenn jemand auf der Straße grundlos angegriffen oder beleidigt wird. Menschen, die mutig sind und sich aktiv gegen solche Angriffe einsetzen, zeigen Zivilcourage. Zivilcourage kannst du aber auch zeigen, wenn du jemanden unterstützt, der gerade in der Klasse grundlos ausgelacht wurde, oder wenn du klar Stellung beziehst und deine Meinung sagst, wenn jemand einen fremdenfeindlichen Witz erzählt.

Nachdem du das Kapitel „Mitbestimmung und Demokratie heute – gemeinsam schützen?“ bearbeitet hast, kannst du hier das Gelernte anwenden, dein Wissen prüfen und dir ein Urteil bilden.

M1 Worüber entscheidet das Bundesland?

Landesweites Azubi-Ticket kommt

Immer weniger Windräder in NRW genehmigt

Das Fach Informatik wird für die Erprobungsstufe in der G9 verpflichtend eingeführt.

Studiengebühren in NRW wieder abgeschafft

Radschnellwege in NRW müssen schneller ausgebaut werden!

Klimapaket der Bundesregierung im Bundesrat ausgebremst!

M2 Kinder an die Macht!

Wie lässt sich verhindern, dass vor allem die Jungen für die Pandemie und die Folgen bezahlen müssen? Den interessantesten Vorschlag macht ein Politiker, der dieses Jahr 80 wird.

Hermann Otto Solms, FDP-Finanzexperte und Ex-Bundestagsvizepräsident, will die Generation Corona mitbestimmen lassen. Er fordert: Runter mit dem Wahlalter auf null Jahre. Auf diese Weise könne man verhindern, dass die Politik weiter vor allem den Alten nachlaufe: „Das Ziel ist mehr Generationengerechtigkeit.“ [...] Solms lässt offen, wie das Wahlrecht ab Geburt genau ausgeübt werden soll. Eine Möglichkeit wäre, dass jedes Elternteil eine halbe Stimme extra bekommt, bis sich das Kind selbst in eine Wählerliste einträgt. Streitet sich die Brut darüber zu Hause mit den Eltern: umso besser. So schärft sich das politische Bewusstsein. Im Kinderwahlrecht steckt das Leitbild der Aufklärung.

Neubacher, Alexander: Kinder an die Macht!, www.spiegel.de, 29.05.2020

Podcast zum Thema Wahlrecht ab Geburt

70052-133

Online-Quiz zum Kapitel

82000-229

M3 Demokratie im Bild

Karikatur: Holger Appenzeller, 2007

Aufgaben

1. Entscheidung des Landes oder Bundes? Ordne zu, wer die Angelegenheit regeln soll (**M1**).

2. a) Arbeitet zu zweit Pro- und Kontra-Argumente zur folgenden Fragestellung aus **M2** heraus: Sollte es ein Wahlrecht ab Geburt geben?
b) Führt eine Pro- und Kontra-Diskussion zu dieser Fragestellung durch (**Methode: Eine Pro-Kontra-Diskussion durchführen**).
c) Nimm abschließend begründet Stellung zur Frage.

3. a) Beschreibe und erkläre das Bild und benutze dabei den Ausdruck politische Beteiligung (**M3**).
b) Begründe mit Beispielen, warum politische Beteiligung so wichtig für unsere Demokratie ist.
c) Stell dir vor, in der Karikatur würde statt dem Wort „Demokratie" das Wort „Macht" stehen. Erkläre nun das Bild und benutze dabei den Ausdruck Gewaltenteilung.

4. Wie kannst du dich engagieren und dabei helfen, unsere Demokratie und Mitbestimmung zu schützen?
a) Suche dir eine der Möglichkeiten aus **M10**, Kap.11.1 zur Mitbestimmung heraus.
b) Arbeite eine inhaltliche Ausrichtung für deine Möglichkeit der Mitbestimmung aus. Möchtest du dich beispielsweise für eine vielfältige Gesellschaft einsetzen oder auf das Problem des Klimawandels aufmerksam machen?
c) Erstelle einen Flyer, der deine wichtigsten Forderungen zum Schutz unserer Grundrechte und unserer Demokratie zusammenfasst.

Tabelle zur Selbsteinschätzung

70052-134

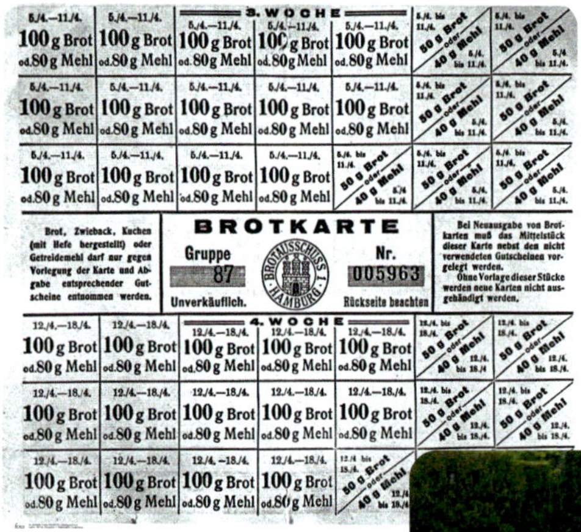

Lebensmittelkarte 1918

Deutsche Soldaten und Maultier mit Gasmasken

Soldatenfriedhof des Ersten Weltkriegs in Verdun. Mehr als 200 000 Soldaten sind in Verdun begraben.

Deutsche Propagandakarte: „Jeder Schuß – ein Russ'! Jeder Stoß – ein Franzos'! Nun woll'n wir sie mal dreschen!"

Was weißt du schon?

1. Der Erste Weltkrieg liegt zwar schon mehr als 100 Jahre zurück, hat aber seine Spuren bis heute hinterlassen. Wo ist er dir schon einmal begegnet?
2. Beschreibt die Bilder zu zweit und fasst zusammen, was sie über den Krieg erzählen.
3. Sammelt Fragen und Vermutungen im Plenum, die ihr zum Ersten Weltkrieg habt.

12

#1914 – stürzt Europa in den Abgrund?

Für viele Zeitgenossen kam der Krieg im Jahre 1914 wohl nicht überraschend. Zu sehr hatten die Spannungen zwischen den europäischen Staaten seit Beginn des 20. Jahrhunderts zugenommen. Am Ende des Krieges hatten ca. 10 Millionen Soldaten ihr Leben verloren, die Zahl der zivilen Opfer wird auf 7 Millionen geschätzt – ein ungeheurer Blutzoll. Die staatlichen Verhältnisse in Europa veränderten sich danach grundlegend und die europäischen Staaten verloren ihre Vormachtstellung in der Welt.
Wie konnte es zu diesem Krieg kommen? Und was machte ihn so anders als die vorherigen Kriege?

Was lernst du in diesem Kapitel?

... zwischen Anlass und Ursachen des Ersten Weltkriegs zu unterscheiden.
... das Handeln der verantwortlichen Politiker und Militärs in der sog. Julikrise zu beurteilen.
... den Charakter eines „industrialisierten Krieges“ zu beschreiben.
... die Folgen des Krieges für Soldaten und Zivilbevölkerung darzustellen.
... Feldpostbriefe als wichtigstes Kommunikationsmittel der Soldaten auszuwerten.
... die besondere Bedeutung des Jahres 1917 zu erläutern.
... die Suche nach Frieden am Ende des Krieges zu beurteilen.
... Formen der Erinnerung an den Ersten Weltkrieg zu bewerten.

Einen Podcast zu den Erlebnissen der Soldaten im Ersten Weltkrieg erstellen

Worum geht es?

Feldpostbriefe waren im Ersten Weltkrieg die einzige Möglichkeit für die Soldaten mit Familie und Freundinnen und Freunden in der Heimat in Kontakt zu bleiben. Sie wurden kostenlos transportiert, unterlagen allerdings der Militärzensur. Diese Briefe können uns Auskunft darüber geben, wie die Soldaten den Krieg erlebt haben bzw. welches Bild vom Krieg sie entstehen lassen wollten. In einem Podcast könnt ihr diese Erlebnisse lebendig werden lassen.

Start

Geht dabei so vor:

1

Findet euch in Kleingruppen von je 3-4 Schülerinnen und Schülern zusammen und tauscht euch über eure Vorstellungen aus, was der Krieg für die Menschen bedeutet hat.

2

Erarbeitet euch zunächst die Inhalte des Kapitels, damit ihr die Feldpostbriefe einordnen könnt. Besonders wichtig sind hierbei vor allem folgende Inhalte:

- Anlass und Ursachen des Krieges (→ Kap. 12.1, M1-M5, #Julikrise)
- Front und „Heimatfront" (→ Kap. 12.2, M2, M6-M8, #Heimatfront),
- Besonderheiten des Krieges im Vergleich zu anderen Kriegen (→ Kap. 12.2, M1, M4, M5)
- Bedeutung des Jahres 1917 und Kriegsende (→ Kap. 12.3, M1-M10)

3

Entwickelt zwei bis drei Fragen, die ihr mithilfe von Feldpostbriefen beantworten wollt (z. B. Wie sah das Leben im Schützengraben aus?).

4

Eignet euch die Methode „Feldpostbriefe auswerten" an (→ Kapitel 12.2). Über die Feldpost könnt ihr euch außerdem mithilfe eines Videos im nebenstehenden QR-Code informieren.

Die Feldpostbriefe: Video und Online Sammlung zahlreicher Briefe

70052-135

5

Über den QR-Code bei Schritt 4 findet ihr zahlreiche Feldpostbriefe, die ihr mithilfe der „Themen“ durchsuchen könnt. Wenn ihr dort z. B. das Stichwort „Stellungskrieg/Schützengraben“ sucht, werden alle Briefe angezeigt, die darüber Auskunft geben können. Zu den einzelnen Briefen gibt es außerdem eine „biografische Skizze“, sodass ihr etwas über den Verfasser in Erfahrung bringen könnt. Von manchen Verfassern gibt es auch mehrere Briefe. Untersucht die Briefe mithilfe der Methode Feldpostbriefe auswerten und formuliert Antworten auf eure gesammelten Fragen. Vergleicht eure Ergebnisse mit euren Vorstellungen aus Schritt 1.

Ziel

6

Erstellt auf Basis eurer Ergebnisse einen Podcast. Der Podcast sollte vor allem über die Geschehnisse während des Krieges aufklären. Deshalb könnt ihr beispielsweise auch ausgewählte Feldpostbriefe bzw. Abschnitte daraus selbst einsprechen. Nutzt die Methode im QR-Code, um einen Podcast zu erstellen.

Methode: Einen Podcast aufnehmen

70052-136

12.1 Wie kam es zum Ersten Weltkrieg?

Europa in der Krise – Aufrüstung und Bündnispolitik

Mit der Gründung des Deutschen Reiches 1871 entstand eine neue europäische Großmacht – neben Frankreich, Großbritannien, Österreich-Ungarn und Russland. Was bedeutete das für Frieden und Stabilität in Europa?

M1 Fehlt Deutschland ein „Platz an der Sonne"?

Platz an der Sonne
Metapher für das Streben des Deutschen Reiches zu einer Weltmacht zu werden

Deutsche Reichs-Colonial-Uhr, Metallschild aus dem Jahr 1904

Bismarck errichtete ein System von Bündnissen mit den anderen europäischen Großmächten, das dazu dienen sollte, einen großen Krieg zu verhindern und Frankreich zu isolieren. Nach Bismarcks Entlassung 1890 setzte Wilhelm II. einen „neuen Kurs" um. Bestehende Bündnisse wurden geprüft, ob sie der nun angestrebten Weltgeltung („Platz an der Sonne") des Reiches dienlich waren. So wurde der 1887 geschlossene „Rückversicherungsvertrag" mit Russland nicht erneuert. „Deutschlands Zukunft liegt auf dem Meer", hatte der Kaiser 1896 verkündet. Um die weltpolitischen Ziele zu erreichen, wurde der Bau einer mächtigen KriegsŁotte vorangetrieben. Dies verhinderte allerdings eine Annäherung an Großbritannien. In der Folge änderte sich das europäische Bündnissystem grundlegend.

M2 Muss Deutschland größer werden?

Staatssekretär des Auswärtigen
Heute würden wir von einem Außenminister sprechen.

modifiziert
abgeändert, verändert

Der Staatssekretär des Auswärtigen Bernhard von Bülow (1900 – 1909) äußert sich am 11. Dezember 1899 im Reichstag zu den Ansprüchen des Deutschen Reichs:

Es ist Zeit, es ist hohe Zeit, dass wir gegenüber der [...] veränderten Weltlage, im Hinblick auf die inzwischen erheblich modiızierten Zukunftsaussichten uns klar werden über die Haltung, die wir einzunehmen haben [...] Untätig beiseite stehen, wie wir das früher oft getan haben, [...] träumend beiseite stehen, während andere Leute sich den Kuchen teilen, das können wir nicht und wollen wir nicht. Wir können das nicht aus dem einfachen Grunde, weil wir jetzt Interessen haben in allen Weltteilen [...]. Die rapide Zunahme unserer Bevölkerung, der beispiellose Aufschwung unserer Industrie, die Tüchtigkeit unserer KauŁeute, kurz die gewaltige Vitalität des deutschen Volkes haben uns in die Weltwirtschaft verŁochten und in die Weltpolitik hineingezogen. Wenn die Engländer von einem Greater Britain reden, wenn die Franzosen sprechen von einer Nouvelle France [wörtlich: neues Frankreich], wenn die Russen sich Asien erschließen, haben auch wir Anspruch auf ein größeres Deutschland.

Bayerische Staatsbibliothek: Stenographische Berichte über die Verhandlungen des Deutschen Reichstags, 1898/1900, www.reichstagsprotokolle.de, Bd. 4, Berlin 1900, S. 3292 f.

M3 „Eingekreist“ oder „ausgekreist“?

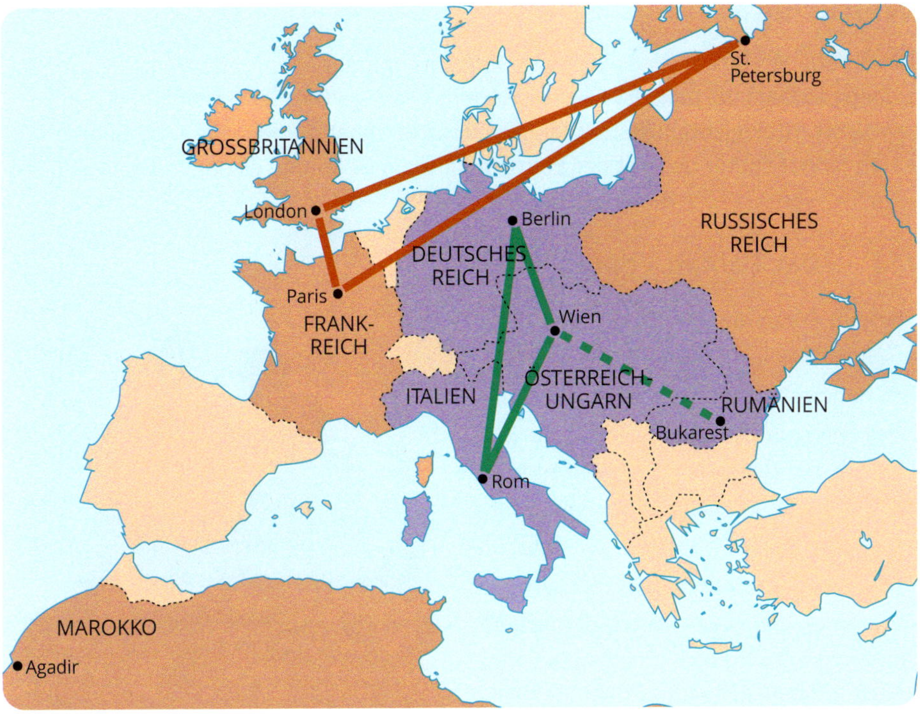

Bündnisse zwischen den Großmächten um 1910
Frankreich, Russland und Großbritannien waren ab 1907 in der Triple Entente (informelles Bündnis) verbündet. Das Deutsche Kaiserreich hatte mit Österreich-Ungarn und Italien den Dreibund geschlossen.

Rüstungsausgaben der europäischen Mächte

	1902	1913
F	954	1327
R	958	2050
GB	2002	1491
D	965	2111
Ö	378	721

Rüstungsausgaben in Millionen Mark

Erklärfilm zu den Bündnissen um 1900

70052-137

Karikatur zum Rüstungswettlauf

70052-138

AUFGABEN

1. a) Beschreibe das Bild der „Deutschen Reichs-Colonial-Uhr“ (**M1**).
   b) Erkläre mithilfe des Textes, inwiefern das Bild für einen Wandel in der Außenpolitik des Reiches steht (**M1**).
2. Arbeitet zu zweit und analysiert die Rede Bülows: Welche Ansprüche erhebt er und wie begründet er sie (**M2**)?
3. Diskutiert in der Klasse: Wie könnte die Rede Bülows in Paris, London und St. Petersburg aufgenommen worden sein?
4. Untersuche, wie sich die Rüstungsausgaben entwickelt haben (**M3 Randspalte**).
5. a) Werte die Karte zu den Bündnissen um 1900 aus (**M3**).
   b) Im Deutschen Reich war von „Einkreisung“ die Rede, im Ausland sprach man eher von „Auskreisung“. Diskutiert in der Klasse, was für die eine oder andere Sichtweise spricht (**M3**).

F Werte die Karikatur zum Rüstungswettlauf aus.

H **zu Aufgabe 5a**
Sieh dir zunächst zum besseren Verständnis den Erklärfilm zu den Bündnissen um 1900 an (QR-Code).

Der Weg in den Krieg – warum führt ein Attentat zum Weltkrieg?

Der offene Wagen muss an einer Straßenbiegung anhalten, da nimmt das Unglück seinen Lauf: Am 28. Juni 1914 erschießt der 19-jährige Bosnier Gavrilo Princip in Sarajewo den österreichischen Thronfolger Franz Ferdinand und seine Frau Sophie. Nur einen Monat später beginnt der Erste Weltkrieg. Wie konnte es dazu kommen?

M4 Der Balkan – ein Pulverfass?

Balkan
Der Balkan reicht vom heutigen Slowenien, Kroatien und Rumänien bis nach Griechenland.

Die zunehmende Schwäche des Osmanischen Reiches, das bisher die Region beherrscht hatte, sowie nationale Bestrebungen der Völker auf dem Balkan führten dazu, dass bis 1913 in kriegerischen Auseinandersetzungen mehrere unabhängige Staaten entstanden. Die neuen Grenzziehungen bargen viele KonŁikte, Serbien wollte z. B. die südslawischen Völker in einem Staat vereinen. Gleichzeitig hatten europäische Großmächte ihre Hand im Spiel. Das galt vor allem für Österreich-Ungarn, ein Vielvölkerstaat mit ofiziell 11 Nationalitäten. Die Staatsführung fürchtete ein Auseinanderbrechen des Staates, sollten sich die Unabhängigkeitsbestrebungen verstärken. 1908 hatte Österreich-Ungarn deshalb bereits ohne Rechtsgrund die Provinz Bosnien-Herzegowina mit der Hauptstadt Sarajewo in sein Reich eingegliedert. 40 % der dortigen Bevölkerung waren Serben. Russland hingegen verstand sich als Schutzmacht aller Slawen und unterstützte Serbien. Deutschland stand auf der Seite Österreich-Ungarns als seinem wichtigsten Bündnispartner. Dem Attentat folgte die sogenannte Juli-Krise.

„Der kochende Kessel“, Karikatur aus der britischen Zeitschrift „Punch“, 1912
Die Figuren stehen von links nach rechts für die fünf europäischen Großmächte Russland, Großbritannien, Deutschland, Frankreich und Österreich-Ungarn.

Gesandter
Vertreter eines Staates bei einem anderen; heute sprechen wir von einem Botschafter.

M5 Wer hat die Zündschnur in der Hand?

Die Regierung in Wien machte Serbien für das Attentat verantwortlich und stellte der serbischen Regierung ein Ultimatum. Großbritannien versuchte, in dem KonŁikt zu vermitteln, während Russland sich hinter Serbien stellte und Frankreich zu seinem Bündnis mit Russland stand. Eine entscheidende Rolle spielte also die Frage, welche Haltung das Deutsche Reich in dieser Situation einnehmen würde.

Am 5. Juli 1914 telegraphierte der österreichisch-ungarische Gesandte Graf von Szögyényi an seinen Außenminister über ein Gespräch mit dem Deutschen Kaiser Wilhelm II.: „Als ich nochmals den Ernst der Situation mit allem Nachdruck betonte, ermächtigte mich seine Majestät, unserem Allergnädigsten Herrn zu melden, dass wir [...] auf die volle Unterstützung Deutschlands rechnen können [...]. Insbesondere gelte dies betreffend eine Aktion unsererseits gegenüber Serbien. Nach seiner Meinung muss aber mit dieser Aktion nicht zugewartet werden. Russlands Haltung werde jedenfalls feindselig sein, doch sei er hierauf schon seit Jahren vorbereitet und sollte es sogar zu einem Krieg zwischen Österreich-Ungarn und Russland kommen, so könnten wir davon überzeugt sein, dass Deutschland in gewohnter Bündnistreue an unserer Seite stehen werde. Russland sei [...] noch keineswegs kriegsbereit [...]. Doch werde es [...] am Balkan das Feuer schüren. Er begreife sehr gut, dass es Seiner k. und k. Apostolischen Majestät [Kaiser Franz Josef I.] bei seiner bekannten Friedensliebe schwerfallen würde, in Serbien einzumarschieren; wenn wir aber die Notwendigkeit einer kriegerischen Aktion gegen Serbien erkannt hätten, so würde er es bedauern, wenn wir den jetzigen, für uns so günstigen Moment unbenützt ließen."

Zitiert nach: Geiss, Immanuel: Juli 1914. Die europäische Krise und der Ausbruch des Ersten Weltkriegs, München 1986, dtv, 2921, S. 52

Blankoscheck
Als Blankoscheck bezeichnet man eine Verfügung, in die der Empfänger erst den Betrag einträgt.

JULIKRISE

Als Julikrise bezeichnet man die diplomatischen, politischen und militärischen Spannungen, die nach dem Attentat von Sarajewo zu Ultimaten und in einer fortschreitenden Steigerung zum Ersten Weltkrieg führten. Sie begann mit der Kriegserklärung Österreich-Ungarns an Serbien am 28. Juli 1914. Wegen der bestehenden Bündnisverpflichtungen wurde damit eine Lawine losgetreten: Russland mobilisierte seine Truppen, Deutschland erklärte am 1. August Russland den Krieg und am 3. August Frankreich. Gleichzeitig marschierten deutsche Truppen in das neutrale Belgien ein, was wiederum am 4. August die Kriegserklärung Großbritanniens an Deutschland und Österreich-Ungarn zur Folge hatte.

AUFGABEN

1. a) Beschreibe die Karikatur und erkläre sie mithilfe des Textes (**M4**).
   b) Arbeite heraus, was der Zeichner ausdrücken will und prüfe die Darstellung kritisch (**M4**).
2. a) Arbeitet zu zweit und analysiert den Bericht über das Gespräch mit Wilhelm II. (**M5**).
   b) Erklärt anhand des Berichts, welche Bedeutung der deutschen Haltung in der Juli-Krise zukommt.
3. Stellt gemeinsam im Plenum dar, worin die eigentlichen Ursachen des Krieges liegen (**M1-M3**) und was letztendlich die Auslöser waren (**M4, M5**). Erstellt hierzu eine Mindmap.

H zu Aufgabe 1
Haben alle 5 Großmächte das gleiche Interesse?

H zu Aufgabe 2b
Was bedeutete die deutsche Haltung für den Handlungsspielraum Österreich-Ungarns?

F zu Aufgabe 2b
Begründet, warum Historiker die deutsche Haltung als „Blankoscheck" bezeichnet haben.

12.2 Die Schrecken des Ersten Weltkriegs

Was macht das „Gesicht des modernen Krieges“ aus?

Unter „modern“ verstehen wir üblicherweise etwas Neuzeitliches, wenn nicht sogar Fortschrittliches. Wie kann ein Krieg „modern“ sein? Was unterscheidet den Ersten Weltkrieg von den anderen zahlreichen Kriegen in der Geschichte Europas?

M1 Schlachtfeld an der Westfront

M2 Auszug aus einem Kriegstagebuch

Ernst Jünger
Ernst Jünger ist wegen der fehlenden Verurteilung des Krieges und seiner späteren Ablehnung der Weimarer Republik ein sehr umstrittener Autor.

Der Schriftsteller Ernst Jünger wurde 1895 geboren, in seinem Kriegstagebuch hält er seine Erlebnisse an der Westfront von Dezember 1914 bis August 1918 fest.

„Immer weiter rückte der Zeiger; wir zählten die letzten Minuten mit. Endlich stand er auf 5.05 Uhr. Der Orkan brach los. Ein flammender Vorhang fuhr hoch, von jähem, nie gehörten Aufbrüllen gefolgt. Ein rasender Donner, der auch die schwersten Abschüsse in seinem Rollen verschlang, ließ die Erde erzittern. Das riesenhafte Vernichtungsgebrüll der unzähligen Geschütze hinter uns war so furchtbar, dass auch die größten der überstandenen Schlachten dagegen erschienen wie ein Kinderspiel. […] Um 8.25 Uhr griffen unsere schweren Minenwerfer ein […]. Wir sahen die gewaltigen Zwei-Zentner-Minen im hohen Bogen durch die Luft fliegen und drüben mit vulkanischen Explosionen zu Boden fallen. Wie eine Kette spritzender Krater standen ihre Einschläge. […] Die Luft flimmerte wie an heißen Sommertagen […] Vor meinem Erdloch stand der Unteroffizier Dujesiefken […] und bat mich, in den Graben zu kommen […]. Eine Explosion riss ihm das Wort vom Mund: mit einem abgerissenen Bein stürzte er zu Boden. Da war jede Hilfe umsonst.“

Jünger, Ernst: In Stahlgewittern. Aus dem Tagebuch eines Stoßtruppführers, 1920, S. 256 ff. Zitiert nach: Geschichte lernen Heft 108 (2005), S. 23

M3 Briefe von der Front: Karl Linder schreibt an seine Familie

Karl Linder wurde 1894 geboren, vor der Einberufung hatte er das Abitur abgelegt und das Lehrerseminar besucht. Im Krieg war er Leutnant (Offizier) in einem Infanterieregiment. Im Mai 1916 nahm er an der Schlacht um Verdun teil.

Liebste Eltern! *Courelles, 22. Jan. ab. 8 h 1915.*

Die Gegend sieht gerade so aus, wie manche Gegenden bei uns, flache lang gestreckte Hügel mit grünen Wiesen ein bisschen Wald darauf, ziemlich leer u. eintönig, wenigstens jetzt. Vom Krieg sieht man eigentlich wenig Spuren, obwohl hier schon schwer gekämpft wurde. An einem Massengrabe sind wir vorbeigekommen. Die Straßen hier sind gut. Das flache Tal ähnelt der Donaugegend. […] Heute ist Sonntag, ich hatte mich schon auf gründliches Ausschlafen gefreut […], da wurden wir um 4h geweckt und mussten alles zusammenpacken […], dann wurde um 7h abmarschiert […], dann wurde gehalten […]. Bis ½ 11h standen wir da u. erwarteten den Kaiser u. er kam mit großem Gefolge im Auto; ganz langsam fuhr es an uns vorüber, 3 x Hurra, dann begrüßte uns der Kaiser mit „Guten Morgen Kameraden". Habe ihn leider nur ganz kurz gesehen, blaß u. ernst, schon etwas grau. […] Indem, dass es mir gut geht, wenn auch das lb. Bier u. die Kantine fehlt, grüße ich

Euch herzl.

Euer Karl

Liebste Eltern und Schwestern! *27. Mai 16*

Unsere Hoffnungen haben uns betrogen. Wir sind schon dahin gekommen, wo man schon vom Hörensagen erschrickt. Das hat uns aber nichts gemacht, wir sind mit gutem Humor und Willen drangegangen. Aber inzwischen sieht es bereits anders aus. Es lässt sich nicht beschreiben. Ich habe noch nie so etwas erlebt. […] Wir sind hier gleich am 1. Tag (23.5.) eingesetzt worden, haben gestürmt und Gefangene gemacht. Es ist sogar gut gegangen, aber inzwischen ist es 3 Tage her, gestern hat es den ganzen Tag geregnet, so dass wir ganz in Lehm und Leichen eingewickelt wurden und heute bin ich zurückgekommen, wo es auch kein Ausruhen gibt, nirgends ein Unterstand, überhaupt nichts was hergehört, um noch tatsächlich leben zu können. Wie lange das so fortgeht, weiß ich nicht. Sehr viele sind schon tot, noch mehr verwundet. Die anderen sind krank oder werden krank. […] Ich wünsche mir nur, dass ich noch einmal zu Euch heimkomme, […] So hätte auch ich mir den Krieg nicht gedacht, aber hier ist er mit seiner ganzen Grässlichkeit.

Herzlichen Gruß

Euer Karl

erster Brief: Museumsstiftung Post und Telekommunikation: Briefsammlung, Karl Linder an seine Eltern am 22.01.1915 (3.2009.0497), Transkript, www.briefsammlung.de, Abruf am 27.05.21
zweiter Brief: Museumsstiftung Post und Telekommunikation: Briefsammlung, Karl Linder an seine Eltern und Schwestern am 27.05.1916, (3.2009.0497), Transkript, www.briefsammlung.de, Abruf am 27.05.21

Film-Dokumentation zum Kriegsgeschehen

70052-139

Informationen zum Gaskrieg

70052-140

M4 Neue Waffen

Soldaten an einer Haubitze

Panzer in einem Schützengraben

M5 Der erste Gasangriff

Vor Ypern (Belgien) setzt die Deutsche Armee erstmals Chlorgas gegen französische Truppen ein. Ein Augenzeuge dieses Angriffes am 22. April 1915 berichtet:

Völlig unvorbereitet auf das, was noch kommen sollte, blickten die [französischen] Divisionen für eine kurze Weile wie verhext auf das seltsame Phänomen, das sie langsam auf sich zukommen sahen. Wie eine Flüssigkeit ergoss sich der schwere, intensiv gefärbte Nebel unerbittlich in die Gräben, füllte sie und zog weiter. Für ein paar Sekunden passierte nichts. Das süßlich duftende Zeug kitzelte nur in der Nase. Sie erkannten nicht die Gefahr, in der sie schwebten. Dann, mit unbegreiflicher Schnelligkeit, begann das Gas zu wirken, und blinde Panik breitete sich aus. Nach einem schrecklichen Kampf um Luft wurden Hunderte bewusstlos und starben, wo sie gerade lagen – ein Tod in abscheulichen Qualen, mit gurgelndem Schaum in ihren Kehlen und übler Flüssigkeit in ihren Lungen.

Horne, Charles Francis: Source Records of the Great War, Bd. 3, Washington 1923, S. 116, übersetzt von Markus Sanke

AUFGABEN

1. Betrachte die Bilder in **M1** und **M4**. Halte drei Begriffe fest, die dir spontan hierzu einfallen.
2. Arbeitet zu zweit, um mehr über die Schrecken des Ersten Weltkriegs zu erfahren.
   a) Notiert, was die Materialien und Berichte euch über den Krieg und das Erleben der Soldaten berichten (**M1, M2** und **M4, M5**).
   b) Vergleicht und ergänzt eure Notizen und arbeitet anschließend gemeinsam heraus, was diesen Krieg von vorherigen unterscheidet.
   c) Analysiert die beiden Feldpostbriefe (**M3, Methode: Feldpostbriefe auswerten**) und besprecht sie anschließend. Welche Gemeinsamkeiten und Unterschiede gibt es zu den anderen Kriegsberichten?
3. Diskutiert im Plenum, inwiefern man von einem „modernen Krieg" sprechen kann.

F zu Aufgabe 3
Auch heute wird über „moderne Waffen" wie z. B. bewaffnete Drohnen diskutiert. Sollte die Bundeswehr damit ausgerüstet werden?

Feldpostbriefe auswerten

Worum geht es?

Feldpostbriefe sind eine besondere Form einer Textquelle. Sie können uns keine Auskunft geben über die Ursachen des Krieges oder die Ziele der Politiker und Militärs, sie führen uns aber ganz nahe heran an den Alltag der Soldaten, an ihre Ängste, Sorgen und Hoffnungen.
Wenn man sie als Quelle kritisch untersuchen will, muss man bedenken, dass die Briefe stichprobenartig kontrolliert und zensiert wurden, dafür gab es ab 1916 „Postüberwachungsstellen". Offene Zweifel am Sinn und am militärischen Sieg waren gesperrt wie auch Mitteilungen militärischer Einzelheiten. In jedem Fall erfährst du aber etwas über die Sichtweise Einzelner auf diesen Krieg.

Gehe dabei so vor:

1. Schritt: Lies den Brief aufmerksam durch

Zu welchen Fragen gibt er Auskunft? Kläre Begriffe, die dir unbekannt sind. Notiere anschließend wichtige Informationen.

2. Schritt: Untersuche den Brief

- Wann und wo wurde der Brief geschrieben?
- Wer ist der Absender, welche Funktion hat er beim Militär (einfacher Soldat, Offizier mit Befehlsgewalt etc.) und im zivilen Leben?
- An wen ist der Brief gerichtet?
- In welcher Situation ist der Brief geschrieben worden?
- Welche Haltung zum Krieg wird erkennbar?
- Gibt es auffällige sprachliche Mittel?

Beispielauswertung eines Feldpostbriefs

70052-141

3. Schritt: Deute den Brief

- Welche Absicht des Autors wird im Brief deutlich?
- Welche Wirkung könnte der Brief bei der Empfängerin / beim Empfänger haben?
- Was sind die wichtigsten Erkenntnisse, die sich aus dem Brief ergeben?
- Wenn du mehrere Briefe eines Verfassers vergleichst: Lässt sich im Verlauf der Zeit ein Wandel seiner Stimmung und Haltung feststellen?
- Wie passen die Aussagen des Briefes zu anderen Quellen und deinen bisherigen Kenntnissen zum Ersten Weltkrieg?
- Wie schätzt du die Aussagekraft des Briefes ein?
- Welche weiterführenden Fragen stellen sich?

H zu Schritt 3
Zur Absicht des Autors: Will er z. B. den Angehörigen keine Sorgen bereiten oder will er darstellen, dass die Wirklichkeit an der Front eine ganz andere war, als sie in der Propaganda dargestellt wurde?
Oder will er z. B. den Glauben an einen gerechten Krieg hochhalten?

Die „Heimatfront“ – wie erleben Menschen abseits der Kämpfe den Krieg?

Der in der Propaganda angekündigte schnelle Sieg stellte sich nicht ein, u. a. die englische Blockade der Handelswege (Seeblockade) führte zu Engpässen, z. B. bei Nahrungsmitteln Die Rolle der Zivilbevölkerung änderte sich: Die „Heimat“ wurde in den Dienst des Krieges gestellt. Was bedeutete das für die Menschen?

M6 Anstehen nach Brot – ein Beitrag zur „Heimatfront“?

Das Foto stammt wahrscheinlich aus dem Jahre 1914. Lebensmittel konnte man jetzt nicht mehr einfach kaufen, sie wurden rationiert und nur noch in den auf den Lebensmittelkarten (siehe Auftaktseite) verzeichneten Mengen verkauft. Dennoch kam es bald zu Versorgungsengpässen. So sank etwa die Versorgung mit Fleisch 1916 gegenüber dem Vorkriegsjahr 1913 auf 31 %, bei Eiern auf 18% und bei Hülsenfrüchten auf 14 %. Lange Schlangen vor den Geschäften und Hunger gehörten nun zum Alltag der Menschen. Die Not traf nicht alle gleich, wer über genug Geld verfügte, konnte sich auf dem Schwarzmarkt mit zusätzlichen Lebensmitteln versorgen.

M7 Sammeln für den Krieg?

Auf einem Plakat der Frauenhilfe Darmstadt heißt es:

„Im Kriegsjahr 1916! Nichts darf umkommen!

Papier darf nicht verbrannt, Bindfaden- und Sackreste, Konservenbüchsen, Staniol usw. dürfen nicht weggeworfen werden; denn diese scheinbar wertlosen Dinge haben einen großen kriegswirtschaftlichen Wert. Deshalb sammelt:

alle Arten Papier, alte Bücher, Zeitschriften, Zeitungen [...], Konservenbüchsen, saubere Sack- und Kordelreste, Staniol, Altgummi [...], Knochen und Lederabfälle, alte Stahlfedern [...], Obstkerne und sonstige Kerne (wie die Jahreszeit sie bietet).

Die meisten Abfälle können bei der Neufabrikation wieder Verwendung finden. [...].“

Zitiert nach: Cartarius, Ulrich (Hg.): Deutschland im Ersten Weltkrieg. Texte und Dokumente 1914-1918, München 1982, S. 61 f.

Medaille für den Tausch von Gold oder Schmuck gegen Papiergeld

HEIMATFRONT

Der Begriff „Heimatfront“ setzte sich im Ersten Weltkrieg durch und bezeichnete die Einbeziehung der deutschen Zivilbevölkerung in den Krieg. Die Knappheit vieler Lebensmittel führte dazu, dass die Zivilbevölkerung nur mit dem Allernötigsten auskommen musste. Außerdem wurden alle Männer ab 17 Jahren verpflichtet, in der Rüstungsproduktion mitzuarbeiten und die Bevölkerung musste versuchen, sich vor Bombenangriffen zu schützen.

M8 Ist die „Heimatfront“ in Gefahr?

Richtlinien für die Bekämpfung innerer Unruhen des bayrischen Kriegsministeriums vom 2.4.1917:

„Die nächsten Monate werden mit den zunehmenden Schwierigkeiten der Volksernährung eine weitere Steigerung der Anforderungen bringen, die an die Opferwilligkeit und Entsagungsfreudigkeit unseres Volkes gestellt werden müssen. [...]

1. Es muss zwischen Aufläufen, die sich gelegentlich bei besonders empfindlichen Missständen in der Lebensmittel- und Kohlenversorgung oder bei ähnlicher Veranlassung aus Menschenansammlungen ergeben und großen organisierten Volksbewegungen, die politischen und revolutionären Charakter tragen, scharf unterschieden werden. [...]

2. Die Verhütung der ersteren setzt frühzeitige Kenntnis der Ursachen voraus [...].

6. Die Art des Eingreifens der Truppe soll dem Zweck einer polizeilichen Maßnahme entsprechen und [...] auf Beruhigung und Zerstreuung der Masse hinzielen. [...] Was die Menge reizt: Berittene, allzu junge Mannschaften, Tätlichkeiten und vor allem Blutvergießen muss vermieden werden.“

Zitiert nach: vom Bruch, R. / Hofmeister, B. (Hg.): Deutsche Geschichte in Quellen und Darstellungen Bd. 8. Kaiserreich und Erster Weltkrieg 1871-1918, Stuttgart 2000, S. 424 f.

AUFGABEN

1. a) Beschreibe das Bild. Was könnten die Menschen gedacht haben (**M6**)?
b) Fasse zusammen, wie sich der Krieg auf die Versorgung der Bevölkerung auswirkt (**M6**).

2. a) Arbeitet zu zweit: Erklärt euch gegenseitig, was mit dem Plakat bzw. der Medaille erreicht werden sollte und was das über die wirtschaftliche Situation im Krieg aussagt (**M7**).
b) Diskutiert in der Klasse, was Menschen veranlasst haben könnte, den Aufrufen zu folgen.

3. a) Arbeite heraus, wie mit „inneren Unruhen“ umgegangen werden sollte (**M8**).
b) Stellt im Plenum Vermutungen an, welche Rückschlüsse sich aus **M8** auf die Stimmungslage ziehen lassen.

F Die Lage der Bevölkerung vor Ort verschlechtert sich noch weiter. Für viele reicht es kaum noch zum Leben. Verfasst zu zweit ein Streitgespräch zwischen einer Arbeiterin und einem örtlichen Bürgermeister und bezieht hierbei euer Wissen aus **M6-M8** mit ein.

Der Erste Weltkrieg – lange her und weit weg?

Während und vor allem nach dem Ersten Weltkrieg wurden an vielen Orten Kriegerdenkmale errichtet, um an die Gefallenen zu erinnern und um ihrem Tod eine Bedeutung zu geben.

M9 Ehrenmal auf dem Friedhof in Wuppertal-Barmen

Die Anlage entstand als Begräbnisstätte für Soldaten des Ersten Weltkriegs. Das Denkmal wurde 1916 eingeweiht, auf dem Sockel thront eine bronzene Löwenskulptur. 1922 wurde die folgende Inschrift angebracht:

„HIER SCHWEIGE EIN JEDER VON SEINEM LEID
UND NOCH SO GROSSER NOT. SIND WIR NICHT
ALLE ZUM OPFER BEREIT UND ZU DEM TOD
EINES STEHT GROSS IN DEN HIMMEL GEBRANNT
ALLES DARF UNTERGEHEN
DEUTSCHLAND UNSER KINDER- UND VATERLAND
DEUTSCHLAND MUSS BESTEHEN"

Weitere Informationen zum Ehrenmal in Ypern

70052-142

M10 The last post

In der belgischen Stadt Ypern wird an jedem Abend seit 1928 feierlich der Gefallenen und des Schicksals der Stadt im Ersten Weltkrieg gedacht. „The last post" wird vor dem Gedenktor gespielt, in das die Namen von 54.896 Gefallenen eingemeißelt sind.

Denkmäler als historische Quelle analysieren

Worum geht es?

Denkmäler erinnern an Personen oder Ereignisse, die die Erbauer für besonders bedeutsam hielten, und machen deutlich, wie die Ereignisse zur Zeit der Errichtung des Denkmals gedeutet werden sollten. Errichtet wurden und werden Denkmäler an herausgehobenen Aufstellungsorten (etwa vor einem Regierungsgebäude), oft sind sie auch Orte für Gedenkveranstaltungen. Für die Erinnerung spielen sie also eine wichtige Rolle. Immer wieder kommt es auch zu Auseinandersetzungen um ein Denkmal, weil die zum Ausdruck kommende Deutung der Vergangenheit mittlerweile von vielen für falsch gehalten wird.

Geht dabei so vor:

1. Schritt: Kläre die äußeren Bedingungen

Wann und aus welchem Anlass wurde es errichtet? Wer gab den Auftrag, wer hat es finanziert? Wer hat es geschaffen? Findet das Denkmal heute eine besondere Beachtung, z. B. bei Gedenkfeiern?

2. Schritt: Beschreibe das Denkmal

Wie sieht die äußere Form aus (z. B. figürliche Darstellung, Relief, Bauform)?
Wo steht es? Um welchen Typ von Denkmal handelt es sich (z. B. Siegesdenkmal, Mahnmal, Heldendenkmal)?
Welche Zeichen und Symbole werden benutzt? Wie lautet die Inschrift? Was sagt sie aus?

3. Schritt: Deute das Denkmal aufgrund der bisherigen Untersuchungsergebnisse

Wie lässt sich die Aussage zusammenfassen, worin besteht die Botschaft?
Welche Absicht hatten diejenigen, die das Denkmal errichtet haben?

4. Schritt: Prüfe den Umgang mit dem Denkmal heute

Kannst du die Botschaft des Denkmals heute noch teilen? Wie sollte man mit dem Denkmal heute umgehen (z. B. sichern und schützen, abreißen, mit erklärenden und einordnenden Hinweisen versehen)?

AUFGABEN

1. Analysiere das Denkmal in Wuppertal (**Methode: Denkmäler als historische Quelle analysieren**, **M9**).
2. Diskutiert, wie man heute mit diesem Denkmal umgehen sollte.
3. Die Erinnerung an den Ersten Weltkrieg spielt im öffentlichen Leben in der Bundesrepublik keine herausgehobene Rolle. Diskutiert, warum das in Belgien (**M10**), aber auch in Frankreich und Großbritannien ganz anders ist.

H zu Aufgabe 1
Alternativ könnt ihr auch ein entsprechendes Denkmal in eurem Heimatort untersuchen.

12.3 1917 – der Beginn einer neuen Zeit?

Russland – von der Zarenherrschaft zur Revolution

Das Jahr 1917 wird oft als „Epochenjahr" bezeichnet, als ein Jahr, mit dem ein neuer Zeitabschnitt beginnt. Dabei spielen die Entwicklungen in Russland und in den USA eine zentrale Rolle. Was war an diesen Entwicklungen derart einschneidend?

Nach heutiger Zeitrechnung begann die Revolution am 8. März. Der Name Februarrevolution erklärt sich durch den Julianischen Kalender, der bis 1918 in Russland galt und nach dem sie am 25. Februar 1917 begann.

M1 Demonstration von Arbeiterinnen in Petrograd, 23.2.1917

Auf ihren Transparenten forderten Arbeiterinnen in Petrograd eine gerechte Lebensmittelverteilung für die Familien von Soldaten und eine ausreichende Versorgung der Kinder.

M2 Die Februarrevolution beendet die Zarenherrschaft

Anfang des 20. Jahrhunderts war Russland noch ein landwirtschaftlich geprägtes Land. Viele Bauern konnten vom Ertrag der kleinen Flächen, die sie bewirtschafteten, nicht leben, während der Lebensstandard der Großgrundbesitzer sehr hoch war. Bevölkerungszunahme und Abwanderung von Bauern führten zu einem starken Anwachsen der Städte. Die Lebensverhältnisse vieler Arbeiter waren katastrophal, es kam zu sozialen Unruhen. Beherrscht wurde das Land vom Zaren. Zwar gab es seit 1905 ein Parlament, die Duma, in der aber zarentreue Kräfte die Mehrheit hatten. Die Parteien, einschließlich der Mehrheit der Linken, unterstützten den Kriegseintritt des Zarenreiches. Nur die Bolschewiki stellten sich von Anfang an entschieden gegen den Krieg. Die Lage spitzte sich zu, als die russische Armee schwere Niederlagen erlitt und die Versorgung der Bevölkerung immer schlechter wurde. Streiks und Demonstrationen griffen auf das ganze Land über. Demokratie und der Rücktritt des Zaren wurden gefordert. Als sich Soldaten den Aufständischen anschlossen, war das Schicksal der Zarenherrschaft besiegelt: Auf Druck der Militärführung dankte Zar Nikolaus II. am 2. März 1917 ab. Russland wurde eine Republik.

M3 Endet nun der Krieg?

Einen Tag nach der Abdankung des Zaren bildete das Parlament eine provisorische Regierung, die die Rede-, Presse-, und Versammlungsfreiheit verkündete und das allgemeine Wahlrecht einführte, aber auch entschied, den Krieg fortzusetzen. Die tatsächliche Macht lag allerdings beim Petrograder Sowjet, dem Rat der Arbeiter- und Soldatendeputierten der Hauptstadt, der die Rolle einer zentralen Vertretung aller Sowjets übernahm. Er bildete aber nicht selbst eine Regierung, sondern duldete die provisorische Regierung. Man spricht deshalb von einer „Doppelherrschaft".
Die Arbeiter- und Soldatenräte im Petrograder Sowjet vertraten anfangs überwiegend sozialdemokratische und gemäßigt linke Positionen. Die Bolschewiki befanden sich in der Minderheit.

Petrograd
damaliges Petersburg

Deputierte
Abgeordnete / Politiker

#SOWJETS UND BOLSCHEWIKI

Sowjets (russ. Räte) entstanden in der Revolution in ganz Russland. Sie waren die basisdemokratische Interessenvertretung der Soldaten, Arbeiter und Bauern. Die Bolschewiki waren der radikal-sozialistische Teil, der die Zarenherrschaft ablehnenden Parteien. Sie sahen die Zeit für eine Revolution gekommen.
Die Abgeordneten wurden in den Betrieben, Dörfern und Militäreinheiten direkt gewählt und sollten an die Weisungen ihrer Wähler gebunden sein. Sie vertraten die Forderungen nach einer sofortigen Beendigung des Krieges und einer Enteignung der Großgrundbesitzer. Der einflussreichste Vertreter der Bolschewiki war Lenin, der im April 1917 mit deutscher Hilfe aus seinem Exil in der Schweiz nach Russland zurückgekehrt war.

M4 Lenin betritt die Bühne

„Alle Macht den Sowjets!" Aus Lenins Revolutionsprogramm, formuliert in den „Aprilthesen" vom 4. April 1917:

1. In unserer Stellung zum Krieg [ ] auch nicht die geringsten Zugeständnisse an Vaterlandsverteidigung […].
2. Die Eigenart der gegenwärtigen Lage in Russland besteht im Übergang von der ersten Etappe der Revolution, die […] der Bourgeoisie die Macht gab, zur zweiten Etappe der Revolution, die die Macht in die Hände des Proletariats und der ärmsten Schichten der Bauernschaft legen muss. […]
3. Keinerlei Unterstützung der Provisorischen Regierung […].

5. Keine parlamentarische Republik, […] sondern eine Republik der Sowjets der Arbeiter-, Landarbeiter- und Bauerndeputierten im ganzen Lande von unten bis oben. Abschaffung der Polizei, der Armee, der Beamtenschaft […].
6. Beschlagnahmung der gesamten Ländereien der Gutsbesitzer. Nationalisierung des gesamten Bodens im Lande […].

Nach: Anweiler, Oskar: Die Russische Revolution 1905 - 1921, Stuttgart 1971, S. 37 f.

Lenin spricht im April 1917 vor dem Petrograder Sowjet.

Bourgeoisie
Großbürgertum

Dekret
Beschluss, Verordnung

M5 Der Weg zur Oktoberrevolution

Nach wie vor befand sich Russland im Krieg. Wachsende Versorgungsengpässe, Niederlagen, große Opfer an der Front und der Ansehensverlust der provisorischen Regierung, die die Probleme offensichtlich nicht lösen konnte, verhalfen den Bolschewiki zu größerem Zulauf. Ihre Forderungen wurden immer populärer, vor allem die Forderung nach einem sofortigen Frieden. Im Moskauer und im Petrograder Sowjet hatten sie jetzt die Mehrheit. In der Nacht zum 6. November 1917 (nach dem julianischen Kalender 25. Oktober) besetzten in einer gut organisierten Aktion bewaffnete bolschewistische Arbeiter sämtliche Bahnhöfe, Telegrafenämter und strategisch wichtige Punkte Petrograds und verhafteten am nächsten Tag die provisorische Regierung. Die Regierungsgewalt übernahm der „Rat der Volkskommissare". Zu den ersten Amtshandlungen des Rates gehörte ein Dekret, das den Krieg beenden sollte, sowie ein Dekret über die Enteignung der Großgrundbesitzer und die Verteilung von Grund und Boden an die Bauern, in den Fabriken sollte die „Arbeiterkontrolle" eingeführt werden.

Aus dem zaristischen Russland wurde die „Russische Sowjetrepublik" verbunden mit dem Versprechen, eine neue und gerechtere Gesellschaftsordnung zu schaffen.

Den Krieg beendeten die Bolschewiki im März 1918. Die Bedingungen der Mittelmächte waren überaus hart: Im Frieden von Brest-Litowsk musste Russland auf weite Gebiete, ein Drittel seiner Bevölkerung und rund drei Viertel seiner Eisen- und Stahlproduktion verzichten. Damit war der Krieg in Osteuropa beendet.

AUFGABEN

1. a) Beschreibe das Bild einer Demonstration (**M1**).
   b) Arbeite heraus, was es über die Situation in Russland verrät (**M1**).
2. Arbeitet zu zweit, um mehr über die Situation in Russland zu erfahren.
   a) Untersucht, wie aus Russland eine Republik wurde (**M2**).
   b) Erläutert die Bedeutung der Sowjets und Bolschewiki für Russland (**M2**, **M3**, **#Sowjets und Bolschewiki**).
   c) Arbeitet aus **M4** heraus, welche Vorstellungen Lenin zur weiteren Entwicklung Russlands hatte.
   d) Begründet, warum auf die erste Revolution eine zweite folgte (**M5**).
3. Erstellt auf Basis eurer Erkenntnisse aus Aufgabe 2 gemeinsam im Plenum einen Zeitstrahl, der die wichtigsten Ereignisse knapp zusammenfasst.
4. Beurteile,
   a) welche Rolle der Krieg bei der Entwicklung in Russland spielte und
   b) welche Bedeutung die Entwicklung in Russland für den Kriegsverlauf hatte (**M3-M5**).

H zu Aufgabe 2c
Mit seiner ersten Forderung meint er, dass er für eine Beendigung des Krieges ist.

F zu Aufgabe 2c
Begründet, was revolutionär an Lenins Forderungen war.

H zu Aufgabe 3
Beginnt beim Zeitstrahl mit der Arbeiterinnen-Demonstration im Februar 1917.

Was verändert sich durch den Kriegseintritt der USA?

Am 6. April 1917 erklärten die USA dem Deutschen Reich den Krieg. Spätestens damit wurde aus dem europäischen Krieg ein Weltkrieg. Warum entschieden sich die USA zu diesem Schritt und was bedeutete er für den Verlauf des Krieges und die zukünftige Weltordnung?

M6 Von der Neutralität zum Kriegseintritt

Zu Beginn des Krieges in Europa erklärte sich das Land jenseits des Atlantiks für militärisch neutral. Zwar unterstützten die USA die Staaten der Entente mit Wirtschaftshilfen und Kriegsmaterial, das auch mithilfe amerikanischer Kredite bezahlt wurde, aus den Schlachten des Krieges hielten sie sich aber heraus. Auch die US-amerikanische Bevölkerung lehnte zunächst eine Beteiligung amerikanischer Truppen mehrheitlich ab. Zum allmählichen Wandel dieser Haltung trug zum einen der Einmarsch deutscher Truppen ins neutrale Belgien bei. Zum anderen setzte die deutsche Militärführung eine neuartige Waffe ein, um den Nachschub aus den USA zu unterbinden: U-Boote. Im Mai 1915 versenkte ein deutsches U-Boot den britischen Dampfer „Lusitania" vor der irischen Küste. 1200 Menschen starben, darunter 128 US-amerikanische Staatsbürger. Nach scharfen Protesten der USA wurden die U-Bootangriffe daraufhin beendet. Da Großbritannien an der Seeblockade festhielt, erklärte Deutschland am 1. Februar 1917 den „uneingeschränkten U-Boot-Krieg". Nun griffen die deutschen U-Boote selbst unbewaffnete Handelsschiffe aus neutralen Staaten ohne Vorwarnung an. Gerade nach dem Sturz des russischen Zaren sahen die USA die Gefahr, dass die Mittelmächte den Krieg für sich entscheiden könnten und das Deutsche Reich eine Vormachtstellung in Europa erringen könnte. Das hätte auch die

Amerikanisches Propagandaplakat von 1918 mit dem Aufruf zum Kauf von Kriegsanleihen. „Remember Belgium" bezieht sich auf den Bruch der belgischen Neutralität durch deutsche Truppen im August 1914. Die „Pickelhaube" war der Helm deutscher Soldaten zu Beginn des Krieges.

Rückzahlung der amerikanischen Kredite gefährdet. Mit dem Kriegseintritt am 6. April 1917 begann der Aufstieg der USA zur Weltmacht und die Alliierten gewannen militärisch die Oberhand.

M7 Der amerikanische Präsident Wilson vor dem Kongress 3.2.1917

Sitzung des Kongresses mit Wilson am 3.2.1917

„Der gegenwärtige deutsche Unterseebootkrieg gegen den Handelsverkehr ist ein Krieg gegen die Menschheit. Er ist ein Krieg gegen alle Nationen. [...] Unser Beweggrund soll nicht Rachsucht oder der Wunsch nach siegreicher Befestigung der physischen Macht der Nation sein, sondern allein die Vertretung des Menschenrechtes, für das wir nur ein einzelner Streiter sind. [...] Wir werden nicht den Weg der Unterwerfung wählen und dulden, dass die heiligsten Rechte unserer Nation und unseres Volkes außer Acht gelassen oder verletzt werden. Das Unrecht, gegen das wir jetzt auftreten, ist kein gewöhnliches Unrecht; es reicht bis an die Wurzeln des menschlichen Lebens. Unser Ziel ist, die Grundsätze des Friedens und der Gerechtigkeit im Leben der Welt gegen selbstsüchtige und autokratische Macht zu verteidigen [...] Wir haben keinen Streit mit dem deutschen Volke. Wir haben gegen dieses nur ein Gefühl der Sympathie und der Freundschaft. Seine Regierung hat nicht auf sein Bestreben gehandelt, als sie in den Krieg eintrat. [...] Wir werden für Dinge kämpfen, die immer unseren Herzen am nächsten gelegen haben, für Demokratie, für das Recht derer, die einer Obrigkeit untertan sind, eine Stimme in ihrer eigenen Regierung zu haben, für die Rechte und Freiheiten der kleinen Nationen, für eine allgemeine Herrschaft des Rechts durch einen solchen Bund freier Völker, der allen Nationen Frieden und Sicherheit bringt und schließlich die Welt selbst befreit."

Zitiert nach: Lautemann, W. / Schlenke, M. (Hg.): Geschichte in Quellen, Weltkriege und Revolutionen 1914-1945, Band 5, München 1961, S. 57-58

AUFGABEN

1. a) Beschreibe das Plakat und untersuche, mit welchen Mitteln die Menschen zum Kauf von Kriegsanleihen gebracht werden sollen (**M6**).
   b) Nimm Stellung zu der Darstellung (**M6**).
2. a) Arbeite aus **M6** heraus, welche Umstände zur Aufgabe der amerikanischen Neutralität beigetragen haben und
   b) beurteile, welche Bedeutung der Kriegseintritt der USA hatte.
3. Arbeitet zu zweit: Analysiert, mit welchen Argumenten US-Präsident Wilson den Kongress und die amerikanische Öffentlichkeit von einem Kriegseintritt zu überzeugen versucht (**M7**).
4. Beurteilt die von Wilson vorgetragene Begründung (**M6**, **M7**).

H zu Aufgabe 4
Welches Argument für den Kriegseintritt erscheint euch glaubwürdiger: Das Kämpfen für Menschenrechte (**M7**) oder die Sorge vor einer Vormachtstellung des Deutschen Reiches (**M6**)?

Endlich Frieden? Kriegsende und Versailler Vertrag

Bald vier Jahre dauerte nun schon der Krieg, Opfer und Entbehrungen nahmen weiter zu. Wie konnte ein Ausweg gefunden und eine friedliche Ordnung geschaffen werden?

M8 Wilsons 14 Punkte – eine Chance für den Frieden?

Der amerikanische Präsident Wilson legte im Januar 1918 einen Plan für eine Nachkriegsordnung vor. Er forderte öffentliche Friedensverhandlungen ohne Geheimabkommen, Freiheit der Schifffahrt und Beseitigung wirtschaftlicher Schranken, Rüstungsbegrenzungen, Räumung russischer Gebiete, Wiederherstellung Belgiens, Rückgabe Elsaß-Lothringens an Frankreich und die Gründung einer Vereinigung der Nationen.

Die Reichsregierung ging auf die Vorschläge Wilsons zunächst nicht ein. Angesichts des Friedens von Brest-Litowsk mit Russland setzte man in Berlin darauf, mit militärischen Mitteln den Sieg davon tragen zu können.

Der Versuch der deutschen Militärführung, im Westen einen entscheidenden Sieg zu erringen, scheiterte jedoch. Am 29. September 1918 forderte die OHL (Oberste Heeresleitung) – für die deutsche Öffentlichkeit völlig überraschend – sofortige Waffenstillstandsverhandlungen. Damit gestand sie die militärische Niederlage ein, wollte dafür aber

IT'S THE ONLY WAY OUT, WILHELM!
From the Central Press Association (Cleveland, Ohio)

Karikatur: E.A. Bushnell, 1918

nicht die Verantwortung übernehmen. Sogleich begann der Versuch, Schuldige zu benennen. Die ehemaligen Chefs der OHL Paul von Hindenburg und Erich Ludendorff verbreiteten gezielt das Bild eines an der Front unbesiegten Heeres, dem die Heimat durch Friedensinitiativen, linke politische Unruhestifter, Streiks und Sabotagen in den Rücken gefallen sei und von hinten erdolcht wurde (Dolchstoßlegende).

Dolchstoßlegende
Nach der Niederlage des Deutschen Reiches verbreiteten rechte Organisationen und Parteien das Bild eines von hinten erdolchten Soldaten, der eigentlich noch weiterkämpfen konnte. Der Realität entsprach dies allerdings nicht, die Soldaten des Heeres waren zum Großteil zu erschöpft, um weiterkämpfen zu können.

Novemberrevolution
Im November 1918 weigerten sich Matrosen in Kiel weiter mit den Kriegsschiffen auszulaufen. In der Folge gab es weitere Streiks und Unruhen, was schlussendlich zum Sturz der Monarchie und zum Beginn der parlamentarischen Demokratie führte (Weimarer Republik).

M9 Der Vertrag von Versailles

Im Januar 1919 trafen sich die Siegermächte im französischen Versailles, um einen Friedensvertrag auszuarbeiten. Die Bedingungen wurden der deutschen Delegation am 7. Mai 1919 übergeben: Deutschland blieb als souveräner Staat bestehen, musste aber etwa ein Siebtel seines Territoriums mit einem Zehntel seiner Bevölkerung abtreten. Die Stärke des Heeres dufte nicht mehr als 100 000 Mann betragen.

Dem neu gegründeten Völkerbund, der KonŁikte in Zukunft friedlich regeln sollte, durfte Deutschland zunächst

Zusatzkapitel: Alles schon mal da gewesen? Die Spanische Grippe

70052-143

Reparationsleistungen
Entschädigungszahlungen für die Kriegsschäden

nicht beitreten. Hinzu kamen Reparationsleistungen. Dieser Schadensersatz sollte in Form von Warenlieferungen geleistet werden: Lokomotiven, Schiffe, Maschinen, Kohle und Holz. Begründet wurde dies mit dem Artikel 231 des Vertrages: Dieser schrieb fest, dass Deutschland und seine Verbündeten allein am Kriegsausbruch schuld seien. Der Vertrag traf in Deutschland auf entrüstete Reaktionen, hatte die OHL doch noch bis zum September 1918 von einem militärischen Sieg gesprochen. Parteiübergreifend wurde der Vertrag abgelehnt, zur Unterzeichnung gab es aber keine Alternative. Unterzeichnen mussten ihn nun Politiker, die für den Krieg nicht verantwortlich gewesen waren. Wilhelm II. hatte inzwischen abgedankt und war ins Exil gegangen.

Karte: Europa vor dem Ersten Weltkrieg
70052-144

Auszüge aus dem Versailler Vertrag
70052-145

M10 Europa nach 1919

Eine Karikatur analysieren
→ Methodenglossar

F zu Aufgabe 1
Nimm Stellung: Waren die 14 Punkte der „einzige Weg heraus“?

F zu Aufgabe 3
Erarbeite die Bestimmungen zu Grenzen, Militär und Reparationen anhand der Auszüge aus dem Vertrag (siehe QR-Code).

AUFGABEN

1. Analysiere die Karikatur und erkläre ihre Aussageabsicht (**M8**).
2. Arbeitet zu zweit: Erklärt mithilfe des Textes, was mit der „Dolchstoßlegende“ gemeint ist und wem sie nützte (**M8**).
3. a) Fasse die Bestimmungen des Versailler Vertrages zusammen und erkläre die Reaktionen in Deutschland (**M9**).
   b) Bewertet im Plenum den Vertrag vor dem Hintergrund eurer Kenntnisse über den Ersten Weltkrieg (**M9**).
4. Vergleiche die Gestalt Europas 1919 mit dem Vorkriegseuropa (**M10**). Nutze hierzu die Karte im QR-Code oder einen Atlas.

DER ERSTE WELTKRIEG – URSACHEN, VERLAUF UND KRIEGSENDE

AUSLÖSER UND URSACHEN DES ERSTEN WELTKRIEGS

Kapitel 12.1, M1-M5

Die Außenpolitik unter Wilhelm II. strebte danach, Deutschland zu einer Weltmacht zu machen. Das führte zu Konflikten mit anderen Großmächten, zu einem Wettrüsten vor allem mit England und zu einer Auflösung des Bismarckschen Bündnissystems. Österreich-Ungarn wurde der wichtigste Verbündete des Reiches. Nach dem Attentat auf den österreichischen Thronfolger nahmen die Spannungen auf dem Balkan gefährlich zu. Der deutsche „Blankoscheck" ermutigte Österreich-Ungarn, einen Krieg zu beginnen, der sich wegen der Bündnisverpflichtungen schnell ausdehnte.

DER „MODERNE" KRIEG

Kapitel 12.2, M1-M10

Der Krieg wurde industrialisiert, angesichts der ungeheuren Zerstörungskraft der neuen Waffen spielte der einzelne Soldat kaum noch eine Rolle. Auch die „Heimat" blieb vom Krieg nicht mehr unberührt, sondern wurde unmittelbar in das Kriegsgeschehen einbezogen (Umstellung der Produktion, Versorgungsengpässe, Zerstörungen durch den Krieg). Im Westen wurde der Krieg schnell zum Stellungskrieg, der sich unter großen Opfern in Nordfrankreich und Flandern abspielte. In Frankreich, Belgien und England spielt der Erste Weltkrieg in der öffentlichen Erinnerung auch deshalb eine wichtige Rolle, während er in Deutschland durch die Erinnerung an den Zweiten Weltkrieg weitgehend verdrängt ist.

EPOCHENJAHR 1917 UND KRIEGSENDE

Kapitel 12.3, M1-M10

In Russland führten die durch den Krieg verschärften Spannungen zunächst zum Sturz der Zarenherrschaft (Februarrevolution) und wenig später zum Sieg der Bolschewiki in der Oktoberrevolution. Die neue Regierung schloss mit den Mittelmächten trotz der harten Bedingungen einen Friedensvertrag ab, damit endete der Krieg im Osten. Die Erklärung des „uneingeschränkten U-Bootkrieges" durch Deutschland führte zum Kriegseintritt der USA. Damit verschoben sich die Kräfteverhältnisse eindeutig zugunsten der Alliierten. Die USA stiegen zur Weltmacht auf. Aufgrund der weitreichenden Folgen dieser beiden Entwicklungen spricht man von einem Epochenjahr 1917.
Nach der Niederlage musste Deutschland im Versailler Vertrag einschneidende Friedensbedingungen akzeptieren, von Beginn an war die Gegnerschaft gegen den Vertrag ein wichtiges Kampfmittel der politischen Rechten (Dolchstoßlegende).

M1 Wilhelm II. auf einer Feldpostkarte

„Vor Gott und der Geschichte ist mein Gewissen rein: Ich habe den Krieg nicht gewollt.“

M2 Otto Dix: „Der Krieg“ (1929/32)

Online-Quiz zum Kapitel

82000-230

Der Maler Otto Dix (1891 – 1969) hatte sich - vom Sinn des Krieges überzeugt – als Freiwilliger zum Kriegsdienst gemeldet und an der West- und Ostfront gekämpft. Nach dem Krieg verarbeitete er seine Erfahrungen in verschiedenen Werken.

M3 Die „Mutterkatastrophe" des 20. Jahrhunderts?

Unter dieser Überschrift setzt sich der Autor Manfred Mai mit den Folgen des Ersten Weltkriegs auseinander:

In Deutschland wuchs der Zorn gegen die demokratischen Politiker, die in den Augen vieler Menschen für den ‚Schandfrieden' und die ‚Schmach von Versailles' verantwortlich waren. Rechte Parteien und Verbände riefen bald nach einer ‚Revision von Versailles'; heute kann man sagen, dass im Friedensvertrag, der den Ersten Weltkrieg beendete, schon der Keim für den Zweiten Weltkrieg lag.
Der Erste Weltkrieg kostete mehr als 10 Millionen Menschenleben. Weitere 30 Millionen Menschen wurden zum Teil schwer verwundet und waren für ihr Leben gezeichnet. Er veränderte die Welt grundlegend. Mit Russland, dem Deutschen Reich und Österreich-Ungarn brachen drei große Monarchien zusammen; der österreichische Vielvölkerstaat löste sich auf, neue Staaten wie die Tschechoslowakei und Jugoslawien entstanden. Auch das Osmanische Reich zerbrach endgültig. Die Türkei wurde ein selbstständiger Staat. […] Frankreich und England gehörten zwar zu den Siegern, hatten jedoch große Verluste erlitten und waren wirtschaftlich und politisch geschwächt. Insgesamt gesehen verlor Europa seine beherrschende Rolle in der Welt; dafür traten die Vereinigten Staaten zum ersten Mal als Weltmacht in Erscheinung. Sie waren der eigentliche Gewinner des Krieges. Ihr Kriegseintritt und die russische Oktoberrevolution machen 1917 zu einem „Epochenjahr". Obwohl die junge Sowjetrepublik noch schwach war, begann mit der ersten sozialistischen Revolution die Teilung der Welt in weltanschaulich, ‚ideologisch', verfeindete Blöcke.

Mai, Manfred: Weltgeschichte, München Wien 2002, S. 145 f.

Aufgaben

1. a) Beschreibe die Feldpostkarte und arbeite ihre Botschaft heraus (**M1**).
   b) Überprüfe sie aufgrund deiner Kenntnisse über die Vorgeschichte des Krieges und die Julikrise.
   c) Erörtere, warum Wilhelm II. und die Führung des Reiches Wert auf diese Interpretation legten.
2. a) Beschreibe das Gemälde und stelle dar, wie es auf dich wirkt (**M2**).
   b) Deute das Bild anschließend: Wie wird der Krieg dargestellt? Welche Erlebnisse könnten Dix zu einer solchen Darstellung veranlasst haben? Welche Haltung zum Krieg nimmt Dix ein (**M2**)?
3. Arbeite heraus, worin Manfred Mai die Folgen des Ersten Weltkriegs sieht (**M3**).
4. Mai charakterisiert 1917 als „Epochenjahr". Erläutere aufgrund deiner Kenntnisse, inwiefern man vom Beginn eines neuen Zeitabschnitts sprechen kann.
5. Erkläre, warum Mai von einer „Mutterkatastrophe" spricht, und erörtere, ob diese Charakterisierung zutreffend ist.

Tabelle zur Selbsteinschätzung

70052-146

1

Eine junge Ingenieurin justiert eine Maschine.

2

Ein Mann verlegt in Bonn einen Rollrasen.

3

Eine Frau sitzt in Essen an einer Supermarktkasse.

4

Eine Frau arbeitet mit zwei Bildschirmen.

5

Ein Vater kümmert sich um sein Kind.

Was weißt du schon?

1. Benenne die Abbildung, die am ehesten zu deiner jetzigen beruflichen Zukunftsvorstellung passt.
2. Erläutert euch zu zweit gegenseitig, warum ihr euch für das Bild entschieden habt.
3. Erstelle eine Bild-Collage oder Instagram-Post zu deiner Zukunft, in der deutlich wird, wie du arbeiten und leben möchtest. MK
4. Diskutiert eure Zukunftsvorstellungen in der Klasse und stellt Gemeinsamkeiten und Unterschiede heraus.

13

#Arbeit und deine berufliche Zukunft

Noch gehst du zur Schule und nicht täglich zur Arbeit wie viele Erwachsene. Was arbeiten bedeutet, hast du wahrscheinlich aber schon erfahren. Denn hierzu zählt nicht nur die Tätigkeit im Büro oder am Tresen des eigenen Geschäfts. Vielleicht kennst du Jugendliche, die sich bei der Feuerwehr in ihrer Freizeit engagieren oder sich aktiv in einem Sportverein einbringen? Auch das ist Arbeit – freiwillige oder ehrenamtliche. Sie wird meist nicht bezahlt, manchmal gibt es eine Aufwandsentschädigung. Das Arbeiten ohne direkte Bezahlung gilt auch für Arbeiten im eigenen Haushalt wie die Kindererziehung, Einkaufen, Kochen oder dem Durchführen von Reparaturen. In diesem Kapitel lernst du verschiedene Formen von Arbeit kennen. Außerdem wirst du dich selbst genauer analysieren, um deine Stärken und Interessen zu entdecken. Du lernst Berufe und Berufsfelder kennen und entwickelst eine Vision deines eigenen Lebens und Arbeitens. Auf geht's auf diese spannende Entdeckungstour.

Was lernst du in diesem Kapitel?

- ... verschiedene Formen von Arbeit zu benennen.
- ... die Bedeutung von bezahlter und unbezahlter Arbeit für die Gesellschaft und dich selbst zu analysieren.
- ... das Verhältnis von Arbeit und Freizeit zu erörtern.
- ... deine Stärken, Interessen und Fähigkeiten als Grundlage deines beruflichen Orientierungsprozesses zu beschreiben.
- ... unterschiedliche Berufe, Bildungs- und Ausbildungswege sowie die damit verbundenen Anforderungen und Einkommensmöglichkeiten zu unterscheiden.
- ... Ideen und Perspektiven für deine eigene Berufswahl zu entwickeln.
- ... Arbeitsplätze und ihre Anforderungsprofile mit deinen persönlichen Wünschen, Interessen und Fähigkeiten in Beziehung zu setzen.

Am Zukunftstag für Mädchen und Jungen teilnehmen MK

Worum geht es?

Einmal im Jahr habt ihr am Girl's Day und Boys' Day die Chance, in Unternehmen, Behörden, Hochschulen und andere Einrichtungen hineinzuschnuppern. Kennt ihr einen Beruf, der „typisch" für Frauen ist? Oder einen Beruf, in dem deutlich mehr Männer arbeiten? Entscheidend ist nicht, ob man ein Mädchen oder Junge ist, sondern dass man genau das macht, was einem gefällt. Vergesst also die typischen Klischees von Frauen- und Männerberufen und die Trendberufe, die viele toll finden, und probiert etwas Neues aus. Plant gemeinsam diesen spannenden Tag!

Geht dabei so vor:

Start

1

Erkunde deine Stärken und Interessen und überlege dir, wie du arbeiten möchtest.
(→ Kapitel 13.2, M1-M3, M5, M7).
Diskutiert eure Überlegungen zu zweit.

2

Wähle Berufe aus, die zu deinen Interessen passen und recherchiere, welche Unternehmen passende Plätze anbieten. Melde dich für den Zukunftstag an.
→ girls-day.de
→ boys-day.de

3

Beim Zukunftstag gibt es viel zu entdecken! Bildet Zweierteams und teilt die folgenden Themen unter euch auf:

- Zukunft der Arbeit
  (→ Kapitel 13.3, M3)
- Vergleichskriterien für Arbeit und Beruf
  (→ Kapitel 13.3, M8)

Entwickelt für eure Themen jeweils eine Checkliste. Diese soll Fragen und Beobachtungsaufträge für eine gründliche Erkundung der Arbeitsplätze enthalten.

4

Stellt euch eure Fragebögen und Beobachtungspläne gegenseitig vor. Entscheidet, welche Aspekte für euch so wichtig sind, dass ihr sie überprüfen wollt und nehmt euer Ergebnis mit zu eurem persönlichen Zukunftstag.

5

Halte deine Erlebnisse schriftlich in deinem Portfolio (Methodenglossar) fest.

- Beschreibe, was du über den Arbeitsplatz herausgefunden hast.
- Erläutere, welchen beruflichen Weg du einschlagen müsstest, wenn du in diesem Unternehmen arbeiten möchtest (→ Kapitel 13.2, M8-M9).
- Formuliere noch offen gebliebene Fragen.
- Beschreibe, welche Bedeutung Arbeit jetzt und in Zukunft in deinem Leben hat (→ Kapitel 13.1, M1-M6).

Ziel

6

Stelle dein Portfolio zu deinem persönlichen Zukunftstag deiner Klasse vor. Diskutiert gemeinsam, welche nächsten Schritte ihr bei eurer beruflichen Orientierung gehen wollt.

13.1 Arbeit und ihre Bedeutung

Ist das alles Arbeit?

Noch bestimmt die Schule deinen Alltag. Erfahrungen mit Arbeit machst du sicherlich schon jetzt im Haushalt oder vielleicht auch bei Aushilfs- und Ferienjobs. Doch ist das eigentlich Arbeit, wenn man zu Hause den Müll rausbringt oder in der Schule einen Test schreibt?

M1 Alles Arbeit oder was?

Die Belegschaft eines Unternehmens trifft sich zur jährlichen Weihnachtsfeier.	J N	Eine Sportlerin wird über das vergangene Turnier interviewt.	J N
Du hilfst deinen neuen Nachbarn beim Einzug in die dritte Etage.	J N	Deine große Schwester lädt Freunde ein und kocht ein aufwendiges Essen.	J N
Nach der Schule gehst du Lebensmittel einkaufen und bringst sie nach Hause.	J N	Nach dem Ausschlafen klappt dein Vater seinen Laptop auf, um E-Mails zu beantworten.	J N
Eine Band probt einen neuen Song.	J N	Erwachsene spielen mit Kindern im Garten.	J N
Eine Zweiradmechatronikerin wechselt einen Akku bei einem E-Bike.	J N	Du bringst zu Hause den Müll raus.	J N
Du bearbeitest deine Hausaufgaben.	J N	Ein Eishockeyteam erzielt einen Punkt.	J N
Eine Aushilfskraft führt Kopieraufträge aus.	J N	Ein Autohändler verhandelt über den Preis eines gebrauchten Wohnmobils.	J N
Ein Jugendlicher ist Mitglied der freiwilligen Feuerwehr und löscht einen Brand.	J N	Du schreibst in der Schule einen Test.	J N
Ein Landwirt holt seine Kühe von der Alm.	J N	Du hilfst einer Person beim Finden des Wegs.	J N

Qualifikationen
individuelle Voraussetzungen, die man beispielsweise durch eine Ausbildung oder ein Studium erwirbt

ARBEIT

Arbeit bezeichnet eine planmäßige und zielgerichtete Tätigkeit. Meistens zielt sie auf den Erwerb von Einkommen ab. Aber es gibt auch Arbeiten, bei denen man kein Geld verdient, wie beispielsweise im eigenen Haushalt, bei der Erziehung oder Pflege Angehöriger oder auch beim ehrenamtlichen Engagement.
Um in einem Beruf zu arbeiten, muss man gewisse Qualifikationen erwerben. Man kann beispielsweise eine duale Ausbildung machen oder studieren. Bei einem Job arbeitet man meist zeitlich befristet und in geringem Umfang. Diese Form der Beschäftigung setzt in der Regel keine spezifischen Qualifikationen voraus.

M2 Arbeit ist nicht gleich Arbeit!

1

Befristet
Bei einem befristeten Arbeitsvertrag arbeitet man nur für eine festgelegte Zeitspanne.

Unbefristet
Ein unbefristeter Arbeitsvertrag endet dann, wenn eine Kündigung ausgesprochen wird. Dabei sind bestimmte Fristen einzuhalten, sodass Arbeitnehmer und -geber Zeit haben, um sich darauf vorzubereiten.

2

Angestellt
Wenn man z. B. für ein Unternehmen oder eine Behörde arbeitet, ist man angestellt. Man sagt dazu auch abhängige Beschäftigung, weil man dann von einem Arbeitgeber abhängig ist. Dafür erhält man einen individuell oder tariflich vereinbarten Lohn.

Selbständig
Ist man hingegen beruflich selbstständig, erwirtschaftet man seine Einkünfte auf eigenen Namen und auf eigene Rechnung. Als eigene Chefin oder Chef kann man seine Arbeit eigenständiger gestalten. Es wird in der Regel nicht vorgegeben, wo und wann man wie viel arbeiten soll. Als Selbstständige trägt man aber auch das Risiko, dass man scheitert oder nicht so viel Geld verdient, dass es für den Lebensunterhalt ausreicht. Auch für die Rente muss man privat vorsorgen, denn man zahlt nicht automatisch in die Rentenversicherung ein.

tariflich
siehe Kapitel 3.2

3

Vollzeit
Vollzeit bedeutet, dass man je nach Arbeitsvertrag zwischen 36-40 Stunden pro Woche arbeitet.

Teilzeit
Wenn man weniger Stunden in der Woche arbeitet, spricht man von Teilzeit.

AUFGABEN

1. Beurteile, ob es sich bei den beschriebenen Tätigkeiten um Arbeit handelt (**M1**).
2. Erläutere die Definition von Arbeit aus **#Arbeit** anhand der Beispiele in **M1**.
3. Diskutiert in Kleingruppen, welche Vor- und Nachteile mit den verschiedenen Arbeitsformen einhergehen (**M2**).

Ist Arbeit nur zum Geldverdienen da?

Ist Arbeit ein notwendiges Übel oder kann sie auch Spaß machen? Arbeit kann dir helfen, deine Freizeitwünsche zu erfüllen, mit netten Leuten in Kontakt zu sein und dich selbst zu verwirklichen. Was für dich Arbeiten bedeutet, wirst du jetzt und im Laufe der nächsten Jahre erkunden. Aber eines ist klar: Arbeit wird einen Großteil deines Lebens bestimmen.

M3 Was bedeutet Arbeit für mich?

Zandonella, Bruno: Wirtschaft für Einsteiger. In: Bundeszentrale für politische Bildung (Hg.): Thema im Unterricht/Extra. In: www.bpb.de, April 2020, S. 20

M4 Arbeiten wir, um zu leben oder leben wir, um zu arbeiten?

Erin: Ich möchte sorgenfrei leben und angstfrei in die Zukunft schauen können. Mein Gehalt ermöglicht es mir, so zu leben wie ich möchte. Eine Arbeit, die mich stresst, kommt für mich nicht in Frage. Ich verbiege mich auch nicht für meine Arbeit, sondern arbeite, damit ich mein Privatleben schön gestalten kann. Der Wechsel aus Freizeit und Arbeit ist mir wichtig, da die Arbeit mir hilft, meinen Tag zu strukturieren.

Kim: Arbeit muss sein und jeder sollte sein Bestes bei der Arbeit geben, damit wir es besser haben als unsere Großväter und -mütter. Damit man die maximale Leistung erbringt, muss man sich anstrengen. Arbeit muss nicht Spaß machen, sondern ist eine wichtige Pflicht! Mir ist der Kontakt zu meinen Kolleginnen und Kollegen wichtig, mit denen ich in der Mittagspause auch gerne über Privates spreche.

Karla: Mir sind Arbeit und Leben gleich wichtig und helfen mir bei meiner Selbstverwirklichung. Meine Arbeit erlebe ich als sinnvoll. Daher engagiere ich mich gern und freue mich, wenn ich dafür Lob und Anerkennung erhalte. Stress am Arbeitsplatz gefällt mir nicht. Ich möchte gerne meine Arbeitszeit und den Ort, an dem ich arbeite, mitgestalten und auch den Inhalt auswählen.

M5 Lebensarbeitszeit in Jahren

Dauer der Schulpflicht	**12**
Renteneintrittsalter	**67**
Lebenserwartung Männer	**79,1**
Lebenserwartung Frauen	**84,1**

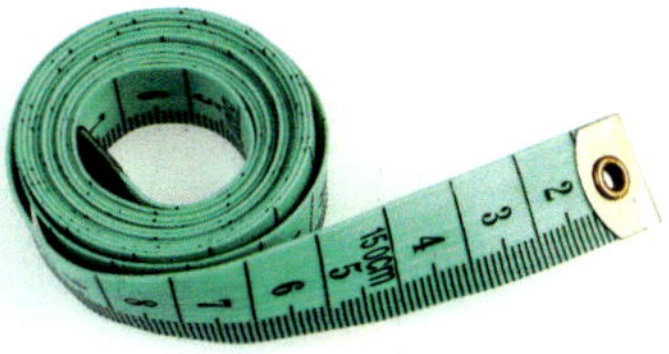

M6 Arbeit und Freizeit

Karikatur: Chaz Hutton

AUFGABEN

1. Beschreibe mithilfe der Wortwolke in **M3**, was Arbeit für dich bedeutet.
2. a) Erkläre, welche Bedeutung Arbeit und Freizeit für die verschiedenen Personen hat (**M4**).
   b) Ordne passende Begriffe aus der Wortwolke in **M3** den Personen in **M4** zu.
3. a) Veranschauliche dein Leben anhand von **M5** und mithilfe eines 1 m Maßbands.
   b) Analysiere, welche Bedeutung Arbeit in deinem zukünftigen Leben hat.
4. Analysiere die Karikatur in **M6**.

Eine Karikatur analysieren
→ Methodenglossar

H zu Aufgabe 3
Wenn du kein Maßband hast, kannst du auch einen Zeitstrahl zeichnen.

Manchmal entlohnt, aber oft unbezahlt: Care-Arbeit

Arbeit bedeutet nicht immer, dass man damit auch Geld verdient. Die Hausarbeit, die Erziehung von Kindern und die Pflege von Angehörigen sind wichtige Aufgaben, die jedoch zumeist nicht bezahlt werden. Könntest du dir vorstellen zu arbeiten, ohne dafür bezahlt zu werden?

M7 Sich Kümmern ist Arbeit – Care-Arbeit

Die Kinder warten darauf, aus der Kita abgeholt zu werden, der Kühlschrank ist leer und auch die Mülltonne quillt über. Und wenn man krank im Bett liegt, wartet man vergeblich auf einen Tee und eine Wärmflasche. Wenn sich keiner um andere kümmert, ist der Alltag plötzlich ganz schön trist!

Basierend auf: Katz, Julia / Kolosowa, Wlada: „Wer hat eigentlich verdient, gut zu leben?". In: www.zeit.de, 11.02.2019

CARE-ARBEIT

Care-Arbeit wird auch als Pflege- oder Sorgearbeit bezeichnet und beschreibt Tätigkeiten des Sorgens, der Pflege und des sich Kümmerns. Dazu zählen Haushaltstätigkeiten wie Kochen, Putzen und Reparaturen, aber auch die Kinderbetreuung, Altenpflege, die Pflege von Angehörigen im eigenen Haushalt, familiäre Unterstützung oder Hilfe unter Freunden. Care-Arbeit ist häufig unbezahlte Arbeit, die teilweise neben der Erwerbsarbeit durchgeführt wird. Es gibt aber auch Care-Berufe, bei denen diese Arbeit dann bezahlt wird, wie zum Beispiel in der Altenpflege.

M8 Wen kümmert's? Zur gesellschaftlichen Bedeutung von Care-Arbeit

Gesellschaftlich wird Erwerbsarbeit wesentlich mehr Bedeutung beigemessen als Care-Arbeit. Im Bereich der Erwerbsarbeit „leistet man etwas", hier wird „Karriere gemacht". Wer eine Erwerbsarbeit hat, gehört gesellschaftlich dazu. Die Care-Arbeit hingegen wird kaum wahrgenommen und erfährt nur wenig gesellschaftliche Anerkennung. Wer sich um die Erziehung von Kindern oder die Pflege von Angehörigen oder Freundinnen und Freunden kümmert, ist z. B. „nur" Hausmann oder Hausfrau.

Die mangelnde Anerkennung zeigt sich auch in der Bezahlung: Care-Arbeit ist unbezahlt oder schlecht bezahlt.

M9 Frauen und Männer bei der Care-Arbeit

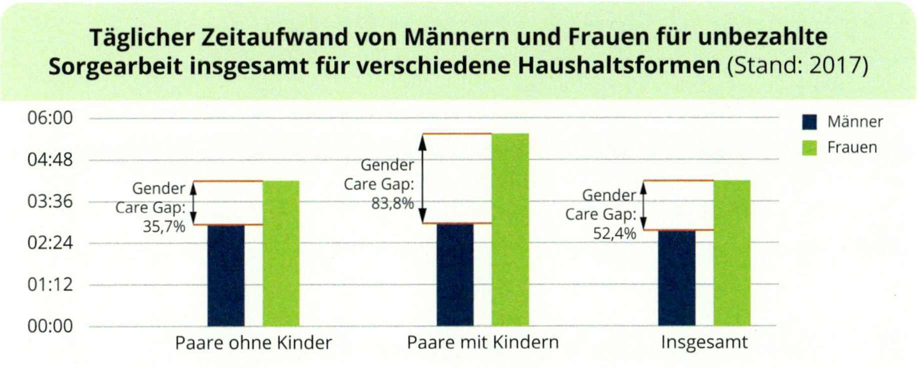

Zahlen nach: ©Bundesministerium für Familie, Senioren, Frauen und Jugend: Zweiter Gleichstellungsbericht der Bundesregierung. Eine Zusammenfassung. In: www.bmfsfj.de, November 2018, S.12

Gender Care Gap
statistisches Anzeichen, das den unterschiedlichen Zeitaufwand von Männern und Frauen bei unbezahlter Sorgearbeit darstellt

M10 Care-Arbeit neu verteilen

Care-Arbeit lässt sich auch anders verteilen. Ein Beispiel dafür ist der nachbarschaftliche Pflegedienst Buurtzorg. Pflegende und zu pflegende Personen koordinieren in Absprache das Unterstützungsnetzwerk. Dieses besteht aus Ärzt:innen, Therapeut:innen, Fachpersonal, Angehörigen, Freund:innen und Nachbar:innen. So übernimmt beispielsweise eine Freundin einer gehbeeinträchtigten Person den Wocheneinkauf oder ein Nachbar, der ohnehin kocht, versorgt eine weitere Person mit, die dazu gerade nicht in der Lage ist. Durch die Beteiligung von vielen Menschen entsteht eine Entlastung für den Einzelnen. Dem Pflegepersonal wird ein hohes Maß an Eigenverantwortung übertragen, sodass sie ihren Arbeitsalltag eigenständig gestalten können. Dabei wird jedoch auf Kontinuität geachtet, wodurch Sicherheit und Vertrauen erzielt werden. Die Pflegebedürftigen können so ein eigenständiges Leben führen und die Care-Arbeit wird gemeinschaftlich getragen.

Basierend auf: ©Konzeptwerk Neue Ökonomie e.V./Fairbindung e.V.: Buurtzorg: Der nachbarschaftliche Pflegedienst, in: www.endlich-wachstum.de, Abruf am 01.03.2021

Buurtzorg
(deutsch: „Nachbarschaftspflege) ein niederländisches Unternehmen

AUFGABEN

1. Benenne Tätigkeiten, die als Care-Arbeit bezeichnet werden (**M7, #Care-Arbeit**).
2. Vergleicht zu zweit die gesellschaftliche Bedeutung von Erwerbsarbeit und Care-Arbeit (**M8**).
3. a) Analysiere die Grafik und stelle heraus, wie Care Arbeit zwischen Frauen und Männern verteilt ist (**M9**).
   b) Nimm Stellung, ob diese Aufteilung gerecht ist.
4. a) Bewerte, ob der nachbarschaftliche Pflegedienst (**M10**) zu einer faireren Verteilung von Care-Arbeit führt.
   b) Erörtere, ob du dir vorstellen könntest, Care-Tätigkeiten für einen Nachbarn oder eine Nachbarin zu übernehmen.

F **zu Aufgabe 3**
Recherchiere, was der Equal Care Day ist.

13.2 Typisch ich!?

Das kann ich! Eigene Stärken finden

Jeder Mensch hat Stärken und Schwächen. Vielleicht werden dir deine Schwächen öfter vor Augen geführt, wenn du z. B. bei einer Schulaufgabe Hilfe brauchst oder dir von anderen gesagt wird, dass du etwas nicht kannst. Dort, wo deine Stärken liegen, fallen dir hingegen Arbeiten leicht und du erzielst meist gute Ergebnisse. Deine Stärken können dir dabei helfen, einen Beruf zu finden, der gut zu dir passt und dir Spaß macht.

M1 Welche Stärken lassen sich unterteilen?

Kopf

Herz

Körper

M2 Worin zeigen sich unsere Fähigkeiten?

Carla

Carla spielt in ihrer Freizeit stundenlang Computerspiele. Darüber regen sich ihre Eltern auf. Es zeigt aber auch, dass sie sich (zumindest beim Computerspielen) lange konzentrieren kann. Carla hat also eine hohe Konzentrationsfähigkeit, die sie vielleicht auch in einem Beruf, bei dem z.B. viel am Computer gearbeitet wird, zeigen kann.

Antonia

Antonia verbringt viel Zeit mit ihrem Großvater. Am liebsten bastelt sie an der Modelleisenbahn auf dem Dachboden. Einen Teil der Landschaft hat sie selbst gestaltet. Dazu hat sie Miniaturhäuser zusammengebaut, einen ganzen Wald aus einzelnen Bäumen und kleine Figuren aufgeklebt. Neben Geduld und Kreativität scheint Antonia auch über Feinmotorik zu verfügen.

Feinmotorik
Fähigkeit, kleine Bewegungen sehr kontrolliert und genau auszuführen

PERSÖNLICHE STÄRKEN

Jeder Mensch hat unterschiedliche Stärken und Schwächen, also Bereiche, in denen er gut ist und Gebiete, in denen er weniger gut ist.
Allgemein lassen sich drei Fähigkeitsbereiche unterscheiden, die auch dabei helfen können, einen geeigneten Beruf zu finden: Intellektuelle bzw. geistige Fähigkeiten, körperliche Fähigkeiten und emotionale bzw. soziale Fähigkeiten.

M3 Fähigkeitsbereiche im Überblick

Geistige Fähigkeiten	Körperliche Fähigkeiten	Soziale Fähigkeiten
• Technisches Verständnis	• Körperliche Belastbarkeit	• Hilfsbereitschaft
• Sprachliche Fähigkeiten	• Körperliche Ausdauer	• Teamfähigkeit
• Mathematische Fähigkeiten	• Muskelkraft	• Ordnungssinn
• Musikalisches Talent	• Geschicklichkeit	• Gewissenhaftigkeit
• Gestalterisches Talent	• Fingerfertigkeit	• Sauberkeit
• Kreativität	• Handwerkliches Geschick	• Zuverlässigkeit
• Fantasie	• Schwindelfreiheit	• Kontaktfähigkeit
• Räumliches Vorstellungsvermögen	• Fingerspitzengefühl	• Geduld
• Logisches Denken	• Schnelligkeit	• Selbstbewusstsein
• Konzentrationsfähigkeit	• Wendigkeit	• Spontaneität
• Merkfähigkeit	• Gutes Sehvermögen	• Flexibilität
• Gutes Orientierungsvermögen	• Gutes Hörvermögen	• Selbstständigkeit
	• Guter Geruchs- und Geschmackssinn	• Konsequenz
		• Einfühlungsvermögen

Basierend auf: Ebner, Peter / Fritz, Sabine: Berufswahl: Das will ich. Das kann ich. Das mach ich. Lebensplanung spielerisch ausprobieren, September 2005

AUFGABEN

1. Diskutiert zu zweit eure Stärken und ordnet sie den drei Bildern in **M1** zu.
2. Beschreibe, was du gerne machst und benenne die dazu nötigen Stärken (**M2**).
3. Erklärt euch abwechselnd zu zweit die Fähigkeiten in **M3** und findet Beispiele aus eurem Alltag.
4. a) Gehe nun die Tabelle der Fähigkeiten aus **M3** allein durch und bewerte, ob und wie sie auf dich zutreffen. Mache dir hierzu Notizen.
   b) Suche dir zu jedem Fähigkeitsbereich mindestens drei deiner Fähigkeiten aus und erläutere, wie sie für andere sichtbar sind.

H zu Aufgabe 3
Benennt unbekannte Fähigkeiten zur Klärung in der Klasse.

H zu Aufgabe 4b
Versetze dich dafür in eine Person, die dich gut kennt und überlege, wie sie deine Fähigkeiten beschreiben würde.

Das ist mir wichtig! Eigene Vorlieben entdecken

Wer seine Stärken und Schwächen kennt, kann oftmals begründen, weshalb er oder sie für einen Beruf geeignet bzw. nicht geeignet ist. Und dennoch spielen weitere Überlegungen bei der Wahl eines Berufes eine wichtige Rolle. Denn nicht alles, was man gut kann, macht man auch zwangsläufig gerne!

M4 Das Wollen zählt auch

Miriam kann sehr gut zeichnen und auch Flyer am Computer gestalten. Die damit verbundenen Fähigkeiten Kreativität, Fantasie, sprachliche Begabung und räumliches Vorstellungsvermögen zählen zu Miriams Stärken. In einem Praktikum hat sie aber herausgefunden, dass sie das nicht auf Dauer beruflich machen möchte. Sie legt hingegen großen Wert auf körperliche Bewegung bei der Arbeit und möchte lieber Menschen in irgendeiner Weise helfen.

Miriam lebt ihre Kreativität am Computer aus.

M5 Was mache ich gerne?

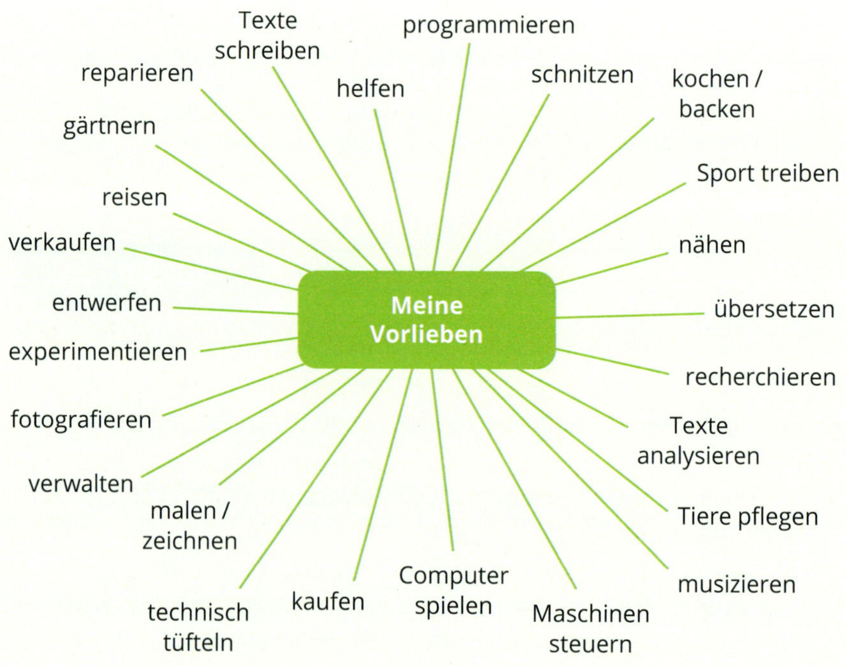

M6 Kunterbunte Arbeitswelt

Frau mit Kittel

Frau mit Hund

Mann beim Backen

Frau beim Sägen

Frauen im Zug

M7 Wie möchte ich arbeiten?

unterwegs sein	etwas verkaufen	etwas organisieren	Träume erfüllen
Hobby ausüben	im Büro arbeiten	in der Gastronomie arbeiten	viel Freizeit
reich werden	sicherer Arbeitsplatz	Neues entdecken	eigener Chef sein
im Ausland arbeiten	im Team arbeiten	Lebensunterhalt aufbringen	Waren herstellen
unabhängig sein	etwas verwalten	anderen helfen	Karriere machen
erziehen	in der Werkstatt arbeiten	in Teilzeit arbeiten	Wissen vermitteln
im Freien arbeiten	flexible Arbeitszeit	Nachtarbeit	im Verkaufsraum arbeiten

AUFGABEN

1. Tauscht euch zu zweit darüber aus, ob ihr Stärken habt, die ihr beruflich nicht nutzen wollt, und begründet eure Einschätzung (**M4**).
2. Was möchtest du arbeiten?
   a) Erstelle eine Tabelle mit drei Spalten und ordne die Tätigkeiten in **M5** danach, wie gerne du sie machst:
   a) sehr gerne; b) gerne; c) nicht gerne.
   b) Diskutiert zu zweit, inwieweit diese Tätigkeiten in verschiedenen Berufen eine Rolle spielen und nennt euch bekannte Berufe (**M6**).
3. Wähle mindestens sieben Merkmale aus **M7** aus. Trage dazu die Bausteine, die für dich bei einer Arbeit am wichtigsten sind, von oben nach unten in Form einer Pyramide ein.
4. a) Stelle deine Stärken bzw. Fähigkeiten und Interessen anschaulich dar. Gestalte dazu ein Plakat (→ Methodenglossar).
   b) Präsentiere dein Plakat Personen, die dich gut kennen (z. B. deine Eltern). Hole dir Feedback ein und überarbeite ggf. dein Plakat.
   c) Stelle das überarbeitete Plakat deiner Klasse vor.

H zu Aufgabe 3
Erklärt euch zu zweit abwechselnd die einzelnen Begriffskärtchen aus M7 und recherchiert zu euch unbekannten Begriffen, z. B. im Internet (→ Methodenglossar).

F zu Aufgabe 4
Erstellt auf Grundlage der Plakate ein Ratespiel. Die Lösungen sollen die Namen der Schülerinnen und Schüler eurer Klasse sein.

Viele Möglichkeiten – wo geht dein Weg hin?

Nach dem Verlassen der Schule hast du zahlreiche Entscheidungsmöglichkeiten. Es gibt allein über 300 staatlich anerkannte Ausbildungen und mit einer Hochschulberechtigung (umgangssprachlich: Fachabitur oder Abitur) kann dann aus über 8 000 Studiengängen ausgewählt werden.

M8 Wege nach der 10. Klasse

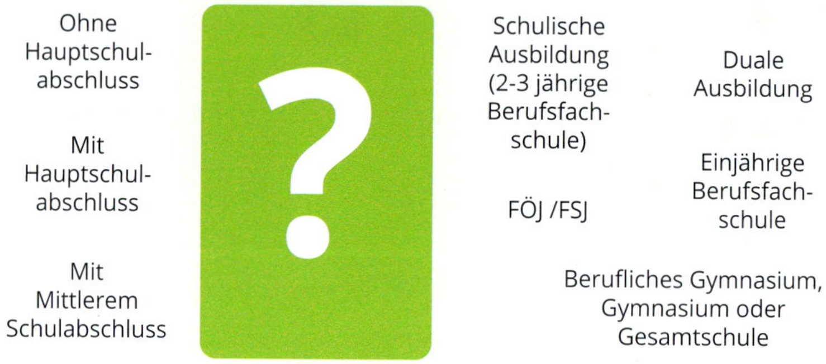

M9 Wer die Wahl hat, hat die Qual?!

1 Schon in der 9. Klasse war mir klar, dass ich nicht weiter zur Schule gehen wollte. Ich wollte möglichst schnell ausziehen und auf eigenen Beinen stehen. Deshalb habe ich mich nach einer Ausbildung umgeschaut und mich beworben. Nach mehreren Ablehnungen habe ich die Zusage von zwei Betrieben bekommen. Ich habe die Ausbildung zur Industriekauffrau dann angenommen und bin dazu in eine 30 km entfernte Stadt gezogen, in der sowohl der Ausbildungsbetrieb als auch die Berufsschule waren. Mit meiner Ausbildungsvergütung habe ich mir dort ein Zimmer in einer Wohngemeinschaft gemietet.

2 Ich habe mich schon immer für Bewegung und Sport interessiert. Anfangs habe ich überlegt, ob ich Sportwissenschaften studieren möchte. Schlussendlich habe ich mich aber dafür entschieden, dass ich zunächst eine Ausbildung zum Gymnastiklehrer an der Berufsfachschule um die Ecke mache. Im Rahmen dieser schulischen Ausbildung werde ich auch meine Fachhochschulreife erwerben und kann nach der Ausbildung entscheiden, ob ich erst einmal arbeiten oder doch studieren möchte.

3 Mein größter Traum war es immer, so wie meine Eltern und Großeltern zuvor, Arzt zu werden. Mit etwas Glück habe ich nach der zehnten Klasse die Zulassung für die gymnasiale Oberstufe bekommen. Ich habe mich ganz bewusst gegen ein Gymnasium und für das berufliche Gymnasium in der Nachbarstadt entschieden. Dieses hat einen Schwerpunkt auf Gesundheit und Soziales, wovon ich mir einen Vorteil fürs Studium erhoffe. Dafür nehme ich auch die Stunde Fahrweg gerne in Kauf.

4 Als Schülerin mit mehreren Beeinträchtigungen beim Lernen fiel es mir nicht immer leicht in der Schule mitzukommen. Doch mit etwas mehr Zeit und Geduld schaffte ich den Hauptschulabschluss. Wichtig ist auf jeden Fall, dass man in der Schule und in der Ausbildung einen Nachteilsausgleich beantragt. So wissen alle viel besser, in welchen Bereichen ich länger brauche und ich hatte keinen Nachteil mehr dadurch. Bei der Suche einer passenden Ausbildung hat mir das Berufsbildungswerk sehr geholfen. Ich habe erst einmal ein Praktikum bei einem Sozialwerk der Kirche gemacht. Hier kann ich zum Beispiel eine Ausbildung zur Hauswirtschaftlerin machen, das könnte ich mir gut vorstellen.

5 Für mich war bereits zu Beginn der neunten Klasse klar, dass ich später einmal den Beruf des Altenpflegers ergreifen möchte. Leider bin ich für die Ausbildung noch zu jung und muss deshalb erst einmal ein Jahr überbrücken. Durch einen Freund bin ich aber auf das FSJ (freiwilliges soziales Jahr) aufmerksam geworden. Für ein Jahr lang helfe ich jetzt in einem Altenheim, lerne bereits Aufgaben des Berufes kennen und bekomme dafür auch noch etwas Geld. Auch andere Freunde haben sich für das FSJ entschieden, wobei zwei davon im Kulturbereich untergekommen sind. Ich hätte nicht gedacht, dass es solch vielfältige Möglichkeiten gibt.

6 Schon in meiner Schulzeit habe ich mich bei „Fridays for future" engagiert und später möchte ich auch beruflich in den Naturschutz. Auch wenn ich eigentlich ganz gute Noten habe, so fehlt es mir gerade etwas an Motivation, um weiter zur Schule zu gehen. Ich habe mich deshalb entschieden, dass ich ein freiwilliges ökologisches Jahr (FÖJ) mache. In dieser Zeit werde ich entscheiden, ob ich im Anschluss eine Ausbildung oder das Abitur mache und dann studiere. Natürlich habe ich mir eine Stelle im Naturschutz gesucht und das ist genau das richtige für mich! Mit dem Taschengeld im FÖJ komme ich auch gut über die Runden.

AUFGABEN

1. Wähle mindestens zwei berufliche Wege aus, die dich interessieren, und recherchiere, welche Voraussetzungen man dabei erfüllen muss (**M8**).
2. Analysiert als Gruppenpuzzle (→ Methodenglossar) die Fallbeispiele (**M9**).
   a) Beschreibt die verschiedenen Wege nach der Schule aus **M8** und nennt die dazugehörigen Informationen aus den Sprechblasen in **M9**. Leitet zudem Tipps aus den Beispielen ab.
   b) Erstellt ein Plakat (→ Methodenglossar) oder Lapbook (→ Gemeinsam Aktiv, Kap. 5) aus dem ersichtlich wird, welche Wege nach der Schule möglich sind.

13.3 Wir lernen Berufe kennen

Arbeiten gestern, heute und morgen – Entwicklung von Berufen

Von vielen verschiedenen Berufen hast du sicherlich schon einmal gehört. In diesem Kapitel erfährst du, wie Berufe entstanden sind und wie sie sich unterscheiden lassen und du beginnst zu überlegen, wo es für dich beruflich hingehen könnte.

M1 Berufe damals

1

Holzschnitt von 1490

2

Holzschnitt von 1479

3

Holzschnitt von 1536

M2 Wie Berufe entstanden sind

Arbeitsteilung
Zusammenarbeit mehrerer Personen, bei der die einzelnen Tätigkeiten oder Arbeitsschritte untereinander aufgeteilt werden

Die ersten Menschen lebten als Jäger und Sammler in Familien oder Sippen und von dem, was die Natur ihnen gab. Sie lebten als Nomaden und zogen weiter, wenn es z. B. keine Nahrung mehr gab. Vor ca. 10 000 Jahren siedelten sich die Menschen an und begannen die Natur zu gestalten. Sie betrieben Ackerbau und Viehzucht. Schon damals gab es eine gewisse Arbeitsteilung innerhalb der Gemeinschaft und besonders Begabte übernahmen bestimmte Tätigkeiten für die gesamte Gruppe. Es gab auch schon einen grundlegenden Handel zwischen den Gemeinschaften. Durch zunehmend größer werdende Siedlungen stieg die Möglichkeit Einzelner, sich auf bestimmte Tätigkeiten zu konzentrieren.

Einige Vorläufer unserer heutigen Berufe können auf das Mittelalter zurückgeführt werden. So gab es beispielsweise nicht nur den Beruf des Schmieds, sondern auch sehr spezialisierte Berufe wie Rüstungs-, Wagen- oder Hufschmiede. Das erworbene Wissen und die Fertigkeiten wurden streng gehütet und anfangs oft innerhalb der Familie von einer Generation zur nächsten weitergegeben. Die Jungen erlernten zumeist den Beruf des Vaters. Die Mädchen lernten von ihren Müttern die Fertigkeiten zur Haushaltsführung. Auch heute noch gibt es Familien, in denen mehrere Generationen den gleichen Beruf ausüben. Und auch heute noch spiegeln sich die historischen Berufe in einigen Familiennamen (z. B. Müller oder Fischer) wider. Heute stehen in Deutschland aber prinzipiell alle Berufe allen offen. So zeigt sich in den Berufsbezeichnungen (z. B. Einzelhandelskaufmann/-frau), dass sie unabhängig vom Geschlecht gewählt werden können.

BERUF UND JOB

Sowohl Beruf als auch Job sind Bezeichnungen für Erwerbsarbeit (→ #Arbeit, Kap. 13.1). Sie dienen dem Erwirtschaften des Lebensunterhalts. Auch wenn die Begriffe Job und Beruf in der Alltagssprache oft gleichbedeutend verwendet werden, so lassen sich die Begriffe voneinander abgrenzen. Oftmals werden Jobs weniger gut bezahlt als Berufe. Das liegt daran, dass ein Beruf eine besondere Qualifikation (eine abgeschlossene Ausbildung oder ein abgeschlossenes Studium) voraussetzt. Jobs hingegen setzen keine Ausbildung voraus. Die nötigen Fähigkeiten und Fertigkeiten und das Wissen zur Ausübung der Arbeiten ist in der Regel weniger umfangreich, sodass Personen in kürzerer Zeit angelernt werden können. Die beruflichen Qualifikationen von Berufen sind in Deutschland staatlich geregelt, sodass beispielsweise ein Bäcker in Berlin das Gleiche in der Ausbildung erlernt, wie eine Bäckerin in Dortmund.

M3 Arbeiten in der Zukunft

Auch in Zukunft werden Berufe einen hohen Stellenwert haben. Dabei werden neue Berufe (auch Berufsbilder genannt) entstehen, andere werden wegfallen oder Berufe werden zusammengelegt. In vielen Bereichen steigt der Anspruch an die ausübenden Personen. Gab es beispielsweise früher den Beruf des Kfz-Mechanikers und der Kfz-Mechanikerin, so wurde dieses Berufsbild durch den Bereich der Elektronik erweitert. Heute heißt dieses Berufsbild deshalb Kfz-Mechatronikerin bzw. -Mechatroniker.

Daneben spielt aber auch die Spezialisierung der Berufe eine wichtige Rolle. Das Beherrschen von komplexen Maschinen oder von komplizierter Software macht es erforderlich, sich auch nach der Ausbildung oder nach einem Studium weiterzubilden. Arbeit in der Zukunft setzt also noch mehr voraus, dass du dich dein Leben lang weiterbildest. Das wird als „Lebenslanges Lernen" bezeichnet. Hinzu kommt auch der Einfluss der Digitalisierung, der gerade in der Corona-Krise z. B. durch Video-Konferenzen und neuartige Formen der digitalen Zusammenarbeit aus dem Homeoffice auf viele zugekommen ist und auch in der Schule Einzug gehalten hat.

Mit dem Jobfutoromat könnt ihr überprüfen, wie sich bestimmte Berufe in Zukunft verändern werden

70052-147

Homeoffice
Arbeiten von Zuhause

AUFGABEN

1. Beschreibe die Abbildungen und benenne die in **M1** dargestellten Berufe.
2. Benenne stichpunktartig, wie Berufe entstanden sind (**M2**).
3. Erkläre den Unterschied zwischen Job und Beruf. Nenne dazu auch noch weitere Beispiele (**#Beruf und Job**).
4. Diskutiert anhand der Informationen aus **M3** die folgende Aussage: „Nach der Ausbildung oder dem Studium hat man ausgelernt."
5. Befragt Erwachsene zu den Auswirkungen der Corona-Pandemie auf das Arbeiten in verschiedenen Berufen und diskutiert, inwiefern die Veränderungen positiv oder negativ zu bewerten sind.

F **zu Aufgabe 4**
Beurteile, ob in Zukunft nur noch Spezialistinnen und Spezialisten gebraucht werden.

Traumjob Influencer!?

Chris überlegt schon seit Langem, was er werden möchte. Sein Freund Tom rät ihm: „Werde doch einfach Influencer – damit kannst du gut Geld verdienen." Den Begriff des Influencers hat Chris schon einmal gehört, was sich aber genau dahinter verbirgt, weiß er nicht. Auch seine Mutter ist da nicht hilfreich. Sie meinte, dass sei eine Grippe. Also recherchiert Chris im Internet und stößt gleich auf Bibi, Mesut Özil und weitere Promis, die als Influencer bezeichnet werden.

M4 Wer ist Influencer?

Bianca „Bibi" Claßen: 7,6 Millionen Abonnenten auf einer Social Media Plattform (Stand: März 2021)

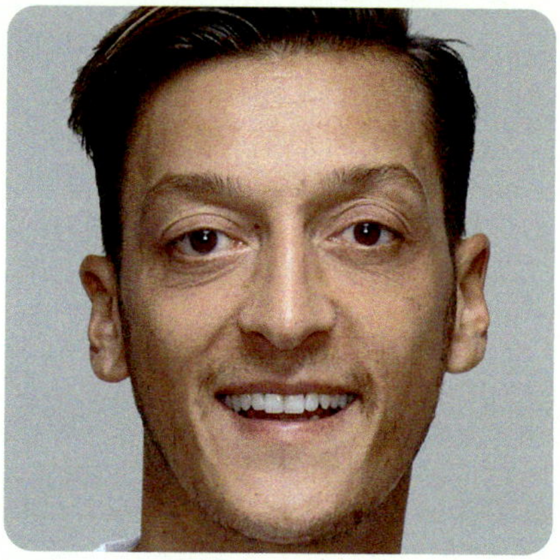

Mesut Özil: 24 Millionen Abonnenten auf einer Social Media Plattform (Stand: März 2021)

Follower
regelmäßiger Empfänger von Nachrichten, z. B. durch das Abonnement eines Kanals

Der Begriff Influencer stammt vom englischen Begriff to influence, also beeinflussen, ab. Eine Influencerin oder ein Influencer ist also eine Person, die andere beeinflusst. Im heutigen Sprachgebrauch bezieht sich der Begriff auf die Beeinflussung durch soziale Medien.
Um Influencerin oder Influencer zu werden, brauchst du vor allem eins: viele Follower! Ein anerkannter Ausbildungsberuf ist Influencer:in aber nicht. Es ist hilfreich, wenn du schon vorher (meist durch Radio und Fernsehen) bekannt bist. Andernfalls startest du bei Null und wirst wahrscheinlich nicht so schnell Follower finden. Damit du Follower gewinnst, musst du andere zuerst auf dich aufmerksam machen und dann dafür sorgen, dass sie dir wirklich (weiter-) folgen. Wer das erfolgreich geschafft hat, kann als Influencerin oder Influencer auch Geld verdienen.

M5 Wie verdienen Influencer Geld?

Wer viele Follower hat, der ist auch für die Werbung interessant. Teilweise machen Influencer Spots für das Fernsehen, Fotos für Plakate oder sie werben in ihren Beiträgen. Teilweise kann der Follower die Werbung als solches schnell erkennen. Bei anderen Beiträgen wird nicht offensichtlich, wofür geworben wird, sondern Produkte werden nur beiläufig erwähnt oder sind sichtbar. Hier spricht man auch von Produktplazierungen, die nicht immer erlaubt sind. Für das Bewerben von Produkten bekommen Influencer von den Unternehmen Geld oder kostenlose Produkte. Die bekannten Influencerinnen und Influencer können davon gut leben und verdienen teilweise deutlich mehr als bekannte Schauspielerinnen oder Schauspieler. In vielen Fällen werden Influencerinnen und Influencer durch professionelle Redakteure, Kameraleute und Werbefachleute unterstützt, die dann alle mitverdienen.

M6 Worauf kommt es also an?

Heutige Influencer haben Follower durch interessante Themen, interessante Aktionen, ihre Prominenz und durch ihr Aussehen oder ihre sympathische Art erworben. Damit die Follower ihr Interesse nicht wieder verlieren, posten Influencer immer wieder neue Inhalte, auch content genannt, die oftmals professionell und mit viel Aufwand produziert werden.

Influencer, die davon leben wollen, müssen für die Werbeindustrie interessant sein. Dazu müssen sie möglichst viele echte Follower haben. Bots (Follower, die ein Computerprogramm erstellt und verwaltet) und bezahlte Follower gaukeln die Beliebtheit nur vor. Unternehmen können das erkennen und bieten lukrative Werbedeals nur Influencern mit echten Followern an, die dann möglichst die beworbenen Produkte auch kaufen. Damit Influencer möglichst viele (echte) Follower bekommen, netzwerken sie. Das heißt in diesem Fall, sie verbinden ihre Benutzerprofile (Accounts) mit denen anderer Influencer in der Hoffnung, dass die User auch Follower werden. Und dann heißt es: immer neue und interessante Inhalte (content) kreieren bzw. posten. Die Posts der Follower beantworten und kommentieren. Das kostet also viel Zeit und Influencer geben viel ihrer Persönlichkeit und des persönlichen Lebens den unbekannten Followern preis.

AUFGABEN

1. Fasse zusammen, welche Personen häufig zu Influencern werden (**M4**).
2. Recherchiere zu bekannten Influencern und notiere:
   a) mit welchen Themen sie sich befassen,
   b) welche Zielgruppe sie haben, also wen sie ansprechen wollen und
   c) womit sie vermutlich ihr Geld verdienen. **MK**
3. Erstellt gemeinsam einen Post (Blog-Beitrag, Foto, Video), welcher dein Start für eine Influencer-Karriere sein könnte. Bezieht dabei **M5** mit ein. Diskutiert die Ergebnisse gemeinsam in der Klasse. **MK**
4. Analysiert zu zweit anhand der Informationen aus **M6**, welches Potenzial ihr als Influencer hättet.

Kriterien
sind Orientierungshilfen, mit denen wir beurteilen können, ob etwas passt oder nicht. Wenn du dir beispielsweise rote Schuhe kaufen möchtest, dann ist vor allem die Farbe Rot dein Kriterium für die Suche.

Alles gleich? Wir vergleichen Berufe

Wenn wir etwas miteinander vergleichen, dann nutzen wir hierfür Kriterien. Auch Berufe lassen sich so miteinander vergleichen. Ein paar hast du bereits kennengelernt, z. B. zur Unterscheidung verschiedener Formen von Arbeit (→ Kap. 13.1). Einige Kriterien zum Vergleich verschiedener Berufe sind hier im Folgenden dargestellt.

M7 Vielfalt von Arbeit und Beruf

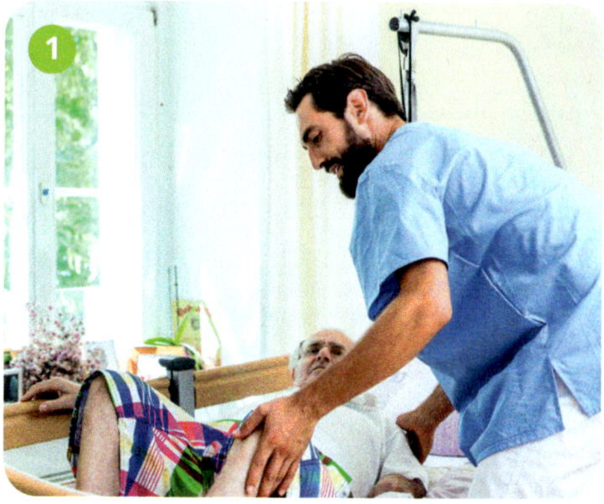

Ein Mann kümmert sich um einen Pflegebedürftigen.

Ein Mitarbeiter meldet digital den Beginn seiner Arbeit an.

Eine Frau bedient eine Maschine in der Fertigung.

Studierende verfolgen eine Vorlesung.

Geschmolzenes Eisen wird in eine Form gegossen.

Menschen in einem Großraumbüro.

M8 Vergleichskriterien für Arbeit und Beruf

a Arbeitsort: Wo wird gearbeitet?
Arbeitsorte sind die Orte, an denen die jeweilige Arbeit erledigt wird. Es gibt Berufe, die auf einen Arbeitsort festgelegt sind. Andere haben mehrere feste oder flexible Arbeitsorte.

b Arbeitsgegenstand: Was wird erarbeitet?
Beim Arbeitsgegenstand handelt es sich um Stoffe, Güter und Informationen, die durch die Arbeit in ihrem Zustand, ihrer Form oder Lage verändert werden.

c Arbeitsmittel: Womit wird gearbeitet?
Als Arbeitsmittel werden alle Gegenstände bezeichnet, die für die Verrichtung einer Arbeit benötigt werden.

d Arbeitszeiten: Wann wird gearbeitet?
Arbeitszeiten können einerseits nach dem täglichen Arbeitsbeginn, andererseits auch nach dem Stundenumfang in Teilzeit- und Vollzeitarbeit unterschieden werden.

e Art der Arbeit: Wie wird gearbeitet?
Entsprechend der drei Fähigkeitsbereiche (siehe Kap. 13.2) werden körperliche, geistige und soziale Arbeiten unterschieden.

f Art der Ausbildung: Welche Qualifikationen werden benötigt?
Im Gegensatz zu Jobs setzen Berufe eine (anerkannte) Qualifikation voraus. Während man für Jobs (nur) angelernt wird, benötigt man für Berufe eine duale Ausbildung, eine schulische Ausbildung oder ein abgeschlossenes Studium.

AUFGABEN

1. Überlege spontan, inwiefern die Bilder in **M7** etwas mit der Unterscheidung von Berufen zu tun haben.

2. Ordne die Bilder aus **M7** den Begriffen in **M8** zu und vergleicht im Anschluss eure Zuordnungen zu zweit.

3. a) Erklärt euch zu zweit gegenseitig die Begriffe **a-f** aus **M8** und ergänzt sie mit eigenen Beispielen.
b) Stelle dir vor, dass das Anfertigen von Hausaufgaben ein Beruf wäre. Beschreibe deinen „Beruf" als „Hausaufgabenmacherin / Hausaufgabenmacher" nach den Kriterien aus **M8**.

4. Stelle die Kriterien für einen dir bekannten Beruf übersichtlich z. B. in Form einer Mindmap dar.
a) Nutze dafür die Informationen aus dem Buch und recherchiere im Internet (→ Methodenglossar). Helfen können dir dabei die nebenstehenden Mediencodes. **MK**
b) Bewerte auf Grundlage deiner Fähigkeiten und Interessen deine Eignung für den Beruf.
c) Präsentiere dein Arbeitsergebnis der Klasse.

Hier findest du eine Übersicht über Berufsfelder
70052-148

Hier kannst du weiterführende Informationen über Berufe suchen
70052-149

F zu Aufgabe 3
Beziehe in deine Recherche auch die vorausgesetzten Schulabschlüsse und die Geschlechterverteilung in dem Beruf mit ein. Nimm kritisch Stellung zu deinen Ergebnissen.

WELCHE BERUFE PASSEN ZU MIR UND WIE KANN ICH MICH ENTSCHEIDEN?

Kapitel 13.1, M1-M10

ARBEIT IST MEHR ALS ERWERBSARBEIT

Arbeit bezeichnet eine planmäßige und zielgerichtete Tätigkeit. Sie dient nicht immer nur dem Geld verdienen, sondern spielt auch in anderer Form eine wichtige Rolle in unserem Leben und der Gesellschaft. Beispielsweise in Form der Care-Arbeit. Wie und wo jemand arbeitet, kann ganz unterschiedlich aussehen. Es gibt nicht nur vielfältige Arbeitsorte, sondern man unterscheidet auch zwischen Vollzeit- oder Teilzeit-Arbeit oder befristeten und unbefristeten Arbeitsverhältnissen. Selbstständige Unternehmerinnen und Unternehmer gestalten ihre Tätigkeit flexibler und können über Arbeitszeit und Ort frei bestimmen, haben aber auch ein größeres Risiko als Festangestellte. Auch für die Rente hat dies Konsequenzen, Selbständige müssen selbst vorsorgen.

Kapitel 13.2, M1-M7

MEINE STÄRKEN UND INTERESSEN

Jeder Mensch hat sowohl Stärken als auch Schwächen. Diese zu kennen, ist eine wesentliche Voraussetzung dafür, einen passenden Beruf zu finden. Du kannst zwar an deinen Schwächen in bestimmtem Maße arbeiten, du solltest aber immer von deinen Stärken ausgehen. Deine Interessen zeigen sich oftmals in deinen Hobbys. Hier wendest du meist auch deine Stärken an. Darüber hinaus spielen aber auch deine Vorlieben für bestimmte Tätigkeiten und deine Vorstellungen darüber, wie du gerne arbeiten möchtest, eine Rolle.

Kapitel 13.2, M8, M9

WEGE NACH DER SCHULE

Neben deinen Stärken und Interessen beeinflussen auch andere Faktoren deine Möglichkeiten, wie es nach der Schule weitergehen kann. So kann dein Schulabschluss darüber entscheiden, ob du z.B. in der gymnasialen Oberstufe die Fach- oder Allgemeine Hochschulreife erwerben kannst. Andere Möglichkeiten, wie die der schulischen oder dualen Ausbildung und des FSJ oder FÖJ, sind hingegen weniger an einen bestimmten Schulabschluss gebunden.

WIE ENTWICKELN SICH BERUFE UND WIE LASSEN SIE SICH VERGLEICHEN?

BERUFE HABEN OFT EINE TRADITION

Kapitel 13.3, M1-M2

Viele Berufe, wie der Beruf des Schmieds, haben eine lange Tradition und früher wurde das Wissen und Können zumeist innerhalb einer Familie weitergegeben. Heute stehen den meisten bei entsprechendem Bildungsabschluss unabhängig von Geschlecht und Herkunft viele Berufe offen und du kannst dich frei zwischen den zahlreichen Berufen entscheiden.

BERUF UND JOB

#Beruf und Job

Umgangssprachlich werden Beruf und Job oft gleichbedeutend verwendet. Beide sind Bezeichnungen für Erwerbsarbeit, die der Erwirtschaftung des Lebensunterhalts dient. Berufe setzen dabei eine abgeschlossene Ausbildung oder ein abgeschlossenes Studium (als Qualifikation) voraus und werden deshalb oft höher bezahlt. Für Jobs werden die nötigen Voraussetzungen hingegen durch (kurzes) Anlernen erworben. Das ist möglich, da der Umfang der Tätigkeiten i.d.R. geringer ist.

ARBEITEN IN DER ZUKUNFT

Kapitel 13.3, M3-M6

Sowohl Berufe als auch Jobs entwickeln sich immer weiter. Während der Job der Influencerin oder des Influencers beispielsweise neu entstanden ist, nimmt die Bedeutung einzelner Berufe ab. Durch die Digitalisierung und Automatisierung von Arbeiten fallen bestimmte (oft besonders einfache) Tätigkeiten weg, es werden ähnliche Berufe zusammengelegt oder sie entstehen neu. Und auch wie wir in Zukunft arbeiten, wird sich in den nächsten Jahren noch weiter verändern.

VERGLEICHSKRITERIEN VON ARBEIT UND BERUF

Kapitel 13.3, M7, M8

Um Arbeiten und Berufe miteinander zu vergleichen, verwenden wir bestimmte Kriterien. Auch die benötigten Fähigkeiten verwenden wir, um Berufe miteinander und mit unseren (Zukunfts-)Vorstellungen vergleichen zu können. Daneben gehören auch der Arbeitsort, der Arbeitsgegenstand, die verwendeten Arbeitsmittel, die Art der Ausbildung sowie die Art der Arbeit und die Arbeitszeit(en) zu den Vergleichskriterien.

M1 Fahrplan zur Berufsorientierung

Klasse 8

August – Dezember
- Erkennen von Potenzialen (Potenzialanalyse)
- Gespräche zur Potenzialanalyse
- Vorbereitung der Berufsfelderkundung

Januar – Juni
- Berufsfelder kennenlernen / Girls' and Boys' Day
- Kennenlernen der Berufsberatung

Klasse 9

August – Dezember
- Besuch von Info Veranstaltungen
- Besuch einer Berufsorientierungsmesse

Januar – Juni
- dreiwöchiges Schülerbetriebspraktikum (SBP)
- Anfertigen eines Praktikumsberichts

Klasse 10
- Konkretisierung der Berufswahl
- Bewerbertraining
- Weitere Info-Veranstaltungen

M2 Lass uns reden

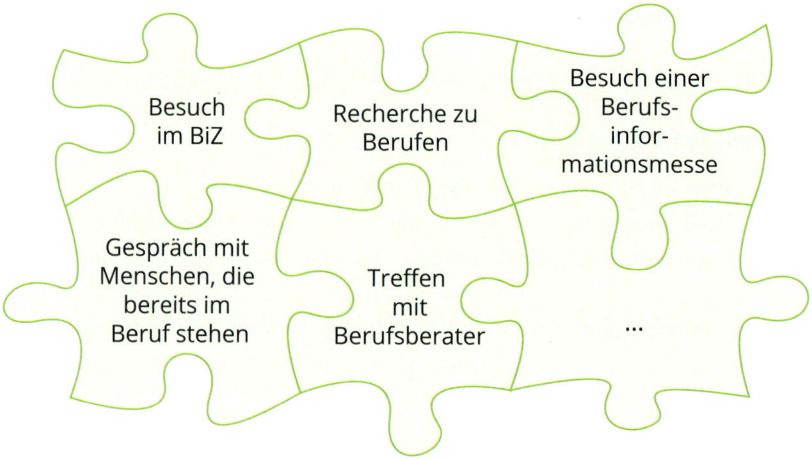

BiZ
Berufsinformationszentrum

Online-Quiz zum Kapitel

82000-231

M3 Berufsporträts erstellen

Habt ihr euren Traumberuf schon gefunden? Erstellt zu den in eurer Klasse genannten Berufswünschen jeweils Kurzporträts.

Formuliert zunächst Leitfragen. Berücksichtigt z. B. folgende Aspekte:

- Über welche Fähigkeiten sollte derjenige, der den Beruf ausüben möchte, verfügen?
- Welche schulischen Voraussetzungen werden verlangt?
- Wie lange dauert die Ausbildung?
- Welche Tätigkeiten werden ausgeübt?
- Wie sind die Verdienstmöglichkeiten?
- Welche Aufstiegschancen hat man?
- Hat man die Möglichkeit, diesen Beruf auch im Ausland auszuüben?
- Wie ist die aktuelle Lage auf dem Arbeitsmarkt?
- Ist der Beruf ein krisensicherer Beruf?
- Wie sind die Zukunftschancen?

Analysiert in einem zweiten Schritt, z. B. durch die Auswertung entsprechender Stellenanzeigen, welche spezifischen Anforderungen an diesen Beruf gestellt werden.

Informationen findet ihr z. B. hier:
Seite der Bundesagentur für Arbeit für Jugendliche und Auszubildende:
www.planet-beruf.de

Aufgaben

1. Erstelle einen Zeitplan für deine berufliche Zukunft, indem du Meilensteine benennst. Arbeite auch einen Plan B aus (**M1**).
2. Notiere alle Fragen, die bei deiner persönlichen Berufsplanung noch offen sind. Überlege, wer dir weiterhelfen kann und plane, wie du Unterstützung erhältst (**M2**).
3. Erstellt mit den Informationen aus **M3** eine kleine Sammlung von Berufsbeschreibungen (Wandposter, Karteikarten, Dateien ...).

Tabelle zur Selbsteinschätzung

70052-150

Eine Positionslinie bilden

Worum geht es?

Mit Hilfe einer Positionslinie können Einstellungen körperlich zum Ausdruck gebracht werden. Dies kann in jedem größeren Raum geschehen, z. B. in eurem Klassenraum.

Geht dabei so vor:

1. Schritt: Vorbereitung

Auf einer gedachten oder durch einen Klebestreifen auf dem Boden markierten Linie positionieren sich die Schüler zu einer Frage oder zu einem Problem. Die Enden dieser Linie stellen alternative Pole (ja/nein; stimmt/stimmt nicht), der Abstand zwischen diesen Punkten entsprechend abgestufte Positionen dar.

2. Schritt: Durchführung

Die Schüler werden dann aufgefordert, ihre Positionen zu begründen und sich auch argumentativ aufeinander zu beziehen.

Scholz, Lothar: Spielerisch Politik lernen. Methoden des Kompetenzerwerbs im Politik- und Sozialkundeunterricht, Frankfurt/M, 2003, S. 114

Ein Wandplakat erstellen

Worum geht es?

Ein Wandplakat bietet die Möglichkeit gelernten Inhalt zu visualisieren.

Geht dabei so vor:

1. Schritt: Vorbereitung

Haltet das Wichtigste fest. Hierbei können euch folgende Materialien helfen:

- Bilder, Tabellen, Fotos ...
- Kurze Informationstexte

2. Schritt: Gestaltung

- Klare, saubere, deutliche Schrift
- Keine Rechtschreibfehler
- Farben verwenden, die auch von weitem gut erkennbar sind
- Raum gut aufteilen (nicht dicht gedrängt)

Nach: Klippert, Heinz: Methodentraining. Übungsbausteine für den Unterricht, Weinheim und Basel: Beltz Verlag 1999, S. 168

Ein Ampelspiel durchführen

Worum geht es?

Das Ampelspiel dient dazu, euch eine eindeutige eigene Position zu bilden. Durch eine von drei Farbkarten (rot, gelb, grün) könnt ihr zu erkennen geben, ob ihr spontan einer bestimmten Aussage zustimmt, ob ihr unentschlossen seid oder ob ihr sie ablehnt. Mithilfe dieses Spiels macht ihr eure (Vor-)Ansichten deutlich, die dann in einer weiteren Arbeitsphase reflektiert werden können.

Geht dabei so vor:

1. Schritt: Vorbereitung

- Die Lehrkraft trägt verschiedene zugespitzte Aussagen bzw. Thesen vor.

2. Schritt: Durchführung

- Jeder von euch hat drei Karten: eine grüne, gelbe und rote Karte
- Bei jeder Aussage hebt ihr eine dieser Karten:
  Rot = Ablehnung,
  Gelb = Enthaltung / Unentschiedenheit,
  Grün = Zustimmung.

3. Schritt: Abschluss

- Nach einer kurzen Zeit der Beobachtung könnt ihr euch darüber austauschen: Fragt euch gegenseitig nach Gründen und besprecht, wo und warum ihr euch unsicher wart.

Eine Mindmap erstellen

Worum geht es?

Eine Mindmap (englisch: mind map; auch: Gedanken[land]karte, Gedächtnis[land]karte) erstellen, ist eine Technik, die für das Erschließen oder das visuelle Darstellen eines Themengebietes oft zum Einsatz kommt. Hierbei sollen Gedanken freien Lauf erhalten und so die Fähigkeit des Gehirns zur Kategorienbildung genutzt werden.

Geht dabei so vor:

1. Schritt: Das Thema bestimmen

Zuerst gilt es, ein möglichst konkretes Thema bzw. einen bestimmten Begriff zu bestimmen. Schreibt dieses Thema/diesen Begriff in die Mitte eines Papiers.

2. Schritt: Hauptäste setzen

Zieht Linien/Hauptäste von dem Thema/Begriff in verschiedene Richtungen. Schreibt dann Oberbegriffe in Großbuchstaben am Ende der Hauptäste. Mit diesen Oberbegriffen strukturiert ihr das Thema/den Begriff grundlegend, überlegt hier also genau, welche Begriffe ihr für die Hauptäste wählt.

3. Schritt: Erweiterung und Abschluss

Ergänze nun Nebenarme mit einer zweiten (und evtl. dritten) Gedankenebene.

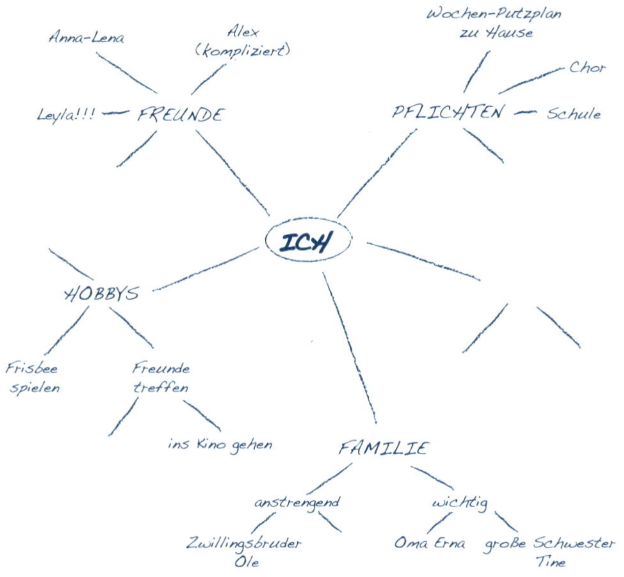

Eine Concept Map erstellen

Worum geht es?

Mit einer Concept Map könnt ihr Ideen und Aspekte zu einem Thema gut gegliedert und übersichtlich in einem Netzwerk darstellen. Einzelne Begriffe, die zum Thema gehören, werden durch Linien oder Pfeile verbunden. Auf die Linien und Pfeile werden Kommentare und Hinweise geschrieben, die anzeigen, wie die Begriffe zusammengehören.

Geht dabei so vor:

1. Schritt: Text oder Material bearbeiten und das Thema bestimmen

1. Lest den Text-(teil) oder das Material, zu dem ihr eine Concept Map erstellen wollt.
2. Notiert die wichtigsten Begriffe.
3. Formuliert das Thema oder die zentrale Frage: Was soll die Concept Map beantworten?

2. Schritt: Die Concept Map erstellen

1. Schreibt das Thema in den oberen Teil eines Blattes Papier.
2. Verteilt die Begriffe auf dem Papier.
3. Stellt euch die Frage, wie die Begriffe zusammenhängen und verbindet sie mit Pfeilen und / oder Linien.
4. Beschriftet die Pfeile / Linien.

Eine Concept Map könnte wie folgt aussehen:

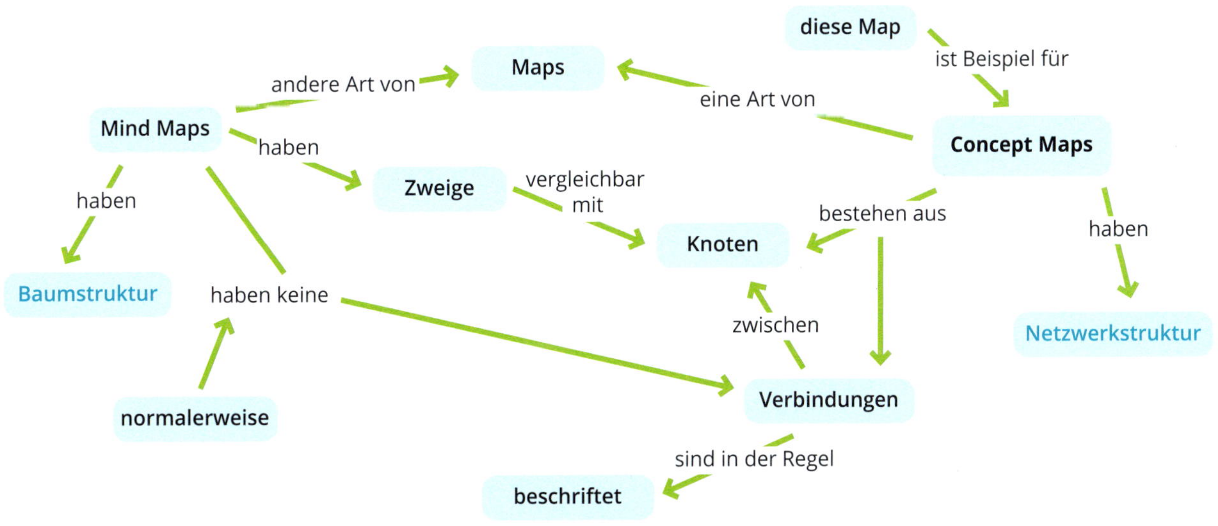

Eine Karikatur analysieren

Worum geht es?

Karikaturen sind zeichnerische Kommentare zu aktuellen gesellschaftlich-politischen Problemen. Karikaturisten „überzeichnen", übertreiben und verzerren Situationen, so dass Schwachstellen durch Humor und Witz entlarvt werden. Ihr Ziel ist es, Kritik zu üben, z. B. an politischen Programmen, Personen und Entscheidungen. Karikaturen sind meistens nur verständlich, wenn der Hintergrund des momentanen politischen Geschehens bekannt ist.

Geht dabei so vor:

1. Schritt: Beschreibung

- Wie ist die Karikatur aufgebaut? (Bild-, Textelemente)
- Wen oder was zeigt die Karikatur?
- Welche Darstellungsmittel werden gewählt? (Zeichenstil, Ausdruck ...)

2. Schritt: Deutung

- Auf welches (aktuelle) Problem nimmt der Zeichner Bezug?
- Wer oder was genau wird kritisiert?
- Wessen Standpunkt wird verteidigt?
- Wer ist der Adressat?
- Welchen Standpunkt nimmt der Karikaturist ein?

3. Schritt: Bewertung

- Worin ist dem Karikaturisten zuzustimmen?
- Was ist dem Karikaturisten entgegen zu halten?
- Wie ist die Qualität der Karikatur einzuschätzen?

Ein Lerntempoduett durchführen

Worum geht es?

Diese Unterrichtsmethode ist eine Kombination aus Einzel- und Partnerarbeit. Sie eignet sich vor allem gut, um dem unterschiedlichen Arbeitstempo der Schülerinnen und Schüler bei der Erarbeitung eines Themengebiets gerecht zu werden. Sie wird auch als Think (Aneignung von Wissen in Einzelarbeit) – Pair (Austausch in Partnerarbeit) – Share (Präsentation der Ergebnisse) Methode bezeichnet.

Geht dabei so vor:

1. Schritt: Erarbeite dir die Inhalte in Einzelarbeit

Bearbeite das Thema zuerst in Einzelarbeit. Mache dir Notizen, um das Erlernte festzuhalten. Nimm dir dabei die Zeit, die du benötigst, um die Aufgabe gründlich zu bearbeiten.

2. Schritt: Bildet Lernteams mit ähnlichen Arbeitsgeschwindigkeiten

Wenn ihr mit der Bearbeitung eurer Aufgabe fertig seid, steht auf oder geht zu einer „Haltestelle" in eurem Klassenzimmer. Wartet bis ein anderer Schüler oder eine andere Schülerin ebenfalls aufsteht und schließt euch zusammen.

3. Schritt: Tauscht euch im Lernteam aus

Tauscht euch jetzt zu zweit über eure Ergebnisse der bearbeiteten Aufgabe(n) aus. Ergänzt gegenseitig Inhalte und stellt euch Verständnisfragen. Gegebenenfalls sollt ihr noch weitere Aufgaben zur Vertiefung des Themas bearbeiten. Bereitet eure Arbeitsergebnisse gemeinsam so auf, dass ihr sie im Anschluss in der Klasse vorstellen könnt.

4. Schritt: Präsentiert eure Arbeitsergebnisse

Als Lernteam präsentiert ihr jetzt eure Arbeitsergebnisse im Plenum. Im Plenum werden noch weitere Verständnislücken geklärt und von den anderen Schülerinnen und Schülern weitere Inhalte ergänzt.

Nach: Bungert-Müller, Anette: Lerntempoduett. Formen des kooperativen Lernens. Bildungsserver Rheinland-Pfalz, www.heterogenitaet.bildung-rp.de, abgerufen am 18.05.20

Ein Gruppenpuzzle durchführen

Worum geht es?

Diese Unterrichtsmethode ist eine Form der Gruppenarbeit. Sie arbeitet mit zwei Gruppenformen, der Stamm- und der Fachgruppe.

Beim Gruppenpuzzle werden die Mitglieder einer Klasse in Gruppen eingeteilt. Jede Gruppe bearbeitet das Gesamtthema, jedoch jedes Mitglied in Einzelarbeit einen anderen Teil.

Geht dabei so vor:

1. Schritt: Bildet Stammgruppen

- Teilt die Klasse in Stammgruppen von drei bis sechs Personen auf.
- Teilt jedem Mitglied einer Stammgruppe eine Teilaufgabe zu. Jedes Gruppenmitglied wird somit zur Fachkraft für ein Thema.
- Gebt euch ausreichend Zeit, damit ihr euch in euer Gebiet einarbeiten könnt.

Stammgruppen

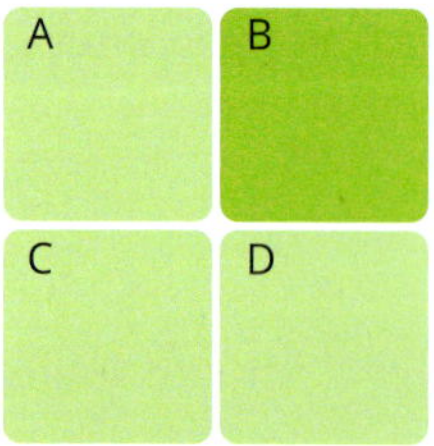

2. Schritt: Bildet Fachgruppen

- Bildet nun „Fachgruppen“, indem sich Mitglieder des gleichen Themengebiets treffen und ihre Ergebnisse vergleichen.
- Besprecht in euren „Fachgruppen“ eure Teilaufgabe als Fachkräfte. Löst zusammen die Teilaufgabe und formuliert ein Ergebnis mit dem sich jede Fachkraft einverstanden erklärt.

Fachgruppen

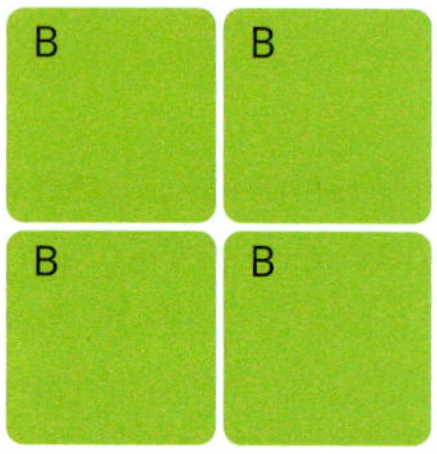

3. Schritt: Rückkehr in die Stammgruppen

- Kehrt als Fachkräfte anschließend in eure ursprünglichen Gruppen zurück.
- Vermittelt als Fachkräfte euren anderen Gruppenmitgliedern, was ihr über euer Themengebiet erarbeitet habt.
- Hört den anderen Fachkräften zu und stellt ihnen gegebenenfalls Verständnisfragen.

Stammgruppen

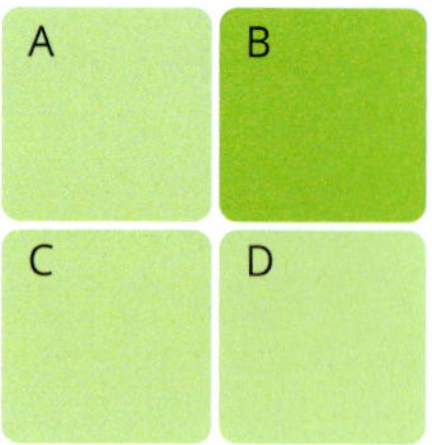

Portfolio – die Dokumentation meiner Berufswahl

Worum geht es?

Ein Portfolio ist eine persönliche Mappe oder ein Ordner zu einem bestimmten Thema. Du dokumentierst darin deine Arbeit und beschreibst, was du gelernt hast, was du für besonders wichtig an diesem Thema hältst und was du dir merken möchtest.
In diesem Portfolio zu deiner Berufswahl sammelst du alles, was du im Unterricht dazu bearbeitet hast. Außerdem zeigst du, wie du dich außerhalb des Unterrichts mit dem Thema auseinander gesetzt hast. Es unterstützt dich also dabei, einen Beruf zu finden – du kannst jederzeit in deinem Portfolio nachblättern. Gleichzeitig kann dein Lehrer nachvollziehen, wie du gearbeitet hast.

Geht dabei so vor:

1. Schritt: Inhalt des Portfolios

I. **Deckblatt**
Dein Ordner sollte ein Deckblatt mit folgenden Stichpunkten haben: Name, Klasse, Anschrift, Schuljahr, evtl. Zeitraum des Betriebspraktikums, Anschrift des Praktikumsbetriebs

II. **Inhaltsverzeichnis**

III. **Inhalt:**

Themen	Fragestellungen
Was kann ich, was will ich? Welche Wege kann ich einschlagen?	Worin liegen deine Interessen und Stärken? Welche Berufe kommen für dich in Frage? Wie sieht der mögliche Weg in diesen Beruf aus?
	Hefte alle Dokumente aus dem BORS-Unterricht ab (u. a. Lebenslauf, Anschreiben an den Praktikumsbetrieb ...).
Dokumentiere dein Berufspraktikum	Erläutere, warum du dich für diesen Beruf entschieden hast. Formuliere deine Erwartungen. Stelle den Betrieb vor und erläutere, warum du dich für diesen Betrieb entschieden hast. Stelle den von dir gewählten Beruf ausführlich vor (Voraussetzungen, Ausbildung, Tätigkeiten, Arbeitszeiten, Verdienst, Zukunft des Berufs, Weiterbildungsmöglichkeiten). Beschreibe auch typische Arbeitsvorgänge in diesem Beruf. Erstelle für jeden Tag im Praktikum ausführliche Tagesberichte. Bewerte dabei, was dir gut gefallen hat und was nicht. Führe ein Interview mit einer Person, die den Beruf ausübt, den du im Praktikum kennenlernst.
Reflektiere dein Berufspraktikum	Reflektiere dein Berufspraktikum (Wie hat dir dein Praktikum gefallen, was hat es für deine Berufswahl bedeutet, welchen Eindruck hast du vom Arbeitsleben bekommen?) Denke daran zu begründen! Erstelle einen Zeitplan, wie es für dich nach der Schule weitergeht.

2. Schritt: Gestaltung des Portfolios

- Gestalte alle Seiten deines Portfolios ordentlich! Verwende wenige Schriftfarben und hebe Überschriften hervor.
- Verwende gut lesbare Schriftarten (z. B. Arial, Times New Roman oder Calibri, Zeilenabstand 1,5) und achte auf eine gut leserliche Handschrift.
- Ordne Texte und Materialien übersichtlich an.
- Hefte auch die Materialien ab, die du außerhalb der Schule bekommen hast.

Erläuterungen zu Operatoren

Operatoren für die gesellschaftswissenschaftlichen Fächer (2016)

Anforderungsbereich I: Reproduktion
(Wiedergeben und Beschreiben)

Arbeitsanweisung in der Aufgabe	Was ist genau zu tun?	Was dir zusätzlich helfen kann
nennen	Du zählst knapp die gefragten Informationen oder Begriffe auf.	Deine Antwort kann in Stichworten strukturiert sein: 1. ..., 2. ..., 3. ... usw.
beschreiben	Du gibst die wichtigsten Merkmale in ganzen Sätzen und eigenen Worten wieder. Das kann aus eigenem Wissen oder mithilfe von Bildern, Karikaturen, Statistiken ... erfolgen.	Diese Formulierungen können dir helfen: *„Hier ist abgebildet ...“ – „Hier sehe ich ...“*
bezeichnen	Du drückst wichtige Sachverhalte in eigenen Worten aus, die dir z. B. in einer Karte, einer Tabelle oder einem Schaubild aufgefallen sind.	Achte darauf, möglichst exakt auf den Punkt zu bringen, was dir aufgefallen ist.

Anforderungsbereich II: Reorganisation und Transfer
(selbstständiges Erklären, Einordnen und Anwenden)

Arbeitsanweisung in der Aufgabe	Was ist genau zu tun?	Was dir zusätzlich helfen kann
herausarbeiten	Du „filterst“ aus einem Material unter bestimmten Gesichtspunkten die entsprechenden Informationen heraus.	Achte darauf, welche Gesichtspunkte in der Aufgabenstellung genannt werden. Vermeide eine reine Inhaltswiedergabe.
charakterisieren	Du findest heraus, worin die charakteristischen Merkmale bestehen und beschreibst das besonders Auffällige.	Nenne Merkmale und fasse die wichtigsten Auffälligkeiten zusammen.
erstellen	Du zeigst Zusammenhänge auf – oft mit einer Skizze oder einer Zeichnung.	Hierfür kannst du z. B. Pfeile, Tabellen oder eine Mindmap verwenden.
darstellen	Du zeigst Zusammenhänge auf. In der Regel schreibst du dazu einen eigenen, gegliederten Text oder entwirfst ein Schaubild.	Damit nichts durcheinander gerät, kannst du vorher eine Stichwortsammlung bzw. einen Gliederungsentwurf machen.
analysieren	Du wertest Materialien systematisch aus.	Zähle nicht nur Besonderheiten auf, sondern sortiere und werte aus, indem du sie in einen Zusammenhang setzt.
ein-, zuordnen	Du stellst etwas in einen Zusammenhang, der dir durch die weitere Aufgabenstellung vorgegeben wird.	Achte darauf, auch zu erklären, warum das eine zum anderen passt.
begründen	Du untermauerst eine Aussage mit Gründen.	Formulierungen, die du verwenden kannst: *„Dafür spricht ...“ – „Ein Grund dafür ist ...“*

Arbeitsanweisung in der Aufgabe	Was ist genau zu tun?	Was dir zusätzlich helfen kann
erklären	Du gibst auf der Basis deines Wissens eine Antwort.	Zeige die Gründe für etwas oder die Zusammenhänge von etwas auf.
erläutern	Du erklärst, warum etwas so ist, und nennst dabei Beispiele oder Belege.	Mit Beispielen und Belegen veranschaulichst du deine Erklärung.
vergleichen	Du arbeitest aus zwei Materialien bestimmte Gesichtspunkte heraus und suchst nach Gemeinsamkeiten und Unterschieden, die du gewichtest. Am Schluss formulierst du ein Ergebnis.	Hier kann eine Tabelle hilfreich sein. Achte darauf, dass auch die Nennung von Unterschieden zu einem Vergleich gehören.

Anforderungsbereich III: Reflexion und Problemlösung
(Umgang mit Urteilen und Abwägen von Handlungsmöglichkeiten)

Arbeitsanweisung in der Aufgabe	Was ist genau zu tun?	Was dir zusätzlich helfen kann
überprüfen	Du untersuchst, ob eine Aussage stimmig ist und formulierst ein Ergebnis deiner Überlegungen.	Du musst nicht abwägen, sondern kannst dich für eine Richtung entscheiden.
beurteilen	Du nimmst Stellung zu einer Aussage von anderen oder einem Sachverhalt. Dabei geht es darum herauszufinden, ob diese Aussage überzeugend – also logisch und in sich stimmig – ist. Gib dabei die Gründe für dein Urteil an.	Formulierungen, die du verwenden kannst: *„Ich halte die Aussage für überzeugend, weil …“* – *„Weniger / nicht überzeugend ist, dass …“*
bewerten	Du beziehst Stellung. Allerdings kannst und sollst du hier stärker das einbeziehen, was dir persönlich oder unserer Zeit heute wichtig ist.	Formulierungen, die du verwenden kannst: *„Ich halte das für richtig (bzw. falsch), weil …“* – *„Damit habe ich Schwierigkeiten, weil …“*
erörtern	Dir wird ein Problem vorgegeben. Wie auf einer zweischaligen Waage kannst du das Problem abwägen. Lege die Gründe dafür in die eine Schale, die Gründe dagegen in die andere. Am Ende kommst du zu einem Ergebnis deiner Abwägung. Dabei hilft wieder der Blick auf die Waage: In welcher Waagschale finden sich die gewichtigeren Gründe?	Formulierungen, die du verwenden kannst: *„Dafür spricht …“* – *„Dagegen spricht …“* – *„Insgesamt komme ich zu der Einschätzung, dass …“*
entwickeln	Du suchst nach einem Lösungsansatz für ein Problem.	Achte darauf, dass sich dein Lösungsansatz mit Gründen oder Belegen aus den vorgegebenen Materialien untermauern lässt.
gestalten	Du stellst etwas her oder entwirfst etwas, zum Beispiel eine Rede, ein Streitgespräch zwischen zwei Personen.	Achte darauf, die Aufgabenstellung im Blick zu behalten. Beachte ebenfalls: Wen willst du ansprechen?

Register

Bildnachweis

AdobeStock / anatoliycherkas – S. 195; - / Wilm Ihlenfeld – S. 55; - / Sandor Jackal – S. 142; - / Robert Kneschke – S. 377; - / Marcito – S. 214, 227; - / MDAL – S. 55; - / olhabocharova – S. 55; - / petrovskaya – S. 55; - / Photographee.eu – S. 182; - / PhotoPlus+ – S. 182; akg-images – S. 41, 88, 229, 236, 252, 362, 380 (3); - / INTERFOTO, TV-Yesterday – S. 248, 270; - / Erich Lessing – S. 85; - / Science Photo Library – S. 248; Aktion Deutschland Hilft – S. 166; Alamy Stock Photo / Benny Marty – S. 108; - / Heritage Image Partnership Ltd – S. 225, 242, 246; - / Mithra, Heritage Image Partnership Ltd – S. 214; - / Panther Media GmbH – S. 382; - / Pictorial Press Ltd – S. 220; - / The Granger Collection – S. 252; - / ZUMA Press, Inc. – S. 261; Holger Appenzeller, Stuttgart – S. 337; Baaske Cartoons / Gerhard Mester – S. 140; Bergmoser + Höller Verlag AG, Aachen – S. 308, 323; bpk-Bildagentur – S. 78, 254; - / Hermann Buresch – S. 243; - / Georg Buxenstein Co – S. 256; - / Alfredo Dagli Orti – S. 94; - / Kunstbibliothek, SMB, Knud Petersen – S. 34; - / Kunstbibliothek, Staatliche Museen zu Berlin – S. 279; - / Kupferstichkabinett, SMB, Jörg P. Anders – S. 32; - / RMN-Grand Palais, Hervé Lewandowski – S. 35; Bridgeman Images / British Library Board – S. 14; - / Photo © Don Troiani – S. 101; Bundesarchiv / Bild 183-R00012, Bilderdienst Scherl – S. 350; © Bundeskoordination von Schule ohne Rassismus - Schule mit Courage – S. 334; Bundeszentrale für Politische Bildung – S. 302, 370; - / CC BY-NC-ND 3.0.de – S. 328; Deutscher Bundestag / photothek.net, Berlin – S. 242; Deutsches Uhrenmuseum, Furtwangen – S. 342; dpa Infografik – S. 123; dpa Picture-Alliance – S. 136; - / AA, Mahmut Serdar Alakus – S. 164; - / akg-images – S. 26, 38, 84 (2), 88, 152, 236, 240, 248 (2), 257, 258, 259, 338, 355; - / akg-images, André Held – S. 40; - / akg-images, Historisches Auge – S. 350; - /akg-images, Erich Lessing, © VG Bild-Kunst 2022 – S. 362; - / Tim Brakemeier – S. 377; - / DFB – S. 382; - / dieKLEINERT.de, Markus Grolik – S. 146; - / dpa Zentralbild, Jan Woitas – S. 384; - / dpa-Zentralbild, Paul Zinken – S. 300; - / epa, Ansa Lannino – S. 122; - / epa-Bildfunk, Leo_Noguera-El_Globo – S. 98; - / Christophe Gateau – S. 162 (2), 318; - / Jiji Press Photo, Morio Taga – S. 168; - / Michael Kappeler – Cover; - / MAXPPP, Luigi Spina, Ho Mibact, Eidon – S. 172; - / NurPhoto, Ying Tan – S. 109; - / Klaus Ohlenschläger – S. 134; - / Photoshot – S. 98, 272; - / photothek, Florian Gaertner – S. 295; - / Stephanie Pilick – S. 282; - / REUTERS, Jorge Silva – S. 108; - / Franck Robichon – S. 167; - / Winfried Rothermel – S. 109; - / Frank Rumpenhorst – S. 130; - / SULUPRESS.DE, Vladimir Menck – S. 326; - / ullstein bild, Archiv Gerstenberg – S. 32; - / Georg Wendt – S. 191; - / Westend61, Martin Rietze – S. 154, 170; Dreamstime / Georgios Kollidas – S. 243; Chaz Hutton, Selbstklebende Wahrheiten © 2017 für die deutsche Ausgabe: DuMont Buchverlag, Köln, S.14 – S. 371; Getty Images / AFP Contributor, Joseph Lago – S. 297; Getty Images Plus / _Cultura_ Photo_Concept – S. 135; - / DigitalVision, Steve Baccon –S. 377; - / DigitalVision, Thomas Northcut – S. 377; - / DigitalVision, Christopher Robbins – S. 141; - / DigitalVision, Kraig Scarbinsky – S. 267; - / DigitalVision, Siri Stafford – S. 141; - / iStock Editorial, Christian Ader – S. 30; - / iStock Editorial, bpperry – S. 18; - / iStock Editorial, franconiaphoto – S. 326; - / iStock Editorial, huettenhoelscher – S. 190; - / iStock Editorial, jumabufu – S. 22; - / iStock Editorial, kruwt – S. 338; - / iStock Editorial, Thomas Stockhausen – S. 265; - / iStock Editorial, Terroa – S. 194; - / iStock Editorial, venemama – S. 197; - / iStock Editorial, We-Ge – S. 130; - / iStock Editorial, ZZ3701 – S. 22; - / iStockphoto, absolute-india – S. 286; - / iStockphoto, adisa – S. 116; - / iStockphoto, afby71 – S. 22; - / iStockphoto, AndreyPopov – S. 265; - / iStockphoto, AntonioGuillem – S. 147, 376; - / iStockphoto, Apriori1 – S. 265; - / iStockphoto, atoss – S. 42; - / iStockphoto, baibaz – S. 42; - / iStockphoto, Tristan Barrington Photography – S. 69; - / iStockphoto, bluejayphoto – S. 174; - / iStockphoto, bogdanhoria – S. 68; - / iStockphoto, Michal Boubin – S. 55; - / iStockphoto, Paul Bradbury – S. 287, 292; - / iStockphoto, BrasilNut1 – S. 14; - / iStockphoto, chayathonwong – S. 364; - / iStockphoto, czekma13 – S. 66; - / iStockphoto, Daisy-Daisy – S. 374; - / iStockphoto, Denis-Art – Cover; - / iStockphoto, Diy13 – S. 142; - / iStockphoto, DMEPhotography – S. 286; - / iStockphoto, dyeekc – S. 374; - / iStockphoto, El Mehdi TAZI – S. 65; - / iStockphoto, evgenyatamanenko – S. 265; - / iStockphoto, f4f – S. 372; - / iStockphoto, farakos – S. 248; - / iStockphoto, fasphotographic – S. 333; - / iStockphoto, fermate – S. 326; - / iStockphoto, firina – S. 372; - / iStockphoto, Ralf Geithe – S. 384; - / iStockphoto, gorodenkoff – S. 364; - / iStockphoto, Kayoko Hayashi – S. 266; - / iStockphoto, Inside Creative House – S. 182; - / iStockphoto, JackF – S. 124; - / iStockphoto, kavram – S. 18; - / iStockphoto, Sanghwan Kim – S. 145; - / iStockphoto, kzenon – S. 377, 384; - / iStockphoto, Lydie_B – S. 109; - / iStockphoto, Mack15 – S. 374; - / iStockphoto, margouillatphotos – S. 116; - / iStockphoto, mariiakamenska – S. 160; - / iStockphoto, Serge Melesan – S. 181; - / iStockphoto, michaelpuche – S. 134; - / iStockphoto, Riccardo Lennart Niels Mayer – S. 142; - / iStockphoto, Olga Mazyarkina – S. 116; - / iStockphoto, Joe McUbed – S. 76; - / iStockphoto, microolga – S. 135; - / iStockphoto, Monkey Business Images – S. 384; - / iStockphoto, Motortion – S. 333; - / iStockphoto, Rudzhah Nagiev – S. 69, 70; - / iStockphoto, NanoStockk – S. 124; - / iStockphoto, Nirad – S. 72; - / iStockphoto, NorthHatley – S. 50; - / iStockphoto, Nouk – S. 50; - / iStockphoto, oska25 – S. 371; - / iStockphoto, PapaBear – S. 267; - / iStockphoto, PatrickPoendl – S. 42; - / iStockphoto, Robert Petrovic – S. 124; - / iStockphoto, petrunjela – S. 364; - / iStockphoto, photobac – S. 130; - / iStockphoto, Photographer and videographer – S. 297; - / iStockphoto, photosvit – S. 76; - / iStockphoto, Pineapple Studio – S. 42; - / iStockphoto, Conny Pokorny – S. 42; - / iStockphoto, psychoschlumpf – S. 142; - / iStockphoto, Ramdan_Nain – S. 76; - / iStockphoto, richcarey – S. 142; - / iStockphoto, Roman Samokhin – S. 42; - / iStockphoto, Shinedawn – S. 76; - / iStockphoto, shironosov – S. 364; - / iStockphoto, sureshsharm – S. 116; - / iStockphoto, Thomas321 – S. 169; - / iStockphoto, thomaslenne – S. 173; - / iStockphoto, tifonimages – S. 248; - / iStockphoto, Zoe Turner – S. 42; - / iStockphoto, UberImages – S. 141; - / iStockphoto, vadimguzhva – S. 135; - / iStockphoto, VanReeel – S. 374; - / iStockphoto, vencavolrab – S. 114; - / iStockphoto, VittoriaChe – S. 42; - / iStockphoto, vojtechvlk – S. 121; - / iStockphoto, welcomia – S. 364; - / iStockphoto, wjarek – S. 173; - / iStockphoto, youngyut – S. 384; - / iStockphoto, yusnizam – S. 69, 72; - / iStockphoto, Zephyr18 – S. 182; - / iStockphoto, znm – S. 67; - / iStockphoto, ZZ3701 – S. 18; - / Photodisc, Ryan McVay – S. 267; - / Stockbyte, Comstock Images – S. 374; Globe Cartoon / Patrick Chapatte – S. 128; Interfoto / Bildarchiv Hansmann – S. 100; - / Sammlung Rauch – S. 338; iStockphoto / burakkarademir – S. 189; - / E4C – S. 197; - / izusek – S. 197; - / JBryson – S. 272; - / martin-dm – S. 197; - / shironosov – S. 190; - / South_agency – S. 191; - / wynnter – S. 221; Kostas Koufogiorgos, Stuttgart – S. 123; In Anlehnung an: Die Erde – unser Lebensraum, ©1999 Lehrmittelverlag Zürich, Autorin: Astrid Kugler, Illustrationen: Claudia A. Trochsler – S. 59; Malteser Hilfsdienst e.V., Köln – S. 190; Mauritius Images / Alamy Stock Photo, ACTIVE MUSEUM – S. 224; - / Alamy Stock Photo, ART Collection – S. 227; - / Alamy Stock Photo, Scott Camazine – S. 154, 177; - / Alamy Stock Photo, Charles Walker Collection – S. 90; - / Alamy Stock Photo, Dipper Historic – S. 231; - / Alamy Stock Photo, DOD, S. Dupuis – S. 167; - / Alamy Stock Photo, John Elk III – S. 58; - / Alamy Stock Photo, FAY 2018 – S. 96; - / Alamy Stock Photo, Gibson Green – S. 86; - / Alamy Stock Photo, GL Archive – S. 348; - / Alamy Stock Photo, Mike Goldwater – S. 60; - / Alamy Stock Photo, Historic Images – S. 354; - / Alamy Stock Photo, Historical Image Collection by Bildagentur online 2 – S. 221; - / Alamy Stock Photo, History and Art Collection – S. 346, 348, 357, 359; - / Alamy Stock Photo, Jake Lyell – S. 73; - / Alamy Stock Photo, Mile 91, C & A Foundation – S. 73; - / Alamy Stock Photo, Moviestore Collection Ltd – S. 14; - / Alamy Stock Photo, NetPhotos – S. 134; - / Alamy Stock Photo, Niday Picture Library – S. 214; - / Alamy Stock Photo, NMUIM – S. 226; - / Alamy Stock Photo, Nurlan Kulcha – S. 62; - / Alamy Stock Photo, Panther Media GmbH – S. 114; - / Alamy Stock Photo, Peter Horree – S. 260; - / Alamy Stock Photo, Photo 12 – S. 223, 358; - / Alamy Stock Photo, Graham Prentice – S. 289; - / Alamy Stock Photo, Daniel Rudolf – S. 326; - / Alamy Stock Photo, rvlsoft – S. 77; - / Alamy Stock Photo, Schoening – S. 247; - / Alamy Stock Photo, Alex Segre – S. 95; - / Alamy Stock Photo, Signal -Photos – S. 338; - / Alamy Stock Photo, Carmen K. Sisson, Cloudybright – S. 176; - / Alamy Stock Photo, Stasia04 – S. 62; - / Alamy Stock Photo, David Tomlinson – S. 114; - / Alamy Stock Photo, The Picture Art Collection – S. 24, 37, 92, 106, 218, 325; - / Alamy Stock Photo, Universal Images Group North America LLC – S. 82; - / Alamy Stock Photo, Universal Images Group North America LLC, DeAgostini – S. 60; - / BY – S. 50, 142; - / Collection Christophel, Charles Chaplin Productions – S. 270; - / Glasshouse, Kathryn Sheldon – S. 331; - / imageBROKER, Manfred Bail – S. 72; - / imageBROKER, Olaf Krüger – S. 298; - / imageBROKER, Michael Nitzschke – S. 114; - / Manfred Habel – S. 130; - / Minden Pictures, MarentT – S. 68; - / Michael Runkel – S. 68; - / Science Source, LOC – S. 257; - / Science Source, NASA Earth Observatory – S. 71; - / TopFoto – S. 344; - / United Archives – S. 272; - / Westend61, Martin Moxter – S. 134; Naturland – Verband für ökologischen Landbau e.V., Gräfelfing – S. 74; NETAFIM Deutschland GmbH – S. 73; OSTKREUZ / Thomas Meyer – S. 384; Peter Palm, Berlin – S. 115, 117, 174, 278 (2), 288; Christiane Pfohlmann, Landsberg am Lech – S. 293; Pixabay / FiveFlowersForFamilyFirst – S. 148 (3); - / Laci Molnár – S. 148; Thomas Plaßmann, Essen – S. 202; Sächsische Landesbibliothek / Staats- und Universitätsbibliothek Dresden, SLUB Dresden, Mscr. Dresd. R. 147 f. – S. 82; Schwarwel, Leipzig – S. 152, 300; Shutterstock / JStone – S. 228; Statistisches Bundesamt (Destatis), 2020 – S. 290; Der Tagesspiegel / Fabian Bartel – S. 169; Daniela Tempert, Bamberg – S. 192; Toonpool.com / Cloud Science, Christian Möller – S. 271; ullstein bild – S. 280 (2); Peter Verwohlt, Wuppertal – S. 352; VIRAGO SPRING / Vanessa Schwenk, München – S. 120; Volkswagen Aktiengesellschaft (2021) – S. 263 (6); www.wikimedia.org / Diebold Schilling – S. 20; - / USGS – S. 158.

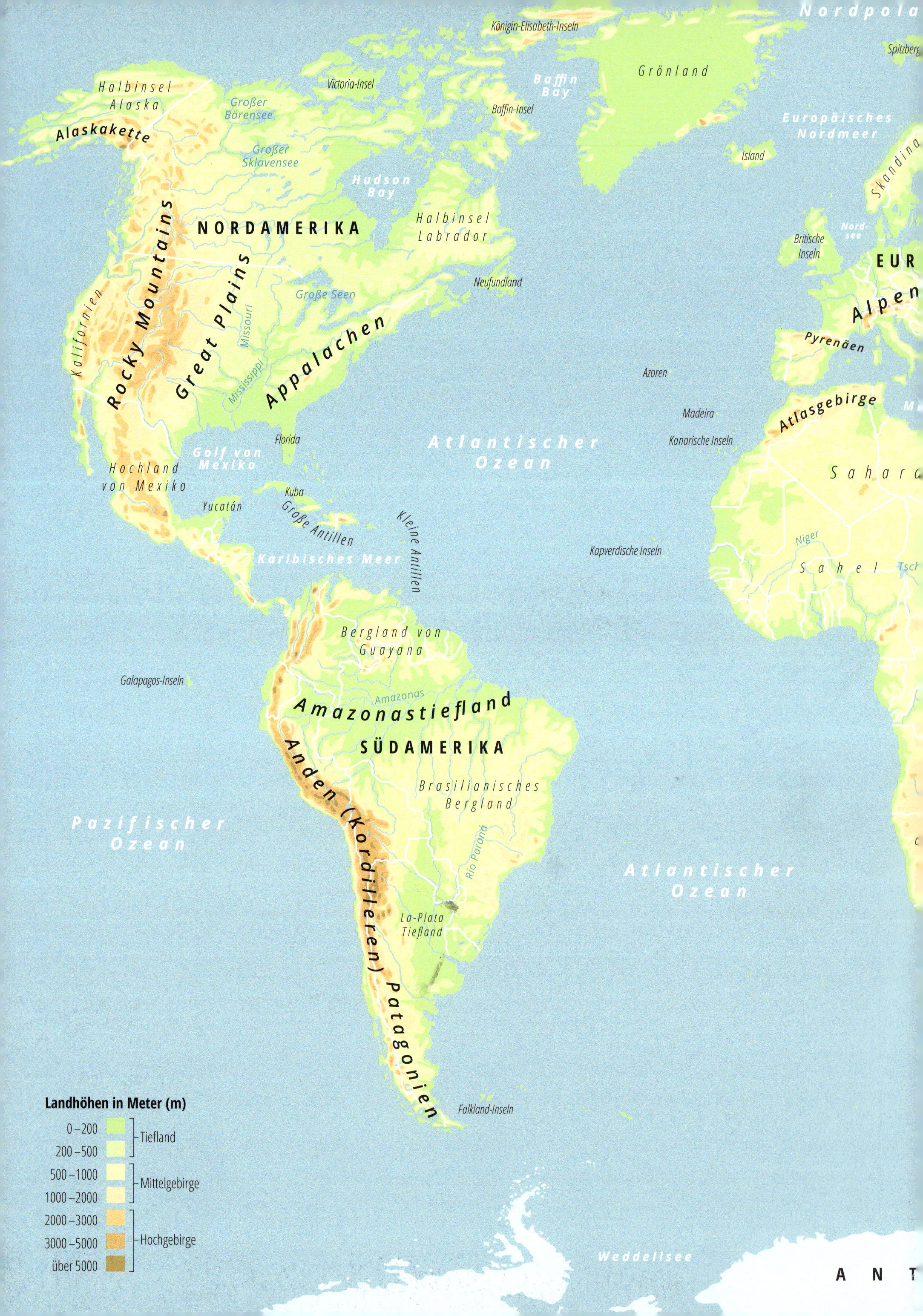
Nordpola
Königin-Elisabeth-Inseln
Spitzberg
Grönland
Baffin Bay
Baffin-Insel
Victoria-Insel
Halbinsel Alaska
Alaskakette
Großer Bärensee
Großer Sklavensee
Hudson Bay
Europäisches Nordmeer
Island
Skandina
Halbinsel Labrador
NORDAMERIKA
Rocky Mountains
Great Plains
Kalifornien
Missouri
Mississippi
Große Seen
Neufundland
Appalachen
Britische Inseln
Nordsee
EUR
Alpen
Pyrenäen
Azoren
Madeira
Kanarische Inseln
Atlasgebirge
Florida
Golf von Mexiko
Hochland von Mexiko
Atlantischer Ozean
Sahara
Yucatán
Kuba
Große Antillen
Kleine Antillen
Karibisches Meer
Kapverdische Inseln
Niger
Sahel
Tsch
Bergland von Guayana
Galapagos-Inseln
Amazonas
Amazonastiefland
SÜDAMERIKA
Anden (Kordilleren)
Brasilianisches Bergland
Pazifischer Ozean
Rio Paraná
Atlantischer Ozean
La-Plata Tiefland
Patagonien
Falkland-Inseln
Landhöhen in Meter (m)
0–200
200–500
Tiefland
500–1000
1000–2000
Mittelgebirge
2000–3000
3000–5000
über 5000
Hochgebirge
Weddellsee
ANT